绿地

（下）

中国园门时报 编

中国质检出版社
中国标准出版社
北京

图书在版编目（CIP）数据

绿地：全2册/中国国门时报编．—北京：中国质检出版社，2012

ISBN 978-7-5026-3666-1

Ⅰ.①绿…　Ⅱ.①中…　Ⅲ.①中国文学—当代文学—作品综合集　Ⅳ.①I217.1

中国版本图书馆CIP数据核字（2012）第211026号

中国质检出版社
中国标准出版社　出版发行

北京市朝阳区和平里西街甲2号（100013）

北京市西城区三里河北街16号（100045）

网址：www.spc.net.cn

总编室：（010）64275323　发行中心：（010）51780235

读者服务部：（010）68523946

中国标准出版社秦皇岛印刷厂印刷

各地新华书店经销

*

开本 880×1230　1/32　印张 20.25　字数 522 千字

2012年10月第一版　2012年10月第一次印刷

*

定价（上、下册）：86.00元

《绿地》芬芳

国家质检总局局长、党组书记　支树平

盛夏时节，绿意盎然。由《中国国门时报》编辑出版的散文集《绿地》满目翠色、芬芳扑面、即将付梓。从培育《绿地》专版，到《绿地》汇编成书，几多耕耘，几多辛劳，果实丰硕，可喜可贺。书稿在手，欣然作序。

《绿地》是块好园地。1995 年 11 月，《中国国门时报》的前身《中国商检报》创办；1997 年 6 月，其文艺副刊《绿地》应运而生，至今已辛勤耕耘了 15 年。十几年来，《绿地》先后发表散文、随笔、诗歌、传记近万篇，多次在全国报纸副刊优秀版面评选中获奖，诸多美文在全国副刊评比中屡获大奖，被《读者》、《青年文摘》等知名杂志转发，《绿地》成为《中国国门时报》的一个品牌，做到了“新闻招客，副刊留客”，为检验检疫系统干部职工所青睐，为广大外经贸企业所关注。品读《绿地》，可见检验检疫人的内心世界、理想情怀、精神风貌；鉴赏《绿地》，可修养身心、陶冶情操、锤炼意志、启迪才思；回味《绿地》，可悟生命之宝贵，可知生活之美好，可念天地之悠悠，可感情怀之切切。

《绿地》是部好作品。《绿地》拟出版上下两册，荟萃近 600 篇佳作，大多是千字文章，体裁多样，题材广阔，形式活泼，短小精悍。有的清新隽永，有的文采斐然，有的华丽浓郁，有的朴素直白。大多是各地检验检疫干部职工的精品力作，也不乏名家学者、海关边检、工人士兵、外贸企业以及社会各界人士的倾心之作。“亮马河夜话”、“麦子店随笔”、“人生感悟”、“岁月咀嚼”、“哲思小语”、“艺苑撷英”、“诗丛”……引领时代精神，洋溢生命激情，充满生活情趣，字里行间，凝结着作者对真善美的追求，对假恶丑的鞭笞；凝结着编者对质检事业的挚爱，对质检文化建设的执著。多年耕耘《绿地》，今朝收获《绿地》，“绿叶成荫子满枝”，这是质检干部职工的文化产品，这是质检文化建设的丰硕成果。

《绿地》是个新起点。党的十七届六中全会全面部署文化建设，作出了推动社会主义文化大发展大繁荣的决定。前不久，国家质检总局党组制定了《关于加强质检文化建设的意见》，提出了质检文化建设的方向目标、核心内容、活动载体、重点工作。全国各级质检机构要大力加强质检文化建设，以科学发展为主题，以建设社会主义核心价值体系为根本任务，以满足质检干部职工精神文化需求为出发点和落脚点，紧紧围绕“抓质量、保安全、促发展、强质检”工作方针，在全系统形成统一指导思想、共同理想信念、强大精神力量、基本道德规范。质检系统广大干部职工要积极参与质检文化建设，培养文化自觉，强化文化自信，大兴学习之风，积极开展文化创作、著书立说、研讨讲学，促进质检文化繁荣。《中国国门时报》要努力推动质检文化建设，以《绿地》出版为新的起点，“以质取胜，办好报刊”，更加辛勤地耕耘《绿地》专版，呵护《绿地》园地，多创作、多发表、多汇编无愧于伟大时代、无愧于检验检疫工作、无愧于质量大业的美文佳作，为质检文化繁荣加油助力、多作贡献。

《绿地》本是沃土，期待更加葱茏！

支树平

二〇一二年六月

细说心语

别让生命打草稿 …………………………………………… 庄文勤/3
不敢怠慢一瓣樱花 …………………………………… 路 勇/5
长生不老 ……………………………………………… 张 颖/7
承载记忆的咖啡馆 …………………………………… 蒙鸿彪/10
此间的远方 …………………………………………… 邹剑川/13
大爱无边 ……………………………………………… 王军红/14
大爱至孝
——兼祭父亲逝世三周年 …………………………… 孙 逊/16
当情感成为一种珍藏 ………………………………… 白 冰/20
儿子的礼物 …………………………………………… 姜新起/22
给心灵留白 …………………………………………… 王亚哲/25
故乡的白杨树 ………………………………………… 梁亚明/27
怀念奥运的那段日子 ………………………………… 刘红茂/29
家长情怀 ……………………………………………… 王川都/31
今天 又想起父亲 …………………………………… 赵 欣/33
可可西里的牵挂 ……………………………………… 张 颖/36
两地情 ………………………………………………… 王军红/38
两棵树的寓意 ………………………………………… 查一路/40
路过美 ………………………………………………… 丹 琨/42
母爱悠长思更长 ……………………………………… 包东方/44

哪里有爱便是家 …… 孙 逊/46
那些温暖我的细节 …… 姚 璟/49
难以走出的深切思念 …… 姜新起/51
特殊的记忆 …… 丁丽洁/54
我爱我的制服美 …… 张仕荣 洪 嫚/56
我从军营出发 …… 张启甲/58
我们和你在一起
——写在青海玉树地震一周年之际 …… 朱玉红 柴国贤/61
勇敢地面对 …… 邓曦明/65
原谅我所有的过错 …… 丹 琨/67
多伦情怀 …… 王军红/69
兄弟的哲学意义 …… 孙 逊/71
倾听夜色 …… 姚 璟/74
隐形的翅膀 …… 佩 骏/76
生活中需要宽容与理解 …… 李干荣/79
色彩是我的最爱 …… 丹 琨/81
想啊，罐罐茶 …… 柴国贤/83
回家的路 …… 一路开花/85
温暖的细节 …… 宋绍武/87
童话世界 …… 孙东巍/89
如果你问我，我会对你说 …… 吴 新 卢庆峰/91
走进珲春 …… 陶希三/93
为了我们共同的挚爱 …… 王军红/96
妈妈心里有根绳 …… 付秀宏/98
会跳舞的小桃树 …… 马亚伟/100
春天，我想栽棵树 …… 余毛毛/102
故乡在我心中是柔软的 …… 闭剑东/104
来生和他做朋友 …… 张国领/106
拿什么奉献给您 …… 李干荣/108

我的眼里只有你 …… 邓曦明/111
西湖月夜 …… 李金荣/113
站在三十岁的门槛上 …… 董保纲/115
坐拥书城 …… 北　乔/117
这一年的背影啊 …… 李　晓/119
用心去舞蹈 …… 胡玉龙/122
拥有一面湖水 …… 梁阁亭/124
向火而思 …… 查一路/126
想起那些温暖的字眼儿 …… 宋智慧/128
想的是家的声音 …… 卞文志/130
数着喜悦过日子 …… 刘认军/132
怀念一棵树 …… 林　颐/134
自己的风景 …… 雪含冰/136
找寻适合自己的坐标 …… 朱文娟/138
有一个美丽的地方 …… 竹　子/140
永远的游子 …… 楚　奇/142
学会给自己鼓掌 …… 王　涛/145
行走在路上 …… 王哲晓/147
心灵的那片胡杨林 …… 张义基/149
像杨绛先生一样幸福 …… 胡新华/151
为心灵换一次水 …… 田淑琛/153
你被感动了吗 …… 朱凤俊/155
母爱的长度 …… 刘永源/157
采一垄生命的花香 …… 宋尚明/159
把爱藏起来 …… 潘姝苗/161
和一棵树做朋友 …… 阿　土/163
乡　恋 …… 陈传意/166
阳光与影子的对话
——我与《中国国门时报》 …… 王丹枫/168

我的制服情结 …… 包东方/170

咀嚼岁月

大漠之魂 …… 宋伯航/175
低处的快乐 …… 葛　闪/177
“橄榄绿”的回忆 …… 周　巍/179
故乡的河 …… 李干荣/181
故乡情结 …… 张庆华/182
过年的满足 …… 徐连贵/184
胡杨生命的秘密 …… 鲍海英/186
怀念书信时代 …… 王　涛/188
记忆中的小白房 …… 赵丽华/190
美丽的感恩灯 …… 寒　雪/192
母亲的节俭 …… 拂　晓/194
女儿的来信 …… 晓　川/196
走在丽江的日子 …… 张　颖/198
太阳的气味 …… 王利盛/200
同学少年 …… 何立伟/202
我的事业情怀 …… 邹雪芹/205
我曾是一名特种兵 …… 柴国贤/208
相见不如怀念 …… 敬　民/211
向左转　向右转 …… 李干荣/213
孝敬父母是福气 …… 包东方/216
笑对人生 …… 洪　鸿/219
重返珞珈 …… 孙霞云/221
杏　园 …… 柴国贤/223
一幅油画的回忆 …… 林立公/225
永远的小村庄 …… 王　毅/227
从容平实又一年 …… 罗光辉/230

那些年，我们一起读过的日记 …………………… 纪　帆/233
春天的故事 …………………………………… 小小鑫/236
把自己寄回家 ………………………………… 曹春雷/238
感动就在身边 ………………………………… 王素华/240
给心找个位子 ………………………………… 刘　锴/242
花灯点亮的记忆 ……………………………… 杨不离/244
咀嚼红豆情绪 ………………………………… 刘学友/246
我们都是老男孩 ……………………………… 杨强劲/248
我想远行 ……………………………………… 佟晨绪/250
吃玉米的幸福 ………………………………… 田　茹/252
盛在瓷碗里的爱 ……………………………… 邹　进/254
屋前那棵杜梨树 ……………………………… 祁玉江/255
粥的记忆 ……………………………………… 长　河/258
走不远的思念 ………………………………… 袁海芳/259
别人的鞭炮 …………………………………… 王国华/261
细雨台儿庄 …………………………………… 肖复兴/263
玉米情结 ……………………………………… 丁立梅/266
一枕馨香野菊花 ……………………………… 卢金花/268
母亲的发卡 …………………………………… 钱国丹/270
槐花祭 ………………………………………… 王丹枫/272
生活原色 ……………………………………… 陆勇强/274
牛皮纸包着的月饼 …………………………… 丁立梅/276
每逢过年感慨多 ……………………………… 林长华/278

美文天地

种在心里的种子 ……………………………… 袁淑伟/283
春天的那一抹灵动 …………………………… 西　安/285
春天向我们走来 ……………………………… 王军红/287
心灵是一片土地 ……………………………… 张庆和/289

木屋的气息 …………………………………… 张启甲/291
思念母亲（外二章） ……………………………… 丁梅华/294
雕刻时光 ………………………………………… 夏爱华/297
“经济卫士”的妻子 ……………………………… 冯世鑫/299
把世界捧在手中 ………………………………… 白　莉/301
坝上月 …………………………………………… 张庆和/303
隔着世界牵手的人 ……………………………… 田　茹/305
根 ………………………………………………… 陈传意/308
海上月色 ………………………………………… 李庆益/311
爱的月光 ………………………………………… 程应峰/313
爱情月饼 ………………………………………… 黄金蓝/315
成功，就是简单事重复做 ……………………… 王瑞红/318
穿越白桦林 ……………………………………… 张庆和/321
春之魂 …………………………………………… 刘　飞/323
带上微笑前行 …………………………………… 张筱欣/325
对人好是一种缘分 ……………………………… 蒋　平/327
风中扶正你的帽檐 ……………………………… 白桦林/329
给生命充电 ……………………………………… 文　化/331
古城墙下 ………………………………………… 李　晓/334
海的情结 ………………………………………… 艾　英/336
好人牛玉儒 ……………………………………… 王春光/338
河流淌过秋天的黄昏 …………………………… 陈洪金/340
贺卡情深 ………………………………………… 邹　进/343
后石坞的那片松 ………………………………… 丹　琨/345
火鹤思绪 ………………………………………… 高洪波/347
漓江情韵 ………………………………………… 从维熙/349
灵魂的高地 ……………………………………… 张乃英/354
麦浪如歌 ………………………………………… 樊新华/356
茂茂翠竹映山青 ………………………………… 黄　奋/359

面对草地 …………………………………… 张庆和/362
南希的礼物 …………………………………… 李　杰/364
漂泊的船 …………………………………… 矫友田/366
品味曲线 …………………………………… 青　山/368
平等的魅力 …………………………………… 黄开毅/370
平凡之美 …………………………………… 吴艺红/372
朴素的大地 …………………………………… 李　晓/374
峭壁上那棵酸枣树 …………………………………… 张庆和/377
石岛湾听涛 …………………………………… 般敖佗/379
树叶畅想曲 …………………………………… 大　卫/382
水在荔波是首诗 …………………………………… 华　静/384
田野之恋 …………………………………… 唐　葛/386
童　　心 …………………………………… 李金荣/388
我的梦，在遥远的地方 …………………………………… 李　伟/390
西藏在召唤 …………………………………… 李　晓/392
心愿之旅
——沙漠边的支教梦 …………………………………… 张敏娅/394
下雪了…… …………………………………… 王玉芳/399
相信爱 …………………………………… 海　诺/402
想起了契诃夫
——写在契诃夫逝世百年之际 …………………………………… 朱小平/404
像骆驼那样顽强 …………………………………… 牟丕志/407
心中的小船 …………………………………… 周　东/409
寻找 Walden …………………………………… 王丹枫/411
阳光风车 …………………………………… 郭　佳/414
一封寄给天堂的信
——致牛玉儒 …………………………………… 王春光/416
永不抛弃激情 …………………………………… 胡永智/419
永恒的记忆 …………………………………… 张启甲/421

有一种财富偷不走 …… 唐　葛/423
云朵是天空的脚印 …… 王丹枫/425
在路上 …… 王丹枫/428
珍惜你的生命“胶卷” …… 陈大超/431
指间流水 …… 王丹枫/433
中国的月亮 …… 海　岸/436
转身就是方向 …… 刘克升/438
走，踏春去！ …… 刘会然/440
醉　红 …… 从维熙/442
背着幸福的口袋上路 …… 蕊　红/445
别让岁月苍老了心 …… 佟晨绪/448
成功只需拐个弯儿 …… 夏爱华/451
城市让生活更美好 …… 李　晓/453
窗外的春天 …… 李庆益/455
带一本书上路 …… 雨　山/457
带着负担上路 …… 佟晨绪/459
儿行千里 …… 苗连贵/461
放弃是一种境界 …… 洪　鸿/463
给今天一个好心情 …… 王秀爽/465
花期不都在春天 …… 龚细鹰/467
活成一棵树 …… 苇　笛/469
快乐原来很简单 …… 佟晨绪/471
宽容是一束鲜花 …… 侯发阳/473
老门锁着的情怀 …… 华　静/476
灵魂之美 …… 茹喜斌/478
流动的风景 …… 朱文杰/480
流浪于文字间 …… 田　茹/482
每朵花都有春天 …… 刘　希/485
磨难是人生的必修课 …… 钟　芳/487

母　　爱 …………………………………………………… 周铁钧/489
那些牵动心灵的声音 ……………………………………… 佟晨绪/491
你可以不做一棵树 ………………………………………… 薛俊美/493
你为什么留下来 …………………………………………… 郭　龙/495
栖息在一种意境里 ………………………………………… 丹　琨/497
让时间在文字间游走 ……………………………………… 孟祥海/500
让我们的心花万紫千红 …………………………………… 闵凡利/502
善良让给予更自然 ……………………………………… 上善若水/504
上善若水 …………………………………………………… 包秀兰/506
生命的暗示 ………………………………………………… 矫友田/508
生命的温度 ………………………………………………… 姚　璟/510
谁曾在此居住过 …………………………………………… 丹　琨/512
他的心里只有春天 ………………………………………… 马朝兰/514
天海寄情 …………………………………………………… 王德祥/517
微笑是最好的礼物 ………………………………………… 刘珊珊/519
为歌者喝彩 ………………………………………………… 田　茹/521
为了信仰而守候 …………………………………………… 李　桐/524
希望无处不在 ……………………………………………… 王江鹏/526
心田的守望者 ……………………………………………… 崔鹤同/528
欣赏别人就是欣赏自己 …………………………………… 郭志安/531
新年是一首歌 ……………………………………………… 熊益军/533
信念是一座灯塔 …………………………………………… 佟晨绪/535
雁北飞 ……………………………………………………… 王军红/537
阳光记得花儿的芬芳 ……………………………………… 邓博文/539
遥远而神秘的塞外 ………………………………………… 丹　琨/541
一百米之外的世界 ……………………………………… 一路开花/543
永远在路上 ………………………………………………… 龙玉纯/545
用心量世事 ………………………………………………… 查一路/547
由新年音乐会想到的…… ………………………………… 艾　英/549

友情如茶一叶牵 …… 李小雪/552
有一种雅量叫容人 …… 陈洪娟/555
右手放在左心房 …… 王艳坤/557
栽种心灵的庄稼 …… 庄文勤/559
在心里植一棵树 …… 李　远/561
站在时光的中央 …… 梧　桐/563
终结也是开始 …… 佟晨绪/565
种植快乐 …… 朱应召/566
做一棵成长的苹果树 …… 卞文志/568
爱的诠释 …… 韩卫国/571
白纸的高度 …… 茹喜斌/573
杯中的芭蕾 …… 徐学平/575
北京欢迎你 …… 胡明相/577
草原马头琴 …… 张春波/579
草原日出 …… 张庆和/581
春天种下一棵树 …… 苗祖荣/583
冬天里的春天 …… 胡　弦/585
翻过前面那座山 …… 张金刚/587
感谢是生活的一缕阳光 …… 赵亚兴/589
和谐是一种境界 …… 徐学平/591
渴望面对面的谈话 …… 陈大超/593
老字号 …… 李　晓/595
骆驼草寄情 …… 宋伯航/597
门的联想 …… 孙友田/599
皮纸箱里的流光 …… 李阳波/602
情系哈达 …… 张格娟/604
人生的姿态 …… 张庆华/606
人心是块田 …… 徐学平/608
西行三章 …… 钱碧云/610

幸福没有榜样 …………………………………… 赵亚兴/613
一颗包容的心 …………………………………… 方益松/615
在温暖的《我和你》里相遇 …………………… 黄茨娅/617
装作不感动 ……………………………………… 钱国宏/619
口岸的雪 ………………………………………… 刘　群/621
感受主场 ………………………………………… 姜文辉/622
静听天籁 ………………………………………… 贾玉奎/623
怀念北方的树 …………………………………… 丰溪生/626
把绿地铺得远些　再远些　（后序·主编的话）
…………………………… 华静　中国国门时报周刊部主任/628

细说心语

别让生命打草稿

● 庄文勤

小时候，父亲让我同一老先生学书法，用废旧报纸练字多年，可自己一直没有大的进步。老先生对父亲说："如果你让娃儿用最好的纸来写，可能会写得更好。"从此以后，父亲就按照他说的去做了。果然，我的字大有长进，问其原因。老先生说，因为你用旧报纸写字的时候，总感觉是在打草稿，即使写得不好也无所谓，以后还有机会，所以就不能完全专心；而用最好的纸，你就会感觉机会的珍贵，有一种很正式的心态，从而也就比平常练习时更加专心致志，用心去写，所以字也就能够写好。

多年以后蓦然回首，我已年过而立之年了，自己走过的人生路程，确实有草稿上练字的那种心态，以至于使许多愿望没能实现。其实就是因为曾经以为自己还是来日方长，所以才一次次地失去难得的机遇，白白地浪费了一张又一张的人生好纸。老是在以一种非介入的心态做事，只是把生活里的许多事情当成演习，而不是真刀真枪地实战，所以就没有完全发挥出自己的潜能和专长，更没有全力以赴地去做事，结果就可想而知了。

许多时候，我们老是在犯这样的错误：总把希望寄托在明天，不珍惜生命；对人生就像写字一样，往往不注重字写得怎样，而只是看花费了多少纸。生命不应该打草稿，而现实的生活其实也不会给我们打草稿的机会，因为我们所认为的草稿，其实就已经是我们人生的答卷——无法更改，亦无法重绘，所以我们要珍惜每一次机会，认真对待每一天。

别让生命再打草稿，用行动奉献一份爱意给天下的弱者，你的生命价值便得到了延伸，用目光呵护道旁的每一株无名小花，你的生命就是原野上的一株大树，用心灵去感应树上的每一片绿叶，你的生命从此便获得了安宁与清静。因为生命因热爱而动听。

不敢怠慢一瓣樱花

●路　勇

来江城近10年，度过了美好的光阴，每年的4月却是一段特别的记忆，武汉大学的樱花节不知不觉已深入我心。

初次目睹樱花之美，是来武汉的第一年，高中时代的同窗选择在武汉大学聚会。我们穿梭在樱园，如霞的樱花悬挂在枝头，那种优柔的美深深地打动了我们。照相机记载了樱花在4月的笑容，也记载了我们的友谊。

樱花的记忆终于铭刻在心，我也开始搜寻和樱花有关的一切信息。首先，关于武汉大学樱花一段不愉快甚至痛楚的历史，让我的心底有了一丝遗憾。不过，转念一想，花虽然是有生命的，却并不能言语，花枝是没有过错的。每逢花期来临，我总会迫不及待地一睹芳容。我更愿意相信，我和樱花有一段爱恋，要不为何久久牵肠挂肚，又倾注一切心力去爱护她呢。樱花也是善解人意的，在一场春雨后，她仿佛攒足了劲儿般，在枝头恣意地绽放着。虽然，樱花没有郁金香的鲜艳多姿，也没有玫瑰的花香。但是，枝头那淡淡的一抹，连绵的樱树仿佛是一片白色、绯红的云海。云海之上，是凭栏眺望的我，云海之下，是流连其间踏青的人流。据文献资料考证，秦汉时期，樱花已在我国宫苑内栽培，至唐朝已普遍出现在私家庭园，日本是从中国引进梅花时把樱花夹带到日本的，栽种樱花才千余年历史。关于樱花，唐朝诗人白居易有“小园新种红樱树，闲绕花枝便当游”的诗句。我突然“异想天开”，如果在4月的某一天，有幸和诗仙徜徉在花丛，在花的世界里吟哦曼妙诗句，那该是多么惬意的事情啊。

走在樱花盛开的小径，席慕容的《一棵开花的树》漫上心头。“如何让你遇见我，在我最美丽的时刻。为这，我已在佛前求了五百年，求佛让我们结一段尘缘，佛于是把我化做一棵树，长在你必经的路旁。”不知道席慕容的本意为何，我愿意相信这是樱花的心事。“阳光下慎重地开满了花，朵朵都是我前世的盼望。当你走近，请你细听，那颤抖的叶是我等待的热情。而当你终于无视地走过。在你身后落了一地的，朋友啊！那不是花瓣，那是我凋零的心。”

我终于明白樱花是有着忧伤情怀的，美丽的花雨里有她缠绵的柔情。也许我并不能真正洞悉樱花的心事，但是我认真地告诉自己：不要怠慢一瓣樱花，那是一种稍纵即失的美，刹那间便只空留一枝的遗憾。

长生不老

●张　颖

城市太大，真的。想找一处与城市风格迥异的地方，不是为了逃避，而仅仅是为了心中那份简单的渴望。

最终，还是在城市里，找到了这样一个地方。虽然与自己熟识的许多人一同前往，但放纵心情与放飞感觉的想法，让我偷偷地把这次出行当成了自己的机会。

当车子驶进隔开城市和乡村的那个大门时，便觉得，我拥有了新的天地。让时间无限期地延伸，睁着眼睛过一天中的 24 小时，只为在静悄悄的乡村中渲染孤独，于渲染的孤独中沉淀往昔的快乐，发现今天的美好……

走在没有人只有建筑勾勒的线条里，忽然觉得头上的天和脚下的地都是自己的了。凌晨 4 点的夏季乡村，同来的伙伴和这里所有的人都在熟睡的时候，我在自己的天地里漫步，没有思想却满怀希望。他们在梦里肯定也有属于自己的天空，不同的是我的天地里容纳了他们熟睡的身影，而他们的梦和我无关。容纳的感觉真好，有一种心胸无限宽阔起来的满足。

似乎走到了这个乡村尽头的时候，时间也渐渐地让清晨露出了痕迹。可是，来这里放松的晚睡的城市人，依然没有醒来。乡村里那些用红砖垒砌的蔬菜大棚以及白色的塑料棚顶，竟然在晨曦中闪耀了与众不同的光鲜，它就是这里财富的象征吧。我面向着财富走去，却忽然觉得自己是个外人了：大棚的门没有锁，但我不可以进去，因为那里面从未留下过我劳动的身影与快乐……

看到两位老人进出于前面不远的大棚里，这是我在这样的清晨最初看到的两个人，我想他们一定是这里的主人了。带着对天然和即时食品的憧憬，我快乐地跑近了两位老人。那是两种截然不同却同样健康的肤色，岁月的年轮并没有用它的苛刻在老人的脸上留下和他们这个年龄同样的痕迹，如果不是远远地凭着直觉认定他们是老人，如此近距离地看到他们，我肯定不知道该给他们划入哪个年龄段。“大叔，您有多大年纪？”好奇经常会让我忘掉曾经的渴望。“66岁了。”是河北口音。“大婶呢？比您小吧？”“她62岁，比我小4岁。”老人在望着自己妻子的时候，眼里依然流淌着柔情，是历经岁月和时间沉淀过的、纯净而透明的那种。忽然就想到了父母，感动即刻升腾了起来，真的只为这眼神。伴随着感动，大脑仿佛出现了一段空白，直到凉爽的清风若无其事地掠过脸颊的时刻，才拨醒了我暂停的思维。老人告诉我他们的大棚里没有圣女果，只有人参果。天啊！人参果，简直不敢相信，难道是孙悟空偷吃过的那种果子吗？我拼命睁大本不很大的眼睛以表现我的惊奇，但老人的盛情很快让我的眼睛恢复了常态，也就在几乎恢复常态的同时，我便如愿走进了生长着人参果的大棚里。

淡淡的青草气息夹着爽快简洁的幽香，这是我有生以来第一次闻到了“长生不老”的味道。虽然这果子没有长在树上，也不是那种娃娃的样子，但是他们的无比亲昵以及相互依赖的样子足以显示他们的灵性了。“它们的生长期是9个月”，老人指着浅黄色的人参果告诉我，“如果在生长期把他们用娃娃状的模子装起来，那么他们现在也是个娃娃样了，可你婶子说那样虽然可以多卖些钱，可也会苦了他们，还是这样好。”一年中四分之三的时间都在棚里度过，我在老人的脸上竟然找不出厌倦和想放弃的痕迹，到底是什么可以让人有如此境界呢？“我们和这果子打了6年的交道了，它们的脾气秉性我们都知道，你对他们好，他们就会疯了似地长，你要是不侍弄他们，他们也会跟你闹情绪。你看我的果子几乎都是一样大小，我们对他们一视同仁从不偏心的……”

如果不是被清香的气息包围着，一种恍惚的感觉就要得到证实：他在充满慈爱地说着他的孩子们。或许，它们早就是他们的孩子了吧，因为所有的父母提到孩子都会有叙述不完的故事，老人就是这样。

“青草的味道，我喜欢。”带着老人送的人参果回到家里和爱人一起分享时，他这样告诉我。看着爱人细品的模样，我的脑子里闪过老夫妇的样子，有一种好想即刻回家的那种感觉，以及回到生活着的城市里的渴望，忽然间，便明白了一个道理：熟悉会让人把爱深深埋在心里，放在身体的每一根纤维里……当你需要的时候，索取，带来的竟然不是爱的枯竭，而是精神的常青。

离开城市中的乡村，返回工作、生活着的城市。珍惜生命的每一分钟，珍惜身边的每一份感情，让精神常在，让生命之树常青。

承载记忆的咖啡馆

●蒙鸿彪

“铁打的营盘流水的兵”，就要离开警营了，尽管我为之奋斗了整整20年。这20年，记载着我的成功、失败，流淌着我的喜怒哀乐，深深地烙印着我的所有记忆、所有思念。

我坐在这间颇具越南风情的小咖啡馆里。

这是一间小小的咖啡馆，不是这座边境小城最好的咖啡馆，但却是承载着我20年警营生活记忆的咖啡馆。我在这里曾经以各种角色喝过咖啡：毒贩、枪贩、走私分子、朋友、情侣、丈夫等等，惟独没有以自己真实的身份。每一次，我都是只要一杯咖啡。

其实，更多的时候，泡在这样的一间小小的咖啡馆里，完全是工作上的需要。看见靠门左边的那张桌子了吗？这是一个截断想从咖啡馆里逃走的任何人的最佳位置。我就在那里，把11个枪贩，20个毒贩，33个走私分子，外加3个网上追逃的逃犯扑倒在门边，把他们从逃脱的边缘拉了回来。还有8号桌子，正对着门口，坐在那里不用抬头，就能观察到进来的每一个客人。在8号桌子，我曾经以毒贩、枪贩、走私分子的身份喝过咖啡，曾经和不同的搭档扮演过十几次的情侣、夫妻。

咖啡馆里常常有好听的音乐，这些音乐有些是我所熟知的，有些是我完全陌生的，但是听起来，总显得分外的轻柔，常常是轻易地便挑起了内心中最柔软的那一部分。只是每一次到这里，我人就紧绷了起来，精神高度集中。每一次，我都在想，以后真的退役了，能到这里喝喝咖啡，和朋友聊聊天，放松放松心情多好。

这一天真的到来了，在这个承载了我20年记忆的咖啡馆里，我第一次以真实的身份来这里喝咖啡，来这里放松放松。

还是一杯咖啡，是越南产的，现磨，应该不是很贵，但是芳香扑鼻。我终于能认认真真地品味一下了。一入口，好苦、好涩，还有一股焦味。才豁然明白自己其实很讨厌这样的味道，尽管喝了20年了；才豁然明白这20年来自己到这里根本不是喝咖啡，当然没有认真品味过咖啡的味道。

风吹起了一角桌布，怎么有猩红的颜色，我的眼泪一下子涌了出来。也许是我的血染红的。在这里，我三次负伤，两次濒临死亡的边缘。也许是战友的血染红的。在这里，我有7位战友躺在血泊里，其中的两位永远地离开了我。20年了，我老了，两鬓有了白发。桌上幽幽的烛光，仿佛是我那两位亲爱的战友的目光，在注视着我，注视着这间咖啡馆，注视这个世界。

我老了，咖啡馆都翻修3次了，这个世界，依然喧嚣，却越来越繁华、越来越宁静。不必努力去记忆一些往事里的细节，因为这些恍如就在眼前，如此地具体，又如此地亲切。我注视着烛光，仿佛在和我的战友对视。在彼此的眼中似乎还可以看到曾有过的欢笑和眼泪。无论是在阳光灿烂的日子里，还是在有点阴郁的雨中，这个边陲小城，都曾留下我们共同前行的身影。

在这样一座相对陌生的城市里，也许我们都只是过客。尽管我们为了共同的信念，为了这座相对陌生的城市，我们奋斗、流血、牺牲，但是，终究我们会离开。只是，只是在离开的时候，这座边陲小城，会更加美丽、更加安宁！

窗外突然下起了雨，然后一直地一直地下着，似乎毫无止意。望着窗外的雨，突然记起战友曾经说过的一句话来：雨滴会变成咖啡，记忆依然完美。这句话是他和我说的最后一句话，5分钟后，在抓捕枪贩的战斗中，他光荣牺牲。我不知道，那句话是他从哪儿听来的，或是他自已不经意间念出来的。当时只是觉得很有诗意，很有哲理。

但是现在，在20年后的今天，在我将要离开警营的今天，我好像懂了他的意思，他盼望的只是不要让时间夺走我们曾有过的美丽，也许，在每一个下雨的日子里，雨滴都会幻化成咖啡的记忆。

雨总会停，但人却总是要离开的。在这间承载了我20年记忆的咖啡馆里，在这间见证了我20年风雨边关行的咖啡馆里，我想，就要离开我为之奋斗了20年的警营，离开我朝夕相伴了20年的战友，我想哭，却哭不出来。该走了，不必留恋，只是，我真得好好再看看8号桌，看看门口左边的桌子。

不经意间，8号桌坐着一对情侣，男的样子普通，女的相貌平常，是再普通不过的客人了；门口左边的桌子是两个喝啤酒的汉子，言语粗俗。

我的眼眶却立刻热了起来，我知道，20年的警营生涯让我知道别人所不知道的东西。我站了起来，慢慢走出了这座承载了我20年记忆的咖啡馆，一身的轻松！

外面，灯火辉煌，游人如织，这世界一派的安详！

此间的远方

● 邹剑川

诗人兰波说："在路上"。此语被米兰·昆德拉诠释后成为经典，被反复引用。

每个人追求一种彼岸的生活，追寻更远的远方。远方成为一种必然的期待，而在路上，在行走更是一种诗意的栖息。

但所有的远方无非是一个个此处，在此间，在当下是人存在的基本方式。我们在这里，在一个点，一瞬间，我们根本在现在。

电影《泰坦尼克号》中的杰克举起酒杯说："享受生活每一天。"生活无非就是每一个当下和现在。生活固然是追求，但生活也应该享受。一个人的幸福在于放弃不属于自己的东西，寻求自己可以得到的东西，探求在一种取舍之间的智慧。

从匆匆的行程和繁忙中解脱，投入现在，投入生活的享受，是一件快乐的事情。

放下目的，放下执着，放下更接近自己本来的面目，放下更接近当下的状态。

在哲学家休谟的眼里，世界是不可知的碎片，时间是断裂的，破碎中缺乏完整。过去已然流逝，将来尚未到来，因此只有现在最真实。

我们可以把握的其实只有现在。

此处即彼处，此间也就是远方。因为远方也就是每一个彼间，下一个当下。

我不在路上，我在现在。我不在远方，我在此岸。

大爱无边

● 王军红

“你是不孤单的，相信上苍给你的大爱。”这是一个善良的天使给我发来的短信。

回头看，我已活在大爱之中了。

那个雨夜，当我匆忙赶到他身边的时候，他已经永远地睡去了。

早晨分别时，他灿烂的笑依然是那样清晰。谁知，这笑已成了我们相爱的最后定格。痛得眩晕，痛得无力，我俯卧在他那宽厚的肩上，最后享受一下那爱的余温。手机信息的铃声响了：“你一定要挺住，一定要挺住。”是他的朋友。

从此，大爱拉开了序幕。

我的家人，他的家人都来了，他们在痛中抚慰我的痛。

送他的那天，来了许多许多的人。不管是系统内的，还是系统外的。有领导，有同事，有朋友。

许多安慰的话，让痛遮盖了，千行泪，模糊了眼睛。但我有感知，那天的上空汇集了许多的爱。这爱他看见了，火红的党旗映照着他的面容，很静美。

我和他说：“你看，组织对你是多么好啊！朋友同事对你是多么好啊！你所有的爱都得到了回报，这不正是你所祈求的吗。”

是谁那样有力，把我快速抱起，三步并做两步送到了院子里的车上。一个胸怀慈爱的人呀，你是不再忍看我的悲吗？我不知道你的模样，却记住了你的善举。

许多的同事、朋友、亲人一起把他送到了那个美丽的地方。

那里青山绿水，树木葱茏。

省局局长从百忙的工作中走来了。

刚接任他单位工作的局长一上任就来了。

他曾经工作过的单位局长带着班子成员来了。

我的许多同事放下手头的工作向我走来了。

还有那远方的问候，还有那从未见过面的人的一片爱心。

大爱笼罩着我，关心簇拥着我，安慰鼓励的语言在一遍一遍诉说。流泪，不仅仅是因为痛，也因为那份深深的感动。

一个平凡的小女子，在心最痛的时刻竟然得到了这么多人的关爱。天地宽了，心胸阔了，每一个日子里都有爱在流动。我的心逐渐热了，感到活着是那么美好！

大爱至孝

——兼祭父亲逝世三周年

●孙　逊

今年大年三十晚上，当人们在热切的期盼中等来了辞旧迎新的时刻——午夜十二点时，我准时拨通了给姐姐的拜年电话。我要在这“春归芳草绿，阳和物候新”的美好时节，把丁亥年自己心中的第一个祈福，送给远在千里之外年近花甲的姐姐。

姐姐在我心目中就像母亲一样，有一颗博大的爱心。她以自己的人格魅力赢得了我对她的尊敬和爱戴。尤其是她对父亲无微不至的关爱，体贴入微的照料，让沉疴缠身的父亲在精神上获得了莫大的慰藉，给老人的桑榆暮景增添了浓浓的暖色。虽然姐姐的爱心和孝心最终没能挽留住父亲的生命，但父亲却是带着亲情的温暖和精神上的富足上路的，因而他走得从容而淡定，了无遗憾。

姐姐从小就是我们家吃苦受累最多的孩子，也是对父母最上心、最用心的人。左邻右舍，亲朋好友，无不交口称赞。尤其对父亲的关心更是无微不至。父亲身体一直不好，离休后多种疾病接踵而来，几近丧失生活自理能力。姐姐注视着在无声的岁月脚步中日渐衰老的父亲，心如刀割，痛苦万分，最后做出了一个让母亲和弟弟妹妹都颇感意外的决定：提前退休！“爸爸辛苦了一辈子，不容易。现在老人需要人照顾了，总得有人做点牺牲。我是姐姐，我来照顾吧。”姐姐语气坚定地说。从此，姐姐便承担起了本该由弟弟妹妹共同分担的照顾父亲的责任和义务。诗人说，山高人为峰。而在我看来，姐姐就是挺立在亲情高峰上的人。她是一面旗帜，标志着人格的高度。我常想，姐姐怀着一颗感恩的心去报答父亲，并为此做出了巨大牺牲，而作为弟弟，我又该如何回报姐姐呢，尽管姐姐从没有想到过这样的回报。

俗话说，“老小孩，老小孩，人到暮年像小孩”。依照母亲的话说，父亲“越活越‘小’，像个孩子。”其实，姐姐正是把父亲当作一个“老小孩”来照料的，哄着喂饭、哄着吃药、哄着穿衣……那情形犹如一幅既让人感动、又让人酸楚的人生图景，让我终身难忘。为了让父亲心情愉快，她给父亲讲笑话、开玩笑；为了让父亲身体保持清洁，她每天都给父亲擦擦洗洗……特别是，她为了避免父亲生褥疮，还想出了一个帮父亲翻身的办法：把一根加粗了的绷带系住两头，形成了一个圈状。她先把绷带套在自己腰间，再把绷带从父亲腰部穿过去，然后套回到自己的脖子上，最后凭借着腹部和手形成的合力，便完成了翻身动作。应该说，姐姐发明的办法，是没有办法的办法，或者说是被“逼”出来的办法，因为姐姐的身材矮小，体质羸弱，要搬动瘫痪在床的父亲，绝不是件容易的事儿。而且，即便使用这个办法，每次帮父亲翻身也要竭尽全力才行。为此姐姐吃了很多苦、受了很多累。每每想到姐姐为父亲翻身时的情形，我常常为之动容，潸然泪下。

我以为，爱心是一种伟力，它可以延缓一个生命衰竭的速度；孝心也是一种伟力，它可以延长一个人的生命周期。父亲之所以比与他病情相似的老人更具有顽强的生命力，一个重要的原因，就是姐姐以她博大的“母性情怀”来护理一个脆弱的生命，以她浓厚的骨肉亲情来呵护一个至爱的亲人。在姐姐看来，哪怕是父亲手脚已不方便，说话已不清晰，交谈已不顺畅，神志已不清醒，只要老人一息尚存，就要倾注百分之百的爱心，投入百分之百的孝心，付出百分之百的耐心。“精诚所至，金石为开。”姐姐果然为我们争取来几年“有爸”日子。可以说，没有姐姐的努力和付出，父亲不可能如此高寿。其实，对父亲同样有爱心和孝心的还有姐夫。姐夫是个很厚道的人。人们都说“久病床前无孝子”，可姐夫作为父亲的“半个儿子”，对岳父就像对待自己的生身父亲一样，从没有半点儿怨言，更没有嫌弃过，始终无怨无悔地辅助姐姐伺候父亲，直至父亲闭上眼睛的最后一刻。

记得《诗经》中有这样的诗句："哀哀父母，生我劬劳……父兮生我，母兮鞠我，拊我畜我，长我育我，顾我复我，出入复我，欲报之德，昊天罔极。"是啊，人都是父母所生，父母所养，父母为儿女忙忙碌碌，千辛万苦，可当孩子成家立业了，父母却已日渐老去。羊有跪乳之恩，鸦有反哺之义。而人非草木，更应明白感恩、报恩的道理。人世间许多事情可以重来，唯独尽孝心不能重来。父母一旦离去，即使想感恩尽孝，也没有了可能。所以，在人的一生里尽孝子之责，是刻不容缓、时不我待的事情。与其将来追悔莫及，不如现在发奋做起。因而，我们对于赋予自己生命的父母，乃至有恩于自己的他人，应常怀感恩之心、常念报恩之义。这是我从姐姐身上获得的感悟，或者说是姐姐赠予我的一笔宝贵的精神财富。

父亲是在3年前一个雪后初霁的早晨去世的，享年83岁。父亲走的时候神态十分安详，两颊泛着少许的红晕，嘴角挂着些微的笑意，那神态像熟睡了一样。我想，父亲之所以选择"安详"作为自己一生的最后表情，或许是答谢女儿、安慰女儿的一种特殊方式吧，他一定不想看到自己的爱女在他驾鹤西行的时刻，因诀别而过度伤心。

时间能疗治心灵的伤痛，却化解不开对亲人的追忆。父亲虽去世3年了，可姐姐至今尚未从失去父亲的痛苦中走出来。她总觉得她亏负于父亲，认为还可以伺候得更细一些，照顾得再好一些。我理解姐姐。我从姐姐的自责中读出了她对父亲还有太多太多的牵挂，她不放心九泉之下的父亲离开了她的呵护是否幸福，是否孤单？每每此时，我只能用沉默来分担姐姐内心的哀痛，在心里默默地安慰着姐姐："姐姐，放心吧，爸爸很幸福，更不孤独，因为爸爸没有离去，他就在你的心里，在母亲和咱们的心里！"

是的，姐姐以她的爱心为笔、以孝心为墨，在亲情之巅写下了4个遒劲的大字：大爱至孝！正是姐姐的大爱至孝，让83岁的父亲实现了完美的生命谢幕，让我真正懂得了血浓于水的真谛。在此，我再一次由衷地对姐姐说一声：姐姐，谢谢你！

当情感成为一种珍藏

●白　冰

记忆的年轮向回辗转，聚焦在一个动人的画面上：当远方的部队吹响了进军的号角，可爱的战士举起了钢枪，当嘹亮的口号震撼着沉睡的心灵，当铮铮的誓言注定前进的方向，我们，就拥有了一个共同的名字——边防警察。

有这样一幅照片，让我永难忘记：一位军嫂一手拎着鼓鼓的行囊，一手牵着一个两三岁的孩子，走在夕阳西下的土路上。他们已经走了很远的路，而且还有很远的路要走，他们要去祖国的边陲寻找他们的“珍藏”。

每个边防军人都有不相同的故事，每个边防军人又都有非常相似的“珍藏”——对父母、爱人、孩子不同寻常的情感。无论是北国雪疆还是青海盐田，无论是南沙礁岛还是大漠边关，都有我们挺拔的身影，都有我们威武的军姿。先天下之忧而忧，后天下之乐而乐。把祖国装在心中，为人民鞠躬尽瘁，这不正是边防官兵的真实写照吗?!

有这样一个地方，被人们称做东方第一所，这个听起来威武雄壮的名字，这个每天清晨把太阳迎进祖国的地方，只是由六名边防警官默默地守卫。在这个叫乌苏镇的小镇上，除了一户以打鱼为生的老夫妇就只剩一片茫茫的江水，广袤的天地与浩淼的江水让边防哨所显得愈发微小，但充盈在天地间的却是我们边防战士广博的胸怀，正是这胸怀，战胜了危害国家的敌对势力，正是这胸怀，战胜了无边的孤单寂寞，他们背负着父老乡亲的思念、嘱托，有人还背负着对亲人无法弥补的遗憾与愧疚。

什么也不说……

祖国知道我……

我们的战士把这所有的一切藏在心里，胸中的热血暖热了钢枪也暖热了边疆百姓的心。

佳木斯的边境线上，那烟波浩森的乌苏里江，是我们边防战士尽情驰骋的战场，炎炎夏日考验的是我们的耐力，大雪冰封考验的是我们的意志。面对乌苏里江，游客看到的，是一幅美丽的图画；渔民看到的，是孕育财富的河流；而我们看到的，是一座大门，在门上，我们看到了祖国的期望，看到了人民的重托，更看到了我们亘古不变的誓言。

诚然，边防生活是单调的，没有灯红酒绿，没有轻歌曼舞，但那荡气回肠的军歌同样可以震天撼地，训练场上的较量让我们永不寂寞。茫茫戈壁有流沙相拥同行，绵绵雪山莲花骄傲地绽放，寂静边关的明月下铸就了我们不灭的军魂。我们把远方寄来的每一封信都安放在自己的枕边，虽然大部分内容都可以默背，但在临睡前总要不停地翻看，生怕漏掉每一句思念的话语，我们已经习惯了将自己的感情珍藏。

当情感成为一种珍藏，情感就会变成力量。我们将思念打包，装进行囊，包里还装着军功章和比武的奖状；我们将内疚压薄，夹进本子，在扉页上写着“愧对亲人正是为了不愧对祖国”；我们将期盼风干，装进信封，信里写着“一家不圆正是为了万家团圆”。对亲人的情升华成了对祖国的情，对亲人的爱升华成了对人民的爱。

我们，就是宝剑，我们，就是钢枪，磨砺出来斩尽世间邪恶，锻造出来守卫祖国边防！

儿子的礼物

● 姜新起

母亲节的前一天，我收到了正在井冈山旅游的儿子发来的短信："祝阿姨母亲节快乐！"

自有手机以来，我已记不清收到过多少祝福节日快乐的短信，而母亲节收到祝福是第一条、也是平生第一次，他来自我的继子，我视他为己出，更视他为我的生命！

2008年，我和老公相识，他的前妻因病去世。我曾问他，如果再婚儿子会有何想法，他说儿子尊重父亲的选择。他给我传来了儿子的照片，看着照片，想着他刚刚二十几岁，母亲就离他而去的悲哀，我的心忽然间就那么疼，眼泪止不住地掉了下来。

和老公见面的第三天，儿子也坐在了我的面前。这是一个长得端端正正、举止规规矩矩的孩子。他对我很有礼貌，一见面我就喜欢上了他。和我结婚之前，老公征求了儿子的意见，儿子说只要爸爸喜欢我就同意。

我和我的父亲是同一天的生日。没想到的是，老公为我带来的儿子和我母亲的生日竟也是同一天。这真应了那句话：不是一家人，不进一家门。去年夏季，儿子生日那天，清早刚一睁开眼睛我和老公就给他发去短信，祝他生日快乐。很快儿子给了我们回复："祝阿姨和爸爸永远幸福美满！"话虽然不多，但每一个字都如烈日下的清泉，绵软甘甜，沁入心脾，我回味了久久、享受了久久……那一天，我的母亲也平生第一次和他的外孙子在一起尽享了天伦之乐。

母亲曾经因为腿疼需要天天打针，儿子不仅及时打电话问候姥姥，还隔三岔五向我表示，姥姥去医院他要一起陪同，如果我没时间他就回家陪姥姥。每当谈起外孙子，母亲都会赞叹不已，在她眼里，外孙子孝顺、懂事、有文化、不张扬……

去年国庆节，他给我带来了两个哈密瓜和一盒“咯咯哒”鸡蛋。路上，两个包装盒的手提处相继破裂，他从地铁口出来，竟左右胳膊分别兜着一个大盒子走了数百米才回到家。看着他脸上冒出的细细汗珠，我不禁责怪：“怎么不打电话告诉我和你爸去接你？”儿子笑笑说：“没事，不麻烦你们。”可我分明看见他坐下后不停地在揉自己的胳膊。

牛年腊月廿九我发烧了，儿子一会儿给我端水，一会儿给我拿药。回想成年以后，我还从来没有连续多日高烧不退，也许是冥冥之中命运有意安排吧，有了儿子，而且儿子就在身边，我足足烧了 4 天，也足足享受了有儿子相伴的这个美好而又温馨的节日！

一个月前，儿子参加在职博士生考试的成绩出来了，他以专业第一的优异成绩排在报考该专业考生之首。得知消息后，我和老公当晚分别在不同的地方为儿子庆贺，我独自在家破例连喝了两杯红葡萄酒，儿子说“有点夸张”了吧，我说一点也不，因为我发自内心地特别高兴！

寒来暑往，我有儿子已经一年多了。偶尔翻看手机，儿子的短信格外醒目，冬天他会嘱咐我：“穿羽绒服要把帽子戴好，很多地方都结冰了，路上要小心。”天气渐渐变暖，我出门在外，他又会说：“天热，路上多带点水。”老公生病，我忙前忙后，儿子一再表示：“您自己也要保重身体”……

我曾经和儿子交流过，说很感激他，因为他从来没有为难过我，哪怕是一个不友好的眼神都没有过，如果他当初有一点点不愿意，我和老公也不可能顺利结婚。儿子说，他很感激我，因为他觉得我从一开始对他就很真诚。我告诉他，我的朋友说他能和继母相处得如此和谐，说明他心态很阳光。儿子却说，是我的阳光心态照得他也心态阳光了。

儿子告诉他爸爸，他在井冈山给我买了一条竹纤维的围巾。说实话，我很在乎，在乎儿子对我的在乎。但我更在乎的是，有了儿子我更加热爱生活，我比以前更知道父母养育之恩的厚重。母亲节接到儿子给我的祝福短信后，我给了他这样的回复："谢谢儿子！是你让我有了做母亲的感觉！是你给我带来了做母亲的快乐！是你让我平生第一次有资格过这个节日！你为我的人生增添了绚丽的色彩！"儿子再回复："这么久以来，您一直关心照顾我，让我重新体会到了母亲的温暖！"

看着手机，我的眼泪夺眶而出，我没有去擦，任凭它像小河一样恣意地流淌，我心中充满了无比的快乐：感谢生活，感谢老公，感谢上苍送给我一个好儿子。

给心灵留白

●王亚哲

“留白”是绘画里的一个术语，“留白”就是让欣赏者有信马由缰的想象空间，在欣赏的过程中，把自己的心情揉入画卷，独自悠游于艺术所赋予的空灵氛围中，让尘事渐行渐远，心灵便在这泼墨山水间纵横驰骋。艺术大师往往是留白的大家，如齐白石先生的画，处处留白处处有意，空灵虚幽，虚实相映，方寸之间彰显天地之宽，“恰是未曾着墨处，烟波浩渺满目前”。

诗词歌赋讲究“含蓄”，其实“含蓄”也是一种艺术的留白。凄风苦雨的夜晚，泡一杯香茗，捧一本好书，沉浸在世外桃源的清新意境中，给心灵一个幽静的居所，给疲惫一个休憩的机会。夏日，在唐诗中听取蛙声一片；秋天，在宋词里寻寻觅觅海棠是否依旧？于是，在心灵的宁静里，静看岁月一点一点悄悄流过，成功，不会欣喜若狂，失败，不会心灰意冷，一种超脱，油然而生。

音乐中“别有幽愁暗恨生，此时无声胜有声”的境界，这其实也是一种“留白”，一首曲子如果用音符填满空拍，欣赏者没有了想象的空间，那么这音乐便没有了生命力。好的音乐会赋予我们美妙的梦幻般的思维，宛若流水一样融入我们的血液，散发着浓郁而温暖的气息，蕴涵着深厚而纯真的情感……在中国众多的古琴曲中，不论《高山流水》、《阳关三叠》，还是《梅花三弄》、《情殇》无不一唱三叹，好似中国的水墨画，浓淡相间，疏密有致，从而让人感受到音乐给人的那种关爱和魅力。

留白是艺术的技巧，也是生命的艺术。人生也需留白，万丈红尘中，忙忙碌碌的我们，曾几何时忘记了给自己的心灵留白，每天慨叹“我们成了工作的奴隶”、“忙得都不知道自己是谁了”，这样的人生还有什么幸福可言？散文家蒙田曾说过这样的话：“我们必须保留属于自己的后厢房，自在地在这里营造我们真正的自由，以及我们的退隐和孤寂。”可见，给心灵留白有多么重要。

忙碌的生活，让很多人失去了自我，世俗的琐事、工作的压力让我们不堪重负，但是如果能在繁杂的生活里，摘掉伪饰，卸下心灵的重担，少一些苛责，多几分理解，少一些投机钻营，多几分超然豁达，那么我们的心灵就有了几分宽松的空间，才可能拥有清风明月的胸怀，才可能拥有一片天马行空的蓝天。这也正如海德格尔所说的：“人诗意地栖居于世上之时，静静地听着风声也能体味到真正的快乐。”

留白，是一种境界，一种智慧。只要心灵是透明的，人生何处不是“万里无云万里晴”的广阔呢？给心灵留白，不必因得失而计较，不必因名利而奔波，我们就会领略到简单的幸福和丰富的宁静，这样的人生将会更加润泽、丰腴和厚重。

故乡的白杨树

●梁亚明

我的故乡在京西的一个小山村，随着岁月的流逝，故乡的轮廓在我的脑海里渐渐模糊了，让我魂牵梦萦的就是村口儿那棵高耸入云、四个壮汉才能将其环抱的白杨树。

听长辈们说，那树还是老辈子人在“大清国”时栽下的。树身早就裂开了一道道深沟，树上住着一个喜鹊的大家族，在二里地之外，就能清晰地听见喜鹊们“喳喳”的叫声，好像是在和远方归来的游子亲切地打着招呼。夏秋时节，白杨树的树叶随风摇曳，发出“哗哗啦啦”的笑声。那笑声让人听了不禁为之动容，宠辱皆忘，心旷神怡，如入仙境一般……

白杨树下有一口九丈深的井，那井水冬天打上来冒着缥缈的蒸汽，夏天打上来却散发着一股透入肌肤的寒气。老辈子人说，当年老祖宗是先打下这口井，才在井台旁栽下这棵白杨树的。井台旁并排摆放着两个足以躺下一个人洗澡的大石槽，它有两个功能：一是供村里的女人们洗衣服。二是供人们“饮”牛羊牲口。除去冬天，女人们都喜欢在此洗衣服。她们先把衣服泡在石槽里，然后抡起棒槌，开始捶打衣服。一边干活儿，女人们一边嘻嘻哈哈地逗着、闹着，那有节奏的棒槌声和女人们的笑声时高时低，惊得树上的喜鹊不时地发出不安的叫声。女人们的笑声特别富有感染力，来这儿挑水和路过这里的人都会被女人们的笑声感染，也会莫名其妙地跟着笑起来……

每到黄昏时，夕阳便着意给老槐树涂上一层先是金黄，而后逐渐变红的神秘色彩。晚霞把女人们的脸颊映衬的更加娇艳，放牧归来的人们把牲口轰赶到井台上来“饮水”，女人们留下一阵甜甜的笑声离去了，杨树下牛羊的叫声又响成了一片。这声音和老杨树发出的“哗哗啦啦”的声响、喜鹊们“喳喳”的叫声混在一起，便汇成了一支美妙的“牧歌村曲”，伴随着袅袅炊烟在小山村上空扩散开来，随着阵阵晚风飘向天边……

月上东山，老杨树的树叶把皎洁的月光筛成碎块儿，均匀地抛洒在光滑的井台上。树叶摇曳着，月光在光滑的石板上跳跃着，老杨树“哗啦啦——哗啦啦——”地笑着，宛如清泉流淌，又像是慈祥的长者在给儿孙们讲述着动人的神话。小山村渐渐地睡着了，人们的梦都是甜美的……

老杨树并非不结“果实”，每年的春末夏初，老杨树都会结出一种毛茸茸的，一乍来长的叫做“杨树狗儿”的东西来。听大人们说，倘若去掉“杨树狗儿”表面那层米糠一样褐色的东西，“杨树狗儿”还能吃哩！但当时孩子们还是更注重玩儿的功能。大孩子常常拿它去吓唬小孩子，因为那东西乍一看很像毛毛虫。女孩子们经常拿它编成各种猫啦狗的小动物，看上去很逼真。孩子们还用它来当唱戏的道具：塞入鼻孔里，就成了老生的胡子；挂在耳朵上，就成了皇帝的流苏。无论演得如何，大人们永远是夸奖的，孩子们玩儿得更起劲了。

恩师刘绍棠先生生前曾笑谈他们通州的一些农家子弟是：“看不见本村的树梢儿，就辨不清东西南北；一看见自家的烟囱，立刻就来了能耐。”我觉着我就是这样的人，总忘不了家乡的那棵老杨树，总记着老杨树留给我的记忆。哦，我的小山村，我的老杨树……

怀念奥运的那段日子

● 刘红茂

奥运会期间，只要是休息日，我就背上照相机来到欢乐的人群中，记录中国人民百年圆梦的欢庆场景，感受北京奥运带给世界人民的激情与欢乐。

"鸟巢"第三入口处因其地势较高、场面开阔、环境优美、距"鸟巢"、"水立方"远近适度，每天吸引着来自世界各地的观众和游客。他们在这里感叹"鸟巢"的宏伟、壮观，欣赏"水立方"的晶莹、秀美；他们在这里合影留念、相互交流，享受奥运带来的那份欢情与快乐。

这里，不同国度、不同肤色的人们，在五环旗的感召下走到了一起，瞬间成了朋友。以往的不解、猜忌，此刻被欢乐的气氛所淹没；透过彼此的笑脸发出了和谐大同的光彩，与"鸟巢"、"水立方"相辉映，形成了一道赛场外的亮丽风景。

这里是各国人民表达情感、增进了解的又一场所。这里已没有了国界，人与人也不再陌生，彼此碰面即使无语也会点头微笑。这里，已被来自世界各地的热情观众变成了欢乐的海洋，每人心中装的都是奥运带给他们的喜悦，脸上写满了温馨的笑意。他们既是这欢乐海洋的营造者，同时也敞开胸怀尽情享受着这份快乐。"同一个世界、同一个梦想"在这里得到了极好诠释。

我用照相机记录下这样一组照片：一位佩戴奥运工作证的外籍奥运工作者与中国儿童的合影；烈日下，几位漂亮的美国金发姑娘收起了遮阳伞，与一批批中国青年男女挥舞着互换的国旗，相拥合影，脸上始终绽放着灿烂的笑容。还有挪威、丹麦、瑞典的游客与中国游客或是合影、或是交谈、或是互换礼品的场面……如今的北京已入冬季，奥运场馆周边也因观众游客的离去而愈显冷清。但当我打开电脑再次看到这组照片，顿感心情荡漾、暖意融融，仿佛又置身于奥运圣火熊熊燃烧、热情观众普天同庆的欢乐海洋之中。

十六天的奥运十六天的狂欢。十六天，“鸟巢”第三观众入口处天天讲述着感人故事、上映着精彩瞬间。十六天，北京的大街小巷到处是挥舞的旗帜、绽放的笑脸、和谐的景象。如今，北京奥运会已经结束，但我相信，北京奥运带给中国和世界人民无限快乐和美好回忆，各国运动员和热情观众彼此间的情谊，就如同保存在我电脑中的照片，永远留存于参与并享受了奥运盛会的每个人的心中。

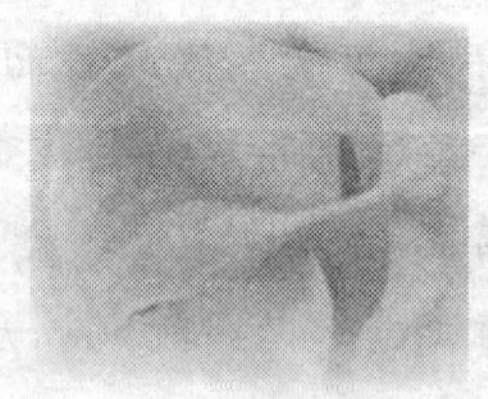

家长情怀

● 王川都

女儿去读大学了，家中只剩下我们夫妻俩，冷清的感觉不时袭上心头。闲聊的话题总有意无意地谈及孩子，思念和牵挂如同床头柜上那翻过的台历与日俱增。

一日，妻子接到另一位家长的电话，三言两语即进入主题，说起她女儿进大学后的诸多不适应及当家长的忧虑，声音都不由得哽咽了。儿行千里母担忧。每一位做家长的何尝不是如此呢？我清晰地记得，当千里迢迢送女儿去上大学，将一切安顿下来，在校门口与她分手时，我的心仿佛猛然一沉，顿时觉得胸中空荡荡的，半晌回不过神来。我虽然明白女儿这一走，有自己更广阔的生活空间和人生追求，她不愿意也不可能再依偎在家长的身边接受呵护，但坐在车上扭头望着那高挑的身影在自己的视野中消失，心里毕竟不是滋味。

当下儿女在接受高等教育的这一拨家长，多为上世纪50年代生人且其中不少的曾无缘大学而深感遗憾。惟其如此，有太多的理由促使家长们忠实践行“再苦不能苦孩子”的宏愿，殚心竭力地为儿女亦为自己圆梦！

去年高考最后一天的下午，在外湿内热、忧心忡忡的等候中，有对家长给我留下了很深的印象。其父肩背照相机，其母手捧鲜花，不时地抬腕看表。当下考铃声一响，那位父亲立即登上台阶远眺，见到儿子的身影马上挥手示意，兴奋之情溢于言表。母亲忙不迭地迎上前递上鲜花顺手接过书包，父亲则在一旁手忙脚乱地准备拍照。这一家子的忙碌，十分抢眼，自然引起了记者的关注，“长枪短炮”立即簇拥上去……

我还知道，有位家长虽没前往“陪考”，但一直在家忙碌着，变着法子准备一日三餐的饭菜。熬了一锅鸡汤仍感到不满足，又大汗淋漓地买回了一大碗红烧猪蹄。

“父母爱子，则为之计深远”。不管以什么形式来表达内心的这分守望，中国家长的骨子里就沉淀着重教、节俭、望子成才、甘愿付出的古老遗风。经过时间过滤，在思维空间和物质空间都大大拓展的今天，做一个鲁迅所倡导的“父母对于子女，应该健全的生产，尽力的教育，完全的解放”式的家长，仍不失为选择医治自己和寻找自己的价值之道。这是自我生命的延续与再生。因此，旷达地调整和理性地面对家庭的“空巢”期，使得生活在清静中透露生机，无为中却是有为，闲逸中自有情趣，仍然沉浸在希望、期待、充实和快乐的氛围之中。我想，这也应该是每一个“空巢”家庭所追求的理想境界吧！至于说到我们的女儿，已长成了一个落落大方的年轻人，她也许不会出人头地，光宗耀祖，但这没有什么，只要她正直、上进、健康、快乐，这就是我们家长最大的幸福！

走笔至此，女儿又打电话告之，她以综合排名第一获得一等奖学金并被评为全校“优秀学生”。我们夫妻俩不由相视一笑，为女儿迈出的每一小步感到由衷的喜悦。因为在我看来，家长的责任不是为子女铺平人生的道路，而是提供人生的地图啊！

今天 又想起父亲

●赵 欣

一年一度的清明节又到了，今年的清明注定与往年不同。

父亲走了快一年了。走进他的书房，人去屋空，所有的一切都不再有生气。偌大书桌的角落里一摞书法草稿还静静地躺在那里，一张张翻开，有的是半成品，有的是他自己不满意的作品，有的是因别人求了很久所欠的作品，还没来得及送出……书架上满满的书已经很久没有动过了，友人送的金马、玉瓶和各种饰品上面也落了厚厚的灰尘，父亲在时，每天都会把屋里各个角落收拾着干净整洁。挂在父亲床边的一幅装裱小楷书“出师表”和墙上的两巨幅字画依然能清晰地传递出父亲扎实的书画底蕴与深藏不露的那分挚真情怀。物是人非，泪眼模糊中，父亲俯案写字的熟悉身影又清晰地浮现在我的眼前……

父亲走得太突然了，快得让我们好长时间都回不到现实里。因为在我心里，父亲永远不会老。一直从不服老的父亲也的确不像年近八旬的老人。他每天都出门步行，走很远的路而不感到疲惫。在他去世前两个月还念叨再去看他的八姨、表姐和武术界的同仁，我们当时都怕他身体吃不消，竟没有让他实现了这个愿望。

父亲在教育岗位奋斗了一生，为人师表，桃李满天下。任班主任期间年年被评为县级以上先进工作者，多少老师眼中的淘气学生和学校上了榜的“差等生”，都在他的教育和引导下成了栋梁之材。从十几岁到几十岁，过去了几十年还念念不忘，时常有人来拜望。他们说，小时候遇一位恩师，会受益一生。

父亲的经历颇为坎坷，从小就很要强，当年一个县考上两人到外县上中学，父亲是其中之一。在中学里成绩依然名列前茅，学校让他入团，爷爷奶奶不同意，理由是战争时期不太平；部队去学校挑干事，因为成绩和书法拔尖，又选上父亲，家里又阻拦。父亲后来常跟我们说的话是："大主意你们自己定，因为不知道结果如何，也许自己的主意是对的，家长只是提参考意见。"

父亲一生勤奋好学，文武全才。父亲六岁学习书法，正楷、小楷、行书都有很高的造诣。尤其是小楷，在书法界颇有名气，正楷被书法大师欧阳中石称为"书法界的功夫大师"。作品多次荣获省内外及国家大奖，被授予"当代杰出书画艺术家"称号。书法名家杨再春和启功都给予极高评价，并收藏其作品。听周围那么多的人在赞叹他的人品、他的书法艺术以及在武术界的权威地位，我忽然感觉我真的不了解父亲。仅此，我就万分愧疚。我开始上网搜索关于父亲的信息，许多网民留言："一代老拳师悄悄地走了，无限缅怀，一路走好……"

父亲在时，我从没有认真地去想过父亲的事迹，甚至都没有留他一幅字画，我一直以为等我有了大房子需要挂字画时，父亲会随时给我现写一幅。现在想来，关于父亲，心里有许多的故事，但要理顺起来，却发现记忆里全是片片断断、支离破碎的，有许多父亲的资料要整理，却发现我了解得太少，在武术方面，我甚至不如他的徒弟们知道得多。

父亲四岁开始习武，受其外祖父真传，对武术产生浓厚的兴趣，后又受舅父和大姨的亲授，精通孙门各类拳械。在我的记忆里，每天早晚都能看到父亲习武练功的身影，几十年来从不间断。我没有细算过父亲传授的学生人数，但凡诚心来学武术的，父亲从来不拒绝。有人劝父亲办个武术学校，不但可以收费，还可以扩大声誉，但父亲从不为所动，依然诚心诚意地义务教授八方学生。自从父亲的资料上传网络后，有许多相隔千里百里的武术爱好者纷纷登门拜师。

父亲在武术界虽然年长很多，但辈分较小，同门师弟尊称他为“大师兄”。2005 年我陪同父亲一起参加了他的大姨兼恩师——孙氏拳第三代传人孙淑荣先生的葬礼，亲身感受到了他在武术界同仁的声誉，“大师兄”不仅是一个称呼而已，而是实实在在、发自内心的尊敬和爱戴。作为孙氏太极拳第四代重要传人，父亲为发扬中华武术倾尽毕生之心血，被誉为“当代武术名家”。

今年春节回家，看到挂到厅堂上的家谱，父亲的名字已经被写上了，那一瞬间眼泪顿时溢满眼眶，这个家谱是父亲自己制作的，图案全是父亲自己编画上去的，那上面衔着灵芝的仙鹤，惟妙惟肖。族谱上面密密麻麻的大半页已故先人的名字全是父亲写上的，如今他自己的名字也上去了，悲伤之余不禁让人感叹人生的世事无常。我们大家族里能清楚地说出上八代先人名字的好像只有父亲一人，所以族内的事情都会征求父亲的意见，而父亲却永远地走了……

我曾经多么希望自己能在幽静的公园旁边拥有个大房子，把父母接过来让他们享受一下晚年的幸福生活：练练功、逛逛公园，看着老人下下棋，和同龄人聊聊过去。时常陶醉在书法意境，看看电视里的“夕阳红”。带着他喜欢的小外孙女享受一下天伦之乐，我知道这是父亲晚年最想要的生活。但是直到父亲去世，我都没有帮他实现这个愿望。心有余而力不足的悲伤时不时地让我心里备感沉重，沉重到心被掏空。

不论年龄多大，我们都希望挚爱的亲人能陪伴我们久一些，再久一些。希望操劳一生的父母亲享受到与下一代，甚至更下一代的天伦之乐，希望他们永远健康快乐地活着，享受人间的一切美好。

愿天堂的父亲幸福永远！

可可西里的牵挂

●张 颖

还记得那个短信吗，你说：“我以可可西里志愿者的身份向你们告别。为了保护濒临绝迹的藏羚羊，我将离开北京一段时间。但愿能够活着回来”。这样的文字，让我读出了“风萧萧兮易水寒，壮士一去兮不复还”的悲壮。应该说，你内向的性格决定了你不事张扬、心静如水，正因如此，任谁也未曾想到，你“于无声处‘响’惊雷”，做出了如此这般石破惊天的壮举。

说实话，这样的决定，别说对于你，就是对于任何人都是非同小可的事情啊。可是，你却把它看得如此的平平淡淡，只是以发短信的方式通知了朋友。你是怎样想的呢，是怕我们担心吗？是怕我们劝阻吗？还是不喜欢我们为你设宴饯行？不习惯依依话别的场面？不愿看到女同学的眼泪？真的，当我们得知你去可可西里的消息时，大家一时间面面相觑，无言以对，惊愕之情溢于言表。

听说，你是在一个月朗星稀的夜晚告别京城悄然登上了远去的列车。你知道吗，不知怎的，自从接到你的信息后，我内心深处便滋生出一种从没有过的牵挂，抑或还有因牵挂而产生的忧伤。是的，我思想里装满了太多太多的疑惑：为什么可可西里对你有那么大的吸引力？是什么让你如此义无返顾地踏上了远去的征程？是茫茫戈壁的神秘？是“大漠孤烟直”的荒芜？是藏羚羊泣血的呼唤？还是热心男儿所特有的责任、使命和理想？我还想，如果说你平静的性格决定了你的选择，那么你有N个理由做出去往其他地方的选择？难道你已厌倦了三十几年的平静生活，试图走进具有刺激和挑战性的处所？还是以为，到了可可西里，平静的人会变得充满了激情，浮躁的人会变得趋于平静？说来惭愧，直到有一天，我在电视里看了电影《可可西里》的导演陆川谈可可西里的专题片后，我才找到了答案。在电视画面里我看到了一个真实的可可西里：恶劣天气、血腥杀戮、死亡威胁……看完后，我哭了，哭得一塌糊涂。泪水里有悔恨、自责和忏悔——为自己长久以来对可可西里的漠视。可以说，是陆川使我加深了对可可西里的认识，加深了对包括你在内的所有为保护可可西里而舍死忘生的人们的理解！我明白了，志愿者为什么面对困难可以知难而进，面对死亡何以视死如归；我明白了，“人不可能使自己伟大，但可以使自己崇高。而这种是崇高，是精神上的崇高”这一至理名言所蕴涵的道理。

你知道吗，后来我发了一些短信给朋友们，告诉他们一个被我重新诠释后的你——一个志存高远的有为青年、一个追求思想和精神高度的同代人。

他们回复的信息让我感动，其中一个短信是这样写的：“在我看来，志愿者们那种不求索取、甘愿奉献的可贵精神，不仅崇高，而且伟大。志愿者选择了可可西里，不是选择了可能的死亡，而是选择了勇于挑战死亡的忘我精神。”我问他，为什么不直接把这个如此精辟的信息发给你，他说：“节约每一个铜板，为了支持保护藏羚羊的事业。让他省下几毛钱的信息费吧。”

他说得不无道理。我也有这样的想法，但主要原因是不想打搅你的那种平静。我想好了，等你凯旋的时候，除了为你设宴洗尘，还得让你看那些没有发出的信息。

好吗？

两地情

● 王军红

那是一个春天，鲜黄的迎春花开得正艳。丈夫接到异地任职的通知，神色庄重而神圣，收拾行囊，匆匆而去。家中留下的，是妻子无尽的牵挂和十岁儿子懵懂的眼神。

爸爸为什么要到外地去上班啊？“共产党员是一块砖呀，哪里需要哪里搬啊”；为什么别人的爸爸没有“搬”啊？“因为你的爸爸优秀啊”。我不想爸爸优秀，哇，大哭！

生活的变化是需要时间来适应的。在丈夫刚离开家的一段日子里，一向学习优秀的儿子成绩开始下降。老师不明原因，却发现儿子上课时常常发呆。这是一个亟须解决的问题，小学四年级的课是不应该再放松的。为了转移他对父亲的想念，星期日我便带他去水塘抓了许多小蝌蚪养起来，让他期待蝌蚪变青蛙的过程。朋友送来了两只幼小的兔子，我们娘儿俩动手在阳台上给它们建了一个美丽的小房子。好心的同事有的抓了小鸟送给我们，有的抓了刺猬也拿过来。儿子开始忙碌起来，他在接受爱的同时，也把自己稚嫩的爱给了小动物们。丈夫时常打来电话，鼓励儿子积极进取，教育他学习好是一个学生的本分。儿子的情绪像春天万物般慢慢复苏，学习成绩很快赶了上来。

丈夫升职是一件高兴事，但异地任职又往往在妻子的喜悦中伴随着丝丝的落寞。“两情若是久长时，又岂在朝朝暮暮”。我们用秦观的词彼此安慰着，用相互的牵挂和问候缩短爱的距离。妻子时常鼓励丈夫用心工作，不辜负组织的重用和同志们的厚爱；丈夫期望妻子认真工作的同时也要教育照顾好孩子。等待成为最美丽的事情，等电话，等休息日，等节日放假能多团聚几日。偶尔，谁病了或孩子身体哪里有点不舒服也都用爱的谎言遮挡过去，只求给对方一个安心。慢慢地，彼此开始关注对方所在的城市，关注新闻，关注天气，关注那里的人和事。有时不经意间听见别人说出对方所在城市的名字，就会感到特别亲切，听到对方单位有什么成绩也会欣喜不已，真是应了那句话：爱屋及乌了。

在异地的日子里，我拿什么奉献给你，我的爱人？请用你的忠贞，你的热情，你的工作成绩来报答我！在家的日子，我怎样才能对得起你，我的爱人！你要让家中永远拥有一片晴朗的天空，你要让孩子的笑纯真而灿烂！这就是责任，社会和家庭的责任丰富着我们的人生。当相守变成相望的日子，爱，好像有了条件，那就是要履行好各自重新分配的责任。

风雨霜雪，四季交替，时间在期待中悄无声息地过去。“三检”合一后，丈夫终于回到了离家不远的地方上班，我们又过起平常的日子，享受着平常生活的天伦之乐。有时回忆起那段分离的日子，丈夫说那是一种历练，也是一次考验，异地交流锻炼了一个人的适应能力，提升了一个人的整体素质，同时也考验了夫妻彼此对爱情的忠贞。

岁月追踪着人生的脚步，匆匆忙忙。在刚刚送走儿子上大学一个多月的日子，丈夫又接到调令，马上要到一个新的异地工作了。一个人的日子也许过于清闲，那就想办法忙起来吧！多工作多学习多锻炼身体。让工作干得出色，让学习取得成绩，让一个人的散步轻舞飞扬，让一个人的日子丰富多彩！

窗外，灯火阑珊；思绪，如彩蝶纷飞。人各一方，祈愿平安！

两棵树的寓意

●查一路

在海尔美国公司，首席执行官想找出海尔文化和美国文化两者互通的东西，作为企业文化的核心。而企业文化作为一种企业发展的灵魂，一直支撑着海尔本土壮大和海外扩张。

虽然文化有异，可有一点是共同的，那就是员工对从事的事业所秉持的理想，能激发对工作历久弥新的激情。

于是，一种激励员工的方法被用到了美国的海尔工厂。员工的休息室里，放上了大量的彩笔和纸，让员工用来勾画描绘想象中未来的海尔。

员工克拉拉画了两棵树，一棵代表中国海尔，一棵代表美国海尔，她说："两棵树越长越粗壮，旁边长出了一些小树。"这两棵树确实有些意味深长，理想中的前景淡化了文化的差异。不同国土和肤色的人们为心中共同的蓝图，而并肩协作战斗。而那些旁边生长的小树，又包含了多少美好的祝愿和企盼啊！

这幅画被送回了海尔总部，受到首席执行官张瑞敏的赞许。张瑞敏在这幅画上签上名，并让人将它送回美国。

在一次大会上，张瑞敏亲自将它颁发给克拉拉。

有一股暖流直冲心房，克拉拉激动得抽泣起来："从来没有人这么对我，我儿子也为我感到骄傲。"自己的信手涂鸦，却受到总部首席执行官的嘉许，这是克拉拉无论如何也没有想到的。

理想，是一杯人们共同需要的咖啡，明确这一点，就赢得了认同。给咖啡中加入温情，就如同给咖啡加温，使之保持合适的温度，才能让它散发出迷人的香气和产生最佳的口感。

因此，美国的海尔公司，在工厂的布告栏里贴上员工全家人的照片；给总是表现出色的员工胸前挂一枚笑脸徽章……这些温情措施，注入理想的咖啡，又有谁不为之陶醉呢？

路过美

●丹　琨

北京青年报有个专栏，叫《图说天下》。在这个栏目中刊登的照片新闻抓住的都是一个点，百余字的消息充分解读一张照片的内涵。正是那张《路过巴赫》的图文，让我生发出“路过美”的感慨。

照片上是2010年10月间美国大提琴演奏家Dale Henderson在纽约地铁站里演奏巴赫作品，他不仅不接受任何小费，反而向路人赠送音乐主题的明信片。此举意在分享，因为音乐家担心古典音乐在现代社会中会慢慢消失。

其实，2007年就曾有位颇负盛名的小提琴家在华盛顿地铁中做过类似的事。这位出场费一分钟一千美元的音乐家在地铁中演奏巴赫45分钟，仅得到路人32美元17美分的“回报”。那是《华盛顿邮报》组织的一项实验，主题是：在一个公众场合、一个不合适的时候，我们会注意到美吗？我们会停下来欣赏吗？我们会在一个意料不到的地方发现一个天才吗？

由此，北青报的编辑附加几句评论：听不听得懂巴赫，或许不是最重要的。重要的是，我们在忙碌的一生中，究竟与多少美好擦肩而过？

一下子抓到点子上了。

美，随处可见，但我们路过它时没有发现。

每次远行，都能一眼发现山水的美，却忽略了在山中发现那种山野粗砺的美，在水边聆听那种阴柔的声音。每去草原之前，我们把草原的博大写在嘴上，见到了草原以后，我们就把它写进了心里。再等到我们亲眼看着地平线的绵长画面里画出日出和日落时，竟然又无法说出心中的情结。于是，我在一个夜晚，写了一句：我的眼睛驮着星月，也牵着沧海桑田。

是因为神奇的大自然的美让我心中的太阳花开了。

那些厌倦了现实，想逃出既定生活轨道的人，就因为自己的眼睛发现不了生活存在的美、感觉不到生活中穿插着的绚丽色彩而沮丧不已。然而，让他们很快神采飞扬起来的理由和机会也很多，他们会在某一天就某一件事情的转折或一句话的温暖心情大好，也会抱着开阔的心胸谈论“人就应该有一种积极、自由、豁达、进取的心态”。

生活细节中的美走近我们的时候，总是不打招呼，却悄然给我们一个温暖的拥抱。

美术家的画笔涉猎到的美大都是我们生活中舍弃掉的，一旦从他们画笔下看那些美时，我们不再轻易给美说再见了。有一年，我们一行人去井冈山，正是春天。在山上，漫步山路，看水依青山山依水的春光美景，我说我们尝到了最新鲜的春。之后，情感方程式中记载下那一刻对美的运算。

我们路过季节，随意地就过来了。

我们路过美时，气质并不那么优雅。因为我们总是被动地接受那种美的氛围。

如果我们养成习惯，善于捉住有美感的每一个眼神，或许，即便是短暂拥有，也是成就。对于美，只有有了体验，才能学会欣赏。

母爱悠长思更长

●包东方

我的妈妈走了，她是在亲人们熟睡之际悄然远行的。

我凝视着灵堂上“慈母辞世苍天动容也落泪，春晖寸草终身难报养育恩”的挽联，不敢相信妈妈从此与我们阴阳两隔；如果她再坚持27天，就能过最后一个生日啊。我翻开电话本上妈妈的手机号码，多想再打个电话，再听听老人家那亲切的声音……

我的妈妈是一个向往革命、追求真理的人。从小就接受地下党的教育，15岁就投身革命，参加了党的外围组织，担任党的地下交通员，曾冒着生命危险，给川东地下党带路、送信、放哨、运送武器等，为解放全国和建立新中国做了大量工作。

妈妈是一个有工作责任心的人。无论从事什么工作，总是尽职尽责，一丝不苟，加班加点，从不计较个人得失。当年在农村工作时，身怀六甲仍不歇息，致使哥哥分娩在乡村的小路上。

妈妈是一个具有人格魅力的人。年轻时，毅然选择了当时只是个普通办事员、家境贫寒的爸爸。婚后，又因为爸爸的所谓“海外关系”，多次被贬到贫困山区工作，但从未埋怨过爸爸，还劝他要调整心态，保重身体。在单位里，她又是个最敢讲真话、仗义执言的人，不是为受冤的同志鸣不平，就是为享受不公正待遇的同志奔走呼吁，同志们都戏称她为“江包公”。

妈妈是一个有爱心的人。同事生病或家里有事，她总是主动帮人家值班；外出旅游时，总是主动帮助行动不便的老同志背包，打洗脸水、洗脚水；对经济上有困难的同事，妈妈不是给他们钱粮，就是给他们几件衣服……记得一个寒气逼人的冬夜，一个菜农还没有卖完篮子里的菜，在那里冻得瑟瑟发抖，妈妈竟将他的菜全部买下，好让他早点回家。

妈妈是一个十分孝顺的人。不仅孝顺我外公、外婆，同时也十分孝顺爷爷、奶奶。在三年自然灾害时期，单位过年发个罐头，她自己舍不得吃，要拿回家去孝敬老人。她总是把布票省下，每年的春节都尽量给爷爷奶奶做一套新衣。奶奶病重期间，妈妈带着她四处求医，为她熬药、洗澡、剪脚指甲，让老人安详地离开了人世。

妈妈是一个勤俭持家的人。父母工资都不高，妈妈精打细算，省吃俭用，不仅养活了一家七口人，而且把我们四个孩子都培养成了大学生，找到了满意的工作。她心灵手巧，无师自通，绣花、做鞋、缝纫、编织毛衣等样样在行。临终前几个月，她还强忍剧痛，为我和妹妹每人织了一条毛线裙子，说那是给我们留下的最后念想。妈妈，这哪是一件毛裙啊，这分明是你对我们无私的母爱啊！

妈妈是一个十分坚强的人。2003 年，她患了结肠癌，为了不让家人担心，她仍佯装不知，甚至在进手术室前，还劝爸爸："不要着急，小手术，不会有事的！"当癌症已到了晚期时，她还是放心不下爸爸，总是对我们说："我没事，你爸爸血压高，心脏不好，你们要照顾好他……"妈妈，您太累了，您用柔弱的肩膀支撑着家庭，您用瘦弱的双臂整日操劳，您牺牲了自己的事业，给我们儿女带来了温馨、祥和与欢乐，给爸爸的事业搭建了扶梯……您的勤俭善良、无私助人、开朗乐观等诸多美德，儿女们不可能全部学到，而您做人的正直和善良永远是我们人生的标尺，是我们今生最宝贵的精神财富！

在妈妈临终前两个月，我曾问过她："您这一生感到幸福吗?"她说："很幸福，因为对祖国、对长辈我尽了义务，你爸爸很爱我，儿女们也很有出息。"是啊，在妈妈走过了 75 个春秋后，她没有遗憾地含笑远行。妈妈，愿夜晚的星星能够照亮您远行的路，当黎明来临的时候，我们相信，您已静静地在青山绿水旁、在苍松翠柏中进入了梦乡。

哪里有爱便是家

●孙 逊

家对谁都是意味深长的。每逢春节，更彰显家的重要。

一般说来，家是由爸爸妈妈和“我”组成的。有人对英文“家”一词（family）作了极其生动的诠释：f是father（爸爸）、a是and（和）、m是mother（妈妈）、i是（我）、l是love（爱）、y是you（你们），连起来不就是“爸爸和妈妈，我爱你们”吗！这是一个多么温暖的家啊。是的，家是每个人生命的摇篮、精神的寄托、心灵的圣地。因而，家的意义，不在于是一处遮风避雨的处所，更在于是一方精神的家园、一个感情的港湾、一处灵魂的栖息地，它承载着父母与家人全部的亲情、感情和真情。父母之于家，是永远的支柱；家之于孩子，是永远的归所。正因如此，每逢春节，回家成为人们一年中最为神圣的事情，抑或是一次精神上的朝觐之旅。此时，不管回家的路有多远、多长，也无论身处何地、住在何方，人们犹如飞鸟归巢，都要赶在年三十前回到父母的身边。可以说，没有什么能阻挡的了人们春节回家的步伐。

然而，对于失去了双亲的人们来说，春节意味着什么？没有了父母的家又在哪里？这的确是一个让人颇费思量的问题。应该说，父母谢世在一定程度上意味着一个家庭的消失，虽然还有兄弟姐妹，还有其他亲人，但毕竟她们都已独立门户，自成一家。因而，每每想到自己与父母阴阳相隔、生死睽违的事实，又怎能不让人感到“家”的虚无与茫然呢。所以，但凡失去了父母的人，常常在精神上有一种被遗弃的感觉，仿佛生命缺少了一种支撑，精神缺失了一种纽带，心灵失却了一种维系，于是她们回家的步履便多了几分踌躇、几分踯躅、几分沉重。从这种角度上来看，春节是亿万人的狂欢，也是部分人的孤独。

而在我看来，失去父母的人们，只要心中有爱，就能营造一个家，给心找到一个家。一句话，哪里有爱便是家。我熟悉的杨女士及其她的弟弟妹妹，就是一个很好的例证。

在杨家四个孩子中，杨女士排行老大。古人云："长兄为父，长女为母。"父母去世后，杨女士义不容辞地承担起了作为长女的一切责任。人因有爱而崇高。在杨女士的弟弟妹妹眼里，姐姐既像仁厚可敬的父亲，又像慈爱有加的母亲，她不仅让弟弟妹妹感受到了家的存在，更让他们感受到亲情的温馨。每逢春节，杨女士的弟弟妹妹都会从不同的地方来到她的身旁，亲亲热热地团聚在一起，幸福和喜悦写在每个人的脸上，欣慰和满足荡漾在每个人的心里。而对弟弟妹妹来说，与姐姐一起守岁是一种感情的表达，也是回报一份对姐姐的爱。自从父母去世后，他们从没有间断过春节聚会。他们的聚会，不单单是为过节而聚，而是为了那份同胞亲情、为了那份手足之情走到了一起。同时，他们也把春节团聚，当作一种对父母的最好的祭祀方式。虽说他们没有摆放父母的遗像、供品，也不举行任何祭拜仪式，但每个人都在默默的向九泉之下的父母表达自己深深的思念和追忆。一切都悄无声息。一切尽在不言中。而无言的哀悼，是对父母表达最深沉的哀思，是对父母最沉痛的缅怀，同时也是对父母养育之恩最好的礼赞。

应该说，亲情是一个家族的身份标志，是一个家族的集体记忆与精神寄托。杨女士和弟弟妹妹的春节聚会更深层次的意义在于，通过春节这一特殊的文化载体，进一步增强他们的归属感、责任感、认同感，强化彼此的家族意识、亲情意识、血缘意识，进而构建起一座温暖而和谐的精神家园。是的，我不仅从他们这种血浓于水的无限亲情中，解读出了中华民族传统文化中最感人的一面，同时，还从他们身上获得了社会学意义的启示：兄弟姐妹亲情的强与弱，不在于父母是否健在，而在于彼此之间是否有一份既能温暖自己、也能温暖别人的手足真情；不在于你高兴的时候让你更高兴，而在于你痛苦的时候，能使你不痛苦或者减轻痛苦。也就是说，亲情是维系家庭关系的基础，是家族的根本，是凝聚血缘关系强大的精神粘合剂。由此不难想象，假如在亲人的身上看不到亲情的光芒，家将近似于无本之木，无源之水；家人将貌合神离，顾左右而言他。如此这般，即使有家可回，其回家的脚步也不会是轻快而矫健的。看来，人生最大的幸福是亲情永在；人生中最大的悲哀是亲情泯灭。家是人们永远无法释怀的根。所以，兄弟姐妹作为父母生命的延续者，应该共同担当起传承血缘亲情的责任和义务，只要人人都献出一点爱，无论父母是否健在，家将永远不会消失。

那些温暖我的细节

●姚　璟

阳台的花喷了水已经浇透，所有的陶瓷花盆也都擦得干干净净，一蓝一红两条毛巾洗好晾在了阳台上。冰箱里摆满了酸奶，水果，新鲜的蔬菜半成品，我爱吃的两种馅儿的饺子和包子……

老爸老妈照旧很早就起来了，我醒来的时候，煮好的小米粥的香气已经弥漫了厨房，妈妈说，等你洗刷完粥就凉好了，正好吃早饭。爸爸说，这些花都长得很好，该倒盆的倒盆，该分盆的分盆，肥也施过，撑半年没问题，水也浇透了，三五天不浇问题不大……我写字用过的毛笔墨池和洗笔池我都冲洗过，你收起来，还有，酒杯、水杯我也都洗好了，阳台上我的那把沙滩椅我也收起来了，你不常坐省得落土……我答应着，鼻子开始发酸。一下一下地用冷水洗脸，使劲吸着鼻子。

吃早饭的时候，妈妈微笑着看着我：脸色真的比我们刚来的时候好看很多啦，自己要注意身体啊，药补不如食补，不要出现问题就吃药，平时必须把吃饭放在第一位，不要挑食，要搭配好，尽量不要熬夜，有时间要锻炼身体，吃好睡好多运动，就会不得病就会身体好……眼泪在眼眶里打着转儿，我答应着，低下头一勺一勺地喝着粥。“你婆婆身体不好，要常打电话问候下，国庆节放假多去陪陪老人家，没有时间就别回家了，我跟你爸都挺好的……”“爸，你的腿……”“不碍事，我听闺女的，每天都用醋揉，放心吧，会慢慢好一点……”

跟来的时候坚持不让接一样，他们也坚持不让送。换了衣服和鞋，我站在门口回头看到正站在阳台的爸爸。妈妈走过来说，爸妈不缺钱，需要的时候会跟你说的，又叮嘱了一句，小锅里还有粥，就不放冰箱了，晚上回来你热热喝。我们到家给你打电话，放心啊，没事的……“爸，妈，我走了，你们好好照顾自己，一路平安……”

关了门走进电梯的瞬间，眼泪终于夺眶而出。爸妈来的17天我一分钱没有花过，每天都吃现成的营养大餐和新鲜的水果，就在昨天晚上，妈妈还帮我新换了一桶矿泉水。可我知道我坚持给妈妈的钱她会给我留下，一分都不会带走。

我亲爱的爸爸妈妈啊……

难以走出的深切思念

● 姜新起

父亲走了！在2007这个让我感到寒冷的夏季，我最亲爱的父亲走完了他88载的人生旅程，永远地离我而去了！

那一刻，万箭穿心！那一刻，天塌地陷！

从此，我将是一个没有父亲的孩子！我只能在回忆中与父亲遥遥相见！

面对父亲的遗像我长跪不起，痛洒再多的泪水也唤不回父亲渐行渐远的神魂！我从心底发出呐喊："父亲，来生我依然是您的女儿，您永远是我最慈祥、最善良、最值得敬重和爱戴的好父亲！"

胶东半岛的一个小山村是父亲出生的地方，那里山清水秀、人杰地灵。20岁刚刚出头，父亲就参加了革命，在中国人民的抗日战争和解放战争中，他无私地作出了自己的奉献。一次战斗中，父亲左下颌受伤，留下的疤痕伴随了他的整个后半生。

新中国成立后，父亲积极投身社会主义建设事业。他不善高谈阔论，更注重实干；他不好斤斤计较，吃苦在前、享受在后在他看来是理所应当。三年自然灾害时，母亲浮肿。一天，学院农场的叔叔瞒着父亲给家里送来了农场自产的两斤鸡蛋。母亲不知内情，晚饭时把其中一个被硌破的鸡蛋放在了疙瘩汤里。父亲回家后阻止了母亲再做鸡蛋，第二天他将其余的鸡蛋全部退回农场，并赔偿了一个鸡蛋钱，还主动召集会议，在会上作了自我批评。

我印象中，父亲在职时逢年过节总是值班，我曾很不理解地问过母亲，母亲说，父亲值班了，别人就可以回家过节了。父亲的每一次调动都不讲任何条件，只要党需要，不管家里有再大的困难，他都会努力克服，而从不向组织讨价还价。由于历史的原因，父亲最后离休的单位在我们子女看来都感觉不理想，但父亲对此却看得很淡很淡。

父亲的一生是大爱无疆的一生，是善待他人胜于善待自己的一生。从小到大，我没见父亲与母亲红过一次脸，更别说吵闹和打架。4个子女中，父亲没训斥过我们任何一个人，他总是和颜悦色地教育我们、循循善诱地引导我们，教我们走正道，教我们做一个正直的人！

记得小时候一个冬天的周末，我去学院大礼堂看电影，散场后，我只顾贪玩，把“棉猴儿”弄丢了。从那个年代过来的人都知道，寒冬腊月，家里的孩子能有“棉猴儿”穿是很幸福的事情，因为并不是所有家庭的所有孩子都能享受得起这种“高档”的御寒冬衣。那个晚上，我回家后胆战心惊，随时等待着父亲对我犯下的“天大”错误进行批评和指责！可是，父亲没有埋怨一句，我只是偷偷地听见他与母亲商量次日用什么代替“棉猴儿”为我御寒。

第二天中午，我趴在窗户上看到父亲下班回家的身影。啊，他的腋下分明夹着我丢失了一整晚的那件心爱的“棉猴儿”！原来，父亲是从学院保卫处失物招领处找回了我的“棉猴儿”。

我无比的内疚，可父亲还是没有埋怨、没有指责。当母亲从父亲手里接过“棉猴儿”交给我时，父亲只是很平常地说了一句：“以后别再丢三落四了。”

父亲就是这样，从来不给我们施加压力，从来不伤害我们的自尊心。几十年来，父亲夹着我“棉猴儿”的身影，始终定格在我的脑海中。

我上大学后，父亲跑遍北京城，为我选购了一台袖珍半导体；大学毕业后，父亲又千挑万选，为我置办了一台收录两用的收录机。

父亲对我们的爱不在于花费了多少金钱，更在于投入了多少心思、倾注了多少爱！

我永远不会忘记和父亲生前见的最后一面：那天，父亲发烧，和往常一样，我到医院极其精心地给父亲喂完中午饭后准备去上班。父亲半睁着眼睛，拉着我的手总是不肯松开，我因此比平时晚走了半个小时，我反复地对父亲说：“爸爸，我去上班，明天再来看您。”我当时哪里知道，“明天”对于父亲和我来说将意味着什么！我好后悔啊，那时为什么不一直陪伴在父亲身边！

父亲走了，走时一直没有闭上眼睛。当我匆匆忙忙赶到父亲身边，一边拉着父亲的手，一边俯在他耳边轻轻地说：“爸爸，您放心，我们一定会照顾好妈妈，一定会经常去看您”时，父亲才永远地闭上了双眼。

父亲走了，走了整整半个月了！带着爱妻的牵挂、带着儿女的思念，我亲爱的父亲安详地去了另一个世界。我和母亲及姐姐、弟弟、妹妹虔诚地为天国里的父亲祈祷：祝您永远健健康康！祝您永远快快乐乐！今生我们是一家，来世我们再团圆，我们永永远远都做一家人！

特殊的记忆

丁丽洁

也许是想在忙碌中找点空间，也许是想在精神上品味食粮，也许是想在艺海中寻找创意，我饶有兴趣地打开自己已很久没有打开的抽屉，翻看着一张张曾经令我自豪与骄傲的红色证书。在众多的证书中，使我的目光停留时间最长的，还是那张“入选证”，打开这张红色的“入选证”，映入眼帘的是一排醒目的字：您的硬笔作品经评定入选“全国商检系统书画、摄影展”，特发此证。

那是1997年的8月8日，中国美术馆分外热闹，一辆辆汽车鱼贯驶入广场，一队队来自全国各地，身着制服的商检职工精神抖擞地走进大厅。那是我国改革开放近20年来，全国商检系统首次举办的书画摄影大赛，我有幸在此次大赛中，获得了书法“一等奖”，并代表江苏所有的参赛选手，赴北京参加颁奖典礼。第一次因为书法而赴京领奖，第一次感受商检艺海之荟萃，也是第一次领略生命中特殊的记忆。受到了原外经贸部副部长和原国家商检局局长的亲切接见并合影，得到了书法界老前辈的精心指点，也因此结识了更多的书画界同行与朋友，切磋书艺，共同进步。8年后，恰逢国家质检总局建局4周年、中国国门时报社成立10周年，我又一次从中国国门时报上，看到了“国门风采”书画大赛的征稿启事，禁不住又跃跃欲试。已经有8年未提笔练习了，还能找回那种感觉吗？回顾自己这几年对硬笔书法的搁置，心中不免有些惆怅，而且此次大赛征稿范围之广，参赛作品之多，组织工作之严前所未有。于是，当忙完家务，孩子熟睡，夜深人静的时候，我又开始坐在书桌前，仔细阅读自己曾经精心构思创作的每一幅作品，努力调整自己的心态，快速进入参赛状态。

一个春光明媚的日子里，我接到了来自北京的电话，原来是大赛组委会秘书长，他说，恭喜您的作品在本次大赛中获得了一等奖，届时我们将发邀请函，欢迎您来参加颁奖典礼。2005 年 4 月23 日，我带着一份别样的心情，前往福建检验检疫局，参加“国门风采书画大赛获奖作品暨名家题词展”。步入展览会场，一幅幅精美的获奖作品展现在我的眼前，这些获奖的作品里，散发着浓浓的质检文化气息，体现着质检书画艺术工作者和爱好者的理想、信念和才华，尽情讴歌和展现了国门卫士的风采和全国质检事业发展的辉煌成就。整个会展的气氛，令我激动，令我兴奋，更令我难忘。

翻看自己硬笔书法生涯中的每一次进步，都离不开改革开放这个时代赋予我们的骄傲，正是生活在这样一个时代，我们才有机会展示才能，吐露心声，倾诉真情。

改革开放近 30 年来，我国质检事业不断发展壮大的同时，精神文明建设的成果也同样得到了空前的发展。每次书画大赛的成功举办，对弘扬我国传统文化，打造交流互动平台，促进质检系统精神文明建设，都起到了积极的推动作用。

一个时代的作品体现着一个时代的风貌，特殊的记忆也将永久的定格在那个时代。新的时代将赋予我们新的创造力，在质检事业的发展中，在精神文明的建设中，必将涌现出更多的、展示质检风貌的艺术作品，荣幸的是，我走进了这个建设的行列，用我的笔唱出了我的心声。

我爱我的制服美

●张仕荣　洪　嫚

这是一套普普通通的制服，它没有上乘的质料，没有花哨的服饰，没有流行的款式，作为崇尚流行元素的我，也感觉到这藏蓝的色彩略显单调。然而，当我看到由天平、权杖、橄榄枝构成的检徽在庄严国徽的映衬下闪闪发光时，当我抚摸着肩章上代表国际贸易的商神杖、代表公正性与准确性的天平、代表执法把关职能的长城及环绕的橄榄枝时，它又是那般富有磁性地吸引了我的目光，那般真切地激荡着我的心扉。

这身制服穿在身上，笔直挺括，在大学军训时“站如松，坐如钟”的感觉油然而生，仿佛自己平添了一种英姿飒爽的军人气质。正是从这单一的色彩，统一的款式中，我真正体会到了美的真谛。俄国大作家托尔斯泰说过：“朴素是美的必要条件。”草是朴素的，人们从它顽强的生命力中看到了美；树是朴素的，人们从它挺拔向上的精神看到了美；星星是朴素的，人们从它闪烁的光芒中看到了美。我深深知道：穿上这身制服，从此远离了娇气；穿上这身制服，永远远离了珠光宝气；穿上这身制服，隔绝了灯红酒绿。

我，是个不扛枪的士兵，虽然我手中没有刀枪剑戟，但我是一个佩戴检徽的“卫兵”，用心血和汗水铸就着历史，维护着祖国的尊严。穿上这身制服，我渐渐领悟了另一种人生——一种如制服一样深沉厚重的人生！

穿上这身制服，我们打破了国外技术壁垒的坚冰；穿上这身制服，我们让甘甜的荔枝、清香的梅菜飘洋过海；穿上这身制服，我们让优质的电器、漂亮的服饰出现在欧美市场；穿上这身制服，我们把罪恶的疯牛病、登革热、红火蚁、禽流感、洋垃圾及不合格产品等等挡在了国门之外。

春夏秋冬，这身制服伴随着我们服务外贸，促进发展，保护人民身体康健，保护国家经济利益和安全！

东西南北，这身制服伴随着我们以热情的服务，装点祖国的繁荣、昌盛，让我感到了作为一个国门卫士的光荣和骄傲！

我珍爱这身制服，头上的国徽，是祖国的重托！肩上的天平，是母亲的叮咛！从人们投向它信任的目光中，我体会到了它蕴藏的价值，感到肩上比泰山还重的责任。

我珍爱这身制服，它使我对党的事业充满了激情，对检验检疫事业充满了热情。它将是我青春、热血、生命的凝聚！牢记使命，忠于职守，勇于进取，才不负于我们头顶的国徽和肩上的天平，才不负于我们这身庄严素洁的检验检疫制服！

我从军营出发

●张启甲

我的18年的军旅生涯，结束于14年前的这个季节。

14年前从军营出发时所怀有的那一万种构想，在历经种种谋生磨难的穿梭之后，早已积蓄多多无以言表的矜持。可每逢八一，曾经多彩的军营生活，便极自然地又走入记忆，心又悸动。

时间，真是一个说不清的尤物，它总能让人孳生出高品质的怀旧情愫，过去的越长，这份情感便会愈加立体、丰润、饱满。也许，那些过去的故事早已不必再去一一检阅，但时过境迁之后，以往恰如敦煌里的壁画，或深或浅突兀在心中堆积，使记忆成河。

有人说故乡是母亲，军营是父亲。由于父亲去世的早，带着母亲的刚毅和柔情，很早我就来到了部队，一干就是18年。

按说父亲带大的孩子都是出类拔萃的人尖尖，拥有那些大男人具备的承担传播、普及使命、驾驭形势、创新开拓的超凡能力，就是说，都是能用在刀刃上的好钢，放哪儿都能发光的金子。我算不得好钢，也不是金子，只记着凡事要诚实、踏实，只有埋头才能出头，虽流汗流血但不能流泪，一路走来尽管多有崎岖，却也实现了一些算不上宏大的个人志愿，比如说从农村走进城市，从士兵成长为军官，从北方来到南方等等，许多都得益于在军营里受到的教诲。

坦白地说，离开军营14年后的今天，已经忘记了许多在军营里学到的东西。我想，当我把在军营里学到的东西都忘掉的时候，剩下的该有什么呢？难道历经部队18年的锻压、磨炼和铸造，我会把军营传承给我的东西都丢在脑后吗？回答自然是否定，而非要我说出具象的一二三，第一是素质，这是最基本的。

我依然坚信，我具备军人血液中的气质、性格、处事态度和行为习惯中的那些英勇顽强、果敢豪放，尤其是当面对困难时是主动还是被动？逆境中是积极还是消极？对竞争是乐观还是悲观？对人生是豁达向上还是消极厌世？精神生活是丰富还是贫乏？性格是开朗乐观还是内敛忧郁？在许多时候，都不是我自己能主宰自己的选择，而是军营教育所赋予我的特有素质、特有性格而结出的自然之果。虽说在不知不觉的生活境遇中，这些未曾梳理的意念都很少走近过我，但定下心来细细一想，便可敲击键盘呈现眼前。

拿破仑说“我留给儿子的只有我的名字”，这话是我离开军营的时候我的老领导说给我的，他还说军营留给我的只有军营这两个字，还让我时常琢磨琢磨。话是记住了，却没有时常琢磨过。如今，当我把这句话从记忆深处牵出来的时候，好像懂了。

人说战争是军人的天堂，军人是战争的宠儿。那么离开了军营的军人，也就是脱了军装的曾经的军人，又该算是什么呢。可以说，什么都不是，又什么都是。人生处处是战场，只是那并非一个兵刃相见、你死我活的沙场，而是需要拼搏、需要较量、需要一决高下的“角斗场”，在这个场中，如何将在军营里的积蓄发挥到淋漓尽致，那是你的能力、你的意志、你的智慧的综合展现。换句话说，军营是一座大熔炉，社会是一个大舞台，如何做好新角色的靓丽转换，许许多多从军营出发的脱去军装的军人，都很快成为了社会这个大舞台的一线明星，靠的就是在军营时的冶炼，这也应验了那句话，好钢都能被用在刀刃上。当然，沙里藏金的事不胜枚举，怀才不遇也是每一个老军人必须要面对的现实，但坐着等何如起来行，耽于想象的徘徊沮丧或怨天尤人，从来就不是军人的性格，想想曾经在军营时的枕戈待旦和生死磨砺，尤其是那些长眠陵园的年轻战友，还有什么样的纠结不能释怀，还有什么样的难关能让军人坐以待毙呢?!

很想说在许多时候，人生的精神财富远比物质财富重要得多。俯视人间，复杂与简单自古以来如影随形，你自己简单，世界就简单，你要求人的甚少，给予人的甚多，痛苦就少，快乐就多。轰轰烈烈只是一时一事，平平淡淡才是生活的真谛。当蒲公英吹散了成熟的种子随风远行时，我们便开始了谜一样的旅途，在似水流年下了注的命运里，许多时候你没有选择，没有退路，只能一口气咽下所有的痛楚。我们都曾有过一次幸福的机会，但那并不代表我们能够拥有生命的完美。幸福是一剂用来安慰自己短暂欣喜的麻醉剂，人间本没有青鸟，只是我们在渴望握住那幸福尾巴的追逐中，别再劳而无获以身作则。承认吧，承认一切存在的合理和不合理的一切存在。记住一念即一劫，一劫即一渡，这是一种态度，一种境界，一种拥有。

每逢八一，军营里的点点滴滴都在强力地挑动着我生命中那些关于懂得、关于爱与被爱、关于信念意志、关于做人做事、关于珍惜拥有的神经末梢，逼迫着我的心灵重新在那些片段里演绎。但曾经的付出、荣誉和功勋，早在我们从军营出发的那天起就烟消云散，唯有军人的素质、忠诚的心、坚定的信念、顽强的意志正盘根错节，继续陪伴着我们去追逐那不断生的夙愿……

感谢军营，感谢八一，让我依旧怀有这份生死不移的眷恋。

我们和你在一起

——写在青海玉树地震一周年之际

●朱玉红　柴国贤

这是一片神秘的土地，悠长而奇异。

这是一片宁静的土地，深远而瑰丽。

这里是名山之宗，三江之源，康巴之乡。

这里雪山巍峨，雪莲纯洁，泉水晶莹。

这里是青海玉树，人民勤劳质朴，歌舞曼妙欢快，就连它的名字也充满诗意。

可是，就在那个清晨，大地无情的痉挛与疯狂撕碎了美丽和静谧，玉树转眼满目疮痍、支离破碎；

2010 年 4 月 14 日 7 时 49 分，一个让三江源头无数高原儿女承受着撕心裂肺苦痛的时刻。

这一刻，一个个鲜活的生命被废墟掩埋，一双双清澈的眼睛被泪水遮蔽，一片片如画风景被灾难粉碎。

这一刻，高原黑色之殇。银峰低垂在渴盼，江河挥泪在祈求，草原无语在怅望。

这一刻，我们的泪眼朝着一个共同方向！

出　征

按照国家质检总局统一部署，青海检验检疫局迅速行动，组成卫生防疫队急赴玉树灾区。

听从党的指挥和人民的召唤，质检人战斗在救灾防疫最前沿，筑起坚实顽强的防疫战线。这支队伍是全国质检系统服务地震灾区的一面鲜红旗帜。

这是海拔 4000 米的高度！

这是海拔 4000 米的考验！

集结……出发……战斗！

战斗

玉树，曾经的雪域天堂，此刻遍地断瓦残垣的废墟，余震不断，险情连连；失去家园的悲痛，亲人离去的伤心，多少心灵需要抚慰。

扎西科赛马场，受灾群众 3 万多人，帐篷 6000 顶，消毒面积 18 万平方米。

四批，占到全局一半的 41 人，与灾区人民，与抗震救灾主力军一起连续奋战，度过难忘的 62 个日日夜夜。

有多少感人肺腑的情景一一再现，有多少可歌可泣的故事在悄悄流传。

为了三江源水质的纯净，为了藏区美丽的蓝天白云，质检人以“保国安民”的赤诚，以“爱岗敬业”的才智，提出禁用直升机、消防车大面积、大功率的消毒。

18 万平方米的广大区域，三十公斤的消毒器具，肩挑手扛的人工消毒，我们的防疫队员每天如是……

从牧区到城区，从受灾群众安置点到救灾部队集结区，垃圾场、厕所、臭水沟、受灾群众帐篷……

一次次细致检查、一遍遍拉网式消毒，周而复始，循环往复。

这是海拔 4000 米的恶劣气候，这是考验体力的高原禁地，这是没有床铺的睡眠，这是可以看见星斗的漫漫长夜啊！

宣讲防疫知识，协助受灾群众搬运物资，把困难留给自己，把方便留给群众。

没有退缩，没有抱怨，忘记了寒冷，忘记了饥饿，只有义无反顾地冲锋向前。

此时我们才更深地理解什么叫做奉献！

感 动

这一位藏族老阿妈，失去了儿女和亲人。天天与泪水相伴。她昏倒在取水的路上……

我们的防疫队员将她救起。于是，赛马场安置点流传着质检人与藏族老阿妈的一段佳话。

一句简单的问候，一段深深的关注，送水、送饭、送药、送医、送安慰、送温暖……

平凡的一举一动都是我们真情的流露，大爱无疆，我们用行动谱写民族团结的金曲！

你可知道！我们的防疫队长，他已三天三夜没有合眼。处置完香港义工黄福荣的遗体，来不及休息就带队奔赴灾区。

我们的老队员腰椎间盘突出，睡在冰冷的地上，疼痛锥心刺骨，可是第二天依然奋战在防疫第一线。

他，离别了刚刚满月的女儿，有些伤感？他，来不及看一眼病榻前的老母亲，满怀亏欠？

他们为了车辆安全，在狭窄寒冷的车上一住就是十几天！他们感冒生病，吃药打针依然不肯下火线。

他，入党了，在最能接受考验的地方。

夜深了，他还在奋笔疾书，记录战斗的历程，写下收获与感想。

这就是我们可敬可爱的质检人！

尾 声

严谨的科学防疫，忠诚的质检精神，比海拔还要高的追求！

高原“五特”精神，抗震救灾精神，让质检人勇往直前！

“大灾之后无大疫”，有我们质检人特殊的贡献。

平凡孕育伟大，简单饱含深情。我们履职尽责，我们赤胆忠心，向党和人民交一份满意答卷！

我们就像点燃的酥油灯，照亮高原那一片璀璨的希望；我们就像灿烂的格桑花，绽放高原质检人所有的豪放……

玉树，我们和你在一起！

勇敢地面对

● 邓曦明

晚上给女儿讲故事：一棵松树被风刮倒了，住在树下的松鼠的家也给毁了，松鼠在树下痛哭。小猴子告诉松鼠，哭是没有用的。于是小松鼠在小动物朋友们的帮助下，又筑了一个更漂亮更温暖的窝。

讲完故事，我突然想起多年前在父亲的葬礼上，父亲的学生萍姐对我的批评：曦明总是哭，一点用都没有。

其实那时我已经 26 岁了，因为一直被父母师长宠着长大，总认为自己还是孩子。相反，仅仅大我一岁的姐姐，帮助母亲一边处理后事，一边处理大笔医疗债务，她处事的干练沉着，至今仍为亲朋好友们所称道。

如今，当女儿遇到困难或者受到挫折痛哭不已时，我总是告诉孩子，同时也告诉自己：越是面对灾难、面对打击，我们越要坚强、越不能落泪。因为眼泪使人视线模糊看不清路，悲伤使人缺乏理智判断失误。

在与女儿共同学习时，我总会讲一些在朋友们看来太成熟的道理与她共勉。我告诉她：每个人的一生，都会遇到不可避免的自然灾难，更会遭遇很多人为的麻烦。这时，我们应该勇敢地面对。

勇敢地面对，就是正视困难和灾难，正视敌人，不护自己的短；就是当灾难来时，不埋怨、不丧气，而是抓住这个机会弥补缺点和薄弱环节，重新加固你的“盔甲”和“盾牌”。到再度被袭击时，你已准备就绪，你的“城池”固若金汤，那时气定神闲的你，怎么会被困难打倒呢？

勇敢地面对，不是做猛张飞。为了人生路走得更加平安，人是应该有一些弹性的。这个世界上，没有什么是惟一，没有什么是绝对，也远不是一颗颗善良的心所想象得那么理想、那么和谐、那么完美。老一辈常说：世事洞明皆学问，人情练达即文章。我相信，这绝对不是读书人的无病呻吟，这是古老的中华文化对做人弹性变通的最好总结和诠释。

勇敢地面对，就是不要太在意。在意少了，让自己受伤的机会就少了。因为世界上总有一些自私的、损人不利己的人存在，所以你说的话很可能被断章取义，你做的事很可能被牵强附会，甚至你自以为做得堂堂正正的人也会被扭曲得面目全非。然而，即使有最惨痛的遭遇，也不要悲观，不要自己打击自己。要知道，每个人都会有不如意，不同之处在于每个人对不如意的处理方式。我赞同不要太在意物质的损失，赞同从正面去思考，吃一堑长一智，发挥你的聪明才智，尽力化弊为利、化害为益、化险为夷。

勇敢地、冷静地、宽容地、积极地面对，才有助于解决问题，说不定能够点石成金，甚至能够化腐朽为神奇。

原谅我所有的过错

●丹 琨

人犯错误，不在年龄，不在经验，而在瞬间。

或许都没有准备，错误就发生了。

任何人都无法抵制错误的发生。虽然我们从不欢迎这错误的光临。

有生活气息的地方就有人，有人的地方就有挑战，有挑战的地方就会发生过失。无法终结错误的因素，也无法敬而远之，那就视为匆匆节奏中的一个点缀吧。

所以，我原谅自己所有的过错。

放眼大千世界，我发现我不断地在错误中成长。整个走过来的路上，游走着五花八门的大错小错，这些过失是我独一无二的个性所致，我敏感地沉淀一些细节，却不小心也会凝结成过失的坐标。

我呼吸着淡泊的“禅”风，让心静下来。

即便这样的心态，也挡不住过失的发生。无限遐思的梦无法与生活相对，激情四溢的生活就容纳不下我的存在。潜意识里，我的每一个细胞都渗透着奔放，于无声处渗出张狂。

我的虚荣是在简洁的自恋中舞出的浪漫。说了什么、做了什么、我都忘记了，只记得，那虚荣的火很旺，让别人撕心裂肺地告诉我：你错了。

如果我能有一种权力，在裸露的情绪里构思令人遐想的力量，我就会用语言和诗的梦想丰盈其间，我会惯用“我说了算”的威严，让个性张扬成一种文化趋势。这种张狂很可恶，会引来无数苛刻的挑衅，但我没有停下，抚摸我的目光里竟然也有赞许的暖意。

原谅我所有的过错，成就一首轻快的舞曲。

依然踏着一种平凡的步调，走着展示自己的路，那些真实的过失分解开来，自然、平淡，根本用不着大惊小怪一番。

一日，偶翻杂志，却为我的观点找到了相反的观点。比如德国人的故事。德国是个非常理性的民族，感性的东西也有，但都跳跃着无拘无束的色彩。或许是日耳曼民族的精神流淌在了德国人的血液里，他们做事情时的态度认真，作风严谨，真的是一丝不苟。他们只要开始对一件事情感兴趣就决不会轻易放手，会坚持做完做好。他们原谅自己的过错吗？我从杂志上介绍的这个德国人写的日记中发现，她的思想是隐藏的，我根本就看不透她在想什么，但我从她的行动中可以知道她在做什么。每天一篇，全是工作的过程，直观地描述，没有任何感情色彩。

反思我自己，一定程度上是个完美主义者，看重工作过程中的质量，对别人的善意提示或吹毛求疵的态度也会义愤填膺。从阳光的角度观望这一切，带着一种清醒的态度，我真的错了吗？即便是错了，也不需要这样的灰暗的心灵。

由此看出，我们的一相情愿多么顽固，不管是好的坏的，只要沾上自己就不干了。“我活给自己看。”这就是一些人我行我素的原因所在。我也有一只脚在这个行列里。

在争执中，我们有时会意外发现自己的错误，但我们极少承认自己应该承载的那一份。这是一个尴尬的话题，但现实存在。我们不会一味地装作什么都看不见，什么都不在乎，其实从骨子里，对自己所犯下的一点一滴错误都没放过。

犯错没有规则，可规则性地犯错会让我们的行为与世人隔绝。这有点可怕，但至少不能养成习惯。

原谅我们所有的过错，有意的、无意的一切。

我们肯定做错过什么，但需要谅解。

多伦情怀

●王军红

如果我不走近你，怎么知道你如此美丽。如果我不走近你，怎么知道你那许多动人的经历和故事。如果我不走近你，怎么去体验你独有的浪漫与激情洋溢。多伦，多伦，今日我走近了你，认识并热爱上风情无限的你。

爱你的河。清清的水，洁净的沙，马儿在岸边自在地吃草，沙钉树鲜红的果儿在河滩上闪光。

爱你的湖。一瞥像海，一瞥像江，白云倒影在蓝莹莹的水里，青山臂膊环绕着湖水的微笑。

爱你的草。昂扬地绿着，红着，黄着，紫着，彰显着个性，簇拥团结在一起。绿色是永恒的主题，多姿多彩的点缀构成了一幅美丽的油画。

爱你的树。或孤立，或成排，或成群，或成林，一团团，一簇簇。孤立的生动，成群的充满亲情，一排排的像守卫草原的战士，茂密的树林里似乎隐藏着神秘的诱惑。

爱你的英雄。成吉思汗、忽必烈、朱棣、康熙、吉鸿昌，都在你的土地上留下了千古传奇的英勇故事。

因为爱，因为想探究你的美丽，因为想在你的土地上汲取灵气，切磋“舞”艺。公元2011年8月，一批挚爱办报，热爱文字的人，一路欢歌，于夜色苍茫中来到你这里。

在座谈中共同提高，于交流中互相学习，不觉时光飞逝，月明星稀。

实地采访的路上，一路美景尽收眼底。大家心里美着，脸上笑着，照相机的快门声不绝于耳。

多伦湖，草原的明珠，大家在她的身边流连忘返，合影留念，纯真的友谊与纯美的湖水沁人心脾。

小小的船儿，没有桨会是什么感觉，它一会漂向岸边，一会儿与其他船儿相撞，一会儿随波逐流。船上的人儿像是惨兮兮，却在笑哈哈，周围的青山绿水早已让笑声掩埋。最后互相哄笑地泼水，让人通透的“湿”身，达到了快乐的极致。

走过颤颤悠悠的木桥，前面是去滦河源头方向的马儿。走到一匹看似温驯的枣红色马前，想展现一个飞身上马的英姿，第一次仅飞到马尾，第二次过犹不及，如果不是周围的同伴奋力抢救，早已一头栽下马去。忐忑不安地骑在马上，对蒙古族这个马背上的民族更多了几分敬慕。

滦河一隅，原生态的美呈现眼前。小河悠悠，清澈见底。碧绿的原野，风吹草低见牛羊。远山近树，透露出自然的无限心语。

据说，我们现在看到的多伦自然的美，是经过了多年治理的结果，早在2000年朱镕基总理就亲临草原批示：“治沙止漠刻不容缓，绿色屏障势在必建。”可见，任何美的保持是要付出一定努力的。

采访牧民的生活，他们养牛、挤奶、放牧，生活的形式与保持纯朴乐观的生活态度近似原生态，但思想的进步与时俱进到能接纳一切新生事物。

多伦一行，收获颇多。提高文字水平的技艺听满了耳朵，美景填满了眼睛，英雄的故事填满了心胸。

多伦，多伦，你将是我生命里珍贵的一页记忆。

兄弟的哲学意义

●孙　逊

11月16日是“国际宽容日”。那天，一位兄弟让我写篇有关“兄弟”的文章。我欣然应允。以“兄弟”为题作文，是个不错的创意。一想到“兄弟”，容易让人想到亲切、亲密、亲热、亲善、亲近、亲和、亲情诸如此类的词儿，也容易让人重温兄弟情谊的温情、温暖、温馨。于这样的心境中，写些赞美兄弟情谊的文字，理应是一件十分愉悦的事情。然而，在“国际宽容日”这样一个特殊的日子里，我竟然把“兄弟”这个温暖的词儿，与一个不冷不热的中性词——“宽容”连在了一起。应该说，这是个“一冷”而独特的切题角度。

是啊，尊一声“兄弟”，能让人热血沸腾，说一句“兄弟，我原谅你”，也让人为之感动。但是，如若你冷不丁地来一句“兄弟，我宽容你”，十有八九会让人顿时生厌，剑眉紧蹙的。看来，宽容这词儿，虽不含贬义，却因“沸点”偏低，只能意会，而不可言说。

其实，“宽容”之于“兄弟”，就像血液之于人体，阳光之于禾苗，不可或缺，相当重要。有句话叫：“宽容是人际关系的润滑剂”，就十分恰切地揭示了宽容与兄弟之间的逻辑关系。它告诉我们，无论是血缘层面的兄弟，还是友情层面的兄弟，都属于人际关系范畴中的一种，自然存在着宽容的问题，只是人们有意或无意地忽略了对它作哲学思考罢了。

在我看来，兄弟情谊，恰似绽放在宽容之树上的一朵散发着芳香的花朵，它之所以美丽如斯，是因为它植根于人的心灵深处，理解是阳光，交流是春风，沟通是雨露。

记得很久以前曾读过一本《马克思传》，上面就记述了一则马克思和恩格斯彼此以“宽容为怀”相待的故事：恩格斯的妻子病逝后，恩格斯将这件事写信告诉马克思。而此刻，生活正处于极度困境中的马克思，在给恩格斯的回信中轻描淡写地只说了一句安慰的话，然后诉说了一大堆自己的困难。悲痛中的恩格斯看到回信自然十分感伤，他在给马克思的复信中毫不掩饰自己的不悦：“我的一切朋友，包括相识的庸人在内，在这种使我极其悲痛的时刻对我表示的同情和友谊，都超出了我的预料”，而你却表现出了“冷冰冰的态度”。他们的友谊经历着严峻的考验。10 天以后，马克思写信给恩格斯说：“从我这方面说，给你写那封信是个大错，信一发出我就后悔了。然而这绝不是出于冷酷无情。我的妻子和孩子们都可以作证：我收到你的那封信时极其震惊，就像我最亲近的一个人去世一样。而到晚上给你写信的时候，则是处于完全绝望的状态之中……家里没有煤和食品，小燕妮卧病在床……”恩格斯收到这封信后立即谅解了马克思。他在给马克思的信中说：“对你的坦率，我表示感谢。你自己也明白，前次的来信给我造成了怎样的印象……我接到你的信时，她还没有下葬。应该告诉你这封信在整整 1 个星期里始终在我的脑际盘旋，没法把它忘掉。不过不要紧，你最近的这封信已经把前一封信所留下的印象消除了，而且我感到高兴的是，我没有在失去玛丽的同时再失去自己最老的和最好的朋友。”随信还寄去一张 100 英镑的钞票，以帮助马克思渡过难关。

这个故事告诉我们，马克思、恩格斯之所以成为志同道合的战友、情同手足的兄弟，其中一个重要原因，就在于他们都有一颗宽容的心。

天地苍苍，人海茫茫，素昧平生的人，因了诸如天缘、地缘、机缘等各种缘由，不期而遇，进而又由陌生到熟悉、由朋友到兄弟，真乃人之一生的莫大幸事，是最值得以宽容为怀，善待之、珍惜之、爱护之、呵护之的，岂能因为一些鸡毛蒜皮的小事而置情谊于不顾呢?！常言道：忍一忍，海阔天空；让一让，柳暗花明。人只有学会宽容，才会多一个兄弟，多一分友谊，多一分幸福，多一分快乐，多一分温暖，多一分阳光。宽容别人的人是高尚的，被别人宽容的人是幸福的。其实，宽容是一种修养、一种境界，更是一种兄弟情谊得以产生、巩固和持续发展的推动力。

虽说“国际宽容日”是针对国际关系越来越多的紧张、对立、仇恨和误解而设立的。但宽容，同样也是人际关系最需要的一种精神。对朋友也好，对兄弟也罢，都需要秉持“君子和而不同”的行为理念，恪守坦诚、坦荡、坦率的道德操守，最大程度的给予对方以人性的关照和心灵的关怀，惟其如此，友谊才更为可贵，情谊才更为真挚。当然，宽容不是纵容，“君子怀刑”，心中得有法度，不逾矩，不纵容，才是真兄弟。

我于“国际宽容日”，想着“宽容”，念着“兄弟”，心情就如这冬天的阳光，是暖色的了。

倾听夜色

姚 璟

记得那夜的海。

海是蓝色的，因为可以看得很远，所以我不记得天空的颜色了，或者是深蓝色的吧，我想应该是。远处的防鲨网闪烁着幽蓝的光。赤脚坐在沙滩上，细细的沙、暖暖的、潮潮的、软软的，风很温柔，夹带着咸咸的味道，传递着海的气息。我喜欢。可你在哪里呢？我爱的你在哪里？爱我的你在哪里？我想，有些事情是可以遗忘的，有些事情是可以纪念的，有些事情能够心甘情愿，有些事情一直无能为力。“我爱你，这是我的劫难。”安妮的话用在这里一点都不可笑。

我其实想过，和一个陌生人相爱，狠狠地相爱，然后告别，可这次我改主意了，就在这个夜晚。没想到在这个面对大海的夜晚我会这么想你，海浪在脚下纠缠着，耳朵里都是海的声音。裙子湿了，沾满了淡淡的海腥味，裙子是那种很鲜艳的粉红色，已经很久不穿这种颜色的衣服了，你说要我在海边的照片，才翻出来穿，我想这种颜色会很上相，我想你应该可以看到我的笑容，在这样鲜艳的颜色的衬托下我的笑容一定很灿烂。

很多老外，很悠闲，他们光着脚，弹吉他唱歌，是《加州旅店》，很著名的一首老歌，很好听，沙沙地哑哑地。有白色的海鸟在叫，是海鸥还是……我不知道也不想问，如果你在我会问你，你一定知道的，我想。

开始一个人用沙筑长城。

沉默或者不说话的状态对我来说是一种自由，这种自由，在我从飞机上看天空和白云时曾经感觉到，我是个时常感觉寂寞的人，尤其是在大海面前，这种寂寞让我留恋生命。我不肯放弃希望，一直都不肯，我知道这世上一定有一个人在看着我寂寞、看着我成长，会等着我快乐起来的。有什么比安慰更温暖呢。很多人和往事会在时间里留下痕迹或者气味，我想着你，心里这么温暖。未来会怎样，我不知道，可我会做好自己应该做好的事。我很固执地坚持自己的原则，我以为你应该喜欢我的诚实和坦白。

然后我就打电话给你了。听到你的声音我突然很放心，这是一种很奇怪的感觉。如果你不能接听，我会整夜睡不好。那一刻，我似乎听到心的声音，那种声音很小但很清楚，它说："其实任何人的相爱都只是一瞬间。可我很怕相爱，我只是想静静地站在你身边，看云飞霞落，直到黄昏直到黎明。你只要握着我的手就可以。"

有人说，少年的爱情是走过樱花树时，突然在风中兜头飘洒下来的雨水和花瓣。眼泪和甜蜜，诺言和疼痛，心动和失望，纠缠交织。像柔软的手指，抚摩洁白的理想，并在上面留下很多印痕。起初，那些痕迹是洁白的，但在时光的深处，俯首回望，它们的颜色发黄。可我想，真诚总该是没有遗憾的吧，洁白的就是洁白的，干干净净，使人向往，让人珍爱。

飞机在北京落地的时候，一时好轻松，我庆幸自己逃过一劫可以再见到你，生命是脆弱的可又如此美丽。我们的快乐时光，彼此都要记得。我没有勇气说要追随你的话，可我知道自己的心，我想你也知道。就够了。

隐形的翅膀

●佩　骏

“每一次，都在徘徊孤单中坚强，每一次，就算很受伤，也不闪泪光，我知道，我一直有双隐形的翅膀，带我飞，飞过绝望……”我第一次听到《隐形的翅膀》这首歌，就被它优美的旋律和极富哲理的歌词吸引住了，它让我想起了从前，想起了过去，想起了自己天真烂漫的童年。

“我知道，我一直有双隐形的翅膀，带我飞，给我希望。”我小时候喜爱鸟：有时，我会爬到树上躲在枝叶后面窥视雏鸟在鸟巢里的生活情况；有时，我会久久地坐在绿荫下仔细观察小鸟练习飞翔的情形；有时，我会捡拾起一支支从鸟巢飘落下来的羽毛，把它们小心翼翼地夹在小人书里；有时，我还会在胳膊和肚皮上贴满羽毛，然后从墙上“飞”下去……鸟儿，不仅快乐了我的童年，浓烈了我的童真、童趣，还让我在梦乡里一次次地实现了“飞翔梦”：有时，我是一只家雀，与鸟儿们在草丛里、树林间追逐嬉戏，或扶摇直上，或比翼齐飞；有时，我是一只雄鹰，抬头挺胸，双臂伸展，一会儿飞越崇山峻岭，一会儿鸟瞰锦绣大地，甚至还模仿战斗机在空中盘旋出一道道美丽的弧线……爱鸟是孩子的天性。而这一天性，使我从小就渴望有一双像鸟儿一样的翅膀，自由自在地凌空飞翔、飞向远方……

“我终于翱翔，用心凝望不害怕，哪里会有风，就飞多远吧。”记得有一天我问父亲：“人为什么不能像鸟一样飞？”父亲沉吟片刻后说：“人虽没有长出鸟一样的翅膀，却可以飞，而且可以飞得很高、很远。飞机就是人的翅膀。”接着，父亲告诉我说，早在一百多年前的英国，有个叫乔治·凯利的少年，通过对鸟翼形状和结构的观察，制造出了人类历史上第一架滑翔机模型，从而让人们借助飞机实现了遨游天空的梦想。于是，从那天起，我便记住了天才少年“乔治·凯利”的名字。尤其是当我17岁第一次坐在由北京飞往广州的飞机上，眺望着舷窗外无垠的天空时，除了“第一次坐飞机”的兴奋外，想得最多的就是乔治·凯利和他为完成这一人类历史上最伟大的发明之一所付出的艰辛努力。

“我知道，我一直有双隐形的翅膀，带我飞，给我希望。”每个人都有自己的理想和希望。理想和希望就是人们“隐形的翅膀”。其实，无论是人们对客观事物规律的成功把握，还是“虽不能至，却心向往之”的叩问，都是给自己插上了一双飞抵理想彼岸、希望彼岸的隐形翅膀。我以为，即使庄子说的“乘物以游心”，也是教化人们打开“隐形的翅膀”，去“入乎其内”，认识客观事物，观察客观世界，再“出乎其外”，最终实现由“必然王国”到“自由王国”的跨越，而并不仅指“神游物外”、“悠然忘我”的逍遥状态。因此，放飞希望、实现理想也好，“乘物”、“游心”也罢，需要的是行动，就像乔治·凯利在研发滑翔机之前，已经给自己插上了一双“隐形的翅膀”一样。

“隐形的翅膀，让梦恒久比天长，留一个愿望，让自己想象。”“隐形的翅膀”是一种力，一种助推力。乔治·凯利正是在这种助推力的作用下，冒着“折戟沉沙”的危险，历经千辛万苦，终于实现了“飞天”的梦想，赢得了“航天之父”的崇高美誉。而哲学家费尔巴哈则相反，他的晚年蛰居乡间，深居简出，不再与人进行思想上的交流或交锋，就像一只折断了“翅膀”的家雀，徘徊在唯心主义的泥潭，至死也没有翱翔在辩证唯物主义的万里蓝天——尽管他的哲学思想曾为马克思主义哲学形成产生过巨大的助推作用。由此可见，人只拥有“隐形的翅膀”是不够的，重要的是该怎样飞，如何飞，飞向何方。

人人都有一双“隐形的翅膀”。就我而言，虽人到中年，却仍借助这双翅膀，放飞自己的哲学主张：只关心事物“由来”的人容易陷入唯心主义的误区，仅关心事物“未来”的人容易跌入形而上学的深渊。而只有既关心“由来”，也关心“未来”的人，才能成为像乔治·凯利那样的人类物质文明的伟大创造者。

生活中需要宽容与理解

●李干荣

前不久，有媒体报道：一骑电动车接孙女放学的张先生与一位一边骑自行车一边接手机的中年男子在学校门口发生了小小的交通碰擦，双方都认为自己没有错，谁也不向对方说句“对不起”，双方闹腾了40多分钟。这期间，他们还让工作十分繁忙的交警来评理，后来还是张先生的孙女在冷风中冻得实在受不了，跑到中年男子面前，对他说“叔叔对不起。”这才中止了两个大人的纠葛。两位大人在小孩面前这样斤斤计较、互不相让，实在是有损形象。

其实，这样的场景在我们的生活中是常常出现的，一些人为了一点小事非要争个高低，对他人没有一点宽容之心，斤斤计较；有的明明自己有错却不肯主动承认和道歉，有的甚至耍起无赖。诸如此类的现象，与我们倡导的和谐文明社会氛围极不相称。同时也告诉人们：生活中，我们需要宽容和理解。

宽容，是一种美德。她体现了一种对他人的关爱之心；宽容是一种风度，她展示的是一种绅士般的优雅行为；宽容是一种健康的心理状态，她显示出的是一种宽广心胸。宽容来自于我们每个人的内心世界，她是一个人自我修养的体现，主要靠我们自己自觉地去修为，自觉地在生活中用行动和语言去体现。宽容她要求我们主动站在他人的位置上思考问题，能够自觉地为他人着想，做出一些奉献和牺牲。

还有一个古老的故事：相邻两家盖房因三尺地基争吵直到打官司，其中一家儿子在朝为官，其家人就写信向他求救，这个在朝为官的儿子并没有回去为家人撑腰，只是回了一封“千里修书只为墙，让他三尺又何妨？万里长城今犹在，不见当年秦始皇。”的家书，结果两家各自相让，握手言和。假如，生活中我们每个人在给别人带来一些不便时能够主动地说声对不起，假如，我们都有一颗宽容的心，都有一种“让他三尺又何妨”的心胸，因小事争争吵吵、骂骂咧咧的现象就会减少，我们的生活会更加美好，我们的心情也会更加舒畅。

宽容是一种品格，一种境界，一种超然。宽容是一种让人感动的人间大爱。在现实生活中，人际间磕磕碰碰在所难免。吃亏、被误解、受委屈之类不愉快的经历，我们都曾有过。面对朋友间的误会，同事间的纠葛，邻里间的纷争，夫妻间的争吵，若斤斤计较，会自寻烦恼，制造痛苦，徒伤感情，甚而结冤。有多少人因缺少宽容，为琐碎小事而耿耿于怀，甚至恶语相伤；有多少人因缺少宽容，使正常生活陷入泥潭，生活暗淡无光。同样的生活境遇，有的显得很轻松、很潇洒，有的人却总是觉得累，前者是能够宽容生活、宽容别人，也宽容自己，后者则不然，总是以一种苛刻的心态去对待发生的一切，苛求别人，也苛求自己。

雨果说：“世界上最宽阔的是海洋，比海洋宽阔的是天空，比天空宽阔的是人的胸怀。”让我们记住雨果的话，用阳光的心态对生活。理解别人，宽容世界，善待自己。

色彩是我的最爱

●丹 琨

从我画第一幅油画开始，我就知道了自己对色彩的敏锐感觉。五颜六色的油彩不仅带给我视觉上的冲击，更是最直接最快速的让我对色彩运用做出准确的判断——我的色彩表现开阔、多元，没有一系列理性方面的狭隘。

我在色彩这个鲜活的世界里，自由自在地表现个性化的丰富情感，运用色彩规律和感觉，我给自己的每一幅作品设计了不同的命题。我的思路沿着复杂的生活主线展开，重构出超载生活本身的一幅自在天地，我可以在这个天地里进行更宏观的也更微观的观察，继而以更宽泛的思维方式面对画布。

在画面中考虑最多的，是我做过的每一个梦。我的第一幅画就是一个梦境的再现。橙红色的底色，一片红枫，一片白杨，岸边，茫茫无边。水面，一只船，扬着帆。天上，一个太阳，一个月亮。云朵幻化成云丝，串成令人兴奋的画面。这幅画，挂在我的办公室里进门就能看到的地方。不仔细瞧，只看色彩，也恍惚是大作。

我看重情感倾向的意义。

某一层面上讲，情感的多彩和多变是成正比的。如果把友爱比作暖色，象征心理上的需要，那么暖色就是基石，温暖的不只是一个人，而是许多人的一生。如果把背叛比作冷色，象征友情的末路，那这冷色就是鲜明的核心，冷却的不只是一个人，而是许多人的热血。

我们心里想的、喜欢的、热爱的一段日子，有时会成为艺术灵感最原始的火花。我在艺术上是个探索者，但希望有一个浓郁的艺术氛围，从艺术的维度思考艺术的问题。

让油画回归梦想，让想象插上翅膀。

我设想出许许多多高端的时尚讯息和潮流动向，期望我能在“作品”中表现独特，但始终摆脱不了“自己”。收敛的思维不再循规蹈矩，合乎逻辑的规范在我这里没有了市场。不是我想增加油画的复杂度，但我的创作精神富有创意。观察事物和想象事物具有同样的可能性——由浅入深，潜力永在。无形中的东西都有形象，世界眼光其实具有宗教情结。

我不敢预言，以后的我会不会继续画下去，但画过的所有色彩斑斓的记忆是彩色的。原来，我想要呼唤和培育的就是一种精神。亮丽和丰富有缘。色彩给世界带来惊奇，当然也带来了好运气。

想啊，罐罐茶

●柴国贤

罐罐茶，一看名字便知，是由罐罐和茶组成的。喝罐罐茶，是通渭县的常河和天水市的甘谷一带的风俗习惯，家家户户都有，男女老少均适宜。

我老家就在甘肃通渭县的一个山沟里。无论白天还是夜晚，只要有人凑在一起，就可以喝罐罐茶。最原始的用具确实是罐罐，一种烧制出来的器具，青灰色，八九厘米高的，底座直径只有四五厘米的锥体，看似粗糙，品起茶却很香浓，架在火盆上，可供一个人慢慢品用。现在的罐罐已经有了变化，底座只有掌心大小的，高五六厘米的铁质杯子，搁在稍大些的电炉上，里面放些冰糖、红枣、枸杞、桂圆和茶叶。有时候杯子也放在火炉上，几个人围成一圈，边烤火聊天，边喝茶，还可以吃上几口馍馍。虽然杯子很小，每个人分到的很少，但是当那热茶含在嘴里的时候，分享到的感受却是无以言表的。

离开老家已 15 年了。不知从什么时候开始，心里始终有一种割舍不去的感情，为那片黄土地，为那片黄土地上勤劳耕耘的人们。那飘着阵阵清香的罐罐茶啊，我是真想啊！自从来到这繁华的都市，自从别离了我的黄土地，我的魂就丢了。每当从睡梦中惊醒，心里总有一种想哭的冲动，于是每天的遥望夜空就成了生命中唯一的寄托，遥望故乡的方向数着归心似箭的日期。惟有如此心中的痛才有点减少，心中才有些许的慰藉。

总在我彻夜难眠的时候，那醉人的茶香在梦乡升起，爷爷挥着鞭杆耕地的背影仿佛在小雨里穿行，消失在弥漫的烟雾里。每当心中又想起了您——我亲爱的爷爷，我的心里一片潮湿，是罐罐茶浇在我心中的记忆。

总是在累得动不了的时候喝盅故乡的罐罐茶，爷爷，当我走出了黄土地的爱抚，走在了都市的柏油马路上，心中才真正明白那种软软的湿润的感觉是那样真挚与细腻，那种散发故乡风味的甘甜和醇美，那种心旷神怡神清气爽的滋味，只有您的黄土地才能给予！我在失去他老人家之后才明白什么叫做情深，我在他老人家离去的瞬间才懂得了珍惜。心中的那片黄土地哟，我该跪下来向你磕头，因为你养活了我们全家，养活了一个喝罐罐茶长大的孩子。在坚实的柏油路上再也找不到想拥抱的冲动，再也找不到躺在上面看云卷云舒的自由和闲适。自从迈出离乡的脚步，那盅罐罐茶就永远地留在了心里。习惯了喝着罐罐茶去追寻自己的心事，习惯了嗅着罐罐茶去追寻自己的记忆，习惯了伴着罐罐茶去追寻人生的谜题，直到走出黄土地的那天。也许再也没有机会伴着黄土地去追梦，也许这里的一切将变成永久的回忆，但是在内心的最深处留下的永远是那片黄土地，永远是那盅罐罐茶，留下的永远是它的真情和朴实。

回家的路

●一路开花

从滇北到黔南，一路都是绵延起伏的高山。山中有村，村中有树，树间有路。那是我每年赶着冬雪回家的必经之路。从这条群山环抱的小路一直北往，便可遥望我朝思暮想的故乡。

故乡静默在云贵高原的东北面，像一尊千古不化的石雕，守护这片安祥乐土。十七岁毕业，十八岁离家外出游学，至今已有整整七年。坐在湘西的乌篷船上，故乡的路，越发使我觉得亲切而遥远。

高原多山少水。因此，自小便对那广袤无边的水域有着神秘而无法言明的渴望。也是因为这般缘故，外出游学时，便铁定了心要往祖国的东面跑。目的，也不过是为了看看那些呼啸奔涌的大海。

每每想起故乡，首先在脑海中浮现的，便是那蜿蜒曲折的树间小路。

小路两旁的树木终年互拥，葳蕤常绿，把空气都笼罩得越发清凉。那透骨的凉意，即便在三伏烈夏，也丝毫不减。

中学时，母亲常常站在这条铺满青苔的小路上等我。她晃着臃肿的身子，骑着一辆叮叮当当的三轮车，立在斑驳的夕阳中，一动不动地看着来路。

很多时候，我都是骑着那辆火红色的牛头赛车，急急奔入她的眼帘，而后，未等她眼中的欣喜全然退却，又急急地消失于她的视线。

她极少喊我。她任凭我载着青春的叛逆与张狂，抛下她，大步流星地朝前而去。

许多年后，才忽然想起她的艰难。那时父亲刚走，生活所有的重担都压在她的肩上。

外出游学之后，每年春节回家，她还是会在那条熟悉的小路上等我。

只是，这时的我已然懂了。我会远远地，喊她一声，而后，飞快地奔至她的跟前，让她仔细地看看我，摸摸我。她知道，她拗不过我的倔强，只好慢悠悠地爬进车兜里去，让我把她载回家。

去年，滇北大雪，赶极远的路回家。她仍然立在那条寒凉的小路上等我。呼啸的风和漫天的雪，似要将越发臃肿的她一并卷进岁月的深沟里去。

那一刻，温暖通过彼此目光的对接传递给了母亲和我。这条回家的路啊，早就写满了幸福。

温暖的细节

● 宋绍武

曾收到《青年文摘》杂志社的用稿通知，实际上是一张长不过22厘米，宽为7厘米的小纸条。上面列明了所转载的篇名、期号、联系人等内容。可让人惊奇是，像《青年文摘》这样比较有名的刊物，给作者发这样的通知竟然用的是回收纸。

仔细观察，它是被小心翼翼地裁出的，与通知内容的多少正好“吻合”。比起别的刊物，这样做显得很“吝啬”。一张背面为空白的废纸可能被精心裁成了几小条，从而实现了旧物的回收利用。我猜想，作者对此会报以会心的一笑，心里升腾出一股温暖。虽然增加了操作人员的工作量，能节约出来的成本也微不足道，但是，假如对所有作者都这样做，而且多少年坚持下来，它对社会的贡献就不可小视了。细处触动，我不由得对喜欢了多年的《青年文摘》生出几分敬重。

无独有偶。去年上半年，我的另一篇文章被《幽默与笑话》选用。收到样刊时，细心的编辑给我又带来一份惊喜：载文的那一页被翻折叠摊平，一打开宽大的信封就能看到。“举手之劳”，为作者代翻了目录。编辑的这一小动作，足以使作者加深了对它的信赖。

由于工作的关系，我经常向国内的工厂和用户用特快专递发样品和资料。长期以来，没大的讲究，只要能寄到就满足了。后来，朋友给我推荐了一家近年来在业内迅速崛起的快件公司。朋友告诉我，这家公司不仅收费便宜，投递网络全，只要为你服务过一次，下次报上大名，接线生经快速搜索，就能马上报出你的地址和手机号码来。

那个双休，我试着按那个特别好记的电话号码打过去，不到一个小时就有人上门取件。小伙子业务娴熟，普通话也很标准。把我交的样品小心打包后放进摩托车尾箱里，他露出好看的笑容，说，节假日公司照例有人来取件。接着，小伙子又“马不停蹄”赶往下一个用户。

第二天，我意外地收到快件公司一条短信，上称，某年某月某日交由我们的第××××号码单下的物件，现在已由对方签字收妥。一条短信，区区一毛钱，但它让人感受到了这家快递公司对客户体贴入微的延伸服务。后来，我听说它在业内如同一匹黑马，抢占了很多大公司的传统市场。正是这些有别于竞争对手服务上的细节，大大提升了它的市场渗透力。

生活中，只要我们善于发现，这些温暖的细节随处可及。赠人玫瑰，手留余香。我们的社会正是要靠这些不起眼的关照构筑起和谐和温情来。

童话世界

● 孙东巍

宝乐每天睡前的时候，都央求我给她讲故事。一岁多的时候讲故事，全凭我那点浅薄的记忆。但多数讲个大概，不生动也不全面。后来当当和京东有活动的时候，我购了很多故事书。格林啊，安徒生啊，365 夜啊，等等。晚上，摊开安徒生，翻来翻去已经都讲得差不多了。唯有那篇，我一直舍不得讲。那篇曾经让我爱上故事，爱上书籍，爱上梦想的《海的女儿》。

小的时候，我没上过幼儿园，一直是妈妈带我到上学前班。所以早期教育对我来说很贫瘠。白天无聊的时候，妈妈会打开收音机听广播。四五岁时的一天下午，广播里一个优美的声音，伴着舒缓的音乐，讲着小美人鱼的故事，我坐在小板凳上一动不动，突然发现原来世界上还有这么好听的故事，还有这么动人的事情发生，听着小美人鱼深情地凝望着她的王子与另外一个女人共舞结婚，她在海上化成了泡沫渐渐地消逝，我捂着眼睛大哭。后来开始爱上了故事，爱上了一切美丽的传说，甚至愿意相信大千世界的万千可能和神奇力量。

后来有一次逛书店，发现了一本翻译得特别好的《海的女儿》，反复看了好多遍，每次都是泪流满面。小美人鱼为了实现与王子的朝夕相处，用她最美的声音与海巫交换了两条在尖刀上行走的双腿，可是仍然没有得到王子的心，只能带着遗憾消失。我当时就在怪她，难道不会用笔写出来吗？不会用手比划出来吗？可以有很多方法告诉王子是她救了他啊，为什么不告诉他呢？告诉了也许结局就不这样呢？

后来长大了，看得多了，发现原来所有圆满的故事都不感人，带着缺憾和悔恨的故事才让人时时想起并难忘。

现在，每晚都声情并茂地给宝乐读故事，宝乐甚至不爱听录音机里鞠萍姐姐讲的，而非缠着我讲给她听不可。我的梦已经没有了，可是我还是愿意给我的女儿一个个神奇的梦。讲到兴奋的时候，她干脆不睡觉，非要再讲几个不可。我说："谁先闭上眼睛进入梦乡，谁就能梦到小仙女。"果然，她乖乖地闭上了眼睛，而我早已睁开，因为即使我闭上，小仙女也不会出现在我的梦里。我长大了，我知道我的世界已经没有了童话。

没有了童话，可信仰还在。珍惜与身边人的相遇相扶；常怀善良感恩之心，不做出格之事；相信在刚好的时间里明白该明白的事，不多也不少，不早也不迟……

如果你问我，我会对你说

●吴　新　卢庆峰

如果你问我检验检疫工作是什么？我会对你说她是一面镜，照出了物质的真与伪；她是一把尺，度量着安全的微与毫；她是一座墙，阻隔了外来的袭与扰；她是一顶伞，撑起了祖国的阖与祥。

如果你问我检验检疫工作有趣吗？我会对你说她的趣，只可意会不可言传。或许，在旁人看来，平日中她可能不仅仅是无趣，甚至可以说是无趣至极！每日重复规定动作似的程序操作，索然无味，似乎真有种“静中吾乃得至交，乌有先生子虚子”的感觉。然而，我们却能在这看似没有活力，缺乏创新的重复劳动中，找到新的灵感和突破。而且，除了枯燥的“规定动作”，我们还有丰富的“自选动作”。在忙碌的日常检测工作之余，一个个新的检测项目又吸引着我们去开发和研究。每当我们戮力同心，同舟共济，攻克一个又一个技术难关时，她像是一盏永不熄灭的明灯，总是指引着我们驶向真理的港湾。这一刻，唯有舟中人，方感心中喜。

如果你问我检验检疫工作轻松吗？我会对你说她非但谈不上轻松，而且可以说很辛苦。朝九晚五是理想，加班加点很寻常。因为她不是休养所，因为她不是养老院，因为她守卫着祖国的大门，守卫着十三亿中国人民，是另一片战场上的勇敢卫士。她虽海纳百川，纳得下百尺竿头、锐意进取；却纳不下怠惰因循、不思进取；她虽有容乃大，容得下意气勃发、敢作敢为；却容不下滥竽充数、安于现状。“瘦肉精猪肉”、“问题饲料”、“二甘醇牙膏”、“有毒糖浆”，这些词汇给国人的心中蒙上了阴影，更给少数国家找到了抵制“中国制造”的借口，一些国外媒体在此类报道中甚至称“中国产品是死神”。面对诽谤与诬蔑，她依然屹立东方，尽职尽责地把好产品质量关，用过硬的产品质量向世界证明“中国制造”不是“粗制滥造”。

如果你问我为什么要做检验检疫？我会对你说她像一片土壤，她开出的花不是只有我欣赏，她结出的果不是只有我品尝。她的肥沃需要我的呵护与照料，她的广袤需要我的开拓与耕作。于是我带上了我的理想与青春，来到了她的身旁。在这里，我有志同道合的伙伴；在这里，我有薪火相传的思想。我们用心播种，施肥、灌溉。纵然偶有风雨虫害的阻绊，依然坚持自我，天道酬勤，我相信这片用汗水、热情、欢笑灌溉的土壤，必能绽放出万紫千红的花朵，结出丰硕喜人的果实。我骄傲我站在了这个岗位上。

走进珲春

● 陶希三

与珲春结缘已有20年了，但多是过客匆匆，惊鸿一瞥。

只能说是走过而不敢言走进，虽有向往也只能深藏于心。

也是缘分使然，2011年本人因工作关系调入珲春，心有所喜……

走进珲春，宛如出游归家的游子。不禁想起二十年前的珲春，封闭落后、基础薄弱，人称“七十（其实）一栋楼，九十（就是）一条街”，城市面貌灰暗脏乱，产业发展更是无从谈起。现在的珲春拥有省级卫生城市、国家森林城市等诸多荣誉，置身于此，犹如人在花园，坐拥天然氧吧。

二十年的历史对一个城市而言，或如年轮中窄窄的一圈，但对珲春而言，这是不平凡的一段岁月。它历经了春夏秋冬的洗礼，已脱胎换骨，蜕去了青涩，有了独具自身的气质，活力四射而又秀外慧中、开放进取兼顾包容和谐。

有一分亲切、激动，几分期许。

二十年的锻造，使这里风景独具。

这里是吉林的“眼睛”，临海眺望揽胜三国，张望着吉林的未来；这里是长吉图的“窗口”，背靠东北腹地辐射东北亚，敞开怀抱迎接日本海的春潮。

走进珲春，从“旁观者”变成了“参与者”、“建设者”。围绕“借港出海”的目标，上任伊始我就到宁波检验检疫局，与其建立紧密型业务合作关系，为内贸货物跨境运输项目在具体操作上争得更大的灵活性和便利条件。

针对中朝合作项目（高效农业示范区、对朝跨境自驾游、百万吨水泥生产等）涉及品种杂的情况，果断拍板在风险分析基础上按照从优从快从简原则，采取集中申报、边办手续边组织通关、提供清单口岸直接查验放行等方式，做到了随到随报、随检随放。基于对珲春的热爱，工作之余写了《关于加强珲春果蔬出口俄罗斯的建议》、《关于珲春发展水产品加工业的建议》等文章，积极建言献策。

我成了珲春的宣传者，逢人就说珲春好，珲春的口岸优势、珲春的城市建设、珲春的治安情况、珲春的幸福指数。

爱上一个地方，会有一千个理由，人好、地好、景色好……

每次从长春归来，珲春的“好”就会成倍地得以印证。

珲春最吸引我的就是这里有份“事业”，有着那么多想干大事的人。

走进珲春，遇到了许多知心的同路人，他们与我一样虽然家在长春、延吉等外地，但深爱着珲春，努力在自身工作领域发出更多的光和热。

敢想，想都不敢想，那就永远没有希望；做事，做实实在在的事儿，你不做永远成不了事——这是我的座右铭。我也如珲春人一样胸怀梦想，不畏艰难，一步一个脚印，积跬步以致千里，积溪河以成江流。心有事业，就是做扑火的飞蛾又如何。

身处窗口，那种想做点实事儿的念头想按也按不住。

黄昏，站在圈河口岸，脚下是微波轻荡，身边是滚滚的车流，背景是中朝两国密切的经贸往来。这江，摇着未来的梦幻，涌动着滚滚的洪流，让人倾情，让人奋斗。

珲春是世界的珲春，珲春是中国的珲春。

中国图们江国际合作示范区的即将设立，确定了我们的站位。从全球观点来看，图们江地区的战略地位有着巨大的潜力，它既有国内市场，又可利用朝鲜、蒙古国的劳动力和自然资源等，它还有日、韩的资金，先进技术和提供进入欧洲通道的优势。立足珲春就要放眼世界，只有这种胸襟，才能借港出海，连线出境，才能构筑东北亚运输通道，建成东北亚国际物流中心。未来的珲春是综合性的、外向型的、现代化的边境开放城市，是重要的对外贸易窗口和东北亚经济合作的中心。并将以此牵动吉林乃至东北改革开放的总格局，形成扇形辐射。

我迷恋这胸有万千气象的珲春，一丝安逸从心里隐遁，几多进取在胸中凸现，犹如凛冽的海风，过耳，穿击，永不停息。

多少年后，再走进这片土地，如果能有一二件实绩，坐在时光的唱针上，叩询和咀嚼往事的尘烟，才能心安。

走进珲春，信念如灯塔燃亮，指引着一群有坚定理想的人，直挂云帆……

（作者为珲春检验检疫局局长）

为了我们共同的挚爱

● 王军红

那时候，单位正在筹备之中，周围的人们对其工作性质不甚了解。我因艳羡那身穿上精气神十足的制服，就一头扎到了这个单位从事办公室工作，那一年我21岁。两年后，他因爱屋及乌也来到了这个单位工作。

这是一个靠海而居的检验机构，建局初期业务量不大但业务区域广。他的工作是检验机电类业务，工作点多、战线长，常常是周一一早出发，周五晚上才能回家，有时因检验进口设备需驻厂一月有余。因英语娴熟，企业想高薪聘他常驻国外，地方政府也想选调他从事外贸工作，他终因舍不得这身检服，一一谢绝。后在系统中因英语竞赛名列前茅，被选送到大连财经学院英语班学习一年。他去学习的时候，儿子未满周岁。从此，从事检务工作的我将所有家事全部承包。

学习回来后不久，他被提拔到检务科任副科长主持工作，我也因工作需要来到人事部门。那段日子是多么愉快，每天早晨，夫妻双双骑车肩并肩迎着初升的太阳上班，晚饭后一起携儿子散步。马路宽阔，海风徐徐，他畅谈检务证单改革的思路，我浅谈从事劳资人事工作的感慨，直到儿子像受了冷落跑回来让爸爸抱，我们才将思绪回转共同关注可爱的儿子。

一年后单位机电轻纺科合并，他到任科长，两年后党组为了对他加强培养锻炼又交流到主管检测科室任科长，我也在人事科担任了副科长。我们在不同的工作岗位上相互鼓励共同努力着，身着检服年轻的我们每天都神采飞扬，每年年底各种先进的荣誉证书是彼此相互赠予的最好礼物。

1997年4月，他被组织提拔交流到距家200多公里的分支检验检疫局任副局长。从此我们异地相望，电话交流，我支持他全身心投入工作，他鼓励我事业家庭两不误。我们用“两情若时长久时，又岂在朝朝暮暮”来彼此安慰，用各自的工作成绩激励彼此更加爱岗敬业，以孩子优异的学习成绩共同激发一家三口工作学习的劲头。异地交流近三年，人各两地，节日团聚一家其乐融融。

“三检”合并后，他被调回到了距家40公里外的单位工作，两年后任局长。在大伙儿的共同努力下，他们单位在文明创建、综合体系建设和检验检疫工作中成绩突出，年底绩效考核跨入了全省系统优秀单位行列。

2005年8月，儿子以优异的成绩被某名牌大学录取，10月他又被组织调往邻近地区同级交流。他愉快地接受了组织的安排，到任后马不停蹄开展工作，不到一年的时间成绩斐然，受到了上级组织和单位干部职工的好评。2006年9月的一个双休日，他在家中还兴奋地谈近期解决工作上难题的过程，周一早上到工作地点后，却在一次外出途中突遇车祸不幸殉职……

突然的噩耗击晕了我，醒来后的我坚定地做了三件事：一不向组织提任何要求；二让他穿着钟爱的检服上路；三掩埋他后立马投入工作。

我知道，他对我的决定一定十分满意，因为我们共同挚爱着检验检疫事业。

妈妈心里有根绳

●付秀宏

有一段时间，我很长时间没有回家。大概有一个多月的光景。我平时总是一周回家一次。那一段时间，为了赶写一部书稿，几乎终止了一切个人活动。等我忙完了，回家看妈妈时，妈妈动情地说：宏啊，突然好几个礼拜不回来，真想看见你，心里像系着一根绳。

我心里咯噔一下：心里系着一根绳，就是挂着一个念想，放不下。心被这根绳紧勒着，一定打着卷儿，一副揪揪着的样子。妈妈瞅见了儿子，心儿才能松绑。

春节前，在深圳打工的亮仔，突然提前回家，老妈妈看到儿子，竟然泣不成声。年后，亮仔走得早，“我都还没看够呢，又要走了。”老妈妈摩挲着儿子的衣裳，絮叨了28遍，絮叨一遍就是给心捆上一根绳。

我有一个很要好的文友，叫路来森。他是一位高中语文老师。有一年，因高三复习冲刺，很长时间没有回家看父母。等他忙完一阵，腾出时间回家时，母亲忽然说：“你知道吗？你整整两个月零九天没回家了，这是你最长时间没回家来了。”路来森愣住了，母亲竟记得这么清楚。

两个月零九天，一定是掰着手指头过的，日子是水儿清水儿清的，心却是皱巴巴的，没得舒展一天。就这样，一天一天地计算着、等着儿子来。

作为儿子，老路从未考虑到这一层。没想过给母亲的心松绑，甚至连一个电话都没主动打过；他突然对母亲有种说不出的内疚感。

这天，老路在家里喝了一些酒。临走，他对母亲说："娘，我抱抱你。"母亲很难为情，老路含着热泪说："娘，对不起，以后我不会待这么长时间，才回家看你了。"说着，泪刷刷地流了下来。母亲突然明白了，对着大家说："哎，我的儿呀，心就是软。"

是呀，儿女的心一软，父母的心，就跟着明媚起来了。捆着心的绳子，便只有随着这份感动跳舞的份儿了，全没了捆劲儿。无论儿女多么卑微或多么有名，母亲对儿女的挂念，只有儿女到场才能化解。见不到儿女，母亲心里的绳子一直系着；儿女到家了，母亲心里的绳子就飞了、断了。

刘德华在自传《我是这样长大的》一文中说：人总是越长大、变老，才越体会到自己对妈妈的重要。忙是对的，但不能因为忙而忘了做儿女的孝心呀。有一年冬天晚间，刘德华突然回家，母亲来开门。刘德华进得门来，搂着母亲肩膀说："妈，今年的圣诞，咱们一起去旅行。你想去哪里玩呢?"母亲眼看着刘德华，笑得很开心，像一个小孩子等到了心爱的玩具。其实，母亲并不是喜欢游玩，而是喜欢和儿子在一起的时间啊。

会跳舞的小桃树

● 马亚伟

乡间的风像自由的翅膀，让人不由得想迎风而飞。大平原无边无际地开阔辽远着，麦田涌动着绿波，绵延而去。

祖母盯着绿油油的麦田说：打猪草的时候，会遇上一棵小桃树，那可不是普通的小桃树，那是天上的仙桃，落下了一颗桃核，在人间生根发芽，长了出来，带着仙气。越是勤快的孩子，越可能遇上。遇到的人，是世上最有福气的人。

我对祖母的话，深信不疑。

绿色涌动的原野，蝴蝶和鸟儿翩然飞过。有风滑过脸颊，像一片温柔的鸟羽，光滑凉爽。每天傍晚，我背起竹筐，约上同伴，在风中的田野上奔跑着。满地的野草嫩生生的，马齿苋、灰灰菜……还有狗尾巴草，毛茸茸地招摇着。打猪草的时候，我不再追蝴蝶，逮蚂蚱。我有我的使命，我专注地打猪草。我一遍一遍翻着草。我知道，冥冥中，有一棵小桃树，会在某一个角落里等我，它是那样的神奇。可是，它在哪里呢？

打了两年的猪草，依然没有祖母说的奇遇。祖母说，不能心急，慢慢等啊，只要你勤快，一定能遇上。

等啊，盼啊，我长高了，草们也在每一个春天倔强地生长着。小桃树的诱惑，始终在心里，不曾淡忘。

那天黄昏，光线开始模糊。暮色像大鸟的翅膀，低垂了下来。我的手上早已沾满绿色的草渍。竹筐里的草被我塞得满满的，我还不肯回家。忽然，小桃树！小桃树在我眼前一晃，惊鸿一瞥，又淹没在无边的麦田里。我赶紧翻开丛丛的麦子和杂草，翻找了起来，生怕它一下子逃了。翻了几下，真的找到了！

它就那么窈窕地舞在麦田里，不慌不忙。它并不知道我的苦心孤诣，就那么心平气和地舞着，柔嫩的小叶子笑吟吟的。这个小小的绿色仙子，在夕露的润泽中，颜色愈发青葱。小桃树摇摆着柔枝，呼吸着四野里畅快的风。

在朦胧的天光下，我的心，像一只飘飞的风筝，高高地飞着，有着无边的喜悦和满足。我出神地看着，想象着。有一天小桃树会开花，会结果。它的花，不是庸常的桃花；它的果，不是庸常的桃子。它是喝过仙露琼浆的，是上天赐予人间的，赐予我的。因为，我是一个勤奋、坚持的孩子。

我忘记天擦黑了，直到祖母的呼唤声传来。我一扭头，看到祖母颤着小脚走在田间的小路上。祖母大声喊我的名字，充满慈爱。我赶紧示意祖母小声点，生怕惊动了小桃树。

回到家，祖母把小桃树栽种在小院里。祖母说，是我的勤快感动了小桃树。对我来说，小桃树，真的是一个美丽的奇迹。

很多年过去了，祖母早已离开我，去了另一个世界。虽然小桃树最终没能开花结果，却在我心中深深扎下了根。乐观的祖母，在我小小的心里，种下了一棵永远舞蹈的小桃树。

年年岁岁，任凭世事起落，只要憧憬还在，便会与奇迹相遇；生活的原野，便会有生生不息的希望。

春天，我想栽棵树

● 余毛毛

每当春天来临的时候，这个念头都会泛起，那就是想栽棵树。

我想像着栽树的地点，那应该是块荒地，是一面缓缓的山坡，风掠过时发出沉闷的呜呜声，远途而来的鸟儿撒下几滴鸣音，就匆匆离去，因为这儿没有可栖息的树；山脚下有泠泠作响的泉水，一片云飘过，就会有一片山阴覆盖住它，然后又撤离……当我拎着铁锹和树苗到此处的时候，我会仔细地观察这儿，尽可能地记住周围的一切。有必要的话，我会请一位有诗意灵魂的画家朋友，在优美情感的指使下，将这儿画下来。我会把这幅画挂在书房里，累了的时候，我会抽着烟喝着啤酒看它，久久地，我想那时我的内心里会有一种深沉的感动和辽远的洁净感。

我想该说说我为什么想栽棵树了，为这个世界增添一星绿，培育这个世界上我最喜欢的一种生物是表面的想法，深层的想法是我想死后就埋在这棵树下，如果我幸运，能再活个几十年，我想到我死时，它一定会变得有些高有些粗了，会有着苍劲碧绿的叶片。我当然不会在这树下弄个气派非凡的大坟，连土堆都不要，我只想请我的儿子绕树挖一条浅浅的沟，将我的骨灰洒进去，然后覆盖上土，用不了多少日子，它就会了无痕迹，我的生命将附着在这棵树上而得以延续。我不希望牛来蹭痒痒，我不希望猪到这儿来睡觉，我更不希望狗用它那丑陋而可笑的姿势到这儿来撒尿，当然如果它们真来了，我想我也能容忍，我只是一棵树，而它们也是天地间的生物；我希望风能来，它会陪我跳舞；

我希望雨能来，它会让我洁净；我希望阳光能来，给我温暖；我希望鸟能来，唱一曲清音，或者在这棵树上做巢，我们会成为友善的邻居。

当然我更希望一个人会来，他是我的儿子，我知道生活迟早会让他尝到苦头，我知道他会有难以排解的心思，我希望他能坐在这树下，说一说他的苦恼、他的烦闷……虽然那时我什么也帮不了他，但我知道一棵树一样清正的父亲会给他以鼓励、安慰和支持。我希望有一天，他也会带一棵树来，在我的身边栽下，让我看护着它成长，等它长得又高又粗，有着苍劲碧绿的叶片时，他也会到那棵树下，然后是我的孙子……慢慢地这儿就会变成一片树林，慢慢地这里就会演变成一个家族清新而美好的传统，血脉会在此处延伸，亲情会在这儿得以光大，这是一个灵魂的安息地，也是一处天人交流的圣洁场所。在这儿，我会成为一个统帅，统帅着一群平凡而又干净的灵魂，我是如此地爱他们，千百倍地胜过爱我自己。

故乡在我心中是柔软的

●闭剑东

边关的风有种说不出的柔软，有种让人捉摸不透的内涵。

只是在思乡的时候我不禁轻轻地对自己说一句话——故乡在我心中是柔软的。

那一个绿意纵横的小村庄，掩映在绿树中的瓦房和那一望无边的稻田，活现出了一幅和谐的山村写意图：一条狗、几头猪、一群鸡，或躺着晒太阳，或蹦着撒欢儿。一位农村妇女坐在家门口，面前放着一个竹编菜篮，身边放着一大簇南瓜花，她一朵一朵地剥着南瓜花，阳光照在她的头顶上，风撩弄着她稀疏灰白的头发，她就是我的母亲。不远处，乖巧的侄女躺在她妈的怀中，唱着“世上只有妈妈好，有妈的孩子像块宝，躲开妈妈的怀抱，幸福哪里找……”想着想着，我悄悄地把视线移向远方，我怕身边的战友不小心看到我眼中滚烫的泪花。

这柔软的泪花一点一点吞噬着我曾经为之自豪的所谓男子气概。每当傍晚时分，军营旁的那一个小村落的炊烟一缕缕地升起并向远方蔓延，我终于发现，自己是真的再也无法走出那片完全属于故乡炊烟的天空。真的相信那句话了：无论隔着万水千山，当一缕缕炊烟从村庄上飘扬的时候，远游者的神经就会敏感、心酸而掉泪。

故乡在我心中是柔软的，它那质朴的柔软包容得下它怀中的一切生灵，人或者家畜们，还有一些柔软的东西，比如稻草垛、羽毛或者是一泓盈盈的清潭，以及另外一些柔软：一位善良的母亲的脚步，一声婴儿的啼哭，母鸡叫唤一群小鸡的柔情，或者是一头牛犊撒欢地撞击着它母亲的乳房。故乡在我心中是以柔软的姿态永存的，我敢于在广大的战友们面前高声地唱着军歌，敢于在训练场上撕心裂肺地喊着口令，可是我却不敢在众人面前大声地说——我要回家，我想我的亲人、我的故乡。

故乡在我心中是柔软的，柔软得让我许下一个愿：我愿回到从前，再回那小小庭院，再会我儿时玩伴，再在村旁的草丛，捉蟋蟀回去和邻家的小芳玩。只因老家还在，故乡依旧，可是我的母亲却永远地离我而去了，到一个应该比故乡还柔软的地方去了。听我的父亲讲，她临终前最想的就是我，就是我。

故乡在我心中是柔软的，就像身上的肉，一捏，就能捏出个泪流满面来。呵！我的故乡。

来生和他做朋友

●张国领

“来生和他做朋友！”

这句很随意说出的话把我深深地打动了，说这话的人是我的老师辉。

辉和我同龄，因学问比我大，我一直叫她老师。我叫老师是不分年龄的，因为老师与学生的关系是学问与学问的关系。老师说的“来生和他做朋友”，指的并不是我，而是她的爱人叶。她和叶已经在婚姻的漫长旅途上携手走过了 18 个年头，这是占人生四分之一时间的精彩年华，两个人面对面手挽手地一次次迎来春华送走秋实，走过的有风雨但最多的是快乐，走过的有失落但最多的是幸福，18 年的相厮相守之后，老师却说出了“来生和他做朋友”。这是一句含情脉脉的话，饱含了老师对她爱人不愿割舍又割舍不掉的情愫。

老师的爱人叶，是我多年的好朋友，在我心目中他是一个很典型的男子汉，不光是个头和长相充满了男人的阳刚之气，话语和行动也都昭示着男人的果敢、勇气和雷厉风行，最男人的还是他那颗几十年不减的雄心，对朋友的似火热情，为朋友不惜两肋插刀的义气。有些不够义气的朋友就抓住了他的这一特点一再利用，但他明明知道被朋友利用仍一如既往地热情似火。这事不但他的朋友看出来了，和他相濡以沫的妻子更是心知肚明，于是，常在背后提醒，可叶始终“不思悔改”，仍把朋友看得比妻子还重。叶的信条是交朋友就不能怕吃亏，或者说交朋友就不是为了占朋友的便宜。

当初老师之所以爱上叶，看上的正是他这种对朋友的热情大方和突出的男人气质。时至今日她依旧爱他这些从骨子里生出来的优秀品质，可为何她不说来世还要与他做夫妻，而是和他做朋友呢？这是不是叶对朋友太好了，好得让妻子不能容忍了呢？这是我的猜测，不过有一点完全可以肯定，那就是叶作为丈夫，在家庭中没有尽够自己的职责。

在生活中，男人要面对的关系很多，其中最主要的是夫妻关系和朋友关系。男人要有家庭，那是立足于世的大本营，就像战争时期的大后方，没有她就失去了靠山。男人也少不了朋友，在外闯天下就如在前沿阵地上冲锋，打胜仗要靠朋友的多方支援。男人要摆正夫妻与朋友这两者的关系不容易，因为夫妻间的感情是特殊的感情，是任何友情不能替代的。虽然彼此有极强的容忍度，但很难与朋友分享，哪怕是最好的朋友，由此可见夫妻感情应是第一位的。当我的老师说出“来生和他做朋友”的时候，她对爱人的爱是显而易见的，她对爱人的怨也是显而易见的，但愿叶听了之后，能对我的老师爱得深一些，怨得浅一些。

拿什么奉献给您

● 李干荣

今天是中国共产党84周岁的生日。

在中国共产党的历史上，有许多可歌可泣的故事；在共产党员的队伍里，有无数的英雄和模范，雷锋、孔繁森、郑培民、牛玉儒、任长霞……一个个家喻户晓的名字，就像一面面光耀世人的旗帜。在我的身边同样有许多普通的共产党员，他们虽然没有惊天动地的壮举，但那一件件“凡人小事”都令我难忘。

1994年11月，我在某集团军后勤部汽车营司训连当连长，当时，上级要在每个集团军组建一个司机训练团，专门培训汽车驾驶员，把一个集团军的汽车司机集中起来培训。我所在的连队也被编入司机训练团。作为一连之长，虽然不愿意到一个陌生的单位，但作为一名军人，必须执行命令，于是我带领连队的战士们，每人开着一辆车子把连队所有的家当，从浙江湖州拉到江苏镇江小衣庄。

来到小衣庄驻地，见到的是一座十几年没有人住的旧营房，几乎是一片废墟，营区内到处是杂草，显得非常荒凉，分给我们连队的宿舍没有门也没有窗，墙壁一碰就掉灰，屋顶上的瓦也不齐全。就连天公也不作美，正起劲地下着雨，宿舍内只有几块地方是干的。面对这种情况，我真担心战士们有怨言，这时连队的16名党员一起站出来对我说：“连长，您放心，我们什么困难也不怕，在任何情况下，我们党员都会冲在前、干在前，都会给其他人做出样子的！”他们说到做到，主动把一些不漏雨的地方让给新战友，把晚上站哨的任务也全部包了下来。在党员的带动下，我们连队的安家工作进展最快、秩序最好，部队党委把我们作为榜样进行宣传。

由于部队刚组建，工作非常多，安家、修车库、整治环境、出公差，每天要干十几个小时的活。而司训连在学员毕业后，连队只有教练班长和连队干部总共30来个人，任务非常重，我们连队的16名党员个个重活抢在前、累活干在前、脏活冲在前，在党员们的带领下，连队出现了空前的团结气氛，士气非常高涨，大家真正做到心往一处想，劲往一处使。刚组建的部队党委机关一有急难险重的任务就会交给我们去完成，在工作中，有的党员手磨破了流着鲜血照样干，有的党员连续干了十几个小时也不休息。

三班长是个志愿兵，已经当了12年的兵，再过几个月就要退伍回家，正当连队工作最紧张的时候，他家里来了份电报，说家属生病住进了医院，他收到电报往口袋里一放，照样和大家一起干活，直到后来医院给他发了家属病危通知，在我的严令下才急急赶回去处理；党员小王由于被雨淋感冒了，高烧39℃，我们叫他卧床休息，他就是不肯，一定要跟着连队到干活的地方去，他说：不能干，看看心里也踏实。正是有了三班长、小王这些党员的模范带头作用，我们连队完成的任务总是数量最多、质量最好。

去年10月，我从部队转业到镇江检验检疫局工作，在我身边又有许多普通的党员在自觉地用行动践行着他们的入党誓言。有的为了检验检疫事业刻苦攻关，为了一个准确的数据要做几百次实验；有的为了及时完成检验检疫任务顶着寒风半夜上船；有的为了完成进境奶牛的隔离任务，把铺盖搬进隔离场与奶牛为伴——这些有些是过去做的，有些就发生在眼前。但从这些普通的党员身上，我却读懂了奉献的真正含义，深刻体会到了共产党员先进性的巨大作用，也体会到一个共产党员在遇到困难的时候该如何做，懂得了一个共产党员在任何时候都要拿出点什么来奉献给党的事业。

作为一名党员，面对党的生日，仅有激动和感恩是远远不够的，我们应该拿出点什么来奉献给伟大的党。拿什么？是蛋糕？是鲜花？是彩礼？还是其他的——

这些，都不是我们伟大的党所需要的，也不是我们作为儿女奉献给伟大母亲的生日礼物，那么，是什么呢？她所需要的应该是：

——坚定理想信念，把爱党信党的坚强意志奉献给党。不管风云如何变幻，也不因情况千变万化，要永远铁心跟党走，永远听从党的召唤，要让共产主义的旗帜世代飘扬。

——全心全意为人民服务，把一颗忠诚之心奉献给党。不论职务高低，不因权力大小，时刻要让全心全意为人民服务的宗旨变成现实，在人民群众的心目中永远树立起共产党员的良好形象。

——脚踏实地勤奋工作，把最好的工作实绩奉献给党。不管从事什么样的工作，也不问你处在什么岗位，都要拿出最好的工作实绩，都要干出最好的工作成效，不断为党的事业添砖加瓦。

作为一名国门卫士，一名检验检疫战线的党员，应该把保国安民的真本领奉献给党。时刻记住自己是一名国门卫士，时刻记住自己有守卫国门的神圣职责，全身心地投入检验检疫事业中去，为创造良好的对外经济环境奉献自己的真本领。

这些，才是我们伟大母亲所期望的，也是我们每一个子女献给母亲生日的最好礼物。

我的眼里只有你

● 邓曦明

难得的周末清闲，借助神奇的因特网，我们在 QQ 上又续起 30 多年的“竹马”前缘。

鼠标轻点，数码传输，已过而立之年的我如此清晰，你讶然：“你的眼睛为何依然那么亮丽?”

我的手指调皮地敲击：“因为我的眼里只有你。”

远在英伦岛的你怎能看见，此时此刻我的眼里只有你的执着，心里激荡着你远在异国他乡却一样不变的情谊。

我的眼睛更加晶莹闪亮，因为我的眼里只有你。

……

洗完了头，我正想拿吹风机吹头发，两岁的你小鸟般从床上飞下抢道：“妈妈，我来帮你打开那个 7（折叠的吹风机打开像个 7 字）。”

窗外阳光灿烂，音乐流淌在漫溢栀子花香的书房里。我在看书，三岁的你乖乖地坐在我身边埋头画画，心却随音乐起舞，稚嫩的歌声清脆地响起。忽然，你的歌声戛然而止，小脸仰起，问：“妈妈，你觉得我的歌声是不是很鲜艳呢?”

五岁的你开始拒绝午睡，讲完了故事，你说：“妈妈，我刚才有点困，现在不困了，我现在很晴朗。”

……

我们本来素不相识。

几乎每天，你碰见我送女儿上娃娃车，然后我们同乘一路公共汽车上班。

有一天，你拿着一本书热情地向我推介："我喜欢他的书，你如果喜欢借给你看。"那本书，是有着一个绝顶聪明额头的刘墉，写给有着同样绝顶聪明额头的他的一双儿女的。

我知道，刘墉的女儿刚获得了布什总统奖，儿子也已是出了四本书的哈佛博士。

你告诉我，你的朋友中谁有关于孩子的烦恼，你就送他一本刘墉的书。

几天后，你在书的扉页题了一行字："赠给明姐和她美丽可爱的女儿，感谢她们与我分享这本书。"

一个美丽的偶然，在神秘的澳洲大陆邂逅您。年过半百的您，依然小伙子般健步如飞、声如洪钟、激情满怀。

后来，您在祖国大陆举行画展，在北京、在南京、在上海、在景德镇，每到一处，你都寄一本画册给我。我们本约定相会在珠海，也许因为我的简单和理想化，结果您只到了深圳的文化博览会。

因为孩子、工作，更因为珠海与您失之交臂，我自责而不好意思去深圳见您，您却发来一条短信："嗨！小邓，真没想到我的马在深圳大受欢迎。"为了怕我花钱，您不打电话，而用短信跟我联络。您告诉我："希望能经常看到你的短信，南半球欢迎你！"

短信往来之间，我几乎忘了，您是绘出《双百袋鼠图》、《澳洲魂》和《百马图》、《百骆驼图》的艺术家，是头上戴满了花环的世界名人。

……

为什么我的眼睛总是那么亮丽？因为我的眼里只有你。

我眼里只有你孩童的温柔甜美和天真烂漫，只有你年轻的纯真善良和火热情怀，只有你忠厚长者的慈爱、善解和鼓励……

你知道吗？我的眼睛反射的就是你。纷纷扬扬的尘埃只须挥一挥衣袖，我的心里自有一方天地。

因为我的眼里只有一个那么不一样、却又一样那么闪光的你，待到一根根青丝全变成白发，我的眼睛也永远会那么亮丽。

西湖月夜

● 李金荣

西湖一直是萦绕在我心头的一个梦。

外公生前最崇拜苏氏父子，而且醉心西湖。每次讲起苏子瞻、白乐天的诗歌，他总要提起精神滔滔不绝地赞美西湖，所以“天欲雪时云满湖，楼台明灭山有无。水清石出鱼可数，林深无人鸟相呼”的西湖天国，在我少年的时候便已盘踞在我的心里。

微雨黄昏后，我真的来到了西湖边。独立在晚风中，凝眸这一湖秋水。

西湖的美，在我看来犹如西子之妩媚，她的美不在眼波，不在眉山，只是心的玲珑剔透，仿佛不着一字，却尽得风流，这便是我见到她时的绝妙心境。

走在白堤上，诗意犹如一阵春风迎面扑来。雨后秋夜的空气，不太凉也不太暖，但风吹过来你准知道那是秋天。这当中像有花香，草香，深山大谷中特有的新鲜的味道，寒潭的皎洁，秋水的明丽，平江的开敞……一刹那间你从味觉的刺激中连带出许多印象，幻象或联想。

开在湖边的店也特别可爱。布置得清爽整洁，灯光点缀在湖边，显得这些店铺一点也不俗，它们都增添了缥缈虚幻的意味。暗黑的湖水，衬在这一片绚烂的灯光之后，特别是繁华后的静寂，显得更幽深更沉静。

站在一小亭上凭栏望湖。月光下的西湖有一种特别的韵味，山带着湖水，残曛寂寞，影像稀疏。渐渐地，湖水汪洋了，暮色扩张了，青山被烟雾整个地掩蔽着，融在人心中乃是一片湖水溟，山色溟的无际苍茫。我忽然为这月光下的湖光山色所诱，站在那里出神，什么都忘掉了，不独无死的念头，连生的追求也停止了。于是我始感自然的伟大：什么生与死，在我们视为一种最重大的问题，在自然看来是不值得一个点头的微笑。那一刻，我听见神祇的赞美歌，我感觉到灵魂的所在地……这样地被释放不知多少时候，总之，我觉得被释放的那一刹那，我是从灵魂的深处流出最惊喜的泪滴了。

"人事有代谢，往来成古今，江山留胜迹，我辈复登临。"那夜，在湖边我想起了已经辞世的外公，胜迹犹在，只是我已无缘和他共话西湖了，缅怀之情油然而生。我在心中对他默语：外公，现在我就在西湖边，夜静极了，湖静极了，今晚我没有像您当年那样飞觞醉月、荡舟湖心、笑傲湖山，只是一个人静静地赏湖。然而自您离去后，十余年来，实以此次为最乐，西湖的水将我累年的浊思洗涤净尽。

忽地远处响起钟声，合在清新的晚风里，穿山渡水而来。我想夜已沉，是该回去了。

我将旅馆的窗打开，让月光进来，在桌上蠕动笔尖写日记，直到它已映进了睡床的半只角。

站在三十岁的门槛上

●董保纲

岁月总是悄无声息地走来，在你蓦然回首的刹那，才会发现，生命的年轮在不知不觉间又增大了一圈。在我以前的概念里，三十岁应该是一个很遥远的日子，至少还应该有很长一段路要走，然而，当我轻轻地撕下2002年最后一张日历时，“三十岁”还是以一种不可阻挡的速度和力量，占据了我生命的年轮。

站在三十岁的门槛上，我的心情无法平静。很早以前就听过一首歌：“三十以后才明白……”那时以为，三十岁应该是个大彻大悟的年龄，然而当自己的双脚已经站在三十岁的门槛上的时候，我感受到的只是一丝失落，而不是一种成竹在胸的成熟。记得刚刚走出大学校门的时候，我也曾踌躇满志，满以为在三十岁的时候，会创下一番伟业。如今回首，才发现自己依旧平凡。只是不再轻易地慷慨激昂，也不再无端地愤世嫉俗。

站在三十岁的门槛上，我渐渐懂得了，青春就像一扇门，总有一天会在我们身后轰然关闭。生活总是以其庄严又冷峻的质感砥磨我们的狂热，代之以一份迟到的明白。总有一天，我们会走过浪漫、走过激情，回归到一份实实在在的生活。三十岁以前，也许我们总想获得一座山的博大，三十岁以后，也许我们的愿望只是拥有一块石头就足够了，因为石头虽小，也是能够览尽山之精深、峰之崇高的；三十岁以前，我们也许会梦想拥有一片森林，三十岁以后，我们想要的只是一棵树了，因为人生中，拥有一棵能够栖息心灵、能够盛满相思的树便足矣。

对于二十岁的男人来说，年轻是他的资本；对于四十岁的男人来说，经验是他的财富。而三十岁，是人生的一个中转站，此时最忌讳左顾右盼，最应该学会等待和忍耐，最不能丢弃的是信念。这信念是“石”，石可破也，而不可夺其坚；这信念是“丹”，丹可磨也，而不可夺其赤。

站在三十岁的门槛上，要多一份脚踏实地，少一些好高骛远。我想起，在英国威斯特敏斯特大教堂的一个墓碑上，刻着这样一段话：当我年轻的时候，我的想象力从没有受过限制，我梦想改变这个世界。当我成熟以后，我发现我不能够改变这个世界，我将目光缩短了些，决定只改变我的国家。当我进入暮年以后，我发现我不能够改变我的国家，我的最后愿望仅仅是改变一下我的家庭。但是，这也不可能。当我现在躺在床上，行将就木时，我突然意识到：如果一开始我仅仅去改变我自己，然后，作为一个榜样，我可能改变我的家庭；在家人的帮助和鼓励下，我可能能为国家做一些事情；然后，谁知道呢？我甚至可能改变这个世界。

是的，站在三十岁的门槛上，我也应该想一想，首先应该改变些什么。

坐拥书城

● 北　乔

我喜读书，更爱书。这倒不是说，我是一个饱读诗书的人，其实，我的阅读就深度和广度而言都极为有限。

说起来，我的读书大致有四种情况，第一种是精读，反复读；第二种是随手翻翻，看几页算几页；第三种是被动阅读，出于朋友的面子要写书评的，只能硬着头皮读；再有一种就是买回来就搁在书架上，从不去与它对话。我买书的动机是多种多样的，有的是喜其封面设计，有的是爱那书名，有的看重它的内文排版形式，有的什么原因都没有，只是觉着不买不舒服。这倒和男女相爱时的那种一见如故的感觉差不多，说不上对方有什么好，就是愿处下去。

我喜欢在目光所及之处有书，喜欢置身于书香之中，被浸淫着、熏染着。我需要的是一种氛围，一种来自书本身那特有的安详和静谧，我的目光栖居在那里，心绪却可以无边无垠地恣意神游。我相信书是有灵性的。书，是我写作时不可缺少的慰藉，之于我，它没有任何的替代物。

有时，我不写作不看书时，也常常懒蜷着身子，让自己的肉体和精神全处于放松状态，将目光像一张网一样撒在那一溜宽宽窄窄表情各异的书脊上，彼此默默地对视着，如同与知己长谈一番后的默默对视。“书窗秋日影，淡于入夜灯”，这是闲静神秘的倾刻，但不是“采菊东篱下，悠然见南山”的闲适，是好似禅僧在幽寂的寺中静默坐禅，静心凝视寺院。白日在滚滚红尘中摸爬滚打，在夜深人静之时，我不知道是我在向书倾诉，还是书在为我抚摸。

正因为如此，我不愿意把书散落在屋子里，东一摞，西一叠参差交错，而是要有书架，让它们有安卧之地。最好是从地面到房顶的木制的那种，不装玻璃，再透明的也不装。在码书时，我的要求也很高，从高到底，从厚到薄，就像士兵列队一般。是的，这么多的书，这么多的先人，这么多的灵魂在我眼前森然列队，我哪还能有丝毫的怠慢。

博尔赫斯那个神秘的老头真有福气，因为他有一个不属于他又属于他的图书馆。我羡慕，甚至有点妒忌。难以想象，他在那浩瀚的书海里，是怎样的表情怎样的心境。我相信，他的那篇关于书籍的故事《沙之书》，该是他在书城中冥想的结晶，一本随时在生长和消亡的无限的书，正如曹文轩所说：“一本书——‘沙之书’。这本书无穷如沙，我们永远也找不到第一页，也找不到最后一页。他就像他精心制作的文字一样，给活着的人留下玄机，留下奥秘，留下符咒，留下无法尽穷的解释，同时也留下了罂粟一般的魅力。”确切地说，这都缘于书的神奇和魅力。

这一年的背影啊

●李 晓

这一年的开篇，是以漫天的风雪打开扉页的，在它的题记里，以皑皑冰雪在冻僵的大地上郑重地写下几个大写：中国在抗击雨雪灾害！

中国南方的风雪，让回家过年的游子们滞留在了归途上，风雪，把他们堵在了数十万人涌动的火车站，堵在了对故乡眺望的视线中。我的一个表弟，他在故乡有了初恋的女友，他竟骑着摩托车一路艰难跋涉，从东莞回到了家乡的小村，一头跪倒在了故乡的门槛上，颤抖地敲响了梦回已久的房门，一行热泪一声呜咽："母亲，我回家了！"他送给母亲的礼物是一个完整的儿子重回她的怀抱。他送给女友的礼物是一条纯白的围巾。

漫天雨雪的中国，让我们的视线朦胧，也把我们的心房温暖地照亮。在护送游子回家的路上，在为一个城市照亮的警车灯中，在军人们的破冰之声中，在抢修电力设施的大山上，在互联网上雪花一般的祝福声里，在一个国家的国务院总理匆匆的行程中……我愿意相信，这一年的中国暖春，是他们，一同张开双臂，叩响了春天的门。

那个看起来很平静的5月的下午，从汶川传来的消息，惊动了中国和世界。

我永远不会忘记那天下午，我所在的这座城市也因为地震余波的冲击，那一瞬间开始了颤动，楼房和大地摇摇晃晃。在冲出楼房的那一刻，我们最先想到的会是谁？在余震的恐慌里，亲人们聚在一起了，还有多少关切的手机短信此起彼伏。生命里荡开的温柔，早已经把恐慌的心深深覆盖。

几乎是整日地守着电视与电脑屏幕，怀着揪心的疼痛凝望汶川的方向。这场世纪的劫难啊，在变形的群山与遍布的瓦砾废墟中，人性之光得到了最大限度的爆发。我依然相信，在那些黑漆漆的创痛之夜，划破夜空的声音，是人与人之间的呼唤与呐喊……

这些一生都不敢忘记的镜头，让我们不能再承受生命之痛与生命之重。

5月悲伤的泪水，在中国的大地上，可以汇聚成一个咸水湖了。5月涌动的爱心潮，在中国大地上，更足以汇聚成一片海洋。作为一个家庭，我所能做的，除了祝福，就是发动全家人捐了款，包括我的父亲，也捐了“特殊党费”，儿子说少吃一顿肉，少喝几包奶，把爱心早一点送给灾区的人们。

这一年的泪水，在中国的大地上，向两个方向不同的奔流，一个是悲伤，一个是喜悦。奥运火炬，在6月的一个雨天，祥云一般降临我所在的城市。雨中火炬，照亮了一个城市红红的脸膛。那天上午，我和儿子挤在人群中，对着那一团飘过的“红色祥云”一起忘情的呼喊。

在这样的呼喊声中，奥运来了。奥运来了，我们一家人，对着电视屏幕，开始了对北京的凝望，在心里悄悄分享奥运之美。多少感动的瞬间，我们一家人的心潮，不断地涌了又涌。在奥运的日子里，我天天回家吃饭，与家人一起谈奥运，说奥运，因为奥运就在我们身边。

这一年的秋天，一个国家，迎来了她铿锵前行30年的日子。其实我一直在悄悄倾听着这些年走过的足音，30年，一个国家成长的身影，在世界的目光中，更加清晰和强大。为了给一个家庭的档案中留下光影作存念，我们一家人回到故乡的村庄照了一张相。在村庄的不远处，有飞机从故乡机场上刚刚起飞的声音。一家人还去了滨江路，三峡工程175米的蓄水水位啊，在这个暖洋洋的秋天里，把一个城市不断拔节的身影投影在长江的“平湖”之中。我突然深情地发现，我的城市，在光阴的故事中，越来越静美多姿。

这一年的岁末，我的堂弟从沿海打工几年后回来了。回家的那天下午，他一把抱住村头的一棵柏树，情不自禁地流下了泪。堂弟说，他终于拥有了几十万元的存款，现在要回到故乡创自己的事业。

这一年的背影啊，将在我的记忆里不断重现。

用心去舞蹈

●胡玉龙

苏莎，是一位著名的印度舞蹈家。可惜，天妒红颜，就在她事业的巅峰时期，却不幸遭遇了车祸，右腿被迫截肢。对于一个以舞蹈为生命的人来说，失去了一条腿，无疑也就失去了整个事业、全部生命。但苏莎的信条是：永远不向命运妥协。

几个月后，苏莎幸运地邂逅一位医生，这位医生用在硫化橡胶中填充海绵的方法对假肢技术做过改进。他为苏莎量身定做了一只新型假肢。安上假肢后，苏莎重返舞台的愿望也日益变得强烈和迫切。苏莎明白，首先自己要坚信梦想一定能实现。于是，为了重返舞蹈世界，她开始艰苦的尝试。她忍着巨痛，从新学习平衡、弯曲、伸展、行走、转身、旋转，这些都是她熟悉的基本功。

经过长时间的锻炼，她终于能够翩翩起舞，再上舞台。

在以后每一次公开演出中，她都忐忑不安地问父亲演出效果如何，而每一次，她得到的回答都是："你还有很长一段路要走。"

终于，在孟买的一次演出中，苏莎实现了历史性的恢复，她以令人惊艳的完美舞姿，震惊了所有的观众，让每一个人都感动得热泪盈眶。苏莎也因为这次起死回生般的巨大成功，重新夺回了原本属于自己的舞蹈皇后的位置。演出结束后，她再次向父亲征询意见，这次父亲什么也没有说，只是充满慈爱地抚摸着她的假肢，眼里只有泪水和爱。

苏莎奇迹般的成功，极大地鼓舞了当地的人们，经常不断地有人问她，在近乎绝望的逆境中，你是如何战胜自己并最终取得成功的。苏莎总是淡淡地说："我经常告诫自己，舞蹈用的是心，而不是腿。"

奥维德说过："忍耐和坚持是痛苦的，但它逐渐给你带来好处。"在莫大的不幸降临之前，苏莎是用双腿舞蹈的绝代皇后。在忍耐与坚持之中，她渐渐地学会了用心灵去舞蹈。心的舞蹈，其实正是舞蹈的最高境界。是不幸让苏莎得到了全新的感悟。

当痛苦不可避免时，请不要一味地悲伤，消极地逃避，而是要在坚忍中承受灾难、享受痛苦。

因为，只有坚忍才能为你带来事业的唯美升华。

拥有一面湖水

● 梁阁亭

朋友在读了我博客上的小文后，留言说，我的文字中有平静和睿智，就如瓦尔登湖的湖面一样。我是一个喜欢别人表扬的人，闻之则喜，但素闻：胸有惊雷，面如平湖者，可拜大将军！自知以己才学韬略胸怀，不及也！《瓦尔登湖》是我的所爱，怀着膜拜之心，我把《瓦尔登湖》重读了一遍。

“我搬到森林，是因为我要认真地生活……我要活得深刻，把生命的精华吸个干净……我要坚毅地生活，摆脱所有没有生命力的人和事……这样，当我死时，才不会发现：我没有活过。”这是美国作家梭罗所着的《瓦尔登湖》中的一段文字，身居瓦尔登湖畔自建小木屋的见闻与感受。

清新的文字，宁静的心境，让你和自然离得更近；恬淡的笔触，简约的智慧，带给你心灵的纯净。它就像一枝精神玫瑰，带给你心灵的芬芳；它就像一座导航灯塔，让我们迷失中找到最伟大的生活方式——简单。

梭罗说：瓦尔登湖是神的一滴泪。我说：读懂了这一滴泪，你就读懂了人生，找到属于自己的生活乐趣。人在自然中，可以无限制地去克服你的无聊、无趣、寂寞和虚妄。

梭罗是自己生命和生活的主人。他在这无人知晓的湖畔独居两年，从事着最原始的建设与耕种，有充裕的时间用来思考——思考自然，思考人类自身，思考那些在繁华都市中无从想象的东西。

平静的湖水平静的心，清新的山风清新的人，这就是《瓦尔登湖》，这就是梭罗。读过《瓦尔登湖》，我才懂得海子终结生命时，为什么身上会带一本《瓦尔登湖》。梭罗是幸运的，他在瓦尔登湖找到了自己的精神家园；一百年后的海子，梦想周游世界，却终究不能在海边找到属于自己的、春暖花开的“房子”，这种悲哀不仅仅属于海子。“得之，我幸；不得，我命”，徐志摩如是说。

身处欲望提速的年代，活在犬色声马的都市，沉醉于名利，为物质奔波，为世俗所累，为红尘而醉，“逃不脱纠缠的牢”，内心却渴望去守望麦田。或许，我们真的需要努力在心中建一座属于自己的瓦尔登湖，蓄上满满的清清的水，即使身处盛夏，烈日炎炎，我们也可以做到“心静自然凉”，因为我们拥有那汪清清的、柔柔的湖水。

向火而思

● 查一路

火，披着动物华丽的皮毛，人们伸手烤火的姿势，像抚摸般。

干冷的圣洁的风拥挤在窗外，觊觎室内的火发出的光亮。当风从缝隙中钻进来，火苗像眼镜蛇听到了印度艺人的笛声。灵活的头部摇曳不定，起舞翩跹。

围坐在火炉边，静静地想一些事，任窗外飞舞漫天的雪花，享受一个季节的馈赠。冬日，寒风吹彻大地，但有火的地方，温暖就将我们包围。火有无穷的威力，能够融化最坚硬的钢铁，而外表，却有着温柔的形式，散发出天鹅绒般的光泽。世间没有一朵花比火苗更美丽和富于变化。法国女作家科莱特说："它像一束粉色的牡丹，在炉子里零乱地不停地开放着。"

大雪纷飞的冬季，烤火成为一个甜蜜的词。屋里有了火炉，昏昏欲睡的孩子们，顿时围绕火炉跳跃起来，像欢快的小动物。火光映照着父亲的手，那手干裂枯瘦得像根雕，当他将一个白薯埋在火炉的心里，所有在劳动中积攒的辛劳，此刻转化成歌声，慢慢酝酿在火中，随着白薯冒出的热气香气升腾。火光如同驾着岁月的羽翼飞翔，在那一刻，所有悲欣、所有劳苦，都被幸福烘烤过去了。

火炉边，是精神想象的天地。火光中，能看见燧人氏那张古朴的脸；想象冰雪中的世界，一点点浑圆臃肿，走狗增肥，屋舍变矮；想象白雪皑皑的山下、森林的隐秘中心，守林人木屋的亮光，以及木屋四壁张挂的兽皮；想象春天降临，山谷流淌清亮的溪水……

火，给于贫寒的人更多的恩惠。那些在寒风中呼号奔走的人们，那些为了生活在寒冷中苦苦挣扎的人们，他们被生活剥夺得干干净净，没有室内车里的空调、身上的裘皮大衣。只有火委身于他们，火苗忠实地追随粗糙的劳动的手掌，温暖沁入苍凉的心。火苗召唤着身心寒冷的人："来吧，烤烤吧!"

没有什么比跳动的火苗更神奇、更富魅力。在冬季，火，待人亲切，又魔法无边。20年前的那个乡村小学，我在玩耍时掉进了结着薄冰的水沟。顿时，感到了寒冷和恐惧。接下来，我不知道母亲如何对我进行惩罚，也不知道下午如何去上学，因为我只有一条棉裤。母亲生了一盆旺旺的火。火，烤干了棉裤和我脸上为逃避惩罚流下的泪。我闻到了一股香味。母亲说，火烤任何东西都会发出香味。

冬日里，只有火和母亲，对人最好。

想起那些温暖的字眼儿

● 宋智慧

天越来越冷了，每当我走在寒冷的街头，一些温暖的词汇，总是涌上我的心间。这些词汇，是那么的生动和具体，引发我的美好想象，带给我心灵上的满足与温暖。

首先想到的便是：火炉。当这个词汇轻轻在舌尖上滚动，眼前立刻出现了红红的炉火。老家人过冬，就靠一个火炉，可以取暖，还可以用来炒菜、熬粥。平时，火炉上总是坐着一把大水壶，用开水冲壶茶，喝着热茶，嗑着瓜子，大家就山南海北、家长里短地聊开了。还可以在炉子边上放几个煮熟的凉地瓜，不一会儿，地瓜就嗞嗞地冒出热气，掰开来，香气扑鼻。冬天昼短夜长，如此长夜何以消磨？打打扑克，聊聊闲天，看看电视，时间就这样安稳地过去了。暖融融，闹哄哄，屋子里透着农家的凡俗与温暖。

第二个字：酒。从来没有一个国家和民族，有像中国这样丰富的酒文化，我国古代曾留下多少饮酒诗篇啊！战士上战场杀敌前要饮酒，将军得胜凯旋时要饮酒，诗人作诗时要饮酒，婚丧嫁娶时要饮酒，甚至，罪犯上断头台前也要饮一碗酒。从古到今，又有多少与酒有关的诗词歌赋？从“何以解忧，惟有杜康”到“人生得意须尽欢，莫使金樽空对月”，从“醉里挑灯看剑”到“酒入愁肠，化作相思泪”，酒，已经成为了中国文人诗词中一个重要的意象。而老百姓呢，一样离不开酒。干活累了时，喝两盅可以解乏；天寒时喝点酒，可以取暖；骨节酸疼时喝点酒可以舒活筋骨；胆子小的人想干什么事时可以喝酒壮胆；亲朋好友在一起时，喝喝酒可以增进感情，促进沟通。热热的一口酒，由喉咙里直冲而下，顿时身体里外都暖和起来，满意地吁一口气，叹一声：这小日子，不错嘛！

第三个字：粥。这绝对是个带有家常和烟火气息的词汇，也是咱老祖宗的独特发明。老百姓常说，药补不如食补，粥，就是最养肠胃最补身子的一种食物。过去老家穷，小米粥就是坐月子的女人最好的补品之一。病人做完手术，刚可以吃东西时，也总是先从粥开始吃。时至今日，商家也开始重视粥这种传统饮食了，在粥上大做文章，山珍海味、大鱼大肉似乎都可以入粥了。但真正好喝的粥，还是自家里熬的粥。要喝粥，就喝原味的，所谓清粥是也。寒冬里，顶着一身寒气进屋，端起热气腾腾的一碗粥，稀里呼噜喝下去，那感觉好暖和好舒服啊！

第四个字：爱。这是个带给我们温暖和美好遐想的词汇。被人爱是幸福的，而去爱别人，亦是一种快乐。这个世界因为有爱，才充满希望，人生因为有爱，才充实无憾。火炉和热乎乎的饭菜，带给我们的是身体上的温暖，爱，则让我们的心灵不再孤独寒冷。当你在夜深人静的时候感觉到孤单，不期而至的一个关怀电话会让你的心暖融融的……爱，永远是这个世界上最好的驱寒剂，是这个世界上最温暖、最动人的一个字眼。

想的是家的声音

● 卞文志

那年冬季，是我生命中最寒冷最悲伤的一个冬季，我经历了人生中最难以承受的沉重和打击。值得庆幸的是，在我耗尽了坚强仍然无法逾越的时候，在那座城市的街头，我看见了令我感动终身的一幕。

那是隆冬腊月的一个清晨。在那个城市的客运站售票口，我掏钱购买回家的车票时，手刚伸进提包的夹层，整个人立刻就瘫软在地上：手提包在公交车上被人用刀片割开一道口子，辛苦一年所挣的工资让窃贼全部盗去。那一刻，母亲电话里嘱咐我的声音又在耳边响起：孩子，年关到了，你爹生病欠下的5000元钱，等着你回来拿钱还呀！

母亲的话在我耳边萦绕着，我仿佛看到了一脸愁绪的母亲满含期待的目光。我游荡在车站前的广场上，望着忙忙碌碌赶着回家过年的人群，心里充满了绝望。我不知自己是否还能回家与亲人团聚，由于没有能力为父母还清那些“年关债”，我对回家过年已失去信心……当我正在广场徘徊，犹豫着是否回家的时候，广场边上IC电话亭里一个打电话的男人吸引了我。

我的脚步声惊动了正打电话的男人，他惊恐地转过脸来瞅了我一眼，我立刻看到了一张黑瘦、胡子拉碴的脸，他的头发乱糟糟的，身上的衣服又脏又破，看样子，是一个进城打工未挣到钱已经陷入困境的人。他那双躲躲躲闪闪的眼睛扫了我几下后，见我没有恶意，转身对着话筒又讲了起来：“娘，过年我决定不回去了，我在单位里值班呢，每天工资50元，吃得很好，有鸡有鱼，屋里还有空调呢。放心吧，我很好！”说完，他挂了电话，捡起地上装有破被卷的编织袋，另一只手拎着装有几个干馒头的塑料袋，朝我不好意思地笑了一下，说：“过年了，没挣到钱，回不去了，给娘打个电话。现在我最想的就是听到家里的声音。”

他的一番话触动了我心里最柔软的地方，是啊，出门在外，无论能回还是不能回家，时刻想的，就是能听到家的声音。此人如此丧魂落魄的样子，竟然还不忘打电话用谎言安慰亲娘，而我有单位有工作，只是身上的钱被贼盗去，在暂时的困境中却对回家心怀胆怯，竟然不敢回家了。想到这里，我对那个流浪汉似的民工不由地崇敬起来。他身处绝境还不忘安慰亲人，我为什么就做不到呢？内心的温暖和绚丽是自己给自己带来的，自己的灵魂就是一颗太阳，如果选择逃避，不是心里将永远积郁着阴沉和灰暗吗？

拿起尚留有那位汉子余温的电话，我向家住城里的一位同事求援，让他速送500元钱到车站给我。用同事借给我的钱，我买了车票，然后又买了一些过年用的物品，几个小时后，我赶到了已充满浓郁年味的家里。第二天，娘提起还乡邻们借款的事情，我只得用诺言搪塞：“年底工作忙，未来得及去银行取，春节后回去就取出寄回来。乡亲们面前，由我去解释。”娘没有说什么，只是叹息一声，说：“难为你了。”便到灶房里忙活起来。

那一年的春节全家人过得十分快乐，在那个落难民工真情感染下，整个节日期间，我的心灵如新年里的第一缕阳光那样清新和亮丽，对未来的希望和向往，就像节日里的礼花一样五彩斑斓。春节后回到城里，我向几个同事分别借钱凑齐了5000元钱寄给母亲，让她还清了借款，了却了她的一桩心事。

作为生活在现实中的人，只有经过了血与火的历练和无数次充满信心的腾跃，才能让自己的人生晴空万里，色彩艳丽！

数着喜悦过日子

刘认军

人的一生，是漫长而充满压力的。在今天这样竞争异常激烈的社会，很多人都会感觉幸福的遥远和快乐的难得。

为什么生活在同一个社会里，有的人快乐，有的人痛苦；为什么同样处于社会底层，有的人心存感恩，有的人怨天尤人。原因当然很多，但是，最主要的是后者不会发现生活的喜悦，不会数着喜悦过日子，没有一颗发现喜悦的心。

我是一个普通的人，和千千万万的社会底层人一样，我生活贫穷，但是，我同时却是一个快乐的人。虽然我没有多少物质财富，可我三百六十五天，天天有笑脸。虽然我生活压力很大，可我会数着喜悦过日子。

清晨，我会穿着破旧的运动鞋跑在城市的街道上，感觉新鲜空气就是上帝给我最好的馈赠。迎接新的一天，我觉得生活新的希望就在向我招手。告别妻儿去上班，我那微薄的薪水也能让这个家简单而幸福地生活。认真做好分内的事情，和同事融洽地工作，一天的快乐时光就这么轻易地送走了……

人生当然需要更大的喜悦，比如，生意成功，赚个盆满钵满；加官进爵，赢得事业腾飞；科研成功，攀登科学高峰……这些喜悦，很可能改变你一生的方向，成就你非凡的人生。然而，这些大的喜悦和快乐是可遇而不可求的，不是每个人都那么幸运，机会只属于少数人。而生活中细小的喜悦则随处可见，可很多人却把它们忽略了。所以，才会有很多的无奈和痛苦，认为自己是一个落魄的人、不幸的人。

可我们应该知道，细小的喜悦虽然不能从根本上改变我们的人生，可它能调剂我们的心情。其实，生活中时时处处都有属于每个人自己的喜悦。发现细小的喜悦，我们首先要有一颗快乐的心；发现细小的喜悦，我们还要有一颗简单的心。我们更要懂得：拥有名誉、金钱、权力、美女的人，在他“快乐”的背后，同样有对等的苦恼。而平凡、简单、朴素、贫穷的人，在缺乏财富和优越感的同时，却拥有了自由和轻松。欲念太多的人获得美好的东西永远没有满足的时候，往往却有内心无尽的焦虑。而平实和简单的人，生活中哪怕有一丝丝喜悦，对他来说也是弥足珍贵的。

萧伯纳曾经这样描述过悲观主义者和乐观主义者。他说：同样面对喝剩的半瓶酒，悲观主义者会说：只有半瓶酒了；乐观主义者会说：还有半瓶酒。我认为：萧翁所传达的其实就是，要学会发现生活中那些细小的喜悦，数着喜悦过日子。

要做一个快乐的人，先学会数着喜悦过日子。只有那样，我们的生活才会充满幸福和激情。幸福生活，从简单开始；快乐生活，从喜悦出发。

怀念一棵树

●林　颐

常常怀念一棵树。

长在操场边，很不起眼的一棵树，但它有个特别之处——树上刻着我的名字，围在一颗心里面。名字刻得很端正，一笔一画，有板有眼，应该是用那种最普通的小刀刻的。可以看出小刀在手中用了很大的力，每刻一笔都十分缓慢，还有笔画间隐约可以品出的认真。

这棵树吸引了全校师生的目光，我的宁静生活突然被打破，我被推到了风口浪尖上。没有人承认是自己刻了那名字，后来，我在课桌里发现了一张纸条，上面有了三个字：对不起。

事情终于过去，我重新获得了平静。我无意去弄清刻我名字的人是谁。只是，很多次，我从树旁经过时，会偷偷地瞟身旁的树一眼，在青灰色的树干上，我的名字显现于跳跃的阳光之中，树上的每个字都是静谧的，也许它在树的身体里搅起了一种声音，而人却无法听见。名字周围湿漉漉的一片，不知是汁液或是其他什么。我的心头一波一波荡漾着，不知是快乐或是忧伤。

从刀子进入树干的那一刻起，名字就融入树的生命里。名字和树一块儿生长，和时间一起流逝，湿漉漉的笔画，凝固成了厚重的黑痂。这棵刻着名字的树，名字是我的代号，也是树的代号。我在各方面都越发努力优秀，因为感觉自己是被关注的，我想，自己若是不争气，树会不会失望呢？

几年后，我离开了家乡，到了一个城市。城市是繁华热闹、纸醉金迷的地方，很容易让人迷失方向。那些在山野乡间恣意生长的树，当它们移植到城市时，往往会失却了原有的纯朴。我坚守着自己的本色，在我心中，始终生长着一棵树，提醒我关于纯真、热情、朴实和爱的意义。

曾经被一些爱慕的眼光包围。我谨慎地珍藏着自己的爱情。那棵树教会了我，鲁莽的任性的爱，是会给他人带来伤害的。我想要的爱情，应该是能设身处地为对方着想的。

许多年后，我回到家乡。我的身边，已经有了一个树一样的男人，坚毅深沉，为我遮风挡雨。还有了一个树一样的孩子，天真热情，在阳光下撒着欢儿奔跑。家乡的模样有了一些改变，低矮的农舍为大楼所取代，往昔泥泞的小路已经变成了平坦的水泥大道。那些儿时的玩伴，大多走了出去，也像我一样在城市里飘泊，但就像一棵树无论长多高，根仍在地下一样，在我思念的一头，是那无比熟悉和热爱的田野、沟渠、小桥，还有树。

树还在。树上我的名字越发清晰，多年前刻下的笔画被岁月琢磨成一道道咧着嘴的笑容。与这棵树重新相遇，我对树已经有了别样的认识。这棵树的身体上，刻着的不仅是名字，也不仅是少年的朦胧情怀。树，峥嵘地生长着，我和树，一如既往地挺拔美丽。

自己的风景

●雪含冰

山是很熟悉的山，只不过以前是坐车顺着盘山道一直上去，等下车的时候山顶已在眼前。这次我们是要从山脚一直爬上去。山下有两条路，一条是人工修筑的步道，一级一级台阶通往绝顶。另一条是旧有的山间小道。相比之下，山间小道荆棘丛生蜿蜒崎岖，更具野性野气刺激诱惑，我们不约而同选择了后者。

刚开始的时候大家都意气风发，一路欢歌笑语的，但后来就只闻喘息声了，挥汗如雨，脚步也凌乱起来。及至勉强爬到山半腰，有一半的人一屁股坐倒仰望山头已显气馁。

一小部分人喘息方定后再也不想往高处爬，说山腰景色也不错，为什么非要爬到山顶呢？大部分朋友却不肯就此止步一意前行。人的体力意志毅力各不相等，凡事不可勉强，于是队伍开始分化，愿留则留愿走则走，彼此约定会合的时间地点，挥手暂别。

越往上走山势愈陡峭险峻，山间小路也时断时续，有时候简直就找不到路迹，只得像猴子一样拽着野藤攀缘而上，有人也发一声长叹就地坐倒。再遇奇险难行路径，又落下几个人来。及至登到山顶，一支十数人的队伍已是硕果仅存三个人而已。

山顶风光自是与山腰或山腰之上不可同日而语。只有登上山之绝顶，才能领略“一览众山小”的意境。远眺群山蜂拥，近看奇峰迭起，无限风光尽收眼底，不由让人胸怀大开豪情万丈。

尽赏极顶景致下山后和朋友们会合一起野餐，我本以为那许多没有登顶的朋友会面含羞色兴味索然，却不想他们一样兴致盎然，即便是在山腰首先止步不前的那几位，言谈话语间亦不乏心满意足的感慨。这让我忽然醒悟，一下子想通了许多道理。

原以为只有爬到山顶，才能尽享自然之美的快乐，却没想到即便不到山顶也各有怡人风景直透胸臆。就说那山腰吧，看那烟云从石缝里嗖嗖的一股股窜出来，合拢在一起弥漫开来，形成漫无边际的雾海云浪，山景树影若隐若现，如入仙境幻界。

山顶视野豪阔奇石峥嵘，但却少见山间低处遍开的奇花异卉。极目苍茫天地，风雨突兀而来倏忽而去，有洗涤灵魂之淋漓酣畅，却无山间低处薄风柔云相伴之闲雅，虫鸣鸟唱之悦耳。更有一层，不登绝顶亦少了许多攀爬的险与苦。

由此想到人生，不也就和这爬山一样？不要太勉强太苦了自己，各有各的风景，你就在属于自己的风景里停下来赏玩一番，也能尽享人生之乐。

找寻适合自己的坐标

● 朱文娟

生活中，我们习惯了被父母、师长、权威指点着去升学、工作、恋爱……哪怕违背了自己心底的声音。其实，只有选对了适合自己的路，我们才能走得更远。

伽利略是被送去学医的，当他被迫学习解剖学和生理学的时候，他却对欧几里得几何学和阿基米德数学着迷，偷偷地研究复杂的数学问题，当他在比萨教堂的钟摆上发现钟摆原理的时候，他才刚满 18 岁。

离斯特拉福德镇不远处有一座贵族宅邸，主人是托马斯·路希爵士。有一天，刚 20 出头的莎士比亚伙同镇上几名好事之徒，持着枪溜进爵士的花园，开枪打死了一头鹿。结果莎士比亚被当场抓住，在管家的房间里被囚禁了一夜。莎士比亚在这里受尽侮辱，释放后便写了一首尖刻的讽刺诗，贴在花园的大门上。这下子惹得爵士火冒三丈，扬言要诉诸法律，严惩写歪诗的偷鹿贼。于是，他在家乡待不下去了，只好踏上去伦敦的路。正如作家华盛顿·欧文所说："从此，斯特拉福德镇失去了一个手艺不高的梳羊毛的人，而全世界却获得了一位不朽的剧作家。"

歌德是世界文学巨匠，但他年轻时的志向却是当个著名画家。为此，他奋斗了 10 多年，却难成大器。后来他去了意大利，看到了那些真正大师的杰作之后，终于醒悟了：即使自己耗尽毕生的精力，也难在绘画上有所突破。经过痛苦的思考，他决定改攻文学。后来，在文学领域才华横溢的歌德经过勤奋的努力，终于成了伟大的文学家。

还是一个农民的时候，赵本山被人说成是重活干不成，轻活不愿干，就光会耍个嘴皮子。后来，他毅然选择了文艺之路，把嘴皮子耍成一门真功夫，成了文艺界的名人。

罗大佑的《童年》、《恋曲 1990》等经典歌曲曾影响和感动了一代人。罗大佑起初是学医的，后来他发觉自己对音乐情有独钟，所以他弃医从乐，事实证明，他的选择是对的。

篮球飞人乔丹成名前曾尝试转行到一家叫做伯明翰·巴伦斯的二流职业棒球队打棒球，但只取得了很一般的成绩怏怏而归。后来，他选择了打篮球，成了世界篮球明星。

所以，一个人要学会放弃不想做的事，选择喜欢并擅长做的事。只要在自己的人生道路上，找到适合自己的人生坐标，就能抓住机遇，充分发挥自己的聪明才智，从而到达成功的彼岸。路选对了，人方能越走越远。

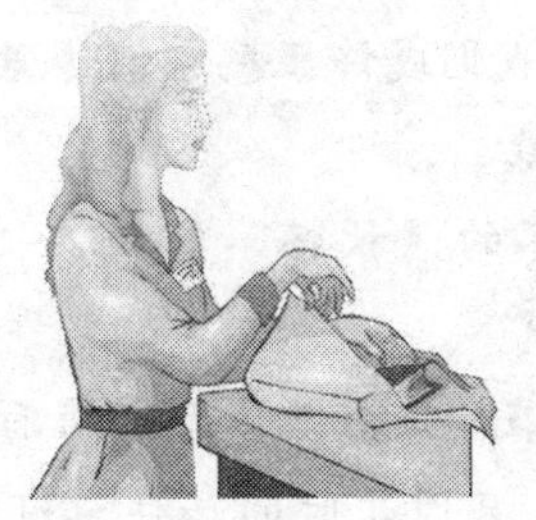

有一个美丽的地方

●竹　子

我曾问自己，故乡在那里？

“生活在别处，此地是他乡”，每每读到这样的句子，心中就充满忧伤。不是我不爱此地，我十几岁来到这里，我在这里已经生活了30多年，可还是常常会想起我的出生地，想起遥远的齐齐哈尔，想起那梦中的富拉尔基。

记得父亲曾对我们说，河南挺好的，有山有水，还净吃大米白面。于是我们来到了这里，真的是吃大米白面，而且现在这个小城真的已经是非常美丽，山清水秀，民风淳朴。可是人总是要本能地、不由自主地、不可抑止地回头望，因为那里有我全部的儿时记忆，正因为回归欲望的不能满足，于是才有了故乡、有了乡愁、有了那些读起来令人酸楚的词，我们在回忆中把自己变成了回忆的对象，然后我们或许又把它们传递给子女，告诉他们有那么一个美丽的地方……

于是就想起孟郊的《秋怀》：　“人心不及水，一直去不回”……

一个风雨缠绵的夜晚，在无休无止的雨声中，我来到了“百度”的“富区贴吧”，只因儿时的居住地有个叫“红岸”的电影院，因此，我下意识地点开了一个名为“水红岸”的帖子，在那个帖子里，在“水红岸”发的一组照片中，不知怎么就那么巧，我看到了它———看到了我家30多年前居住过的老房子“拐楼”。古旧的红砖、尖尖的楼顶，那是幢有瓦的三层楼房。我感觉就像遇到了从前的我自己，一种亲切感漫过心头，泪水立刻迷蒙了我的双眼，一种怀旧的忧伤淡淡地向我袭来。

揉揉眼，再细看它旁边那栋楼的楼号，“1栋”，又看贴图下面的说明文字——“富拉尔基乙区”，没错，真的是它！在新建起的高楼群中，它是孤寂的，砖红着，瓦灰着，道路安静着，就像中年的我。

撞进我眼中的这栋楼最右面二楼的那扇窗户就是我从前的家，我曾经居住过的地方，我的出生地，我生命的源头。往事如烟，那如烟的往事顿时勾起我不能淡忘的记忆。30年了吗？离开富区真的30多年了！弹指一挥间仿佛是昨天，那呼啸着吹得脑门儿疼的北风，那长长的围脖，那很丑的四个指头连在一起的棉手套，现在想起来都是那么的亲切。还有那条冬天在上面滑冰夏天跳进去游泳的嫩江；于是又想起拿着一条旱黄瓜和一个窝头，疯跑到江里去游泳的美得不行的快乐时光。还有那些小伙伴，那些常常出现在我梦中的小伙伴，你们现在还好吗？我想起了冬天窗上变幻无穷的美丽的冰花，想起屋檐上垂下的一敲即碎的晶莹的冰溜，想起好吃的冻梨和那种有着薄脆的干皮、里面是黄颜色的叫“姑娘”的那种小水果，我想起了太多太多！就连秋天整车分到家的萝卜、白菜和土豆，当时一手揣在兜里、一手指尖冻得生疼地在仓房顶上翻那些讨厌的晾晒的白菜，想起来都是那么温暖而销魂。还有那个漂亮的俄罗斯女人，她那悦耳的声音，告诉人们理发师来了……北方，我的富拉尔基，多少次午夜梦回让我辗转反侧哦，我的故乡！

灯光渐暗，雨声不绝，我的乡愁就此开始蔓延……

永远的游子

●楚　奇

乌鸦月昏比绕树，游子日久定思归。离开故乡二十年了，我曾经不止一次地想，故乡是什么？是漫漫征途上一盏烛光吗？照亮别人，从不照耀自己。

那年盛夏季节，我带着新婚的妻子回乡探亲。

父亲特意带我们来到后街的草房前，帮我回忆童年的往事。我指着一棵已有上百年的石榴树对妻说，每年农历的八月十五，我总是揪下最后一个石榴。我还指着最东的那间草房告诉妻，我是怎样在那里读书背书与偷偷学习写作的。一本线装繁体的《唐诗三百首》被我翻的惨不忍睹。那时没有电，时常是一盏油灯伴我到深夜。走进那间草房，油灯熏黑的墙壁依稀可见。那一刻，我的眼泪又来了。

如今，我的女儿早已会背诵“月是故乡明”这样的诗句了。每当我听她背到带有“故乡”的字眼，我总是双眼噙泪。我知道，女儿小小的年纪是不知道什么故乡的，但父亲的故乡就是孩子的故乡，正如我父亲的故乡就是我的故乡一样。我想，等女儿长大后会明白这个道理的。

我时常微阖双眼，让回乡的路在夜海中漂泊——火车，汽车，步行……一会儿觉得自己正躺在母亲摇篮里，一会儿又仿佛航行在茫茫的大海上。

有一天，一位老人和我谈起故乡，对我说，你已很久没有回故乡了吧？

我无言以对这平淡的语句。我也有故乡，不回故乡，故乡就不是故乡。

你厌烦故乡了是不是?

我依然无言以对。再多的知识与经验,再多的智慧与语言,都没有圆满的解释和理由。

不是不想回故乡,只因故乡在我的心目中太高太大,让我无法看透它。我的学识,对它永远是一份不能再浅薄的浅薄,犹如石头是石头,天空是天空一样。

思念是一杯茶,淡淡苦香沁人肺腑;乡恋是一杯酒,愈陈愈浓,不能与他人分享,留给自己慢慢品尝。

可是。故乡毕竟是故乡。看电视上的天气预报,我关注那一片天空下是阴是晴?读报纸上的新闻消息,我寻觅那一方土地上是忧是喜?电视上的一个镜头,平时听到一句乡音,或者品尝到一种家乡的土特产,都会引起我连绵不绝的长时间的回忆。

也许这种记忆就叫乡愁吧,乡愁是一种美学,不是经济学。思乡不需要奖赏,也无须与人竞赛。回乡的主题是人类一个古老的而又永恒的话题。

诗人余光中说过:乡愁是一枚船票,我在这头,大陆在那头。那票根上被剪的齿口,就是永远的乡愁。

古希腊盲诗人荷马在他的长篇史诗《奥德赛》中就曾有过辉煌的叙述。然而,我只是从主人公那种百折不挠的经历中,更为惊心动魄地感觉到一种回乡的意志。我们国家的第一部诗集《诗经》,也表现了许多思乡的情感。

我不知道重返故乡究竟在多大程度上能够成为可能。比方我的故乡,就常常从我的思念中呈现出来;那么,这个从我的思念中呈现出来的故乡,与那个像康德所说的"物自体"一样客观存在的"故乡",究竟能够在多大程度上吻合?

从地理上说,我的故乡是在木兰山脚下那一个小村庄。然而,故乡难道仅仅是一片土地……记得闻一多在国外的时候,曾经这样思念过故乡:"太阳啊太阳,楼角新升的太阳,你刚从东方来，你可知道我的故乡是否安然无恙?”我们知道可以这样说：明天的太阳将和今天的不一样；那么，那在岁月的长河中日复一日、夜复一夜沉浮起落的太阳，它所看到的将是有着多少张面孔的故乡？——不同的故乡人的心中都有他自己不同面貌的故乡：张某看到的是这样一个层面，李某看到的又是另一个层面；失败者看去，当然又和成功者大不一样。就是我自己，在高兴的时候，在痛苦的时候，在沉思的时候，在微笑的时候……想起故乡来，都会从中看到不同的景象。

当我从故乡出发的时候，无论如何都还年轻。那时，太阳刚刚升起，在阳光的照射下，故乡是温暖的。而夕阳下的故乡，在炊烟袅袅中，似乎就有一种淡淡的忧伤。

所以，无论是思念故乡，还是回到故乡，故乡在我心中，就像一个陌生的梦一样。我从那里出发来到这个世界上，又开始了漂泊的人生。对于我来说，故乡的意义在于：它是我心灵中的归宿和依托，是我疲惫时停泊的港湾。我属于那片泥土，有一天还会回到那片泥土中。

无论想象的时间隧道有多少条，人不可真正回到过去。就像人不可能两次踏进同一条河流一样。所以，孔子曰：逝者如斯夫。我当然也不能回到过去，我现在说到的故乡，也只是我现在的理解或记忆罢了。如果一个人忙碌的连故乡都遗忘了，那么对于他来说，故乡也就不存在了。

我是故乡永远的游子，分担它的痛苦，也分享它的快乐。故乡就像一块磁石，无论我漂流到何方，它都能辐射到我。

学会给自己鼓掌

●王 涛

给别人鼓掌是一种美德，给自己鼓掌是一种自信，拥有了自信，就拥有了取之不竭的力量源泉，就拥有了在人生道路上打拼的动力。一位心理学家曾经说过："不会赞美自己的成功，就激发不起向上的愿望。"生活中多给自己一些鼓励，善于肯定自我，在点滴成就面前学会自我鼓掌，在平凡的生活中培养自信，就能不断收获成功与梦想。

把小看大，重新定位成功的标准。"自信是成功的第一秘诀。"要拥有自信，就要让自己在一次次自我成功中凝聚信心、增强动力。当压力过大时，能给自己减压；当动力不足时，会给自己加油。别把成功定位到做大事，高不可攀、遥不可及，我们只需做到每天朝自己的目标前进一点点。哪怕每次在学习中明白了一个道理；每次在工作中有一个小小的突破；每次与亲朋好友在生活中收获了一份简单的快乐，这些都是我们的成功。虽然在别人看来微不足道，但我们要学会给自己鼓掌，因为它提升了我们的信心指数，增强了我们的动力。

把否变是，正确看待别人的批评。当受到批评时，心情沮丧是常态，斗志减弱是常理。如果不能正确对待批评，就很难在错误的思想中构筑隔离失败的围栏。批评是一种考验、一种磨练，能否正确看待批评，在是与非之间做出权衡，决定了一个人在成功的道路上能走多远。古往今来，有多少仁人志士因为接受不了批评，而败走麦城。学会从批评中寻找成功的道路，把接受别人批评作为自己的成就，把失败看作成功的一部分。我们更要学会给自己喝彩，给自己鼓掌，祝贺我们离成功又进了一步。

把不能化为可能，建立战胜困难的信心。能否克服障碍，把不能转化为可能，这是我们寻求突破，迈向成功的重要一环。借用一句广告词来说：“没有做不到只有想不到。”别人认为做不成的，我们做了；别人想不到的，我们想了，只有做到这一点，成功才能离我们越来越近，我们才能领会到成功的快乐。不妨让我们在遇到难题时，给自己加把劲；在遇到危险时，勇敢地去面对；在遇到困难时，学会给自己鼓掌。其实困难本身就是财富。

在人生的大舞台上，也许没有几场掌声为你而起，没有几簇鲜花为你而开，但只要善于挖掘生活中的成功，用乐观的态度去努力工作，在心灵的舞台上，用自己的双手，多给自己点掌声，多给自己点鼓励，时不时的为自己呈上一簇鲜花，相信我们的人生也精彩，我们行走的道路上也会有花香。

行走在路上

● 王哲晓

在路上，享受自由与放松，感受路上的一幕幕风景，一缕缕花香，一张张笑靥与注入心灵的一冽清凉。我热爱行走在路上的心情。

在路上，体会人与人之间真诚的关怀，浓浓的温情，带走喧嚣都市的浮躁，回归原始的纯粹。我热爱行走在路上的感觉。

记忆回放到2002年的9月27日，我的第一次独自旅行在轰隆隆的火车声里开场了。目的地是四川甘孜，迄今为止那里仍然是我心中最初的圣地，在那里我似乎看到了天堂。藏族老妈妈主动拿钱让我坐车，客车司机与一车的乘客执意要我上车即使不收车费。只因为他们觉得一个女生独自行走会有危险。暖流瞬间溢出，感动伴随一路。这一路让我学会了对每一个人微笑，对每一个人心怀感激。时至今日，当我回想起这一幕幕，仍然会满怀热泪。

也曾有人问我，一个人怕不怕？我以为怕或不怕是世人对你的回馈，来源于你的付出。我想只要心怀宽广，以宽容向善的心看待世人，就会发现人人皆善，真情常在；若心怀戒备，只会在时时的担忧惶恐中度过本应是温暖美好的时光。路上也遇上过所谓的坏事，在塔公的小旅馆里就遭遇过小偷，一名有“道德感”的小偷，“他”没有一扫而空而是为我留了部分盘缠，我想“他”确实是有所需吧。

如今，随风而动的经幡已经远去，我的足迹遍布策马奔腾的草原、微醺夜游的古镇、圣洁巍然的雪山、烟云千年的佛塔、肆意嬉戏的海滨，我的眼里有江南晓春、百花争夏、黄叶知秋、傲雪迎冬。路正越走越长，越走越远，看风景的心情却始终如一。

今夜，就让我收拾好行囊，准备下一站的旅程，继续行走在路上……

心灵的那片胡杨林

●张义基

梦中，曾无数次渴望走进那片绿色，走进那片心灵中的圣地。终于有机会去新疆旅游观光，最想见到的就是它了——我心中的那片胡杨林了。

此前在媒体上多次浏览过有关胡杨的文字和影像，导游一路上也一再讲解胡杨的神奇与傲岸，当真的身临其境，我还是忍不住地叫出声来！

那是塔克拉玛干大沙漠边缘的一片胡杨林。面积不大，一眼望去，一株株，一排排，挺立着婆娑的身躯，伸张着屈曲的枝丫，有的枝杆细矮，形小身单；有的粗大雄壮，气势老成；有的树干如钢筋铁骨的壮汉，有的如驼背弯腰的老者，处处给人遒劲、奇特的感觉。那时正是金秋时节，胡杨树叶几乎全部变成了金黄色和金棕色，一阵风起，叶子摇曳飘舞，树上树下顿时变成一片奇幻、绚丽的童话世界，美轮美奂，恍若入梦。更撼人心魄的是不远处那片已经死去了的胡杨林，它们零星地散布在沙漠边缘的戈壁上，肢体漆黑，或秃杆伫立，或断臂折腰，或匍匐倒地，然而不管什么姿态，都在努力向上，不屈不挠，对抗着西北风，雄视着远方的漠原和沙野。

这就是胡杨，活着一千年不死、死后一千年不倒、倒下一千年不朽的胡杨，西北极普通却很不平凡的一种树！它有着婆娑的姿态，有着屈曲盘旋的虬枝，也许你要说它美丽，——如果美是专指“婆娑”或“横斜逸出”之类而言，那么胡杨算得上是树中的好女子；然而它的伟岸、坚韧、不屈与挺拔，更有理由使它成为树中的伟丈夫！不是吗？当你在积雪初融的高原上走过，在荒无人烟的大漠里走过，看见映入眼帘傲然挺立的这么一株或一排排胡杨，难道你觉得树还只是树？难道你就不想到它的坚强不屈、乐观向上不正是我们这个伟大民族历经磨难、矢志不渝、顽强奋争的精神和意志？

不见沙漠不知天地之广阔，不见胡杨不知生命之顽强。目睹一株株千年胡杨，树身伤痕斑斑，历经沧桑，然而老树新枝，生机勃勃，纵然倒下死去，也是傲然挺立，不卑不亢，始终坚守梦中的家园。这身骨气，怎不令人拊膺嗟叹！

我不是一个基督教徒，但在胡杨不死、不倒、不朽的躯体面前，我却要以一个基督教徒的虔诚向它顶礼膜拜。因为，我知道，我心灵的那片胡杨林里，有一颗坚强的心会伴我走好今后人生的每一步。

像杨绛先生一样幸福

●胡新华

百岁老人杨绛先生的生日牵动了万千读者的心，不少读者重温杨绛先生的作品，不仅是从中领略这位学识大家人淡如菊的品行、温润如玉的气质和朴素无华的文风，更是感念于她和钱钟书那令人羡慕的世纪爱情。

“人到七十古来稀”，而杨绛先生走过了一个世纪，能有如此高寿，也算是非常罕见的了。那杨绛先生有何高寿的秘诀呢？这是说不清也道不明的，不过，她幸福着自己的幸福，快乐着自己的快乐。钱钟书曾经这样评价自己的爱妻杨绛，说杨绛是“最美的妻，最才的女”。丈夫的评价，恐怕算得上是对妻子最大的奖赏。想必，在今天的杨绛想起她丈夫的话来，也应该会笑靥如花，也应该是幸福无比的。

杨绛先生是幸福的，她可以从丈夫给她的赞赏体会一种幸福，她更有自己的方式，让自己体会一种幸福。如今的杨绛虽然已年届百岁，但她表示“虽然年老，不想懒懒散散，愿意每天有一点进步”，这是何等的心态呀！其实这就是一种幸福的心态，她不在乎丰富的物质与名利，她只在乎是否能够拥有一份好的心情。杨绛每天用小楷抄写钱钟书的《槐聚诗存》，由此“感觉每一天都是新的，每天看叶子的变化，听鸟的啼鸣，都不一样。”想必，杨绛先生这样做，就是在以一种特别的方式而体验着幸福。而能够以这样的一种方式体验幸福的人，恐怕也只有文人能做到。

原来，每一个人，都是可以幸福的，如果说一个人感觉不到自己的幸福，那是因为他还没有找到幸福的支点。我有一个朋友，他在某个大型阀门企业的人力资源部工作，负责企业里的各种组织活动、企业的宣传，还兼做当地民营企业报的编辑工作。然而，他的月工资仅有两千元左右（按当地的经济发展水平来看，朋友的工资不应低于五千元），我都在替他抱怨着，这样的收入有何幸福可言。然而，朋友并没有抱怨，做好了本职工作且不说，每天还坚持写下不少文字，每周还挤出时间来参加当地的一个“读书沙龙”活动，每天都能把喜悦挂在脸上。

我突然发现，朋友其实是很幸福的，但他的幸福并不在自己的收入上，也不在自己对单位的贡献之上，而是在自己的精神追求方面。如果我仅以物质的眼光来衡量朋友是否幸福，那朋友几乎就没有了幸福。

每一个人的幸福方式会有所不同，可能有不少浮躁的人在这个社会里左冲右突，还难以找到自己的幸福。其实，幸福是有的，幸福是一种感觉，看不见，也摸不着，它沉淀在每个人的内心深处。如果还找不到属于自己的幸福，那么，也只能说，自己的心还不曾沉淀下来，还受着世俗的、功利的、物质的诱惑等。其实，物质和名利又算得了什么，倘能以一种乐观的心态来对待生活，那么，幸福也会像影子一样伴随在自己身边。

为心灵换一次水

田淑琛

因为不喜欢一成不变的生活，所以总是会为自己的生活寻找一些新意。每天朝九晚五、日复一日地工作着，虽忙碌却也充实，但总感觉工作也应当是有点情趣的，想来想去，觉得自己的桌子上少了一些有灵性的东西。于是便找来了纸杯移花嫁草地种了一窗台，但新鲜过后，便一盆一盆地送人了，只留下了一株好养的吊兰，在那儿鲜翠地绿着。

休假的时候去一个朋友那里做客，一眼便看见了他摆在桌上那精致的鱼缸和那些漂亮的小鱼。“如果喜欢就带走吧。”怎么可以夺人所爱呢？还是要去根源处寻找的，于是便去了卖鱼的大姨那里，也为自己选择了一些可爱的生命，一份灵动的心情。为了衬托出鱼的美丽，鱼缸里还放进了一棵漂亮的水草。

但是突然有一天，我找不到鱼的踪迹了，原来由于没有及时换水，水草所孳生出来的草苔已经在缸壁上结了薄薄的一层，倒是很朦胧很诗意的感觉。虽掩盖了鱼的美丽，却也显示出了水草旺盛的生命。于是，换水，让鱼儿又恢复了纯净如初的生活。

里面居然有鱼？窗明几净后的状态，竟然会有人发出这样的感慨。原来大家已经习惯了那种绿蒙蒙的感觉了，都以为我是在养水草呢！想想，这也的确是一件让人感觉尴尬的事情。

一天又一天，周而复始地生活着，而流逝的时间里沉淀出来的究竟是怎样的一种东西？是久经磨难后，却依然坚定信念，保持执着纯净的一颗心，还是被生活的沧桑腐蚀的千疮百孔而沉沦消殆？生活中总是会有一些繁冗纷杂的事物让我们感到些许的焦躁与不安，就像是长在鱼缸上的草苔，总是会有那么一点不舒服的感觉。所以我们也要定期为我们的心灵换一次水。

真正的净土，永远是存在自己心里的。那些把生活复杂化的人常常使生命落空。生活里不需要苛求太多的东西，很多的时候，所谓的重负也都是自己为自己所加上的。不要让琐碎的事情去影响我们生活的信念与目标。拥有一颗清澈的心，选择一种清澈的生活。于人坦然，于己坦然。

你被感动了吗

●朱凤俊

当寒冷依然在北方持续之时，青岛社区即墨论坛却率先迎来春潮的叠涌。伴随着一桩桩爱心救助活动的实施，一句“你被感动了吗”的相互问候，竟不知不觉地成了论坛的流行语。

其实早在去年 10 月，我就先被感动过。那时我刚在论坛注册了网名，很快便认识了几位热心慈善的网友。一天，《早报》康记者发在论坛的一则求助帖引起大家的注意：一位 14 岁的女孩患了白血病，正在本市一所医院实施抢救。女孩家境贫寒，她为了能给家里节省一部分医疗费用，主动与医院签订了自愿捐献遗体的协议……见到帖子的第一时间，天涯孤客、元衡、天若等几位网友就不约而同地呼吁捐款事宜，从几十元，到几百元，参与者纷纷跟帖报数。仅仅三天时间，大家就为患病的女孩募集了 2 万多元善款。这次捐助活动，彻底改变了我对社区论坛这种草根媒体的看法，网友们的爱心令我感动。

紧接着，经天涯孤客、元衡等人积极倡导，论坛成立了一个松散型的爱心救助小组。这个组织类似于青岛的“微尘”，参与者有机关干部、律师、媒体记者、企业界人士等，大家用拳拳爱心，为急需救助的人默默奉献着自己的微薄之力。自发起成立以来，先后救助了 3 所农村学校的近 30 名特困学生，捐助款物价值近 4 万元。

当爱心救助成为论坛的主旋律，网友们便自觉或不自觉地经受着这种爱心的洗礼。3 月末的一天，网友白荷突然发了个主题帖，说她在一家诊所看到一位无助而啜泣的女士，带着患病的女儿来打吊瓶。经了解得知，这位女士的丈夫不久前因工伤致死，死亡赔偿款被公婆全部控制，她和 2 岁大的女儿衣食无着……当时论坛正在组织一项捐助活动，为 7 名家境贫寒而又品学兼优的农村孩子募集爱心款。当负责募捐的元衡看到这个求助帖后，立即与白荷取得联系，并几经周折找到这对孤儿寡母。随后，身为元衡律师事务所主任的他，又专门安排一名女律师，为这对可怜兮兮的母女提供全程法律援助。

元衡律师实施法律援助之事，很快就成为网友关注的焦点，帖子被一气“垒”到 160 多楼……5 天后，那对母女怀着万分感激的心情，将一面亲手绣制的锦旗送到元衡律师所，因为她们终于拿到了应得的赔偿款。网友们闻听此事，纷纷发帖子表露心情，论坛一举成为爱心互动的会所。

诗人白朗宁曾在一首诗里写道：“他看了她一眼，她对他回眸一笑，生命突然苏醒。”人一旦有了爱心，生命就有了春天，世界也因此变得万紫千红。是的，尽管这个初春有点冷，但社区论坛的暖暖春意正在感动着你我，并通过爱心接力感动着我们的社会！

母爱的长度

●刘永源

他20岁，智商却等同于一个三四岁的孩童，不会表达感情，不会与人沟通，不会与人相处，甚至不会微笑。他的人生哲学里没有给予和接受的概念，他活在自己的世界里，别人无法进入。

他什么都不会，生活上最基本的小事情都做不好，但他却会抢包。在街上，他看到一个美丽的女孩背着有斑马纹图案的皮包，忍不住过去动手抢。母亲赶来的时候，他已经被女孩扭送到警察局，被指控为抢钱的小偷。母亲气得浑身哆嗦："他不是小偷，他对钱没有概念，他只是喜欢你包包上的斑马纹。"这样的辩白无疑是苍白无力的，谁会相信？

在车站，他与母亲走散，居然伸手去摸一个女孩的屁股，因为女孩穿着一条有斑马纹图案的裙子。母亲赶来的时候，他被当成臭流氓正被女孩的男友暴打，母亲像一只好斗的老母亲鸡一样冲上前与人撕扯，他在背后高喊："我家的孩子有残疾，我家的孩子有残疾……"

母亲住了手。是的，她家的孩子有残疾，喜欢斑马和巧克力派，原本天真快乐，原本和别的孩子没有什么区别，可是忽然有一天，被医院确诊为自闭症。自闭症不是病，而是一种残疾。27岁的母亲崩溃了，把4岁的孩子丢弃在公园里……

印象里，母亲总是能经受住一切风雨，能够包容一切事物，能够顶住一切困难。其实不然，母亲也不是圣人，也有脆弱的时候，也有放弃的时候，幸好那只是一瞬间的念头，只是曾经，只是过往。

母亲带着他到处求医，各种治疗都没有什么效果，于是母亲按照自己的方法训练他的生存能力，治疗他的自闭症。看到树的时候让他触摸，母亲会一遍一遍地告诉他：“树，大树。”看到阳光的时候告诉他：“阳光，阳光很灿烂。”看到小溪的时候告诉他：“小溪，小溪很清凉。”登山的时候母亲会告诉他：“心，心在跳。”母亲甚至拿着镜子教他微笑，嘴角上扬，露出好看的牙齿，那就是微笑。

当母亲发现他有长跑的特长时，便将希望放在运动上，带着他开始了艰苦地训练，不断地、不停地为他鼓劲，给他人生的暗示：“草原的腿值100万美元，草原的身体一级棒。”甚至被马拉松教练指责为把自己的意愿强加给孩子时，她也没有放弃。在一个母亲的眼里，自己的孩子是最棒的。

尽管这里面有对母爱方式的反思，但是母爱的真实却不容怀疑，也正因为这种有些自私的爱，她才担心将来，所以说出了那样的话：让我比儿子多活一天。不言而喻，多活一天，是为了多照顾残疾的孩子一天。都说伟大的母爱没有终点，可是这就是一个母亲爱的终点。

因为不抛弃，不放弃，坚持不断的训练，最终他获得了马拉松比赛第49名，名次不重要，重要的是参与，是与人的交往与接触，是融入。当摄影师说：“来，看这里，笑一下。”面对镜头，原本表情呆滞僵硬的脸，渐次展开灿烂的笑容。那一刻，母亲流下了幸福的热泪，母子两个深深地拥抱在一起。

让我比你多活一天，是一个母亲爱的长度。

采一垄生命的花香

●宋尚明

我每天都在读书、写作，像园丁，种下花儿，采一垄清香。

喜欢写作，还是上高中的时候，那时候的心总像无根的风，旋来旋去，不知在哪里落脚，于是稿纸便成了我的园地，文字则成了园中的芽苗，一枝一蔓，摇曳芬芳。尽管不能生长成参天大树，但是对它我如园丁一样呵护，我们相互仰望，并且是彼此的主人了。

我们挽着手，行走在岁月的人生路上，春来秋往，那些文字便盛开在梦里。

我写春天，看吧——那些字符，如缀满枝头的花瓣，有蜜蜂在花间追逐，有春天的气息从蝶翅上抖落，有花粉蜜的味道沁入我的心脾，肆意于我的周围，有一嘟噜一嘟噜的生命所在，那是人间最美丽的花朵。

我写夏天，便拥有了童年的一片原野，我坐在原野之上，欣赏白天也欣赏夜晚。我惊叹星星眨眼，聆听星星说话，我凝视着深邃的夜空，辨识“织女”、“牛郎”相会的路径。星湖闪烁，各种光华交叠在一起，广袤的天空容纳了它们，天穹便成了美丽的家。

我写秋天，便拥有了葱翠的草原，各种草色倾慕而来，我看不见哪儿是地，哪儿是天。我写苍茫的高原，我便靠近浑厚的土地，穿越层层的沟壑，用手捧起一把金黄的小米，双手也能感觉到湿润的水分。

我写冬天，书本的一页轻轻翻过，便告别了秋天，告别粉红或紫色的花，匆匆迎来雪花的舞蹈。写壮年创业的艰辛，写青春染灰的苦恼，写生命穿过短暂而又漫长的时光，我们渐渐长大，父母慢慢变老。当风把尘埃吹进了心里，才知道，父母和家是那般重要。

我相信，她们能够填补幸福日子里的浅薄，能够点缀贫瘠日子的清瘦，文字能使我抬起头来，生活从此变得丰富多彩，污迹和秽物不会藏入角落，世界变得干净起来。俄国作家契诃夫说：一个人已经精疲力尽，精神奇累，心里又积郁着愁闷，可是对不起，你得坐下来写东西，这就叫做生活。

是啊，如果人生没有了追求，就像泉水失去了源头，生命也就缺少了蓬勃的生机。当文字从指间流出，便也成了和弦悦耳的琴声，成了千般变化中的袖舞长空，苍茫红尘间，哪怕只留一身独影，也会舞出纯净柔美的韵致。

给波澜不惊的生命注一剂清流，是快乐，在纷扰的红尘中闻一缕清香，更是一种幸福。

把爱藏起来

●潘姝苗

父亲曾是名飞行员，开了20多年飞机。童年的记忆里，父母很少回家，是奶奶照顾我们姐妹的起居饮食。偶尔父亲回来，会带上那时很稀罕的奶糖和水果，我们姐妹仨就陶醉在那五彩缤纷、芳香宜人的玻璃纸里。闲暇了，父亲带我们嬉闹。那时，三个孩子经常围在他身边，玩“推墙”的游戏，任凭我们怎么掰胳膊抬腿，气喘如牛，硬是没能叫他挪动半步。那时候，父亲在我们眼里，就像伟岸的山。

父亲转业后，一家人终于能聚在一处了。家里有一张书橱，上层是两扇玻璃门，里头摆满了三层的图书，下面是两扇木门，推拉开来，也是满当当的书。每到寒暑假，这张书橱就成了我们窥伺的目标，《鲁迅日记》、《三国演义》、《林海雪原》、《红楼梦》、《青春之歌》，一本本，一页页，都成了我们猎奇的对象。算着父母快下班的时候，我们或站在凳上或趴在地上，按照顺序把它们一一放回去。渐渐长大，我们想看什么已经不用避讳的时候，好奇的目光就转移到了书柜的中间地带。那是一扇与玻璃门齐平的木板，正中朝上的地方，一枚黄澄澄的锁眼威严地看护着里面的东西。那扇从未打开过的柜门里，藏着什么秘密呢？

日子冗长的过着，像夏日树梢的蝉鸣，叫人厌倦。父亲时常很晚才归来，裹挟了满身酒气，惹得母亲背朝墙壁，不愿理他：我们那个风发意气，爽朗潇洒的父亲怎么一去无影踪了？

转眼，我摆脱受尽束缚的校园。第一天来到父母赖以生计的工厂，对着塔罐林立、机器轰鸣的厂房，置身尘土漫天、辛辣刺鼻的氛围，我第一次品尝到涉世的酸涩。第一次体会了日复一日穿行在这里的父亲，承受了多大的失落和无奈。

记得我结婚回家过的第一个年，父亲当着女儿和新女婿的面，打开了那扇书橱：躺倒的木门里，竖立着好几瓶存封的老酒，有的连包装盒都没有。妈透露，每次有新酒了，他才换旧酒喝。望着父亲重新又锁上的柜里几瓶颜色孤单的酒，我鼻子一阵发酸。一直都是父母为我们姐妹三人节衣缩食，而我从来不曾顾及他们的需求。父亲倾心尽力地养育我们，把生活堆积的苦闷锁在深处。也许他深信有一天女儿能懂得他，而我到现在也不知道怎么才能够真正讨好他。

都说酒是越陈越香，打开尘封，我已有了养儿才知父母恩的体会。当我也把自己的喜好藏起来，以投合孩子的身心时，我终于有些明白，岁月里有许多爱是不用表白，甚至是隐藏起来的。

和一棵树做朋友

●阿　土

如何才能和一棵树做朋友呢？我一直在思考这个问题，其实和一棵树做朋友并非容易的事情！

曾经读过一段文字“美国是一个对树很重视的国家，他们在《森林保护法》中规定：不得伤害、虐待树木，违者受罚。有一次，一个叫丹尼尔的人把自己的一辆自行车用铁链锁在树上，铁链擦破了树皮。有人发现后，向有关部门举报。有关部门调查后，给丹尼尔送来一份处罚书，要丹尼尔给树道歉，并处以十美元的罚款。丹尼尔交了罚款，然后来到被他弄伤的那棵树跟前，抱着树说：‘树啊，我对不起你，你是我的好兄弟，你吸进二氧化碳，把氧气送给我们，你还为我们遮阳挡雨，而我却虐待了你。我知道错了。我真诚地向你道歉。我发誓，我今后再也不会犯这样愚蠢的错误了……’丹尼尔的道歉言行，不但教育了他自己，而且也教育了围观的人，人们被丹尼尔的言行打动了，都为丹尼尔鼓掌。”

我在乡村出生长大，记忆里的树像兄弟姐妹样熟悉。我爱沉浸于往事，凡让我怀满深情和眷恋的事物，总会对我的认识产生影响。像这个故事，不仅深深打动了我，也让我充满忧思，我们怎能对树带来的感受无动于衷呢！

在我们国家，法律有些时候也会形同虚设，不能成为有效阻止一种行为的武器！当然，这在很多国家都是不争的事实，甚至更为变本加厉，只是我无法忍受这种行为！在很多人眼里，自然资源取之不尽，用之不竭，每当看到一种资源消耗殆尽时，就会寄希望于下一次。但是，当我们仔细地观察了大自然的运作，就会发现并没有哪种资源可以无穷无尽，所以我们等来的往往是不堪记忆的灾难。

我们对自己的行为有过反思吗？有谁真正地理解过一棵树，把树当作自己的朋友，接受树的声音，走进树的心灵，倾听它们的话语？其实，和一棵树做朋友不仅是件简单快乐的事情，并且还非常有意义！

我爱树。印象里，最忠实的树莫过于刺槐，在一些文章中刺槐几乎是故乡的代名词。但是，我写得最多的却是童年对它的伤害。童年的无知无可厚非，我这么说并不是为自己所犯的错误进行辩解，我不怕暴露自己的劣迹，像刺槐不怕暴露自己的刺。我喜欢刺槐的气息，深厚，有些像父亲的味道，坚硬的木质和不屈的性格也是。刺槐的花香极清，正是它让我认识了事物的不同风格。每年 5 月，那些仿如风铃的槐花，让整个乡村都沉浸在一种透明的清香里。正是这些花儿，我不止一次伤害了刺槐，但是，在那些艰难的日子里，吃的伤害不足为怪，一顿鲜美的槐花粥或槐花菜，已是极奢侈的美食了。刺槐作为往事里最深刻的一件，我愧疚自己的行为，也感谢它的慷慨。

乡村最美丽的树应该是梧桐，我一直把它硕大的叶子比喻为伞，淡紫色的花是倒悬的灯盏。梧桐的花香也是淡淡的，若有若无的感觉。梧桐的木质很脆，生命力却极强，生长的速度极快，故乡曾作为经济林种植过。梧桐的美丽是因为它可以招来很多美丽的鸟儿，像“种得梧桐树，引得凤凰来”！在故乡的梧桐树上，只要稍加注意就可以看到鸟儿筑下的巢。鸟儿是乡村最优秀的歌唱家，它让乡村的生活充满了活力。而梧桐也让我把喜爱的鸟儿捉进自己的童年，尽管这并不是一件值得夸耀的事！

最优雅的是梨树，梨树像君子，谦谦不语，“忽如一夜春风来，千树万树梨花开”。我喜欢梨花，白色的梨花总给人一种素洁而优雅的感觉，而最动人的句子则是“梨花带雨”那种形容犹为让人感慨。我喜欢梨树，更主要的是我曾经亲手植过一株，如今依旧每年给我们家带来一树沁甜心肺的果实……

所有的树在为我们提供养料和影响着我们的生活，给我们心灵以温暖的抚慰！所以，每一棵树都是值得我们敬畏和热爱的，可是，我们对树做了些什么呢，在我们的认识里，种植似乎就是为了砍伐……

和一棵树做朋友吧，树虽然不是人，但树和我们一样有着生命。作为少数生存比人类久远的生物之一，作为对人类环境起着至关重要作用的树，我们需要和它做朋友，认真对待它们的生命。很多时候，我们只有把自己看成一棵树，才会看到平时不能看到的东西，对于拥有那些平时不能看到的事物是幸福的事情，而幸福值得永远珍惜！

乡恋

● 陈传意

阔别故乡十八载，每当思念的时候，情不得瞬间就飞越千山万水，结束绵绵无期的煎熬。归心似箭，穿透时空，唯有心灵倾诉。

故乡，星移斗转，我始终没把她淡忘，也不敢淡忘，不能淡忘，相反对她的思念反而愈加深切。

童年是在故乡的摇篮里摇着长大的。那时，我们都是光屁股的天使。记得八岁那年，爸爸要我上山打柴，突然大雨滂沱，山道泥泞，迷了路。妈妈打着一把旧伞，用慈悯的声调，一声一声地喊着乳名，唤我回家。不管雷电，不管风雨，不管大山深处的恐怖，只是不停地叫喊。见到我，紧紧抱在怀里，用旧伞遮蔽雷雨，只只见她的心跳和喘息，雨水泪水在脸上交织成一片……如今那把伞仍在老家墙壁悬挂着，三年前回家还拿出来看了看。妈妈已经去世，不可能再用它为我阻挡风雨，但这伞折叠着母爱，折叠着童年的永恒与惊叹。

上小学时，经常在学校饿得受不了，悄悄地跑回，爸爸妈妈也饿得前胸贴后背，却要刮净面缸，给我烙几个小饼。那年月一位老教师受到批斗，多亏有众乡亲的接济，有的用竹竿从树上打下还有些生涩的李子送给他吃……才保住了一条命。后来他带着钱物从都市来到这里回报。然后，有许多无形的东西是无法归还的。它已经溶入我们的血液，与我们的脉搏一起跳动，影响我们的生命进程。

那里没有世欲的喧嚣与骚动，山村显得幽深而澄清，宁静却又充满魅力。山水相依，人与自然交融。山梁沟壑亘古不变地躺在那儿，显示着大气度的浑厚和沉甸甸的起伏，谁往这山梁一站，都会站成一个苍凉动人的“走西口”。到了春天，成片成片的桃花杏花，灿烂地镶嵌在水库的四周，湛蓝湛蓝的河水，生动地映出一团一团白色的云彩，河边有长着细细高腿的鹭鸶，有骑着耕牛的牧童，有村姑手提竹筐挖野菜边走边唱的身影……入夜是萤火飞舞，田鸡高唱，虫声啁啾。乡情如此坦率、纯朴地展现在自然界中，她摒弃了一切矫饰与虚伪，铸造着人们的性格与情爱。是纯净无瑕的乡情拥抱了我，亲吻了我，陶冶了我，并把它的一部分赠给了我。这就是乡恋的源头，一个生你养你的精神泊地。

那里是往事的海洋，我们永远记得红薯和高粱，永远记得水车咿咿呀呀地歌唱和老牛犁地的辛劳，永远记得夏天把头伸向井下饮泉和一把驱散炎热的蒲扇，永远记得碗里的清汤和父亲的驼背，永远记得母亲夜间的纺线声和出行时对子女的叮咛，这些画面组合起来使人感到了历史岁月覆盖下父老乡亲的执拗坚韧和内在力量，它始终展开在我心灵的原野上。这就是黄泥地上的历史，她是我们的精神家园，漫漫人生路的向导。

在历史的长河中，单就每一个游子热恋故乡而论，则饱含一股特有的向心力、凝聚力。千万个游子的升华，塑造的往往是摧之不垮、折之不弯的中华魂。

那被父老乡亲居住一辈子的村庄，弯弯的山道，他们走了千万次、千万次。乡恋像是一片走不出的沼泽，无论怎样挣扎，结果都在原地陷落，坠入情网。

阳光与影子的对话
——我与《中国国门时报》

● 王丹枫

(一)

你，带着编者的心血，读者的期待，迈着轻盈的步伐，从遥远的异地而来，轻轻地从我身旁擦肩而过。

我，禁不住你那美丽的诱惑，追踪而去。于是，视你为知己，奉你为尊师，有你与我同行，在坎坷的人生道路上我会无畏跋涉。

今生与你——《中国国门时报》结缘，一如阳光与影子的对话，浩荡的时光列队跳下记忆之崖，一张内容饱满的报纸，照亮了平平仄仄绵延不绝的脚印。

与你结缘是一种终生的幸福。以庄稼人特有的姿态，在精神的花园种植相思，开花与结果一样美丽；在季节最透明的部位，以亲近土地的最好方式，听鲜花开启的声音，水样的音质里，我该以怎样的心情等待金色的秋天？最初的路上，陌生的麦地里，命运的红甲虫随时亲吻足印，岁月不肯为我们镂刻美丽，只在小径叠满孤独与艰辛……

与你结缘，是人生棋局最妙的一子。红色的小木屋里，你是我惟一的伙伴。透过光阴的幽谷，语言的大军如亘古之风穿越而过，押着高山流水的音韵，正一步步逼近艺术的巅峰。沾满露水的鞋底，踏出了缤纷的少年志气。

与你结缘，从工体东路4号到麦子店22号，绽放出纯真而质朴的微笑，潺潺的溪流穿越水草丰盛的河床，涌流着透彻的爱和切肤的痛。坚守家园，坚守黑夜中最后的火焰，我坦荡地挺进自己。面对《中国国门时报》，爱得太深而痛苦，爱得太苦而甜蜜，一种深深的怀念，飘落在少年黄昏。

与你结缘，举杯邀月皆成影，抽刀断水总缠绵。夕阳吻红了村庄，独依梦河，你便是忧伤的岸，潮高潮低刻满爱的印记。

今生与你结缘。吸吮着你的营养，我昂首挺立是旗帜，舒卷自如云朵，脚步踩着世纪鼓点，嫩红的掌心托着一片赤诚，倘若能有来生，我们将再度辉煌再度缠绵！

(二)

春天与春天相逢，季节只是一只重复舞姿的蝶。《中国国门时报》相互的亮眸，令我守在汉字的门槛上怀念至深，而日子吹动了谁的盛装，祝福贴在谁的门口，谁的音容置在春天最高的位置，谁正以智慧和劳动开创荒原，谁将策马穿过春天的城堡。

《中国国门时报》，我生活中反复出现的字眼，让我享用终生，心中深深的热爱，从另外的方向，推开这茫茫黑夜。在这个季节，我有幸被《中国国门时报》照耀，在它的鼓励下我一次次从挫折中挺立起来，稚嫩的羽翼渐渐丰满。

古城灯火，年年岁岁，灿灿地照着老街的窗子。我的土地，生长诗歌，并镌刻沉重的爱情，且饱含感激的泪光。

呵！我忍不住又要打开你。在这生机盎然的春天，将一路尘灰抹去，然后俯身读报名，预言和召唤都有，不胜惊讶的是，还读出了自己与世界的距离。

孤独时重温理想，一种熟悉的呼唤在头顶飞翔，像音乐一样美好，经久不息。注目《中国国门时报》，谁将惊醒酣醉的年华?！谁的灵魂在雨后光芒丛生?！

我的制服情结

● 包东方

从小我就希望拥有一套制服，不管是哪个部门的，只要穿上显得神气、威严就行。就这样，制服梦一直伴着我的理想成长。

高中毕业后考的是文科，大学毕业后分到广播电视厅，1989年来深圳后，也一直在政府部门工作，未能圆我的制服梦。为了过把制服瘾，我只好常常借别人的制服照相，并且把照片放着大大的，没事就拿出来自我欣赏一番。

1997年，我调到了原深圳商检局，本可以圆了我的制服梦。可因为面临机构改革，已不再发制服了。于是每次开会要求穿制服时，我只好找同事借，每次哪怕只穿了一个小时，我也要把它洗得干干净净，叠得整整齐齐才还给同事，不然就好像亵渎了我心目中神圣的制服似的。

1999年8月，“三检”合一，成立了深圳出入境检验检疫局。今年元旦，单位换发了新的制服，捧着平生拥有的第一套制服，我激动不已，赶紧穿上新制服到单位大门口照了张相留做纪念。开始，我每天上班都要穿上新制服，连周末上街也穿上它，穿制服让我省却了许多逛街买衣服的时间，也节省了不少开支，每天早上不再为穿哪件衣服而犹豫不决。后来，感到了制服不是在所有的场合都能穿，才对这种“不自由”有所“收敛”。

当然有时穿着制服去办事也有好处，容易被人信任，有时还会有意想不到的效果。记得有一次去女儿学校开家长会，因下班没回家直接去了学校，悄悄地找了个不显眼的位置坐下，听完老师关于学生减负的一大堆讲话后，老师又开始介绍学生的学习情况。当老师介绍到我女儿时就不由自主地表扬起我说："你们看晏涯妈妈，工作太忙，下班后连衣服都来不及换就赶来了，实在是令人感动。"老师的表扬让我都感到我是一个称职的好干部、好妈妈。制服，让我更加爱岗敬业，让我更加热爱生活。

咀嚼岁月

大漠之魂

● 宋伯航

踩着炽热的烈阳向西，涉过滚滚黄河源头，遁掠朱褐色的褶梯，凝视西极苍狼的绝地，比五千年海浪还要高的天山，环抱着一望无垠的苍穹大漠。

走进世界屋脊的腹地，仰望浩瀚缥缈的大漠。岁月曾无数次斑驳着风花雪月里的西域大漠，历史也无数次翻阅过汉唐尘烟中的吐蕃大漠，也许是上苍的恩泽，让我们今生今世有缘目睹西风狂沙的大漠。

凝练岁月尘埃的洗刷，独揽九亢物换星斗转移；迢遥八千里路云和月，尽呈视野凛冽的苍漠；跌宕烟波浩渺的傲彻，天地间浑然顿开苍莽宇宙。

朔风猎猎，天坤怒吼，山险凛峻；腹地崔嵬，黄沙聚散，绿州杳期，西部敞开的胸襟显得苍劲而凝重。大漠依然以冷俨的姿态，窥视着探访者的到来。膜拜的旌旗在脚下高扬，义无反顾涉过黄沙尘扬的大漠。

西部的漠地沉默了千年万载。风啸沙吼，人跟沙进，艰难行走的脚窝，找不到退却的路，身后总是一抹平沙，从不留下一丝痕迹。

矗在沙丘间，风于遥远处骤起，逆旋而上，拔地升腾，在半空中形成了一个巨大的沙柱，激巅狂高，随即天昏地暗，日光昏缺，仿若天蒙地撼。

塞风在怒吼着，沙漠在咆哮着，顷刻如海啸般卷起了万丈沙暴，直冲云霄。

穿越大漠，涉猎生命的严酷前行。一堆堆黄沙，如一座座山峦，蜿蜒层涌沙浪，跌跌宕宕，一直铺向远方。这哪里是西部的沙漠，分明是白垩纪陆地上大洋，伴着风的吸声，一鼓一息的心颤，令人感到悚叹。

弹落凡身的沙尘，炯光开始清晰。从内心深处的深吸里，感知天苍大漠的激情。

转始隙间，云蔼翻卷，遮掩群山，灰黯低空，烟雨倾泼。大漠变幻莫测，让人琢磨不透，苍凉中透着生命的振颤，触动着灵魂的视角。

雨瀑是丝丝的咸，夹杂苦涩异味。天空激闪雷鸣，划破罡的穹庐，瓢泼坚毅沙野。水淹过处，被微砾渗透，不遗任何流痕。寻着浪涛涌泻，有大片胡杨在沙洲上婀娜招展。

一棵伟岸的胡杨，就是大漠生命的赞歌。盘根错节的枝杈，涅磐决绝的饕餮，孕育百年不死，千年不倒，万年不朽，一世铁骨铮铮的誓言。

尘世的浮着铅华，顷刻间化为乌有，只有生命的呐喊，诠释着万物的灵魂，飘摇着流动脉脉夙愿。大漠尽头，熙博轧枝，蔓延丛生，一览无余的新绿，蓬蓬勃勃地呈现在惊诧的苍襟中，西部旷撼葱翠的大草原，绝妙伦美，青春荡漾。

阳光赤灼，彩练浩空；云朵游弋，鹰翔鸟啼；天山挺拔，氤氲迷雾；香气馨徐，浸透沙砾；毡房点点，炊烟袅升；牧草葳蕤，茁壮生机；羊群追逐，天马奔驰；定格成西部最为盎然的景象。

沙与草，山与水，风与雪，主导着西部桀骜不羁的诱惑。

早穿皮袄午穿纱，怀抱火炉吃西瓜，感动着大漠朴素的良赐。

不到西部，不知道什么是大漠；不走大漠，不明白什么叫英雄。

生命之力，永远都在西部大漠上渲泄着，酣畅凛冽，旷世不息。

低处的快乐

●葛 闪

一人经过十几年的努力打拼，终于成为一名富商。但他在成功之后却感到内心的孤苦与不快：虽然坐拥千万财富，住洋房，开豪车，但始终感觉不到任何快乐。以前共渡苦难的朋友似乎与他若即若离，再也没有了往日的温度，伙伴也与他疏远了很多，就连他的家人看他也冷冷淡淡的。富商很苦恼，自己每天都忙里忙外为事业打拼，为伙伴谋福利，家人谋幸福，忙得连饭都顾不上吃，家都很少回，可为什么情况会变成这样呢？

无奈之下，富商上山找到雷音禅师，寻求解惑之道。

雷音禅师静静听完富商的叙说，微微一笑："施主可以先与我下山走一遭，看能否寻得答案。"

他们到山脚下的一个小集市上，看到商者以从业为乐，买者以讨价还价为乐，贫者以家人相聚为天伦之乐，乞者以得施舍而安稳度一日为乐……

他们又从集市返回，来到山顶之上。雷音禅师指着山脚方向笑问富商："山下有集市吗？"富商想都没想就答："当然有。我们刚从集市返回，这还用问吗。"

雷音禅师淡淡一笑："那集市上的人快乐吗？"

富商稍微想了一下，答道："他们虽然物质上不如我富足，地位上不如我高，但我感觉到他们的精神上却远远比我快乐得多。"

雷音禅师点了点头，笑着又指向山脚方向问："集市存在，集市上人们的快乐也存在。可现在在山顶上，你还能看到集市吗？你还能看到他们脸上的快乐吗？”

“山这么高，我们站在山顶上哪能看到集市，又如何能看到那些人的快乐？”富商一脸不屑。

雷音禅师道了声佛号，笑着点了点头看着富商。富商突然若有所悟：“大师……”

“施主，你说的对呀。山下集市存在，人的快乐存在。只是因为站得高了，就看不到了。”雷音禅师拍了拍富商的肩膀劝他，“有些快乐，还得放低姿态，去低处寻找吧。”

原来，很多快乐其实就在我们身边。有时候，我们将自己放得太高，就会对那些原本就在我们身边而伸手可得的快乐视而不见。

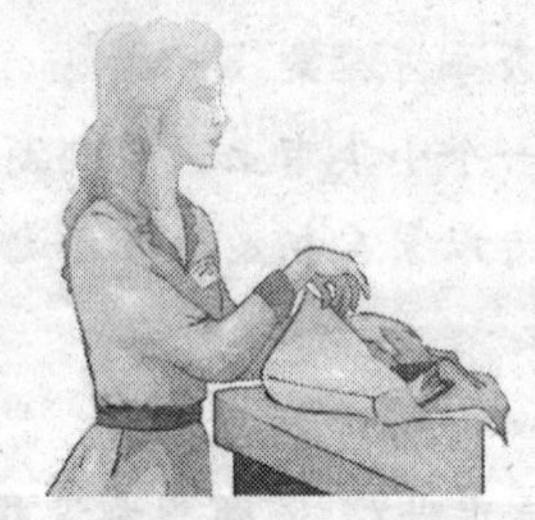

“橄榄绿”的回忆

●周 巍

我很自豪，我曾经是一名女兵。假如明天共和国需要我的时候，我仍会冲锋陷阵。如果说军营生活只是我人生长河中短短一瞬的话，那么这一瞬将是我记忆中一颗最璀璨的明珠，在我心中永存，永远照耀着我人生的旅途。

我的军旅轨迹至今仍是那么的清晰，从一名话务员、文书、军校学员到一名军官。那一幕幕场景犹如昨天，历历在目，难以忘怀。忘不了我穿上军装的那一天，神气、漂亮，那肥大的军装在我眼里如同灰姑娘参加舞会的晚礼服；忘不了我戴上学员肩章的那一刻，让我觉得自己又面临着新的挑战，一节节通信课程，一次次越野比赛，让我这个初出茅庐的小姑娘感到艰苦与神圣；忘不了首长授予我少尉军衔的那一刻，有笑容，有泪水，感到更多的是沉甸甸的责任。是军队这所大学校让我学到了正直、坚强、勤奋和自信。我用最宝贵的青春演绎着美丽的橄榄绿。已记不得流过多少汗，吃过多少苦，只记得想家的时候默默地流泪，望着遥远的家乡，思念故乡的亲人。直到有一天我不得不脱下了那身我所挚爱的军装，我迷茫，我困惑，我迷失了前进的方向。但军人就是军人，我很快找回自我，顺利地完成了人生的一次转折。虽然我已不再是一名军人，但军人的气质与精神依然留在我的身上，永远难以磨灭。如今我已成为检验检疫战线上的一名新兵。新的考验、新的课题摆在我面前，是军旅的锤炼给了我迎接挑战的勇气和力量，我深知“海阔凭鱼跃，天高任鸟飞”，我要向检验检疫战线上的老兵学习，为我们奋斗的事业增光添彩。虽然心爱的“橄榄绿”早已被脱下，但我骨子里仍有对军人的那种刻骨铭心的眷恋。每当看到军旅题材的电视剧、电影时，我总会潸然泪下，因为从士兵的故事中看到了我当年的影子，我们的共和国正因为有了他们的守卫，国家才会安宁，人民才能乐业。哪里有困难，哪里就有他们的身影；哪里有危险，哪里就有他们的足迹。1987年大兴安岭森林大火，是千万个“橄榄绿”冒着生命危险，挽救了绿色的森林和百姓的生命，书写了武警官兵与人民群众鱼水相依的动人诗篇。1998年抗击洪水，官兵们用血肉之躯赶走了洪水，谱写了军爱民、民拥军的英雄赞歌。从雪域高原到茫茫戈壁，从北国边陲到南疆哨卡，无论是炎炎夏日，还是数九寒天，到处都有一双双警惕的眼睛，到处都有一个个手握钢枪的战士，他们筑起了一座坚强的钢铁长城，时刻守卫着祖国母亲。他们是新时代最可爱的人。

心爱的“橄榄绿”早已成为尘封的记忆，昔日的女兵成为今天的检验检疫人，军人那种顽强拼搏、锐意进取、吃苦耐劳、无私奉献的精神将永远激励我前进，激励我为检验检疫事业而奋斗！

故乡的河

● 李干荣

虽然老家是个山村，但我还是很爱她。

最爱想起家乡那条叫做“大河”的河了。

名曰大河其实并不大，平均宽度也就两米左右，但却长得很，从家乡高高的德胜山上流下，蜿蜿蜒蜒从村子的前面经过，长年不断地流淌着，一直流到很远很远的地方，好像没有尽头。河里流过的山泉永远是新的，而我童年的记忆和欢乐却如不变的河床，牢牢地印在奔流的河水中。

虽然大河随着山势蜿蜒曲折地向前奔流，不宽的河床根本不能为人们提供游泳的场所，但是我们这些顽皮的小男孩却学会了利用河水的方法。先在河里选一个比较宽阔的地方，筑上一个拦水坝，把流动的水聚起来，随着水坝的升高，我们游泳的地方也就慢慢地形成了，我们一般让水的深度在一米左右，这样既能游泳又无危险。“水库”修好后，我们把身上已经湿了的衣服全部脱下，欢呼着、打闹着一齐扑向水中，使出全身的解数尽情地在水中戏耍。常常是忘却了时间，忘却了饥饿，直到有人喊我们回去吃饭时，才忙乱地从水中爬出，穿上衣服飞也似的跑回家去。

金灿灿的阳光，清冽冽的山泉水，村姑们充满幸福的欢笑，和着山中的阵阵鸟叫，让山村的早晨在平淡中透出无限的生机。后来，乡亲们在小潭边筑起了拦水坝，建起水电站，“大河”水把它经久不息的冲击力变成了电能，“大河”水当起了光明的使者，引领着乡亲们一步步奔向小康。

故乡情结

●张庆华

小时候住在上海城隍庙边上的一条狭长而又曲折的弄堂里，大约整整10年光景。我一天天长大，进进出出，和小伙伴疯玩。其实现在想起，也不过是物质匮乏时代小孩的一类简单游戏，再加上哭、笑、闹、恶作剧……之类的把戏。但就是这些把戏，连同弄堂里的一切大大小小的场景，那扇黑漆漆的大门，和门后一段黢黑的空间，以及客厅、过道里一切可以藏身的地方，竟使我随着年龄的增大，回味和思念的情绪越来越强烈了。

有时候，这种感情是无由来的。

也许是一张老照片，一个电影、电视的老上海的场景，一段音乐，一本小说，或者，什么也不因为，就是喝了一些酒，甚至是茶，我的神经兴奋起来。于是，在我的许多诗作里，常常有浓郁的思乡之情。每次到上海出差，再忙，我也要到老住宅附近看看，走走。我不知道这算不算圆梦，当然，我也知道，梦是无法圆的。但它会牵着你走。

原以为思乡需要浪漫，并不是每个游子都有此种情感的。那些被生活重担压得喘不过气来，那些汪洋恣肆的人们，也许早已没有或者淡忘了。其实我错了。前几天，我到安徽的马鞍山出差，特意寻到儿时的伙伴潘三宝。我十岁离沪，在北京生活7年后又到黑龙江务农，三宝呢，后来到江西插队，最后定居在马鞍山，当了一名码头工人。三宝的母亲仍在上海，还有他的儿子。他每年都要回上海三四次。出乎我的意料，他只要回上海，总要到老宅转转。

他说，他家早已搬走了，可是到原来住的地方走一走，看一看，即使什么人也不认识，心里也高兴，他又加了一句，其实，也不是高兴。说到此处，他泪光荧荧。

是的，也不是高兴，其实是很苍凉的一种心境。难道不是吗？家园是最温馨的地方，但几乎大多数人一长大，就要走出家园，到外面闯荡、流浪。“少小离家老大回，乡音无改鬓毛衰。儿童相见不相识，笑问客从何处来?”小时候读贺知章的诗，觉得好玩。现在再读，竟觉出无边的孤独。不管走到哪里，故乡，总在心里一隅，令你温暖，也伴随着伤感……

过年的满足

●徐连贵

现在过年尽管物质条件较好，电视节目也丰富多彩，但总觉得“年味”不像过去过年时那么浓了。

我所怀念的仍然是儿时过年的情景。

农家过年其实一进腊月就开始准备了。条件好点的家庭都要杀一口猪，除头蹄下水外，还要留一块膘最厚的肉过年用，其余的则全部卖掉以换取钱来置办其他年货。杀猪这天也不亚于过年，妈妈将早在头一天就切好了的一大锅酸菜炖上，再将一大块肉和血肠放进锅里，一股异香顿时弥漫小屋。我们不时地用针去扎煮在锅里的血肠，看看是否煮好。肉和血肠出锅未等上桌，我们便不顾大人的呵斥，抓着肉和血肠就吃，至今那情景想起来仍然口舌生津。饭后，我和哥哥去附近的池塘刨冰，用爬犁把冰运回，先将一筐冰倒进入秋时就已挖好的土坑垫底，然后把用来过年的肉放进坑里，再用冰埋上，上面用水一浇，冰块就结成一个整体，防贼又防狗。

小年这天，天刚放亮，赶集的人们或挑担推车，或赶着马爬犁载着年货涌到大队部门前，平时的一片空场顿时人声鼎沸，叫卖声此起彼伏。大人们忙着买粉条、带鱼、冻秋梨和春联挂件什么的。我们小孩子则游鱼一样穿梭在集市的人流里东瞅瞅西看看，要的就是一份热闹，然后再央求大人买上一两挂小鞭炮、几个二踢脚和钻天猴儿。回家后把鞭炮放在炕席底下，以防返潮。此后每天吃午饭前，都要拆下几个小鞭儿放，年味和硝烟一样越发浓厚。

腊月三十这天早上，天还没亮，我们就起来穿好新衣裳，准备放炮仗接神。据说天上财神有限，谁家先放，谁家就会粮丰人健交好运，所以我们总是抢先接神。随着二踢脚“空!”、“咔!”几响之后，正式过年就开始了。爸爸叫我们把埋在冰里的猪肉刨出来化上，接下来一整天屋里都会弥漫在热气蒸腾中。我们玩冷了，就跑进屋里在火盆上烤烤冻得发红的小手，然后再出去。过年这天，父母是不会责怪我们过于淘气的行为的。

夜幕降临的时候，我们一大帮孩子提着纸灯笼走东家串西家，对比着各家鞭炮的花样。午夜时分，村的四周不时响起鞭炮的劈啪声及钻天猴儿的炸响声。父亲在院中拢上一盆火，烧些纸钱给故去的亲人。我们用唾沫把二踢脚冻立在地上，将挂鞭绑在长木杆上。父亲一声令下，我们立即用烟点燃引捻，顿时火花乱蹿，闪光不断，响声一片。火光中，我们叫着跳着闹着，兴奋到了极点。接下来，我们纷纷涌到长辈家磕头拜年。大人们盘腿坐在炕上接受儿孙们的敬礼，然后从屁股底下摸出一沓崭新的毛票分发给我们压岁，那种兴奋和满足是现在孩子无法体会的。大年初一的早晨，所有的树都会因昨夜的温暖披上美丽的树挂，枝肥干壮如珊瑚一样矗立在碧蓝的晴空下。我们在厚厚的结满薄霜的炮仗纸中寻找尚未燃爆的鞭炮，不一会儿，便又响起零星的脆响。于是，我们又盼望着过下一个年。

胡杨生命的秘密

●鲍海英

胡杨，因为长在荒漠，所以一直以来，它是生命不屈的象征。其实胡杨本来并不是为荒漠而生，更不是为了抵制荒漠而生，而是为爱而生，为水而生。胡杨一生追逐着水的足迹，水走到哪里，沙漠河流流向哪里，它就跟随到哪里，它们如一对形影不离的恋人。但是到后来，总是那些沙漠河流首先变迁、改道，总是那些不稳定的水流先遗弃了胡杨。

在河流消失的地方，绝望的胡杨把自己的根系疯狂地扎向更深的地下，于是就更加牢固地把自己绑缚在大地之上。剩下的日子或生命历程，与其说是一种选择，莫不如说是一种面对和担当。胡杨需要用所有余下的生命独自承受狂沙的肆虐和折磨，需要在干渴中为曾经的滋润慢慢地付出生命的代价。多少个世代之后，当人们在沙漠中看到那些死去的胡杨的残骸或深埋于沙中的枯根，仍然可以断定，在很久以前，在岁月深处，那里曾有河流过，曾有水存在，那里曾有一段缠绵悱恻的往事发生。

胡杨知道水容易流失，所以对水格外珍惜。胡杨在与水相遇的时候，用水把自己的身体和生命充满，像一个恋爱的人让爱把自己充满。在一些最平常的日子里，它们流出了泪水，是因为太多的水分使它们变得脆弱而敏感，很容易被一种情义或机缘所触动，或许，也很容易因为对于前途的担忧或悲观而陷入深深的忧郁。

为了把水留在生命之中，胡杨做过让人类难以置信的努力和改变。且不说叶子的革质化，也不说枝条上遍布绒毛，单说它们奇异的叶片。一想到它们的形态，我的心总会为之一动。如果说奇，当然也有足够的新奇，胡杨幼小时生出的树叶如细细弯弯的柳叶，而长大时又生出了近心形或宽楔形似杨而非杨的宽展叶片，一棵树上竟然出现了不同的叶子，不知情的人，还以为有几种不同的树长到了一起；但我感慨的却不是这些，而是一种生命形态因为另一种生命形态而近于奇迹的修正或调适。那是一种近似于蝴蝶出蜕一样艰难的脱胎换骨，那是在一个独立的生命里分蘖出另一个并不相同的生命。

但最后的结局到底还是要来的，因为没有什么能够抵挡住沙漠那永不停息的攻击，没有什么能够禁得起时光的摧残。水的退隐或消失，是一种无法逆转的命里注定，不同的只是早一些或者迟一些。没有什么力量能够阻挡住横贯时空的流逝。最后，这一段美好和谐的故事终将如人间的任何一个故事一样，变得残缺、破碎和令人叹惋。

这一段生命历程的确令人伤感。水存在于胡杨的生命里，而胡杨却只能够在水的身边生长、甜蜜一定的时日。这是胡杨注定的命运，从这种生物诞生的那天起，它的运程和结局就已经注定。但胡杨，并不感到不公，它们一代代、一茬茬重复着同样的生存过程，重复着同样的生命故事，并没有因为命定的苦难而放弃抗争，而改变不屈不挠的守望。

它们活下来，成为沙漠边缘的奇迹，成为生命和爱的标本。它们死去，成为绿色和水的一支悲壮的挽歌，成为一段令人难以平静的传奇。

怀念书信时代

●王 涛

近日来心中有事，便和远居他乡的朋友在电话中聊了大半天，可仍意犹未尽，不由怀念起那些书信往来的日子。现代科技发达了，人们的生活水平提高了，信息交流的速度也加快了，打电话、发传真、上QQ、发短信等交流方式更为人们所常用。诚然，这些交流方式的速度快、效果好、省时省力之优势是毋庸置疑的，但书信交流也越来越被人们所忽视。其实啊，那些写信的惬意又岂是这些高节奏生活所能感受到的呢？

记得最常写信的日子应算是在异地求学那一阵子吧，当时人在他乡，又是多愁善感的青春时期，对美好生活的憧憬，对现实生活的困惑，对人性的质疑，对生命的思考，对理想的追求，对感情的朦胧与执着，使得年轻的我思想活跃、情感丰富，情绪也总是起伏不定，大有见月伤怀见花落泪之感，那时的思想那时的情感，多么需要倾诉与交流啊！于是，一封封书信便像片片雪花一般往来于我与友人之间。每写一封信，必会把自己的喜怒哀乐倾吐得淋漓尽致，之后，又会把写出来的内容再细细品读，感受着自己的才情以及欣赏着那自以为优美的文句，那种自我陶醉的感觉岂是说说话聊聊天所能享受到的？当我对身边的友情备感迷茫惆怅时，我会对远方的友人写道："不管地球如何运转，我心中始终为你留下一片绿洲……"当我深夜时分陷入思念时，我会写出："我亲爱的朋友啊，在那深邃的漆黑夜空中，你有没有看到一颗闪亮的星星，那是我的眼睛正在看着你呢……"当我深受生活困惑时，我会对朋友说："我已困倦于在这种泥泞中跋涉，我正在研究佛经……"这种深沉的情感，这种真挚的感情，除了文字，还有什么方式能借以表达？这大概也惟有语言文字有此魅力吧！

等待回信的日子也是颇有滋味的。算算回信的时间即将来临，会在一天中多次跑到门房去询问。拿到信后，总会迫不及待地撕开信封，津津有味地读起来，看着字里行间那一次次亲切的问候，那一声声温情的安慰，那一句句鼓励的话语，多么的惬意啊！由于过分依赖书信，有时，还会发生一些令人忍俊不禁的事情。那时我刚到外地读书，人生地不熟，不认得亲戚家的路，于是便写信给家乡的爸爸，请他画一张地图给我，结果爸爸在回信中写道："孩子你说话真可笑，你在异地，我在家乡，你却叫我画那里的地图给你……"最终爸爸还是凭他的记忆画了一张简图给我，但想想我也是真够可笑的，当地哪个书店没有这里的地图啊？

写信还能给我练书法带来动力。那时我的表弟是我经常通信的对象之一，他在另一座城市里，频繁的书信来往除了因为我们兄弟情长，无所不谈之外，还有一个小小的秘密。表弟周围的朋友几乎都知道他有我这样一个表哥，每当我去信之时，他们都知道，因为他们很能认得我的字迹，看着信封，总会夸我的字写得漂亮，表弟因此而备感自豪。这使得我更加带劲，不但信写得勤，而且写得认真，力求把每个字都写得好看。不知不觉中，我对书法越来越感兴趣，字也写得越来越漂亮了，这不是也得益于书信的来往么？

而今，一想起那些写信的日子，真是怅然若失啊！现在，就算我想写信，也不见得有回信，不少友人以电话作为回音了，真是大失我之所望。于是我也越来越懒于动笔啦。不过闲时还总会拿出珍藏着的以前的书信来看，读着年少时的不经世事，似乎又看到了那个天真活泼的小青年，仿佛又回到了那些为赋新词强说愁的时光，不禁哑然失笑，同时也百感交集感慨万分：原来，这些书信还留住了我年轻时的足印，还记载着我成长的轨迹。

那些写信的日子啊，我深深地怀念！

记忆中的小白房

赵丽华

我没有看过克劳德·朗兹曼那部历时11年拍摄的、全长9个半小时的纪实片《浩劫》，但看过李宏宇有关这部电影的文章。他的文章从一首波兰民歌开始："记忆中的小白房，在房中，每夜我唱歌……"唱这首歌的是一个叫西蒙的波兰人，1945年的时候他13岁，给德国党卫军养兔子。西蒙的父亲在西蒙的面前被党卫军枪决，母亲被"毒气卡车"毒死。1945年1月18日，苏联红军到达前两天，党卫军枪决最后一批犹太劳工，西蒙也在其列。但子弹没有击中他的中枢神经，他幸存下来。依然活在人世的他喜欢唱起那首波兰民歌："记忆中的小白房，在房中，每夜我唱歌……"

西蒙回忆纳粹每天烧死200个犹太人的时候，用了安静一词。他说："很安静。没有人叫喊、没声。"这样几个词。同样没声的是特布林卡（在这里被纳粹处决了120万犹太人）的火车司机，他载着一火车一火车的犹太人送去处决，他是明白的，而车上的人对自己的命运却懵懂无知。这位火车司机只有一次次在自己的脖子上比划扼杀的动作，却没有人明白他的意思。

与养兔子的西蒙的工作性质不同，另两位幸存者莫克·扎伊德和伊茨哈克·杜金当初的任务是打开维纳的一个万人坑，挖出9万具尸体并把他们焚毁。他们回忆说："往深处挖的时候，越深尸体越平，最后像个薄片，抓住弄出来的时候就碎了。"而在这里面，扎伊德挖出了自己的母亲、三个姐妹和她们的孩子。

写到这里我不知道自己应该说些什么，一切表述都太轻了，我们只有祈祷和庆幸，以为这样的事情不会再发生了。然而2004年9月1日，俄罗斯北奥塞梯别斯兰的一所学校被恐怖分子占领了。整个世界的眼睛都望着别斯兰，俄罗斯的各大报章都史无前例地沉默，只用大幅大幅的、整版整版的纪实图片登载和报道这个事件。凤凰卫视的记者卢宇光回忆那些跑在两边的枪声中的孩子，其中一个只有两三岁大，他可能会走路不久，还不能跑得很远，他从学校里跑出来，他喊着："叔叔，不要开枪！"就被子弹打中了。

由此我还想到那首流传甚广的、描述纳粹集中营种族灭绝的儿童诗，一个小姑娘对活埋她的刽子手说：

请您把我埋得浅一些
再浅一些
您埋得太深了
明天我妈妈来了
就找不到我了

除了这样的诗，除了西蒙"记忆中的小白房……"的歌声，除了记住这些已经发生的，我们还能做些什么呢？

美丽的感恩灯

●寒　雪

世上有许许多多的灯，在漆黑的夜里，她照亮我们的前程，温暖着我们的心灵。

有一种灯让我始终不能忘怀，那就是正月十五的夜，家乡那处处燃放的萝卜灯。母亲告诉我，她的名字叫感恩灯。

那是用青萝卜和胡萝卜制作的。十五的那天，家乡的每家每户都要精心制作这种灯。清晨一大早，母亲会让我们早早起床，一家人吃罢香甜的汤圆，母亲就开始动手。先用清澈的井水把两种萝卜洗得干干净净，再把青萝卜去皮，切成方或圆形，掏空中心。然后，母亲会仔仔细细、一点一点在她的周围雕刻上不同的花，用柔软的棉花做芯，用豆油当燃料，一盏灯就算做好了。母亲会指导我们做简易的胡萝卜灯，保留她的圆柱状，只要刻上花边就行。我们还会叠一些小纸船，准备让小小的胡萝卜灯顺河远行。

母亲边雕刻着花，边向我们絮叨着。这盏灯要送给你们故去的奶奶，感谢她养育了你们的父亲；这盏灯要送给小河，感谢她浇灌了田野，让我们丰衣足食；这盏灯要送给井神，感谢她用清冽的甜水日日滋润着我们。这盏灯要送给碾、磨等，感谢她们一年的劳碌，忠诚地为我们服务。

给奶奶送灯，哥哥要带我去。他悄悄地告诉我，到墓前只要说“奶奶我给你送灯来了，奶奶就会说，好孩子把灯放在那里吧！”那时候，傻傻的我竟信以为真，乐颠颠地跟在哥哥屁股后面就去了。当我一遍遍重复哥哥教我的话的时候，却听不到有丝毫的回音。哥哥便说，奶奶睡了。于是，我们轻轻地把灯点燃，轻轻地把母亲的感谢转达给她，轻轻地守护在灯的周围。闪烁的灯透着温暖的光，映照着我们的小脸，我只感到离奶奶很近很近，很亲很亲，像在又一次接受奶奶的爱抚。远处，田野上每一座坟墓前，都有一两盏灯像星星一样在闪光，很温馨。每一盏燃放的灯，都代表着一份怀念、一份深爱、一份浓浓的亲情。

到河边送灯，是我和哥哥最欢喜的事。因为离河很近，我们提前在家要把灯点燃。左手捧灯，右手要挡住迎面的风，怀着虔诚而兴奋的心小心翼翼地前行。河边上早已有许多家送的灯，排成了长龙，蔚为壮观。大人们在点评着谁家的灯美，谁家的灯好看等等，孩子们则忙着放自己的纸船灯。我和哥哥迫不及待地放下萝卜灯，跑向河边，把小小的胡萝卜灯点燃，让她乘船远行。

那夜没有风，河水潺潺地流着，小船悠悠地飘着，灯光在船上忽闪忽闪像是在做鬼脸，也像是在和孩子们眨着眼睛。我们随着放飞的船在沙滩上奔跑，既想让她远行，又有些恋恋不舍，直到再也看不到她的影子，然后回到大人们的队伍，欣赏那些形态各异的灯。那青青的萝卜灯，在灯光的映照下像翠玉一样耐看，无论是雕刻的龙还是不同的花都像赋予了她们鲜活的生命在闪光。

走在回家的路上，无论是碾的周围，还是各家各户的门口，处处都燃放着萝卜灯。那晚家乡的夜真美，那一盏盏的萝卜灯，透着喜悦，写着丰收，表达着深深的感恩。

母亲的节俭

●拂　晓

我们一定都看到过这样的报道：北京是严重缺水的城市。但在呼吁节约用水的同时，一些洗车的摊位经常是水龙头不关，任水流成河。

水告急！央视的一则广告是这样的：假如我们3天刷一次牙，假如我们7天洗一次脸，假如我们30天洗一次澡……

我无法想象这一天如果真的到来会是什么样。可是人们啊，只有在品尝到自酿的苦酒之后，才感到切肤之痛，那时会不会晚了呢？

在母亲很小的时候，外祖父举家从山东省梁山县迁到东北的小兴安岭，支援东北开发建设。那时，小兴安岭人口稀少，气候寒冷，空气清新，四季分明，你能领略到各个季节独有的风情与特色。冬天人们要从头到脚裹得严严实实，像个棉花包。然后踩着过膝的白雪，到山上打柴，一趟回来睫毛全变白了，男人的胡须也挂上了霜，像从远方走来的圣诞老人。那漫山遍野的白雪啊，白得耀眼，白得彻底。会让你想起毛泽东“北国风光，千里冰封，万里雪飘”的词句。夏季天气凉爽，小姑娘也只能穿一个星期的花裙子。在那茂密的大森林里还蕴藏着丰富的矿藏，“棒打狍子瓢舀鱼，野鸡飞到饭锅里”真是再生动不过地刻画了当年“北大荒”的情景。母亲说，当时一进山里便很容易看见珍贵的动植物，狍子、黑熊常在眼前晃悠，山蘑菇、木耳和猴腿等野菜应有尽有。野果子熟了，落了，烂了，一茬又一茬。

小时候，我还记得母亲经常用洗过米的水洗菜，然后用洗过米又洗过菜的水洗碗、洗锅，最后把用过3遍的水拌猪食，或倒在菜园子里做肥水，这样这一盆水才完成了它的使命。母亲说，用这水拌的食，猪吃了有营养，浇地土地也肥沃。母亲还经常让我们把洗过脸或洗过衣服的水倒在洗衣盆里，用它洗手、洗脚或洗拖把。我当时并没有对母亲的这种做法有过什么想法，不觉得母亲的唆，但也不觉得她那样做有什么可贵之处。只记得母亲说，水不能浪费。因为母亲就是一个十分节俭的人，尽管当时用水并不需要花钱。

事隔多年，我才意识到母亲这种做法的伟大之处。因为长大了，我才注意观察和审视这位养育了6个女儿的普通的母亲。就像一块极普通的玉石，一直以来并没有人注意到它的质地如何光滑、如何不同，只有跨越时空才发现它是如此美丽，才感觉到它是如此可贵与可爱。

时间和过程是最好的试金石，它能说明一些一时看似说不通、说不明白的道理。我们曾经是不经心、不留意地在做着一些事情，也不知道它是好事，还是坏事，只有经过时间的考验，才知道我们究竟做了什么。就像母亲的做法，她其实在进行着伟大的节水革命。

幸好母亲影响了我，我还会影响我的孩子。

女儿的来信

●晓　川

又收到了女儿的来信。

在这封长长的信中，她反复用了感谢这个字眼：感谢有幸生活在我们这个家庭，感谢曾度过美好童年的大院，感谢父母为她教育的投入，感谢师长对她成长的领引……

20年的为人父母，20年的悉心照料……面对女儿的声声感谢，妻子和我感受到莫大的安慰与满足。

记得女儿尚在幼年时，我们就立下了一个规矩，凡过生日、儿童节或因表现突出予以鼓励而给她买礼物时，从不在商场柜台前随意地任她伸手一把拿去。我们总是先将东西收进包里，或保持原包装带回家后，再亲手交给女儿或让她自己打开，更重要的是提示她不忘道声“谢谢”。每到这个时候，女儿总是欢呼雀跃，甜甜地道声“谢谢爸爸，谢谢妈妈”，粉嘟嘟的小嘴使劲地贴在你面颊上亲。随即搂着礼物乐颠颠地跑出家门，一会儿就传来了她呼朋引伴的欢叫声。

谈及这些家常，不为别的，只是为了说明一个道理：如果我们不懂得在孩子的心中播种爱的种子，我们就没有权力要求他们回报或感谢。相信世上绝大多数的父母都爱自己的孩子，但爱不要仅发于心而止于口，不要忽略当中的细节；当孩子不理解父母时，不要强加给他们理解的义务；当孩子的表现让你不满意时，不要将别人的孩子与之相比而抱怨不休。要随时随地通过我们的每个姿态、眼神，每句言语向孩子传达我们对他们的爱意。

爱，是无可替代的性格训练，是开启心智的不二法门，没有爱就没有教育。

如今，女儿来也匆匆，去也匆匆，仿佛是一只忙碌的小鸟，尽管有时为了与她通上电话而心甘情愿地等到深夜，也时常给她发 E-mail、短信，但是，我们更偏爱用笔写信这种传统的方式与她沟通。因而，我们常常以期待的心情，从来信中看到她的进步，看到了她靠打拼取得的成绩，看到了她情感世界的波澜，看到了她成长的烦恼，看到了她对生活的规划与追求……总之，她一步步走向成熟。

为此，我们常常不由自主地沉浸在一种对生命的体验之中。这种难以形容的命运之感，正如学者周国平在《一个父亲的札记》中所表述的"在茫茫宇宙间，如何会有我，如何会有你，你如何是我女儿，我的全部岁月隐在暗处，屏息凝望你和我的相遇……"

相遇是缘，相爱是福。为了这份缘，为了这份福，我们又怎能不彼此心怀感谢呢。

走在丽江的日子

●张　颖

黄昏的古城，走在闪烁着橘红色夕阳的青石板上，依然有着特别的清凉感觉，像是丽江城中匀速流淌的清泉水，怎么着都让人难舍那份眷恋。

我以为，丽江最美时分是于清晨、黄昏，或深夜，一个人款款地走在染满色彩的青石板上。那色彩因青石板而生动，青石板又因色彩具有了诗性。

若问那是怎样的“色彩”？我要说，只是一种只可意会而不可言传的感觉。走在诗化了的青石板上，就像进入了“人物两忘”的意境中，潜入了人与自然和谐相处的静谧里。于是，我眷恋着那里的每一个时辰，眷恋着每一个时辰里青石板留给我的感觉。

从清晨到日暮，再从日暮挪移至子夜，尔后再到清晨，除了感觉，我几乎一无所有了。夜里花上几个小时，数着整条街上被红灯笼或者霓虹灯涂上颜色的青石板，感觉着像淑女般恬静的古城小路，便轻而易举地收获了前所未有的宁静。

这是惟一的一次，在陶醉时没有想起你。我不知道那个美妙的时刻为什么出现了记忆或情感上的短暂空白。可是，我又不得不说，那种空白的感觉真好，很有意思，像是漫步于白云的夹层里，又像是倚在青山的腰间，仰头看的是天，低头看，依然是。

当大脑不必用来思考的时候，理性就被感性覆盖了吧？曾经在你的宽容里放纵，在亲情的呵护下渲染个性，然而，我从未在自己的世界中，客观的体会自己，如这般真实，存在于空白里，却充满着生的意义。

即使忘记了你，我也不打算求得你的谅解了。因为，我已经不认为数着写满历史的青石板只是一种游戏，我可以不知道这里有多少故事，也可以放弃对美丽的所有好奇。你说过“人将在获得中营养自己，在不断地获得中提升灵魂。”这就说明，真有这么一种地方，可以让人拥有不同寻常的获得。

这里的人，看中的也是灵魂的结合。

“如果在现实中不能得到幸福，纳西人会毫不犹豫地走向他们灵魂的桃花源——玉龙雪山，以殉情的方式完成理想的升华。”站在四方街的青石板上，遥望被纳西人称为灵魂的桃花源，理解了我来丽江之前你的眼神：充满期待，希望我满载而归，希望我会遥望爱情。

我拥有了，在丽江的青石板上。

于是，在少有人的清晨，在暮色里，在深夜中，我都会踏着或冷调、或暖调、或混合色调的青石板，来延续我的空白，网罗我的获得。只因找着了能够纯净心灵的落脚点，就怜惜了一块块本没有特别意义的组合。于是，在时间的客观交替里，我轻松地收获着欣慰。

太阳的气味

●王利盛

在我童年的时候，洗衣机刚刚开始走进平常人家，烘干机更是没听说过。那时，洗好的衣物都是拿到户外在太阳下晒干。可是不管是什么料子的衣服，或床单，或被罩，在太阳下晒干后，都有一样的香味。我问妈妈那是什么气味，妈妈说："那是太阳的气味"。

那时候，每到星期天，家家的首要任务都是洗衣服。八九点钟，小件一般就挂在从窗口伸出的晾衣架上，大件如床单、被罩，则要挂在晒衣绳上。晒衣绳一头系在一楼窗户的栅栏上，另一头系在宿舍楼前的大树上。久雨初晴时，晒衣景象颇为壮观，远看宿舍楼，五颜六色的衣服在窗口飘扬；十几条晒衣绳上挂着各式各样的床单、被罩，多为浅色，白花花一片。

每到收衣服时，我都特别积极地给妈妈当帮手，因为我很喜欢闻太阳的气味。收回的衣物都堆在大床上，像一座小山，这时屋里充满那特有的香味，我就会在房里静静地坐一两分钟，享受太阳的恩赐。如果这天我们还洗了床单被罩，那就更美了，因为床单被罩不但有太阳的气味，还有一种特别的触感，这天晚上的觉儿一定格外香！

到美国后，用洗衣机洗衣被，用烘干机烘干，烘干后的衣被也有香味，但我总觉得那是洗衣粉的余香。从当学生，到有了工作，从单身住学生宿舍，到成家买房，一直都没机会再享受太阳的气味。做学生时，完全没条件；成家后，有了自己的房子，有了在户外晒衣的基本条件，可所住小区条例规定，不得在户外拉绳晒衣。

几年前，我们搬到西南，所住小区依然有条例规定，不得在户外拉绳晒衣。不过，这儿的房子栋栋后院都有七八尺高的栅栏做围墙，再加上每年300天以上的晴天，我们终于又开始在户外晒衣服。久违的太阳气味又来到我家。

今年的夏天来得早，第一批在后院晒的衣服干了，看着妻与孩子们抱着衣服往屋里走，我说了声："你们闻闻衣服。"孩子们把鼻子埋进衣中，异口同声地说："真香!"小的接着问："妈妈，这是什么气味?"妻答曰："那是太阳的气味。"

在温馨的阳光中，我笑了。

同学少年

● 何立伟

我念的大学是湖南师范学院，今叫湖南师范大学，正在五岳之一南岳七十二峰之最末一峰岳麓山下，云生雾起处，亦正藏匿了湖湘历史文化上诸多人事物事，且山下又有宋代四大书院之一的岳麓书院，门庭的楹联是八个大字：唯楚有材，于斯为盛。气势上比岳麓山上云麓峰有更高的海拔。想当年湖湘子弟读书人，有怎样的胆魄同自豪，今人也不可越过。山上任何一处放眼出去，便是湘江河由南往北长流不息，所谓“西南云气来衡岳，日夜江声下洞庭”。青春年华俨如一枝花，日日开在这样的江山胜景同厚重文化氛围里，于长长一生不无教益。人同自然人文的环境便是如此之呼应，相看两不厌，你入到它骨头，它入到你心里。

我同窗里有二位好友，一叫湘生，一叫顺久，我感念的是大学生活里他们对我的影响要胜于师长。师长影响是知识跟怀抱，同窗影响是人性同人生。

湘生是好读书又情感丰富之人，且爱诗爱到骨子里，也长日偷偷地写，但只是当做练手，从那时到以后，并不投搞发表，这是奇怪的事，好比一个人爱一个女子爱到要发疯，却从不跟她说我爱你。但湘生对诗歌的热爱迅速传染了我，使我于懵里懵懂间一下子有了人生的一个方向。我于是见贤思齐，也拿过小本子来偷偷涂鸦。我后来走上职业文字客的人生路，现在想起来应是偷看湘生的诗歌开始的。同窗好友的一种私心爱好传染给另一个人，并不惊天动地，但一个树蔸却改变了一块石头从人生山上滚落时的运动方向。我或许有诸种人生的可能，然这一瞬决定了诸种可能中的一种，我也就顺着它往前走了，一直走到如今也不悔。

湘生读书甚多，而我那时还是贪玩不用功的人，我听他讲这讲那皆是我不知，引得我就去寻这寻那寻些书来看，不觉得这又是一种深深的影响，像蔡琴唱的歌："而你却不露痕迹"。

学校后头山坡上，是国民党七十三军抗日将士公墓，荒草萋萋，阴风瑟瑟，少有人迹，我却同了湘生常坐在绿苔茸茸的石级上聊天到夜深。山高月小，水落石出，这人生风景只青春年少时有，今后则不会再有。

顺久是另一类型的好友，世面见得多，阅人阅世广，看人看事常看到骨子里。然他世故却不圆滑，有辩才却口不损德，他倒是像司马太公《滑稽列传》中的人物，生趣盎然，谈笑风生，又大方慷慨，有极强烈亲和力跟接人待物能力。这样的人物你跟他日日相处，开心之外必要受到潜移默化的人格影响，我如今爱同朋友笑闹相处，料必亦有他的人性影子。这些影响皆大于书本的影响，也大于学校师长的影响。年轻时节交了什么样的朋友，你有可能从此就成了什么样的人格，有了什么样的人性色彩。

想那时节黄昏后我同湘生顺久又常到湘江河堤上散步，风吹来头发飞扬衣襟摆动，灯火又在对岸长沙城里睁开了亮眼。秋冬间河水退了露出黄白的沙滩，我们便从堤上下去，在沙滩上赛跑，或者摔跤，笑声叫声盖过河上波浪声同轮船汽笛声，几多快活。这快活也只年轻时节有，今后必不会再有。想一想那快活几多透明，几多水晶，青春的友谊是没有渣滓的。

大学毕业后湘生留校教书，后读研，后做了学校负责人，再后又做了教育厅负责人。他还爱诗写诗么？我遇到他，胖了，但依稀也有青春时的内向同诗人气质，面善的人终归还是面善。顺久先到电台工作，后去了深圳，如今退休了，在深圳的关外盖了别墅，据说每日里在家做木匠，把别墅弄得日日新，月月新。他是谢绝了年轻时节他最喜欢的人世往来把酒啸聚么？

我呢，不必说了，我只觉得麓山依然在，湘水依然流，我的母校每年进进出出的皆是新人。

但新人也会老去，老到同我一样，每年再看青山碧水，看世界总有新人。

我的事业情怀

●邹雪芹

20年前，我有幸进入商检的队伍，成为一名龙口进出口商品检验机构的工作人员。

当时，面对人们羡慕的目光，我感到非常骄傲和自豪。但是，高兴之余，更多的是在思考，今后究竟该怎样做，以怎样的方式来更好地回报头顶上闪烁的国徽，回报光荣的商检事业？

记得当时，我们的办公条件非常简陋，是借用外贸局的三间半屋，其中一间作宿舍，两间作为我们十个人挤在一起的办公室，另外的半间是处长的办公室。办公设施除了桌椅之外，什么也没有，虽然环境和条件较差，但大家毫不在意，人人有一种为事业团结、拼搏、进取的精神；有一种不畏困难、艰苦创业、踏实工作、甘于奉献的追求，我也被这种浓浓的工作热情和氛围所熏陶和感染，非常快乐地忙碌着自己的工作。

由于处里的人员少，我分管肉食品、蔬菜、理化分析、微生物和部分农副产品检验等多个岗位的工作。上世纪80年代后期，龙口辖区饲料、玉米、原盐的出口量非常大，年均都在几十万吨以上，每船少则几千吨，多则两三万吨。检验规程中规定每500吨为一个检验批，所以两万吨的出口量要检验20多个样品，再加上货物存放地点比较分散，有时要跨越两三个县市十几个货场，光扦样就需要四处奔波两三天的时间，再加上实验室的设备单一、陈旧，仅做一个饲料脂肪项目的检测就需要9个小时。为了完成检验任务，只有白天晚上地连续作战，经常是这批货物还没有完成，下几批货物又申报了，每天像机器人似的连轴转，尤其是扦样的过程更是艰辛：冬天冒着凛冽的寒风，有时还飘落着雪花，冻得浑身发抖；夏天顶着炎热的烈日，晒得大汗淋漓。自己作为一名女性，从未有半点示弱，为了保证抽样有代表性，整天爬货垛、钻货仓，一丝不苟，认真负责，较好地完成每一项检验任务。大蒜曾是上世纪90年代龙口大宗出口商品之一，年出口量达十几万吨。当时分散的加工厂和仓储条件给我们验货带来极大的不便，经常是在炎热的夏天，自己骑着自行车奔波在各加工点之间，一个网点又一个网点、一箱又一箱地检验，每批要验几百箱，一天下来，腰酸腿疼。但从不叫苦叫累，更未向企业提出任何过分的要求，总认为这是在履行自己的职责而没有半点抱怨。

春去秋来，酷暑严冬，20年一晃而过。虽然困难和艰辛无时不有，挑战和压力无处不在，但是，我始终能够牢记商检事业的宗旨，认真履行自己的工作职责，严格把关，热情服务，寒暑无阻，风雨兼程，不惧艰辛，任劳任怨，把青春和人生献给了我热爱的工作，献给了平凡而伟大的商检事业……

回首往事，感慨万千；展望未来，激情满怀。而今，我已年过半百，步入知天命之年，虽然不再年轻，不再有充沛的精力和健壮的体魄，不再有过目不忘的记忆力和敏锐的思维，但我有对工作充满热情的韧劲，有对事业、对人生充满激情的责任感，有一种年轻人的心态，有一种不甘落后、永不服老的精神，照样能够在自己热爱的岗位上再创佳绩。2006年新年伊始，作为一名老检验检疫人员，更感肩负的责任与压力之大，处在当今知识爆炸、科技更新的年代，各种各样的新知识、新技术、新业务接踵而来，仅凭自己过去的知识、经验和老本根本无法满足工作的需求，惟有活到老、学到老，靠不断更新的知识和才能来装备自己，靠不断提升的素质和实力来展示自己，才能在各种各样的竞争中立于不败之地。工作中要继续发扬艰苦奋斗、爱岗敬业、吃苦在前、享受在后、不为名利、甘于奉献的“老黄牛”、“老商检”精神，从自身做起，从点滴的小事做起，用自己的一言一行、一举一动来影响带动年轻的一代，同时，更要虚心地向年轻人学习，学习他们朝气蓬勃、积极向上的工作热情和心态，学习他们勤奋学习、勇于探索的精神，用更高的标准促进和鞭策自己不断学习，勤奋求索，更好地发挥自己的作用，用勤劳和真诚、用智慧和汗水书写检验检疫事业新年度崭新的篇章！

因为我时刻牢记着，我是一名共产党员，我是一名“老商检”！

我曾是一名特种兵

● 柴国贤

又是一年“八一”的到来，让人不禁心潮澎湃；在军营这座钢铁长城里，有过我这块“砖”难忘的情怀。我常常从梦中走来，营房、白杨、钢枪、子弹带；嘹亮的军歌，注定了我与军队难以割舍的爱。

“八一”将至，各卫视军旅题材的影视剧正在热播，每晚，妻儿都准时围坐在电视机旁，特别投入地看电视剧《我是特种兵》，偶尔瞥过电视屏幕，那来回晃动的橄榄绿的身影，仿佛又将我带回到刀光剑影的部队时光……那时候，我和他们一样，也身着迷彩，脸涂油彩，在深山丛林、在荒山野岭不停地训练，不停地战斗……

1993年，我和所有这个年纪的热血男儿一样，怀揣军营之梦，告别父老乡亲，和百余名“战友”一道踏上了东去的列车，不去体会泪眼婆娑的父母心情，只是好奇地渴望着即将迎来的激情岁月。在那个热情似火的季月，军营张开宽阔的胸怀接纳了我。

踏入军营，一尘不染的营地，叠得砖块一样的被褥，走路像枪杆一样笔直、脚步嘎嘎作响、步履整齐的老兵都让我们感到既新鲜，又紧张。然而，新鲜感很快就被单调、枯燥的训练所替代，有些人开始想家，在被士官训过之后，有些人回营房后偷偷地掉眼泪。不过，好钢是磨出来的，出身西北农村的我，身上还是自觉地携带了父辈们坚韧不屈、百折不挠、质朴踏实的禀赋，不仅很快适应了军营生活，很快在新兵中间崭露头角。经过两年多的各种炼狱般的训练生活后，我完成了从一名普通老百姓到革命战士的转变，成为一名真正的特种战士，我的军营生涯也书写了更激情的一页。

那是一段无比艰苦、无比惊险却令人无比怀念的岁月。真正的特种兵岁月并不都是影视剧里描写那般的浪漫、激情，特种兵意味着超乎极限地训练、超乎极限地执行任务，隐姓埋名为国捐躯永不求回报。在北方骄阳似火的三伏天静立两小时丝毫不能摇动，之后即使头晕目眩嗓子冒烟，也不能立马卧床而歇，还要继续或跑步或攀岩进行各类训练。在南方潮湿闷热的雨林脚避毒蛇刀砍乱枝穿梭追捕，在呵气成霜的寒冬淌过齐腰的河水冰碴还要立马止住冷颤屏气凝神搜索目标。至于背着几十公斤的行囊徒步跑几十公里，或者从天而降，那些在影视剧镜头里让大家唏嘘不止的不过是每天的常规训练和雕虫小技。那样体能超乎极限，肉体近乎麻木、精神近乎崩溃的日子里，唯有信念是支撑我们不断超越的强大动力。

因为深知肩负的是战斗中最后一道杀手锏、危难时刻力挽狂澜的神圣使命，每个特种兵都会忘记自身的存在和妻儿的无奈，背负祖国和人民的重托紧张战斗。丈夫此刻在何方执行任务，妻子不知；儿子此刻在哪里战斗，父母不知。古人杜甫有诗云：嫁女与征夫，不如弃路旁。结发为君妻，席不暖君床。古人感慨的是从军者和家属的辛酸，而我们吟诵的却是“醉卧沙场君莫笑，古来征战几人回”的豪迈与悲壮。如果忘却国家身后事，军人和家属是辛苦的。然而，神圣的职责和强大的信念，让每个军人首选国家利益，即使因此辜负很多亲情，在负憾终身中依然为国家战斗不息，将侠骨柔情、剑胆琴心赋予了所戍守的国家、所保卫的人民，军人们的坚硬也闪现出了大爱无边的光芒。

我特别感激上苍给予了我这样一段别样精彩的人生。正如不是每个花苞都会特别艳丽地绽放，不是每只鸟儿都能像雄鹰那样搏击长空，不是每个人的经历都会有不同寻常的轨迹。而特种兵让我的人生曾经像雄鹰翱翔那样壮美过，在部队的大熔炉里，我快速地成长，成熟，从一个懵懂的乡下少年成长为共和国的坚强卫士，为此，组织给予我很高荣誉，荣立二等功 1 次、三等功 5 次。

军营的时光是艰苦的，特种兵的岁月是惊险的，但弹指一挥间都已成我的过去时。闯过惊涛巨浪，我不再紧张；走过崎岖坎坷，我不再彷徨。牢记承诺，坚守军人本色，是我由衷的期望。如今，光辉的戎马生涯已离我远去，告别军营也已几个年头，生活在青藏高原的中心城市，我依然执行着守护国家经济安全的神圣职责，虽然不再冲锋陷阵在战斗一线，但卫护国家经济安全，保护国家利益的职责永远不变。把关、服务、保国、安民——从踏入军营的第一步开始，就已决定了我今生无悔的誓言。只是在每个“八一”，我都无一例外的会想起那些光辉的战斗岁月……

相见不如怀念

●敬 民

曾经有很长一段时间，我非常怀念母校门口的胡辣汤。许是常年在外的缘故吧，这种怀念竟越来越浓烈，以至于在上次回家的时候，从火车站出来，就迫不及待地打了一辆出租车，向母校门口疾驰而去。

胡辣汤是我们那里的小吃。记得上学的时候，我们经常在校门口喝这种东西。这种汤实际上是海带、花生、豆腐丝、淀粉、面筋、辣椒面、黑胡椒面等的混合物，口味重的人还可以再在汤里加点醋和辣椒油。每天早上，就着两个烧饼喝上一碗胡辣汤，就会出一身的轻汗，让人感到格外惬意。

这种半汤半菜的东西，之所以在我们那里长盛不衰，原因主要有两个，一是贴近当地人的口味，二是贴近当地人的钱包。其中最重要的，应该还是第二个原因吧。我上大学的时候，这种汤才卖两毛钱一碗。每天早上六点多钟，就有小贩儿在校门口准时支起一口大铁锅，里面热气腾腾地翻滚着很像蛋花的面筋，看上去着实诱人。这种汤就着吊炉烧饼或者鸡蛋灌饼来吃，别有一番滋味，所以这里的食客，除了我们这些穷学生之外，偶尔也会有在附近上班的年轻人加入其中。虽然简简单单，但是大家却都吃得畅快淋漓，兴致盎然。尤其是在冬日的早上，本来冻得手脚冰凉，美美地喝上一碗胡辣汤，就会感到浑身都充满了热乎气儿，很是舒服。

大学四年，我们都和胡辣汤结下了不解之缘。每当早上起晚了，我都会和同宿舍的同学飞奔到校门口，每人要上一碗胡辣汤，外加两个烧饼，风卷残云之后，再迅疾窜回教室上课。常常是我们刚在座位上坐好，老师就迈步走上了讲台。

大学毕业之后，我来到了千里之外的北京。说实话，北京的早点丰富多了，包子、油条、豆汁、馄饨、炒肝等等，可时间久了，我却怀念起故乡的胡辣汤来。那种酸酸辣辣的口味儿，整个北京城遍寻不着。

车很快就到了母校门口。二十年了，母校早已物是人非，甚至连大门都已经换了。校门口的小摊早已不见，取而代之的是两边林立的饭店饭庄。我在校门口的一家饭店里坐了下来，按例点了一碗胡辣汤，两个吊炉烧饼。

胡辣汤很快就端上来了，看起来依然是 20 年前的颜色，闻起来也还是那股酸酸辣辣的味道。但是，当我将这汤喝到嘴里的时候，却感觉并非如想象中那样好喝，甚至还有些难以下咽。这就是我曾经喝了四年的胡辣汤吗？这就是让我一直怀念的胡辣汤吗？

答案当然是肯定的。我终于意识到，变了口味的不是胡辣汤，而是今天的我。回忆美化了平凡，思乡美化了回忆。和胡辣汤分别久了，也就披上了怀念的外衣。

相见不如怀念，信哉斯言。

向左转　向右转

●李干荣

离开军营多年，时间把原本深刻记忆的东西变成淡淡的回味。但是，每到“八一”，或是听到嘹亮的军歌，或是看到关于军人的影视作品，一种军人的意识就不自觉地从内心升起，似乎回到了军营，心中感受光荣。20多年前的新兵生活仿佛就在昨天……

1982年10月，当我们一帮穿着宽大黄军装不戴领章帽徽的新兵在安徽巢湖一下火车，就被带队干部叫到蒙着军用帆布的大卡车上。风雨中，一路摇晃，一路颠簸，来到当时的巢湖县（现巢湖市）青山镇一个工程兵部队的营房。

到军营，第一件事是叠被子。班长让我们10个新兵靠墙一字排开，然后在铺好了稻草的地上叠被子。我们的新兵生活在叠被子中拉开了序幕。

原以为当兵不是练习武功，就是操枪弄炮，将来到战场去一显身手。谁知这新兵生活的第一关却是要叠被子。班长告诉我们，被子要叠得方方正正，厚薄均匀，一点皱纹也不能有，而且速度要快，连队每天都要进行内务检查和评比，谁的被子叠不好影响了班里的荣誉，他就找谁算账。

在他的监督和指导下，我们把被子反复地折叠，直到全班人在1分钟内能把被子叠得一样高、一样平、分不清彼此，他才放权让我们自行练习。

如果说叠被子培养的是军人的耐心，训队列则是军人练作风、出精神的重要途径。然而，开始时，我们对当兵训队列练走路很是想不通，觉得这路我们已经走了十几年，到部队训练走路纯属多余。当真的要按照队列动作要领做到准确无误，特别是全班动作整齐划一还真的不容易。不是有人走错，就是有人动作不规范。特别是班上有一个名叫军的战友，在进行齐步走训练时，他老爱犯同手同脚的毛病，班长为他开了好长时间的小灶才调整过来。

一天队列训练下来，全身酸痛，到了晚上一上床就进入梦乡，但还要时刻提防晚上搞紧急集合，就是在睡梦中我们也要保持高度的警惕。

训队列让我难以忘怀的，是班长体罚性地让我们连续“向左转”、“向右转”。

第一次领教连续“向左转”、“向右转”是在一次全连会操之后。本来我们班的队列动作在连里是最好的，会操前班长动员说：“这次我们一定要拿第一，大家谁也不能出错。”没想到在会操过程中，也许是紧张的原因吧，那个名叫军的战友“同脚同手”的毛病又犯了，我们班不仅没有拿到第一，还引来全连战友的哄笑。

班长是一个非常严厉的山东老兵，会操后，他把我们留下来，黑着脸说：“平时响当当，关键顶不上。丢脸！现在听我口令，向左转、向右转。”他下的口令根本不让我们有反应时间。

训练场如同战场，口令就是命令，谁也不违抗。在他严厉的命令下，我们做着向左转向右转的重复动作，开始有不少人做错，班长见状，更加严厉地喝道：“今天直到你们不出错为止！”也许是经过一段时间的训练我们适应了，也许是我们强烈的自尊心和好胜心在班长的命令中得到急剧的升华。很快，全班10个新兵一个动作也不错，任凭班长如何快速地让我们向左转或是向右转，我们都能准确无误地完成动作。之后的日子，每次连队会操，我们班都是第一，并作为标准队列示范班在全团进行了表演，受到团首长的表扬。

军人的服从意识和命令意识也不停地在向左转和向右转中树立起来，让我受益匪浅。尽管离开部队多年，常有一些初次见面的朋友对我说，你是军人出身吧。每当此时，我都感到光荣和自豪。向左转向右转，训练的不仅仅是军人的队列动作，锤炼的是精神，培养的是气质。

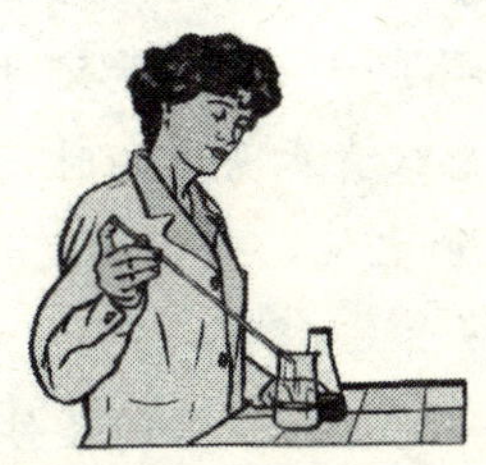

孝敬父母是福气

●包东方

儿女是父母生命的延续，是父母血脉的传承，而当我们感叹青春易逝的时候，才意识到父母真的老了。正所谓“人生天地之间，若白驹之过隙，忽然而已。”我不禁为之感慨万千。

岁月的风霜，吹白了父母的头发，吹皱了父母的脸颊，也使他们的行动从敏捷而蹒跚了……儿女是父母生命的延续，是父母血脉的传承，而当我们感叹青春易逝的时候，才意识到父母真的老了。正所谓“人生天地之间，若白驹之过隙，忽然而已。”我不禁为之感慨万千。

回想我的童年，在当时那么艰苦的条件下，父母亲总是将最好、最宝贵的东西留给我，他们就像燃烧自己的蜡烛，照亮了我稚嫩的心田。说来惭愧，在我结婚后曾经只顾自己的小家，却忽视了父母的精神和心理上的感受，偶尔回家，也是来去匆匆，只是在遇到挫折时，才会想起他们，才会回到父母身边“疗伤”……

曾经读过一篇写在老人疗养院墙上的文章，是一位老人写给儿子的，文章回忆儿子小时候老人是如何不厌其烦地教他学走路、学儿歌，多次回答儿子是从哪里来的问题等，但现在老人希望孩子当他想不起来，接不上话时，请给他一点时间；在他常忘了扣扣子、系鞋带，吃饭时弄脏衣服，梳头手不停地抖时，不要催促他，要对他多一点耐心和温柔，有空陪着他闲话家常；在他走不动时，紧紧地握着他的手，陪着他，慢慢地，就像当年老人带着儿子一样一步一步地走。

读罢文章，已是无语泪千行。我情不自禁地想起了自己的妈妈，她得癌症化疗后来深圳疗养，尽管身体不好，但总是抽空帮我做些力所能及的事情。一次，她把刚从炉子上端下的高压锅放到玻璃桌上，桌子被烫裂了，她很内疚，想用胶水去补好，我赶紧说“早就想换一张小一点的了，这下正好。”第二天我就重新买了一张，免得妈妈难过。还有一次她熨衣服时，不小心把水弄到了接线板里，造成短路使家里断电了。那天我因加班回家很晚，妈妈像个犯了错误的孩子似的摸着黑等我回来，回家后看到黑暗中妈妈无助的样子，我不禁潸然而下。从此，家里有了备用的蜡烛，而且我会经常打电话回家了解妈妈的情况……

虽说妈妈在我家帮不了太多的忙，但回家时总有一盏灯为我亮着，总有一张期盼的脸在阳台上张望，觉得特温暖。孝敬之心是随着年龄的增长和阅历的丰富而得以强化的。现在的我，懂得了如何去爱妈妈了：陪她散步时，我总要拉着她的手；早上我会给她做好早餐才去上班；晚上我会推掉一切应酬回家陪伴她。自从我长大成人后，还从来没那么长时间地陪过妈妈，能把妈妈从死亡线上拉回来，又能看到她老人家健康地生活着，我心里的甜蜜和幸福真是难以言表。

在父母眼里，我仿佛是永远“长不大”的小孩子，永远是生活在父爱母爱的襁褓里的“小孩子”。而这种亲情是至高无尚的，它是我精神上的支撑。记得那几年父母在我家长住，每天傍晚，他们都会到我班车停靠的地方等我，雨天送我一把伞，夏天给我一只雪糕，冬天为我披一件风衣，然后陪我回家。车里的同事都很羡慕我，笑着说：“你又回到了幼儿园时代了。”是啊，父母是我们头顶上那一片永远的天，尤其是女人，有父母在，再大的困难也有他们帮助抵挡，再大的委屈也有倾诉的对象。高兴时，父母会分享你的快乐，郁闷时父母会分担你的惆怅，遭遇挫折时，则是你最可依靠的力量。其实父母于我之所以重要，并不是他们说了什么，做了什么，我所要的，只是他们的存在，他们的健康。

感谢父母给了我生命，让我在世间经历了这多姿多彩的生活，体验了人世间的喜怒哀乐。我最大的快乐和幸福，就是报答父母的养育之恩。

笑对人生

●洪　鸿

许多时候，生活的各种诱惑就像沙漠中的海市蜃楼，飘浮不定，却又伸手可及，而当你终于忍不住伸手去触摸它时，它却如流星般转瞬而逝了。生命中的一切就如人的情感一般，当你陷进一段感情的时候，你总是无法让自己比平时更加理智些，总是让头脑变得发热，连自己也分不清到底是在做些什么，甚至你不明白自己身在何处，也不知道自己究竟是谁，只是觉得自己所做的一切，只不过是为了让心里的那个人更加快乐而已。

当感情上受到伤害时，最痛苦的也是自己，总是觉得在受伤的那一瞬间，世上所有的痛苦都积压在了自己身上，于是痛过、怨过、哭过，而当一切终于走远时，你才会恍然醒悟，原来受伤的不只是你一个，就像世上所有的力都是相互的一样，在你觉得受伤的时候，也许对方心里承受的却是另外一种伤痛而已。

每个人在感情上都会有属于自己的一段回忆，或许是甜蜜的，或许是悲伤的，但是不管滋味如何，它会永远是你心里不能承受之重负。就像朋友说过的，不管在生活中还是在网络上，每个人都有属于他的故事，生命中有这种故事并不可怕，哪怕这段故事是以悲剧结尾的，可怕的是你从没有过这样的经历，没有情感的人生如何算是完美的一生呢？

爱过、恨过，却也想过、忆过，不管这份情感对你意味着什么，至少你曾拥有过，这就是人生之幸事了。只有经历过伤痛的人才能学会珍视生命中的一切，只有为爱痛过的心，才会明白情缘得来如何不易。

学会珍惜并不难，只是要一生一世的去珍惜生命中的快乐与幸福才是最难的。世上的东西，有些失去之后就难以得到，感情如此，缘分如此，机会如此，要不然还有什么值得我们去珍惜呢?

受到伤害时学会含泪对自己说：这不算什么，别急着对自己说别无选择，世界上并非只有对与错，许多事情的答案也不会只有一个，所以我们永远有路可走；当幸福围绕着你时，要明白快乐不是永恒，得到不一定不失去，失去不一定不再有，当你找得到理由伤心的时候，你也一定能够找到快乐，不知道世上什么东西可以永恒，但至少让你的心永远保持快乐。世上没有不弯的路，人间没有不谢的花。苦难宛如天边的雨，说来就来了，你无法逃避，无法退却；苦难又似巍峨的山，赶也赶不跑，你只有跨越，只有征服。

也许，所有的艰难险阻都是通向人生驿站的铺路石，逆境之于人生，实在是一笔丰厚迷人的财富。

失意的时候，总是忍不住说日子难过。但再苦再难也得过。人生如爬山，逆境就是通向山巅的崎岖小路。不曾有逆境，你就永远只能在山脚下徘徊，永远无法领略虎啸生风、群峰叠翠的无限风光。

生命，总是在挫折和磨难中茁壮。

思想，总是在徘徊和失意中成熟。

意志，总是在残酷和无情中坚强。

走近大海时，才能发现它心胸的宽广，站在海边，让带着咸味的海风徐徐吹动你的思绪，看着远方点点帆影，你会发现所有的痛苦与烦恼在海的面前，在山的脚下，原来是那么渺小，那么的不起眼。

四季轮回中，既然有春天的葱茏，也就有秋天的落叶；既然有夏天的热烈，也就有冬天的风雪。我们没有理由拒绝生命中的痛苦和烦恼，就像你永远不能拒绝快乐与幸福一样，当痛苦与烦恼同时到达时，让我们把痛苦与烦恼统统抛进大海，让灵魂在逆境中涅，让前面的路天宽地阔，让我们永远笑对人生。

重返珞珈

●孙霞云

上班的路上，边开车边听北京电台的“音乐旅行”节目。此刻，节目中播放的樱花乐曲将我的思绪带回到我的母校——武汉大学，让我不禁想起了在珞珈求学时的一些经历。

2001年春，正值樱花盛开时节。武汉大学校园内，大道两旁燃烧着粉红烟云的樱花树，引来人流如织。每到樱花盛开，武大都会安排学生配合管理员在宿舍楼门口值班。对我来说，这是个不错的差事，看一本闲书，听几首好歌，顺便阻挡闲杂人员进入楼舍，一天就这样晃晃悠悠地过去了。

“同学，能让我们进去看看吗?”耳边传来一声温软的问询。

我抬起头，看到一家三口：父母30多岁，儿子四五岁，夫妻二人的目光满是征询和期待。

是前来观赏樱花的游人，顺便想参观我们的宿舍？在武大，樱园以浪漫传奇著称——碧绿的檐角展翅欲飞，楼舍随着山形一层一层排列，山坡下的樱花树更是被校园歌手反复传唱。

看出我的疑惑，妻子赶紧开口了：“我们10多年前也住在这里，毕业这么多年了，一直想回来看看，现在，终于带着孩子来了。”

闻听此言，我竟有片刻的恍惚。在变即是生、动即是美的宇宙里，少年壮志、青春狂傲的大学时光，犹如雨后天际稍瞬即逝的彩虹，秋夜匆匆划过银河的流星，留给人的总是追忆和神往。每个在樱园顶早读的清晨，每个在老斋舍下留连的黄昏，如何能使人忘怀。难怪校园诗人低声吟问：“这一别将是三年还是五载，明年花开你还来不来?”

时易人迁，人迁时易。就在这年7月，我也迈出大学校园，走向一个毕业生的未知。一如那对回校寻梦的夫妻，对母校，我总有某种深切的固念。和所有的固念一样，那又是一份难于表达的情感。

记得教五楼前的那片草地，最后一个午夜它曾包容下毕业前的离愁别绪；记得无数个午后坐在教四的窗边，阳光洒满课桌和脸庞；记得周末舞厅里让人热汗挥洒的DISCO，那再也不曾有过的尽情释放；记得梅园操场的露天电影，樱花树下嘹亮的歌声牵动了无数女生的心；记得冬夜走过教二前，漆黑处腊梅暗香浮动；记得三月天坐在高高的樱园顶，飞雪样的樱花轻盈地飘落肩头……

庆幸有一个重返的小时刻——今年春节后返京途经武汉。步入校园时，突然体验到一份“回家”的欣悦。早春时节，珞珈山坡下的桃花静静绽放，无名湖里那群争食的鱼游来游去。寒假的校园异样宁静，我被带着几分落寞感的快乐攫住，体验着有所归属、有“家”可归的幸运。

曾经，多少个夏日的傍晚我在操场边的台阶上坐着，等待看这里喷水，等待喷水之后走进草地，让清凉并略带温存的水亲吻我的皮肤。当水流不断地从地下涌出，再努力地喷向空中，我看到一种简单的突破或胜利，它们情不自禁地歌唱，抑或安静地张开笑脸。粗的、细的、柔韧的、坚固的水的线条总在天空中乐此不疲地组合成转瞬即逝的美丽，接着洒脱地投向大地的怀抱。有一些晶莹的水滴则会幸运地与青草相遇，演绎缠绵悱恻的爱情。

去而复返，转瞬已近6年。

在岁月的光影中，渐渐明白，有些心境是同青春的幻梦同时消灭的。从不敢说，自己怎样奋力地拼搏过，只是掌握住了前行的方向，按部就班地在生命旅途上留下坚实的脚印。不奢望自己的终点会怎样的轰轰烈烈、惊天动地，行进的速度会怎样的迅猛、疾驰，只希望，可以做自己喜欢的事情，追求美好的事物。正因了这样简单的愿望，我才会坦然地在今天复习自己、鼓励自己。

杏园

●柴国贤

杏园原先是草园，草园原先是打麦场。听母亲说，由于这地方地势太低，南北二风不来，无法扬场，就只好废弃了。后来百草丛生，无人再管，遂成草园。直到包产到户，这园子的主人自然就是我家了，因为它就在我家门前。

那时，奶奶带领我们几个，拿起铁锨、镰头、耙子，挖地的挖地，锄草的锄草，几天工夫，整个园子就平整好了。春天，母亲不知从哪里弄来一大捆杏树苗，吆喝我们几个，半天工夫就栽了满满一园的杏树。园子附近有一个涝坝池，我们把里面的水引进园子，杏园就此蓬蓬勃勃起来。等到树苗长到一人高的时候，妈妈又请来张花匠，擀了一顿臊子面，张花匠就高高兴兴地把一园的毛杏树全变成了大接杏。两三年后，满园杏树就开花结果了。

杏花开时，满园芬芳，蜜蜂缨缨嗡嗡，一派繁盛。人坐在屋子里能闻到一股甜蜜的香味，站在门前，眼前一片白色的海洋。

那时我在树下看书，细碎的阳光透过花的缝隙，洒到我的头上、身上，而我却坐在迷人的故事里，不知不觉，真不知是花醉了书，还是书醉了人。总之是，童年的一个个美好时刻，从那杏花下度过了。

麦倒、荞白、杏子黄，正当农忙时节，那树上的杏子就透过了浓密的叶子，鲜艳起来。这时，摘杏子的活儿就落到了我们姐弟几个身上。挎上一个小挎包，像猴子一样窜到树的梢顶，挑颜色最红的摘。挎包满了，又轻轻下来，倒在筐子里，筐子满了，爹就担到离家五六里的集上去卖。然后为我们姐弟几个买来作业本、蜡笔、花手绢等。于是，远远地看见爹的身影从山梁边过来，成了我们最开心的画面。

杏园里的收获是微薄的。一园的杏，一年就卖个百十来块钱，但我们姐弟几个那时的所有学费，就靠这杏园。卖得好，还可以一人添一件的确良衬衣。因此，那园里最好的杏卖给别人，我们姐弟几个，吃的多是二茬杏。那酸酸的二茬杏，多带着苦涩，以致于让我到如今都以为杏子是所有的水果中味道最差的一种。

一幅油画的回忆

林立公

少小离家，跟高中同学几乎断了联系，虽然，我还常常想起他们当中的几个人。

洪录是我的同桌，那时候，为了防止学生早恋，老师用心良苦地改变了男女生同桌的惯例。考上大学的时候，洪录买了张油画送给我。画面上，铅色的天空，晚秋的树叶，水面上，几只落寞的野鸭，刚刚飞起。那画面，生动得叫人闻得到湖水和落叶的味道。

洪录不擅长考试，尽管他也有着读大学的梦想。这倒没有妨碍他成为我高中时代的几个朋友之一。大学假期的时候，朋友们总会见面，也像成年人一样地小酌。一次，他在家宴请我，我们到楼下小卖部选酒，我挑了最烈的、可能是65度的北大荒牌白酒。那酒，我从来就没喝过，却喝得颇猛，两次碰杯，一两多火一样的液体便下肚了。结果，还没过20分钟，我就支持不住，倒头就睡。洪录却有酒量，等我睡了近一个小时醒来后，他还在静静地看电视。如今，这种逞强好胜的风格，在我已是荡然无存了。

洪录的家境，在当时，是算得上小康的。可是他却不愿意跟着父母做生意，现在可能也仍然在一家国有单位挣工资。高考落榜后，他读了单科结业的成人高考，没有考下来。正是通过他的经历，我知道了那种大学教育的分量，对一科一科考下来才得到大学学历的人，我从来都是从心底里充满了敬意的。

好几年没回家了。前几次回家，也都是匆匆忙忙，没有时间跟同学好友见面。上一次跟洪录通电话也是在几年以前了，他打电话到我的办公室，问我能不能回家，说自己要请朋友们吃饭。我一时没有反应过来，便如实地说太忙了，回不去。洪录也没强求，就作罢了。后来，我猛然明白了，一定是他要结婚了，否则怎么可能打电话请我吃饭呢？而由于当时的境遇，我没有一点跟昔日朋友聚会的心情，只能在心里默默地祝福他了。

洪录送我的油画，也不知道放在哪里了。但画面依然历历在目。

黯淡的天空，闪亮的水鸟，平凡的人生。

永远的小村庄

●王　毅

在武汉的南郊，有一个地方叫余家湾。近几年来我已去了好几趟，因我曾在那里的一个农场参加过近一年的学农劳动。其实那只是一个很平常的小村庄，然而却留下了许多令我难忘的往事，而且随着时间的推移反而日渐清晰。

上世纪70年代中期，正值“文化大革命”期间。全国兴起“学工、学农”，在校的学生要走出课堂，到工厂、到农村，与工人、农民打成一片，并接受再教育。那时我还是一个中学生，积极响应了号召，报名参加了学校组织的到农村广阔天地去接受贫下中农再教育的学农小组，于1975年的3月来到了离武汉市区有40多公里远的余家湾红卫农场。

农村，对于我这个长期住在城里的学生来说，一切都是那么的新奇。下午到了后，我们受到了当地农民的热情接待，虽说那时候生活不算富裕，特别是在农村，但我们还是吃到了比较丰盛的晚餐，有葱炒鸡蛋、红烧鲢鱼及刚从菜地里摘的青菜等，吃到了可口的大米饭。晚饭后，我们一行三十来人随生产队长来到了农场为我们专门腾出的房间，睡觉全是打地铺。在家里一个人睡一张床，在这里与大家一起睡通铺，大家有说有笑，毫无睡意。第一天我失眠了，也许是太兴奋了吧。

第二天清晨，当我们还沉浸在梦中就被一阵阵鸡鸣声吵醒，于是我们手忙脚乱地洗漱，不多久上工的钟声敲响了。走在上工的路上，我们远远地就看到了村头的那口钟，那钟与电影《地道战》中的那口钟还真有点相似。村子里四处炊烟缭绕，一群群鸡鸭悠闲地互相追逐嬉戏，不时有狗或猫在村里窜来窜去的，它们给这个小山村增添了勃勃生机。走出村子就来到了田间地头了，站在田埂上放眼四望，映入眼帘的是一行行整齐的绿色田地和那漫山遍野金灿灿的油菜花，绿色和金黄色构成了一幅如画般的田园风光。这样的美景我只是在一些画报上见过，然而这回却是真真切切地就在眼前，煞是好看。

到农村要学的东西还真多。记得刚去时，我连葱和稻秧都分不清。后来，农民伯伯叔叔教我们怎样插秧、拔草、施肥、收割，还教我们如何放牛……在学农期间我最引以为自豪的是学会了开手扶拖拉机。经过一段时间的学习和磨炼，我们都能“独立作战”了，只不过我们是一群不拿工分的“编外农民”。

农村的生活是单调的，“日出而作、日落而息”这是对当时农村生活的最好描写。我们白天下地干活，到了晚上没有什么娱乐活动，只有窗外的一片漆黑。那个年代，在城里电视不普及，收音机都算是奢侈品，更何况是在农村，所以天黑后睡觉多是惟一的选择。每天吃得也很简单，盐煮白菜或萝卜是餐桌上的家常菜，且油给得很少。偶尔若能遇上打牙祭的时候，吃点红萝卜烧肉或狗肉，油油肚子，那滋味可以让人高兴上好几天。

生活虽然清苦，但也有许多难忘而快乐的事情。记得我们住的村子边有条小河，水清澈可见底。这里我们经常光顾，或坐在河边聊天，或在夜晚唱着前苏联歌曲《灯光》，抒发对家的怀恋。在夏夜里我们最喜欢到河里游泳，水是干净的、不像长江的水那样浑浊，游泳是免费的，不像城里的游泳池要收费，这在夏天里是比较快乐的事了。还有一件让人高兴的事是到近十里以外的部队驻地看露天电影。我们带着小板凳一路高高兴兴、有说有笑地行走在农村的小路上，耳边聆听着蛙鸣声，那惬意的感觉到现在想起来还难以忘怀。在一年的时间里，我看了两场电影，《地道战》和《闪闪的红星》。

在学农期间，有些事虽然像流星一样闪过，但现在想起来还觉得可笑极了。有时候我们几个比较调皮的同学，也干些“偷鸡摸狗”的事，晚上结伴摸到农民家的鸡舍边，偷鸡下的蛋，然后拿到宿舍里想法子弄着吃。当然这种事后来被带队的老师发现了，还受了处罚。

春播秋收，近一年的学农劳动结束了，离开那个小村庄时，我只觉得时间过得太快了。如今，那个地方已变了模样，盖起了高楼，每家的房顶上都装了电视接收天线，有的农户家里还买了小汽车，已是旧貌换新颜了。但我却始终抹不掉对那个地方的美好回忆，因为我喜欢那里的田野、山水、乡情及田园生活。

从容平实又一年

● 罗光辉

快过年了，坐在窗前，吸着香烟，翻阅着2011年笔记本里记着的星星点点，翻阅着阳光，翻阅着随意，翻阅着心情……

当意识到兔年渐行渐远离开视线时，脑海中闪现的是从容、平实、自在。这一年脚步放慢了，身心挪了挪地方，生活的节拍换了换曲调，感觉两个字：真好！

这一年的元旦，吃过早饭，就去了一个曾经去过总想再去的地方景德镇。一是去为一位战友的母亲祝寿，二是去感悟瓷都的文化魅力。寿宴上，老人腰杆不弯，慈祥智慧，侃侃而谈古窑瓷文化。不苟言笑的美深深地感染着每一个人，也烘托着宴席上的时光和空气。

因为乐水，这一年我去了溱湖、太湖、鄱阳湖，还有西湖、天目湖。国庆期间，还去了一趟佛子岭水库，那是新中国第一高坝，那是生产白云和美酒的地方，也是生产自信和自豪的地方。去的最多的，有一个月不去就感觉不爽的，是南京中山陵的紫霞湖。漫步湖边，荡舟湖上，聆听着湖的音韵，呼吸着湖的清新，欣赏着湖的浪漫，想不温馨，想不陶醉，想不做梦，好像都不行。与湖相融，人，会很自然地进入一种境界，心，会情不自禁地与湖一起涟漪。在天目湖，我和几位知己一起泛舟赏景，品茶怡情，一起谈文学，谈人生，谈道德建设，谈竹海，谈鱼头，谈星云大师，谈出了幽雅的情韵，谈出了好几篇散文。

因为油菜花，这一年，我和几位杂志的编辑去了兴化，和几位专家学者去了婺源，和家人朋友还去过青海门源，在不同的地方，闻到了不同的花香，看到了不同的花色，感悟到了不一样的美。婺源的菜花芬芳淡雅着青砖黛瓦马头墙的春意，兴化是鱼米之乡，水是兴化的特色，也是兴化的灵魂，在兴化赏花，有一种“船在水中行，人在花中走”的独特感受，而青海门源，祁连山下一片金色的海洋，在高原上蓝天白云和祁连山的衬托下，油菜花沿浩河两岸形成了博大壮阔的特有奇观，一望无际的金黄显得异常斑斓，让人慨叹。近百万亩的大色块构图具有十足的西部风味，铺天盖地的霸气给人丰富的遐想。当蓝色、绿色、金黄色在门源与大自然交融在一起时，那种震撼人心的大美是怎么堆砌词语都无法形容的！

这一年的节假日，大部分时间是和小孙女一起度过的，我喜欢小孙女，喜欢看她那没有蒙尘的清澈双眼，喜欢亲她甜甜的酒窝，喜欢听她朗朗的笑和没达目的不顾一切的哭。我和她一起坐高空车，骑电动马，玩看图识字，和她一起逛梅花山，游金鸡湖，看恐龙园，尽管我有时不当心把她跌得鼻青脸肿，她还是把我带回了童年。

这一年，我更多的精力是关注文化建设，研究玉文化、酒文化、军营文化和中国传统文化。参加了第三届长江酒文化论坛，为弘扬非物质文化遗产做了有意思的发言，在军营无名文化研讨会期间，我查资料，想问题，一番带探索性的思考赢得了首长和战友们的夸奖。

这一年，我继续爱好着我的文学，涂鸦着我的快乐，创作着我的散文。我觉得：驾驭文字的快意是任何其他方式都无法取代的。有限的文字，用心用情去组合，竟然有无边的表现力和无尚的影响力。我给公安战线的战友和一些爱好文学的朋友讲过课，谈了我的文学创作体会，尽管我讲的不怎么样，但能引起现场共鸣和听到一阵阵热烈的掌声，我还是非常欣慰和高兴的。一年来，又有一些新作刊登在各地报刊上，收获了几个奖，有的奖我非常喜欢非常珍惜。我要感谢为我提供园地的老师和恩人，让我有田地耕作，有田地播种，有田地收获。

年前，一朋友相邀，去喝茶。坐在八根藤条支起的风景下，看着一套独特的散发着自然香的茶具，有接地气的感觉，有一种别样的情怀在胸际间升腾。茶，一杯杯由浓到淡。话，一句句由浅到深，没有推杯换盏的喧闹，却有推心置腹的坦诚。

行文至此，从窗台上往下一望，看到楼下匆忙赶路的红男绿女，想着《人民日报》从去年八月份起发表的“关注社会焦虑”的系列报道，我默默地告诫自己：已不再年轻，别跑得太快，不要把任何地方都当做比赛的场地，放慢脚步，且饮一杯茶去，茶里乾坤大，壶中岁月长。

那些年，我们一起读过的日记

●纪　帆

我想，像我这么大的年轻人，小时候一定都读过《雷锋日记》。

在又一个三月来临的时候，“雷锋”这个熟悉而又陌生的名字又开始频频见诸报端，流于媒体，说他熟悉是因为十几年前我就铭记了这个名字，说他陌生是因为很多年来这个名字已经被戴上了太多功利和形式的面具。曾几何时，我也同许多同龄人一样仰视着雷锋头顶的那颗五角星，而现在的我，似乎已渐渐淡忘了这个词究竟包含着怎样一种意义。突然，我觉得我应该去寻回些什么，于是我坐在书桌前，翻开了那本尘封了很久的《雷锋日记》。

一滴水、一线阳光

“如果你是一滴水，你是否滋润了一寸土地？如果你是一线阳光，你是否照亮了一分黑暗？如果你是一颗粮食，你是否哺育了有用的生命？如果你是一颗最小的螺丝钉，你是否永远守在你生活的岗位上？……我想问你，为未来带来了什么？”

这应该是《雷锋日记》里最美的一段。善良、真诚、无私是一个和谐社会的普世价值观，每一个人都是社会的一滴水和一线阳光，而在这个社交网络飞速发展的时代，其实我们每一个人的能量都可以被无限放大，一滴水可以拯救一片沙漠，一线阳光就可以照亮整个世界，关键就在于我们是否愿意在陌生人摔倒时毫不犹豫地伸出双手，是否愿意从今天起做自己的道德楷模，是否愿意撕下虚伪、脱去防备，去相信“真实”与“信任”的存在，就在于我们是否愿意无穷尽的支付我们的善良、真诚与无私。这应该就是雷锋日记的现实意义，这半个世纪前诗一般的语句又怎能不叩响当今社会每一个人的心灵。

于是，我问自己——我，为未来带来了什么？

钉子精神

“钉子有两个长处：一个是挤劲，一个是钻劲。我们在学习上，也要提倡这种‘钉子’精神，善于挤和善于钻。”

钉子精神就是挤和钻，也在深层次上阐述了个人和事业成功的根本原因。快速发展的社会总是不可避免的伴随着浮躁不安的气息，我们渴求一切美好的事物，却往往失去目标，我们追逐一切成功的可能，却常常迷失方向，徒劳无功。对于我们这一代年轻人，钉子精神或许是最珍贵也是最缺乏的一种精神。钉子之所以能钉进木板，是因为目标集中，力度适当，也只有不断挤，不断钻，钉子才不会生锈，才不会被淘汰。我想，无论是学习还是工作，多一点认真少一点敷衍，多一点研究少一点模仿，多一点思考少一点懒惰，多一点沉稳少一点焦躁，干一行爱一行，精一行钻一行，才能将自己稳稳地“钉”在社会发展的洪流大潮中。

于是，我问自己——你，能成为一枚闪亮的钉子吗？

为人民服务

“人的生命是有限的，可是，为人民服务是无限的，我要把有限的生命，投入到无限的为人民服务之中去。”

这句话应该是《雷锋日记》中最为著名的一句话，区区四十五个字在今天听来依旧掷地有声，“有限”与“无限”哲学地阐述着党的宗旨。如何为人民服好务，如何用有限的生命干好“为人民服务”这份事业？我想，这并不是简简单单地说几句忠诚，谈两句奉献就能做到的，步入新时期，为民服务更需要我们有思想、有智慧、有能力。生命有限，学习与进步却不应间断，只有不断提升自己的道德修养水平和业务技能，不断提高思想境界和处理复杂问题的能力，才是做到“为人民服务”的基础和关键。一个“3·5”远远不够，只有把“3·5”变成“365”，把“为人民服务”作为自己成长成才的座右铭，才能在为民服务中真正进步和升华。

于是，我又问自己——你，准备好投入到这无限的事业中去了吗?

青春

合上书，“雷锋”这两字渐渐丰满起来，我清晰地看到雷锋头顶那颗鲜红的五角星，年轻的他正如年轻的我们。这是我在《雷锋日记》里最喜爱的一句话，以此自勉并送给即将春暖花开的三月——“青春啊，永远是美好的，可是真正的青春，只属于这些永远力争上游的人，永远忘我劳动的人，永远谦虚的人。”

春天的故事

● 小小鑫

万物的生长在春天，花朵的绽放亦在春天。春天的故事充满绿色与希望，铺展着一幅幅美丽生动的画卷。

你可曾知道，当第一缕春风拂过大地，它播撒下的是怎样一片绿色？嫩芽相继镶满土地，渲染了萌动的生机，渲染了满心激情的我们。我们坐在春意盎然处，顺着勃勃的长势，汲取力量，收获知识。春风说，这是我们的少年生涯，是春天故事的第一卷——我们需要努力成长。

你可曾知道，当第一声鸟鸣唤醒世界，那召唤来的是一股怎样的力量？随着那划破苍穹的啼叫，我们开始知道什么是我们的理想，什么是我们的目标。鸟儿扑扇着翅膀，飞向希望的远方。对未来的无限憧憬和遐想澎湃着我们心中的滚滚热血，那热血满腔的我们，张开希望的双翅，奋力飞向属于自己的那片蓝天。鸟儿说，这是我们的青春，是我们的活力，是我们的拼搏，是春天故事的第二卷——我们需要展翅飞翔。

你可曾知道，当第一场春雨飘落大地，那滋润了的是怎样一块田地？我们在雨中慢慢前行，踩着泥泞，溅了一身的泥花。我们虽然怨道：行路难，行路难！却又以“长风破浪会有时，直挂云帆济沧海”的斗志，一次次跌倒后又一回回站起，甩掉身上的泥水，义无反顾地继续前行。春雨说，这是我们人生的探索，是我们生命的磨砺和坚强，是春天故事的第三卷——我们需要克服荆棘。

你可曾知道，当第一条溪水冲破冰壳而汩汩流淌，带来的是一种怎样的欣喜和宁静？它流淌在春天的怀抱里，又一次次去接受欢唱的快乐。或许我们会在某一个桃李芬芳的未来里，怀抱着满满的收获，迎来成功，迎来自己最美的微笑。溪水说，这流淌是我们的坚持，那欢唱是我们人生整个阶段无悔的回报，是春天故事的尾卷——我们收获过程，我们笑对人生。

从努力到坚强，从前进到收获，我们跟随着春天的步伐一点一点长大，一点一点的成熟，走在一个又一个春天的轮回里，勾勒下一个又一个春天的故事。

这是春天的故事啊，交织着无数的绿色与希望，穿插着无数或辛酸或快乐的篇章，描绘出了我们生活最美的画卷。

把自己寄回家

●曹春雷

每隔一段时间，他都会跑一趟邮局，为远在几千里之外的父母寄一些东西。除了寄钱，还寄吃的穿的用的，只要父母能用着的，什么都寄，他恨不得把这个城市的商场打个包也给寄回去。

其实，父母所在的小城什么东西都能买到，但他还是喜欢自己买了，细细包裹好，到邮局亲自寄出去。然后想象着父母收到包裹后的欣喜，自己的一颗心仿佛也跟着包裹，回到了父母的跟前。

他已经两年没有回家了。自己独身一人，在这个大城市辛苦打拼，从做家政打工开始，到后来自己开办家政公司，其中的艰辛只有他自己知道。能有今天的成就，很不容易。

做家政这一行，越是节假日客户量越大，就越忙。上一年春节前，母亲来电话问他回家不，他说不回去了，这里的工作离不开。电话那头，短暂的沉默后，母亲安慰他，说好好在公司忙吧，自己照顾好自己，别累坏了身子。他听得出，母亲在极力掩盖自己失望的情绪。

那一刻，他心里很是愧疚。作为父母唯一的孩子，两年多不曾见面，年迈的父母会是怎样的挂念，内心会是怎样的煎熬——自己欠父母太多太多了。但身不由己，自己的家政公司底子薄，实力也不雄厚，要想在市场竞争中站稳脚跟，必须要比别人付出百倍的努力，因此，他只能愧对父母。

他隔段时间给家里寄钱寄物，其实是对自己内心的一种抚慰，也是对父母的一种抚慰。他知道，父母退休后，一直很失落，自己不在跟前，内心更是空荡荡的。父亲曾在一次通话中说，你母亲明显老了，爱唠叨你小时候的事，有事没事抱着你的影集在看。听到这里时，他仿佛看见灯光下，母亲坐在沙发上，戴着老花镜，一张张翻看着，那些已有些泛黄的相片。

他曾经想抽出时间回家一趟，但工作又放心不下，公司人手少，千头万绪的事都需要他亲自处理。因此，一次次回家计划最终都泡了汤。

他只能把思念父母的那一颗心，一同包裹在邮件里，寄给父母。

这一次，他又去了邮局，把一些保健药品寄回去，因为知道母亲最近身体不太舒服。办完邮寄手续后，他走出邮局，掏出手机给母亲打电话，妈，我给您寄一些保健品回去了。您和爸还需要什么东西吗？我在这里买了给您寄回去。

电话那头的母亲一开始埋怨他又花钱，停顿了片刻后，低低地说，儿子，哪一天，你能把你自己寄回来，知道吗，妈想面对面和你说说话……

那一刻，走在人群里的他，握着手机立住了，眼泪哗地就流了下来。对面走来一个六七岁的小姑娘，看见了他的泪，就问，叔叔，叔叔，你怎么哭了？他拍拍她的头，笑着说，没事，叔叔是想家了。

他决定了，无论多忙，过几天，他都要把自己邮寄回家。

感动就在身边

● 王素华

人们通常认为，幸福是一种抽象的感受，而美国一家把幸福作为研究目的的科研机构得出结论，幸福与年龄、性别和家庭背景无关，而是来自于一颗常怀感动的心和健康的生活态度。

“感动无处不在，仿佛泉水，是滋养生命的。但是，我们却匆匆走过，忍受着干渴。”

每天上班，我都要在单位对面大学校园的大门口过斑马线，再走一段距离到单位。多数时候，都是在路口焦急等待急速穿行的车辆。那天也一样，只是我偶然回了一下头。突然看到校园内的几棵老柳树，巨大的绿色树冠在朝阳下闪着熠熠的光泽，随微风荡漾着，美到极致。

那一刻，一种清新的感动深深袭击了我。无异于多年以前，在某个路口突然看到我单恋的男孩的身影。整整一天，我都感到莫名的喜悦，一个再平常不过的日子，仿佛也被早晨的感动镀上了金边。

本是匆忙上班路口一次难耐的等待，偶然的回头，给我的竟是一整天的幸福，甚至是一生中任何时候通过对柳树的回忆重新唤起的幸福感觉。

自从我先生去外地读书深造后，我的生活就是白班加夜班。每个夜晚总要醒来数次给三岁半的女儿盖被子、把尿。有一天夜里，女儿突然挣脱我，在迷迷糊糊中大叫：“妈妈，我自己去。”然后跑到马桶边，吃力地坐上去，很快小便完了回到自己的被窝里立刻又香甜入睡。我却一下子清醒起来，感动于女儿的生命历程发生了质的变化。

黑夜里的我，心花怒放。

感动孕育幸福，催生前进的动力。除却世间万象，更有繁忙工作中闪闪发光的某个瞬间带给我们巨大的幸福感。凌晨两点钟，当我在万物俱寂时，翻阅了数十篇资料，终于理清自己的思路，写出一篇可以让自己满意的申请书，感觉自己就像沙漠里的一只鱼，干渴至奄奄一息，突然遇到了清泉般的感动。知识如此美丽。这种幸福，是深沉、浓烈的。

常怀感动之心，宛如阴雨连绵的寒冬，天空无尽灰暗，万物萧条，窗外突然掠过一群归巢的鸟儿，吱吱喳喳的低吟声，扫尽满目的苍凉和阴霾，将生机植入人们的心中，这便是幸福不期然的来临。

给心找个位子

●刘　锴

年少时，觉得这个世界很大很大，便一门心思想着仗剑四海到外面的世界闯荡一番。走上社会后，目不暇接地打量眼中的尘世，恨不得一口气将这个光怪陆离的大千世界吞下肚去。临近中年，却突然间“万丈雄心齐消退”，不再向往繁华喧嚣的都市生活，而是由衷地倾慕起儿时的田园生活来。

标志之一就是恋乡。但凡空闲，我总会回到乡村的老家。几周未回，自己便像浮舟一样了无根基，活得毫无底气和生机。而每一次归乡，都是对心情的一次灌青。一进村口，望见熟悉的村落和缥缈的炊烟，心里就像洞开了两扇大窗，亮亮的阳光一古脑地漾进来，照得自己很青春、很透明。踏进老家坚实的庭院，那颗久悬的心才“吧嗒”一声落回原位，觉得四海安静，天下无贼，一派中庸祥和气象。老家的一草一木虽然长年不改其容，却也“相看两不厌”。放下包裹，沿青麻绿草夹出的一条弯曲的小径一路走下去，直至走近青纱帐、瓜田和李园。在乡村，无一处不是风景。阅读每一处久违的风景，如同老友重逢。大自然也有心声吗？当然有，它隐藏在每一处风景之中，等待和期盼着从远方归来的游子细细地品味，而后以徜徉的姿态深加感悟。

标志之二是遐想。每次回乡，都会面对乡间的景物痴痴地遐想，仿佛那一株株桃树、一片片麻地、一棵棵白菜，都隐藏着我童年时许多走远的乐趣；仿佛乡间的一切景象就是整个童年的合订本，让我一想便沉入一种境界，一想便跨越时空……老家的旧饭桌、纺车、捶布石、侉车、渔网、八仙桌等物，历尽风霜，均已风烛残年，但母亲都悉心保存着，每一个磨损的棱角上，都刻满了我孩提和少年时的艰辛和无邪。我甚至可以从中找回我丢失多年的童真，它们与时下的世故与城府相比，显得是那样的晶亮而弥足珍贵。

标志之三是穿着。穿着家做布鞋上学的时候，心中最大的梦想就是有朝一日能像城里孩子一样拥有一双锃亮的皮鞋。现在，皮鞋穿上了，却突然想穿妈妈针纳的千层底布鞋来。相对于皮鞋来说，布鞋更柔软、更透气、更舒服、更养脚。不唯穿鞋这样，穿衣也是如此：总想穿一件儿时做的花格衫，那东西跑起来在身上“呼呼”地响，在炎炎盛夏，绝对祛暑。前些时，母亲给我捎来一双手织的线袜子。我穿在脚上，心里有种说不出的温暖和熨帖。穿上这双袜子如同罩一身长衫马褂，既是对母亲的敬意，又是对东方文化的一种景仰——郑板桥老先生认为：文化人最宜做的事就是穿一件青色长衫，教几个蒙童。

时装我依旧在穿，因为我毕竟要融入现今的社会；但内心深处我却始终觉得：自己就是穿家织布的料儿。有人说回归是一种倒退，起码是一种坚守。我不敢苟同。我想，人活一世，最重要的是把自己的心放置一个最合适的位置，让自己先行安稳下来，然后才可以谈及“修身齐国平天下”。一屋不扫何以扫天下，一心不定何以定天下？

当我把心埯进垄间的时候，我感到胸襟中正升腾着一种叫做自豪的东西——其实，自豪似乎还谈不上，因为我只是做回了自己而已。

花灯点亮的记忆

● 杨不离

童年就像一枚湮没在时间河流底层的石子，携着曾经透明纯真的快乐往事，在呼啸而过的岁月车轮声中渐渐了无声息。而年年如约而至的每一个节日，仿佛一盏盏明亮的灯火，照耀与之联结的那些深深浅浅的记忆。轻轻擦掉时光的积尘，翻阅人生发黄的书页，那点点滴滴闪着光重新浮现于眼前的流年，总与温情相关。

如果花灯是元宵灵魂，那么曾经脸庞温柔年轻的母亲，就是制造过元宵灵魂的灵巧女子。

幼时家贫。每逢正月十五，母亲总提前买了竹条、铁丝、彩纸、胶水，动用她所有的智慧与热情，手工精制出近百只形态有趣色彩艳丽的花灯。拿到集上售卖，补贴家用。南瓜灯、老鼠灯、宫灯、莲花灯、红绸灯，等等。中学尚未毕业，没有任何美术功底的母亲，作品之美令人惊叹。

那样丰富的想象力，不竭的创造力。如今回想，发觉母亲竟有着艺术家的天赋。平淡清苦的日子，在母亲的手心里亦能开出美丽的花儿。

我们家亲戚少，过年都没有送花灯给我们的人。母亲的灯常未至元宵，已经售卖一空。父亲便上街买五毛一只的孔明灯给我们打。好不容易盼到天黑了，和哥哥姐姐们兴奋地点了灯，打着出门去村子里逛。父亲也打着一只大灯不放心地跟在后面来了。红的、黄的、绿的、白的、五彩的，是各家的大人孩子们都打着灯笼出来了。看完了尘土飞扬的舞狮会，夜已渐深。回来的路上，三三两两的人聚到一块，各自提着灯笼互撞，直到灯笼熊熊燃烧起来，灰飞烟灭，方兴尽而归。

元宵夜空旷的乡村，灯笼如春花盛开，人们的欢声笑语四处飘荡，今宵不寂寞。

年年岁岁花相似，岁岁年年人不同。又逢花火繁华的元宵佳节，停下碌碌的脚步蓦然回首，再次发现，原来此生走得再远，也走不出故乡与亲人那温暖的情怀。

咀嚼红豆情绪

● 刘学友

唐朝伟大诗人王维写过一首五言绝句《相思》：红豆生南国，春来发几枝，愿君多采撷，此物最相思。

我没有看到过这首诗的注解，也不了解王维写这首诗的历史背景，我只能从字面上理解这首诗是以物喻人的写法。

我们北方有一种红豆，它有黄豆那般大小，只是浑体通红，像珍珠玛瑙，我不知道南国的红豆是否也是这样？

最早认识这种红豆，还是我很小的时候，那时我家住在窑地，离窑地不远，北边有一条油柏马路，路两旁就种着这种红豆树，树枝繁叶茂，即使在盛夏，阳光也无法穿透茂密的树叶，路成了一条浓荫带，路也很静，没有汽车通过。我们几个孩子在树下自然游玩，安全欢乐，有一个最大的愿望就是采一串红豆，树上的红豆都很鲜艳，像好吃的水果，树高，我们人小，摘不到树上的红豆，想红豆成为一种欲望。

我真见过红豆，是在我长大以后。1978 年我去来广营插队，我们是最后一批插队知青，插过队的人都知道农村艰苦。我们要顶着烈日去麦地里割麦子，别说太阳的毒热，麦地里没有一棵树，几个小时你在烈日下暴晒，那熟透的麦子还非常锋利，随时都有刺破你手指的危险。忙碌了一上午，还要顶着烈日走十几里的路，去知青大院吃午饭，饭菜很简单，馒头、窝头，炖白菜、炖萝卜，没有肉，吃完饭又要顶着中午的烈日去田里干活，浑身上下大汗淋淋，疲惫万分，那苦，让生在城里长在城里的我无法言说。

一天，我在铁道下休息，发现路基旁有几棵红豆树，那红豆非常鲜艳，立刻把周围的环境渲染了，周围都是光秃秃的麦地，麦子割完了，地里是一片土黄色的麦茬，没有色彩，在视觉上给人一种单调刺眼的感觉，这种感觉在烈日的照耀下，更显得突出。突然出现几株红豆树，那鲜艳的红豆在阳光和麦茬的映衬下，显得格外鲜红，给人一种特殊的美感，让你的视觉顿时舒畅起来，疲惫的心情也舒缓了。这红色让青春的我想到了美好的生活，想到了家，想到了城里的生活。

设想一个场面，你和几个朋友，去深山老林游玩，走了几天几夜，你看到的都是山石、林木、枯草、走虫，一个人也没有看到，你的视觉里都是灰暗的。突然你看到了几棵红豆树，红豆结成了满枝满叶，到处都是红彤彤的一片，你的视觉立刻明亮起来，鲜红的颜色温暖了你，鲜红的色彩勾起了你的相思。你想到了爱人，想到了家，回家的情丝开始增长，增长得浓浓的，浓得像一坛老酒，熏醉了你。这红豆不就是最相思的物体吗，你一定会想尽办法去摘撷几株红豆拿在手中，也许你还会将红豆放在口中去咀嚼，咀嚼的不是味道，而是相思。

红豆让人浮想联翩，这跟它的外形有关，圆圆的，通红的，里面好像包含着无数的神秘。盛放的鲜花好看，饱满的花蕾更给人一种猜测，希望，联想，红豆就是待放的花蕾。

红豆给人的是一种温馨喜庆的感觉，由于它的外形好看，它的颜色鲜艳，红得像璀璨的玛瑙，晶莹得像红珍珠，人们就把它与自己最喜欢的事物联系在一起，与相思、爱情联系在一起，与家联系在一起。

我们都是老男孩

● 杨强劲

笑着看开头，幽默滑稽、云淡风轻，放大的青春细节在明媚的阳光下闪着暖暖的光，到结尾处虽然没有流下眼泪，但心头被一股忧伤的气息弥漫，不得不抬起头，点上一支烟，在烟雾缭绕中封闭自己，《老男孩》就这样轻易的让我打开自己。俄罗斯方块掌上游戏机、迈克尔·杰克逊的经典名曲《BillieJean》、色彩单调的校服、录像带、磁带、摩托罗拉中文传呼机、郑智化的《星星点灯》，我们的青春印刻在这些物件上越来越模糊。

这是所有男人都无法逃避的过程，青春、梦想和那些日子里纠结的情感会在某一个午后被轻轻撩起，波涛翻滚或者细流绵长，原因都在于其实我们都是老男孩，都在平静放旷的外壳下暗流涌动。穿着校服、抱着吉他，激动喜悦的等在那个“小芳”必经的路口，然后故作淡定地捋一下头发或者咳嗽一声，再或者用公鸭似的嗓音装作深沉的与旁边的同学打一声招呼，期待着“小芳”哪怕能给一个回眸，而最是那一回头的温柔，长久地成为梦里最频繁的偶遇，在许多个清晨让自己朝气焕发。你还记得吗？许多年后“小芳”还在你的心里吗？

我还青春吗？我的梦想呢？我们曾经无数次的问过自己，可是谁也不能让时间停驻，让青涩的岁月里满含黄昏的色泽，悠长而饱满。夕阳下的操场、教学楼顶、街道的小巷布满黑夜来临前的惆怅，留一点回忆给自己，做一个老男孩，即使今天已找不见那些当年最爱的卡带。放在柜底的随声听已锈迹斑驳，再将王杰的带子放进去，“咔嚓咔嚓”卷动的声音里仿佛夹杂着时光潮湿的霉味，浪子的声音已经不再那么嘶哑的要穿透厚厚的墙壁，抵达迷失了来路的梦想。你还记得吗？还记得躲在被窝里刻苦练习某首歌，把歌词工整地抄写到笔记本里……

影片里的老男孩在挣扎中清醒，要让曾经的梦想再次在舞台上绚烂一把，因为他们知道每一个梦想都有它消失的地方，就像每一个今天都会在暗夜里渐行渐远。葫芦娃、小龙人和阿童木已经失去往日的光彩，人总会慢慢长大，成为“复杂”的大人，就像我们现在。这些预言，似乎总是让人有那么一丝伤感，不过就像花儿一样，只要曾经热烈奔放的盛开过即便随后枯萎，也值得了。当年的“小芳”现在在哪里？是否已嫁作他人妻？而在现实的日子里，你还有留给梦想的时间吗？或者一切只是经历，就像去往某地的旅途，沿途的风景再美好也终归会随着车轮的旋转远去，模糊成一片迷离，我们或许可以做到事来心始现，事去心随空，只是别把内心的孩子气赶尽杀绝，因为那点孩子气，是我们放逐心灵，获取快乐和愉悦的一条重要通道。

我们都是老男孩，站在生活的高处，遥望而立之年郁郁苍苍。

我想远行

● 佟晨绪

我想远行，期待了很久很久。

我想远行，去领略一次远离尘嚣、充满诗情画意的自由之旅。

我想乘一叶扁舟漂荡于浩浩江面上，伸出手臂就能够捞着月亮；我想在黑夜里乘一列快车，去远方寻觅那些古老的传说；我想戴一顶沾满露水的小草帽，牵一只洁白的小羊，漫步在无边草原上；我想置身于一个大森林里，踩着松软的落叶，嗅着无边的木叶香气，与鸟儿对话，与蝴蝶共舞；我想去一处有飞流急瀑的地方，看流水如何撞击坚硬的岩石，在喧哗的水声中，感受“飞流直下三千尺，疑是银河落九天”的磅礴气势……

我想远行，去领略一下超越空间、漫溯历史时空的旅行。

我想漫步在战国的断壁残垣之中，看一看昔日的战火是如何肆虐蔓延，体味百姓的疾苦；我想体验一下五柳先生悠然淡泊的生活，先采菊东篱下，然后沿溪而行，忘路之远近；我想伫立在南北朝的郊外，看一看笼罩在烟雨中的四百八十寺，看一看客栈前迎风招展的酒旗；我想流连在唐朝繁华的集市，挑选一款绫罗制成的衣裳，佩戴一块古朴的玉饰，亲自看一看皇宫大殿歌舞升平的景象；我想走进李煜那栽满梧桐的院落，问一问醉卧阑干的他究竟还有多少忧愁不曾吐露；我还想静静地坐在南宋的城墙头，出神地望着南飞的大雁，东去的流水，看一看池塘别后曾行处，绿妒轻裙的韵致，看一看亭台楼阁怎样被堆烟的杨柳重重封锁……

我想远行，去领略一段书香浓郁、含英咀华的文化之旅。

我置身于古老的私塾中，传入耳畔的是孩子们咿咿呀呀的诵读声和老先生抑扬顿挫的领读声。我的思绪便也沉浸在这字里行间，体味“绿杨烟外晓云轻，红杏枝头春意闹”的良辰美景，体会“遍野绿，嬉游醉眼，莫负青春”的真心劝诫，感悟“不止此恨，此恨自滋生”的铭心刻骨的情感，体会“伤心罪恶踏青云，爱恨怎权衡”的迷茫心情，解读“仙人尚且困轮回，何须惧前程”的迷惘之意……

我想远行，为了追寻心中的梦想而迈开自己的脚步……

吃玉米的幸福

●田　茹

进入深秋的江南一如郁达夫在《故都的秋》中描写的那样“来得清，来得静，来得悲凉。”居然没有听见秋天到来的声音。那种迷蒙、半醉、感觉似真似幻、夹杂着丝丝凉风的秋雨，让烦燥的心绪渐渐平息下来。周日，稍稍拾掇了一下，便靠在沙发上，随手打开电视。这时《阳光卫视》栏目正在播放的一档反映贵州格井村洞寨的节目立刻吸引了我的视觉。

这个在洞穴深居简出，仅有10多户人家组成的苗族洞寨，世世代代生活在暗无天日的山洞里，主要的食物就是玉米，这样年复一年，日复一日。如果说有什么变化的话，那也只是玉米粒、玉米粉之分，更多的时候都是用玉米粉煮汤。但是他们每个人的脸上都始终洋溢着幸福的微笑：一日三餐全家人围坐在红彤彤的炉火旁，相互交流耳闻目睹的新鲜事，津津有味地享用那除了过节或祭祀时才会改变的玉米饭食。女主人每天早上起来的第一件事就是用沉重的石磨把玉米粒磨成玉米粉。电视画面上的女人熟练地用簸箕簸玉米、用石磨磨玉米、做家务，干得有条不紊、心满意足。物质的贫乏让女人们不用为一日三餐花太多的心思，信息的闭塞使她们不知道外面的天有多大，路有多宽，世界有多精彩。40岁的女人看上去比实际年龄大得多，但她们觉得拥有爱自己的丈夫和健康可爱的孩子就足够了，她们的全部希望就是这个安在洞穴里的家，丈夫、孩子就是她们的天与地。

在洞穴教室里上学的孩子用陌生的眼光打量着摄像机的镜头，猜测着这群不速之客。老师意外的缺席，没有让他们抱怨、等待，他们抓紧时间快活地玩游戏，跳着一种孩提时代几乎每个人都会跳的橡皮筋。孩子们的童真和快乐就在这几根橡皮筋和日日吃玉米的日子里溜过。

如今每每遇见老熟人、老同学，见面的第一声问候必定是“忙吗?”是的，生活在物质丰厚、科技发达、信息畅通条件下的现代人，时时被忙碌包围着，被疲惫束缚着，被痛苦困扰着。回想过去骑着单车上下班、吃8分钱一碗的阳春面、晚饭后搬着小板凳跟在哥哥后面兴冲冲地到部队营房操场上看露天电影、周日在图书馆看一整天免费图书、一家几口人挤在五十几平方米“鸽子笼”的日子，虽说清苦，但牵挂的事少，很容易捕捉到生活中的满足，感觉挺幸福的。现在生活衣食无忧，却常常让人落入某种困境。

幸福其实很简单，有时生活中的幸福就是你与爱人之间会心的一笑，是孩子一声“妈妈”的呼唤，是孤独无援时能依靠的肩膀，是高温酷暑下吹来的一丝清凉，是饥饥肠辘辘时得到的那块面包……

如果以生活条件而言，贵州格井村洞寨的苗人，不能说幸福，某种程度上应该说是极其艰苦；然他们的幸福指数却远远高于整日行色匆匆的我们。我想关键就在于他们的内心没有追逐，没有牵挂，没有羁绊，始终保持着一种平和、知足的心态。就像此刻彻底放松的我，什么都不想，什么都不做，就这样慵懒地倚着……这时，窗外忽然“劈劈啪啪”地下起雨来，一阵秋雨过后，厚重的空气会立刻灰飞烟灭，还大地一个天高云轻的意境。

盛在瓷碗里的爱

●邹　进

原先家里吃饭的瓷碗有两种，一种是粗瓷的，一种是细瓷的。粗瓷的是进城时母亲从乡下带来的，细瓷的是妻子到超市里精心选购的。后来，我和妻子在小城新置了一套住房，搬家时母亲把细瓷碗全给了我，她只剩下清一色的粗瓷碗了。

前些日子，妻子在厨房整理碗柜时发现家里居然多出了不少粗瓷碗，于是就拿来问我。看着那些做工粗糙的瓷碗，我自然就想到了母亲。母亲是个普通的农村妇女，在田间耕耘了大半辈子，春夏秋冬重复着播种的艰辛，遍尝了收获的甘苦。苦守着家中的几亩薄地，还要供我读书，于是，她只能省吃俭用地过着紧巴巴的日子。

随着岁月的流逝，我们离开了母亲并组建了自己的家庭。自此，我已经很少再回去看望母亲了，倒是母亲总在惦记着我。她会隔三岔五地做点好吃的给我送来，而我却时常忘记把空碗给她送回去……这样，一段日子下来，家中自然就多了不少母亲的粗瓷碗。

妻子把这些粗瓷碗一一洗净，嘱咐我晚上给母亲送去。而我，望着这高高的一摞空碗，心底却滋生出一种不自在的感觉：在母亲的碗柜里，又有多少儿子端去的碗呢？茫茫中，我感受到母亲含辛茹苦地养育我的不易，感受到母亲一次次用碗给我端来热气腾腾的菜肴点心时的辛劳，感受到这其中包藏着的母爱，更感受到我忘却回报母爱的内疚，这是难以原谅的疏忽啊！

屋前那棵杜梨树

● 祁玉江

在我乡下老家门前沟口，有一棵杜梨树。记忆中，它是那么粗壮、高大，高十余丈，主干部分两个人都很难抱住，就是伸出的每根枝子也有普通树那么粗；茂密的树冠，蓬蓬松松，像巨伞一样覆盖着，成为鸟雀聚集、栖息的好地方。

每当有人来我家看到那棵杜梨树，总是仔细端详，评头论足，啧啧称道。说它是多么的挺拔，多么的伟岸，是一棵栋梁之材。有的甚至还说它是一棵“风水宝树”。有了这棵树，主家必定人丁兴旺，财源茂盛，大吉大利，而且在不远的将来，会出贵人的。每当听到这些吉庆的话语，母亲总是高兴得合不拢嘴，随声附和着：“托你们的福，那确实是风水宝树！”

这棵杜梨树究竟是怎么长在那里的，是人们栽植的还是自生的？树龄究竟有多长？就连年迈的父母也说不清楚。有一次，我向母亲问起这棵树，母亲说，她和我的父亲当年来这里定居的时候，就是这个模样，似乎几十年没有多大变化。

在困难的那些日子里，有很多木匠来到我村，见到这棵杜梨树时，拿着尺子，总是测了又测，量了又量，说这棵杜梨树是一棵好树木，主干部分至少能做四口上等的好棺材，提出要高价购买。村里一些好心人也劝说父母：“你们最终必定也用不上这样上等的好棺材，还不如趁早卖了，把娃娃们拉扯大。”然而，最终都被父母婉言谢绝了。他们说：“再穷、再苦，也不会卖这棵树的！”

父母的做法正合我意。说实话，那些日子里，一看到一些人围着杜梨树上下打量着，嘀咕着，我的心里就直犯愁，甚至在很长一段时间内，一看到拿尺子的人，神经质地就厌恶，生怕有人将我家这棵杜梨树买走、伐掉。因为，这棵杜梨树给了我许多欢乐和憧憬。

春天到来的时候，三三两两的喜鹊从很远的地方飞来，站在树枝上，叽叽喳喳地叫个不停。母亲说："喜鹊是报喜来了，说不定家中要来贵客或要有什么喜事了。"我异常高兴，急切地等待着。随后，喜鹊就开始搭窝筑巢、下蛋孵仔。再后来，随着柳丝吐翠和桃花、杏花的盛开，杜梨花也开了，雪白雪白的，给美丽的春天增添了清淡高雅的色彩，给人以美的享受。夏天，火红的太阳炙烤着大地，热得人喘不过气来。午饭后，我和弟妹们常常跑到浓密的杜梨树下嬉戏、乘凉。累了，就躺在树荫下睡觉，一阵微风吹来，好不凉爽惬意。秋天，是丰收的季节，玉米、谷子、糜子、洋芋、萝卜、白菜、梨果等各种庄稼和果菜都已经成熟，人们兴奋地收获着。而杜梨树也毫不逊色，它把沉甸甸的丰硕果实呈现在人们的面前。尤其是"霜降"过后，杜梨树翠绿的叶子经过寒霜的封杀，已全部脱落，剩下赤条条的枝子上挂满了一串串暗红色的果实，引得人们前来品尝。每每这时，大人们总是飞快地攀上树干，香甜地吃了起来，而我们这些娃娃们却怎么也爬不上去，只好在树底下苦苦哀求树上的人折几枝下来。实在等不上了，就用土疙瘩往下打。那味道真是甜中带酸、酸中有甜，不知是甜是酸，吃起来是那样鲜美、可口，至今想起来都直流口水。冬天，天寒地冻，家中往往缺乏柴火。这时，母亲常常唤我们兄弟几人到山野里砍柴。我蜷缩着身子，焦急地到处乱跑，却怎么也砍不下柴。焦急当中，我忽然想起了那棵杜梨树，便飞快地跑了过去。强劲的西北风抽打着树枝，嗞嗞响，树枝撒了一地。我兴奋地不顾一切地捡了起来，不一会就捡满了一筐，急急忙忙赶回家中，母亲又是一阵夸奖。

那年，我外出求学后，农村已开始推行家庭联产承包责任制。队里决定，将集体和个人的树木打乱，统一收回分配。我家那棵杜梨树也被收回队里，统一参与分配。虽然，母亲多次苦苦哀求队长留给我家，但最终还是被别人分走了。当母亲从乡下来信告诉我后，我伤心地哭了。我能猜出母亲的心思，母亲也理解我的痛苦。然而毫无办法，只能作罢。几年后，我回到家乡，猛地发现那棵心爱的杜梨树不见了，只见树底下留下了一个大坑。我一下全明白了，就问母亲。母亲说那棵杜梨树前不久被一个外乡人买走刨掉了。听了母亲的诉说，我的心阵阵作痛，半天缓不过神来。

哦，我心中的杜梨树！

粥的记忆

●长　河

那是久远的记忆了，我甚至都还没上小学。天才蒙蒙亮，我便睡眼惺忪地随着母亲将家中烘炉提到庭院里。清完炉灰，以纸引火，燃柴，加入焦煤。接着放上铝锅，注满半锅水，母亲便将昨晚吃剩的饭放入锅内，搅拌均匀，盖上锅盖。

接下来便是我的工作了，拿着竹篾编成的扇子，对着炉口不停扇摇，十多分钟之后，水沸声响，“扑喽扑喽……”母亲走了过来，打开锅盖，拿起勺子再度搅拌已变白的粥汤，并要我别再扇了：“火太大，会焦的，要顾好喔。”我于是静静在旁观看着小火慢熬的一锅粥。此时，天已大亮，明柔的朝阳照在微微震启的锅盖之上，一股糜香不时溢涌发散……

跟着母亲煮稀饭，几乎就是我童年最早的记忆之一。将“粥”与“母亲”联系起来，也自有其文化上的意义。东方人凡事爱分阴阳，粥无疑是属于阴、柔、母性这一边的。因此，一年之始，日本人要吃“七草粥”，岁终之时，中国人啜饮“腊八粥”；伤病之人要吃粥，冬令救济多施粥；佛家强调“粥有十利”：资色、增力、益寿、安乐、辞清、辩说、消宿食、除风、除饥、消渴。清代曹廷栋写《老老恒言》，甚至收录了一百种的粥谱。

粥像母亲，随时抚慰着在外飘泊的儿女，所以粥也最好煮，洗好米，放好水，用火慢慢熬煮就成了——没听说谁曾煮坏粥的，倒是饭煮坏了，往往还得转煮成粥来善后。

人越老，越爱吃粥，苏东坡诗说：“我老此身无着处，卖书来问东家住。卧听鸡鸣粥熟时，蓬头曳履君家去。”或者竟是对于母爱的一种无形思念了。

走不远的思念

●袁海芳

姥姥已过世多年，但我对她的思念总是挥之不去。

记忆里的她非常严厉，要强。一见到她就可以联想到华北平原上勤劳、淳朴的嫂子形象。方脸庞，高高的颧骨，大眼睛，脑后梳一个发髻。常年穿黑大襟布衫子，裤腿用黑带缠的结结实实。她的小脚，四个脚趾瘪瘪地倒在脚心，脚跟像一只小锤坠在后面，我总担心有一天她的脚会折掉。

我的童年是在她的臂弯里度过的。夏日，槐荫下的小地桌上，一边是包饺子的小瓷盆，一边是穿了红兜兜的小胖妞。“包了饺子让谁吃呀?”姥姥问，“让姥姥让姥爷次（吃）。”随着这声回答，树下荡起慈爱的笑声。

姥姥的炕很大，她每夜盘坐在炕头纺线，我支着双手在旁边看那些雪白的棉条在她的手中化为一线白丝，手扬时，划出一条玉线；手落时，丝线缠绕在锭子上，结成一根白萝卜般的穗子。棉条总也抽不尽，一线一线从她手中化出来。纺车嗡嗡哼鸣像歌像诗，如颂如吟，我被熏得昏昏欲睡。一觉醒来看到的是烛火中姥姥纺线的剪影。这时她才把我抱在胸前睡在鸡啼声声里。

姥姥虽然疼我但并不娇惯我，早早教我独立做家务，七岁时我掂着小擀杖学擀面、包饺子。

上学后，离开姥姥。后来，我毕业了，工作了。再后来，恋爱了，结婚了。

婚后，生活的风雨很快就来了。新婚的甜蜜被清贫冲刷得一干二净。

记得一天下大雨，我冲出家门，独自走在泥泞的乡间小道，步行了五公里，拍开姥姥的门。我的头发湿漉漉的，衣服贴在清瘦的身上，眼眶里已分不清是泪水还是雨水。可是最痛的是我的心。

姥姥热切地说："孩子，这儿有你爱吃的饺子，还有我给你未来的小宝贝做的小鞋袜。你看，这还是你早些时留下的书……。"闻着我少女时代飘着墨香的书，我无语泪流。姥姥像没有看到我的眼泪一样，只是让我吃饭，让我烤衣服，还毅然决定让我们和她住到一起。

在姥姥家的那段日子，我变得坚强了，把生命投入勤奋的工作和艰辛的生活。

两年之后，我们终于建立新巢。就在我要搬新居时，姥姥得了癌症。她临终前几天，我和妈妈时刻陪在她身边。她的头抬不起来，每当我们俯身在她床前，她浑浊的眼睛就灵动起来，虽然目光那么的微弱，但却透出丝丝光彩。

我记住了她的话：生活，不是生来活着，而是做活才能活着。

别人的鞭炮

● 王国华

上个世纪80年代初，那年春节过后我就9岁了。进了腊月门我就开始催父亲赶紧去买鞭炮，可父亲没有满足我的愿望。那些日子正是水果生意最好的时候，他起早贪黑去赶集摆摊儿，一斤橘子挣5分钱，卖一筐就能有五六块钱的进项，这是一笔不小的收入。他没时间和精力理会我这个懵懂少年，他对我的欲望置之不理。其实，我知道，是父亲舍不得花那几元钱，他认为钱应该花在更实际的地方。而我不这样认为，我觉得如果能像小伙伴们那样拿着一串串鞭炮跑到外面去招摇过市，这带给我的快乐甚至要比吃上半碗红烧肉更多，虽然我也很喜欢红烧肉。

离除夕越来越近了，父亲仍然没有要给我买几串鞭炮的意思。我的忍耐达到了极限，我先是哼哼唧唧，对父亲指派给我的活消极怠工，接着就直接伸手讨要，知道他拿不出来，我嚎啕大哭，在院子里打滚，棉衣上沾满了灰土。就是这样，父亲仍不为所动，像没看见我一样，继续挑拣筐里的烂橘子。

除夕夜里，我们家的饭桌上有史以来第一次摆上了纯肉馅的饺子，弟弟吃得满嘴流油。母亲拖着病歪歪的身子，起来烧火做饭、上香祭神。她脸上呈现出了一丝丝兴奋的红润。我知道，这应该归功于父亲连日来的起早贪黑。可是我仍然无法接受一个没有鞭炮的除夕之夜。

父亲显然看出了我的心思，他见我吃完第一碗饺子，放下了筷子，就对我说："孩子，你跟我出来一趟。"我读不懂他的意思，迷迷瞪瞪跟着他走出家门。这时正是放鞭炮的时候，一来到街上，我的耳朵里立刻充满了或清脆或沉闷的鞭炮声，也有少许能买得起烟花的人家，他们正在自家院子里燃放这些当时的稀罕玩意儿。我仰着头看天空中的五颜六色，那些从不同的院子里冲天而起的缤纷烟花迷乱了我的眼睛，那些不绝于耳的二踢脚和麻雷子震动着我的耳膜，我久久地沉醉着，几乎忘了身边还站着我的父亲。

“好玩吗?”父亲问我。我点点头，顾不得回答他。“你看，别人听到了响声，你也听到了响声，别人看到了这么漂亮的东西，你也看到这么漂亮的东西，所以说，别人的鞭炮就是你的鞭炮。”我不明白父亲的意思，他却接着说：“可是你的娘是只属于你自己的，所以我要让你娘的病早点好起来。”他这一句话让我想到了我的一个小伙伴铁蛋，铁蛋的娘死了，他整天穿着一件不合身的破棉袄在我们面前走过来走过去，我忽然感到一种前所未有的恐惧。我哭了，在别人的鞭炮声中，我发现鞭炮对我来说再也不重要了，我第一次认识到我其实天天都在过年，因为我有一个完整的家。

细雨台儿庄

●肖复兴

去台儿庄那天，天下着雨，整个台儿庄笼罩在蒙蒙细雨之中。灰蒙蒙雾一样的雨飘洒着，摇曳得远近的景物都有些变形，台儿庄就像弥漫着一片未散的硝烟，似乎战争刚刚结束不久。由于雨的缘故，路面很滑，汽车行驶得很慢，眼前的景色如慢镜头徐徐展开，历史仿佛悄悄向我走近，一下子可触可摸起来。

台儿庄！隔着车窗玻璃，我在心里禁不住轻轻地叫了一声。我觉得我和台儿庄一起都在隐隐作痛。

在中国的抗战史上，台儿庄是一面旗帜。它让日本强盗为自己的罪行付出了代价，自己掘开了埋葬自己的坟墓。1938年之春那场震惊世界的战役，日寇渡过黄河，坂垣师团和矶谷师团前后夹击台儿庄，妄图一举攻克济南，打通津浦铁路线，一口吞下中原。台儿庄，在这里矗立起一道以血肉之躯搭起的屏障，阻挡住了日寇的侵略者步伐。台儿庄，让一万多名日本强盗在这里丧生，也让中国将士付出了三万多人的性命。台儿庄，当我一想起这样的惊心动魄的数字，我就为你肃然起敬。我就能够感受得到你的怦怦心跳，你的碧血飞溅，你的呼啸呐喊。落日照血旗，马鸣风萧萧。

台儿庄，你这“中华民族扬威不屈之地”！

在当年尸骨成堆、断壁残垣的旧战场上，如今建起了高大漂亮的纪念馆。青灰色的花岗岩的石阶和两旁红色的鲜花，都沐浴在细雨中，格外清净，灰得那样沉重，红得那样醒目。因为下雨，参观的人不多，四周安静得犹如深山古刹，远处田野里的玉米连接成无际的青纱帐，在如丝似缕的雨雾中摇曳着丰收的韵律，仿佛这里什么也没有发生过，就这样同别的旅游胜地一样充满着和平与温馨。

圆屋顶覆盖下的展览大厅，四周是以实体和图画结合勾勒出的战争图景。按动电钮，声光影控制，音乐响起时，眼前的图景里突然炮火连天，刀光剑影，还原出当年台儿庄战役的模样，甚至连当年拼死巷战，尸体横陈，堵死了巷口街头的情景都那样逼真。可除了当年在这里浴血奋战的人，和当年壮烈牺牲者的家属，谁还能够真正认识清楚眼前这环形立体电影一般的画面，是属于历史，还是属于今天？

其实，在我看来，再逼真，也只是仿造而已。不如留下当年战争中一段台儿庄坍塌的旧城墙、烧毁的老村庄，留下一片废墟荒村，更为逼真，更为惊心动魄。我想起那年去日本，在广岛看见日本修建的和平公园，在被鲜花盛开簇拥着的公园里，特意保留着当年原子弹爆炸后惟一留下的一座建筑的残骸，如同恐龙骨架一样，斑驳凋零，突兀着，扭曲着，一派疮痍，让它与四周的花团锦簇作着醒目而残酷的对比，让世人永远忘记不掉战争的恐怖。他们把自己修建成一个战争受害者的形象，却遮掩着他们自己曾经就是这场战争的发动者；他们把别人投下的原子弹摆在醒目的位置，却把自己的炸弹埋在地下，在地上栽上缤纷的鲜花。

站在台儿庄当年的战场上，心里总觉得我们这里修建得太像公园了。我们流的血比他们多，在日寇残酷的“三光”政策和血淋淋的刺刀下，有 2000 万中华民族的子孙死在那场战争中啊，那么多的地方变成了惨不忍睹的废墟，我们却没有保留一处真实的类同奥斯威辛集中营那样的战争遗址，也没有保留一处如同广岛那样的战争残骸，哪怕只是一点残骸也好。

但是，这里毕竟是台儿庄当年的战场，站在这里，虽然多少有些遗憾，看不到废墟，闻不见血腥，听不到枪声……依然让我禁不住想起那些惨无人道的法西斯，他们就曾经在这里——不是他们的国土而是我们的家园燃起罪恶战火，屠杀了我们多少无辜的同胞，枪声、炮声就在我的耳边响起，血流成河就在我的脚下流淌，罪恶和腥风血雨就在我的眼前弥漫。站在这里，历史一下子显得很近，仿佛就像昨天刚刚发生过一样。历史，于我们很近，是一件触目惊心的事，会让我们感到可怕；历史，离我们太遥远了，就没有那么可怕了，就会逐渐被有形无形的时间、有意无意的距离稀释、淡忘乃至扭曲。

台儿庄，让我们记住这一点，记住鲜花掩不住志士们的鲜血，也掩盖不住侵略者的罪行。

就是在这片土地上，面对日本侵略者，我们的中国敢死队员们掷地有声地扔下了发给他们每人手中的一块银元，他们这样作罢，就慷慨冲向侵略者的炮火中，义无反顾，全部阵亡。这悲壮的情景吓得侵略者胆战心惊，魂飞魄散，定格在1938年那血染的春天。如今，在他们牺牲的土地上，建起了这座宏伟的纪念馆。细雨还在飘飘洒洒，仿佛是苍天为祭祀他们而抛洒下的泪水。

台儿庄！

玉米情结

丁立梅

过去，我对玉米的感情很复杂，是爱恨交加的那一种。记忆里，小时候顿顿都吃玉米面稀饭，还掺和了许多的菜叶，或胡萝卜，或南瓜和山芋，吃得倒胃。但除此之外，似乎再没别的什么可吃了。

那个时候，家里有亲戚在上海，农闲的时候，父亲总要去走一趟。上海的亲戚再三关照，来时什么也不用带，就带点玉米面吧。我很奇怪，他们怎么会把玉米面当宝贝呢？父亲说，这是城里人吃腻了白米饭的缘故。心里便很向往，做个城里人真好啊，可以吃腻白米饭。

上海亲戚让带玉米面，这使我们全家很受鼓舞。这简直就是一种馈赠啊，穷家里，别的东西没有，玉米面却是多多的。当然，带给上海亲戚的玉米面，都是经过精加工的，脱得只剩最里面的一层仁了，白软细腻如雪。用袋子满满地装了，然后，我们就满含企盼地望着父亲的背影，渐渐消失在村头。

几天后，父亲回来，背着大包小包。是上海亲戚给的回礼，有穿旧的衣服，有新买的食品——一些糖果和糕点。全家人便像过节似的，围着一张桌看礼物。我们兄妹关心的是那些衣服，抢着往身上套。我跟姐姐曾抢过一件红色的滑雪衫，最后我赢了，是因为母亲的一句话：妹妹穿上，比你好看。姐姐因此而负气不吃晚饭。那件滑雪衫，我穿了好几年，也因此而美丽了好几年。

父亲跟母亲絮絮叨叨说着上海的见闻，说上海的亲戚看到玉米面时的欢喜。来年新玉米收了，再多送些去，他们商量着。我听着，心里很高兴，多送些玉米面，就会换回多多的礼物啊。那一刻，我对玉米充满感激。但还是不喜欢喝玉米面稀饭。表现得最为强烈的，是我弟弟，每次吃，必大哭。后发展到拒吃，饿得皮包骨。母亲没法，托了人去换了点大米，掺和在玉米面里煮，也只煮给他一人吃，让我和姐姐极为羡慕。

不喜欢喝玉米面稀饭的我们，却极喜欢吃水煮玉米棒，有着糯米的香。这样的机会不多，一年里，也只在玉米成熟的时节，会煮一两次。煮上满满一大锅，用大瓷盆装着。晚上纳凉的时候，不时去拿一根来，握在手里啃，直啃得肚子溜圆。心里面，是丰足的快乐。那时，这样的快乐，再没有什么可与之匹敌了。

现在，我在远离玉米地的城里生活，在玉米棒能吃了的时节，母亲总会托人给我捎点来。市场上也有卖的。一位中年妇人，守着一拖车的嫩玉米棒，外面包着绿的苞叶。妇人说，那是她自家种的。眉毛眼睛里，竟都是骄傲。我就想笑，我想起成片的玉米地，我想起星光下，我们啃着玉米棒，心里面装着丰足的快乐。忍不住，会买好些回家。

有一年，在吃嫩玉米棒的时节，我碰巧在苏州学习。母亲电话里说，再不回家，玉米棒就老了。但因学习任务紧，我也只能任由玉米棒一日一日老去。很遗憾。但终究有些舍不下，于是去观前街花 4 元钱买了一根水煮玉米棒吃。不知是不是煮的时间太长，抑或是包装运过来的，我吃不出家乡玉米棒那种糯米的香。

如果某个秋天没吃几根嫩玉米棒，我总觉得这个秋天是白过了。

一枕馨香野菊花

● 卢金花

家乡玉环岛的深秋山野中、靠海的坡坎上，金灿灿的野菊花繁复地盛开在一片葱茏之中，一团团，一簇簇，团团攒成球，簇簇随风披泻成瀑布，秋日里蒸腾成香熏，秋风中飘飞成香岚。

曾记得8年前的那个秋天，一家人为了生存而奔向城市。坐着汽车走过乡道，眼前的野菊花坡是那样杂乱、纷扰，一如离乡别土时的心情，明艳里带一点秋愁。我是个浅薄的人，凡事喜欢简单，对城市充满了向往，对郁金香、玫瑰花充满了渴望，总觉得自己有如野菊花那样一生卑微，身处菊花一族的野生行列，不曾得到过陶渊明、李清照这些文化名人的关注，永远难以走进都市。都市的8年生存打拼，终于让自己明白，最需要看得起自己、鼓励自己的人，还是自己，还是家乡的亲朋好友；让自己离不开的，还是家乡的故土与乡情。因此，清秋踏上归途，投入家乡的怀抱，最先进入视线的，还是家乡那盛开野菊花的绿坡，最是清芬入怀的，还是家乡充盈着野菊花香的豁达气息。

打扫好封尘已久的老屋，我把屋角的坛坛罐罐清理出来，在院墙根排成一排，到山坡上挖来带土的野菊花，种入坛罐中，用来笑对渐渐肃杀的秋风。野菊花们立在泥土粗制的沉黑坛罐里，轰轰烈烈地开放着，没有一点凋零的意思。它们一点也不妄自菲薄，像夏天里的向日葵一样散发着灼灼金黄，饱满而厚实。好似那种家道殷实的富足感觉，有一种享受大鱼大肉大碗酒的味道，不像浅浅的杯盏没法展开毫无顾忌地痛饮。看到这些菊花，不能不令人想起乡前村边的农业生态园与名柚园，想到爬满河汉水边的螃蟹。坐在野菊花环绕的老屋里享用螃蟹，痛痛快快地吃，尽情地享用，吃多少都可以，那是亲朋好友们特意上门招待的。

最开心的还是当年的小姐妹们，如今不少是做了婆婆岳母，或者是准婆婆岳母的，她们最懂得孝道，最有孝心。村里表示孝道的礼品最传统的是野菊花枕，一年一度的采野菊花晒干做枕头，是村里妇女们必备的女工手艺之一。是的，枕着野菊花枕睡觉可以时时闻到清香，那清香可以清热祛毒，明目清心。村里的风俗是在为老年做60大寿时，当年送上一只野菊花枕孝敬老人。因为村里一位活过百岁的老寿星说过，他是从60岁开始睡野菊花枕头的，一睡就是40年。老人到了一百岁，居然耳朵不聋，眼睛不花，做梦也舒服。村里的人都觉得野菊花枕很神奇，此后也就成了承载孝道的寿礼。小巧玲珑的野菊花在秋风的吹动下，摇曳起伏，不管是含苞的，半开的，还是绽放的，一朵、二朵、三朵……

一朵朵野菊花开得充满了自信，努力地奉献着自己，点缀着秋日的家乡山河，美化着人们的生活。走在一旁的姐妹告诉我，张爱玲在《金锁记》中曾写过一种菊花枕，说是管家婆子都用菊花枕，窸窸窣窣的，有一种辛辣的香。她说那肯定是一种野菊花枕，只有野菊花有着特别浓烈的香味。现在的都市女人都很崇拜张爱玲，或许这也是时尚小资们特别喜欢野菊花枕头的原因吧。

母亲的发卡

● 钱国丹

母亲的发卡极普通，两毫米宽的钢丝拗过来，正面稍长，有波纹，背面却是平直的；通体黑色。

母亲的发式是齐耳短发，70 年一贯制。三七偏分，“头路”在左边。左边这三分头发，母亲用两枚钢丝发卡把它们拢在左耳后；右边的头发太丰厚，母亲先把其中的一半梳向脑后，用两枚发夹在头顶处将它们定位，再将余下的头发向右耳梳去，又用两枚发卡压住。

所以母亲需要 6 枚发卡。当年这种发卡是 1 分钱 1 枚。还有一种更细又没有波纹的，就是 1 分钱两枚了。可 1 分两枚的质量太差，动不动掉漆不算，没用几次，就像臭了的蛏子那样张着嘴，再也合不拢了。

在母亲 30 到 60 岁的那段时间，因为父亲的冤案，家里穷得连这样的发卡也用不起了。

现在不少女子，以披散头发作飘逸状，她们常常让秀发遮住半个脸，显得更有情调和神秘；可我母亲那个年代，只有疯子和最懒的婆娘才会做“披头野仙”。所以没有发卡对于母亲是很恐惶的事。8 岁那年我翻遍了屋子每一个角落，终于找到了 4 个空墨水瓶，给母亲换回了 4 枚发卡。

可是再也没有墨水瓶了，所以母亲常常面临披头散发的威胁，这对于失业在家的父亲，是怎样的尴尬和痛苦。也许是受到我的启发，父亲也开始在废品堆里寻寻觅觅。有一天，他找出了一盘遗弃的闹钟发条，开始打它的主意。

他把发条剪下一截，用锉刀锉锉，用榔头敲敲。这发条的刚性太好了，居然纹丝不动。于是父亲把它放在灶洞里退火。待它烧红了烧软了些，又拿出来敲敲打打。我不知道父亲是怎么把那发条给弯过来的，又是怎样磨钝它的锋口，从而让两个口子互相卡住。只记得父亲的手破了一次又一次，鲜血直往外流。3 天之后，父亲大功告成，拿着那个土制的发卡，他是怎样的欣喜若狂。这个“父亲制造”的发卡，母亲使用起来有点费劲，但是她很满足，因为它是父亲做的，且大而结实，能“一口”衔住母亲的大半边头发，不离不弃绝不松口。

父亲再接再厉，继续生产他的发卡。至今我回忆埋头苦干的父亲，眼前就晃动着那盘颤颤悠悠的发条。想当年，父亲就像那盘被遗弃的发条，有劲都不知往哪儿使，只落得肝肠寸断做发卡的下场。

然而“父亲制造”的发卡却很称职，它们伴随着母亲，整整走过 30 年艰难辛酸的路程。

父亲落实政策后，第一件事就是给母亲买钢丝发卡。也许是为了弥补当年的亏欠，他常常奢侈地一买就是一整板（24 枚）。看着扇面般美丽展开的发卡，两位老人非常开心非常满足。

去年冬天，母亲带着满头银丝和头上的 6 枚发卡，风风光光地走了。丧事完毕，父亲把母亲近年的几件首饰拿出来，让我们各自挑选一件留做纪念。我是老大，我不拿金的银的，也不要玛瑙翡翠，我只拿了母亲留下的半板钢丝发卡。

母亲走了已经一年了。这一年里，我常拿出那些发卡看看，发一会儿怔。有时候我也对着镜子，左边两枚，右边两枚，再在头顶上夹上两枚；我看见镜里的我很像母亲。过完了瘾，我就把发卡一枚枚卸下，整整齐齐地别到那纸板上去。

槐花祭

● 王丹枫

岁月如白驹过隙，在我的人生旅途中，已送走了24个槐花飘香的季节。每当槐花飘香的时候，我都会情不自禁地想起故乡的槐花，确切说应该是刺槐花。我的老家都是山岭地，最适合刺槐生长。因为刺槐为荒山造林的先锋树种，具有速生、抗旱、耐瘠薄、耐盐碱、繁殖力强等特点。在沙土、壤土、黏土上均能生长，甚至在矿渣滩、石砾土上也能生长。

刺槐花开的时候，那一簇簇、一串串，点缀在茂密的绿叶间，白得耀眼，繁得热闹，整个村庄都沉浸在沁人心脾的清香之中。它满山遍野地盛开着，细碎的花朵儿挂满枝头，像冬天里的雾凇和雪挂，走在槐树下仿佛步入了寒冬腊月，让人在夏日里一睹冬天的风光。只有当那些勤劳的采蜜蜂儿花上花下飞舞着的时候（在整个花期蜂忙蝶至，花粉多，是其他树种不可替代的蜜源树），才使人从如梦如幻中醒来，这原来是夏日花不是寒冬雪。

记忆中，我老爱坐在奶奶家堂屋的门槛上，盯着高高的老槐树，看它抽新枝，发嫩芽，吐绿叶，等着小碎花儿像风铃排列般地爬上枝丫。想着奶奶蒸出来的槐花菜，煎出来的槐花面托儿，嘴角不知不觉地流出了口水。

槐花的甜，比蜜浅，比糖深，用舌尖舔一下花蕊，那原始的甜味沾染了整个舌尖；槐花的香，比月季淡，比油菜花儿浓，站在开满槐花的乡间小路上，花香醉人不知归处；槐花的美精致、细巧，轻薄如丝的白衣裹着亭亭玉立的花蕊，微红的花蒂托着小家碧玉的花朵儿，娇美而不造作；槐花的小是小巧玲珑，没有牡丹的富贵与大气，没有玫瑰的火热与执着，却迎合了百姓人家的小院与荒岭。槐花初开时像邻家小妹，随风含笑暗送清香，绽放时却如田间忙碌的少妇，妩媚而明朗，夸张着甜蜜的幸福，张扬着浓郁的花香。

“槐树高高高上天”诱得仙女们化为蜜蜂来采蜜，槐花蜜带至天庭便酿造了最甜最甜的花蜜。奶奶讲的仙女故事里是槐花引来了蜜蜂仙子，我记忆中还有那老槐树成全了董永与七仙女的一段美好姻缘，却也制造了七夕相会的牛郎与织女的爱情悲剧。槐树底下搭起了戏台，娃娃们在锣鼓喧天中酣睡，梦里是仙女们撒下的槐花瓣，除了香就是甜。

槐花儿开开，馋虫出来。用槐花可以做出很多种吃法。比如槐花汤：把水烧开，放进洗干净的槐花，再放入调好的面糊，等凉了以后，满屋满院香气扑鼻，比上等的茉莉花茶还要香，吃过后整天觉得花香在口；槐花菜：把槐花放进开水里过一遍，再用油炒，加入一点盐和醋，倒进碟子里，像一盘碎玉，不仅赏心悦目，而且色香味俱佳，让人胃口大开；槐花糕：把槐花用清水洗干净，加进一些干面粉，拌匀后放进蒸笼，蒸到香气四溢时就熟了，槐花糕放进嘴里，又绵又酥，甜丝丝的余味无穷，好像那槐花已经进入了你的五脏六腑……

一年一度槐花开，一年一度燕归来，我的童年在满山遍野的槐花香中渐行渐远，化作一个久远而美好的梦，一分温馨而甜美的记忆。

五月如期而至，这本是槐花盛开的日子。然而，穿行在城市的钢铁森林中怎么也嗅不到槐花的味道。我多想请一个长假，去一个槐花飘香的地方，静下心来，去祭奠那一切本不该逝去而又逝去的东西。

生活原色

● 陆勇强

那时，总想着自己 30 岁的时候，会怎样，想得晚上睡不着觉。早上起来对母亲说："我头痛。"

母亲在粥里煮一只鸡蛋，剥开壳说："吃吧。"

乡下孩子的命好，没有作业负担，也没有父母的望子成龙，所以我有幸扮演自己，童年的时候过着童年。

上学了，工作了，结婚了，生活真的像条河流，再曲折再宛转，也会朝前流。

在父母的面前，我仍是个孩子，总是任劳不任怨，把一肚水苦水说给母亲听。什么时候，我发完牢骚，看见母亲的眼神竟然很惶惑，猛然间我意识到了什么，母亲的头发白了，母亲老了，母亲对我已经无能为力了。

自己已是一个大人了，可以和父亲平起平坐，讨论家中的大事了。

这些年，努力想用自己的专业做一些事，牺牲了许多，结果却被否认了。反而自己的写作爱好却无心插柳柳成荫，这是自己意想不到也是家人感到宽慰的。

30 岁到了，没有什么特别。

以前看到过一个笑话：人要是过了 30 岁，还没有争得一席之地，那只好走歪道演坏人。

幸好，没有被人逼到绝路。觉得现在一切很正常，包括对自己不公的、被人误解的。

一个人过了 30 岁，其实离孔子所说的不惑之年很近了。他就知道自己是什么样的人，还知道哪些人可以亲近。如果自己是个挑砖工人，我不会嫉妒在办公室纳凉的工程师，因为我自己了解自己。

年少的时候，有很多梦想，现在没有梦想，因为我知道自己办不到就无法办到，办得到的我肯定会得到。

有人说“青春是生命的黄金时期”。我觉得这话并不全面。年轻的时候，有梦想却没有能力，无法去实现一个很小的希望。现在却发觉年纪大了，反而越有主张越有能力设计一个真实的自己。因为我的目标明确了，世事已经慢慢浮现出原来真实的形状。

有禅诗说：“开悟之前，砍柴，挑水。开悟之后，砍柴，挑水。”

这诗是极有意思的。每个人都在砍柴、挑水，有的人乐在其中，有的人却埋怨不已。生活也一样，爱你的生活和你爱的生活其实永远都在你的左右。

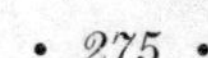

牛皮纸包着的月饼

丁立梅

不知其他地方，有没有这样的习俗，在苏北沿海乡下，嫁出门的女儿，每年中秋，是要回一趟娘家的，左手月饼，右手莲藕。那时节，路上回家的女儿们络绎不绝，不断有乡亲招呼着，声音里，透着月饼的香与甜。今年中秋，朋友去北京，给我带回两盒包装精美的月饼。用红漆木盒装着，华丽、雍容。

揭开盒盖，不多的几只月饼，躺在质地柔软的丝绒上。

洗净了手，和家人，带着虔诚的心，切了一只月饼来尝。为此，我还特地拿出如同宝贝样收藏着的印花水晶盘，把月饼摆成菊花的模样。一家人欢欢喜喜拿了吃，鱼翅做的馅，味道怪异，家人都只吃了一口，就放下了。

这时，便格外怀念起小时候的月饼来。是些小作坊做的，用桂花或松仁做馅，外面的面粉，层层起酥，洇着金黄的油。看着就让人垂涎欲滴。

那时，在中秋的前一个星期，村里惟一一家小商店，就把月饼买回来了。散装的，搁在一个大缸里。我们放学时从商店门口过，可以闻得见空气里的月饼味，香甜香甜的，很浓。探头去看，总看到面皮白白的店主，在用牛皮纸包装月饼，五个一包，十个一包。他动作舒缓，在那时的我们眼里，那动作无疑是美的，充满甜蜜的味道。我们的心，便开始生了翅膀，朝着一个日子飞翔。

终于等到中秋这一天了。起早祖父就答应了的，晚上，每人可以分到一只月饼。那一天，我们再没了心思做其他的事，只盼着月亮快快升起来。等月亮真的升起来了，我们不赏月，眼睛都聚到门口的小路上。祖父出现了，手里提着用牛皮纸包着的月饼，隔了老远，我们都能闻到月饼的味道。兄妹几个，跑过去迎接，在他身边跳。祖父说，小店里挤满了人，好不容易才买到月饼。语气里有得意，仿佛他做了一件很了不得的事。

煤油灯下，祖父小心地揭开一层一层的牛皮纸，我们得到了向往中的月饼，用小手托着，日子幸福得能滴出蜜来。母亲在一边教育我们，好东西要留着慢慢吃。于是我们把月饼分成一点一点的碎屑，舔着吃。总能把一只月饼吃到第二天，甚至第三天。

大人们也一人一只月饼，但他们多半舍不得吃，藏着，只等我们嘴馋了时，分了去吃。但生活的琐碎和忙碌，会让他们忘掉藏月饼这件事。我祖母有一次藏了一只月饼，等她记起时，月饼上面已长了很长的毛了，不得不扔掉，一家人为此痛心了好多天。

祖母也曾把月饼分送给邻家两个孩子，那两个孩子跟着寡母过活，自是没钱买月饼。中秋时，别人家欢歌笑语，他们家却冷冷清清的。祖母说，可怜啊。随后踮着小脚，给他们送了月饼去。回家来安慰我们，让别人吃掉，比自己吃掉好。那时年幼，不明白这句话，现在想想，祖母说的是帮人的快乐啊。如今那两个孩子早已长大，都出息了，一个在南京，一个在杭州。每年回来，都会去看看我年迈的祖母，他们都说，忘不了小时候用牛皮纸包着的月饼。

每逢过年感慨多

●林长华

每次过年，总会萌发一番抚今追昔之感慨。

小时候，无忧无虑，最盼过年。当家里墙壁挂上新日历时，我就巴不得撕到除夕那一页。“过年过年，有吃有穿又有钱”。小时候过年，最大的喜悦莫过于有新衣服穿，有好东西吃，而且还有压岁钱。

那年头，人们过年意识尤为强烈。年，是喜庆，是团圆，是热闹，再穷也得过个像样的年，撑持家计的大人们经过一年的紧张劳累，忧思悲恐，过年了，总要尽量营造一种幸福祥和、轻松快乐的氛围。再苦再穷也要给小字辈儿买点好吃的，做上一套新衣裳，故有乡谚：“勤俭五个节，富贵一年夜。”

最能体现“富贵”的，也不过是除夕“围炉”聚餐那些菜色了。改革开放前，鱼、肉、禽、蛋，什么都要凭票限量供应，甚至几两煤油、几盒火柴也不例外。那年头，每一家都有五颜六色的各种票证一大叠。计划分配的年货单调得很，我的一位乡亲捺不住性子，就用过年常供应的烟茶酒名缀了副对联：“红金飞马大前门，色种留香一枝春”横批是：“固本米酒”。今天，我们品评此联，不也可品出旧经济体制的辛酸味道么？

小时候喜欢过年就是巴望穿一套崭新的衣服，父母带着我们5个兄妹到裁缝店量体裁衣时，总是千叮万嘱要把衣裤做得长长的，能够保持一两年后穿着也合体。有一次过年，家里给我们几个孩子做了件棉衣，从这面看是男式的，翻过来却是花花绿绿的女装，我们轮流着穿，男女通用，谁都感到很合适。在那连布票都不够用的年代，“新三年旧三年，缝缝补补又三年”并非夸张。上世纪70年代，我十八九岁那年春节，几位在部队的亲戚回家时，这个送我军衣，那个送我军帽、军鞋和皮带，让我全副武装过了个军事化的年。当时，有这样一套军装，简直比时下穿“皮尔·卡丹”等名牌服装还神气，穿着出门，不知有多少姑娘投来羡慕的情意。

困难年头，一月半月闻不到肉香不足为奇。于是，盼过年的心情，有如安徒生童话中卖火柴的小女孩，翘望过个温馨的圣诞节一样热切。待到朝思暮想的年夜饭，令人兴奋的时刻到了，一二海碗油腻腻的红烧肉和大块的炖猪蹄端上桌来时，我们几个小孩就像卖火柴的小女孩看到香喷喷的烤鹅，几双筷子争先恐后伸向一处。瘦肉虽然好，肥肉更受宠！说来不怕人笑话，有一年我与归国定居的祖母到一“华侨户”拜年，主人送我两块巧克力。那年头，对我们来说，巧克力简直是不明飞行物！我如获珍宝，实在舍不得一下子把它吃完，每次仅用牙尖小心翼翼地咬它一小口，眯缝着眼细细品味，连那两张精美的包装纸也珍存在书页里，不时拿出来闻一闻，看一看。

倏忽数十年，现在当然不像年少时那样热切盼过年了。人们不用起大早顶寒风，攥紧五颜六色的这票那证去排队买年货。曾经为看场电影挤掉布鞋而怨叹的人们，也早已把影院搬到家里来。年夜饭，举凡天上飞的，地面爬的，水中游的应有尽有。如感厌烦，则不费举手之劳，干脆把年夜饭搬到酒楼饭店。挨家串户拜年已不再令人厌烦，宽带网的开通，使我们迈上“信息高速公路”，千里之遥如隔壁隔铺。电子贺卡、网上拜年、短信颂言须臾可达。给老人送点饼干、糖果已被百元大钞的红包所取代。因垂青男士手中那笨重的“大哥大”而许身的姑娘，过年时用纤纤玉指一按“掌中宝”，时代的“宝马”“奔驰”就风驰电掣般出现在门口，把一家子载去逛花市、赏春灯。曾经为何时敲破小泥猪储罐的决定而举棋不定的人，如今，一张名片大小的金卡就把花钱的烦恼刷得干干净净。把年过得更有质量，让人活得更加潇洒，已经成了新时代老百姓的生活时尚！

随着生活水平的提高，吃、穿都成了小意思，抚今追昔，用老百姓的话说是“天天是节，日日过年”。物质的丰富与营养的过剩，消除了人们品尝幸福的耐性，淡化了人们品味过年的观念。是啊，比起往昔，我们不是天天在过年么？

美文天地

种在心里的种子

●袁淑伟

在《中国达人秀》节目中，一对热带雨林精灵姐妹林妲和宛妲，让人印象深刻。

这对精灵姐妹的父亲马悠是德国生物学家，在中国云南西双版纳工作了13年，成立了天籽生物多样性发展中心，坚持致力于当地热带雨林的修复和再造工作。她们的母亲李旻果也是一位著名环保工作者，她和丈夫一起深入云南热带雨林中，为西双版纳雨林的恢复与保护奔走。本来，一家人幸福地生活在美丽的热带雨林里。不幸的是在2010年，马悠因心脏病突发永远地离开了人间，留下妻女继续坚守这份事业。

林妲和宛妲的歌声悠扬婉转，有一股穿透人心的力量。在整场演出中，两个孩子始终洋溢着阳光的笑容，但却惹得全场观众潸然泪下。落泪，不是对她们命运身世的怜惜，而是对她们的天然美丽，她们的坚定执着的深深的感动。是的，如梦想观察员黄舒骏所说：两个女儿一起唱一首歌，胜过千万个大人的呼吁。那句嫩嫩的颤颤的“我们唱这首歌就是希望每个人都种树”，谁不动容?

当梦想观察员问及身边是不是都是雨林，孩子说，现在都是橡胶林了，这个沉重的话题再一次摆到人们的面前。

橡胶林种植面积扩大导致天然森林不断减少，橡胶树的吸水性较强，林地面积扩大会导致水源逐渐枯竭，气候会从湿热向干热方向转变。橡胶林的水流失量是同面积天然热带雨林的3倍，土流失量是同面积热带雨林的53倍。种过橡胶林的土地最后寸草不生，生态系统严重破坏。

如今这对热带精灵，一首纯净的《花恋》，在向人们展示热带雨林的美丽，在呼吁保护雨林的重要性。

我宛若看到，林妲和宛妲似花仙子般追逐嬉戏，蝴蝶、鲜花、蜜蜂为她们搭建了一个最美丽的舞台。我在想，她们的父亲母亲或许没有料到，宝贝女儿林妲和宛妲，以一种轻松愉快的方式，把一粒种子静悄悄地种在了人们心里。

在土里种下一颗种子，可以绿化一寸土地，在心里种下一颗种子，可以绿化整个世界。

春天的那一抹灵动

●西 安

春节总是在春天之前，如春天的那一抹灵动。春节象征团结、兴旺，是对未来寄托新希望的佳节。伴着这一丝灵动，我也点燃幸福的许愿灯，希望在日落日升间，让春之花在这节日里，如白昼一样鲜艳耀眼。

2012 年的春天，如约而至……但是又比往年早了一点，有点让人措手不及。

春节总会因为地域、时区和年龄的变化带给我们不同的新意。2012 年的春节，我选择和父母在大连过年，也是我们第一次在这座既熟悉又陌生的滨海城市里过春节。

大连的冬天并不冷，三面环海一面靠山的温带季风气候，让大连的冬天相比我国北部其他地区暖而不燥。而我的故乡哈尔滨，那里已是一片银装素裹，最低温度已经达到了零下 30℃。我曾经在那里生活了近 20 年，长期的边疆生活让我的许多记忆和幸福都被冰封在无法言传的一种情绪里。随着我来到大连工作，这一切感觉慢慢消融，使我对春天和春节的理解多了一丝天真和对未来的期盼。

早在一个月前，父母就对除夕夜的每一个环节、参加的人数和邀请的亲属，还有每个人的节目都精心地做了安排。对这双古稀之年的老人来说，儿子在身边是最幸福的事。

每天回到家，听见他们两个不顾疲劳地絮絮叨叨一起商量，一起决定，那样的感觉似乎在准备召开一次盛会一般。两个人开心的表情如美丽的合欢花，盛开在他们心里。

春节期间，大连到处张灯结彩的景象洋溢，你会融入其中。已经开始的不绝于耳的鞭炮声，似乎想和着来自黄海的微醺海风，惊动沉睡的大地，唤醒枝头的新绿。

在暖冬中下了两场厚厚的雪后，洁白的雪与依然青翠的绿树、各式的彩灯彩饰相映，到处是色彩的组合。夜晚时分，大连的星海广场彩灯斑斓，你会看见霓虹连成的彩色长龙，慢慢沿着海岸腾起，飞向隔海相望的金州湾，让你随之而神怡。

轻轻地，灵动的春或许会在那一刻唤醒枯睡一季的大地。于是，大地就开始春心萌动了。每个人心中的那幅唯美画面中，相同地泛起与众不同的一抹绿意。

无论如何，永远在春天的枝头热烈地绽放的，不只是花瓣，还让我们感觉到水的滋润，柔到心底的舒畅。

春天，是枯朽后的重生，春节是点燃春天的火种，在这个季节里，每个人和每个家庭会用不同的方式来迎接它。

春节的每一个前夜，我都偷偷祈求那些美好，希望它如梦一样，从春天的地铁里面走出来，来到我身边，走进我心里。

春天向我们走来

● 王军红

任谁也阻挡不了，春天正以轩昂的气势向我们走来。

春天走近河川，河川的冰雪顷刻笑逐颜开，幻化成丁冬的歌唱奔向远方。

春天走近田野，灰蒙蒙的大地即刻冒出了崭新的绿，如清纯的姑娘飘飘然，欣欣然。

春天走近园林，光秃秃的树木突现生动的蓓蕾，一夜千树万树花儿开。

春天呀，春天。你是饱满的激情，你是新年的希望，你是万紫千红，你是永远的歌唱……

迎春的鞭炮响声雷动，舞动的新衣春风荡漾，醇香的美酒充满祝愿，新春托起了新的希望……

“春江潮水连海平，海上明月共潮生。”那一江的春水，那春潮涌动的大海，艳艳随波千万里……

“燕子飞时，绿水人家绕，枝上柳绵吹又少。”那轻俏的飞燕，那绿水萦绕的白瓦红墙，如雪的柳絮曼妙起落……

“不须迎向东郊去，春在千门万户中。”春在大地，春在江河湖泊，春在人们的心里。

茫茫人间，是谁梳着两只羊角小辫，在广袤的原野上用心寻找春天里的第一抹绿；是谁摩挲着一对油黑的大辫子，在鹅黄柳绿的岸边悄悄私语；是谁盘起长发牵起小儿，面对一湖春水的白衣仙子吟咏鹅，鹅，鹅，曲项向天歌……

春天呀，当你怀抱着无限热爱走向我们的时候，我们在你的希望里寻觅，在你的爱里成长，在你的故事里生发出无数的故事，在你的希望里诞生出一个又一个希望……

你是谁，你从哪里来，悠然千年的你为何永远这般稚气青春，永远给人以希冀，永远让人美在花的笑靥里。

你是谁，你从哪里来，你是世间的开端吗，你是河流的源源吗，你是花草的鼻祖吗。缘何，所有的生机因你而起，因你而兴，因你而盛呢。

你是从远古中走来的吗，你是从金戈铁马中走来的吗，你是从唐诗宋词中走来的吗。

千万年的路程轻俏走过，战争的尘埃遮不住你的婀娜多姿，唐诗宋词羽化成了一个清香四溢的你。

在你的季节里，一个小女子出塞的壮举成为千古美谈；在你的季节里，一个伟大人物的题词让爱撒播在了人们的心里；在你的季节里，一个春天的故事改写了中国经济腾飞的历史……

当一个人突遇寒流的时候，他在想念你；当一个集体突遇挫折的时候，他们需要你；当一个国家需要进步的时候，民众渴盼你。你是温暖的化身，你是希望的源泉，你是强劲的东风，你是鼓舞人心的力量。

常常，世人将“好人”比喻成你，也将你看成是人间的希望。所以，当他们在人生低迷的时候，将你藏在心底，韬光养晦，自强不息，期待与你相遇便是他们的动力，用自己的行动成为“好人”温暖人间便是向你学习的目的。

当春天向我们走来，我们的心底是否储满了春的讯息，是否储备了有生的力量，是否与春的思想合拍同步。

当春天向我们走来，让我们珍惜春天每一刻光阴，与春天同步。

心灵是一片土地

●张庆和

心灵是一片土地，是根的家。是种子放飞梦想，期待和向往的庄园；是红硕的花、成熟的果，直至参天大树无法忘怀的故乡。

心灵是一片土地，一笔人生独有的财富，他人无法占有。在这片土地上，种瓜得瓜，种豆得豆。如果庸散懒惰，不肯耕耘，不去播种，这土地就会荒芜。荒芜的土地里，会杂草丛生，会秕草满目，甚至会有毒草恶株泛滥成灾。

心灵是一片土地。它埋藏智慧，珍藏希望；它孕育生机，助长活力。发现它，开垦它，会有一种挖掘的快乐和收获的满足。

心灵是一片土地，它拥有不可低估的抚育能力。你看，在那悬崖峭壁的缝隙间，虽然只有一捧泥土，却养育了一棵树，抑或一蓬草，从而使它们成为一簇簇耀眼的风景。

心灵是一片土地。它不但拥有抚养的能力，还拥有承当的力量。那巨龙飞奔的铁道线，那四通八达的公路网，那纵横交错的江河流，那直插云霄的高楼群……一条条，一幢幢，无一不是踏着土地的身躯，踩着土地的肩膀而起飞，而登顶的。

心灵是一片土地。这土地有肥沃与贫瘠之高下：不惜汗水，辛勤耕耘，是土地肥沃之秘诀。

心灵是一片土地。这土地有湿润与干涸之区分：审度云雨，洁身净气，是土地保有常态之窍门。

心灵是一片土地。这土地有松软与板结之不同：敞开胸怀，吐故纳新，是土地永不僵滞之奥妙。

心灵是一片土地。这土地有冰冻与温暖之差别：善待四时，感受阳光，是土地永驻春天之真谛。

品尝着土地的味道，吮吸着土地的清香，触摸着土地的温润，感恩着土地的厚爱，生命会愈加蓬勃，人生则不断丰富。便会有希望之鹰起飞，一只只飞向高远，飞向辽阔……

当飞翔的鹰劳累了，困倦了，这土地——就是温馨的眠床。

木屋的气息

●张启甲

清明时节雨纷纷，思念也纷纷。三年了，我曾数次提笔，却始终没能完成这篇三年前默许的承诺。

朱江是新疆检验检疫局认证处处长，我曾经的一位同事。2008年3月28日，他在出差途中因心脏病发作戛然而逝，在天津火化，年仅46岁。

三年多来，朱江的音容笑貌总也走不出我的记忆，他的豁达、诚恳和勤于思考的乐观心态，他的睿智、幽默和随遇而安，好像还在某个地方营造着轻松、和谐及笑声朗朗。

尽管我离开新疆来广州工作已有8个年头，但他在世时我俩每月一两次的电话联系总会不期而至，并约再见时要好好喝几杯，亮亮堂堂地聊一聊。这约定一直保持到他去世的6个小时前，就在饭桌上他还给了我一个电话，说要喝酒了，又想到我要能在就好了。那天我忙，没说几句就挂了，总觉得来日方长，还有的是时间。之后我等也不来，忘也不能，再之后传来的是噩耗。

尽管我知道，他已经走了，他已经离开这个世界三年了。可冥冥之中我却总有那样多的期待，期待能从电话里再次听到朱江的声音。

朱江对我说，他父亲五十出头就走了，他遗传了如父亲一样的病，说不定哪天也很突然地就走了，应约得趁早。

想起他当时说这话的口气和淡定，我以为那是玩笑。现在想来，一切似乎都在冥冥中注定，但他面对死亡的那份超然笑傲，我是五体投地的。

奔五途中，心境不再清澈。许是看多了的缘故，对人这一辈子的事，就有了不是滋味的醒悟。说白了，大多数人都是默默无闻地来到人世，转了或大或小的一圈之后，又默默无闻地离去。也有的人终生混混沌沌，忙忙碌碌，来不及想和死亡有关的事就过完了一生。

但朱江却因父亲的早逝而提前进入了预死亡状态，正是这种状态，他比我们都多了一份对生命的执着和对死亡的抗拒。他总说，活着就多想点事，多干点事，死了，那就是另外一回事了。

在我记忆里，朱江整天风风火火，跑东忙西，脸上却总是乐呵呵的，眼里总有做不完的活。2000年盛夏，我在阿克苏拍专题片，其中涉及他分管的认证工作，那时他已经是处长了，每次一走出镜头，他总是很自觉地帮我扛脚架、提箱子，做了十来天我的跟班。那时别人都说，这片子投入真大，连扛脚架的都是处长级人物。其实，这就是朱江的性格，在他看来，只要是力所能及的事，碰见了就做，能做就做，没啥高低贵贱或有失身份的想法。

现在想来，那都是朱江心无尘埃所为。因为心无尘埃，他才有同预死亡状态赛跑的胆量，才能极从容地生活在绝望之中而毫无惧色。可想想我们这些似乎远离预死亡状态的健康人，许多本来能做的一些事，也因懒惰或明日复明日，错过了许多本可成就的机遇而自在逍遥，名曰享受生活。

朱江的一生虽然没做出什么惊天地、泣鬼神的壮举，但他浑身朝气、永不倦怠的做事风格，却让我们这些朋友和同事念念不忘。因他不好高骛远、脚踏实地，便练就了一种心无尘埃般的始终执着，做了许多分内的事、可做的事，虽英年早逝，作为朋友，我觉得他了无遗憾。

美国作家、哲学家梭罗曾写过这样一个故事：一个年轻人整日忙于搜集材料，预备造一座桥通到月亮上，或者在地球上造一座宫殿和庙宇。而当他进入中年时改变了决定，用他所收集的材料建造了一间木屋，那木屋在他去世多年后仍有人居住。

虽然我不知朱江在他中年时确定了怎样的奋斗目标，但能肯定的是，他认清了自己是一个平凡的人，也知道能做什么和做不了什么。

我想，再过十年、二十年，朱江留下的那座“木屋”，我依然会不自觉地去神游一番。

思念母亲（外二章）

●丁梅华

其实，无论时间如何穿梭，岁月如何流逝，我总会这样痴痴地在这里守候着故乡，守候着故乡日渐苍老的母亲，我也会一如既往地在你朴素的挚爱中走向远方。

其实，无论昼夜如何交替，多少花开花落，我总会在冥冥之中为你虔诚地祈祷，就像你在我远离的背影中，仍能够感受到山花的芬芳、夜莺的悠扬。

即便我只是一截水域中，来回游动的一尾小鱼，而你只是岸边一棵不再挺拔的树。

但我仍能感受到这情真意切的绿茵、这清澈见底的溪水、这青翠欲滴的袅袅花香……都是来自你至真至纯的挚爱，都来自你为我编织的美好梦幻和亮丽诗篇。

即便过去的总也无法回首，即便那片曾经的风景我们已经走过，即便……我也会在你流逝的寂寞中，放飞童年的风筝。

哪怕所有的记忆都变得遥远，我也会把对你的那份牵挂，注入这绚丽多彩的天籁之音，让爱的葱茏、爱的脚步、爱的眼神，一起洒向远空那片蔚蓝。别离的雨季，总是一场接一场，怦然的心跳，让我聆听到自己脉搏中流淌的那份思念，原本就是这般的脆弱、这般令人不能放手。

临近的末班车，总是在我一次次的惊喜之后，失之交臂，拔节的胡须在黄昏的燃烧中日渐熟稔起来。

你说，能否长久厮守不是很重要，重要的是在这个生命的五月，心与心早已相连。因为，我知道，我的血管中始终流淌的是你的血液。

你说，暂时的别离不是很重要，重要的是在这个五月的港口，母与子心与心早已相拥。因为，我知道，等待与厮守有时同样会是一种美丽。

五月的守望

在这子夜的跋涉中，我怎么会又一次聆听到一种呢喃，来自久违的家园。

我不知道是否真该把这颗忧郁的心，连同五月的琴音一起给你，还是在你关爱的目光中，为你再次唱起那段歌谣，虔诚地为你祝福。

其实，孤独的闪电，总在风雨莅临前接近火焰的燃烧，被绿叶轻掩的森林，总也透出生命的光泽。

而我为你书写诗行，在反反复复的酸甜苦辣中变得清瘦起来，就像裸露的山岩，在阳光的记忆中一点点的风化、一点点沉默。

而闪现在你眼角的泪花，总让我无法真的远离。所有的梦都是那么真，所有的情都是那么纯，是谁把眺望的目光拧成一根绳？绳的一头是你的无尽的关爱，一头是我深深的牵挂。

在这康乃馨盛开的季节，我亲爱的母亲，我想不出该用一种怎样的方式，迎接你眉宇间被黄昏涂满的沧桑。

那个渐行渐远的春天，早已把迷茫中的日子，从远方带进我永不枯萎的坚强，成为我冥冥之中灵魂的延续，而我能够读懂的除了这疲惫的眼神，还有着被吉他尽情弹奏的优美旋律。

只是此刻，拔节的麦子已经在田垄间成熟，屋檐下搁浅的梦幻，直指季节的阳光，构成了暮春最后的风景。

一些蜂拥的往事和昔日的诺言都变得义无反顾，我想不出留下的理由，唯有盛开在五月的沙枣花，还在温馨的脚步声中轻吟低唱。

这纷杂的尘世与掌心的思念，果真是你扬起的风帆吗？这停留在脆弱晶莹情感上的依恋，果真是你葱茏的渴望盛开在水的中央？要不，这澎湃于心底的涛声，怎么会成为一种守望。

情牵母亲

就算这一切在季节的轮回中可以变得魂牵梦绕，我真的不想因为浅水嬉戏的欢快而回到童年。

就算所有攀缘而上的欲望都贴近土地的飞翔，我真的不想因为过去的岁月，而放弃曾经追逐的诺言。

当那一叶远行中的孤舟成为奢望时，你的笑容是否还可以无声地抵达我最初的旅程时，风雨中迷茫的你，是否早已被时间的无情铸造成一尊永恒的雕塑，伫立在我经过的每一个路口。我知道，被月光弹奏的乐章，是一种至真至善至美的过程，就像我对你的怀想只是一种过程而已。

选择漫漫的长夜静静地想你，其实是想昨夜的星辰和浓郁的诗意洒在生命的窗前；选择这一方草地，其实是想和你过日出而作日落而息的日子，让情感在朴素中品味生活的酸甜苦辣。

被月光捧读的精彩故事，如今还残留在黑夜的狂想中，嘴角边流淌的圈圈薄雾，成为袅袅升腾的思念，被深情托起的波澜一次次推向遥远。

而伸向天空的手指，成为葱茏的胡杨林，始终无法摆脱的纠缠，是埋藏在心底对你久久的渴念。

就这样，我一直生活在你用脚印为我精心设置的回音之中，能够聆听到的除了切入肌肤的心跳，还有琴弦上缓缓流过的清清溪水，再就是你留在我枕边关于春天的诗句。

没有人能够告诉我，弥漫在山涧下的季节，会不会有一种刻骨铭心的感动，被驰骋马蹄散落成草地上脆嫩的音符?

这个日子，总有一些梦幻被雨水打湿，总有一种憧憬被春天收藏。

雕刻时光

● 夏爱华

父亲一生最大的爱好就是雕刻。那些不起眼的小石头，经他的手细细雕琢之后，就变成了一件极其精美的工艺品。每一件石雕他都一一珍藏，但从来不卖。他说，拿不出手，只是刻着玩儿的。

少年时期的我，看着他有空儿就鼓捣他的石头，很有点不屑。说，再怎么整也只是一块石头而已。他郑重地说，不，我赋予它们生命，它们在我手下获得了新生。

青春如花的我，爱上了一个人，陷入甜蜜的初恋中，不能自拔。他看在眼里，急在心上。对我说，爱情确实美好，可人生还有更重要的事去做。我反驳道，谈恋爱难道不是正经事？总比你刻那些哑巴石头强多了！

后来，我失恋了，悲伤像潮水一样袭来，整日泪流满面。他将刻刀递给我，说，要不，我教你刻石吧！我一把推开了他的手，不耐烦地说，我没兴趣，我永远也不会学这个的！

人到中年，一路走来，历经坎坷。我向他哭诉我的痛苦与烦恼，他一声不吭，好像没听到似的，神情专注地刻他的石头。我委屈无比，说，石头比我的幸福还重要？他说，有一天，如果你能静下心来刻一块石头，那你就快乐了。

十年前，他去世了。留给我的，是一方精致的印章，上面篆刻着四个方方正正的宋体字：雕刻时光。

手捧印章，思绪如潮，往昔的光阴历历在目。此时，我才真正读懂了他，懂得了他的追求，他的快乐，都在一刀一刀的雕刻中。懂得了他的淡泊，他的宁静的心，他的宽容与豁达。也终于懂得了他送我的这方印章里的深刻含意。人生在世，即使遭遇逆境，没人理解自己，独行于风雨中，无人相伴，也要与梦想同行，坚定不移。

那天晚上，手握他留下的刻刀，心灵沉静地雕刻一块硕大的石头。因为一向欣赏莲花的高洁，所以我想雕刻一朵莲花。一刀一刀刻下去，才知道这工程有多么浩大，何等辛苦。将一块顽石雕成精美的石莲，我不知道这工程到底有多么漫长。十年的时间，每一个静谧的夜晚，专注雕刻，我忘却了所有的烦恼，一颗心沉浸在雕刻带来的愉悦与欣喜中。

十年后的一天，终于完工。那美丽的莲花，每一瓣都浸透了我的心血，盛满对父亲的怀念。手捧这美丽的石莲，我终于深刻地懂得了父亲的心。自己倾心雕琢的东西，是这世上无价的珍宝。

雕刻时光，我的心变得宁静安详，不惧怕任何暴风骤雨。雕刻时光，我的心无比辽阔，仿佛丽日晴空，湛蓝无垠。雕刻时光，我更加热爱生活，珍惜生命中的每分每秒。雕刻时光，我懂得了善待自己，学会了认真聆听自己内心的声音。

“经济卫士”的妻子

●冯世鑫

“经济卫士”——检验检疫人的代名词，这是国家和人民给予的褒奖！

当《十五的月亮》一次次响起，检验检疫人用炽热的情愫在心底深处镌刻下日映山川般不朽的诗句：“军功章”啊，有我们的一半，也有她们的一半……

“经济卫士”的妻子啊，你是流动的春天，使我的诗似情人般驻守这个世界。我目睹你把昼夜酿成生活的风景。你的辛劳，酿成中国检验检疫的姿态。

你是母性之河。沿着你的血脉攀延，我的天空是外婆唇里的故事。悠悠的童话，横穿每一个日子。

干嘛要嫁给检验员呢？你不知道怎么表白。真正的爱，只能是每个人自己认定的那份无怨无悔，何况眼中有一片放大的家园呢。每次你在报刊电视上看到索赔案例获得成功时，你比谁都激动，因为那里面也有你的一份奉献。

微微的夜风拂来，你的英俊王子呢？寂寞如雾霭弥漫，双眼如星闪烁。你深信，他从事的职业是他美好的选择。飞转的车轮/促使对外贸易快进快出/特殊的职业/心系妻子平静的港湾/有时会邀月亮追赶阳光昼夜照亮着口岸/车站码头车间边陲都有他们的身影/他们已习惯披星戴月/遥视冬寒夏炎/哪怕站成一尊雕像。

有时，你搜索着积贮的记忆，捡起那一张张长城照、海港照、草原照、戈壁照、雪山照，那里有他们的足迹，有他们撒下的汗水。夫在外，妻眷恋，看到风尘仆仆的他，爱之树便在繁茂的绿色中日益拔高。

把世界捧在手中

●白 莉

记得小时候读到"如果给我一个支点，我就会把整个地球撬起来"这句话时，在懵懂恍惚之余不禁对这种想要撬地球的梦想心生嘲笑。然而现在假如手无缚鸡之力的我对你说：我要把世界捧在手中！那么，朋友，你会哑然失笑于我的不切实际，冷嘲热讽于我的盲目所言吗？其实，朋友们，你们都知道，地球是可以撬起来的，世界是可以捧起来的！因为，书籍的存在是我之所以能把世界捧在手心的理由。翻开一本书，就是打开一扇大千世界的百叶窗，阅读就是一种心灵的眺望！从基督到孔子，从苏格拉底到布鲁诺，从卢梭到伏尔泰，从莎士比亚到托尔斯泰，从塞万提斯到霍金，一位位人类文化史上的著名人物通过书籍在向我们微笑，和我们攀谈，令我们感动。我们听到，基督在讲"心灵纯洁的人有福"，孔子在说："学而时习之，不亦乐乎"。从古埃及金字塔到古罗马广场，从黄河流域到艾菲尔铁塔，从空中花园到自由女神，一处处文明古迹通过书籍在向我们昭示，向我们倾诉。我们看到金字塔耀眼的光芒，黄河的雄伟气魄。"思接千载，视通万里"，是书籍给了我们一个包罗万象的世界！是阅读让我们的生命在这包罗万象中异彩纷呈！

在中国，有一些古话盛赞读书的好处："万般皆下品，唯有读书高"；"书中自有黄金屋，书中自有颜如玉"。书是人类的食粮。的确，读书能使愚陋者变聪慧、粗俗者变文雅、幼稚者变成熟、空虚者变丰富、忧伤者变乐观、骄傲者变清醒、自卑者变自强。读书不仅是一种"知识哺乳"的过程，也是一种锻炼思维的运动，是智力体操、神经按摩，更是心灵抚慰。难怪一代伟人毛泽东曾说：饭可以一日不吃，觉可以一日不睡，书不可以一日不读。

书是千里眼，它让我们能观赏到世界的奇观；书是顺风耳，它让我们聆听到大自然无与伦比的音乐，书是美丽的天使，指引我们遨游天堂。不读书的人好比是吐丝的春蚕，用世俗的丝缕重重裹住自己，将自己封闭在黝黯之中；而懂得读书的人，则犹如脱出外壳的金蝉一般，挣脱苦短人生的功利纠缠，自由自在、快快乐乐地鸣唱出一季的美丽。读书，可以得新知、增见识。只有得新知，我们的心灵才不会结化成石！只有增学问我们才不会沦为可悲的井底之蛙！才不至于重蹈一叶障目的复辙！

植物被阳光照耀，人类被书籍熏陶。假如有人毁灭了一切，却留下书籍在世界上，那么，人类就还有希望。假如有人毁灭了一切，却留下一颗文心在天地间，文明就还有盼望。没有书籍、没有阅读，人类那敏感的心灵就没有地方安置，我们就会遗失生命的一部分，遗失自我。

古人为了能多读书，可以凿壁偷光，可以悬梁刺股、可以囊萤夜读，朋友们，在我们拥有取之不尽的光明，拥有浩如烟海图书的今天，我们有理由拒绝“读书”这种灵魂的荡涤吗？

读书吧！因为书是人类进步的阶梯！当我们捧起书的时候，世界就在我们的手中了！

坝上月

●张庆和

既然有人把灵魂视为一座建筑，我便有理由认定：这坝上月就是建筑它的材料。

今晚的月亮和夜色是同时闯入坝上的。

月轮满载着惊异，满载着慰藉，从东山坡顺势奔来。那气势似乎浩荡荡不可阻拦。我珍视这宇宙的诞生，我谛听这天地间的呐喊。我敢说，凡莅临坝上，目睹了此初升之月者，很难再找到不被震撼和不被唤醒的灵魂了！

月亮是一位不知疲倦的登攀者，她没有因种种赞美和感叹而沾沾自喜，而止步不前。月亮继续上升。月亮开始以她银色的光芒涂抹坝上之万物、装饰物中之灵魂了。

月光如潮。月光是被一道堤坝囚居在这草原上的。坝上的月光浩浩淼淼。沐一场月光浴吧。清纯的月光水能涤去污浊，幽谧的月光水能洗去烦忧。最好把浮躁的心也掏出来泡泡，让它袒露原色，让它在本来的位置上蓬勃跳动，跳动成一种景观，跳动成一曲和谐、优美的旋律。

月亮如饵，诱惑了千般心情；月光如丝，柔柔地织成了一张网。我的心被这网捕捞住了，情便无处逃脱，任由这网的摆布——

我向月祈祷，我向月倾诉，我向月忏悔……

月如鼓，振聋发聩；月如号，邀群呼众；月如花，芬芳四溢；月如醇，令人陶醉……

这才是李白、苏轼为之豪饮、为之狂舞、为之放歌的月亮啊！这才是千百年远避于坝上草原，默默地明亮、悄悄地照耀、似乎并不闻不问坝外那夜的辉煌和灿烂的月亮呀！

好一部生动的童话剧，好一支美妙的梦幻曲，好一首缥缈而空灵的诗……一切的创造和意境，都正在这里孕育并诞生。

月，这坝上草原之夜的主宰者，这夜色里的精灵鸟。

不要再说你是游弋于太空的一块废弃物了吧！不要再说你是抛弃在宇宙里的一具僵尸了吧！凄清不属于你，孤寂不属于你。你正是那片柔抚万物、光顾众生、可饮可餐、“梦里寻她千百度”的秀色呵！

坝上月不断上升，她已经站在了生命的制高点上。尽管偶尔有几缕云丝羁绊，却被她很快就挣脱了。即使有积云冲撞裹挟，也不能动摇和遮掩她慷慨赐予的辉光。

这时的坝上月，晶莹如珠玉，明亮似宝镜，人世间的所有一切仿佛都在她的窥察之中。仰望此时的月，一种用纯洁修饰自己的想望油然而生，禁不住要认真地盘点一番自我了：看走过的途径有几多曲折，数身后的脚印是否端正，望前方的陌路该如何选择！

选择是必然的，因为有坝上月的照耀和引导。

我相信月，相信这坝上的月；我寄希望于月，寄希望于这坝上的月。我将走向一片莹洁与美好。因为，坝上月已经高高地悬挂在我心的天空，永不陨落。

隔着世界牵手的人

●田　茹

又是一个让人思念的季节。虽然我知道有一双手再也不能握住，有一份遗憾再也无法弥补，更有一种思念永远无法释怀。但我还是想让记忆的一叶扁舟载着四月的思念，在油菜花香弥漫的日子里，进行一次心灵的长途跋涉。

七年前的一个黄昏，当我风尘仆仆地走进家门，丈夫便小心翼翼地告诉我说，金陵大姐因红斑狼疮病再次发作，昨天已永远地离开了这个世界。丈夫一再叮咛我不要太难过，因他深知我和金陵大姐之间感情的深厚。然而，我始终不能接受这一现实。那晚我没有说一句话，生怕一说话就会把眼泪一块儿带出来，迷迷糊糊睡着后，又做了一夜的噩梦，早晨醒来胸口堵得难受。

由于第二天就要到外地出差，不能参加葬礼，便怀着十二分的歉疚拨通了金陵大姐家的电话，电话里传来了她女儿小雨的声音："田阿姨，您不要太难过，我妈妈走的时候，没有受太多的罪。她一再跟我说您是个好人，让我有事就给您打电话……"12 岁的小雨俨然一个大人似地，不停地跟我说着妈妈临终前的一些事。我手握话筒，泪水止不住地往下流，不知道该说什么好。面对如此大的打击，小雨居然能忍住内心的悲痛反而来安慰我，这一点太像她的母亲——不管遇到什么事都能泰然处之。

1987 年，我刚踏进检察院大门第二年，大姐她已是南京市人民检察院刑检处的一名优秀检察官了。在南京上学的时候，我俩很有缘地成为同桌，继而发展为形影不离的同窗好友。由于她年长我十几岁，理所当然便成了我的大姐。从小我有三个哥哥呵护，现在一下子多了个大姐心里别提有多高兴了。大姐对我格外地关照，时不时地请我到她家改善伙食，每次她都要亲自下厨烧几样拿手的好菜，并以我太瘦弱为由，督促我吃下许多美味佳肴。有时我俩也会到环境优雅的“金陵”茶室喝茶聊天，我们谈对人生的感悟，谈对检察事业的追求，谈爱情，谈家庭，但她却很少谈自己的身体。渐渐地我发现大姐经常大把大把地吞下许多药片，经我询问，她才轻描淡写地告诉我说，这些药都是用来抵御红斑狼疮病毒的，她体内的血液每年都必须彻底更换一次，否则就会有生命危险，换血的费用也很高。听了她的话，我一时间惊呆了，我实在无法将一个随时都在死亡边缘挣扎的生命与眼前这个整天和我一起上课、一起背书、一起考试、一起逛街、一起到郊外玩耍的大姐联系起来。至此，我在对大姐平添了些许敬意之余又多了几分隐隐的担忧，我担心有一天她会突然离我远去……

有大姐的陪伴和庇护，在南京读书的每一天就像一只快乐的小鸟自由地飞向远方。转眼到了毕业那年的春季。一个星期天的早晨，大姐约我到郊外的田野里去踏青。“你看这一望无边的油菜花多美，多有活力，一如我们实实在在的生活一样——朴实无华，毫不矫揉造作！”大姐一边感慨一边不停地揿动着手中相机的快门。也就从那一刻起，我开始关注起油菜花，也明白了为什么大姐会冒着生命危险生下女儿小雨来延续自己的生命；明白了她为什么会不顾每况愈下的身体，千里迢迢到外地调查取证，将一个又一个罪犯绳之以法；明白了为什么“三八”红旗手、优秀检察官等荣誉会一次次光顾她。

又是油菜花盛开的时节，我伫立在大姐的墓碑前，轻轻地向她倾诉自己的心事，对我来说，她是一个能隔着世界永远和我牵手的人。想她的时候，泪水总是塞满我的眼眶：大姐，我多想再和你面对面地坐在“金陵”茶室，听你讲述你“金陵”名字的来历，凝视你浅浅的笑靥里盛满对生活的憧憬。大姐，你在另一个世界生活得还好吗？

根

● 陈传意

后墙边有株合抱的柳树，参军前因家境拮据，父亲伐了它卖钱度日。大哥又要将根挖出用于烧饭，母亲制止说：“留住，几年后还会长出一棵大树！”我心中实在犯嘀咕。三年探亲回去，一进家门便吃了一惊，果然从根里长出十多米高的柳树来，主干有碗口那么粗，枝杈纵横交错，树梢仍在拨云荡雾，一股劲儿往上蹿。母亲说，“柳树长得快，可从没见过这么快的，大伙都夸这树，说旺就旺在根上”。

根，是生命的序曲，是生的源头又是生的基石。

故乡地处大别山腹地，群山绵延，千嶂染翠，峰峰岭岭树连着树。每次失火都将树木烧成一片焦黑，漫山凄凉，鸟儿不知飞向何方，仿佛到了生命的尽头，然而，有根在，第二年又是山清水秀，风光旖旎。

山西洪洞古大槐树千百年来经受过洪涝、地震和无数次风雨雷电的袭击，周围的许多树都倒下枯萎了，惟独古槐“坐禅入定”，岿然不动。它之所以能在任何险恶的环境中屹立，就是因为它的根基牢固。粗糙强壮的根，还有衍生的新槐那苍翠欲滴的叶，是乳，是泉，象征着一个民族的底气，让子孙后代受用不竭。传说明洪武年间那些携儿带女的移民就是从古槐下背井离乡的，如今，海内外炎皇子孙都自发地来这里寻根祭祖。

去延安之前，我曾在心底问：那早已被热辣辣风风火火甜甜蜜蜜的歌唱醉了的山丹丹在哪里？涌向心头的一直是个缠绵的情结。逶逶迤迤的黄土高坡，山丹丹在画面上涂着红、抹着黄，它曾在烽火岁月道出了一种精神的依托与期冀。然而，更令人感动的是山丹丹的根。其根扎在低洼、悬岩、沟壑，有的凸出地面或峭然绝立或危崖独撑，倔犟盘旋，犬牙交错，哪儿有缝隙就往哪儿钻，不受坚土、沙石、泥泞的阻挡，孜孜不倦，勇往直前。被胡宗南之众乱踩乱踏之后，山丹丹并未灭祖灭根，它在历史的缝隙中生存下来，不失时机地展示了一个民族深藏的不凡，在凄冷的背地燃烧着一轮太阳。诚然，根，无论生存在北方的黑土地，南方的红土地，西北的黄土地，长江和珠江两岸的水乡泽国……不论曲曲折折沟沟坎坎泥泥水水，它都艰辛地向前延伸，匍匐地爬行，苦心地汲取，默默献出水分、营养和力量。艰苦创业是它的本色，从不索取是它的品质。它在为人类家园的净化吐芳，也在为不屈不挠的民族精神升华。

根从不自诩，从不炫耀，不为人知，甘当幕后英雄，愿做生命的铺路石……群芳谱中，绿荷天然无饰，不蔓不枝，香远溢清，独具芳馨。然而，根却在淤泥浊水中，为了花的圣洁而同盛夏酷暑顽强地抗争，为了把美丽送往人间而忍辱负重，最后还以藕谱写"春蚕到死丝方尽"的乐章。

在莽莽苍苍的群山密林，一望无垠的草地……千万种植物的根相互依偎，有的你中有我，我中有你，混杂、联结、融合，也有挚诚的神圣。离开了根，生命就失去了源，一切都会漂浮的合合分分，分分合合，唇齿相依，一山一地之根犹如铜墙铁壁，凝结一起。如翻挖竹根便是难事。竹根根串根，根摞根，根挤根，团结得像一个人一样，抵御外界的毁灭能力叫人感动。

根是生命的起点，也是生命的归宿。它体现了最难泯灭的人类本性。根是生命难以遏制的本原，是灵魂的内在要求。踟蹰奔波在人生路上，固然风景多彩斑澜，纵是眼前灯火辉煌，风光无限，然远离本原的彷徨与恐怖使你脱不掉"落叶归根"的生存感情。张瀚因见秋风乃思家乡鲈脍莼羹，百感聚叹，遂命驾而归。李白的《静夜思》、崔颢的《登黄鹤楼》亦是对生命之根的警省和激发。英雄豪杰对根的情结熔铸成历史，文人墨客对根的情结吟诵成诗篇。“树高千丈，落叶归根”，千秋万代，万代千秋，此劫难逃。一曲《绿叶对根的情意》唱出了当代海外游子对祖国的深深眷恋，《我的中国心》早就把他们烙上了民族之印。

虽然也有人在异域他乡为了金钱与财富在冒险、掠夺、兼并，毁灭别人家园的同时也毁灭了自己的家。根是你童年的回忆，青春的梦想，父母的温情，邻里的善待。倘若生命的元气充沛淋漓，根之灵会指引你走上还乡之路。无本之木永远像海市蜃楼，热闹而愚昧，美丽而飘渺，迷人而空洞。是精神上的荒原，也是对生命的亵渎。

我们的身躯从黄土地走来，生命的根却永藏地下，永融心魂。那根，在远行儿辈心中总是沉甸甸的存在；那根，在游子心里总有不定。

根，造成了一片原野，一脉山系，铸就了大地的丰收，让根在心间作巢。

海上月色

● 李庆益

海面不知何时升腾起一股股雾霭。半轮月亮悄然跃出海平线，羞涩地躲藏在一片缥缈的轻纱后，若隐若现。我想起了隔壁那个即将出嫁的少女，她欢愉的歌声不时飘过我的窗棂。

一阵鼓声由远而近。

我伫立于海边，沉思、聆听，我不知道这阵鼓声来自何处。甚至于，我难以分辨它的真假。或许，鼓声本来就不存在，只是我脑海曾经储存的一个往日印迹。

渐渐地，鼓声近了，更近了。我惊诧不已——在海的面前，我必须承认自己是迟钝的，这哪是什么鼓声，分明是海底涌起的阵阵涛声。在不经意间，已到眼前。

涨潮了。

在这个潮起的夜晚，我坐了一整天的车来到海边，与我同行的还有我的妻儿。四岁的儿子昨夜得知要到海边，兴奋得一夜辗转没睡好。半夜里咯咯咯地笑着做着美梦，似乎在说明天可以游泳了，玩沙了。儿子喜爱海，他的喜爱天真，单纯，白璧无瑕。而我们这些成年人，对海有了更多的期待和奢求，追逐着那些诸如“海纳百川”此类的梦幻。

潮起潮落间，大海渐渐地沉淀，沉淀，渐渐地积累了丰富的内涵。

于是，海在每个人心里，有了不一般的概念。

夜幕已降临了。涛声依旧，忽而高亢，犹如千军万马在厮杀，前仆后继；忽而低吟，犹如恋人深情私语，缠绵悱恻。在朦胧月光的照拂下，一排排浪花像千百只海兽在追逐着、搏击着、撕咬着，手足相残，触目惊心。海水被渲染成墨黑，发出股股腥臭味。一丝阴森森的感觉涌上心头。

儿子在我沉思的一刹那，甩开与我相牵的手，猛地就想冲进海里。妻子怕出现意外，一把拽住了正往海里冲的儿子，对他说："现在天黑了不安全，明天再玩吧。"儿子极不情愿，嘴巴翘得老高。

童年的世界是单纯的，并不懂得危险的真正含义，更无法抗拒大海的诱惑。其实，何止是小孩，我们成年人又何尝不是如此？在这充斥着各种各样欲望的都市里，有不少人无法抗拒眼前的诱惑，一头扎进了欲望海里浮不起来。

我们住在海边的一家旅馆。每次来到海边，我们几乎都是住在这里，与旅馆的老板早已熟稔。他笑容可掬，忙不迭地为我们提行李，开房间，嘘寒问暖。我静静地看着他，从他笑脸后读懂了更多的内容，有如一条深海的鱼。

房间正对着大海，打开窗户，一股潮湿的海风裹挟着腥臭味拂面而来。银白色的海滩熠熠生辉，是海堤上的路灯还是天涯边半轮月亮的光芒，无人追究。许多问题一直存在，只是我们没有注意或者刻意回避。海滩边依旧人影绰绰，椰树婆娑。一盏盏路灯肆意绽放，由近而远点亮，一直到海天一色的天际。

这个时候，人们很容易想到吐鲁番的葡萄，翩翩起舞的维吾尔族姑娘，想到长白山上的皑皑白雪，想到秋风骤起时的纷纷落红，想到人世间永恒的爱情……

直至把现实中的自己忘记。

夜深了，小心着凉。当妻子的声音如天籁轻轻地传入我的耳中时，我猛然从海市蜃楼的梦幻中惊醒。妻子把一件外套披在我身上，我对她笑了笑。贤妻如浪花，无论风浪有多大，总会在你高潮时为你欢呼雀跃，在你低潮时与你融为一体，不离不弃。

儿子已酣然入睡，脸上还带着醉人的笑容。我和妻子静静地相偎着，看着窗外的夜色，直到很久很久。

天际边，半轮月亮闪烁不停，似乎想说些什么。

爱的月光

● 程应峰

有月亮的夜晚，月光总能带给人许多想象。贝多芬写于1801年的《月光》钢琴奏鸣曲，带给人的想像则更为丰满。这首奏鸣曲之所以被称为《月光》，据说是由德国诗人路德维希·莱尔什塔勃将此曲第一乐章比作“犹如在瑞士琉森湖月光闪烁的湖面上摇荡的小舟一般”而来的。关于此曲还有另一说法，说是贝多芬给一对盲人兄妹演奏钢琴时，风将蜡烛吹灭了，当时月光静静地洒落在那间贫寒的小屋里，洒在沉寂的钢琴和3个人的身上。有感此情此景，贝多芬即兴创作了《月光》奏鸣曲。

事实上，完成这部作品的那一年，贝多芬充满着对耳疾的恐惧，但他在给一位朋友的信中还是镇静地写道：“我现在正过着一种愉快的生活，这种改变是一个爱我，也为我所爱的迷人的女孩带来的……”他所说的女孩就是17岁的朱丽叶塔，是跟贝多芬学钢琴的学生，她正是贝多芬《月光奏鸣曲》的灵感来源。在当时的社会背景下，作为贵族女儿的朱丽叶塔，绝难和没有社会地位的贫苦的音乐人结婚。因为这个原因，贝多芬终于没能和心目中可爱的迷人的朱丽叶塔走到一起。

《月光》的情感其实就是贝多芬最深切的爱的情感，其表现力极其丰富。第一乐章有冥想的柔情、悲伤的吟诵，也有阴郁的预感。第二乐章较短小，它以迥然不同的轻快表情将第一乐章的沉思默想和第三乐章的紧张气氛完美地衔接在一起。李斯特形容这个乐章为“两道深渊之间的一朵花”，它的美无与伦比。第三乐章以热情的不可遏制的沸腾和煽动性，激烈、狂怒、奔放，像是从心底里发出来的申诉，乐曲尾部以斩钉截铁的节奏，表现了热烈的情感和坚强的意志。尾声中，沸腾的热情达到顶点，突然沉寂下来，那是一种汹涌澎湃后不同凡响的沉寂。

记得电影《永恒的恋人》就以传记的形式描写过贝多芬一生。贯穿在整个影片中的《月光奏鸣曲》，带着它的柔情蜜意，带着它的高潮和震撼，带着它急促的呼吸和突兀的平静，听起来就像一部恋曲、一部以悲情为主的恋曲。那里显现出来的爱的思念、爱的惆怅、爱的诗情画意，应该说，是尘世之间能看见月亮的人都能感觉得到的，《月光》所代表的正是尘世之爱的光芒，它永远散发着“但愿人长久，千里共婵娟”的缠绵意蕴。

爱情月饼

● 黄金蓝

妻远在西藏工作，她从内地大学毕业后就自愿去支援边疆，一股好儿女志在四方的精神，叫人敬佩，这也就注定我要与每逢佳节倍思亲的老话长期有缘。

应该说，中秋节一直是我关注的节日。妻仍在西藏，妻爱吃月饼，我曾形象地说过，她仿佛与月饼有前世仇今生怨，一见此食物必狼吞虎咽干净彻底消灭之。

前年中秋前夕，为给遥远的西藏预留足够的邮寄时间，月饼才刚刚上市，我便急匆匆地买了一盒昂贵的高档月饼，是铁盒儿包装的，不怕途中挤压的那种。

邮寄后，我赶紧打电话向妻邀功请赏。妻的高兴劲儿果然特别夸张。

两人都开心地笑过之后，我便觉得有完成一件壮举的"成就感"。而妻却开始为那些还在路上向她蜗牛般爬近的月饼大作广告。同事问她买不买月饼，她脸上的得意足足有5公斤："不用啦，我老公从江西给我寄了600元一盒的高级月饼。咳，我那位真舍得花钱。"她还盛情邀请好友："中秋晚上到我家来，我老公给我寄了600元一盒的月饼，一块儿尝尝。"好友有点受宠若惊，说："那600元一盒的月饼要不馅是黄金，要不月饼比汽车轮子还大，否则咋会这么贵?"

那一段日子，妻天天跑到收发室查询："有我的包裹单没有?"答曰："你都问好多遍了，放心吧，丢不了的。"

经过了近20天的漫长行程，月饼终于在中秋节的当天姗姗而来。妻的好友们都如约奔其而来了。

妻很有情调地把桌子搬到了阳台上，以便一边品味高级月饼，一边观赏西藏那又大又圆的月亮。桌上烛光柔柔，空中月光溶溶，大家目光炯炯，盯着那盒装潢豪华的贵得叫人咂舌的月饼。在大家欢喜的一阵“哇”声中，妻庄严而神圣地打开了盒盖。此刻，所有的眼光直往盒内聚焦，表情顿时凝固——天呀！一股浓浓的霉味扑鼻而来，8个月饼无一例外地长出了一寸多长的绿毛，饼心呈黑色，像一堆臭不可闻的牛屎，一些虫子在绿色的“胡子”里欢快地爬行蠕动！

妻目瞪口呆，不知所措，好半天，一行眼泪以四分之四拍的节奏滴落下来。

有了这次沉痛的教训，去年中秋，我煞费苦心获得了一个可以申请专利的绝妙创意。

我在一张纸上画了3个有立体感的月饼，每个上面写一个激情饱满的字：“我、爱、你！”并糊制了一个精美的信封，算是“月饼”盒。在一个醒目的位置还有3句不同凡响的广告词：“情的极品/爱的绝品/心的珍品”。

设计完毕，将“月饼”装进去，再到邮局套上个特快专递的信袋，就一路好走地向西藏进发。

妻收到特快专递时，只以为是封普通的信件，打开封口，取出“月饼”，她先是一愣，继而乐了，一句：“这家伙，真想得出来！”把又好笑又好气，既可恨又可爱的心情抒发得五彩缤纷。妻显然对“画饼充饥”的幽默和独具匠心深为满意。她写信说别人用嘴品赏月饼，而她是用心体会“月饼”。真月饼吃了就没了，可我送的“月饼”却足以用日日月月年年去消化。夫妻远隔千山万水，礼物就变得重要而珍贵，尤其是这种“特色产品”。妻还说别人一年就一天吃月饼，而她因为我送的特殊礼物却是天天过中秋。基于这种鼓励，我便很有一种紧迫感，得及早策划今年这个节日该送何礼物，以不令她失望又不至于雷同。

久居两处，爱情已处于一种看不见摸不着的“虚化”状态，它需要运用一些招数来加以巩固。而当在用心琢磨这些奇招歪招时，才觉得爱得那么实在。

成功，就是简单事重复做

王瑞红

一位怀才不遇的年轻人，在为梦想而奋斗的路上屡次碰壁后，困惑中去向一位智者请教："您能否告诉我，我怎样做，才能成功到达梦想之巅？"

听了年轻人的话，智者微微一笑，用一张纸叠了一只小船，将它放进小河里。小船在河里漂着，不喧哗、不急躁，借着水流的动力，静静地向远方漂去。途中，灿烂的鲜花向它次第开放，阳光下飞舞的花蝴蝶向它招手，它不为所动；湍急的水流冲得它几乎倾覆，它从急流中突围出来后，依然不畏艰难执着地默默前行……

智者指着那只小纸船问年轻人："从这只小纸船，你能联想到什么？"年轻人茫然地摇摇头。智者继续说："人的一生，面临的诱惑太多。在一个人为梦想而奋斗的路上，会受到诸如金钱、美色、名利、地位等物欲和情欲的诱惑，还会受到挫折的打击。而诱惑和挫折的力量是巨大的，有的时候，你不得不为这些诱惑而流连驻足，不得不因挫折而灰心丧气。诸如此类的困扰，会让你因贪恋美色而沉沦，因追逐名利而浮躁，为获取地位而与他人勾心斗角，因不可预知的挫折而让自己的奋斗旅程屡经波折，最终，你不得不半途而废。年轻人，在为理想而奋斗的路上，你如果能经得起诱惑，经得起挫折，像这只纸船一样，不畏诱惑与挫折执着地前行，那么你就能成功地到达梦想之巅！"

智者的话让年轻人恍然大悟，他打点起行装，迎着朝阳又踏上了自己的寻梦之旅。

曾经采访过一个在k68网站做威客的残疾人。这个年轻人由于小时候的一场大病，落下了小儿麻痹后遗症，成了一个腰以下身体瘫痪的重残者。他的父母，为了能让他康复，带他跑遍了全国许多家大医院，但最后都是无功而返，只得无奈地接受了这个事实。他的残疾之重，令所有人见了都摇头，觉得这个孩子从此成了一个一生都要靠父母照料、无法自立的废人，很是为他可惜。但这个孩子虽然身体残疾，头脑却异常地聪明，他不相信，他会因为身体残疾而成为父母和社会的一个累赘，他要练就一双起飞的翅膀，成为一个有用的人。

于是，在他很小的时候，由于身体原因无法入学的他，就开始自学文化知识，十几年如一日，他拖着重残的躯体，克服了身体的种种不适，用仅能活动的左手，趴在床上自学了从小学到大学的全部课程，为自立于社会做着准备。

终于，在几年前的一个秋天，通过一位熟人的介绍，他应聘到了一家市场咨询公司，为这家公司监测广告收视率和投放情况。能够有一份工作，自己养活自己，是他长久以来的愿望，因此，对于这个来之不易的第一份工作，他很是珍惜，尽心尽力地为这家公司工作。然而，好景不长，在他做到第三年的时候，这家公司却无故将他解聘了。

失去了工作，他苦恼极了。静下心来想了想后，他决定先为自己“充电”。他说服父亲给他买来一台电脑和一些与电脑有关的书籍，开始自学电脑。不到半年的时间，他就以顽强的毅力学会了电脑。互联网新奇的世界给了他一片新的天地，从此，他徜徉在网络的世界里，开心极了。

2006年初，一个偶然的机会，他发现了k68威客网，几经摸索，他成了一个靠威客网谋生的威客，而做威客的收入，除了养活自己外，还可以交给父母补贴家用。终于能自立于社会了，这令他很开心，也很自豪。

2006年9月，中央电视台对k68网站进行了报道，并将他作为成功案例推出。然而，当前来采访的记者问他成功的秘诀时，他却说："我的成功没有秘诀。有一位哲人曾经说过：成功，就是简单事重复做，我之所以会一路走到今天，就是靠着一种默然前行的执着。"

他的事迹在媒体上披露后，所有认识他和知道他的人都感叹一个重残者竟然可以成为一个驰骋互联网的威客，但谁都忽略了一个细节，他之所以会有如此成就，是因为他眼里没有其他的诱惑和干扰，只有向梦想奋斗的执着。一个人有了如此的执着，还怕达不到梦想之巅吗?

一个重残者，让我们真正看到了执着的巨大力量。成功，就是简单事重复做，让我们记住他的话。

穿越白桦林

●张庆和

走进京郊怀柔境内的千亩白桦林，我见了很多，听了很多，也想了很多。本是要写篇《穿越白桦林》颂文的，可到了坐下来动笔时，却只在纸上写了这么一句："白桦林是大自然馈赠给这里的一笔遗产"，就再也无话可说了。

怎么就写不下去了呢？是那片白桦林不值得一提吗？

白桦林对栖息地是有选择的，它必须在海拔800米以上地域才能生长。白桦能在这里成林，足以说明它的脚步已经踏上了一种高度，无论它是怎样才攀爬上这高度的。

占据了高度者，总是希望能够被人仰视。然而我，在白桦林里却只顾走自己的路了，并没抬头多望它几眼。难道就为这，白桦林才不肯给我如意之笔了吗！不给就不给吧。反正它轻浮浅薄、风中摆首弄姿、飘飘然张扬自己的那副作派和伪君子模样，原本就没给我留下什么好印象。想到这，只觉得白桦林未免也太世俗了些，太小家子气了些。它的确没有资格、也没有地方来悬挂我投以的仰视目光的。

未进入白桦林前，我曾经这样想像：白桦林白盔白甲白戟，犹如威武的军阵。它抗风御寒，它经冬历夏；它高洁正直，它不畏强暴……它质朴轩昂的仪态，会在完全的不经意中，潜入我心灵的家园。当一缕清风拂过，洒落的阳光还会点点滴滴地弹击体肤。这时候，对于心灵干涸的人，它是一池清水；对于孤寂的人，它是一枚唱盘；对于乏味的人，它是一幅多彩的画卷；对于寡淡的人，它是一地醉人的芳香；对于走进它抑或穿越它的人，它赐予的会是人生的一番生动的感悟或激励。

然而，这美丽的想像破灭了。它所给予的是败枝满地，是乱荆缠足，甚至连它固有的、曾被传诵过的那点秩序和蓬勃，也都不知了去向。

原以为穿越白桦林是人与自然的一次交流，彼此会生发一种心灵的抚摩：我热爱它，钦敬它；它迎迓我，簇拥我。彼此是一种欣赏，是一种检阅，是一次生命的互动和灵魂的塑造。

然而……

其实也难怪，我与白桦林只是初次相识，本来就没有什么交情，更谈不上投缘。也许，正是由于我对这陌生的白桦林过于奢求了吧，所以才如此地遭遇了它的冷漠和无礼，那份曾有的兴致才被它从希望的高点上推下了深深的谷底。

既然白桦林是祖宗的“遗产”，早有专属，或许我压根儿就不该不知天高地厚地对它多情的。面对狂妄傲气的白桦林，我这样想着，一时竟不知这是自慰呢，还是在自嘲。

白桦林是一道栅栏，它上遮天，它下蔽地。停步这里，生命就会被它禁锢，自由就会被它扼杀。

远游的云已经归来。银须飘飘，正静静地端坐在前边的山峦。对，也许它们才是我心之所向，情之所钟。继续行走吧，相信那里风光才好。

春之魂

●刘　飞

春天来了，舒展整个身心尽情感受她吧！

如果你用眼睛去看，春天就是一幅画。这幅美丽的图画上涂抹着花儿的缤纷，点缀着草木的鲜绿，飘洒着朦胧的细雨，同时还洋溢着灿烂的笑脸。

如果你用耳朵去听，春天就是一首歌。这首动听的歌谣里流淌着小溪的旋律，跳跃着阳光的音符，应和着鸟儿的脆鸣，同时还畅想着少年的情怀。

如果你用鼻子去闻，春天就是一方土。这方辽阔的田野富有春雨的清新，四溢着泥土的气息，吐露着嫩芽的芬芳，同时还弥漫着少女的清香。

如果你用嘴去尝，春天就是一杯酒。这杯香醇的美酒陶醉了烂漫的田野，泛红了迷人的夕阳，倾倒了杨柳的枝条，同时还盛满了无限的遐想。

如果你用手去摸，春天就是一缕情。这缕脉脉的柔情传送着风儿的和暖，游离着慈母的抚摸，感化了沉睡的山河，同时还贴近了情侣的心窝。

是谁描绘了这幅画？是谁演唱了这首歌？是谁装点了这方土？是谁酿造了这杯酒？又是谁在传递着这缕情？到底谁才是春天的缔造者呢？

如果你用心灵去读，那么春天就成了一本书。你先前所读到的仅是春天的外表，还没有触及她的灵魂。

当你在凛冽的寒风中裹紧大衣感叹“冬天到了，春天还会远吗”的时候，当你在飘雪的日子躲到南国赞美“这里真好，四季如春”的时候，当你根本无心欣赏冰晶如玉那道风景的时候，一位伟大的缔造者，却在忍受着漫长的煎熬，承载着压抑的苦闷，怀抱一颗宽容博大的心，将自己无私地融化了，融化成让你陶醉、叫你痴迷的春天。这位伟大的缔造者就是冬天！

如果你用心灵去读春天这本书，不仅能读到春天背后的冬天，还会发现春天是一位多情的感恩者。她没有辜负冬的赐予，将自己的美淋漓尽致地展现给这个世界，完成了缔造者的夙愿。

如果你用心灵去读春天这本书，还会发现：春天不光是感恩者，更是一位不朽的传承者！她把冬的精神无私地延续下去，献出自己青春的身躯去换取夏的火热和秋的金黄。她同样无怨无悔！

用心灵去读春天这本书吧，你会感到震撼！原来，一切美好的事物背后都隐藏着一位伟大的缔造者，而一切美好事物本身又会将自己无私地奉献给这个充满阳光和爱的世界。

带上微笑前行

●张筱欣

微笑，是人的一种本能，是一种表情，它是最富魅力的语言，是照在人们心灵上的阳光，是一门深刻的人生哲学。

微笑在日常生活和人际交往中非常重要。当遇到一个陌生人，沟通无从下手时，微笑便是开启友谊心扉的金钥匙；当见到久别的朋友，激动之情难于言表时，微笑便是表达感情的最好方式；当他人陷于困境时，送他一个微笑，这是对他最大的安慰；当相互之间产生误会时，给对方一个微笑，便是使误会烟消云散的最好方法。可以说，微笑在人与人的接触中起到了润滑剂的作用。

有这样一个故事：有一家人与邻里的人际关系很紧张，天天小吵小闹。后来，那家的老人对自家的孩子说："以后见了邻居叔叔伯伯们，一定要拿出你最美最友好的笑"。子孙照做了。当这家人遭遇了火灾的时候，平常与他们敌对的一方，却争着抢着帮忙。当人们说起此事时，帮忙的那家人说："虽然我们有些小摩擦，但平日里孩子见了我们都是笑着的，不看大人的面子，也得看孩子的面子，也得看微笑的面子啊！"你看这微笑面子多大，这微笑多么感人。有人说过，微笑是一笔投资，是一份情感的付出，是一种能够让人感知的善意，我以为就是这个道理。人与人之间，总会遇到一些摩擦，只要你微笑着面对，微笑便会感染着彼此，便会融化冰冷的坚冰，双方的矛盾很快就淡化了。

微笑看似柔和，但并不软弱，相反它是一种坚强的表现。在生活的道路上，不可能一帆风顺，在人们遇到困难的时候别忘记微笑的重要，其实，微笑地生活也是一种风采，它展现的是自信。用微笑迎接困难是强者与智者调理生活的艺术。愚者给命运一张苦脸，智者给生活一个微笑。如果说写出几百万字优秀作品的张海迪是一个智者，那么发生在我们身边的文花枝便是现实生活中乐观人生的典范。做导游的她是一个内秀而又快乐的女孩，出事后的花枝同样留住了她的坚强和乐观。枝折了，花还在笑，是她用微笑迎接着迎面而来的各种困难，不愿意接受记者的采访，不愿意接受对自己弟弟学费的资助，希望以后能继续读书，如果身体康复还要去做导游。她的每一句话，都深深地打动着我们，展现给世人的是一个“不屈的花枝，美丽的花枝”。身残花枝尚且如此，我们健全人又怎能在困难面前低头？我们都要微笑着去面对生活，不管它是什么样的生活状态，始终坚信“即使你掉进了河里，也能从中摸出一条鱼来”。

其实微笑不仅是处事方法和生活态度，同时它也是领导健康的指挥棒。俗话说得好，笑一笑，十年少；愁一愁，白了头！心理学专家告诉我们，微笑对心理健康大有好处：微笑可以调动人体80％以上的关节和器官，同时会产生一种有益于延长生命，保持青春的酶，使你的身体更健康，皮肤更细腻，生命更长久，心态更自信。人在开心愉快时身体抵抗力就会增强，工作效率也能提高，有通畅气血的作用，让紧张害怕的情绪得以缓解。因为人的五官和脏腑是相联系的，人的表情放松，其脏腑也就放松了。微笑能增进身体免疫力，保持身体最佳状况，治疗沮丧，减低压力，促进睡眠。微笑还能令人神清气爽，返老还童，有益心智。相反，一个人如果长期处于紧张、沮丧或高度压力下，就会血压升高、心情焦虑、脾气暴躁、抵抗力下降，甚至患不治之症。可见微笑对人体健康是何等的重要。泰国曾经就以“微笑之国”闻名于世，他们把微笑当成医治各种创伤、疾病的精神良药。

所以，在人生的旅途中，我们什么都可以不带，惟独微笑不可缺少，微笑着面对生活，是快乐人生的主旋律；微笑着面对社会，是对幸福的诠释。那么，请保持住你的微笑，微笑会使我们感觉到生活的幸福，同时也给他人以幸福的感觉。微笑使我们得到了世界的全部，但愿真诚、美丽、灿烂的微笑能长留每个人的脸上。

对人好是一种缘分

●蒋 平

看过不少这样的故事：一位举目无亲的富翁临终之前，做出了一个让一般人意想不到的决定：将所有的财产赠与一位非亲非故之人。只因为他看着这个人顺眼，心甘情愿对他好。

对人好也是一种缘分，我一直都这样以为。就好像父母对子女的爱是无私的、永久的一样。

除此之外，就是爱人了。但爱人的好，是怎样的好呢？能好到多久呢？我们心里谁也没底。反正爱上了就好，反正，海枯石烂在今朝。现代版爱情，已经远离诗意与浪漫，变得越来越像写实。

对朋友的好，多数还是有功利色彩的。比如某某同事对你的工作或生活有帮助，将对你的那种好看成一种储蓄，放长线钓大鱼，这种情况在长时间的接触中就会感觉得到。同时，生存竞争的压力，迫使人们不得不办事留一手，以防后患。所以真正的挚友，总难在身边产生，尽管身边不是没有值得深交的人。

于是，生活中便出现了这样一种朋友：他（她）可能性格也不是很好，还可能是生活在很远的地方，或者只在虚拟的网络上，但你总喜欢将知心的话对他（她）倾诉。这个人，就像是上帝专程派来安抚自己的。如果朋友遇到了困难，向你求助，你也会尽心竭力，义无反顾，仿佛为生活下一道只输不赢的赌注。这种付出，是真心实意加全心全意的。世界上，能得到这种幸运的人很少，也就彰显了这份特殊友谊的弥足珍贵。

生活中需要这种有缘人，不多，但必须得有。

能够得到有缘的施与是很幸运的事。问题是一旦邂逅了那样的有缘人，该如何去珍惜？或者，为了能成为那样的有缘人，又该如何去努力？其实，解决办法也简单，那就是想法让自己成为一名热爱生活，包容别人的人。须知对人好是一种缘，更是一种生命的投资与储蓄，在未来礼尚往来的朝夕相处之中，我们会收获连本带利的精彩与感恩。

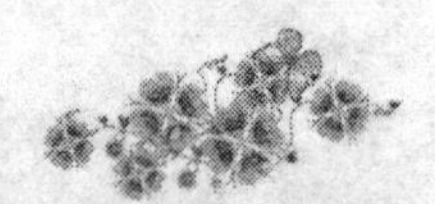

风中扶正你的帽檐

●白桦林

在海关总署《金钥匙》编辑部和青岛海关联合举办的一次诗歌朗诵会上，来自乌鲁木齐海关的朗诵者为了增强朗诵效果，专门制作了一部配合朗诵的专题片，其中一幅乌鲁木齐海关关员风中上岗的照片，看后给人心灵带来强烈的震撼。

照片上的关员费力地走在肆虐的风中，身子努力地向前躬着，一只手拽着衣服，另一只手紧紧地扶正自己的帽檐。

照片拍得十分自然。风的力度、关员行走的艰难表现得淋漓尽致，毫无一点做作的痕迹。

风中，关员紧紧地扶着自己的帽檐，有两点可能：一是风太大，不抓紧帽檐大风就可能将帽子刮飞；二是即使在风中，也不能让帽子戴得太随意，要扶正帽檐，因为那上面有闪亮的关徽。

看着照片，我的心一动，眼眶有些湿润。我的耳畔仿佛有风声响起，从遥远的新疆、从高高的红旗拉甫、从风声不断的阿拉山口，一直吹到我的身边，吹过冰冷的脸颊，吹得心灵颤动。

乌鲁木齐海关隶属的红旗拉甫和阿拉山口海关是风的世界、沙的天地，那里常年风沙不断，风一刮起来，昏天黑地，遮天蔽日，连续几天不断。据说风大时几百米的上岗路要走两个多小时，我无法想像用两个小时走完这几百米的路程是什么样的走法，但我知道有人在这风中已经走了几年、几十年。他们在风中把关，在风中服务，在风中思念亲人，在风中坚守理想。风，吹皱了他们曾经那么光鲜靓丽的脸颊，吹走了他们青春的美丽和梦想，吹走了一个个曾经生龙活虎的健康，只把他们的忠诚和执着定格在无情的风中。

中央电视台曾播过一篇散文《山口的风》，用动人的笔法描述了阿拉山口海关人在风中坚守岗位的故事，如丝如缕、如泣如诉、扣人心弦。听过后，心情很不平静，以至于睡梦中也常常有风声响起，仿佛琴弦拨动，声声入梦。红旗拉甫海关所在地被生物学家称为“生命禁区”，是世界上最不适宜人类居住的环境之一。当地人用“天上无飞鸟，地上不长草，风吹石头跑，氧气吃不饱，四季穿棉袄”来描述环境的恶劣。美国的一名记者来到这里曾感叹：“这是世界上最高的海关”。于是，也有人这样说，海拔再高，也没有红旗拉甫海关关员的人生境界高。

就这样，在风吹石头跑的地方，我们海关关员却站稳了脚跟，扶正了帽檐，站到了人生境界的最高点。

给生命充电

●文　化

无论在绿洲、荒漠，还是在瀚海、涸泽，也无论在富都穷乡，还是在坦途末路，生命都以不同的姿态，不同的色彩走向每个生命的枯竭和又一个新生命的延续。因此，在生命面前就出现了两类人：一类人忽视了生命的质量，他们苟且偷生，不奋不争，随遇而安。就像树心里白胖胖肉乎乎的虫子，懒洋洋地安享一生，另一类人则看重生命价值，进取图强，创新求异，艰苦拼搏一辈子。

忽视了生命质量的人，虽然活着，生命却黯淡无光；看重生命价值的人，即使死了，生命也光华四溢。

要给生命充电，使之亮起来！

当你走出自我的圈子，看到的是精彩、神奇的不曾感受过的世界，便会打破你故有的狭隘，你会以一种莫名的力量去选择一种全新的生活方式，哪怕要受苦受累脱皮掉肉，也在所不惜。

随时要给生命充电，以保其旺盛。

磨砺就是一种充电方式，就像汽车，在运行中充电。

在冬令营的登山活动中，我又感受多了一次给生命充电的过程。

四十余人，沿着积雪覆盖的山路盘旋而上。山路狭窄，弯曲陡峭，路极难行，常常是爬上三步，却又滑下五步。不久，我便大汗淋漓，气喘吁吁，远远落在了后边。其实，我完全可以退出。年迈力衰，大病未愈，加之一双底子特滑的沉重的皮靴，凡此种种都是退却的正当理由，大家都能理解，或许他们很长时间不见我踪影，都以为我回去了。但我还是顽强地坚持下来，当大家在山顶上休息的时候，我拄着木棍，满身冰雪，蹒跚地出现在他们面前，这出其不意的现身，给了大家一个惊喜，都疯狂地为我鼓掌欢呼。此时，我忽然有一种成就感，我发觉我不是失败者，而是胜利者，这不仅激励了我自己，而且也给大家注入了兴奋。此时我觉得，我的生命焕发了光彩，我艰苦攀登的过程就成了我难以忘怀的享受，因为它为我的生命充了电。

深山中有一个萧索的荒村，废弃的零星的房舍院落在寒风中摇晃着。十几年前还有人居住。后来山里人开始向往一种新的生活方式。便走向了外面的世界。面对人去楼空的景象，除去无端地替曾经的主人缅怀流逝的岁月之外，更多的则是赞叹山里人勇于割舍的勇气，他们走出封闭与贫穷，去追求新的生活，接受一种全新的生存挑战，这不就是给生命充电吗？山里人的生命必然会焕发新的光辉。

不过，荒村中仍住着一个人，谁让下山都不去，整天蜷缩在“龙居”里，过着独天下自由生活。在窗台上，偶然发现个焦黄的户口本，才知道他姓于，生于 1933 年，已是七十高龄了，即使他活到百岁，生命也不会返青，因为他有效的生命已经耗尽，不能再为生命充电，活着的也只能是灵魂出壳的肢体，与僵尸无异。

突然传来鸡鸣犬吠，才知这深山之处，除了疯子，还有人家。我们循声而至。

一位五十多岁的男人热情地出来迎接我们。一聊，才知道他是北京酒仙桥的一位技术工人，刚刚退休，不愿在麻将桌上聊度余生，就与老伴在这荒寂无人的深山承包了几十亩山林，搬到山顶上住了。问他苦吗？他说苦是苦，电话不通，手机没信号，水、菜、粮都要从山下运上来，可是吧，这苦又觉着是一种难得的享受，是在打麻将中永远体味不到的。问他寂寞吗，他说整天放羊，管理果树，总有事做，就不觉着寂寞了，城里太闹腾……

不过猛地来了这么多人，从他的热情和异常兴奋的表情，我也看出离群索居的些许孤独。

我没有注意光线昏暗的屋子里有什么陈设，我只注意墙壁上显赫也悬挂着一副对联：

苦中求乐泉作酒

云里观山月当灯

看得出，这位老先生十分热爱生活，他是一位身心俱健永不服老的强者，他不让无所事事黯淡自己的生命色泽。虽然年近六旬，生命仍焕发着青春的光彩。因为，老先生始终没忘记；要给生命充电！

是呀，人生一路走来，生命要有消耗，随时给生命充电，使其保持旺盛，就会像这位老先生一样，生命永远鲜活。

该下山了，向导说，我们不走回头路，在雪中趟一条新路吧！大家都兴致勃勃地响应。我也像焕发了青春一样，随队伍勇敢前行，在冰雪的磨砺中，我在为生命充电。

给生命充电，心情就永远不会疲惫！

古城墙下

●李　晓

一个男人站在城市的古城墙边庄严沉思，他沿着一条时光的河流蜿蜒而上，追溯这个城市过去的繁华尘埃，倾听市井人声，怀念枯藤老树昏鸦……这个怀旧的男人就是我。在城墙的背后，则是灯红酒绿车水马龙的现代城市图案。在缥缈的月光下，这个灵魂里穿着一双草鞋的男人常常被城墙中的一块砖带到他梦想中的天堂遨游。

噢，古城墙，这城市之中渐渐消失若有若无的古城墙，一直横卧在我的梦中，牵引着我追忆岁月长廊里影影绰绰的人与事，让我感怀多少光阴的故事。是的，岁月的大风中，枯叶在地上疾走，情感的壁炉，熊熊之火燃烧之后呈现灰色的疲惫。而我，一个快踏入不惑之年的男人，却几乎每天以虔诚的姿态，在《二泉映月》的古筝曲中，踱着悠闲的步子来到城市后院的古城墙边缅怀与追忆，面对那一块一块坚固的城砖，就感觉每一块城砖，就是一册城市的线装书，它记录着这个城市厚重的历史文脉：曾经的硝烟和澎湃涛声。

一个灵魂里怀旧的人，似乎与这个城市有一些格格不入，就像一头森林里的大象突然来到马路面对斑马线时那样茫然无措。当我前不久的一天于报上得知在加拿大的渥太华，那是一个天然森林环绕的城市，森林真正成为了城市呼吸的肺，森林里的动物们常常结伴而行穿过城市，在这些文质彬彬的动物们面前，整个城市的车辆和行人都为它们让路，行注目礼。那一刻，我深深地感动了。这种美丽的和谐，一直是我这个城市怀旧者的梦想啊。

然而，做一个怀旧者，只能是城市暗夜里的一个过客，他踽踽独行的身影，也只能倒映在那面城墙上，镶嵌在一块城砖的记忆里。

怀旧的人啊，古城墙上厚厚的青苔，是你心上的绿洲吗？而灵魂里的低吟浅唱，一直弥漫在城墙的四周，偶发思古之幽情，也如行云流水一样浸润着那安祥的古城墙。当我暗夜里的梦想被城市上空的月光照亮时，我也有过一种冲动，去慢慢清点这个城市中与我一样的怀旧者，我想把他们的思想凝聚在这面古城墙下，轻轻地合奏一曲怀旧的古筝，让这个城市响起一场古典的雨声，让每一颗心灵都浸透历史的沧桑烟云，充满了最纯真的梦想。

也许，这只能是我梦中的罗马之城。在这个怀旧变得越来越奢侈的城市，我，一个中年男人，有时候像一块化石一样成了异类。而真让我成一块化石，我的灵魂又开始尖叫和疼痛。我在心灵的赤道上，独自面对苍茫的南北回归线。曾经，我在旅途中带上简单的行囊出发，一支笔、一卷纸，一路走一路思，我在白纸上写下对旅途的记忆。然而有一天，那支陪伴我多年的钢笔丢掉了，我痛苦地在住过的旅店和马路上寻找，就像寻找走失的心上人。我却没有找到那支笔，整个阳光的旅途也因为那支笔的丢掉而一下子黯然。我重新买了一支名牌钢笔，可我的心灵里却流淌不出来一个字。我怀念那支钢笔，我凝视着我的中指和食指，因为用力地握笔，还留下一层深深的痕迹。我怀念那支笔，是怀念它陪伴我走过的心灵岁月。直到今天，我用键盘写下这篇文字的时候，它依然从字里行间跳出来踩疼了我的心房。

雕栏玉砌应犹在，只是朱颜改。一个怀旧的男人，站在城市的古墙下，独自诉说，独自倾听。而古城墙，也因为一颗仰望的灵魂，顽强地生长和矗立在城市的变幻时空里，固守着她的节操。

海的情结

●艾　英

对于大海，我天生有一种认同感和亲近感，似乎与海有着某种精神上的联系。我无数次描述过海，大海在我笔下总是被诗化和美化的。我也一次次地去看南方和北方的海。海是我平凡生活中的蓝色的梦幻，不凡的梦想，是我理想中的彼岸，精神的家园。海生命不息，运动不止，像我生命中的情思变奏，随我生命的内在需要涨落。

我以为，没有经过海潮浸润的女人，不是完美的女人；没有见过海浪的人生，是有缺憾的人生。在我心中，城市是或大或小的城堡，有框线，有围墙，总是被圈在一定的范围里，而惟有海，是无边无际的，似乎没有起点，也没有终点。海的画面，无数次在我的脑海中重叠、闪现。海，成了我人生路上一个遥远而切近的坐标点，我总是在寻求通往它的最短的线段；海，成为我胸中郁积的一个情结，那样紧密，那样缠绵。

居住在钢筋混凝土筑就的单调而沉闷的城市里，紧张、疲惫，我总是盼望能飞到大海边，在海边散步，让海水洗去身上的灰尘，任海风吹醒倦怠的心灵，情愿变得朴素，变得单纯。海有生命的律动，海有诗意的联想，海有一种神奇的力量。我总是幻想，走过千山万水，走到辉煌而曲折的海岸线，听到大海深情款款的呼唤，在晨曦初露的清晨，在夕阳西下的黄昏，在月明星稀的夜晚，把整个大海当成生命的舞台，听海风奏起天籁，看浪花的舞蹈，让海水流到心田，在一片蔚蓝色的宁静中达到永恒……海与我，我与海，将有一次长长的生命的对白。这是比海水还要透明，比海潮还要汹涌的生命的渴望。

近几年，我先后看过南方的海和北方的海，在青岛、烟台、威海、大连、宁波、厦门、三亚、海口等海滨城市，凭海临风，体会海的激情和浪漫。海风，浸入我的肌肤；海浪，注入我的心田，赐予我新的生命。望远方，海是那样地蔚蓝，海天一色，一碧万顷。看近处，海又是那样地多彩，金黄色的沙滩，橙红色的夕阳，浓绿的林木，洁白的风帆……海和海也不一样，海有色彩，有性格，有温度，大连的海浓烈，青岛的海宁静，厦门的海幽静，三亚的海清新。记得那年春天，从威海到大连的航程中，我和女友长时间地站在船上，一边说话，一边数星星，后来就无语，思绪也仿佛凝固了。就这样，像大海一样，喧腾之后，再归于平静……

海边踏浪，海上泛舟后，还要无奈地返回我所居住的城市；从无尘之地归来后心境有时会变得达观，有时却更加落寞惆怅，但不管怎么样，海风已渗进肌肤；海浪，已注入心田，赐予新的生命，激发充沛的灵感。当诗意的人生在闭塞拥挤的城市里变得飘渺，只有在大海中才能听到真诚的絮语。听海、看海，不能拥有海，却会永远怀恋海，让心灵变得像大海那样深邃、宽广，那么，心灵就不会在物欲横流的世界里干涸，就会在纷繁琐碎的生活中保有一份永远的纯真。

好人牛玉儒

●王春光

好人牛玉儒，党的好干部，勤政廉洁干实事，巍峨丰碑矗。好像拓荒牛，耕耘劳作苦，激情燃烧铸忠魂，化做春泥铺坦途。

好人牛玉儒，人民好公仆，群众冷暖挂心上，视民如父母。好像一美玉，高洁难玷污，质朴本色似泥土，百姓心中参天树。

好人牛玉儒，民族脊梁骨，春蚕到死丝未尽，草原绘宏图。好像红蜡烛，成灰方瞑目，辽河呜咽寄哀思，楷模辉映小康路。

玉儒，你真的走了吗？为什么走得这样急促？耳边是你火辣辣的声音，眼前是你急匆匆的脚步，记忆中是你质朴的笑容，桌子上是你刚刚绘就的蓝图。白发老父还盼你回家过年，女儿还盼你早日康复，相濡以沫的妻子多想和你白头偕老，呼市的百姓还期待你领他们踏上小康路。我不信，我不信你就这样走了，离开了生你养你的百姓，离开了令你梦魂牵绕的热土。正当英年，天何不公，壮士一去，长歌当哭。

你从草原来，有着草原的质朴。出身贫寒，幼年丧母，生活的磨难让你过早地品尝了下层百姓的疾苦，心灵里便镌刻下善良、坚忍的基因，血液中便溶进亲民、爱民的元素。

你从草原来，有着草原的成熟，玉汝于成，大有大无，使命让你清醒地感到肩头的重负，你的胸中便植根下宗旨、信念，你便身体力行着发展这个第一要务。搭出租，访贫苦，带病主持会，奔波谈项目，为伊消得人憔悴，激情燃烧绘宏图。勤恳如牛，品格如玉，风范似儒，你的名字让人想起孔繁森、焦裕禄，又一个大写的人，又一座巍峨丰碑在草原人民心中高树。

玉儒，你真的走了吗？走得风尘仆仆，走得义无返顾，是去主持常委会，是去走访低保户，是去工地现场办公，还是去谈引资项目。我不信哪我不信，当年通辽商业小学的同学谁都不缺，惟独没有了你呀，好人牛玉儒。难道天公非要以这种残酷的方式，让人们把一个好人记住？玉儒，魂兮归来，我们想你呀，玉儒。

河流淌过秋天的黄昏

● 陈洪金

天空渐渐地高远起来，湛蓝色衬托出了云朵在头顶上的洁白，平整的地面，开始呈现出了一种金黄色涂在稻尖上。这时候，所有的脚步都变得轻快而迅疾。我的故乡，往往在这时候，让我对它充满了思念。村子外面，那条河流，水声隐隐约约地流淌着，清澈得像一首诗，点缀在村庄旁边。

树丛里的草，吸足了刚刚过去的雨季里充沛的水分，长出了肥硕的叶片，遮住了潮湿的地面。但是，它们还是没有满足的迹象，蔓延到了河边去，尖尖的草叶触在水面上，被缓缓地流动着的水波推动着，一晃一晃的，仿佛低回的歌谣，催生一场梦，让村边的树林进入年复一年的睡眠，等待着在某一天醒来的时候，与另一个花香四溢的春天重逢。河水就这样流在悄无声息的田野里，它应该被一首诗深情地赞颂着。赞颂它滋养了一个村庄，并且把金黄色的稻谷陈放在田野里，以大地为托盘，呈现给岁岁年年劳作着的村里人。

黄昏到来的时候，村道上没有了人影，村人都逐渐回到他们珍爱的屋檐下去了。一个小小的天井，盛满了生活的无欲无求。我在此刻的漫游，使我与村庄渐渐地隔离开来。随着脚步走进田野，村庄在身后隐去，河水在寂静的田畴里发出响亮的声音来，却让人心静如水。田地之间的界限已经被野草厚厚地覆盖了，泥土的味道却透过草丛散发出来，滋润着平缓的呼吸。沉重的稻尖如同一群禅定的僧人，低着头，像是在沉思，又像是在追忆一场往事。只有那铺天盖地的金黄色，如同一面镜子，承载了河流发出的水声，凝重、幽静，弥漫着一种成熟后的香气，让人在心底里产生一种莫名的幸福。

独自一人在路面坐下来，面对着清澈的河水，不经意抬起头来。这时候，我发现了秋天的天空。

远处是一围屏障一样的山脉，绵长的雨季，落在山坡上的水分让那些起伏的山脉显得异常饱满。森林的墨绿色、岩石的淡红色、泥土的褐色、玉米林的深黄色，让四周的山脉成了宽大的调色板，任凭秋天里流动的微风，把它们制作成一幅幅炫目的重彩画。比山脉还要高的是秋天的天空。黄昏到来的时候，满天的夕阳把大地上的稻田再一次涂上了更加浓烈的金黄色，给山坡上的斑斓加入了厚重的底色。坐落在这样的秋天里，世界变成了一望无际的画卷，狂放地抒情，把整个大地当成了收获的鼓面，忘情地敲打着，喜悦潮水一般在心里奔流。所有的音符都在天空里飘飞着。正午的云朵，带着水分，渐渐散去了，留在天上的几朵云，浸泡在夕阳里，不停地变幻着金子般的图案。

这时候，我听到了河流的歌声。它在河床里旋转着，高高低低的韵律，以声音的方式，与天空里的云朵通过视觉的方式，彼此呼应着。水声在歌唱，云朵在飘舞。秋天的神韵，就这样进入了心底，倾听着河流的水声穿过秋天的黄昏，凝视着镀有金边的云朵飘过秋天的高空。河水在前面不息流淌，它在秋天里敞开了黄昏时分的胸膛，让我一眼就看清了水底的石头，黑色、深红、浅绿、银灰、暗蓝……数不清的石头们层层叠叠地在水里静静地躺着，如同村里人珍贵的乡情，虽然被河水在岁月里冲洗了数千年，却变得越来越晶莹剔透。河水随着岁月流走了，剩下来的石头们，就像我的母语，在这样的秋天，在这样的黄昏，一粒一粒地，构成了河底的深厚与沉稳。

难得再有被深深地感动着的时光了。村庄里不断地有人在某一个日子慢慢地离开，因为城市里早已没有了四季的更替，坐在村外的田野里，而且是在秋天的黄昏，这需要多么艰难的努力啊。当我从河边站起来，行程又将开始，我还会回到远离村庄的街道上，匆匆忙忙地走着，生活的沉重与繁乱，肯定会让我忘记许多原本应该牢牢铭记着的事物。比如这河流淌过秋天的黄昏，我不能把它揣进怀里带走，也不能留下来。我不能抵抗遗忘的大浪淘沙。

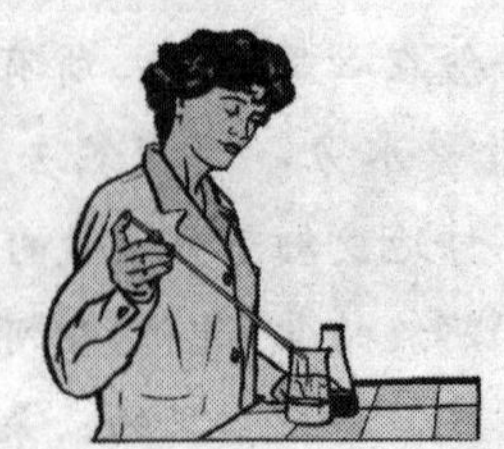

贺卡情深

●邹　进

携带着云贵高原的淳朴，洋溢着天山脚下的豪放，裹挟着白山黑水的瑞雪，激荡着内蒙古骏马的嘶鸣；充盈着浦江两岸的灵气，承托着黄土高坡的厚重，满载着京城智者的希冀，蕴涵着九龙江畔的春意，一张张祝福的贺卡，在元旦即将来临之际，不期而至，宛如雪片，降落在我的案头。

每次接到贺卡，心头就不由自主地漾起一阵欣喜。一张张生动鲜活的面孔，仿佛带着微笑，操着南腔北调的话语，向我伸出友谊的手。那一声简短而诚挚的问候，常令人捧着贺卡陶醉好一阵子。

有时，会将厚厚一沓贺卡逐一重温，从对方那很有个性的祝贺语中读出心灵相通的含义，读出不言自明的真诚，读出旁人所无法感觉到的友情。这真诚和友情虽然是淡淡的、遥远的，但分明却是能感觉到的，是实实在在拥有的。脑海中就会倏然闪现出与之交往中那最精彩的瞬间。那都是一些不带“面具”生活的真汉子，至少与我相伴时是纯真的，有时真的仿若是从月球上下到人间，不知人间世态炎凉的天真儿童。这可能是看破红尘之后的一种解脱，也许是心存无奈之时的一种超越，或者是愤世嫉俗无助后的一种宣泄，也许，都有，有机地融合在一起，故而形成了“无欲则刚”的品性。也许，都没有，天生如此。但不管怎样，与这些朋友在一起，活得更像自己。

解读完贺卡，我常常会很“幼稚”地将它们都摊在桌面上，按照中国地图的模式，将各地的贺卡做一种地域的组合。那是件很惬意的事，虽然摆布起来不那么容易，但我已摸到一点“门道”。先将首都的位置摆好，再按东北、华北、华东、中南、西北、西南等地区分片，接着再在各地区内确定各省的位置，一会儿工夫，就基本组合完毕。这时，我惊讶地发现，居然在 20 多个省份都有了我的朋友，这可是大半个中国呀！对我来说，这就是一种收获，就是一笔财富，就是一种希望，就是无穷的力量。虽然都是淡淡如水的君子之交，但却是能够相互倾诉肺腑之言的文友，都是没有掺杂任何功利的纯洁友谊。在如此辽阔的疆土上，能有这样一批高层次的朋友，能不欣喜吗？重要的是，与他们相比，我感到才疏学浅，感到勤奋不够，感到差距颇大，感到自己近乎小学生。所以，动力由此产生。

每年我都会收到天南地北、长城内外飘来的贺卡，每年我都会品味欣赏、排列组合贺卡，每年我都会被深情笼罩的贺卡感动不已。

这弥漫着淡淡清香和墨香的贺卡，凝聚的是人与人之间的一片真情。

后石坞的那片松

●丹　琨

我曾数次登临泰山。

那天，我又来到了泰山，来到了泰山的背面——一个我从未涉足过地方，它叫后石坞。

一切都超乎我的想像，后石坞简直就是松的海洋，松的家园，松的国度，从悬崖到峭壁，从山巅到山麓，满是浓得化不开的苍翠，它们于千百年的坚守中，竟没有丝毫的倦意。

每一个来到后石坞的人，不论你有何种心思和情绪，都会在这里停下脚步。在茫茫群山环绕下静静挺立的松树，会让人获得智慧生存的启迪。

岁寒不凋的松树，犹如树中的伟丈夫。它们冷峻挺拔，但又不失秀色多姿，在严冬的季节里，“含彩独青青”，是意志和坚强的象征。在酷热的暑夏中，万顷古松耸翠叠绿，强烈的阳光射进来，也晒不热厚厚的松枝。即便是在春秋两季，依然会延续着冬与夏的魅力。

松的家园很丰富，姊妹松、卧龙松、卧虎松、探海松、油松……一株株姿态不一，傲然屹立。在春风秋雨中，在晨光夕照里，松的风采壮美了泰山，松的气质丰满了泰山。

每一棵松树或许都有一个故事，一个美好的神话传说。

松树美丽了泰山后石坞的世界，吸引了众多游人的脚步在此驻足。没有人可以带走这里的景色，便更加倾心珍惜流连在此的每一时刻。小时候，看京剧样板戏《沙家浜》，唱词里有一句：“要学那泰山顶上一青松”，在后石坞，便自然成为了“要看那泰山后面一片松”了。松树林挟带着泰山和煦的阳光和大山里面树木植被的芬芳，带给人一丝丝甜蜜的清爽，吸引着每一步攀登的希望。在松林里徜徉，释放疲惫，舒缓压力，提高身心的源动力。

后石坞以松林悦人，坐在山上那个小庭院里，一杯清茶，一棵花树，一窗祝福，一纸留言和一句难以忘怀的心声，都透散出诗意的品质。泰山后石坞的松，在平淡中见奇景，于细微处见奇观。苍松古庙的画面，铭刻在这片尚没有开放的区域，越发让人神往。在这里，如果没有奇峰怪石，如果没有深壑绝壁，似乎就显不出古松的苍劲，偏偏，这里恰恰以石海、天烛峰等地质景观与古松为特色的自然生态景观相结合，成就出今天的幽奥所在。

在这里，人不会感慨“人生一世，草木一秋”，虽然古诗里的草木比拟人生之短促，而在这里，松则是高寿者的象征，树龄在千年以上的不在少数。只是，这些松族们的生存是在最寒冷的高处，在悬崖上，在石坳中，在云雾往来的天街之上。

与千年泰山松合影，与古松石峰整合为一个画面，然后，坐下来慢慢细品。

这时，千年泰山松没有了年龄，它依然是一棵棵松树，给千年前的人什么样的印象就给千年后的人什么样的模样。它们依然茂密，依然不屈。当松涛阵阵声响起时，那些铁干铜枝挥舞着，没有丝毫畏惧。站在这里，人们不禁感慨它的精神为什么会长久不衰，它的意志为什么会经久长在。

面对松，面对松的风骨，我们只有顶礼膜拜。

火鹤思绪

●高洪波

火鹤不是飞禽，更非仙鹤。

火鹤是一种植物，是花名。

先前我不知道火鹤。办公室里摆放了一盆花，绿叶如萝，叶中有几茎粉红的心形花，单瓣，花中一枝挺直的蕊，形状像缩小了无数倍的玉米棒。

一见就很喜欢，偶尔浇浇水，它居然生长得很快活，陪伴了我3年。有时会有枯叶滋生，剪下来；花箭也有枯萎的时刻，但很快又有新的花箭长出。我频频出差，这盆花就摆在窗前，三五天也好，十天半个月也罢，总是耐心而又绿莹莹地挺立着，目光掠过去，竟然有柔软的感觉。

购花的总务处长是个快乐的人物，每当走进我的办公室，盯一眼这盆惟一的花卉，就叹道："真怪，所有屋里的这种花都死了，只有你这盆活得好，怎么养的?"

我说不经意养的。

总务处长就笑，继而我问他这花的名字叫什么？他摇摇头，说自己也不清楚。

一个谜。我养了3年的美丽的谜。

真的很少有人知道这花的名字，孔夫子让文人"多识花鸟虫鱼之名"，这是个极好的建议，可惜大多数文人做不到，懒，譬如我这样的。

有一年到北京郊区参加一个会议，住在宾馆里，午饭时的餐厅人来人往，很热闹。熟人多，正寒暄着，突然看见一盆花，一盆熟悉而又叫不出名字的花，正冲着我谦虚地微笑。急切间我叫住一位女服务员，问这盆红花叫什么名字？姑娘盈盈一笑，说：“火鹤。”“火鹤”，植物之身而取飞禽之名，一奇：植物者属木，火是木的克星，可偏偏这种植物以“火”为名；二奇：鹤本灵禽，仙鸟，自然界中有白鹤、黄鹤、丹顶鹤，“松鹤延年”是画家最爱的题材之一，但无人见过火中之鹤。凤凰涅槃需火之助，火之力，仙鹤本自仙境来，无须借助火，故而将此花取名者，定是个想像力异常丰富的人，一个诗人。

到中央党校学习快 3 个月了，党校的春天极美丽，花木繁茂，从白玉兰大朵的灿烂开始，一直到牡丹的华贵、黄月季和粉蔷薇的优雅，迎春花与榆叶梅刚和你照面，没等你从惊喜中缓过神来，木槿和三角梅便擦肩而过，稍不留神，又让丁香檀撞个满怀。而水渠畔星星点点的小花，或蓝、或紫，让你走过去须屏住呼吸、小心翼翼，生怕惊扰了小花小草们美丽的梦。

在这样的环境里读书，宿舍里不摆放一两盆花委实说不过去。于是，一盆火鹤兴冲冲住了进来，陪伴它的是两盆绿萝。

我的新伙伴置身于一个紫红的花盆里，刚来时仅有 6 枝花箭，小花开得怯怯的，远不如办公室的那盆泼辣。我把它们一字儿形摆在窗台上，春天的阳光慷慨地照射着火鹤，使它的叶子更绿，花儿更红，花箭也渐渐多了起来。偶尔燃一支藏香，插在花盆的土里，香烟袅袅开腾盘旋，穿过绿叶红花，再散发出浓郁的香气，你会觉得这盆火鹤真的具有了灵动的生命。藏香的味道不光是浓郁，有一丝甜，有几分醉，这香气独特，只有到过西藏的人才能感悟，在藏香的包裹中，你能感到精神与宇宙、灵魂与肉体的那一种和谐与共通。

火鹤擎起藏香燃起的烟云，愈加美丽了几分。

漓江情韵

●从维熙

雨霏霏，雾茫茫。雨雾好像是漓江头上的纱巾，一直笼罩在它美丽的面颊之上，与它形影不离。是不是因为朦胧是另一种美丽诱惑之故，我不顾旅途的疲劳，走出江边的公寓，进入了朦胧的山水之中。中国古代就留下“犹抱琵琶半遮面，千呼万唤始出来”的佳句，但烟雨漓江是呼唤不出来的少女，始终深藏在它的纱巾里。因而，那江里的渔舟，水里的游船，以及江边的垂钓者，都成了朦胧诗里的一个个标点，在雨雾漓江的诗章中，挑逗着你手中的笔，把大自然中的绝美编织成篇。

我漫步走到江边，想撩开雨雾的盖头，看一看它的娇美。我很快发现那是一个幻想，就是借来济公活佛的芭蕉扇，也无法让漓江的雨雾消散，使山水变得清明可读。自笑天真之际，只好向朦胧诗中的一个个黑色标点走去，我希望把它们看得真切一些；如果灵感显圣，还真有可能把它串连成一首雨雾漓江图的绝美诗文呢！我先向最近的一个标点走去，它圆圆的像是标点中的句号，我推断那是一把伞，伞下坐着的该是江边的一个垂钓者，正在等待鱼儿咬噬鱼饵呢！等我走近了，才知道我只猜对了二分之一，那圆圆的东西确实是一把雨伞，但伞下空无一人。这是谁丢在这儿的？难道它的主人到哪儿解手方便去了？待我转身要离去时，伞下忽然有稚嫩的童音对我问候：“你好——你好——”。我顿时愣在那儿了：这是谁在问候？又是在问候谁？我定睛看了看我的四周，没有一个人影，还没容我醒过闷儿来，那细嫩的童声又飞了出来：“江作青罗带，山如碧玉簪。”哎呀！他在背诵韩愈描写桂林山水诗中的佳句，这伞下一定藏着一个顽童，在和我这个初到漓江的人开玩笑哩！于是我弯下腰，仔细地寻觅与我开玩笑的伞下顽童。不看不知道，一看吓一跳。那把伞下哪有什么顽童，是鸟笼里的一只伏卧在横杆上的鹦鹉，在江边上与我逗趣。

我忍不住失声笑了起来。虽然我不是现代的福尔摩斯，但凭着我的智力，还是推断得出来：这一定是谁养的一只宠物，那把伞支在这儿，是为这只鹦鹉遮雨，这说明主人离这儿不可能太远。但是我等待了一根烟的工夫，还是不见主人归来，索性蹲下身子，仔细端详起这只鹦鹉来了。这是一只绿羽红冠、长着弯弯嘴巴的鸟儿，见到我俯视它的时候，又对我来了一句欢迎词：“要知漓江美，请你登木舟。”在文学领域里，我是讨厌鹦鹉学舌的，因为那是艺术的重复；更为甚者，成了某种功利传声筒。但是面对这只漓江鹦鹉，我一反常态地久久对它凝视，近而我猜想他的主人，一定是个十分风趣的摇船人，他在用这只驯化了的美丽鸟儿，招揽游客呢！妙！真是个超人的奇思妙想，这等于给漓江这首朦胧诗，又增添了一个惊叹号！

完全是出于好奇，我点燃了第二根烟，在喷烟吐雾中，等待它主人的出现。终于在漓江朦胧诗中，又出现了一个标点——那是一个破折号，顺着江心渐渐向江边移动过来。我从木桨的轻微击水声中悟出：那破折号是一只小舟。果然，一叶木舟从雨雾中现身，接着一个苍劲的男低音，传入了我的耳鼓：

“你是过江，还是想游漓江？上船来吧！”

我已痴醉，就是没有他的邀请，我也会登上这条木船的。这不仅因为雨雾中的漓江之美，动物中的飞禽能出口成章；更为诱惑我登上木船的，是急于想见一见这位摇船的人。由于我登船之心过于急切，一只脚险些踩进鱼舱之中，定了定神，我才发现这不是一只载客的游船，而是一只渔舟，船舱里没有陈设坐位，只有渔人的网和欢蹦乱跳的活鱼。那摇船人自白：“对不起，让你受惊了。无人游江时，我这只船在这儿打鱼；有人过江了，我的船充当摆渡；当然也有愿意乘小船游江的，我便载客游江。”说着，他拉开一块雨布，拉出来一把矮矮的木椅子让我坐下。这一瞬间他离我最近，我才看清木船主人的脸：他的面容清癯，让我想起了《西游记》中的孙猴子。之后我又发现他的身材像那张脸一样瘦削，特别让我吃了一惊的，原来他是个一走一歪的残疾人。

我的兴致顿时跌落了下来。他却不知我心态上的变化，依然兴致勃勃地对我说：“看你这身行头，不像是本地的过江人。你想去哪儿看景？不要看我的船小，它可以从漓江摇到桃花江，先生如果有远游的雅兴，我还可以送你到阳朔，那儿有一条洋人街，是中国的一绝。”

我摇摇头，告诉他昨天我已经乘坐游艇，去过那些景区了。

“那么，你登船的意思是……”他不解地望着我。

我本想告诉他我是出于好奇，想看看撑船人的。不知为什么，嘴上却说出另一番话来：“随便你吧，沿江漂流而下，看看你撒网打鱼也行。”

“我还是头一次碰上你这样的游客。”他说，“没有准确的去处，怎么定出船票的价钱？”

我说：“我相信你是个诚实人，不会宰游客的。”

“何以见得？”他笑了起来，“说来听听！”

“你敢把鹦鹉放在江边，不怕人顺手牵羊地拿走，说明你有大肚弥勒佛的大度和善良；这样的人，必然也会受到别人信任。我就是其中的一个。”我说，“该怎么比喻才到位呢，你这条旧的木船，怕是顶不上那只鹦鹉的价格。要是有人把鹦鹉偷走，你不是太亏了吗？”

他听明白我的来意后，大声地笑了起来。那朗朗的笑声，惊飞了江边的水鸟，像是标点中的一串黑色省略号，消失在漓江茫茫的雨雾深处。至此，我不想再和他兜圈子了，言明是鹦鹉为媒，引我和来他相见的。在我看来，漓江风景天下无二，但是已然被千古文人写滥了；我来船上，只是想看一看调教鹦鹉读诗的摇船人。仅此而已。

他的笑声从高空跌落了下来，瞬间变得肃穆无声，历经了片刻的等待，他才对我说起他的故事：他自幼是个残疾，生下来父母就把他抛到江边，是一对在江上摇船的夫妇，把他抱回家里养大成人的。待收养他成人的两个老人先后走了，他不甘心靠吃“社会低保”打发日子，便接过来这船这桨，开始了摇船生活。有一天，他到鸟市去买捕鱼的鱼鹰，合适的鱼鹰没有买到，却买回来只有一条腿的鹦鹉。据鸟市上卖鸟的人说，它所以只能“金鸡独立”式地站在笼子里，是当初捕捉它的时候伤及了它的腿。他忽然想到那鸟儿与他的命运近似，便把它买了下来。从此，这只鸟儿与他朝夕相伴了。

“那韩愈赞美漓江的诗，是你教它的?”我问。

“不是。桂林人都会背诵这两句诗，它听多了，就会学舌了。”

“那么……请客人登船的两句话呢?”

“两个瘸子之间，心灵相通，我一点拨，它也就会了。”说这话时，他似乎十分开心，因而又爽朗地笑了起来。

轮到我沉默无言了。此时，一艘豪华的游轮，从江心疾驶而过，由于雨雾浓浓，游轮的船头亮起了灯光。昨天我是乘这样的游轮，远行阳朔的，船票价格 240 多元。我不知这个腿部残疾的摇船人和为他那少了一条腿的鸟，在雨雾漓江上经营一天，能有多少收入。我想问问他，但嘴唇像被贴了封条一般，怎么也没能开口。我不愿再耽误这个摇船人的宝贵时间，从衣兜里掏出一张 50 元的钞票，递到他的手里；为了防止他拒收，我说明天我来坐船。这是先交上定金。之后，我匆匆下船，走进雨雾茫茫的江滩。

我走近鹦鹉笼子，低声告诉它：“明天他回北京了——你学一遍。”哪知这只鹦鹉，并不学说陌生人的语言，我只好向摇船人言明我明天的归程。他从船上跳了下来，急切地对我喊道："不可以——不可以——老先生，我身残志可没残……"我匆匆离开江滩船，隐身在漓江的雨雾之中。待我回到江边公寓，脱掉湿淋淋的衣服，站到玻璃窗前，希望能再看一眼那只木船的影子。不仅那船那伞不再是朦胧诗中的标点，连天水相连的漓江也变得若有若无了——漓江下起了滂沱大雨。

呵！阴柔情挚的漓江，充满阳刚的人，编织成了漓江一首美丽动人的人文诗章……

灵魂的高地

● 张乃英

在北京读大三时，我在常去的王府井新华书店买了这本1982年上海译文出版社出版的由诗人、翻译家徐迟译的《瓦尔登湖》。这是美国杂文家、诗人、自然主义者、改革家和哲学家亨利·梭罗的传世之作，一本散文随笔集，一本自然博物志。当时觉得这本书有些艰涩，有些难懂，但又与众不同，有许多真知灼见。这些年随生活阅历的丰富，越来越领会作者对自然和生命的深刻体悟，对美丽湖泊的动情描绘，对生存危机的忧患意识和对现代生活观念的历史性反思。

《瓦尔登湖》的开篇即是这样让人猛醒的话："你能把你的心安静下来吗？如果你的心并没有安静下来，我说，你也许最好是把你的心安静下来，然后你再打开这本书，否则你也许读不下去……"20多年来，瓦尔登湖的美丽、清澈、静谧和安详，它所蕴涵的历史文化的深刻内涵，关于道德良知的善恶判断，时常在我的梦中浮现。

梭罗出生在一个商业的时代，本要适应时代生活，但他有一颗超凡脱俗的心，是有更高的原则和卓越的人。1845年，25岁的梭罗，抛开金钱的羁绊，远离喧嚣的城市，来到超验主义领袖爱默生的林地瓦尔登湖畔，自己盖起一个小木屋，自耕自食，过了两年极为简单甚至贫穷的生活。他在此寻求精神的自由和灵魂的安详。在湖水的涟漪中，湖滨的山林里，他观察着，倾听着，感受着，深思着，梦想着，他观看日出和黎明，他为春天第一只麻雀鸣叫，花儿在枝头绽放，小草像春火在山腰燃烧而激动，无数次地沉醉在清清的湖水，蓝色的山脉，茂密的森林，旷野的钟声，夜莺的歌唱中，他在大自然中获得了灵魂的再生，因而瓦尔登湖不只是一个普通的湖泊，也是一个灵魂的高地。

我一次次地沉醉在梭罗用超妙的哲理、高远的意境、清丽的文辞营造的静谧氛围和浓烈深沉的感情中。对如何度过生命中的岁月，有更为清醒和自觉的认识，追求一种富于理想的、宁静的、畅达而自信的人生。少年时代心中升腾起成为作家的梦想，在上个世纪 80 年代读大学时开始写散文。90 年代中期，在经历了生活的艰难，生命的磨难，拥有了物质的富足，生活的安逸之后，我又选择了文学之路的跋涉，有意识地从事散文写作。每当我感到枯燥，寂寞，烦恼，懈怠的时候，我就回味梭罗书中的话，“一个人若能自信地向他梦想的方向行进，努力经营他所向往的生活，他是可以获得意想不到的成功。他将要越过一条看不见的界线，他将要把一些事抛在后面；新的、更广大的、更自由的规律将开始围绕着他，并且在他的内心里建立起来……”我在心田上耕耘着，能否成名成家，对我来说并不重要，而重要的是不在人群中迷失，寻找到在生活中的位置。

人若被金钱这根无形的绳索牵引，就感觉不到自由的欢乐，要有所放弃才会有所收获。我总是反省自己对物质的要求是否太多，在精神空间和价值观选择上自我矫正，对自己说，把心安静下来，精于观察，善于思考，勤于捕捉。于是，在繁忙的工作之余，我一如既往地读书，写作。《瓦尔登湖》中那些希冀和梦想，契合了无数坚守的心灵，这部本来“属于一个人的书”具有了跨越时空、面对人类、前瞻未来的魅力，瓦尔登湖的光芒穿透了生命的意义。

麦浪如歌

● 樊新华

从家里到我的小学，有一里的路程，先要沿河坝穿过村庄，才可以踏上通往学校的那条笔直大路。大路两侧分别是与路面等宽的土沟，那是灌溉用的主渠。冬春时节，主渠往外便是一马平川的麦田，是我少年梦想的舞台。

当紫黑的桑葚落满院角的时候，一个阳光午后，五年级的我独自走在白练似的大路上。四野一片寂静，偶有孩童的啼哭、女人的呵斥从附近的村庄传来。麦子正处于青末黄初之际，麦田在催熟的阳光下奔涌着无声的不安与骚动。布谷鸟从头顶缓缓飞过，柔软地重复着千年的声音："麦黄快割，麦黄快割！"南来的暖风拂过田野，或深或浅、由近而远地掀起阵阵麦浪，麦田里漾起轻轻的碎响。我沉醉于这样的田野，索性在路边坐下来，让高过额头的麦浪淹没我少年的孤独，我仿佛在一望无际的海洋里漂荡……良久，我收回酸痛的目光，低头伏埋在双膝上。此时，四周隐约的麦香、耳畔和缓的风声与起伏在心头的麦浪瞬间共鸣，愈加浓烈。

我不知道那一刻有没有想起艾青的诗句，有没有听到柴可夫斯基《如歌的行板》。大概我什么也没有想，什么也不曾做，只是当预备铃声响起的时候，带着那样的心情，我便起身走向了喧腾的学校，走进了无味的课本。

冬麦如葭，春麦似蒹，碧绿的麦田描画着季节的主色。"4 月 5 日，阳光明媚，春风拂面，我们怀着沉痛的心情，来到烈士墓前。麦苗正在茁壮地成长，蚕豆花吸引了成群的蜜蜂和蝴蝶。"

这样的句子经常出现在我小学的作文里。往往是在清明的中午，我跟随父母向着先辈的灵位烧化纸钱，在品尝了有着韭菜炒豆粉的素食后，又参加了下午学校组织的扫墓活动。随着队伍走在田野上，我的心情尚未开始“沉痛”，也没能描绘清明时节蓬勃的麦苗荡起的那种绵软的、泛着白晕的波浪，但那样的景象却深深烙印在了孩提的心底，而年复一年纪念先祖的纸灰，和着头刀嫩韭的清香，也在我记忆中碧绿的麦田上飘飞！

大学的实验室里，我不仅见到了久别的小麦，而且还仔细研究着它的躯体。那是一棵青春的麦株，有着白而泛黄的茸茸的根系、剑一样的油绿的叶片，顶端直立着浑圆而饱满的青穗——毋庸置疑的禾本科标本植物！解剖它的时候，我嗅到了麦青的甜香。怀着十分的小心和亲切，从外表、维管到细胞，又从细胞壁、叶绿素到染色体，我认知着它的一切。

如此健康的麦株将会长成多么丰盈的麦田！这令我感慨万分，我开始怀念麦收的六月。就要开镰了，胡子拉碴的农人心不在焉地扒两口饭，撂下碗就往地里去。他敞开了衣襟，倒背着双手，在麦田里来回巡视。他喜欢沿着田埂走下去，并且常常木桩似的钉在麦田中央，老半天也不动，对布谷鸟的催促不屑一顾，对老水牛的散漫爱理不理，在齐腰的麦浪的簇拥下，在杏黄的阳光的蒸腾下，他只顾乜斜着眼，露出一脸的幸福、迷醉和自负。是啊，这样的季节，谁还能在他眼里！

这样怀念着的时候，我的耳边往往会遥远地响起古老的歌谣：

彼黍离离，彼稷之实。行迈靡靡，中心如噎。知我者，谓我心忧；不知我者，谓我何求。

悠悠苍天，此何人哉？

这歌谣带着古朴和野性，感伤而悠长。它从天边传来，在穹隆的原野上回荡。它掠过《诗经》里沸腾的生活，径直飘到我的耳边，钻进我的灵魂。按照俗成的理解，这样的吟唱应该具有特定的意蕴，是对历史盛衰、朝代更迭的慨叹。面对荒草丛生的故都，历代士大夫、文人往往借以抒发哀婉、怀惜之情。然而，我更愿意关注古代诗人所传达的对乡土的拳拳深情。我分明看到了我的祖先，在他们热恋的土地上、在穗实累累的麦田之间诗人般行走，感怀万千，缠绵不尽。与“故国不堪回首月明中”不同，先人表现出的是对大地广博而深厚的爱恋，天真纯一，“哀而不伤”。相比之下，李煜毕竟显得有些儿女情长。托尔斯泰在听到《如歌的行板》时，曾被那段小亚细亚的民谣打动得老泪纵横，作家紧紧握着柴可夫斯基的手说，你让我听到了俄国最底层劳动人民的苦难心声。而在我心中回旋的这样古远的华夏歌谣，更令我仿佛触摸到了祖先心血的脉动。

历史浩瀚、岁月苍茫。兵荒马乱时节，无辜的百姓一边舔舐伤痕，一边在铁蹄的空隙里扶掖纷乱的麦苗，艰难而执着地收获；盛世繁华年代，知足的农民一边感谢上苍，一边在麦田里幸福地播种、耕耘，用汗水回馈大地。数千年跌宕风尘，麦田始终承载着人们的荣辱、延续着人们的希望。麦浪里沉浮的先人们，用热血、泪水和眷恋，让它悠悠荡漾到今天！

我是守麦人吗？当父亲把这个神圣职责庄严地交给我的时候，我竟手足无措、惶然不安。我该怎样支起我的躯体，才能用我的今生为麦田遮挡风雨；我该怎样安葬我的灵魂，才能让我的血流与麦浪永世同脉！

去年，我送走了一田金黄小麦，满意地看着它们流入村庄；今年，我还坐在收获后的田垄上，面向满目麦茬，等待着来年，等待着下一波如歌的麦浪。

茂茂翠竹映山青

●黄　奋

自中学时代读了袁鹰的散文《青山翠竹》后，井冈山毛竹那挺拔、苍翠的形象就深植在我的脑海里。多年来我一直向往井冈山，想去仰望那五百里峰峦叠翠之山脉；更想看望那郁郁葱葱、俊秀多姿的毛竹。

这多年的心愿终于在近日得以实现了。我们乘车沿吉安方向上井冈山。

山路蜿蜒，雨密密地斜织着。汽车颠簸着前行，我的目光不停地穿梭在路旁的树林间，想早点见到那景仰已久的毛竹。然而映入眼帘的多半是杨树，一种我叫不出名字的南粤极少见的树。失落之情油然而生……

正当昏昏欲睡之际，有人呼喊了起来："桥头镇到了。"这时雨也停了，抬头望去，这山似乎更茂密了。而令我兴奋的是，一丛丛、一簇簇的毛竹忽然扑入眼帘，青翠而泛着嫩黄的叶子随风起伏，婆娑地穿插在山坡上，伴着山林的韵律轻轻起舞，煞是可爱。

我禁不住下车走到路边，轻抚这可爱的竹子，细细地端详起来：这些毛竹扎根在贫瘠的土地上，饱经风霜，却长得如此健壮、挺拔，真令人敬仰。我想，一定是它那修直简洁的枝杆、光滑坚硬的竹青和高纤维的叶子，筑起了抵御虫害和抗拒腐蚀的天然屏障吧；而那发达强壮的根系，使它能深深根植于山坳岩石之下，吮吸着大地丰润的营养，这就练就了它坚毅的特质。

我礼赞毛竹的坚毅。它不但有谦虚的胸怀、坚强不屈的意志，更可贵的是它把最坚韧的成分生长在最能受力的表层，构成了极佳的受力结构。你可知道，在同等重量下，毛竹的抗拉、抗压能力都远胜于木材吗？

我礼赞毛竹的质朴。它没有杨树那般张扬，总是静静地长在山坡上，默默无闻。你看那杨树：薄而宽的、圆圆的叶片像挂在空中的小风筝，在微风中不停地眨着眼睛，是那么招摇。若你仔细观察，就会发现它的桠枝很小而很脆弱，那些叶子就直接的长在桠枝上。这样的树怎能经受得住狂风暴雨的洗礼呢？你再看看这毛竹吧：枝干修直结实、外表坚硬而圆滑，像一枝枝破土而出的长箭，笔直笔直地站立在山坡上，默默地守护着山的庄严而从不张扬。这是多么质朴的品格啊！

记得《青山翠竹》里有这样的描写："井冈山五百里林海里的毛竹，从远处看郁郁葱葱，到近处看，有的修直挺拔，好似当年山头的岗哨；有的密密麻麻，好似埋伏在山坳的奇兵；有的出世不久，像亭亭玉立的少女……"每每读起这些句子，我就情不自禁想起当年红军创建井冈山革命根据地的艰苦岁月：在这个年平均有230多个雨天、人口不过2000、产粮不足万担的地方，红军克服了缺衣少食、潮湿寒冷的恶劣环境，用土枪土弹粉碎了敌人的5次围剿，靠的是何等坚定的信念与勇气！这多么像毛竹坚强不屈的品格！

然而令我意外的是，从五指山到水口景区，一路看到的毛竹并不多，只在黄洋界哨口方圆数里的地方才看到了大遍的竹林，这与我印象中那"漫山遍野，绿浪连绵"的竹海景象相去甚远。经了解才知道，由于急功近利思想作祟，井冈山的竹木早些年已被狂砍乱伐，植被受到了严重破坏……

值得庆幸的是，改革开放后当地政府意识到了破坏生态带来的严重后果，多次采用飞机播种的措施大面积封山育林，使井冈山植被逐年恢复生机……

我边走边想，忽然有所感悟：千百年来，毛竹扎根在这莽莽群山之中，生生不息，是山之灵气润育了它；然而，如果没有竹的苍翠，山也就不能常青。这是大自然孕育的和谐。

这“竹”与“山”之间的和谐是多么需要养护呀！在这次保持共产党员先进性教育学习中，我反复地想：我们党不正是巍巍山脉吗？党员不就是修修竹子吗？

愿我是一株竹子吧，让我们成为竹林吧！那将是：茂茂翠竹映山青！

面对草地

● 张庆和

面对草地，面对红军走过的草地，仿佛面对历史深处的一簇风景。

那些盛开的花，那些衰败的草，那些挺拔的枝，那些枯萎的叶……或摇曳，或凝定，或芬芳，或苦涩，无不成为撼动心魄的一种力量。

长征选择了草地，这是草地的幸运。

革命曾经在这里吃苦受难，革命曾经在这里辉煌灿烂。因而，这里才生长出崇高，生长出景仰，才生长出那许多的伟大与不朽。

还记得小学课本上那《金色的鱼钩》吗？它让先烈的精神闪光，它让稚嫩的童心向往。

这里是历史的档案馆，这里是革命的资料库。这里珍藏的不只是忠骨、传说和故事，这里还珍藏催人奋进的鼙鼓金号，这里还珍藏照彻心灵的熊熊火光。

如果仅仅是为了寻找先辈的足迹而来，如果仅仅是为了采集诗句词章而来，那就不要来。因为，这样会踩痛历史，会惊醒自以为装满思考的头颅，会惊诧自己的心灵成为一片空白……甚至会让人觉得，喧嚣的尘世于这里是一个太不和谐的音符，会让人发出千百个感慨或者叹息。

感慨吧，草地的空旷已经投影成宽阔的广场；叹息吧，草地的寂凉正在佐证着红军的艰难。

草地是一座庭院，从这里走出的人，即使走成了贫穷，精神也富有；即使走成了清瘦，灵魂也健壮。从这里走出的人走成了一群前辈，他们的名字，有的被漫步广场的人吟诵，有的靠了电波的力量，被传播成遥远和永恒……

这一条路，弯：是红军走出的一张弓；这一条路，直：被红军走成了弓上的弦。红军意志是拉弓的力，红军理想是弦上的箭。

挟着滚滚风云，裹着遍地花草，理想被放飞了，草地也被抽出了一条线。从此，这一条线就把草地和天安门扯在了一起，和整个中国扯在了一起。于是，这里的风云便成了簇拥时代的浪潮，这里的鲜花便开成了一种笑容，这里的绿草便摇曳成那里的旗帜……

为了寻求甜甜的日子，红军才咀嚼苦苦的草根。这里的草根有功劳，苦涩的汁曾经营养了民族精神，曾经挽救了中国革命。草根却从来不炫耀自己，依旧过一种隐居而平凡的日子。

“野火烧不尽，春风吹又生”。这便是不衰野草的可爱，这便是一种伟大的哲理。所以红军才选择荒草遍布的野地，让野草检阅他们的阵容，让野草验证他们的品格。

最后，野草为红军打了满分。

这里植下许多年轻的生命，这里所以才如此地青翠碧绿；这里埋下的忠骨永不变质，这里所以才永远地肥沃。这里还要生长现代化呢，生长崇高和不朽的地方，怎么会生长渺小和没落呢？

南希的礼物

●李 杰

一想到南希，就仿佛看见蓝的花、微波荡漾的海和穿透云霭的阳光。

南希50多岁，智利人，丈夫就职于智利驻巴布亚新几内亚的公司。在巴布亚新几内亚，因为治安不太好，业余生活相对较少，来自各国的妇女就自发组织了国际妇女联合会，成员包括社会贤达、商贾政客、各国使团的夫人们。南希是热情的参与者和组织者，我与南希相识，就在联合会每月组织的早茶会上。每次活动，她都忙里忙外，全身心地投入，乐在其中。

南希是美丽的。岁月无情，却并未在她脸上留下痕迹，那双灰蓝色的眼睛依然明亮，明明白白的清澈，没有沉重，没有伪装，坦坦荡荡，映照着一颗纯净温暖的心。南希的身材已不再婀娜，头发已见花白，却仍然精心地呵护和修饰着自己，举手投足间流动着激情，如春日的花，热烈地开着。

南希是快乐的。快乐就挂在眼底眉梢，就在每次聚会时热情地问候，寒暄时倾心地聆听和动情处真诚的欢声中。那份快乐是从心底流出的，实实在在地围绕着她，也吸引着身边的每一个人，去了解、分享、感悟。

于是就有了那次谈话。

那是在联合国人口基金组织驻巴布亚新几内亚代表的夫人在官邸举行的午餐会上，夫人是尼泊尔的皇室成员，亲手烹制的尼泊尔宫廷菜令每位来访者不虚此行。餐毕是照例的品茶闲谈，外面飘起了细雨。

倚窗远眺，雨中的莫尔斯比港像蒙了一层纱，有不真实的美丽。近海处，白帆点点。云盖住了天的蓝，心冷冷的灰。我与南希聊起了生命。

南希提起儿时母亲教她唱的一首智利民歌，歌词大意是："我是多么幸福，因为我有一双眼睛，可以遍览世界。世界虽然美丑伴生，但至少我有机会领略这一切，去分辨是非，体味生命……"

"母亲教会了我找寻快乐"，南希沉思，"母亲经常告诉我，如果你心情不好，就去看看那些受冻挨饿的孩子，想想世界上有多少人，生来听不到音乐，看不到色彩。想到他们，你就会懂得珍惜生命，珍惜你拥有的一切"。

"我母亲比父亲大 5 岁"，南希接着说，"但两人对待生活的态度完全不同。母亲怀着一颗感恩的心享受生命，父亲却从不满足，抱怨自己不能功成名就，金玉满堂，在渴望、失望中熬尽了生命，竟比母亲早走了 6 年"。

"后来母亲也走了"，南希伤感，"母亲的去世使我更加明白，生命是多么宝贵"。

"每天我睁开眼，就庆幸自己又有了全新的一天，又可以多一天享受生命，去看自己喜欢的人和所爱的一切。"

"做女人多好啊!"南希重又快乐地眯起了眼，"女人可以孕育生命，这是多么伟大和神圣的使命。如果有来生，我还做女人，还叫南希……"

人类进入了新千年，但物质生活的富足却压缩了体味快乐的空间。好日子就在眼前，为什么快乐似乎离我们越来越远？"美就在欣赏美的眼中"，快乐也是一样。这样简单的道理，为什么总会忘记?

窗外，细雨如织，点缀着天地。有风，雨帘轻动，心却翻腾。

近处的椰林和林外的远山在雨中透出了生命的新绿。太阳出来了，云霭的尽头，已染上了太阳夺目的火红……

漂泊的船

● 矫友田

一棵百年老树，轰然倒地，便化为一条木船。

这是我的一个梦想。在我的思想里，船是一种生命活跃的“动物”。它的身上，既有牛朴实耐劳的品质，又有鹰不畏风雨，搏击长空的勇气。

说不出，我的心中为什么会有这么一个古怪的念头，但是我确确实实地渴望自己的生命能够变成一条船，哪怕是船上的龙骨或船舷。

我喜欢在空旷的海滩上漫步，踩着细软的沙，湿润的海风拂过来，将我心中杂乱的思绪统统吹散。这份心情，在细雨霏霏的早晨，或者夕阳如血的黄昏，会变得愈加宁静和悠远。而此时，我的身上溢满了海的腥气，像一条刚刚荡涤过海浪的木船。

凝望着海滩上，那一条条停泊的木船，它们或年轻着或苍老着，像一群长途跋涉的旅人，拥挤在一片宁静的栖息地上。每一条船都有着自己的年纪和经历，船舷上那些疯长的海蛎，则是它们的日记。

船的一生注定是漂泊的，不安分的。因为，它们总是把希望放在下一次远航。当一条船的心境变得异常宁静，机体也不再张扬的时候，即意味着它们生命的终结。

被海淘汰的船，只有在涨潮的时候，才能够尽情向大海倾诉着思念和伤感。但即使这样，它们也不会忘掉自己的身份——我是一条船，至死都要眺望着大海！它们那悲壮的姿态，是在给每一条即将下水的新船，或出海的伙伴饯行。

一天又一天，一年又一年，岁月的泥沙和风尘，将它们的残体一点点朽烂和湮没，最终化为淤泥，只剩下锈迹斑斑的铆钉掩埋在泥沙之下。铆钉，是船的骨骼。

一个人生命的终结，是否也应该像船一样坚定呢？我想至少有一点是相同的，人最后剩下的也将是坚硬的骨骼。即使高温焚化之后，那骨骼也是需要经过一番锤打，才能化为灰烬的。

是啊，我的心思，是否前生已经注定了漂泊？从看到第一条木船的时候，我已不再安心做一株守护在河滩上，享受和风细雨的树。我选择了轰然倒地的一瞬，化为一条船，或某一条船的龙骨和船舷。

我甘愿在漫漫的漂泊中，寻找希望的方向；我甘愿在漫漫的漂泊中，迎来一轮轮朝阳。漂泊使我懂得了应该如何避开生活的暗礁，漂泊使我懂得了应该如何把握人生的航向。

漂泊是需要付出代价的，譬如被痛苦的恶浪撕咬，被凶险的雾霭诱惑。但是，在我选择做一条船的时候，我已经为漂泊要付出的代价做好了准备。

因为我是一条普通的木船，没有华丽的可以炫耀的资本，所以我选择在生活的海洋里漂泊。漂泊是生命的象征，漂泊是一道属于自己的壮丽的风景。

我是一条漂泊的船，一次又一次期待下一个航程。

你愿意做一条船，跟随我一起漂泊吗？

品味曲线

●青　山

感谢上苍造化了曲线，把这种柔美的形态展现给众生：抛物线洒脱，波浪线流畅，回行线缠绵，螺旋线奇诡。而曲线曲到了妙处，往往就成了一个饱满的圆。

自然界的物体，多数是呈曲线状。崇山峻岭，是屹立着的曲线。江河溪流，是流动着的曲线。大海汪洋，是翻腾着的曲线。湖光粼粼，是抖动着的曲线。一弯新月，一道彩虹，飞禽展羽，走兽奔突，是变换着的曲线。花草树木，更以曲线显示媚态：树中莫若柳，花中莫若菊，袅袅婷婷。

世界上最美的是人。女性美，美在曲线，维纳斯的体态就是S形。

世界上最动听的是音乐，铿锵丁冬，嘈嘈切切，记在纸上是乐谱，听在耳中是声波，感应在心里是曲线的和谐。

世界上最宝贵的是生命，动物生命的象征是曲线，心电图就是它的描画。

春夏秋冬，四时交替，是节气的曲线。

雨雪霜雾，阴晴寒暑，是气候的曲线。

月落日出，晨钟暮鼓，是时间的曲线。

喜怒哀乐，悲欢离合，是情感的曲线。

好事多磨。磨合的过程就是一个或一串曲线，增加了好事的分量。

有情人终成眷属。曲折就是酿蜜。曲折越多，果实越甜。

颐和园的长廊，一拐一曲一道风景。泰山因有十八盘，极尽曲折，登顶后才有“一览众山小”的爽快。文似看山不喜平。文学不就是曲的艺术吗？

曲径通幽，绝对是一种意境，也是一个哲理。

每个人的生活何尝不是小河流淌！在一道波浪中，有高潮，有低潮。浪尖上，不一定是辉煌；浪低时，不一定是消沉。允许一个人有奋进状，有蓄势状；有兴奋时，有沉默时。

弯弯曲曲的人生，有许多曲曲弯弯的道道。三国鼎立是格局上的曲线，围魏救赵是战术上的曲线，欲擒故纵是谋略上的曲线，指鹿为马是手腕上的曲线。霸道扭曲了政治，专制扭曲了民主，垄断扭曲了经济，两极分化扭曲了分配，不义之财扭曲了金钱，奢糜扭曲了人生黄河九十九道弯儿，弯弯绕异化了曲线。直线是力，曲线是美。自然形态的曲线是美的。而社会形态上不美的曲线，要靠理性的直线校正。好在世界上没有绝对的东西，绝对的直线、绝对的曲线都是没有的。线由点组成，连接两点的是直线，你在地球上严格地沿着一个方向，走直线，永远走直线，最后还是回到原地，其实你走的还是一条曲线，因为——地球是圆的。

平等的魅力

● 黄开毅

在生活中人们都有这样的感觉：与聪明的人共事会使人理智，与平和的人打交道会使人大度，与有修养的人相处会使人感到平等、没有压力。如果你和有修养的人在一起那是你的幸福，当你碰到难处，他会为你着想，帮你解决困难；当你处在尴尬境地，他会为你圆场，不会冷嘲热讽；当你左右为难时，他会为你出主意想办法。有修养的人会尊重人，平等对待客观事物，没有居高临下、咄咄逼人之气。一个鼓励的手势、一个会意的眼神、一句温暖的话语，都会使人感动不已。平等就是最大限度地体现人的尊严。

西方人在举行婚礼时，主持人有一段主持词：无论他（她）是富裕或是贫穷、是健康或是生病，你们都会相爱一生。套用在日常为人处事中，那就是无论地位高低、贫富，人格都是平等的。

“你需要帮助吗?”这是有修养的人常说的一句话。做一个有修养的人，你会大有人缘，也会体现你的人生的最大价值。当你用爱心对待别人时，你也会得到爱的回报。作家贾平凹说过：当他五十岁后，才能理解善良和宽容的真正含义。这就是一种修养。有修养的人道德是完善的，人格是高尚的，他懂得尊重人，没有歧视、没有不屑，就像老百姓说的“不会瞧不起人”。人的道德是最朴素的，与地位贫富无关，关键是为人的准则。人生百态，任何一种不可知因素，都有可能决定一个人的命运，也都可能影响着别人命运的判断和取舍。如果一个人过多地受到打击、歧视，他的心灵就会播下仇恨的种子；如果受到尊重、平等的对待，人格就会得到完善，对生活充满热情，为社会创造更多和谐的音符，这也是构筑和谐社会的最重要因素。

有位慈善家说："没有不可爱的人，没有不可信任的人，没有不可原谅的人，人要学会感恩。"尊重同事是一种本分，尊重晚辈是一种美德，尊重对手是一种风度，尊重客人是一种常识，尊重所有的人是一种教养。如果我们希望别人平等对待自己，我们干吗不首先平等对待他人？这也许就是胡适对平等的诠释：平等是一种生活方式。

平凡之美

●吴艺红

平凡是美丽的，平凡就是脚踏实地干好本职工作；平凡又是壮丽的，平凡就是默默无闻地无私奉献；平凡更是伟大的，平凡就是孜孜不倦地追求卓越。

平凡是一种坚守。坚守在平凡的岗位，默默无私奉献一生的心血和智慧，就像我们的老师，就像每一位任劳任怨的普通工作者。“春蚕到死丝方尽，蜡炬成灰泪始干”，就像每一位勤恳的劳动者，那些在非典期间坚守岗位的白衣天使们。正是这些平凡的劳动者给了社会以平安，给了人们以安宁，给了大地以希望，给了河山以新绿。谁能说那只是一种平凡的事罢了？

平凡是母爱。“游子身上衣”使得慈母“临行密密缝，意恐迟迟归”。这种无言的爱，像一缕轻风拂过游子的心，于是便有了一位深受感动的诗人记下了这分情怀，让后人继续着这分对平凡的感动。这种感动像穿越时空的永不疲倦的风，给我们诠释着生命中最重要的一种爱，温柔而永恒，平凡而伟大。

平凡是一种胸怀。我们在前人栽的树下乘凉，不要忘了给后人凿一口井，让这种温暖和清凉像风一样长远地流传下去。当树阴为别人带来了清凉时，那穿梭于树叶间的风，不是在诉说着这样一个伟大的故事吗？“走过那片芦苇坡，你可曾听说，有一个女孩，她曾经来过……”歌中的女孩，是个平凡的人，她为了保护一群丹顶鹤而在芦苇丛中身陷沼泽，美丽的生命芦苇般脆弱，瘦小的身影却走在人们赞美的视线里。“风儿轻轻诉说”，诉说着这个平凡而伟大的生命，诉说着一种舍生取义的坚贞。

正是这些平凡的坚守、感情和胸怀，给生活带来了生命的源泉和人生的美丽。它像春风从湖边走过，湖面荡起美丽的涟漪；在田野飘过，染青了从沉睡中刚刚醒来的禾苗。轻轻地、悄悄地，一种温柔的过往，竟染绿了希望的田野，使得万物萌发出生机勃勃的幽香。是这些平凡的奉献者，成就了一种可以穿越平凡的伟大。

我为平凡感动，为平凡喝彩，更为平凡歌唱！让我们在平凡平静中保持满腔热情。热情会使你变得心胸宽广，它将让你的生命变得有意义变得更充实。凡·高的一生伴随着孤苦与穷困潦倒，但他留给世间的是美丽的——金色的向日葵、风吹过的麦田、灿烂迷人的星光……凡·高死在了他即将名扬于世的时候，他的生命不算很长，但他却为世界留下了一笔巨大的财富。我想不仅是他的那些注重渲染、投入了他的全部生命全部热情的画，那些已经价值连城的艺术品，更主要的是他的精神，足以激励一代又一代的人，让我们有追求，让我们不管碰到了什么阻挠都应怀着满腔热情一往无前地拥抱生活，投入生活。

朴素的大地

●李　晓

红池坝，她安卧在我的梦里已有许多年了。月光如瀑的夜晚，我常常被凤凰山头的林海松涛声惊醒，忍不住披衣起床在窗前远眺红池坝的身影，就像眺望在水一方的伊人。盛夏八月，我有幸随团参加“三牧杯”三峡作家红池坝笔会，迈着轻轻的脚步去拜望与灵魂咫尺之隔的红池坝。

小车在崇山峻岭间盘旋而上，一股股清凉的山风扑来，让我的肺叶一下张开，喜悦而又近乎贪婪地感受这碧绿山野的气息。我和10岁的儿子趴在车窗边，目不转睛地望着这些青翠连绵的山野，让我对大地充满了深深的敬意。小车如行进在林海中的一叶帆船，驶上一个山顶后，探出车窗往下俯瞰，只见苍穹下一排白墙红顶的别墅小楼散落在绿浪起伏的草场上。噢，那就是红池坝了，她与我最初的相逢，就这样透过车窗进入了我的视野，浸润了我的灵魂。我精神世界里的小小别墅，就这样与红池坝上的现实景物重叠在一起了。

红池坝，为什么有这么一个深情款款的名字啊？原来，亿万年前，这里是一片波光粼粼的浩淼湖泊，她叫万顷池，历经了沧海桑田，万顷池沉入地下，上面隆起了连绵的高山，高山之中，又躺着一片草原。那些湖水退了，她都流到哪里去了？我一个人在草场上独行，去倾听草原下汩汩的水流声。我寻找到了缠绵传说中红池坝的三眼汪汪泪腺，她们的名字叫红池、黑池、青池。凉幽幽的池水，我突然觉得，她们其实是红池坝上亮晶晶的眼睛。红池坝啊，她其实更应该是一个诗人寻访的故乡，有谁知道，春秋战国时代，这片安静的土地上曾经称为巴都，一个诞生在这片土地上的人叫做春申君，他就是曾经烛照史册的战国四君子之一的楚国重臣，他在这里建立起了人声鼎沸文人云集繁荣一时的巴都。当我在红池坝上见到了斜挎长剑衣带飘飘的春申君，我激动地趴在草地上，侧耳倾听2000多年前这里响起密集的马蹄声，想起苍穹之下春申君豪迈地检阅着他那猎猎旌旗中的金戈铁马方阵。呵，穿过岁月的长廊，一个灵魂上骑着一匹白马的抒情诗人重返这高山下的草原，让我再一次庄严沉思而又热泪盈眶。

红池坝真静啊，我行走在草场上时，真的能听见自己血脉流动的声音了。这时候，让我与这宁静的大地有了切肤的交融。我坐在一片水草茂盛的草原中央，望着一群牛埋着头安静地吃草，一头棕黄色皮毛的牛咀嚼时抬起头望着我，我看见她温驯的眼神里流露出柔和的光泽，她的眼神让我想起一些对我怜爱人的神态，那一瞬间我的心房里盈满了深深的感动。我躺在草场上，风中摇摇摆摆的野花簇拥着我，弥漫的香气让我忍不住想在草场上睡上一个美美的长觉。抬头望天，几团白云正以旅行者的闲散姿态在蓝天中缓缓飘移。哎，白云兴处，可有春申君的身影？牧马场的山峰上，是莽莽苍苍的大森林，我真的想摇身一变成当年的陶渊明，提着一个自制的竹篮去山上采菊，哦，在采菊的山上，我又能相遇一个采茶的叫罗敷的女子吗？

红池坝，她真的是一个深情款款的村姑，你看，顷刻间，碧蓝的天空又移来一团团积雨云，飘下细细密密的雨丝浸润着森林与草场，浸润着旅行者的心灵。在红池坝，又有谁感觉自己是一个异乡人呢？一拨又一拨的旅行者纷至沓来，面对她的娴静，都忍不住放慢了脚步，生怕惊醒了一朵正在开放的野花。当面对红池坝深处的农家院落，听见木门前几声零星的犬吠，或者森林中动物们惬意的长鸣，这些来自城市的旅行者，不都感觉到是在返回祖辈居住的乡间来寻根探源的吗？

曾经蛮荒的一片黑土地上，一个当年行走在这片草原森林中叫做谭经绪的男孩，他没有忘记这片牵扯着他灵魂的土地，他创办的“三牧”集团投入巨资让这片肥沃的土地醒来了，一批一批寻找精神家园寻找大地的游子来到这片土地上小憩，开始重新审视面对生命的姿态。而当这连绵数万亩的土地上生产出绿色有机食品时，又有多少人是在噙着热泪吃着这真正滋养生命的食物啊。人类的食物链，因为现代化的进程，那些在乡风中起伏的庄稼和蔬菜由于环境和药物肥料的污染，已经成了一个威胁人类自身的严峻现实。所以，当我品尝着这些在草木灰中成熟的蔬菜瓜果时，让我再一次忍不住眺望几十年前乃至更久远年代的乡村，那些淳朴的先人，种下散发自然成熟香气的庄稼和蔬菜。

朴实的大地，生长最本真的食物，生长最古朴原始的风景。而人类历经沧桑后，追求幸福的终极目标，不也是创造一种回归自然尊重生命的和谐吗？告别红池坝的头天夜里，我做了一个梦，我和一头梅花鹿奔跑在风中，她回望我的善良眼神，让我再一次震颤了。想起自己平时在红尘中的奔走，在名利场中身不由己地旋转身子，又是多么的荒诞啊。

感谢这次旅行，让我与朴实的大地，与古朴的风景相遇。沉默寡言的大地，让我抿紧厚重的双唇，保守对你充满敬意的秘密，还有内心生生不息的感激。

峭壁上那棵酸枣树

●张庆和

是为摆脱那饥寒交迫的日子，你才无可奈何地跳下那悬崖？是为免遭那被俘的耻辱，于弹尽粮绝之后你才义无反顾地投落这峭壁？

历史感怀着你，岁月铭记着你。

那一天，你确真跳下来了，像俯冲捕猎的那只雄鹰，像划破静寂的那颗流星。

然而，你并没有死，一道峭崖壁缝救助了你，一捧贫瘠的泥土养育了你。生根，发芽，长叶……从此，你就在这里安家落户。日日夜夜，年年岁岁，终于顽强地活下来了，长大起来了，一直长成了一簇令人刮目的风景。

这便是故乡那座大山的悬崖峭壁间一棵摇曳在我记忆里30年之久的酸枣树，一棵在夹缝中生存，在磨难中挣扎，在逆境中挺立的酸枣树。

那是一棵怎样的树啊！

它高不足尺，阔不盈怀；干细枝弱，叶疏花迟。云缠它，雾迷它；雨抽它，风摧它；霜欺雪压，雷电轰顶。大自然中的所有强者，几乎都在歧视它，虐待它。仿佛只有立刻把它从这世界上除掉才肯罢休。然而，酸枣树并没有被征服，它不低头，它不让步，于数不尽的反击和怒号中，炼就了一身铮铮铁骨，凝聚了一腔朗朗硬气。

一次次，它在风雨中抗争呐喊；一回回，它把云雾撕扯成碎片；它以威严逼迫霜雪乖乖地逃遁；它以刚硬驱逐雷电远避他方……

它像大山的一名哨兵，时时坚守着自己的岗位；它像一位忠诚的使者，及时报告着八方信息；它是一面飘扬的旗帜，召唤着，引导着，冲锋着，战斗着，率领着大山里所有的草草木木们，从一个春夏秋冬奔向又一个春夏秋冬……

它明知道自己成不了栋梁高树，却还是努力地生长着；它明知道自己不可能荫庇四邻，却还是努力地茂盛着。它不像山前的桃树，山后的梨树，一个个娇生惯养地让人伺候、抚慰，动辄就使性子吊脸子给你点颜色瞧。也不像贪图热闹的杨树柳树们，一个个占据了水肥土美的好地方，便忘乎所以地摆首弄姿，轻飘飘只知炫耀自己。而酸枣树，却默默地兀立着，不鄙己其位卑，不薄己其弱小，不惧己其孤独。与春天紧紧握手，与日月亲切交谈。天光地色，尽纳尽吮。从不需要谁的特别关照与爱抚，完全依靠自己的力量，长成那堵峭壁的生命，让人领略那簇动人的风采。它真诚而没有嫉妒，它纯朴而从不贪婪；招手向路人致意问候，俯首向胜利者恭贺祝福，似乎是它的职能。

那是我亲眼看见的：那一年秋天，于不知不觉中，它竟结出一粒小小的酸枣。是的，只有一粒，而且小的几乎为人们所不见。

那酸枣是春光秋色日月星辰的馈赠，是一片浓缩的丹霞云霓。亮亮的，红红的，像玛瑙，像珍珠，像一团燃烧的火焰，像那万仞峭壁的灵魂。

见到它果实的那一刻，当初我还陡地生出一个奇怪的想法：小酸枣，或许正是那棵酸枣树苦修苦熬数十年而得到的一颗心吧！有了心它便会有梦，便会更加热烈地去拥抱世界了吧！

转眼远离故乡三十年，我再没有见到过那棵酸枣树。不过我想，眼下风光正好，它生长得一定会很茁壮，很茂盛，一定是干粗枝旺，叶郁果丰。长成了一个典型的男子汉形象，再也没有谁歧视它，再也没有谁敢欺辱它了。并且有很多小鸟常去它那里做客，和它一起歌唱。那歌声清韵悠扬，荡漾山谷。

石岛湾听涛

●殷敖佗

突然地便去了石岛湾。那是丹桂溢馨的中秋前夕。

石岛湾这地名，似胶东人的性格般质朴。可它实在是钟灵毓秀、美艳娇好的。它的美，能让人一见便钟情于它，再也不忍别离。

石岛湾位于山东荣成市的最南端，东临黄海与日本、韩国相望，是中国版图上距韩国仁川的最近端，俗称“天尽头”。

海湾状若网兜，呈一面开放形。在石岛湾28平方公里的怀抱中，有国家一级开放港口、北方最大鱼港——石岛港、镆铘岛国际游乐区、对台小额贸易区、国际渔货贸易区，以及著名的大渔岛。中、日、朝三国人民友好往来的历史见证——赤山法华寺就建在石岛上。这里的海滩绵延十余里，平缓坦荡，是不可多得的天然海水浴场。

远眺近望，由蓝天碧海构成的石岛湾风光难以尽述。

不过，初次夜宿石岛湾，铭心至深的是石岛湾的涛声！

真的，那涛声于我，是一种永远的诱惑。

那涛声于我，又是一首无字的歌、一部尚未谙熟甚或尚未付梓的书。也许从此，它会在我心中作一生的吟唱，让我作一生的演绎。

下榻的双圆宾馆虽紧临海边，但凭窗观海，终究少了一分亲近。于是，月夜下奔向海滩的脚步便多了几分急切。不知是一种发现还是错觉，我以为石岛湾的海浪和涛声，是一种特有的事物。不信吗？你看那月光下涌向沙滩的浪峰，如一条高隆的阡陌，在经过了一阵力量的积蓄后，却于霎时间轰然跌落，化作千堆白雪和震耳的涛声。那跌落的一瞬真的好美丽好壮烈：海浪由最高的峰巅处拦腰折断，深蓝色的浪猛然裂变成白色的浪，并以每秒十几米的速度飞快地向两边扩散。那撼人心魄又令人痴醉的涛声，就是在这一瞬间发出的。

一次次，大海像一位倒提着万顷碧波的力士向岸边压来，似要漫过海堤，却一次次归于失败。但那咆哮声又俨若对失败不屈的宣战。浪涛声中，摔碎的浪花多情地涌上沙滩，又斯文有礼地退下去。如此周而复始，在月色中，勾画着一幅娇好无比的图景。身历此境，不由人耳畔不响起那首让毛宁一举成名的《涛声依旧》。我的人生故事无缘在海边展开，故而海滩上没有旧情供我捡拾。阵阵涛声，也勾不起我手握旧船票、欲登故人舟的那种悱恻的缠绵和往事不堪回首的酸楚。涛声给我的，尽是新奇，尽是感奋。

我从令人忘忧的涛声中，努力感悟着大海的伟大、大海的品格、大海的魂魄与襟怀。不觉中，海浪与我开了个小小的玩笑。看它离得远远的，可突然间，一排碎银般的浪直扑脚下，令我躲闪不及。海水漫过鞋袜爱抚了我的脚背，把些许细沙留于我的鞋内。

微风带着寒意侵润肌肤。回望宾馆，灯火依然明亮，但歌舞厅里的乐声已停息。步步眷恋地离开海滩，回至客房，仍禁不住撩帘推窗，听那大海的诉说，看那长长地映在沙滩水色中的灯光。

我曾醉心向往过大山中的静谧与安然，可我这时却喜欢上了海滨的喧闹。也许，向往静谧与安然，是对大都市喧闹生活的一种躲避；而喜欢海滨的喧闹，却又是对心灵和性情再塑的一种追求。

夜已深，仍睡意全无。涛声不甘被关在窗外，侧身挤进窗棂，依旧声声扣击我的心鼓。于是，方才眼前的海幻化成我心中的海。我梳理一下心绪，静静回味着在海边听着涛声感悟大海时获得的那一刹那的灵动。我始觉，那于偶然间短暂迸现的思想火花，驱散了心头几多阴霾、几重愁云怨雾。它使我领悟，人世间尚存的那些蝇营狗苟的勾当，那些为了些微私利而费尽心机的钻营，是多么狭促与渺小！

是的，就是伫立海边感悟大海的那一瞬，我猛然觉到：比大海更博大宽广的，只应是人的胸怀！

我深深感谢这永难忘怀的石岛湾之夜，感铭大海无语的教诲。我相信大海是一本永远也读不尽的书——自然的书、艺术的书，更是人生的教科书。它那波里浪间的哲思，能让人受用终生。

假如从此，夜夜枕边能回响起石岛湾的涛声，在倾听大海的诉说时与之作心灵的交流，今生今世，更复有何烦恼与忧伤呢？

树叶畅想曲

●大　卫

最常见的一个比喻，是把树叶说成羽毛——有些树甚至可以被说成羽毛球拍子——而那些鸟儿，仿佛羽毛球，从这棵树飞到那棵树——也就是从这个球拍被发到那个球拍。如果树叶真的是羽毛，那么，树就不是植物而是动物了。

曾在一个早晨，站在我家24层楼阳台上，看日出东方。那种壮观，正如屠格涅夫所形容的“像一次山洪暴发”。那轮红日慢慢地踱步，有一段时间它在杨树梢上荡漾，红红的，而那杨树，顺势在风中招展成了一只丹顶鹤。

有时我感觉大海就是一枚树叶，轮船仿佛一只只瓢虫，爬来爬去。海里的那些游鱼，也可以说是另一种尺寸的叶子，大鱼是大叶子，小鱼是小叶子。一些鱼死去了，则成了落叶，在海里飘来荡去，每一条鱼又好似一行诗，鲨鱼是长句子，带鱼是短句子，海豚是不长也不短的句子，而虾米之类的因为身子太小，只能把它们勉强地说成一行最短的绝句。

终身未嫁的美国女诗人玛丽安·穆尔说：“海并不提供什么，它只是一座挖好的坟墓。”

冷杉成行，每棵树顶都有一个翠绿的火鸡爪……”

这儿的“冷杉”当然是一种象征，但我更愿意把它理解成树干一样的“波浪”。或许，那些波浪就是被伐倒的“冷杉”。茫茫尘世，没有比大海更辽阔的树叶了。

同样是树叶，有的会先掉下来的，有的会一直坚持值班。更有些上夜班的树叶，可以与露水为伍。倘若某些树叶被虫子蛀了，也不能怪它，就像张三或者李四中彩，每人都有不同的命运。叶脉，则是绿色的小溪，且都是野生的。任何一枚叶子最后都要落下来，不管它曾经在多高的位置比别人更多地享受阳光、雨露，不管它曾经是月光的宠儿还是雪花的爱人，最后都要被时间之手乖乖地摘下来。

每次走进树林，看到厚厚的树叶铺在地上，都舍不得用脚去踩它们。多少青绿，变成了枯黄，想一想，它们在树上的日子，树枝曾经给他们提供不同的位置，现在，它们都退休了，有的树叶由于种种原因提前下岗，然而，命运的法则里，它们最后必将回到相同起点，并再次打成一片。

人在大地上走来走去，脚印，可以说是无意中盖下的图章，也可以说是一片又一片树叶。两条不停摆动的腿，仿佛两根粗大的树枝，一辈子不知要抖露出多少枚叶子下来。

人生在世，每个人都要从时间的枝头凋谢，这样比喻，既意味着时间是一棵大树，也意味着每一个人都是一枚树叶：该青葱的时候要当仁不让地青葱，该落下来的时候也要义无反顾地落下来。

水在荔波是首诗

●华 静

水是自然的精灵，随性地把整个世界贯穿成一幅画卷。在荔波，水能使人对自己的心灵做一透视，一种独特的感觉会让人在短时间内就能寻找到自己的前生来世。

并不是夸大其词，那种古朴淳然的水世界绝对给了我既熟悉又缥缈的“前生”。

置身在荔波的山水中，应该是置身于最美的遐想之处了。那种欣慰是由衷的，那种放松也是由衷的。在那种环境中，多说一句话在我看来都是多余的。你只要捕捉就可以了，用眼睛捕捉，用心捕捉，用整个身体捕捉，捕捉一种释然的幸福和妩媚的浪漫。

那水是有色彩的。分布在荔波的大小山泉和溪水都有自己的色彩。绿如翡翠，蓝如宝石，白如明月。在水边，你能看得见数米水深处的石头。那一尘不染的石头让我羡慕不已。它与水相拥，已成为了水的一部分。我看着，仿佛自己也跟着沉在了水里。

荔波的风景让我的眼睛完全依赖在“水”字上了。这里的每一处水都能让我心生爱情。在山与水、树与水、草与水交织的天地里，一切都清新得那么彻底，那么光鲜。不管外面的世界如何变化。这里的水都依然固守着它原有的色彩，有滋有味地神秘着、流动着。荔波值得人留恋的地方很多，但水的情怀让你在这一块远离尘嚣的净土上变得圣洁起来。

把人和心都落脚在荔波，就把水的传奇写进了荔波之外的“水”的书本里。荔波的水并不承载什么，因为它是流动的，但它见证着数千年众多部族的生命延续，也见证有关自由、爱情那些曾经的、淋漓尽致的情节痕迹。

荔波的水有灵气，不仅养育了众多民族的人民，也把人民对幸福的向往浓缩在它的灵魂里。日月光华的凝聚，让水有了自己的个性。人民的极高的情致和极大的期待，让水有了回忆。那静谧之中的水让荔波人生发出对自己民族文化的崇拜，让荔波以外的人在荔波厚重的文化中发现了一首无形的诗作。荔波的水，静静地等待着爱恋它、向往它的人们走近它。

荔波的水，源自大自然相辅相成的大家风范，在荔波人心里，水是本土文化的升华，是荔波成为“最美”的永远的内涵。

水，一个温情的字眼，

水，一份幸福的缠绵。

荔波水的味道在嘴里反复咀嚼，关于水的诗句就把荔波勾勒出来。

水的表情在荔波是单纯的，单纯到能把深刻的心情净化成诗意的一片，解密出丰富的种种无奈。那水属于超然的世界，在我们看到它的时候，就把我们对未来的期待朦胧地显现出来。

在荔波的几天，虽然疲惫，但很快乐。那是种久违了的最纯真的快乐。那种快乐是和荔波的水相牵相连的。那天，一挂白练从二十多米高的山崖上飞落而下，画一个完美的弧形，在公路的上方形成一座水桥，我们的车在下面通过时，那种感觉妙极了。而那水练的另一头，就跌落在山路的崖下，与从山上乘势而来的另一片山泉瀑布汇合成一家，羞答答地远去。全然没有了刚才英武飞瀑的气势。我其实“觉得”那“气势”没有了，但心里却是肯定那刚柔的弧形的。这一点，像荔波人的性格，或者说是挥洒出了荔波人的性情。

就如我那天快到荔波县城时，接到家里打来的一个电话，问我到了哪里，我说，荔波。随行的荔波的一个小伙子就马上纠正我说，老师，你应该说到了中国最美的地方。

是水给了荔波美丽的名字。

水在荔波是首诗。相信荔波在旅游业发展中会因水而兴。

田野之恋

●唐　葛

也许是因为我的童年是在乡下度过的，我从骨子里对田野有一分特殊的爱恋，此情可以追溯到30年前。

那年夏天的一个傍晚，我和村里的一帮孩子们玩儿。记得当时到处都是绿色，习习的凉风像母亲手中的梳子一样轻柔而舒适。我们的奔跑对田野是一种震动，一些隐藏于绿色之中的小动物被惊动出来，兔子、黄鼠也像赛跑一样在麦浪里奔窜，野鸡、麻雀、鸽子从草地上飞起，于是整个田野显得繁华而富有，天空显得生动而美丽。我看呆了，甚至忘记了后面还有小伙伴在追赶。

从此，田野对我仿佛施了魔法，一有空闲，我便到田野里闲逛，尤其是在阳光明媚的春日。

田野每到春天就会野花盛开，一派令人欢欣的景象。蒲公英、蒿子梅、榆叶梅，这些自不必说，就是“燕子尾”也会久久地不枯不败。其中要属蒲公英洒脱，要抽一枝茎，就抽一枝茎，要抽五六枝茎，就抽五六枝茎，要一起开花，就一起开花，要只开一朵，或者什么花都不开，谁也管不着。就是蒲公英的茸毛，那也是想往哪里飞，就往哪里飞，反正有风托着。

这时候的我往往也变得不羁起来，想光着脚就光着，想在草丛里躺着，就躺着，一切随心所欲，就像草叶子自顾自地长着，不掩饰什么。风来了，我就微闭着双眼，尽情地感受这田野的风，贪婪地吸着风中泥土的气息，野花的气息，庄稼的气息。每当这时，世间的一切仿佛都在风中化解了。

其中有一件事让我终身难忘：有一回，我在田野里扑蝴蝶，蝴蝶没捉着，却在沟边与一簇野花乍然相逢，它像一簇燃烧着的火焰，每一片细小的花瓣仿佛都用尽了毕生的才华和精力，颜色非常鲜艳。它飘动着，像是突然奔跑到我脚下的一只小兔，又像是在人间静静地等待了许久，把身上珍藏的每一朵花都拿出来了，怕是来实践今生的一个约定吧？在另外的地方，有没有另外的一簇花，也在寂寞而热烈地怒放着呢？我没有找到。长大后，我觉得我自己就是。

从那时起，田野之美妙感受就一直追随着我，融进了我的血液，渗透了我的每一个细胞，不仅无法忘却，还时常有意识地去回味和寻找这种感受。尤其是在步入而立之年后，尽管命运不时跟我开着各式各样的玩笑，但我对田野始终是爱恋的。这美丽富饶的土地，上帝最宠爱的女儿，她赋予诗人和艺术家多少绝妙的灵感啊！我常想：如果有一天，再也感受不到田野的美，那么我们的心灵就会枯竭，这世上一切的美都会凋谢……

独坐田野，春花秋月、夏风冬雪、老树昏鸦、枯枝、衰草，还有那些草丛中的匆匆过客——各种小动物，都在无声地诉说着自己的故事。而每一个故事又共同地构成了一部线装书，展示一种典雅的人生哲学。“天行健，君子以自强不息”或者“鸡犬之声相闻，老死不相往来”均在其中，朦胧之中又给人以思虑与选择的余地。

黄昏时分，夕阳的余晖在天际织就了一片偌大的金纱，透过袅袅的炊烟，罩在田野和我的身上，一时光华熠熠，我已非我，而田野亦不是田野。我不禁冲天大喊：

给我一件粗布衫，让我布衣一生！

童　心

● 李金荣

童心是这个世界的原始本色，就像花的绽放，树枝的摇曳，风的低鸣，蟋蟀的轻唱一样自然，纯朴而又美好。

童心最美，它生发出许多美丽非凡的事物。爱迪生幼时看见母鸡孵蛋，天真地认为人也能孵出蛋来，结果他凭着一贯的率真脾性，一生“孵”出了许许多多震惊世界的发明之蛋。

世间一切美好的事物都有童心的痕迹，那个善于幻想的大师安徒生把它写了出来。从某方面说童心和童话是一对孪生姐妹，拥有童心的人，心中一定有一个像安徒生童话那样的美丽世界。

拥有童心的人是可爱的，不论他是垂髫稚子还是白发苍苍的老人。历经坎坷，还依然能以一种知性的单纯，保有一颗新鲜的童心的人更是可亲可敬可爱的。

齐白石90岁时，翻出自己70岁的画稿阅读，说：“我年轻时画得多好!”70岁还叫做年轻，而且说自己“画得多好”，可见白石老人90岁了依然童真未泯。他曾在一幅宣纸上绘有四个大菌，又用墨点了几个小的。绘之不足以表达，并题曰：“此种菌生于南方，其味之美远胜于北地蘑菇，白石老人平生所嗜。”那种赤子的思乡爱乡之心溢于纸上，朴素之中更道出一片童心，我仿佛看到，白石老人幼时大快朵颐的模样。

南宋著名诗人陆游年过古稀，还常同自己的曾孙一起骑竹马玩，并曾为此写诗记趣：“整书拂几当闲嬉，时取曾孙竹马骑。故做小劳君会否？户枢流水即吾师。”也许正是得益于这份童真不泯的秉性，陆游在那个时代竟活到85岁的高龄。

永远葆有一颗童心，是人生的至乐至美。饱经沧桑，心间还满含活力，还童心未泯，还荡漾着春风，还飘洒着春雨，那么，新的嫩？必然会从心中萌动，新的嫩叶必然会从枝头上生发，绽放出美丽的花朵，释放出绵绵不尽的宜人的脉脉清香，温馨着世人的心灵。

我的梦，在遥远的地方

●李 伟

我属于那种有远方情结的人。

记得孩提时代，我总喜欢用纸折成小船，放在小溪里，船行不了多远，就被水浸湿了，吞没了，可我还是坚定不移地折，坚定不移地放。

学生时代，就有过离家出走的念头，有一次和妈妈赌气，两天没有回家，因为身无分文，所以没有走远，在同学家待了两天。

大学毕业的时候，因为我的专业是冶金地质，所以我在分配志愿表上填的是到偏远的矿上去。我被分到河北迁安的铁矿，在那层峦叠嶂的深山里，我吃过无数的苦，到现在想起来都后怕。可就是在这样一个远离亲人、条件极差的地方，我还是向往到更远的地方去工作，我联系过调动的地方有海南、新疆和广西等，真的，我想去的都是天涯海角，别人不愿意去的地方。

随着年龄的增长，步入了婚姻的殿堂，有了一个幸福的家，我也从深山，调回到了久违的都市。我以为那颗躁动于远方的心会从此平静，但每当夜幕降临、月亮升起的时候，心中又会升起另一种对远方的渴望……

细想起来，生命由我们自主支配的时间真的很少，所以，我珍惜每一个真正属于我自己的夜晚。可能是现代的城市、围城般的家庭太令人窒息，所以当黑夜来临的时候，会更加剧我们对远方的渴望。

我渴求着环游世界，到西藏去看一看雅鲁藏布大峡谷，到少林寺去拜见年逾古稀的高僧，到内蒙古大草原纵马狂奔，到克什米尔去悠闲放牧……

我盼望登一座高山，哪怕最后的感悟只是觉得自己幼稚；想去看一眼沙漠，哪怕见不到绿洲而只是海市蜃楼；想去泰山极顶，只不过回味一览众山小，看不到大海的那边……

我向往远方，也许它不一定真的很远很远，但一定是一种全新的、神秘的、自由的，可令我追求的地方，它可能近在咫尺，但却是一块陌生的从未被开垦的处女地，它牵动着我的情趣，与我的志趣同往；或许它与我并不属于同一个世界，但我们却心灵相通。我向往这样的远方，我生命的远方，愿为她苦苦跋涉，直到生命停止的那一天。

“跋涉万水千山，只为寻觅梦中一泊清水，洗去一路风尘，拭净蒙尘的心灵。”不是所有的人都能像三毛那样去实现远方的梦，也许我心中远方的梦永远没有实现的那一天，但远方仍在我心里，因为那是憧憬，是美好的向往。

西藏在召唤

●李　晓

当世界屋脊上响起火车的第一声鸣笛，我的灵魂仿佛乘着高原的风遨游在青藏铁路线上了。我幸福地想要落泪。

哦，西藏，我也是一个虔诚的朝圣者啊。朝圣者的路，一直在我心灵的轨道里，灵魂的旷野中，延伸到天边，延伸到拉萨。美丽的拉萨河啊，请让雪山之水清洗去我心上的尘埃。八廓街上的藏民啊，请让我们找一顶草原上的帐篷，喝着青稞酒，在酒醉的起舞中，我再热泪盈眶地唱一曲《回到拉萨》……布达拉宫啊，从那千年不灭的油灯中，我似乎看到了你燃烧中的泪腺。

西藏，一直是我心灵中的一个梦想。身居三峡的我，一直觉得自己身上奔突着草原的血统。不然，为什么从小在语文课本里看见“天苍苍，野茫茫，风吹草低见牛羊”的句子，我就激动得全身颤抖，激动得在故乡的山崖上眺望那梦想中的草原呢？在电视里，在文字中，每当我看到有关西藏的内容时，我就触电一般被吸引住了。哎，与我神交已久的西藏，就像一次可望不可及的爱情，在岁月的深处，在时光的背影里，她一直对我娇羞蒙面，欲说还休。多少个夜晚的神游中，我骑着一匹草原上的黑骏马，以一个抒情诗人的姿态，穿过西藏的茫茫草原，穿过千万年的风中。纳木错湛蓝的湖水，喜马拉雅山上的雪啊，就是我梦境中的巨大背景。一个诗人在游走西藏，身边的霓虹灯、车水马龙、衣鬓香影，这些城市的图案，全都与我无关。我只要伸手可触的蓝天，我只要庄严地面对那些匍匐在朝圣路上的沧桑背影，我只想在我奔驰后感到疲倦时，在草原上喝下几口湖水后躺下，或者，乘风归去，睡在蓝天软软的云朵里。

对西藏的迷恋，就像一个被爱情灼伤的男人，让我在白天的行走中神情恍惚，在夜晚的梦境中又花儿一样开放。是的，当我整日面对蜘蛛网一样的人际关系，面对汗牛充栋的公文时，我就一次次起身，打量墙上中国地图上的西藏。我拿起一支修改公文的铅笔，圈点那些神交已久的地方，日喀则、昌都、墨脱、雅鲁藏布江、念青唐古拉峰……我多像一个身披战袍的将军啊，当我圈点这些地方时，我又忍不住想起一个已载入中华文化宝典中的英雄，他就是格萨尔王。格萨尔王啊，当你在草原上拔剑而起统率千军万马的时候，请让一个握笔的诗人，也化作一股长风绕着你的战旗飘扬吧。我要放下这鸡毛梗一样软弱的笔杆，握紧你赐予的长矛和铁盾，行进在千里草原上，铸造一个男人的钢铁意志……

西藏带给一个男人太多的遐想，赐予一个男人太多的心灵宝藏。我小心翼翼地穿过马路的斑马线，眼里却涌动着草原上无边的绿浪。我在自己的阴影中行走，却又恍惚看见草原上湛蓝的湖水倒映着我的身影，湖水荡漾着，让我一点一点地亮起来，最后通体透明，高原的风穿过我的胸膛，我成了一片风中鼓满了的帆。西藏啊，让我本能地捂住疼痛的胸口，表达一个心灵敏感而又孱弱的文人，对你深情地敬礼，对你无限地膜拜。

哎，还有那草原上的姑娘，你在风吹草低中对我的张望，我都看见了。我也是奔你而来的，你湖水一样的眼睛，还有眼睛中眨闪的星星，让我一梦多年，多年不醒。

西藏在呼唤我，我在三峡重重的山峦中听见了。西藏在等我，喜马拉雅山上千年不化的积雪，就是为了一个最美的相约。让我风尘仆仆地出发吧，背起简单的行囊，亲爱的人，你也要陪我上路。

心愿之旅

——沙漠边的支教梦

● 张敏娅

上班、下班，接单、转单——我又回到了广州，回到了熟悉的工作环境，回到了习以为常的都市生活——一切都和往常一样平静。然而，我的内心却无法平静！虽然离开甘肃已有些日子，但那里的风沙，那里的孩子们仍时时牵动着我的心。是啊，沙漠里的每一粒沙子我尚且如此珍惜，我又如何能像风吹拂过衣裙似的，将一朵朵孩子们的笑容，一声声老师们的关怀，一滴滴感动的泪水，淡然地忘记，漠然地忘却？

我支教的学校叫外西小学，在甘肃省武威市民勤县。5 位老师、60 名学生和 4 个班级就是这所学校的全部。要了解当地人民生活的艰辛和孩子们求学的不易，还得先从民勤的地理环境说起。

民勤县，位于河西走廊东北部、石羊河流域最下游，地处甘肃省武威市，其东、西、北三面连接腾格里沙漠和巴丹吉林沙漠。近 20 年间，由于石羊河上游的垦区拦蓄引水，气候趋于干旱，绿洲已由过去的阻沙天堑变为沙源，水干风起，沙逼人退。时至今日，这里已成为全国最干旱、荒漠化最严重的地区之一，也是我国北方地区的沙尘暴四大发源地之一。这里年均风沙日达到 139 天，8 级以上大风日 29 天，沙暴日 37 天，最大风力可达 11 级。而外西小学则是甘肃最靠近沙漠的小学之一，从它到腾格里沙漠只需步行短短十几分钟。事实上，腾格里沙漠正以年均两米的速度向外西村逼近，大量吞噬着外西村的耕地。如果外西村乃至民勤县全部被沙吞没，那么，腾格里沙漠和巴丹吉林沙漠就会连成一片。到那时，对于生活在北京这样大城市的居民来说，沙尘暴可能就不再是一年几次，而是要成为北方生活中的伴侣了。从前，每当提起沙漠，首先跳入我脑海的总是“大漠孤烟直，长河落日圆”的浪漫意境；然而，当我脚踏黄沙，举目远眺，看到的却只有：缺水、荒凉、贫穷。

外西小学所在的外西村是缺水最严重的地区之一。惟一的水源便是一口300多米深的水井，全村人的生活用水和生产用水都来源于此。这口井是靠全村人集资于1988年打的。一般情况下一口井能用15年，在最好的情形下可以多维持5年，按此算来，这口井最多只能用到2008年，也就是说，到那时，外西村的村民们就完全没有水源了。

星期三和星期天中午是抽水的时间。此时，村民们都会纷纷拉着汽油桶顶着寒风来取水。村里还有一名“井长”，专门负责抽水和分水的工作。由于地下水超采，而地表水补给不足，导致民勤县地下水质急剧恶化，水质矿化度远超过了人畜饮用水矿化度临界值。外西村的水就是矿化度极度超标的“硬水”，喝起来是苦的，似乎加了太多的盐，根本无法下咽，我和同行的记者都因为喝了这种水而肠胃不适。同住的一位当地女老师告诉我，不到万不得已、实在口渴得不行，她从不喝水。

这样的水不仅不适合人畜饮用，也不适合生产灌溉。由于长年用井水浇地，外西村没有被沙化的土地也都变成了盐碱地。除了棉花，几乎没有什么农作物能在这样的土地里生长，因此，种棉花几乎成了当地人惟一的经济来源。棉花收成好、收购价格高时，人民收入就相对多一点。但是，由于地处西北，霜冻非常严重，种的棉花常常还在幼苗期就被冻死。

寒冷的天气，不仅摧残了地里的作物，也让人们的生活更加艰难。零下十几摄氏度的寒气逼我一件又一件地加衣服，保暖内衣、羽绒服、毛裤全都裹上身。但，如此寒冷的天气中，很多孩子都只穿一件毛衣加一件薄薄的外套。一只只小手冰凉冰凉的，长满冻疮。而当我问他们冷不冷时，他们都毫不含糊地回答："不冷！"真的不冷吗?！事实上，许多孩子也仅有这两三件衣服可以用来过冬。校服是全市统一必须要买的，对大多数孩子来说，这是他们所拥有的最像样最奢侈的衣服，只有在最重要的场合才舍得拿出来穿。这次为了迎接我的到来，他们统一穿上了校服。

尽管寒冷，但当地并没有供暖设备，取而代之的是每家每户的一个煤炉。人们用它烧煤取暖，还用它来做饭。煤也就成了人们过冬的必备物资。但，买煤钱常常让很多村民一筹莫展。尤其是在几乎毫无收成的 2004 年，这笔买煤钱就像一座大山，压得村民喘不过气来。

寒冷让外西小学的孩子们多了另一种技能——生炉子。清晨 6 点多孩子们就陆续来到学校，然后由班长负责带领同学们生炉子。孩子们有的点火，有的加煤，有的扇风……我常常因这样的景象而潸然泪下，这都是初小的孩子啊！是的，他们都只是孩子啊，炉子在他们手中并不十分听话，常常花了好长时间都没有生起火来，就是生起了，也常常是一教室呛人的煤烟。生完炉子孩子们就开始打扫卫生。每星期两次取来的水还不够老师日常生活用，根本不可能用来给教室洒水。因此，打扫卫生时洒的水都是学生从家里带来的。每天每个学生都会用小瓶子从家里带点水来，傍晚放学时又各自把瓶子拿回家装好第二天要带的水。日日如此，年年如此！

打扫完卫生，孩子们便开始一天的学习。由于师资匮乏，学校能开的课只有语文、数学、音乐和体育。因为学校资金困难，根本没有任何体育器材，因此所谓体育课，其实只是由老师带着孩子们在空地里跑一跑、跳一跳。在我布置的题为《心愿》的作文中，有的孩子告诉我他们最大的心愿就是能上一节真正的体育课，用他们的话说是"只要能摸一摸篮球，看一眼足球都好！"为了实现孩子们简单而又纯真的心愿，在回来的路上，我在县城买了篮球、足球、乒乓球等体育器材托校长带回学校。

虽然这篇作文是布置给全校学生的，但由于时间有限，最后只收了三、四年级的作文并在课堂上作了评讲。没想到下课后我就被一、二年级的同学围得水泄不通，他们争着要给我念自己的作文。他们短短的，甚至是不太连贯的语句，在我眼中是如此美妙，因为这是最真挚的话语，最质朴的语言，最纯真的愿望。是他们，让世界变得纯净，让寒冬中的我感到温暖。

在校期间，我给孩子们上了语文课、英语课、地理课和音乐课。我被孩子们的求知欲感动。在地理课上，我给孩子们介绍广州，介绍广州小朋友的生活。珠江、肯德基、电影院、电脑、网络……这些早已被我们习以为常的事物，在这些从未出过远门的孩子们眼中，都是如此新奇！他们专注的神情，充满求知欲的眼神，深深地刻在了我的心中。我也吃惊于孩子们的接受能力。这些孩子从来没有接触过英语，但当我教他们唱英语儿歌时，他们学得速度之快，发音之标准，让我不得不怀疑他们从未学过英语的事实，尽管我深知这的确是事实。谁忍心看着这些如此聪明可爱的孩子因为交不起学费而失学啊?！不能失学，一个都不能。

在这些可爱的孩子中，我最关注的是一名叫侍琴的小女孩。侍琴，1995 年生，二年级在读。家有爷爷，奶奶和爸爸。因家里太穷，妈妈在八九个月之前逃回了在青海的娘家，此后杳无音信。爸爸身体虚弱，有严重的腰椎病，不能干重活，40 岁左右的人看起来已经老态龙钟。因此，年逾古稀的爷爷奶奶反而成了家里的主要劳动力。

去侍琴家家访后我的心情一直很沉重：家徒四壁，几间破旧不堪的土房和一个毫无人气的院子就是他们的栖身之处。家里没有一件像样的东西。尽管是零下十几摄氏度的严冬，但炕上什么都没有铺。由于没钱买煤，炕没有烧，冰凉冰凉的。中餐是一碗清汤寡水的面片，除了几粒盐，没有任何调料，至于菜，那简直是天方夜谭。这样的家境让侍琴比同龄的孩子更多了一分沉默，一分对生活的担忧。几天中我从未见她笑过。一天放学后我和侍琴单独聊了很久。在她的眼神中，我读到了她对读书的渴望，对辍学的恐惧与无奈。是啊，一个九岁的小女孩能有什么办法?!当我告诉她我会资助她上学时，她一直紧锁的双眉终于舒展开来，露出一脸灿烂的笑容。

甘肃之行结束了，但我的心愿之旅才刚刚起程。我会把这次支教当作起点和契机，和西部的孩子建立长期资助关系，带给他们更多外面世界的信息以及更多好心人对他们的关爱。

（作者系广东检验检疫局职工）

下雪了……

● 王玉芳

我躲在屋里，倚着窗户呆呆地看雪花漫天飞舞，静静地谛听雪压枝头的声音……这声音萦绕在我心头，牵出记忆和思念，谱写出一首浑然天成的恋曲。这支曲子的题目应是《冬天的北方》，它的每节音符都能吟成一幅图景——

裹着羊皮袄的男人，拉着雪橇从桦树林冲出来。雪地里燃起的篝火，照亮了那伸向远方追逐野猪、黑熊的一串长长脚印。打夯机隆隆的喧嚣冲出黎明与黑暗的交会。

孩子们奔跑着，冻得通红的小脸迎着飞转的风车托起美好的童真梦。缤纷五色的太空服、滑雪衫，像闪动的火花在溜冰场旋转。玉树银枝的河柳、成片的扎满冰花的雾凇，在风中簌簌，勾画出一幅《北国雪》……

我爱雪，眷恋雪花，也许是因为出生在一个北方的城市。回想，多少个漫长而又萧索的冬季，是雪花把我带入一片充满欢乐与遐想的天地……也是雪花把我从懦弱的天性中解救出来，也可以说是雪花伴我长大的。我在那里度过了欢乐的童年与少年时期。记得多少次，我瑟缩在寒风刺骨的风雪中，坚持早早地到学校生火炉，尽管又苦又累，但看到红红的炉火映红了同学们的小脸，我的心也温暖了。插队当知青的那年冬天，一天清早我和社员迎着北风到地里扒玉米。我刚刚扒了一半，天上就纷纷扬扬地下起了雪，手脚快的社员开始陆陆续续地回家了。这时，雪越下越大就像要把我埋在这玉米地里似的。望着漫山遍野卷飞着鹅毛般的雪片，我又冷又怕又饿，真想不干了。可又想到别人能干完，我为什么不能干完？就擦擦眼泪，搓搓手，跺跺脚，在雪地里坚持把剩下的玉米扒完……就这样，雪使我渐渐地变得坚强了，磨炼了意志，增强了克服困难的勇气。有人说，没经过暴风雪的洗礼，算不上是一个完整的人，我想，至少称不上是一个坚强的人吧！

洁白无瑕的雪哟，你不但滋润了人的灵性和真情，还造就了多少体魄强健、性格豪放的北方人哪！北国的雪融入北方人的肌肤，渗入北方人的魂魄，雪国长大的孩子，能不对雪情深意笃吗？晴天置身在雪地里，看雪花托着晶莹的羽翅在太空中蓬勃地奋飞，在日光下灿灿地如雾如絮闪烁，旋转……人们为自然创造的另一个天地而奔走相告——下雪了，下雪了！以春天般的热情去迎接雪花，让雪花恣意地在脸上、发上、肩上蹁跹，深深地吸口雪花带来的那纯净而又清冷的气息，似乎又闻到了春天里旷野间新鲜的空气，幽谷中兰花的芬芳，花园里茉莉的清香……身心顿感特别舒畅，紧绷的心弦一下从忧郁、烦闷之中松弛解脱出来。

虽然离开故乡已是很多年了，但故乡在我的心中并不遥远，也不偏僻。它坐落在长白山地区，傍着镜泊湖，那是一个冬长夏短的地方。雪花是北方人猎取的最美好的幻想、梦境和希望。

故乡的雪总是在人们殷殷的企盼中降落，大雪就像千万只玉蝴蝶漫天飞舞。飞够了，舞累了才悄无声息地栖息在远远的山岗和田野，近近的房舍和庭院。那雪，铺天盖地像一块块洁白的纱帐，覆盖在一个古朴的城镇上。呼啸的北风和空旷的雪野嬉戏不时地将朦朦胧胧的白纱帐撩起一角，尔后又轻手轻脚地放下，像是怕惊扰了谁的梦……

雪映着天幕，格外的耀眼。远处，高高低低的村舍，开始有几缕炊烟在空中一圈一圈地升腾弥漫开来；耳边隐隐约约传来破晓的鸡鸣和狗吠；街头开始有了叫卖声：豆腐脑、包子、豆浆、油条；胡同里丁丁当当的车铃声、马路上焦急的汽车喇叭声和轮胎碾过雪路的吱吱声……小城开始了一天的繁忙。

雪对于北方人，可谓有养育之恩。“今冬好大雪，来年好收成”，这是妇孺皆知的农谚，特别是那些靠天吃饭的庄稼人，看见雪花就像看见粮食一样眉开眼笑，在“瑞雪兆丰年”的喜悦中忙着杀猪、宰鸡，蒸馒头，准备年货；孩子们穿得圆鼓鼓地跑出来，滚雪球、堆雪人——红萝卜是鼻子，黑土块是眼睛，红砖头是嘴，肩膀上再插一个小风车，风轮上拴着红布条在风中旋转，似雪人挥舞红纱巾向人们祝福……孩子们乐得手舞足蹈，又忙不迭地打雪仗，这时麻雀也欢天喜地唧唧喳喳叫个不停……

下雪了……神思游离之中我感到柔柔的雪花仙子正悠悠地托起我的身子，飞向生我养我的那片黑油油的土地，让我抛下一缕思乡情……

相信爱

●海 诺

当我写下这三个字的时候，英国王储查尔斯和相恋了35年的卡米拉正在温莎堡圣乔治教堂举行婚礼，查尔斯王子穿着黑色礼服、白色衬衫，卡米拉一身象牙白礼服，两人脸上洋溢着笑容，屈指一算，这一对有情人已走过了35年，如今终于修成正果。看了之后，不禁为他们松了一口气。这段佳话倒真是应了我们中国的那句俗语："有情人终成眷属。"35年，在历史的长河中只是一瞬，而在人生的道路上是多么漫长啊。想到这里，突然心里升腾起祝福他们的一种愿望，感到一种温馨，是的，永远不要怀疑：相信爱。

有一种爱叫刻骨铭心。1948年深冬，一个男子在41岁生日当天收到一封厚厚的来信，这封信寄自一个濒临死亡的女人，表达的是一段缠绵的爱情，而这个男子对此一无所知。这是徐静蕾的电影《一个陌生女人的来信》，片子已经结束，结尾曲在放映大厅里轻轻回荡，似乎在向观众反复倾诉。大灯亮起时，仍有很多人还沉浸在那个1948年的深冬，那种奋不顾身的情感投入，短暂幸福后的无奈绝望，与暗恋的男人擦肩而过后的惆怅，以及胡同里铺着细雪的小路……没有肤浅的道德讨论，没有情色的闪烁其词，有的只是内心深处关于爱的震撼，你会情不自禁地说：在这个世界上，能够爱的人是有福了！正如导演徐静蕾所说："我爱你，与你无关，这是我想表达的主题。"走出影院，你可能默默无言，但你心里是否在说："相信爱"。

有了爱，生活变得明亮和生动起来，诗人胡昭这样描绘他心中细微的感受："自从我们认识的那天起/你的姓氏，就为我喜爱并牢记/一个音节，短促响亮/藏着你的笑影、身姿/在漫长的旅途中/每遇到一个和你同姓的人/我就像遇到亲人般欢喜/会引起我无数亲切的回忆"，读到这里，像看到一位性情温和、怀抱鲜花的诗人，因为相信爱，步履才会如此轻松。

据说海子在北京政法大学教书的时候，曾在课堂上要学生们说出自己喜爱的诗人，学生们纷纷说出顾城、北岛、艾青、泰戈尔、舒婷、艾略特、兰波、叶赛宁……只有一位女孩站起来平静地说："我喜欢海子的诗。"这就是海子的初恋女友。然而，每一场爱对海子来说都是一场灾难："荒凉的山岗上站着四姐妹/所有的风只向她们吹/所有的日子都为她们破碎"。被爱情打动，但又深知爱情难以实现，是海子体验到的现实人生的感伤。然而，如暂时忘记忧伤，忘记那种"爱的灾难"，热烈执着的海子又是那样有福："我爱过这糊涂的四姐妹/光芒四射的四姐妹/夜里我头枕卷册和神州/想起蓝色远方的四姐妹"。受难式的爱让质朴澄明的心灵备受煎熬，正如舒婷所说："理想让痛苦生辉。""问人间，情为何物？直教生死相许。天南地北双飞客，老翅几回寒暑"，章诒和在《往事并不如烟》里赞叹元好问的这首《摸鱼儿》："替天下为情所累者发出了永恒的诘问"。

时至今日，这种诘问有答案了吗？如果有的话，那也是三个字：相信爱。

想起了契诃夫

——写在契诃夫逝世百年之际

● 朱小平

被列夫·托尔斯泰誉为“俄国散文的普希金”——伟大的俄罗斯现实主义小说家和戏剧家安东·契诃夫离开这个世界已经整整100周年了。在那个他痛感“再也不能这样生活下去”的年代，死于肺结核时，契诃夫年仅44岁！他在逝世前赶写出的话剧《樱桃园》，由他和夫人克尼诺尔首演于莫斯科，半年后契诃夫即离开人世。

现在还有人读契诃夫的小说吗？还有多少人能感受到一个有着独立思想、同情下层劳动人民、鞭挞黑暗与专制、创作态度严肃的知识分子作家的价值？据说如今的俄罗斯已经不太有人提起契诃夫了。在中国，如果不是中学语文课本收进了他的经典作品《变色龙》、《万卡》、《套中人》，还会有人感受到契诃夫对人民疾苦强烈同情的炽热情感吗？普希金诗云：我的无法收买的声音，是俄罗斯人民的回声。契诃夫也一样，他的声音其实是在那个黑暗的年代发出的最明亮的光芒。

契诃夫出身于商人之家，后进入莫斯科大学医学院。他本可以成为一个有身份有地位、举止优雅和收入丰厚的医生，但是他却走上了另一条道路。从中学时代他就接受了民主主义的影响，从20岁开始从事文学创作。他已不满足为最黑暗、最愚昧的农奴制俄国的人民诊疗肉体上的疾病。

或许说托尔斯泰的伟大之处在于主张，高尔基的伟大之处在于打倒，而契诃夫的伟大之处在于他完全抛弃了商人之家的市侩气，自觉地与人民站在一起。他的名言是：“如果我是文学家，我就需要生活在人民之中。”初登文坛的契诃夫曾写过不少幽默轻松的搞笑小品，但他最终抛弃了这种无聊的粉饰之作。他以一个知识分子的良知和责任，开始用文学揭露和抨击专制政体给下层劳动人民带来的痛苦、榨取和磨难，并且在《柔弱的人》中，闪烁出“哀其不幸，怒其不争”的思想光芒。对最黑暗制度下的贫困群体，展示他们的苦难，应该是契诃夫小说最伟大的成就。他的《苦恼》之所以成为经典，就在于他内心真正地把揭示人民的苦难作为义不容辞的责任。难怪英国女作家曼斯菲尔德宣称，她愿将莫泊桑的全部作品仅换一篇契诃夫的《苦恼》!

19 世纪末的俄国处于农奴制的黑暗年代，当时的知识分子群体要么麻木不仁，寻求精神麻醉（《第六病室》)，要么被颓唐的社会腐蚀成以赚钱为最高追求的蠹虫（《约内奇》)，更有甚者竟与压迫人民的统治者同流合污（《套中人》)。只有契诃夫在不倦地探索着知识分子生存的意义，维系着知识分子的操守，同时用他那枝犀利的笔剖析着伪知识分子的庸俗与丑恶。

人类良知的火炬还会像在契诃夫手里那样高擎而熊熊燃烧吗？契诃夫的名言何等掷地有声：“文学家不是做糖果点心的，不是化妆美容的，也不是给人消愁解闷的；他是一个负有义务的人，他受自己的责任感和良心的约束”。垃圾文学、帮闲小品、无病呻吟的伪文化，甚至连西方社会也不屑一顾的颓废文化，在今天的商品消费时代泛滥成灾，这难道不应该成为纪念契诃夫时的反思吗？我们现在一些媒体炒作的所谓“文学主流”离现实相差太远，鲜有深刻、真实反映占我们人口大多数的劳动人民生存境遇的现实主义作品问世。仅举一例，我国目前长篇小说年产量达千余部，几乎相当世界各国之总和。可是，真正的优秀作品能有几何!?

法国思想家帕斯卡尔说得好：“思想形成人的伟大。”契诃夫在他的创作历程中，不会与出版商讨价版税的比例，他在抨击社会对下层劳动人民的压榨和欺侮时，不会去炒作、包装和拉选票；他在以文学方式去关怀社会的进步时，更不会想到名车别墅和醇酒妇人，而仅仅是自觉履行一个正直的知识分子作家的责任。

契诃夫没有看到他所憎恶的社会制度灭亡，但这不妨碍他的理念与良知通过他的作品留传久远，影响着有良心的知识分子们为社会的不断进步、美好而筚路蓝缕地前行。这是一条艰难而布满荆棘的崎岖之路，惟其如此，才成为我们在今天重申纪念契诃夫的意义。

契诃夫墓前的芳草已萋萋百年，但他的精神、人格、良知和不朽的作品却会永远郁郁常青！

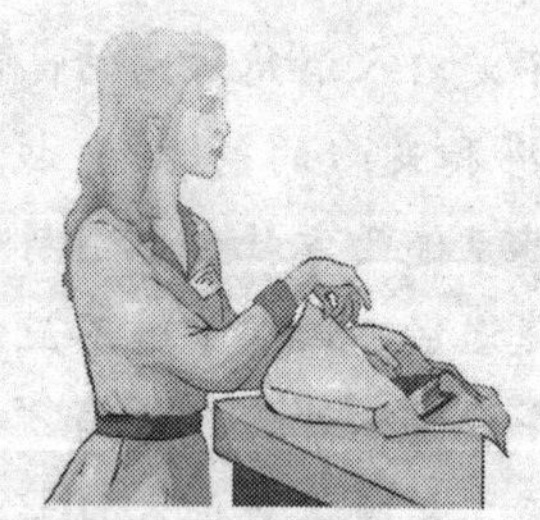

像骆驼那样顽强

●牟丕志

在众多动物中恐怕骆驼最有资格冠以顽强二字了。坚忍不拔、不怕困苦、知难而进、自强不息是骆驼的一贯品格。骆驼总是不动声色地挑战沙漠，那里几乎是生命的禁区，要么干旱高温、骄阳似火、酷热无比；要么寒气逼人、狂风肆虐、飞沙走石。沙漠里一片荒凉，植被稀少，严重缺水，就是在这样地狱一般的恶劣环境里，骆驼顽强地生活着、繁衍着。而我们心目中好多所谓强者，诸如大象、老虎、狮子、猎豹、巨蟒、黑熊等在沙漠面前只能望而却步，在沙漠里，它们将无法生存，沙漠对它们来说就是死亡之地。而骆驼以其特有的耐饥渴、耐炎热、耐严寒、耐风沙的良好品格，在沙漠中找到生存之法。骆驼具有惊人的耐力，它能在茫茫的大漠中连续走上 20 多天，行程 1000 多公里；骆驼滴水不进在 7 月的骄阳下曝晒，能活半个月；骆驼承担 200 公斤物品可以连续行走多日。骆驼有丰满的驼峰，它像油箱一样不停地向骆驼提供营养。骆驼以无可争议的优势在沙漠中树起强者的旗帜，堪称动物界的英雄。

骆驼是智者，在这个竞争残酷、生命拥挤、充满血腥味的世界中，骆驼选择了理智。它没有随波逐流，没有采取与其他动物对抗、相残的策略，而是走上了孤独的自强之路，它从容地从这个喧嚣的世界中走开，步入一望无际的沙漠。对于很多动物来讲，那里可是生命的凶险之地呀。对骆驼而言，那里才是展现生命活力的理想世界，这个世界虽然并不富足，但它足以把一切贪婪者、野蛮者拒之千里之外，这里的世界是纯净的、和平的、快乐的，沙漠成了骆驼的依托。骆驼像一个修行者，在这一望无际荒凉的环境中打磨自己的品格与意志，练就一身钢筋铁骨。据介绍，骆驼蹄下有肥厚而宽阔的肉垫，既能在流沙上行走而不下陷，又不怕烫脚，可耐受沙漠70～80摄氏度的高温和冬季零下30摄氏度的严寒。骆驼的胸部、前膝、肘端和后膝皮肤都很厚，形成了耐磨、隔热、保暖的角质垫，适于在温差悬殊的沙砾上休息，骆驼的牙齿、舌头尤其是它那厚似象皮的嘴巴很适宜于吃沙漠中有刺和干粗的植物。骆驼的吃苦能力极强，其他动物望尘莫及。

骆驼是个思想者，它远离喧嚣的世界，特立独行，对广阔的沙漠情有独钟，它执着地寻找着生命的意义。骆驼是个孤独者，在其他动物看来，骆驼对生活的选择简直是不可思议的，骆驼是傻瓜、笨蛋，是精神病患者，总之，它不正常。而对骆驼来讲，对困难的挑战，对生命禁区的挑战正是它兴趣之所在。骆驼不愿向其他动物做出任何解释，它总是坚持自己的主张，从不患得患失。它一步一个脚印地在沙漠走着，绝不回头。

骆驼像一个善良的老者，它从不恃强凌弱，有一种绅士风度、仁者风范。在骆驼的世界中，没有纷争、没有残杀、没有阴谋、没有陷阱，这里充满理智的约束，因而拥有难能可贵的平静与和谐。这里鲜花虽少但分外美丽，树木不多但分外青翠，水洼很浅但分外纯净，骆驼的世界并不荒凉，这里充满柔情，一切都具有诗情画意，这里是善良的纯净世界。

骆驼是动物世界中的平民。它总是不辞辛苦地在沙漠中觅食，它对生活没有任何奢望，它找到一些骆驼刺、梭梭草、红柳之类的低矮植物就心满意足了。沙漠缺水，骆驼只要十几天饮一次水就感到很高兴了。而对于艰苦的环境，骆驼没有半点抱怨，它的处世哲学就是适应，而且耐心十足，永不气馁，永不放弃。骆驼将坚忍不拔的精神寓于平凡生活中，它适应了大自然，而大自然也欣然地接纳了它，骆驼是一个伟大的开拓者和胜利者。

每当在电视或书中看到骆驼，我就思绪万千，不能自已。骆驼实在是不凡的动物。我想，一个人如果能像骆驼那样顽强，一定会成为一个了不起的人。

心中的小船

●周 东

很小的时候，我心中就向往那条小船，有白色的帆，两头尖尖的。幼儿园大班学的第一个手工就是用旧杂志封皮折叠成小纸船。把纸船放在盛着水的脸盆里，用小手拍着水，小船就动了起来，在脸盆中漂荡。这时小朋友们就一齐笑了起来，大叫着“船开了，船开了，我们坐船到大海去了！”

再大一点，我还曾把纸船放在刚刚下过雨的街边小水沟里，小船顺着沟里的水，不停地向前漂去，我们跟在小船后面奔跑，一直把小船送向远方。

我家住在辽北山区，看不到真正的船，船只是在电影、电视里看到，在梦中见到。有一年，我去大连旅游，特地来到一个渔港想看一看船。可当我来到渔港时，港口竟没有一条船。问了当地人，才知道来的不是时候，船都出海了，我无心观赏海边的景象，沮丧地返回住地。

而今，第一次看到了心中那久远的小船，一排排，木制的，黑黑的，两头尖尖的，停在海边，每只船都用一条缆绳拴在岸边的铁环上。浪头拍打着小船，它们摇摇晃晃，互相碰撞，好像在说着话，时而在和海浪嬉戏着，一会儿拥抱，一会儿像是闹翻了又分开。

身穿皮衣裤的渔民，在岸边做着出海的准备，往船上搬运着渔网及生活用品。渔民身上的衣服都是脏兮兮的，散发出海水里盐的咸味；渔民的脸都是清一色黑黑的，印满了岁月风雨的痕迹。

心中的小船是一个梦，是美好的，是浪漫的，而现实中的小船却是饱经风浪，满载辛劳和疲惫。驶船人更是最艰苦、最危险的。俗话说：行船三分险。坐在海浪中颠簸的小船上，渔民们绝没有我们乘着游艇观光这么潇洒自在。

心中的小船是童年的记忆，当我真的来到船边，坐在船头，听着船工号子时，才真真切切体会到生活。生活不是一只纸折的小船，而是一艘乘风破浪的木舟。当把生活的重压承载于肩头，我们会有儿时那只纸折的小船那样一路欢歌吗？我们还会无忧无虑地漂浮在洗脸盆里、小水沟中吗？渔民要顶着烈日、挥汗如雨地撒网，十网九网空，一网才成功。

生活不是一只纸折的小船，人生之舟在历史长河中漂泊远行，冲激流，绕险滩，接受生与死的考验，当然，在一个个人生驿站、码头，也必会有笑脸相迎，鲜花相伴。

我心中的小船，远去了……

寻找 Walden

●王丹枫

那是一片澄澈、明净、纯洁透明的湖，远离尘世与喧嚣。湖边有高耸入云的童年的白松和摇曳的枫树，绿色茂密的森林，新鲜甜美的浆果，清新的空气，怡然的垂钓人，温暖的小木屋，一个寻求并实行着“简单、简单、再简单”生活的年轻人，在那里阅读、倾听、种豆、做饭，面对湖，孤独、思考……这个年轻人，叫梭罗；这座湖，叫 Walden（瓦尔登湖）。

心情郁闷、烦躁时，我就会找来《瓦尔登湖》疗伤。已记不清是多少次了，在静静的深夜，泡上一杯浓醇的黑咖啡，借着一盏昏黄的灯光，让自己纵情地潜入“瓦尔登湖”，给灵魂冲个凉……

水是透明的，森林倒映在水里。25 至 30 英尺下面的水底都可以清楚地看到，成群的鲈鱼和银鱼在透明的水中游来游去，野鸭和天鹅在湖里欢快地游着，湖的岸极不规则，所以一点也不单调，西岸有深深的锯齿形的湾，北岸较开朗，而那扇贝形的南岸，岬角相互交叠着，岸上是光滑的鹅卵石，也许远在亚当和夏娃被逐出伊甸园的时候，土着猎人就从森林走到过湖畔吧，否则峻峭的山崖中，怎么会有绕湖的狭窄的小路?

在我掌中一握，是它的水、它的沙，是它的最深邃、最隐僻处高高躺在我的思想中……

这是梭罗留下的。美丽的瓦尔登，难忘的小木屋。很少有人能像梭罗一样愿意真正与大自然融为一体，“我在大自然里以奇异的自由姿态走来走去，成了他的一部分。”他与鸟雀亲近的方式，并不是捕到一只鸟把它关起来，而是把自己关在“笼子”里，欣赏它们动人的歌声和飞翔。很少有人能像他那样具有深刻的洞察力，发现现实世界的荒诞不经，“谎骗和谬见已被高估为最健全的真理。”也很少有人像他一样，对所谓的文明世界怀着恐惧的绝望，“不管一个人走到哪里，人间肮脏的机关总要跟他到哪里，伸出手来攫取他。”他甚至执拗地坚持说：“我本可以疯狂地反对社会，但我宁可让社会疯狂地来反对我，因为它才是那绝望的一方。”

在滚滚红尘中，谁能够像梭罗那样静守住一片纯净的生活？在现代社会疾驰奔行的变迁里，谁又能在皆为利来的洪流中挺住而站立在那里？在通讯网络中神游，谁又能够坚持着最初的梦想，不为生存行走在喧闹的街景闹市之中？……

道路如笔直利刃刺破了百姓沉睡的家园，环形的立交桥组成了城市迷宫，我们大家都迷失在这张地图之中。到处是现代都市炫耀财富而建造的高楼大厦，伪造的人工绿地，城市一片迷蒙的街景，让多少人迷惘在这个无法确定自己命运的世界上。农民背井离乡进城，城市工人下岗待业。当我们的生活变得如此动荡时，正是在这样的境遇里我遭遇了梭罗的“瓦尔登湖”，当我们重新阅读《瓦尔登湖》走进它的内核时，周围世界的情景让我们不得不进行深入的思考。

在自然面前，文明的人类是不是更聪明？人这一生，从赤条条而来，到赤条条回归泥土，简单到不能再简单，现代社会里很多人却穷其一生选择无度，索取无度，寂寞无度，痛苦无度。通常人们治疗寂寞和痛苦的方法是用无休止的物欲来满足，这种满足像一个怪圈，绕着所谓的城市文明乐园，走也走不出去。在这个令人眼花缭乱的时代，不稳定的情绪使我们在城市生活里躁动不已，迫切需要抓住什么，可是，什么又是我们能抓得住的呢？当梭罗“简单、简单、再简单”的声音从“瓦尔登湖”畔响起，我们洗干净自己的眼睛和心，卸去一些伪装和贪欲，多一些朴素和宁静，去乡野间踩踩泥土，看看野草和野花，彼此间绽开稚童般单纯的微笑，将身体和心灵融于自然，让快乐像林地的青苔一样青绿湿润，美丽的“瓦尔登湖”是不是离我们越来越近了呢？

也许，瓦尔登湖在我们的心里，在我们宁静和思考的时刻，在不知不觉的寻觅中隐秘或出现吧！

阳光风车

●郭　佳

从没有想过，一个简简单单的风车，在清晨阳光的照耀下，能灿烂得像朵太阳花；更没有想过，看到迎风转动的风车，心里竟会涌上那单纯的欣喜，甚至是感激。

那真是一个极简单极普通的小风车，用细细的竹枝窝了圈，彩色的闪光纸带粘在上面，静静地站在货架上。

那是个初春的下午，阳光很暖，没有风。我站在路边，等车回家。不经意间听见一个苍老的声音：“一个风车换两个橘子?”我循声望去，说话的是一个六十多岁的老人。裹着一件又小又旧的绿色棉袄，瘦削的脸上沟壑重重，北方干燥的空气使他的手和脸变得干裂暗红。挨着他的货架的是一个卖橘子的年轻人。车上金灿灿的橘子煞是惹眼。对老人的“交换建议”他轻轻地笑，不置可否。老人袖起手，独自尴尬地笑笑，看看那些可人的橘子，拿起自己车上的风车兀自转了起来。

阳光照在老人的脸上，他的眼神混浊，但并不黯淡。车上只剩下两个风车，或许他是想早点卖完赶回家吧？拿一个风车和一个年轻人交换两只橘子，这样的建议有些荒谬，可又是多么的合情合理。或许在家里还有他疼爱的孙子在等他吧！可是没有人来买，更没有人来同他换，他只是摇摆着胳膊让风车不断地旋转。

看着老人皴裂的手，想象着两个可爱的小孩子开心欢笑的模样，我的心里有些不忍，于是笑着走过去，说：“我要一个风车！”老人接过我的钱，把它递给我，脸上露出了感激的微笑。我举着那个漂亮的风车穿过马路，开开心心地上了车。

回去后，发现寝室里居然没有合适的地方供我摆放它。那些幼年曾为我们带来无限欢喜的玩具，如今早已被遗忘。我恍然发现，买它时，竟没有想到，它于我有何意义？没有人高举着它在麦田里奔跑，也没有人鼓起两腮拼命地吹它，它像一个被遗弃的孩子，被我安插在走廊的窗户上，然后快速地被遗忘。

第二天清早起来，阳光已经顽皮地钻进屋子，走廊里有人惊呼："哇！好漂亮的风车！"我出门看窗口，一片灿烂的光芒闪进我的双眼，那是我的风车，它在清晨的阳光和微风下独自快乐地转动着！那彩色的闪光纸折射出炫目的光彩，也射出初春的温暖。心底忽地热了，为那一刻最美的风景。一刹那所有积郁、烦恼、沮丧都消失不见，只剩下最单纯的快乐。

曾经我以为，美好的事物要经历波折才能获得，而幸福更是遥不可及，可是那一刹那我发现，原来最美的不过是在阳光下自由转动的彩色风车，而幸福也不过是源自内心深处的一个甜美的微笑；曾经我以为，是我的善良给了那个老人安慰和快乐，是我让那个孤独的风车有个栖身之所，可是那一刻，我发现，原来是那个平凡的老人，给了我发现美丽的双眼，而那个风车，给了我几乎遗失的单纯心情；曾经我以为，慷慨地对待别人的时候，会让别人获得帮助，可现在我真正明白，对他人慷慨的最大受益者是自己，实际上就是使自己的灵魂更完美。在帮助别人的时候，实际上是在帮助自己。有了善良和爱心，就会有一双纯净的眼睛和美丽的心情。

阳光下的风车，它会一直快乐自由地旋转在我的心里，永不停息。

一封寄给天堂的信

——致牛玉儒

● 王春光

玉儒：

一晃你已经走了11个月了。今年春节回通辽，我去看望老爷子，80多岁的人了，精神还挺好的，只是言谈话语间，时不时停下来，两眼望着远处，目光中流露出淡淡的忧伤。你刚走时，怕老人家知道受不了，二哥和二嫂把家里的电视机拿走了，告诉他说拿去修理了，但他从收音机里听到宣传你的广播，却开心地笑了，对家里人说："老三干得不错，上边表扬他了。"那时他还不知道你已经走了，后来一批批的记者到家里来采访，因为家里人事先打了招呼，记者们也没说漏嘴，等记者们采访完告辞，老人家一定要送送，透过车窗看到风雪中老人头上飘飞的白发和那瘦弱的身躯，记者们都不禁流下眼泪，他还大声叮嘱道："回去告诉老三别骄傲，好好干"。

但他终于有一天还是知道你走了。是啊，我能理解，儿女中你是他最看重的一个，人生最大的不幸——老年丧子落到老人的头上，其心之悲，其情之恸是不难体会的，"黯然销魂者，惟别而已矣。"告辞时我让老人家多保重，老人说："我想得开，三儿是我的孩子，更是党的儿子！"

玉儒，你还记得吧，你6岁那年春天，母亲突然病故，撇下父亲和你们兄妹6个，那时最小的妹妹刚出生6个月，父亲无力照料，把二哥、你和四妹继红送到乡下的二叔家，当时正是三年自然灾害困难时期，你不记得吃过一顿饱饭，不记得穿过棉衣和棉鞋，冬天手脚满是冻疮。有一次，你连续几天几夜发高烧，口吐白沫，不省人事，家人以为你不行了，你却奇迹般地活了过来。苦难，对于你来说是人生的营养和财富。由此你刻苦铭心地记住了：百姓曾经怎样艰难地生活着，强烈地期盼着，顽强地追求着，并且坚定地相信着，由此你深刻地理解了，当历史和人民最终选择了共产党，作为执政者的党应该想些什么、做些什么！

玉儒，今年春节时小学同学聚会，去了 20 多人，大家在上座多摆了一副餐具，倒了一杯酒，那是给你留的位置，年龄最大的王力辉提议："咱们首先跟玉儒喝一杯。"众同学共同举杯去碰你的那杯酒，然后无论男女一饮而尽。最先是二哥玉石呜咽着说："玉儒是累死的！"然后两鬓染霜的他热泪纵横，痛哭失声。满座男女同学哭成一片。是的，你是累死的，手术后的 2004 年 7 月1 日，是党的 83 岁生日，也是你作为市委书记，最后一次视察呼和浩特的日子。那时的你刚刚经历过敲骨吸髓般痛苦的化疗、放疗，体重骤然下降 20 公斤，1.76 米的个子，仿佛只剩下一副顽强挺立的骨架。可是，当陪同人员把车门打开，当瘦弱的你把穿着黑布鞋的脚缓缓放落地面的时候，自治区首府呼和浩特市的大地骤然间显得格外沉重，这座被誉为青城的边塞古城浸透了深深的悲怆。你是这片土地忠诚的儿子，这片土地深情地托举着你。环视这座繁花似锦、日新月异的城市，你默默地笑了，笑得很阳光很透明很舒心，同时深陷的眼睛里饱含着依依不舍的眷恋和惜别的痛楚。是的，你是累死的，2004 年 7 月 16 日，中共呼和浩特市委九届六次全委会议召开，你不顾医生的反对，坚持一定要参加会议并讲话，同志们深知这也许是你最后的嘱托了。当你系着紫红色领带、身穿黑色西服，稳稳走向讲台的时候，全场爆发出长时间的热烈掌声。你脱稿整整讲了 2 小时 10 分钟，你慷慨激昂神采飞扬，话语中闪耀着坚定的信念，充满了殷切的期望，寄托了无限的未了情……无疑，这次讲话是你对全市党员干部、人民最后一次激励，是你生命之火的最后爆发最后燃烧，是你全部激情、真情、深情的辉煌绝唱！全场以长时间的、雷鸣般的掌声向你表达崇高和深情的敬意，许多参会者的脸上泪光闪闪。20多天后，2004年8月14日凌晨4时30分，你走了，永远地走了……

玉儒，你走的消息，市委市政府并没有对外宣布。但是，8月19日清晨，当肃穆的车队护送着垂挂着黑色挽幛的灵车，缓缓驶向你生前曾工作过的地方、你关心的开发区、你视察过的建筑工地时，所有的民警庄严肃立，含泪向你敬礼，所有晨练、路过的市民驻足凝目为你送行，许多知晓这一噩耗的人们打出了“牛书记，青城人民怀念您”的大幅标语。

8月20日，天降泪雨，呼市的百姓说：“牛书记这样的好人走了，老天都哭了。”你的骨灰安放仪式在大青山革命公墓举行。白花如海，挽幛如云，只能容纳500人的大厅潮水般涌来成千上万的干部群众，自发集结在一起的200多名出租车司机胸戴白花，开着车浩浩荡荡地赶来了，残疾老人孙震世拄着双拐赶来了，市区许多再就业的工人赶来了，郊区大批农民赶来了……你短暂而辉煌的人生表明：得民心者得天下，金杯银杯，不如老百姓的口碑！

玉儒，泪眼模糊中我仿佛又看见了少年的你，穿过时空的风雨微笑着向我走来，让我记起当年我们在一起抄在小本本上那句话：依然是那颗微笑的头颅，依然是那颗赤诚的心。

玉儒，来世让我们还做同学，好吗？

（作者系天津检验检疫局职工，与牛玉儒是儿时一起长大的好朋友，此文为怀念牛玉儒而作）

永不抛弃激情

●胡永智

当激情不再以后，生命像一个干枯的树木，无花、无叶、也无果。如一潭沉寂的死水，波澜不惊。美好的生活、神圣的爱情、温馨的家园、多彩的人生、精美的文字、浪漫的音乐，到哪里去寻找？天空、大地、阳光、鲜花，都不可抗拒地埋没在恐怖的死亡沉默中。

当你无意识地翻阅生命的日记时，才突然发现，页页都是空白，那空荡荡无边无际的空旷，你能读到什么？惟一有的也是无法摆脱的巨大的失落感，还有无可奈何的悲哀与无可挽救的人生遗憾。

激情好似生命的棱角，那与众不同的凹凸感才是生命的个性与魅力所在。而生活呢？就是一个巨大的磨石，不管你情愿与否，都要被生活所打磨。是磨锐、磨锋、磨利；还是磨钝、磨平、磨光？是忍受悠悠岁月无情地消磨棱角，还是铁骨铮铮地去抗拒岁月无情的消磨，而保留一份锐利的激情与傲骨雄心？

人世间的一切美的艺术，都是激情的结晶体，从徐悲鸿飘逸的《奔马》，到梵高绚烂多彩的《向日葵》，到柴可夫斯基优美浪漫的《天鹅湖》，无一不是绽放着飞舞荡漾的激情。没有激情，贝多芬又怎能在失去听觉的情况下创作了那震撼宇宙，响彻千古的绝响《第九交响曲》？是激情的火焰点燃了他的意志，是疯狂的创作激情燃烧了他的灵魂，使他心灵长出了耳朵，一样的倾听。贝多芬你永远不愧为世界音乐创作史的第一人！

一个真正的艺术家，无论何时都不会失去创作的激情。一旦创作的激情失去，就宣示着他的死亡。就算一个真正的艺术家死了，但他昂然的创作激情还在，他依然是历史中永恒的常青藤，必然会在史册中留下浓重的一笔。

当激情不再以后，真不敢想象，我们会把感情放置在怎样的一个空间呢？如果没有激情，哪里会有梁山伯与祝英台的化蝶？哪里会有罗米欧与朱丽叶的生死绝恋？如果没有激情，他们的心中又怎么会奔涌如此伟大的爱？如果没有激情，又哪里会有如此留传千古的爱情佳话？

激情永远是神奇而伟大的力量。当爱情中只有温馨与浪漫，没有激情，我们会被缠绵的温馨感与浪漫感消磨掉所有的棱角与锋芒，泯灭所有的英雄豪气。使我们的精神麻醉，骨骼松软，意志沉沦，再没有那与天争高，驾驭风云、翱翔九天之外的壮志豪情。

我们永远都不要抛弃激情，如果抛弃激情，会使生命陷入冷漠、麻木的灰暗深渊，失去生命的光泽，埋没人生的光彩。让我们踏过人生的崎岖、坎坷与泥泞，大声地呼喊远方的激情，突破人生的“十面埋伏”，高唱人生激情的凯歌，再创辉煌人生！

永恒的记忆

●张启甲

有向往，也有崇敬，但更多的是追随、是寻找、是记忆。

一切来得都那么自然、那么快，从动议到上路，不过一周的时间，说去真的就去了，就站到了它的脚下。

我还是吃惊了。吃惊这以大地为基，以群山为座，以蓝天为幕，以云霞为邻的大美之巨物所带给我的深深震憾……

第一次走近它，是在去年10月3日的傍晚，在一个叫金山岭的地方。

暮霭里，夕阳在慢慢、慢慢地变大，城墙两边的松柏、灌木也开始渐渐地转暗，只有横卧在山尖儿上那逶迤朦胧的长城，在独自享受着暖阳的照耀和蓝天的注目。

这时候，原本青灰的墙砖及赤褐色的岩石，缓缓地被裹了层亮亮的粉色，眨眼的工夫，粉色徐徐混浊而成了神秘的嫣红，随即透出骄傲的橙黄。

此时的长城，真如一条飞跃腾挪的金色缎带，倾斜铺展在千沟万壑的陡崖顶端，在群山之巅勾描出一条吞云吐雾的巨龙。

冥冥中，我努力寻找着戚继光率领士兵在这儿开山采石破土烧砖修筑长城时留下的痕迹；哪里是他指挥将士在月黑风高酷暑寒天擂响战鼓冲锋陷阵守隘斩寇保家卫国的疆场；那猎猎的角旗悠悠的胡笳战马的嘶鸣屯堡的烽烟塞外的火光，能如海市蜃楼一般在今晚重现吗。

怀揣一万种断想与牵挂，走在崎岖的下山小道上，听着自己的喘息、自己的心跳、自己的步伐和自己的衣裤厮摩而发出的窸窸窣窣声，就感到一切都那么真、那么静，那样遥远又那样玄秘。

我想，五百年的风霜雨雪，春夏秋冬，并无意、也无力荡尽历史的遗痕和曾经的风光，此时此刻，我们不正穿行在时空的隧道，沐浴着秦风汉雨、唐天明夜的光影，在天地悠悠、尘埃落定间，摇曳着我们的存在吗?

10月19日，我们又来到了金山岭。

凌晨4时许，我们便向长城走去。

在前后两次相隔十六天中，我想了、看了、问了有关长城的许多记忆。

新一天的太阳出来了，照在与昨天并不一样的长城身上。

脚踏五百年的古道，看着纤毫毕现的眼前景物，那残破的垛口，衰败的烽燧，荒芜的甬道，散乱的片石和那根植于砖石缝中的灌木、茅草、鸟窝、稻菽……

我无法维系早已备好的平和，多情还是来了。

抚摸这五百年前的一榍一框、一砖一石、一草一木，依偎雄关梦悲情的感慨油然而生。

我知道，从长城出现的那天起，完整与残破就像空气一样弥漫在它的身上。基石风化了，脉络尚在……完整与残破竟这般如影相随亲密交织，它却依然纵贯千年横亘万里，固守着往日的伟岸与清冷，高峻与挺拔。

多少代人修了毁，毁了修，多少皇朝倾颓，帝王易种，它依然屹立不动，倒而不朽，难道它真的是万古不灭吗?

我在想，今年的这个冬季，我还要再次走近它，接触它，探询它，陪伴它，守望它。

长城，或许需要我一生一世用心去旅行、去品味、去认识、去领悟。

我等着那个呼之欲出的来临。

此时此刻，《长城长》的歌声又一次在心头响起……

有一种财富偷不走

●唐　葛

有一位富翁遭窃，小偷拿走了他家里所有的现金及存单，并在报案前支取，报纸引用警察的话说，富翁损失了百分之九十九的财富。可富翁却说："他们只拿走了我百分之一，因为百分之九十九还在，它们是留在书架上的书本和我头脑中的知识。"

事实上，这个人很快又成为一个富翁。

这个故事告诉我们，有一种财富是偷不走的，它是存在于人们头脑中的知识和智慧。

比尔·盖茨说，你可以烧掉我的公司，但我们会在一夜之间重建，只要我们的人还在。当我们年轻的时候，我们有很多的梦想，我们发现这些梦想都与钱有关，于是我们看到很多人忽视了知识和技能的学习，过早地加入到打工的行列，我们也看到不少的年轻人为了多赚钱，放弃在技能上的深造机遇，却不知道，你赚再多的钱，也有用完的时候，惟有知识是取之不尽的财富。

1986年，当我高中毕业时，别人告诉我，要找一个最吃香的职业，最好进入到政府部门，我的同学中有不少人为了进入到粮食、商贸、建筑之类的热门行业，不惜放弃本科不读，改读这些专业的中专，他们的父母也支持他们这样做，的确，当时这些都是社会上比较吃香的职业，早一年毕业，进这些热门单位的希望就越大。我的一位同学为了进医药公司，甚至高中毕业证都没拿，就为用他父母单位的内招指标。我的另外一位同学，他的名字叫关山，家境贫寒，但考上了本科，一些亲戚也劝他读个中专算了，但他没有听从这样的劝告，选了当时最不吃香的采矿专业，因为该专业可以享受高额的助学金。毕业后，他分配在一家县办煤矿工作，从企业的基层干起，后来进入了决策层，亲身接触到企业管理的方方面面，此间，他还利用业余时间自学了企业管理知识，读完了包括《哈佛管理全集》在内的上百部理论专著，当他将写作与经济问题接轨时，很快成为报刊最缺的经济评论作者并在多家报纸开辟了专栏。接下来，他又被县领导看中，被破格调入县委宣传部工作，成为一名公务员。先前都自认为专业选得好、分配得很好的同学，后来因为行业的不景气，有的已经下岗，有的还在拿着微薄的工资，且随时担心下岗分流。而关山在宣传部工作期间，尽管工资也很低，但因为有了更好的自学环境，稿件越写越好，稿费收入很可观，日子反而过得很宽裕。为了到经济发达地区锻炼自己，去年，35岁的关山自己砸掉铁饭碗，来到长江三角洲经济最活跃的一个城市，参加了该市党报举办的招聘考试，尽管年龄超大，但报社领导看中关山的实力，录用他为该报的合同制记者，现在报社付给关山的年薪是5万元，是他原单位工资的5倍多。关山说，虽然他还只是工薪阶层，房子也是贷款购买的，但面对竞争，没有心理恐慌，因为他相信自己有别人抢不走的财富——知识、经历和工作能力。

《穷爸爸富爸爸》的作者罗伯特·清崎先生是房地产投资专家和大众投资顾问，他说："我可能会做短期股票买卖，但从长远考虑，我更重视教育，如果你想驾驶飞机，我建议你首先去听有关飞行原理的课程而不是直接坐进驾驶舱。"对于有些人投资股票或房地产，却从不投资于他们最重要的资产——头脑，罗伯特·清崎对此常常感到震惊。是啊，物质的财富是暂时的，知识财富却是用不尽的。没有钱，我们的某些梦想可能暂时无法实现，但是没有知识，再多的钱也会有用完的时候。

投资你的头脑吧，因为知识和智慧是偷不走的财富。

云朵是天空的脚印

● 王丹枫

对于天空来说，云朵是它的脚印，天空在村庄里走来走去，留下来的脚印挂在村庄上空。

在这个奇妙和温馨的地方，阳光永远不会热辣，因为它不忍心惊扰这样一个宁静的村庄，只是偷偷地躲在云朵的背后，好奇地望着脚下的一切。那些云朵，像一只只翻飞的蝴蝶，静静地伏在村庄的上空，很安详，很甜美，很有韵味……或许，在它们看来，这村庄就是一朵硕大的花儿，里面有吮吸不尽的花粉。有时候，飞机也过来凑热闹，像鹰一样在村庄的上空一滑而过，天空就会多出一条长长的哈达，轻轻地飘着，飘着，然后，落在了蝴蝶的翅膀上。

那是多美的画面啊，蝉羽一般透明，少女一样纯净，让人永远也抵达不到它的内核。

你喜欢用什么样的角度来仰望长满云朵的天空呢？45 度角，90 度角，还是……其实，漂浮在天空的云朵是喜欢用 45 度角来俯视它脚下的村庄的，要不然，村庄怎会像云朵那么优雅？怎会云朵那般律动？

总有一些事情是在开满云朵的天空下的村庄醒着。

早晨起来，露水打湿了朝阳，这样的时辰是适合做一切事情的：割一捆露水草，锄一块西瓜地，挑一缸井水……想做什么你就任着性子做吧，因为这个时候炊烟是没有声音的，看家狗是没有声音的。这样的时辰是没法不放松心情的，让自己什么都不去想，就像婴儿躺在母亲的怀抱里，让时间在一种温暖中静静地、静静地流淌。在这样的时辰里，千万不要大声嚷嚷，否则你会破坏这里的宁静。还有，也不要在这样的时辰抬头看天，因为这个时候的天空美得就像一杯鸡尾酒，会将你醉倒在田埂上或庄稼地里。

晌午，乡亲们没有午睡的习惯，每一个阳光明媚的日子，在他们看来，都可以变成沉甸甸的粮食。豌豆该摘了，蒜也抽薹了，或者牛羊饿了，柴薪不足了，屋后的阳沟该清理了……这些都等着人去做。反正阳光柔和得很，做做歇歇，也不累；就算是真累了，一碗冰凉的井水下肚，浑身凉丝丝儿的，倦意顿消。

夜幕来临的时候，炊烟像牛乳一样在村庄里弥漫，空气中都是木柴燃烧的清香。这时候乡村肯定是沸腾的，放学的孩童们或是在草滩上或是在禾堆上打闹着，或是带着小花狗满山疯跑，或是帮父亲牵着牛羊，一律都把欢快的笑声最大限度地放大；年长的婆婆或年轻的媳妇把炊烟升腾起来后，又连忙从屋里跑出来，或扑扑身上的灰尘或用双手支起喇叭筒，亮开喉咙大声地招呼着孩子回家；这时，牛儿、羊儿、狗儿也跟着凑热闹，或是大声叫着，或是尽情地撒着欢。各种各样的声音交织一起，这就是乡村最本质的声音，就是生命的乐章。

村庄很小，小得像一把米、一棵菜、一缕阳光。一种踏踏实实的日子，被乡亲们牢牢地攥在了手心，从指间溢出的，仍旧是一些看得见的幸福。村庄又很大，大得让我的笔尖无所适从，无数个句子的总和，也够不上一抔泥土的重量；因为，我就是那泥土里长出的一棵芽。

其实，村庄是很老的，像一幅油画。这里的绝大多数人，一生就守着土地山川过日子。也许，是山太高吧，他们走不出去；也许，是土地太肥沃吧，留住了他们的脚步。一年里，只要粮食够吃，过年的时候，再宰上一头大肥猪，幸福就会在他们的脸上闪闪发光。

有一年，远在广州上班的堂哥回村看望大妈。刚进家门，一看见大妈，他就靠在大妈的肩膀上，幸福的泪水夺眶而出。二三十岁的人了，在母亲面前哭得竟像个戴着狗尾巴帽的孩子。然后，他大碗地吃着白米饭，大口地吃着肥锅肉，就像要把整个故乡都吞进肚里。大妈看着他的吃相，脸上的沟壑淌满了清澈的小溪。

村里的那条小溪永远绕着村庄在流淌。它们从那个叫龙洞的山洞里流出来的时候，呼啦啦地唱着歌，奔向村子的周围。是太爱恋这个地方吧，要不怎么流也只是在村子周围徘徊，就像村庄上空的云朵，一觉醒来，第二天它仍然在村庄的上空流连、舞蹈……

堂哥离开村庄，经过小溪时停了下来，抬头看着天上的云朵，嘴唇蠕动着，想说什么，但又把话咽了下去。许久，他俯下身子，饱饱地把溪水喝了个够。然后，拿出随身携带的矿泉水瓶，满满地装了一瓶。他说要把水带回广州慢慢喝。堂哥装水的时候，表情很凝重，装满了，倒出来，再装满。然后，使劲拧紧瓶盖。

一只瓶子，装满的，尽是故乡！一座村庄，盛满的，尽是天空的脚印！

在路上

● 王丹枫

世上有一种鸟没有脚，生下来就不停地飞，飞累了就睡在风里，一辈子只能着陆一次，那是它离开这个世界的时候。

第一次看到这句话时，我沉默良久。心想，这世上若真有这种鸟，那它的前世一定是人类。纵然来世托生为鸟，也依然摆脱不了疲命奔走的宿命。

人从呱呱坠地的那一刻起，就注定了一生在路上。

出生是这条路的起点，死亡是这条路的终点，所不同的是，每个人的路程长短不一，有的路途遥远，看起来遥遥无期；有的路途浅近，刚迈出前脚就抵达了终点；有的荆棘丛生，布满陷阱；有的则一马平川，阳光普照……人的一生，注定了一路有歌声，一路有泪水。因为这就是生活，痛并快乐着！

我喜欢在路上这种存在的方式，这是一种动态的存在，它让我感到自己还是鲜活的。因此，在一个地方待久了，我总寻思着离开。从年少时离开村庄去县城上学，到现在漂泊到北京讨生活，一路上我总是风雨兼程地向前。

在路上的感觉真好，一个人的路上远离尘嚣，享受着难得的孤独，芳菲久违的梦境，不必担心有人扰乱了敏感的神经，不必遮掩声泪俱下的难堪，放声大笑或者失声痛哭，都无关他人，无关风月。

在路上，你会发觉再普通不过的野花都是那么馥郁芬芳，再平常不过的日子都是那么精彩无比。何况那些大漠孤烟，那些长河落日，那些西湖映月，那些塞上平川……你只要心无旁骛，大可以一直走下去。

在路上，会遇到无数个十字路口，向左走还是向右走，不同选择就有不同结果。路是自己走的，不是抬起脚就可以随便走路，因为一旦迈错了最关键的一步，再想折回头来重走，恐怕很难。所谓的“行成于思毁于随”“三思而后行”就是这个道理。

在路上，天，亮了又黑，黑了又亮。前行的路，总是那么长，平坦的山路过后总会有一些陡峭的沟壑，笔直的大道过后总会有一些羊肠小道，这些沟壑和小道就像弹簧，当你勇敢地面对它时，它就会退缩；你退缩了，它就会反过来压迫你。很多时候，不是路把我们摔倒在地，就是我们把路狠狠地踩在脚下！

在路上，有馨香的野百合吸引你的嗅觉，有美味的佳肴吸引你的味觉，有千年一叹的奇观吸引你的视觉，有高山流水的韵律吸引你的听觉……你的前后左右、东南西北都有一些东西试图左右你，或让你走上弯路，或走上斜路，或原地踏步，命运由你来玩转。

在路上，每个人都是独行者，注定了要与寂寞为伴。思想丰富的行者，听见一片树叶落地就会联想到一棵树与一个生命的全部过程，听见月光里的一声鸟啼就会意识到自然与人类命运的联袂，听到鲜花的绽放就会沉醉到阳光与心灵相默的境界里。思想丰富的行者，可以凭借寂寞的幽旷，与历史对话，携灵魂遨游，接灵感入怀。所以，哲人对欲有成就的人说：要成功就要耐得住寂寞。

在路上，永远带着一颗纯洁无暇的心跋涉，心怀怜悯和感恩，学会为自己微笑和歌唱。其实，所有的烦琐、沉重到了一定的极致便会转向单一和纯真。当时光把无数烦琐化为灰烬的时候，只有牢牢拧成一股绳的“单纯”被保留了下来，成为穿越路障的精神支柱。就像去布达拉宫朝拜路上的信徒，他们单纯得除了虔诚还是虔诚，一步一磕头或三步一磕头，向着天堂之路顶礼膜拜！

在路上，惟有脚步声让人心动；在路上，也惟有脚步声让人心定。脚步声，伴路而生，随路伸展，陪着路奔向远方。

前方的路究竟有多远，只有你的脚步知道。脚步不会背叛你，远方就不会背叛你。有远方的人，是幸福的。这样的幸福，也只有当你真正和远方成了朋友才会懂得。当然了，你结识了远方，还会有远方的远方在等着你。

在路上，你惟一的选择便是——一路前行。

珍惜你的生命“胶卷”

● 陈大超

在我的感觉里，一年就像一个胶卷。现在，新的一年又来了，一个新的“胶卷”又到了我们的手上。

我知道，每一个胶卷都是一个人即将展开的生命。珍爱生命的人，是不会让自己手上的这个胶卷白白浪费的，也不会随便在它们上面留下一个个没有多少意义、没有多大意思的镜头。珍惜生命胶卷的人，每一个这样的胶卷在他手中都会很重很重。他应该从手中的这个胶卷里，掂出生命的分量。

待在一个地方不动，不寻找新的角度，拿不出具有创意的思维，是不会在一个胶卷上留下具有不同美感不同价值的镜头的。一个珍爱生命的人，也一定是个渴望变化、不断追求、勇于挑战、乐于创新的人。也只有这样的人，才能让自己置身于一个个绝佳的风景之中，为自己创造一个个精彩美妙的瞬间，让自己心底的灿烂一次次在脸上绽放。哦，他手中的那一个个胶卷，也才能变成他的一个个美丽人生的画卷和美好记忆的底版。

我一直主张，现在的人应该在自己的头脑中建立一个“胶卷意识”——把自己的每一年都当做一个上苍赐予自己的生命胶卷来看待，来把握，来珍惜。他更应该把自己当做一个奋斗者一个创造者一个艺术家来要求。一个具备了这种意识的人，他自然应该认识到，每当新的一年到来的时候，上苍都会赐予大家一个同样大小的的生命胶卷——在这一点上，上苍绝对是公平的，是没有亏待任何一个人的。

要说亏待，只有那些虚度年华醉生梦死的人，才会在一年到头的时候，发现上苍赐予自己的那一卷胶卷，虽然也都曝了光，但是洗出来一看，却都是一些没有内容没有色彩没有任何值得人欣赏的空白——他们是自己亏待了自己。

让上苍赐予的一个个胶卷都变成废物的人，上苍最终也会让他变成一个废物。

指间流水

● 王丹枫

静静地，掬一捧清水，看着它从指间慢慢滑落。岁月亦如流水一般，从指间悄悄流过。

有时候，青春就是一场劫难，考验着并成长着。而回望，痛苦的往事总会成为最难忘怀的记忆，成为甘甜、清新的经历。岁月擦伤了我们的脸，我们在夕阳下回首，面带笑靥。

记得那个有着许多苍老榕树的校园，到处是阴凉片片，到处是夏虫轻吟，到处是叶片青青，到处是我们或喜悦或悲伤的痕迹。

那时的我们，黑白分明的眼睛，带着微微的脆弱表情，风吹来的时候，碎碎的头发会摩挲着稚嫩的脸庞。

特别好的几个“死党”，会一起逃课看一场流行的爱情电影，会在落雪的夜晚陪伤心的人儿落泪，会在一个个慵懒的下午，爬上天台，躺着，任思想的骏马奔驰在云端。明媚的阳光在手心像蝴蝶蹁跹，远方是青青的群山，我们遐想着以后要走的路……

还有爱情。光线若隐若现的凉亭里，空气中弥漫着桂花的馨香。还记得我曾经写下的那首小诗：“把你的手儿给我/让你的温柔覆盖我的伤口/让我的温暖融化你的冰棱/把你飘洒成雨的痛/留给四处穿梭的风/让你的微笑静静涌现/把你的手儿给我/让我带你走，好吗?”

青春期的爱情，眼泪和甜蜜，诺言和疼痛，心动和失望，纠缠交织。像柔软的手指，抚搓着洁白的理想，无声无息地，在上面留下许多印痕。只是后来，我们都学着遗忘，遗忘。

现在，没有人陪着我，我一个人穿梭在陌生的都市，像条鱼，在空旷的海洋森林里，游走，不断遇见新的人，不断开始新的生活。

以前的人们，渐行渐远，杳无音讯，水阔鱼沉，我该向何处询问?

唉！有些事情，你以为明天可以继续，有些人，你以为明天可以见到，当放下或者离开时，没有丝毫的遗憾，而正是这一转身、一眨眼之间，岁月轮回流转，无法回头了，于是便有那么多人感叹“红颜弹指老，刹那芳华。”所能留驻的大概只是昙花盛开时的记忆与流水滑过指间心中瞬间的感触吧！

记得看《花样年华》时，远远地坐在影院的角落里，为周慕云和苏丽珍的爱情而感慨。看到张曼玉不断地更换着华丽的旗袍，玲珑的曲线，美得叫人屏气凝神，以为她依旧是那个青春可人的女子，不想王家卫在3秒钟里给了她的手一个定格，却有了些褶皱，叹息一声终是年华已去，这指间的岁月斑驳在目。过去了，一切都过去了。开始于假设，也结束于假设。梁朝伟终于决定走了。劳燕分飞后，张曼玉在房中低泣，对着无人接听的电话问:“如果有多一张船票，你会不会带我走?”

有位姐姐，年轻的时候嫁给了一个在深圳办厂的台商，回来的时候已是独自一人，所有的装饰品都不要了，丢给了跟她在一个厂里曾经工作过的姐妹，说这些东西累人，拖着它走不动的。

看她的手，什么都没有，瘦得单薄，像竹。竹本无心，奈何枝节繁生。这指间的流水岁月，却是我无法洞悉的。

看着自己的手指，细长清瘦，条纹分明，仿佛朝着某个方向，一如既往地奔跑。光阴从这里行走，没有声响。生活着，无论是痛苦还是欢乐，都不会驻足停留，永不消失。欢乐带给我们的热情就像白昼的阳光，到了夜晚就会隐退；痛苦给我们带来的哪怕是血淋淋的伤口，熬过了漫长的黑夜，到了清晨也会愈合结痂，因为流动的生命是不会停下它的脚步等待我们不能自拔的种种感觉的。

人生的路不长也不短，我们无法抗拒也无法拒绝逃避痛苦与欢乐，但我们却可以让自己保留一种不变的冷静的心态，才能不以物喜，不以己悲。指间流水呵，怎敌得了一颗年轻滚烫的心？

中国的月亮

●海　岸

又是中秋，这已是我在异乡度过的第 14 个中秋了。光阴荏苒，我已青春不再。当年离家时尚在吃奶的幼子已经长得比我还高了，而当年仍见青丝的双亲却已是霜发满头。惟有这一轮银辉清朗的中秋月还是原来的模样。照耀着远行的路人，温暖着团圆的家庭，抚慰着思乡的渴望。

哪里月不圆
何处月无光
我却深深地爱着你
中国的月亮……

一曲女声独唱《中国的月亮》在这中秋晚会上甜甜地飘荡。我手中的琴弓有些颤抖，我的视线开始模糊，这音乐声将我的心送向夜空，飘回到万里之外的故乡。

为什么是“中国的月亮”？难道月亮有她的国籍吗？“海上升明月，天涯共此时”。诗人已经替我们回答了这个问题。月亮是没有国籍的，她属于宇宙，属于全人类。我们在各地见到的是同一个月亮。但是正因为这一点，使远在天涯的人们之间有了一个共同的联系物，即便无法见面，无法交谈，人们之间仍然有一个共同的月亮作为意识上联结的纽带，将对亲人对朋友的思念寄托在上面。为此，人们喜欢把月亮人格化、家乡化，给予她国籍，给予她家乡的称呼。似乎只有这样，才能将相思传递过去，让万里之外的亲友们体会到。月亮为人类担负着多么重的情感啊！

为什么不是太阳呢？难道我们不也是共享一个太阳吗？但是

太阳太明亮，太咄咄逼人了。它甚至不容许人们轻易地看上它一眼，更不用说向它倾诉衷肠、道尽相思了。于是人们宁愿让太阳成为大家的、宇宙的，而把月亮当成自己私有的、家乡的。啊，家乡的月亮今晚应该也是这么圆吧?

远离家乡的人们更是有话要对月亮说，歌声与音乐便是最好的方式。爱好音乐的人们聚集在一起，思念家乡的人们聚集在一起，于是有了这场中秋晚会。一首《花好月圆》，一曲《父老乡亲》，一段《彩云追月》，一支《中国的月亮》。我们奏民族的曲，我们唱家乡的歌，我们把月亮当成是中国的、故乡的，我们把艺术完全当成是世界的。

故乡对于游子，是清辉里的低吟，是歌声中的婉转，是琴弦上的音符，是灯光里的烂漫，是母亲的脸，是孩子的笑，是枕边的泪，是心中的甜。也许，这就是中秋的全部内涵。

啊，我心中的月亮，永远是故乡的圆，中国的圆。

转身就是方向

● 刘克升

在巍巍群山的环抱之中，有一条四五米宽的小河蜿蜒流淌。我们此行的目标是：从这条小河的源头出发，抵达小河与另一条河流的交汇处，全程考察小河的流向，绘制小河流程图。

小河的源头位于一座无名的山涧之间。从山涧出发，向东行进，此时东面是我们的前面，也就是我们前行的最终方向。顺着小河的流向，我们从西向东行进了十几公里的路程，前面突然出现了一个不起眼的小山坡。山坡虽小，却阻断了小河前进的步伐，机智的小河调转头来，温柔地依附着小山坡，不动声色地拐了个弯后，完成了转身的动作，缓缓地向西回流了过去。

随着小河流向的转折，我们也随之掉头，转身西行。西面，即原先我们的后面，现在又成了我们的前面。小河向西回流了有五六公里的路程，前面出现了一片村落，地势自西向东倾斜了下去。站在附近的制高点，我们发现小河流到这里以后，绕着那片村落画了条优美的、闪亮的弧线，沿着西高东低的走向，重新向东流了回去。

我们追逐着小河新的流向，再次掉头并转身，东面也再次成为我们的前面，成为我们前进的方向。向东继续前行了十多公里后，小河终于找到了出口，潺湲地流淌着，汇入了另一条河流。

站在河流的交汇处，同行的同事感叹着说："河流是我们的老师啊！当人生走到无路可走的时候，也许转身就是方向……"

我对同事的话深有同感，并且联想起了另一件事情：家乡的野蚕的行踪也具有类似河流转向的特征，当它们自下而上吃光了一个枝条上的树叶后，总会转过身去，将后方变成前方，将来路视为出路，重新出发，去寻找下一个觅食与生存的空间，不断占据新的枝条。

在一个偶然的机会里，我又听到了英国物理学家克里克转行的故事。第二次世界大战期间，克里克在英国海军部从事水雷研究工作，为战争的胜利立下了汗马功劳。但是，在战争结束后，当时的物理学界刚刚经历了相对论和量子力学两场伟大的革命，物理学已进入了常规发展阶段。克里克敏锐地意识到，在物理学领域内，短时间很难做出大的动作来。而生物学相对来说，还是一个有待开垦的广阔领域。在这种情况下，克里克果断地放弃了自己熟悉的物理学领域，毅然转过身来投入到生物遗传学的研究工作中去。后来，通过不懈的努力，克里克与另外两位生物学家共同发现了DNA双螺旋结构，于1962年同获诺贝尔生理/医学奖，成为当代最伟大的生物学家之一。

如果不具备善于转身的灵性，细小的河流也许永远不能汇入大海；如果不具备及时转身的本能，弱小的野蚕也许没有足够的能量化蛹成蝶；如果不具备果断转身的胆识，克里克这个名字也许现在已经被世人所遗忘。

有时候，转身就是方向。当被高山阻隔，被天堑拦截，无法直接逾越极限的时候，我们不妨尝试着转一下身，方向的转换，也许可以助你另辟蹊径，从另一个角度通向成功之路。

走，踏春去！

● 刘会然

走，踏春去！迈开青春的舞步，作别城市的喧嚣。让我们走出市区，走向田野，走进山林，走到春风吹绿的地方，去寻觅春天独有的足音。

走，踏春去！或独自一人，或呼朋引伴。可以选择独步，亦可以骑上你心爱的脚踏车。但你必须找一种你最喜欢的方式，这个时候没有人会制约你，你就是你的主宰。

走，踏春去！一路上，我们迎着如梦似幻的晨雾，追逐冉冉升起的旭日，鸟儿为我们歌唱，清风为我们舞蹈。

走，踏春去！我们走到田埂。有着一抹新绿的田埂总是在我们的脚下向远方延伸着，一直把我们的目光引到天边。我们可以停下脚步，谛听小草拔节的颤音，触摸软似鸭绒般青草上的露珠。这时你或许会发现你前面就有一簇淡雅的小花，虽然是一簇不知名的野花，她没有玫瑰那么艳丽，没有牡丹那么富贵，但别在你或者我的头上，却能闻到土地那份悠绵的清香，也可以找到山野村姑才有的那种自然情怀。

走，踏春去！我们来到小溪，看着奔流不息的潺潺细流，我们可以拾起一块鹅卵石，去激起溪流那开心的阵阵浪花和那久荡不息的幸福涟漪。我们还可以追逐溪中的群鱼。脱去脚上的鞋，挽起裤管，你还可以与群鱼相嬉于水中央。

走，踏春去！我们来到辽阔的草原。你这才会发现草原的怀抱其实就是母亲的怀抱，她那么深广，那么淳厚。我们可以和“母亲”的怀抱来个最亲密接触。也可以在“母亲”的怀抱做出童年才能做的游戏，过几回家家，撒几次娇。累了，困了，可以毫无顾忌地呈“大”字模样躺下来，看看头顶那片蔚蓝的天，借助天空那几朵洁白的云彩，你还可以把思绪放飞到梦想的天边。

走，踏春去！来到茂密的山林。我们可以听听鸟儿的呢喃，触摸松柏嫩绿的枝丫。或许，你会发现一只山雀正在朝你歌唱，你会发现有几株百合正期待你的采摘。如果你喜欢动物，你可以追寻动物的足迹，说不定，几只小白兔正等待你光临她们的新家？

走，踏春去！走出一片空旷，踏出几许闲适。

醉　　红

● 从维熙

年底，家乡父老送来了一盆开着三色杜鹃的花树，说是祝贺年节的礼物。

按说我是不该接受这盆花的。我是个爱花儿却养不活花儿的人，昔日许多名贵花卉，如君子兰、龟背竹、南方橘、无花果……都夭折在我的疏忽之中。因而楼里有一个养花老者，送了我一个“百花杀手”的雅号。试想，一个戴着这顶帽子的人，面对着来自故土的名贵花草，心里忐忑不安是可想而知的。但是乡情浓于酒，我的血管里流着的血液，与乡亲们来自同一个河流；我的肌肤与骨骼与他们同铸于冀东的大山山麓——我能推却一切馈赠，却无法冷却魂牵梦萦的乡情。所以我收下了那盆花树，并向乡亲们询及了养好这盆花儿的技能。待乡亲们走了，我立刻把这盆杜鹃，摆在了书房向阳的窗台——因为乡亲们说了，这花儿不能没有阳光的照射。

在冬日的阳光下，这盆花树确实很美。缘于园艺高手嫁接之功，三个花枝上接出三色花朵：浅红的花瓣，如少女轻施粉黛；深红的花蕾，艳如时尚模特嘴上的唇膏；那紫红色的花冠，娇如古典美人头上夺目的钗环。如果以文学中的各种“主义”来解析它，它包容了古典、现实和梦幻般的先锋色泽。童年我是在家乡度过的，童真的梦境中曾无数次地出现过花河、花船、花树；花花媳妇、花花轿子、花花房子……但那都是孩提时的童梦，那梦像是万花筒一般，萦绕于子夜的鸡啼声中。但那些幻影中的海市蜃楼，离我的乡土十分遥远。我的故园在河北玉田，县志中记载县名来源于晋时一位仙翁在山上“种石成玉”，故而得名玉田。但这只是神话传说，家乡几十万父老乡亲，没有过任何一个人从地里挖出一块玉石来的记录。儿时，我像头小马驹一般奔跑嬉戏于她的胸腹之间时，也从没有捡到过一块透明的石头。山坡上倒是有一些林木果园，但是无论是什么果树上结下的果子，都酸涩得能让人流出眼泪。因而这棵三色花树，不仅让我想到文苑百景，还让我想到非文学的历史经纬。家乡几十万人过去都忙于糊口，没有培植花木美化生活的心思，而今家乡的花草，却已然摆进了五星级饭店。

因为这盆花树，似梦而又非梦，我想我该把这盆花树养好。写作之余，给这棵花树浇水，成了我的特定工作。一天，出版社的一位朋友来谈书稿问题，看见了这盆三色花树，赞不绝口之余，惊异地看看我说：“你进步不小，过去你是不养花的。”

那位友人辞行前对我调侃地说：“但愿人长久，千里共婵娟。”

“我细心照顾‘她’就是了！”我说。

这三色小姐好像是有意考验我似的，第二天我从写作间过来看花儿时，把我吓了一跳：绽开于满树的花儿，出现了两极分化，一部分花儿亭亭玉立，另一部分花儿变成了坠地残红。我不知道这是因为什么，水是按时浇的，肥是按时施的；为了给它增加养料，我还把一筒啤酒浇在花盆里。情急之下，我找来了楼里的养花老人，他围着花盆转了转，对我说道：“真是造孽，浇啤酒要先放走酒气，你是不是打开筒盖就倒进花盆了？”

“是啊，家乡人告诉我要浇些啤酒的。连那些啤酒，也都是乡亲带来的。”说过这话以后，我的脸便红涨起来，我记起乡亲告诉过我，家乡的“豪门”牌啤酒酒精含量较高，浇花前必须先打开筒盖，让酒精蒸发一天，然后才能倒进花盆。

我又错了！过去那些名花，死于我的疏忽，这次我又重叠了粗心大意的错误。

晚上，我十分内疚地再一次来看望它们。仔细观察一番以后，却也不无新的发现。那些片片残红，固然使我心悸，但是那些正浸沉在酒醉之中的花儿，却别有一番情致。那三色花中原本是浅粉色的花朵，变成了深红色；原本是深红色的花瓣，魔幻般地变成了紫红色；原本是紫红色的花冠，狂癫的情态像是贵妃醉舞霓裳……真有意思，人醉失态，花儿醉了比人醉酒显得可爱得多。这不是歪打正着吗，如果没有我的这次的孟浪之举，这些花儿何以会有贵妃醉舞、湘云醉卧时的娇嗔！我的心醉了。待我从奇思中清醒过来时，我终于意识到了花儿的这种醉态，只有瞬间，而无永久——它犹如人生最后的一次回光返照，在临终前都有短暂时间的返老还童。那花盆中的片片残红，或许就是这些醉花的未来前兆。

我很沮丧。我是真心想养好这盆三色杜鹃花的，但是到头来还是无法摘去“百花杀手”的帽子。我久久无言地看着这盆回光返照的美丽花树，第一次产生了把它送人的意愿。之所以孕生了这个念头，因为在这一刻我想起了1957年，我作为花蕾初绽的青年作家，在“台风”眼里凋零的伤痛——将心比心，这株三色花树的内心一定正在落泪。因而，趁这棵花树也许还有可能起死回生，我搬着这盆花树，叩响了楼内养花老人的门。

门开了，我把花盆递给了他。

他说：“不行，这礼物太贵重了，我不能收。”

“春节将至，算是邻里情吧！你要是不收，我将退回你送给我的两只冬天的蝈蝈和那两个装蝈蝈的葫芦。我写文章时，看窗外飞雪，听它在我身旁唱歌，是我冬天的一大乐事。”我自白我的心声说，“我能把冬天的蝈蝈养好，但我养不好花，为了摘掉‘百花杀手’的帽子，请你帮我这个忙。”

老爷子笑了：“好！我先替你摘‘杀手’的帽子，等花儿养好了，我再给你搬回去！到时候，我教你怎么浇水施肥，帮你真正摘掉‘百花杀手’的铁帽。”言罢，我俩开心地大笑起来。归后，匆匆写此《醉红》篇章，以示自己决心爱花、护花，并当好一个称职园丁的决心……

背着幸福的口袋上路

●蕊　红

记得曾经在一篇文章中看到过这样一句话：如果把幸福比做一只口袋，那口袋里装着的一定是成功、财富、爱情和运气。但在我的记忆里，这种幸福的口袋好像自己从不曾拥有过，活了半辈子，在我的生活里，除了挫折和失意，好像一无所有。幸福是什么？我曾迷惑，也曾一次次地追问，没有人给过我一个确切的答案。

一个夏日的早晨，我去赶早市。在离早市不远的街角，我遇到一位刚从公交车上下来，背着一个口袋、穿着寒酸、佝偻着腰的乡下老太太。老太太吃力地背着口袋踽踽前行，由于太重，袋子几次从她的肩上滑下来。看老太太吃力的样子，我顿生怜悯之心，上前与她打声招呼，将她的袋子搬到了我的电动车上，问清她要去早市卖东西后，就帮她将东西带到了早市。健谈的老太太主动与我攀谈起来。

老太太说她家在离这座城市七十多里路的乡下，她的袋子里装的是在山里采的野酸枣。她说这东西在乡下不值钱，拿到早市城里人稀罕，可以换些钱。为了卖野酸枣，她隔三差五就来一趟城里，每次都带大半袋子，在城里的街头巷尾卖掉后，去掉路费和吃饭的钱，每次她可以净赚三十多块钱，一个月往返城乡十多次，她可以净赚三百多块钱。老太太说到这里，一副满足而惬意的神态。

“既然这东西能赚钱，那为什么不多采些，让孩子帮着带城里来卖，这样也省得来回跑，既浪费路费又搭工夫？”我问。老太太说："这种东西在山里漫山遍野都是，不值钱，很多人都不相信能卖钱，连我的孩子都说我瞎折腾。我带着野酸枣进了几回城，确确实实赚到了钞票的时候，他们才相信了。但对于这种小打小闹的买卖，孩子们都不稀罕做，他们觉得做这个还不如打工赚钱来得实惠，所以没人愿意帮我。我之所以每次都带这么一点，是因为住不起旅馆，不能在城里过夜，带多了如果卖不掉，回家的时候反而是累赘。自己年纪大了，反正在家闲着没事，只当是来城里玩。既能在城里玩，又能赚点钱，这是多好的事，你说是吧?"说到这里，老太太手扶着袋子，笑吟吟地看着我，仿佛袋子中不再是野酸枣，而是满满的幸福。

看着眼前这个穿着寒酸，卑微如草芥的老太太惬意的笑，我怔住了。老太太脸上那真实、幸福的笑容，平淡而又朴实的满足，让我震撼了。作为一个写字楼白领，我的收入是她的很多倍，但我却找不到丝毫的幸福感，职场的挫败和生活的失意让我总是感到自己生活得不幸福，常常自怨自艾。然而，与这位卑微的老太太比起来，我的那些自以为是的小矫情就显得微不足道了。

汗颜之余我想我已找到了自己幸福的口袋。其实这世界上每个人都拥有一条幸福的口袋，只是凡俗的生活让我们没有用心去体会。乞者的幸福口袋里装着的是别人的施舍，以及满满的感恩；职场人的幸福口袋装着的是不凡的工作业绩和老板对自己业绩的肯定与褒奖；身处围城者的幸福的口袋里装的是家人的关怀和围城的温馨；莘莘学子的幸福口袋里装的是天天向上的成绩单……

幸福只是心灵的感觉。生命的幸福与否，并不在于人生的口袋有多么美丽，而在于我们的袋子里，究竟装了多少爱和勇气。不论是胸怀鸿鹄之志，还是坐拥燕雀之视，都有一个幸福的坐标。而刻度的差异决定了人的幸福指数不同。有的人把刻度放大，超出了自己能力所及，最后自寻烦恼；有的人调整好刻度，摆正自己幸福的位置，就像那位老太太一样，拥有一条幸福的口袋。

背着这个口袋上路吧，你会拥有更多的幸福。记住，这个口袋的材料是：爱、包容和一颗感受幸福的心。

别让岁月苍老了心

● 佟晨绪

记得有人曾向我说，当你开始不断回忆过去的时候，就证明你已经在慢慢地变老了。

其实，我们每个人都是以呱呱坠入襁褓的那一刻为人生的起点，同时也注定了以避无可避的死亡作为人生的终点。任何人，无论你腰缠万贯抑或一贫如洗，无论你丰功伟业还是默默无闻，无论你百子千孙还是孑然一身，终归要走向一抔黄土。每个人都会变老，只不过记忆会随着时间的流逝而慢慢沉滞，年龄越大记忆反而越繁冗清晰，挂在记忆闸门上的那道锁总是躲不开时间的钥匙，无论你情愿不情愿，岁月都会公平的在每一个人的身体与心灵上留下烙印，那悄悄爬上额头的皱纹是我们在这个世间走过一遭的证据，那春华秋实的轮回是我们无法掌控的命运。所以说，变不变老，与回忆无关。

我们之所以开始变得诚惶诚恐，之所以变得惊慌失措，之所以变得开始不断的回忆从前，是因为我们实在太害怕变老，风里的花，雪里的月，感觉在一瞬间都变成了水中的虚月、镜中的残影。年少时的轻狂和自负是否真的在自己的人生轨迹上留下过清晰的痕迹。“老”永远是年轻的敌人，永远是每个人不愿提及的字眼，永远是我们心灵深处的隐疾。可我们又能怎么样呢？靠价格不菲的化妆品遮挡脸上的褶皱？靠名牌衣饰掩饰岁月在我们身上留下的沧桑？靠银行里自己辛苦一生攒下的积蓄换些空洞的安慰？为什么人老了，心却开始莫名的幼稚起来，无论多么昂贵的化妆品，无论多么华丽的衣袍，无论多少诱人的资产，都阻止不了岁月的流逝。所以说，变不变老，与物质无关。

有些人靠对旁人的絮絮叨叨来释怀自己心中的烦闷，整日对朋友，对长辈来宣泄他们心中的不满和抑郁，横看竖看都不顺眼，可我们必须懂得，真正的快乐永远不是建立在别人的痛苦之上的，伤害别人不会让自己变得年轻。有时候我们过多的注意别人的眼光，总在想我们在其他人的眼睛里到底会是什么样子，是善良或是邪恶？是美丽还是丑陋？是年轻还是陈腐？时间久了我们会蓦然发现，其实无论你多么努力也不可能做到每个人心目中的完美，只会更加的害怕变老，害怕被别人摒弃，害怕被社会淘汰，害怕被世界残忍的遗忘。于是我们开始愤世嫉俗，开始怨天尤人，开始自暴自弃，开始在潜意识里为了保护自己的心不被伤害而刻意去攻击别人。在生活中，我们太在意别人的想法就会影响自己的情绪，慢慢地就失去了生活的目标和方向。其实何必呢？太在意别人的想法只会让自己扛上本不应该背负的包袱，无论别人多么唾弃你，也不会加速我们变老的速度，本着善良的心对待周围的每一个人就好，但求问心无愧比什么都来的实在。所以说，变不变老，与他人无关。

我们不应该藐视老人，因为我们也会变老，我们终归有一天，也会像父辈们那样在失败中懂得成功的来之不易，在索取中懂得奉献的难能可贵，在浑噩中懂得清醒的刺痛和残酷。我们更不应该害怕变老，去害怕一件根本无法阻止的事情是可笑甚至愚蠢的行径。时间能磨灭人的躯体，却磨灭不了人的智慧和灵魂，一个没有智慧和灵魂的人，无论多么年轻都只不过是具行尸走肉而已。所以我们与其害怕变老，不如面对现实，让自己时刻保持一颗善良、向上、年轻的心，让这颗不老的心，舞动自己的青春，浇灌爱人的心田，感染朋友的情绪，用感悟和感恩装点自己的人生，把年轻的意义看得更加广义和宽泛，即使我们在慢慢变老，即使有一天我们都会逝去，也一定要潇洒地在这个世间好好走一回。

人的生命之所以弥足珍贵，正因为它昙花一现的美丽。无论我们能对抗什么，都对抗不了时间，我们应该在有限的生命里早点读懂生活的真谛，参透生命的意义，无论任何人在任何情况之下，都会顺理成章地走完自己的人生之路，变老只不过是一种无奈的必然，既然变老是我们今生的注定，我们何不放松自己紧张的神经，放飞自己年轻的心态。生如夏天的花，死若秋天的叶，平静而充实地去等待和接受我们的宿命。尽管我们不是天使，没有不老的容颜和永恒的翅膀，但我们可以用心，用梦，用理想去飞翔，我们其实可以“老”的像朝阳一样夺目，如焰火一样绚烂，似昙花一样美丽。

成功只需拐个弯儿

●夏爱华

长期以来，所有的励志文章都在激励我们，要坚持到底，要坚韧，成功来自于坚持。但，我认为，在遭遇困境，进入死胡同时，最好灵活转身，谋求新的发展。转身不是回头，只是拐个弯而已。

美国西部风行一时的淘金热，让许多人抱着发财梦而来，而能够笑到最后的，只有极少数人。在这些人中，有个人极其聪明。淘金不容易，需要大量资金购买设备，招募工人，投入实在巨大。于是这个聪明人看到了市场需求，就是采矿者对水的需要。于是他开始做卖水的生意，每天把干净的饮用水送到各个金矿，换取利益。渐渐地，他的连锁公司开办起来，此时的他已是腰缠万贯，跻身成功商人的行列了。

有个人想在海边种花，但实验每一次都以失败告终。气候，季节的限制，让他的梦想成了空想。他转念一想，有了新的主意。花虽很难在海边绽放，但海滩上的土却是上佳的花土。于是他把花土用袋子装好，标明重量，向外推销花土。他同样取得了成功，成为那一片海域最大的花土供应商。

日本餐饮业大亨山田树人，享乐财团理事长。创业之初，他背井离乡，在日本大阪租下了一间不足80平方米的小饭店。租金要付，装修要搞。开业时，他几乎身无分文。大阪街头，不要说高档酒店，就是像他这样的小饭店也有几十家，竞争激烈是可想而知的。开业仅两个月，一直亏损的他就到了关张的边缘。有一天，他看到一句话，浓缩的都是精品。脑筋一转，他有了新的思路。他重新装修，极尽温馨。他开了一间两个人的餐厅，里面只有一张餐桌，只供一对情侣就餐。用餐环境优雅，音乐低回婉转，菜肴品味独特，并提供一系列的免费服务，比如代购机票，免费购物等。这一招于大中取小，以粗中求精，以俗中求雅的棋，他赢了。两个人的餐厅一炮打响。根据顾客需求，他又增加了夫妻餐厅，商业茶座，情侣舞吧等特色餐厅。但有一点是相同的，每一间店面都控制在100平方米以下，只设一张餐桌。

我的一个朋友，也是做餐饮服务业的。饭店开张后发现，竞争太激烈，弱肉强食，有人想要吞并他。他想，同一片水域，鲨鱼能够活一个自在，但小鱼小虾未必就只有死路一条啊！还是要在特色上下工夫。于是，经过市场调查，他把饭店命名为离婚餐厅。结婚固然万分喜庆，新人都愿意去饭店订餐。但离婚也不是伤感的事，那是两个人重新拥有了自由之身，有了重新选择伴侣的权利，其实是人生旅途的新的开始。

经营理念确定了，他的离婚餐厅温馨优雅，分手的人们都喜欢来他这里，享受最后一次的人生相聚，然后道一声珍重，分手而别。没有抱怨，只有追忆。离婚餐厅让两个已成陌路的人静静地重温牵手的幸福时光，诗意地为从前的光阴画上圆满的句号。他的餐厅火了，生意蒸蒸日上。

成功需要坚持力，但成功同时也需要灵活度。许多的时候，只需拐个弯，你就能看见成功在前方招手，辉煌灿烂，你将一路坦途。

城市让生活更美好

●李　晓

五月的上海，世界博览会正在这个国际化的大都市上演，这是一个盛大的城市舞会。城市，让生活更美好，这也是一个温暖的主题。

城市，让生活更美好了吗？一座一座城市，正在蚕食着乡村。有人说，乡村正在为整容而毁容，那么城市呢，也是为整容而毁容了吗？生活在千篇一律像是在被复制的高楼大厦中，作为城市人，你到底幸福吗？

我母亲今年65岁了。10多年前，她被我接到城市居住。每天早晨，她都会扛着锄头到楼下花园里去锄草。这个重复的动作，是她在乡村生活了几十年后的惯性，她跌跌撞撞来到这个车水马龙的城市，在马路上，她高一脚浅一脚地走路，完全是一副找不到自信的迷茫眼神。她常常趴在阳台上，望着老家群山的背影发呆。每当看见我妈在阳台上孤单的身影，我的心就隐隐作痛。

我母亲对我说，在城市，她听不见鸟鸣。在城市，她一眼望出去，是高楼与高楼的拥挤。在城市，她常常感到头晕，鼻孔里满是灰尘……我就想，我们的城市，一天一天生长的城市，真的让人感到美好吗？

其实不是我妈一个人的迷茫。拆迁，已经成了城市建设的最强音。每当我看到旧城拆迁后的一片废墟，瓦砾残壁，我就感到心里的一根弦轻微地折断了。这根弦，就是连接城市过去与今天的回忆之弦。一个没有回忆的城市，你能说它有底蕴、充满厚重感吗？所以，在城市中生活的人，很多人其实是找不到故乡的，他们的故乡就是一个漂移的巨大板块，板块与板块几乎是相似的，相似的钢筋水泥丛林。

当我看到这个城市一些怀旧的老人，来到一些所剩不多的四合院门前、牌楼瓦檐下，我似乎能触摸到他们内心的隐秘，听见他们青烟一样的叹息。有所保留与整体拆迁，永远是这个城市争论不休的话题，但最后，几乎都被拆迁机器轰鸣的声音淹没。在我生活的这个城市，我的梦中，常常出现青石板上的青苔，古巷子里的竹帘与飘摇的灯笼。这是我一个人停留在记忆里的黑白电影。

让生活更美好，是城市里每一个居民最本真的愿望。我常常想，能不能在城市里给像我妈这样的人，开辟出一小块菜园，哪怕只有邮票那么大一块，润湿他们的心田。幸运的是，这个城市，提出了要建设森林城市、花园城市的目标，这是城市居民们最美的眺望。我在苏州、大连、丽江和凤凰古城，看到绿荫覆盖下城市的淡妆，听到水声潺潺里城市的心跳，我就捂住胸口说，生活在这样的城市，是多么幸福啊。我在电视里看到，在澳大利亚，城市在森林里绵延，马路上的行人，给森林里来溜达的动物们谦恭的让道，我就想，这个城市的人心，是多么的柔软。

一个城市的遗产是什么？是这个城市文化与精神的传承，也是一砖一瓦背后里光阴的故事。城市的遗产，是要让后来的人们，生活得更美好和更幸福。

城市，让生活更美好，这将是上海世界博览会留给我们的精神遗产。原来，城市也可以鸟语花香，可以闲庭信步，可以春水荡漾，可以眉目传情。

窗外的春天

●李庆益

在离市区50多公里外的机场上班，夜里往往不能回家，就近住在机场附近一幢五层高的楼里。房间很小，两人一室，除了放置两张床、一张书桌和一些生活必需品，空间已显得很狭窄。

我是一个喜欢安静的人，繁忙的工作之余，我喜欢在房间里静静地看看书，或上网冲冲浪，有时候也会打开电视机，看看某个精彩的节目。看书困了冲浪累了电视看腻了，我就会站起来走到窗台前，静静地看窗外风景，从清晨看到午夜，从春天看到冬天。

窗外是几垄农田，随着四季的更迭，农田不断地变换着不同的颜色。几根高高的电线杆下，是两排低矮的农家房子围成的一个院子。农房统一是白色的墙，呈“人”字形的红色屋顶，偶尔还能看到一只大黄狗从院子里跑出来，或不断地狂吠往来的陌生人，或摇着尾巴跟在主人背后。再远处是一片空旷地带，那是宽阔的机场跑道，隆隆的飞机从这里起飞又从这里降落，把我生活的城市和远方某些城市紧密地联系在一起。在一座半山腰被削平了的小山包后面，是几条时隐时现的山脉，那是我目光所能看见最远的地方。

初春的窗外，春光一片明媚，到处显现盎然生机。早起的农夫已经掀开了覆盖在一块旱地上白色的保温塑料膜，一片旺盛的绿色映入我的眼帘，那是已栽种了好些日子的南瓜苗。长长的绿苗不断地往田头延伸，将在不久后开出黄色的花儿，然后结出一个个肥硕的青色果实。旁边的几块农田已经荒芜了一段时间，寒冬是不适宜耕种的，又没到播种水稻的时节，而水稻是这一带主要的农作物，家家户户都缺不了。惊蛰春分清明谷雨，农户们遵循着古老的二十四节气，在富饶的田野里播种不同的种子，辛勤耕耘着他们的希望。

待燕子在农田上空低旋时，春意更浓了。燕子叽叽喳喳在空中闹得欢，时而相互追逐，时而逗留在两根电线杆之间的电线上，仿佛是一个个跳动的音符，在我的窗外谱写着春天的乐章。这时，已经到了播种的日子，农夫就会把水牛赶进农田里，一边不停地心疼着一边又不得不吆喝着牛往前走。牛是农家宝啊，谁能不心疼呢?

农夫赶着牛，牛拖着犁，帮冬眠的土地翻了个身，又用耙把隆起的泥块捋平，然后注入满满的水。蓄满水的农田就像是一块等开垦的处女地，满脸含羞，忐忑不安却又满怀憧憬地等待着心上人的到来。明媚的春光看不过眼了，顺手采撷了天空一片白云，轻轻地蒙在它的脸上。于是，风在田野里唱歌，白云在水田里随风荡漾。

田埂边，一个农妇始终面带微笑站立着，眼睛痴痴地看着田里耕作的农夫，不时地与农夫唠上几句，或许是商量下一季度该播种的品种，或许是唠叨一些家常。

农夫把牛拉上了田埂，然后松开了牵牛的绳，让牛在附近的空地上自由自在地吃草。随后，他在田埂边找个地方坐了下来，从兜里拿出一根烟，叼到嘴上，点燃，狠狠地吸了一口，然后轻轻地往空中吐了一串烟圈，黝黑的脸庞写满了惬意。农妇打开了随身携带的簸箕，顺手从中抓起一把种子，轻轻地向天空一甩，种子划着一道道完美的弧线，缓缓地掉落到水田里，平静的水面顿时绽放出一张张美丽的笑脸。农妇的动作是那么稔熟那么舒展那么轻快，如同一个熟练的指挥家正在指挥着一场盛大的春天音乐会。她在自家的这一垄农田里，播种着春天的希望，放飞着愉悦的心情。

我完完全全地被农妇的动作所陶醉了，沉醉在这美丽的瞬间无法自拔，直到耕作完了的农夫农妇牵着牛走了，直到他们的影子消失了很久很久。

带一本书上路

●雨　山

城市生活，快餐文化，散发着油墨香味的书越来越被现代人所疏离，年轻人装修新房，虽说缺不了一间小小的优雅的书房，但大多总是首先考虑放置一台可以上网的电脑，外加一台可以制冷的空调，书房俨然成为机房。

有书相伴的生活，通常是慢节奏，显然无法跟上时代快速、紧张的潮流。有书相伴的生活，是一种让心境回归平静、安然、无恙的状态，是倾听内心的声音，感知过去与未来的最佳方式，是一段发现并获得幸福进而懂得享受幸福的人生旅程。一切不必要的烦恼、仇恨、苦闷、欲望，有损于心灵的东西，在阅读的过程中都将得到灵魂的洗礼与抚慰，一份心灵的放松与惬意，一份生活的从容与品质。当然，这一切都源于读一本好书。

出门的时候，习惯带上一本书，随意的一本，走到随意的某个地方即可打开来读。周围是静谧是喧哗，都已不再重要，书足以让一个人忘记时光的存在，甚至自我的存在。书是另一个世界，有关美好，有关丑陋，有关当今，有关历史，有关浮尘，有关……合上一本书，继续走路，仿若什么都不曾发生过，又似犹在书中，闻见送别声从那里传来。

出远门的时候，更要带上一本书，精心挑选过的一本，放进背包成为身体的一部分，即使不读，有书的陪伴，想想也是一种温暖。尤其车马劳顿过后，在一个陌生的角落打开书，书香散发，一个个智慧的文字精灵跳跃进孤独的眼睛，幸福感油然而生。当这个世界只剩下一个人，书必定是你最可靠的伙伴，当这个世界依然有很多人在身边在内心，书也一定能成为你最信赖的伙伴。

如果有一天你发现自己已经被什么东西压得喘不过气来，举步维艰，你就需要扔掉一些包袱，让生活回归简单，让内心回归平衡，那么你该有一个最好不过的选择：请和一本书一起踏上一段找寻本真找寻自己的美妙旅程吧。

人生路途，长亦长短亦短。长，不过一本书的距离；短，也不过一本书的距离；因其长，我们学会细细品读，学会回味；因其短，我们学会惜字如金，学会无怨无悔。惟有如此，路上的风景在眼中才无限美好，路上的人才能拥有更加丰富、充实、有趣且令人知足的人生财富。

带着负担上路

●佟晨绪

曾在电视上看到，一位动物研究学者发现一只蚂蚁驮着体积比它本身大百倍的稻草在爬行，当遇到了裂缝，它没有止步不前，仰天长叹，而是把驮着的稻草横摆在面前的裂缝上，自己再从稻草上爬过“鸿沟”。这一惊人举动不禁让人惊叹：它在人生的路上带着负担前行，却跨过了那道“鸿沟”。

软体动物小蜗牛，每天出门都要带着重重的壳，于是它问蜗牛妈妈：“为什么我们天天都背着个重重的壳呢？太累也太慢了。”蜗牛妈妈说：“我们虽带着负担上路，动作迟缓，但它有时却能保护我们呀！”

蚂蚁与蜗牛的行为都给我们以深刻的启示：带着负担上路，虽然会使我们前进的步伐变得缓慢，有时却能帮助我们渡过难关，实现自己的理想。

莘莘学子在求学路上，带着父母的关爱、老师的期待，其负担可谓重矣。但正是这沉重的负担使他们拥有了上进的动力，他们经过千辛万苦，经过十年寒窗苦读，最终迎来光明的未来。这艘载满爱的航船，带着他们驶向了那憧憬已久的人生彼岸。

李斯周游六国时曾遭到奚落，所以当他来到秦国时，承受着巨大的心理负担，但他没有放弃自己崇高的理想，决心一展抱负。正是在此负担的督促下，他不懈奋斗，终于成功拜相，实现了自己的梦想。由此可见，心理负担在一定情况下能使人愈挫弥坚，成就一番伟业。

著名数学家陈省身求学时生活十分艰苦，但他在三餐都成问题的情况下，依然在小楼中一遍又一遍地演算，最终成为颇负盛名的数学家。他的经历告诉我们：在生活的负担面前，只要能顶住压力，勇往直前，就可能超越自我，实现梦想，成为生活的强者。

人生就像一个舞台，每个人扮演的角色不同，但都要面对生活的考验，都要承受有形的或无形的负担。面对人生中的负担，我们不能望而却步，而应迎难而上，勇敢地挑起重担，带着负担上路，在此过程中磨砺自己的意志，使自己变得无比坚强、乐观，从而更稳健地走在人生路上。

带着负担上路，相信我们会收获一路别样的风景。

儿行千里

● 苗连贵

《儿行千里》这首歌，我在电视里听过。演员唱功极好，也很抒情，但我不感动，只是欣赏，跟欣赏所有好歌的感觉一样。

这首歌感动我是在一次街头歌会上。那夜，演唱它的是一位四十余岁的歌者，灯光映照着他已然沧桑的脸。唱前，他简述唱这首歌的缘由，原来其子正在异国谋生。他唱得并不很专业，但很投入，唱着唱着，他的嗓音变了，变得粗哑了，这是强忍着泪发出的声音，那感觉一定很不好受。儿子出国，这是多少人梦寐以求的啊！但离别的伤怀，局外人是难以体验的。当他唱完最后一句“我还一步没走，就看见泪水在妈妈眼里流”时，已泣不成声，他双手掩面退出场外。

泪水也湿润了我的眼睛。我是第一次听歌流泪，因为我的儿子也已远行。我想起了送别儿子的情景，那是在他母亲病逝后不久；家遭重创，那种送别自然备感凄楚。儿子是学厨艺的，要到外地去打拼，走得急；那天，是儿子打电话要求我送他的。儿子以前也出过几次门，但一向爱独来独往；要求我送，一定是心里十分孤凄难过。我正上班，便毫不犹豫地请假赶到火车站。火车是下午5点的，离开车还有一会，我们坐在车厢里等。儿子问了下我吃饭的问题，便沉默了，我想嘱咐他几句什么，似乎也嫌多余，我们一时都无多少话可说——心里想说的多，口里说出的少。车将开动的最后一分钟，我才走出车厢。站在月台，我守在儿子窗下。儿子昂首直视前方，故意不睬我，直至火车一声长鸣，他才迅速地回头瞟我一眼，我见他两眼分明闪着泪花。望着呼啸而去的火车，我心里涌起一股酸涩，久久立在原地不动。

回到家，回到凄清的屋子。正欲做饭，打开橱柜，忽见有两盘菜，用瓷碗严严实实地扣着，揭开，还冒着热气，溢出香味，是儿子临走前给我做的。斯时斯情，我贮在眼里的泪水顿时像开了闸似的奔涌……

不知什么时候，我已走出歌场。儿子一别几年，该是回家的时候了吧……

放弃是一种境界

●洪　鸿

在生活中，我们不仅要懂得收获，也要学会放弃。

人的一生总要有所收获。收获有时在意料之中，有时在意料之外，但不论是哪种收获，我们得到了希望得到的东西，情感也罢，事业也罢，利禄也罢，总会给我们带来欣喜和欢乐，使我们在收获中幸福、满足。

放弃远比收获困难。放弃无用的东西，我们毫不可惜；放弃有用的东西，或者是在两可之间做出痛苦的选择，选择一方就意味着必须放弃另外一方，这种放弃不仅艰难，而且痛苦。但是，我们必须学会放弃，在放弃中成长、成熟。

父母在，不远游。这是古训。但为了事业，为了梦想，我们有时不得不离家远去，在外漂泊。在实现理想与尽孝之间，在事业与亲情之间，在前途与感情之间，有时我们必须做出无奈的选择，必须有所放弃。

人生一世，但求兴致所至。问题是，目前我们所住的城市，所上的学校，所修的专业，所从事的工作，也许都不是我们自己所满意或感兴趣的。更何况，有许多事情，在我们还不懂得如何选择或者没有能力选择时就已经确定，选择的权力不在我们。当我们懂得选择或者需要选择的时候，我们已经觉得欲罢不能。

放弃有时也很渺茫。我们所放弃的，并不一定就是不好的或者是不合适的。旁观者清，当局者迷，身在局中，我们有时很难确定放弃的对象。但不论是一种什么样的放弃，我们既然放弃，就要无怨无悔。坚持走下去，就一定能够到达另一处彼岸。我们得到的，或许就是另一种精神和生活的家园。

生活是一天一天积累起来的。为了生存，我们不得不肩负沉重的担子。有时，放弃就是一种更新，就是一种释放和解脱。从一时来看，放弃是失去，但从长远来看，或许这一次的放弃就能够成就下一次的拥有。

有些人，生活的目标定得过高，会因为不能得到而忧心忡忡。在这种情况下，为什么不放弃一些虚无的东西而面对现实呢？事业的目标定得过高，会因为不能实现而愁眉苦脸。在这种情况下，为什么不放弃一些盲目的追求而实事求是呢？爱情的目标定得过高，会因为羡慕别人而生活在后悔和叹息之中。在这种情况下，为什么不降低标准，找个能够实实在在陪你过日子的人呢？

只有收获而没有放弃，必然导致负重难行。其实，生活的过程就是不断收获和不断放弃的过程。收获是为了放弃，放弃是为了更好地收获，更是一种聪颖高尚的境界。

给今天一个好心情

● 王秀爽

当你早晨醒来的时候，你一定会惊喜的发现，今天的天气或是凉爽或是炎热，总之与昨天不一样了，你一定要运用你的智慧给今天找一个好心情。因为这个好的心情即将成为你今天生命中的一部分，伴随着你这一天的生活，去踢踏红尘，经历风雨。

每一个早晨从梦中渐渐苏醒，坐在飘窗的宽沿眺望窗外，看着朝阳扯破彩云的衣裳攀向高处，你要想到，这崭新的一天，就是一个新诞生的婴儿，世界因今天的到来与所有的以往不同，我们的生命也因之不同，在今天会有一个与以往不同的不错心情。

你感觉到了没有，今晨的太阳是如此的明媚，天空是如此的素淡，空气是如此的清爽。到草地上晨练吧，脚踏着晨露，迎着清风慢跑，你的激情与奔放随着朝阳悄然向上。今天的好心情像一株嫩草，搬开了最后一粒泥土。

在今天，你会有着许多意想不到的惊喜，它们正在你所不经意的地方静静地等着你。就在今天的某一时刻，你会在上班的途中，在外出的路上，在信步的幽径，在和睦舒缓的聚会里，在散发着油墨香味的书本上，与它们深情相遇。就在今天，你会与多少不同于昨天的美妙感受、思想、事件、人物相逢携手啊。今天的好心情抽开了枝叶，展开了腰身。

今天这个日子，注定了平凡而不平淡，你或是一枝千娇百媚、鲜艳欲滴、姹紫嫣红、夺人双目的花朵，你或是站在山谷里那棵沉静的树，沐浴绚烂的阳光，啜饮天地的甘露，戏逗无尘的清风，将它们化为身体的每一寸肌肤，每一分精神。准备去迎接骤风急雨，在狂风暴雨的历练中，长成结实的身材，练就不屈的筋骨。今天的好心情枝繁叶茂，郁郁葱葱。

不论你今天或贫或富，不论你今天或贱或贵，不论你今天或愚或智，抑或是忙碌无暇还是天涯沦落，给今天一个好心情，为自己人生的画页添一缕亮色，给自己人生的乐曲配上动人的歌词，在自己人生的厚书上写下一个小小的章节标题。

给每一个今天一个好心情，自己生命便会充满快乐，不会有心碎，不会有疲惫，也不会有苦味，潇洒的生命永远不觉累。

花期不都在春天

●龚细鹰

那年大学毕业，对未来并无过多奢望，只希望能找到一个工作，慢慢帮父亲还我读大学时借下的债。

一所不起眼的大学、一个如洪水般泛滥的专业、一身灰不溜秋的陈旧衣裳，这就是我去应聘时的全部外件，再加上不善言词的内向性格，在短短几分钟的面试时间内我无法向人展示自己的优点，而不足之处，却让对方一览无余。也曾有过几次机会，比如做保险、营销，做了一个月，业务无任何进展，终被公司无情辞退，而当初交出的一部分保证金，被当作岗前培训费扣除。曾经的梦想在一次次的碰壁中被撞击得支离破碎。我绝望了，我想自己不过是漂泊在人潮中的一根卑微的草，终归会被潮水冲向荒凉寂寥的远方。

那天，奔波了一天仍一无所获，我精疲力竭地回到住处，手机响了，是父亲焦急的声音，他告诉我，母亲摔断了腿。这时我才想起，已很久没给家里打电话了。

父母看见我回到家，欣喜万分。吃晚饭时，母亲细细打量着我，问道："你瘦了，是不是找工作有难处？"听了母亲这句话，顿时，几个月来所有的委屈绝望，一齐翻江倒海般涌上心头，几滴泪滚落进饭碗里，我哽咽着说："爸，妈，对不起，我让你们失望了。"

父亲缓缓地说："这么久没来电话，我们猜到你一定是找工作很难，别急，总会找到的。"

每天除了照顾母亲，我几乎都是蜗居在自己的房间里，我害怕出门，害怕遇见邻居探询的目光。父亲在一个林木园艺场做园艺工人，整天早出晚归，每晚隐约听见父母在房间里絮絮地说着话。

一天，吃过早饭，父亲对我说："今天要干的事挺多，你去帮我干点活吧。"

我跟在父亲背后，给树木剪枝、浇水、喷洒药剂，手脚笨拙，不大一会儿就气喘吁吁、大汗淋漓。父亲用草帽给我扇着风，说："去那边歇会。"

沿着林荫小道走，拐过一个弯，一阵凉风吹来，我抬头一看，禁不住惊叫起来，"好美啊！"

眼前是一片开阔的草地，是一种像葱一样的草，草丛中开满了白色的小花，乍一看，我以为是无数的雪花飘落在这片草地上，细瞧，却又像一群小仙子舒展开白色的舞裙，翘起细细的足尖，亭亭玉立于草茎上，轻风徐来，便旋起绝美的舞姿。"这是什么花?"我问父亲。

"它叫葱兰，但不是兰科，它远没有兰花娇贵。春天，万花争艳时，它只是一棵普通的草，到了九、十月，它才迎来自己的花季。

我俯下身，仔细端详这小小的花朵。是一种莲花状的细小的白花，密密匝匝，开得热烈灿烂。父亲拾起一朵落在草丛中已凋谢了的花，放在我手心，"看看花瓣里有什么。"

我小心翼翼地摘除凋谢的花瓣，里面是一片片黑色的花子儿，扁扁的，摸着有丝绸般光滑柔软的质感。"这就是葱兰的花子儿，来年，它又会长成一棵葱兰，开花、结子儿。孩子，每一朵花都有它的花季，不是所有的花事都在春天，比如葱兰，它卑微如草芥，春季时它只是无声无息地积蓄力量，然后选择在最适合自己的季节开放。人和花是一样的，是花，都要开，只不过开放的季节不同。"托着葱兰的花子儿，我若有所思。

对啊，无论生命多么卑微短暂，都不要悲观失望，更不能自暴自弃，每一次机遇都是一次花开，要像兰花一样，让每一次花开得尽善尽美、开到极致，那么，同样可以收获到锦缎般美丽的人生。

活成一棵树

●苇 笛

常常地，我会想起那些树，那些生长在陡峭石壁上的参天大树。

多年前，我曾去肇庆七星岩游玩，那里的湖光山色令人沉醉。不经意间，当我的目光从山坡上掠过时，我当即呆住了——在那里，在那陡峭的石壁上，竟然生长着一棵又一棵大树。那些树，异常高大挺拔，树干粗得一个人搂抱不过来；那些浓密的枝叶，恍若一把把巨型的绿伞，撑在蓝天下。更令我惊讶的是，那些树木扎根的地方，居然连一星半点的泥土也没有。在那陡峭的石壁上，每一棵树都生出了无数的树根，那些树根，有的细若麻绳，有的粗若拳头。但无论粗细，所有的树根全都牢牢地吸在石壁上，向下向下，越过几十米甚至上百米的嶙峋山石后，深深扎入山下的泥土里……

从七星岩归来后，我常常想起那些树。我不知道，在生命的最初，当它们还是一粒种子时，是谁将它们带到了石壁上？是风儿吹去的还是鸟儿衔去的呢？我只知道，它们凭借风儿吹来的一星尘土、云儿带来的几点雨滴，就悄悄地萌出娇嫩的新叶，扎进纤细的根须。寒来暑往中，它们默默努力着，成长着，最终长成了蓝天下美丽的风景。

想得多了，就感到那些树渐渐地长进我的心里，在我的心底扎下根来。

那些树陪伴着我，走过了一年又一年，直到我走进一场灾难里。

那一年，我突患怪病，全身疼痛不已。辗转了许多医院，始终找不到根治的方法。而当我在病痛中苦苦挣扎时，我生命中最爱的那个人，也离我而去了。多少年来，我早就习惯了握着他的手；多少年来，我早就习惯了依着他的肩。没有他，我该怎么活下去呢？漫漫长夜，我的泪流了又流。我只感到自己像一叶孤舟，在命运的大海里苦苦支撑，却始终找不到彼岸的所在。在长久的煎熬与忍耐之后，我终于感到，活着，是一件太苦太难的事情……

然而，就在我决定放弃自己生命的时候，我竟然清晰地看到了那些树，那些生长在陡峭石壁上的参天大树。有谁知道，它们经历了多少年的跋涉，才从一粒种子长成大树？几十年、上百年或者数百年？成长的岁月里，它们经历过多少磨难？在风如刀、霜如剑、暴雨如鞭的日子里，除了忍耐，它们还能做些什么？但值得骄傲的是，无论日子有多艰难，没有一棵树放弃自己的生命；它们忍耐着坚持着生长着，最终长成了蓝天下美丽的风景。想想吧，一棵在石壁上扎根的小树尚且能够活下去，一个人，又怎能活不下去呢？日复一日，那些长在我心底的大树，源源不断地把它们的力量传递给我，让我最终走出苦难，迎来幸福。

这些年来，我的身边一直不曾断过自杀的消息——因为不堪爱人的背叛因为不堪债务的重压因为不堪疾病的折磨……他们，决绝地撒手而去。每一次听到这样的消息时，我的心总是疼了又疼。我总会想起，自己在黑暗里挣扎复挣扎煎熬复煎熬的时光。我深深理解，如果不是深陷无尽的绝望，没有人舍得放弃自己。可问题在于，人生哪里有真正的绝境呢？一棵树，只要坚持下去，照样在石壁上长成参天大树，人生何尝不是如此呢？事实上，一个人只要不放弃自己，就能耐得住所有的煎熬，最终找到自己的幸福。

就让那些树永远长在我的心里吧，直到有一天，与我的生命融合在一起。

快乐原来很简单

●佟晨绪

有这么一个神奇的东西：在儿童的世界里，如果没有了它，童年时代便没有了乐趣；在大人的世界里，如果有了它，就注定少了快乐。如若世界没有它，说不上完美，可一旦世界上有了它，就绝不再完美。

如此一听，你是不是觉得备感诧异：这神奇的东西，到底什么呢？

其实，许多人和它，都有着千丝万缕的关联。

在儿童的世界里，它是童年生活中最喜爱的玩伴，因为它使整个童年度过了冒充别人的快乐时光，让童年其乐无穷；在大人的世界里，我们常常用它来伪装自我的真情实感。于是，人与人之间的交流变得彼此雾里看花，纯真的世界便不再完美。

没错，这个让我们爱恨交织的神奇之物，就是——面具。

人们都喜欢小孩子，因着他们的活泼、幼稚和天真，喜欢他们眼里的纯真无邪。小孩子的眼睛如同一泓清泉，总是让人一望见底，不带有一丝一毫的瑕疵。再看看我们的眼睛吧，它们像深深的古井，夹着几丝莫测，写满岁月的伤痕。

俗话说的好："知人知面不知心。"不错，有些人表面上看着微笑可人，但心里却在盘算着如何使诈，于是有人这么说："不是所有惹你生气的人都是敌人，同样，不是所有对你微笑的人都是朋友。"也许，就因为有很多人笃信这样的所谓哲言，抱着明哲保身的心态过活于日，才导致人与人之间的交流少了几分信任，多了一分忧虑和猜疑。

微笑，这一本来很简单而自然的表情，如今也增添了种种复杂而丑陋的想象，让人觉得这是否是在暗藏杀机的征兆？于是，越来越多的人在受到他人夸奖时，虽然内心欣喜得乐开了花，却必须要装出一副若无其事的样子；在受到别人批评时，虽然内心写满懊悔与不屑，脸上却硬要挤出虚怀若谷的模样。甚至，当别人对自己说心里话时，你也被人与人之间的面具所蛊惑，习惯性的揣度对方设的是十面埋伏呢还是空城计？

莎士比亚曾经说过："人们往往用至诚的外表和虔诚的行为，掩饰一颗魔鬼般的的心，这样的例子实在是太多了。"试想，一旦我们的灵魂都带上了伪装自我的面具的话，那么我们的内心就永远也得不到与他人真正的沟通与交流了。被深藏在面具中的我们，也只得绞尽脑汁，千方百计地玩起了捉迷藏、躲猫猫，直至我们都精疲力竭。也许到那个时候，才恍然觉悟自己活了这一辈子，居然错过了那么多美好的时光，失去了那么多人与人之间的纯真情谊，而本该绚烂多彩的人生也被自己过的黯然失色，灵魂披上了重重枷锁，再无法轻然一身，再也无法真正的快乐。

尽管尘世纷扰，生活多少有不尽如人意之处，但是，我还是真心希望，我们都能卸下灵魂的面具。别始终把自己裹得密不透风。放轻松点，给他人一次走进我们内心的机会，也给自己一次相信世界真善美存在的机会。如此一来，我们会发现，这个世界原来如此简单而美好。

是啊，如果我们都可以坦然面对工作与生活，坦然面对为人与处事，坦然面对我们的内心愫语，那么我们还愁找不到快乐的真谛吗？

宽容是一束鲜花

●侯发阳

宽容具有丰富的内涵，宽容是一种非凡的气度，代表了心灵的充盈和思想的成熟。

智者是宽容的，越是有智慧的人，胸怀越宽广，因为他明白："宽一分是福，让一步为高。"这种态度不仅能让他人释怀，同时也是善待自己。宽容是一种生活艺术、生存智慧，当一个人看透了社会人生之后，必定会获得那份从容和超然。

宽容是一种美德，凛然超然于狭隘、自私、固执之上，昂然的姿态让个性有缺陷的人望尘莫及。

宽容是一份接纳，海纳百川，不计前嫌，以博大的胸怀包容一切，只有能接纳世界的人才能得到世界，那些成功人士之所以成就大业，原因就在于他们懂得宽容。诸葛亮七擒孟获，又使其自制族人，这是大臣对族人头领的宽容。祈黄羊举贤不避仇人，这是君子对能人的宽容。反之，曹孟德受不了杨修识破隐秘的尴尬，不能宽容别人的小聪明，吟遍"月明星稀，乌鹊南飞"才人无枝可栖也属正常。

宽容是一束鲜花，抛弃前仇旧恨，化解血雨腥风，一笑泯恩仇。历史上曾有国共合作，团结一致抗战对敌。

宽容是一缕东风，真诚宽容别人的过错，无须用折磨自己来惩罚别人。坦然应对生命小舟中的每一个险滩，就会融化别人冷漠的冰雪，迎来两人生机盎然的春天。

宽容需要不断反省自己，提升自己，宽容是淡化矛盾，解决问题的良策，忍一时风平浪静，退一步海阔天高。胯下之辱依然宽宏待人，使韩信成为一代名将。

宽容不是针尖对麦芒，而是心平气和围坐桌子，微笑握手。宽让别人是人处世上的难得糊涂，睁一眼闭一眼，太平安然，不斤斤计较细节、私仇，大踏步跨过情感的沟沟坎坎，无所畏惧。宽容是以慈悲的心怀悲天悯人，以爱人爱世界的大度赢得别人的景仰尊重。

宽容不是意气用事，不是任性胡闹，也不是一味留恋过去。而是立足当下，欣欣然面有喜色前行。

宽容是坦然释怀，放下一切，本无明镜台，何处惹尘埃。放下，放下，再放下，把所有杂念俗事置之度外，“开口便笑，笑人间可笑之人；大肚能容，容天下难容之事”宽容是撑船的宰相肚量。

人们总是对自己的痛苦念念不忘，目的是为了防止同样的事再度发生，但是，如果一直将过去的伤痛累积起来回味，那就永远走不出阴影，久而久之，人就会始终在眼泪淹没日子，心理也会日益狭隘起来。但一旦放下那些不愉快的往事，和过去干杯，切一块轻松蛋糕，煮几壶真诚香醇茶水，打开心灵这扇大门，宽容一切，得饶人处且饶人，人的生活就会焕发出新的生机。

所以，宽容是爱过之后的感激、理解，宽容是心境相通之后的幸运、珍重。宽容别人的人是智者、仁者，被宽容的人是幸福者、幸运者。放眼世界，宽爱别人，就是宽爱自己。和自己过不去，一味较真，往往要被自己累得精疲力竭。痴情者的哀鸣唤不回绝情者的回头，淡然傲然超然释然用情，才不会有两情纠缠不清，才不会痛并快乐着。

不论在何时，人都应该保持一份坦然，不要长久怨恨任何人、任何事，这样才能快乐。一个宽容的人必定有很多朋友，而这些朋友就是他财富的一部分。

宽容就是对别人不苛求。常用宽容的态度对待事业、家庭和朋友，这些关系才会长久。在工作中，宽容能带来成长、壮大；

如果朋友间没有宽容，友谊就不会存在；夫妻间更是如此，如果总是为小事计较不已，爱情会渐渐消失，又如何能执子之手与子偕老？

真正的宽容是真诚的、自然的，没有丝毫强迫的意味，因此，没有人比宽容的人更强大更自豪。

俗话说："吃亏是福"其实这里面蕴涵的真正内涵是宽容，用博大的态度对待他人，就等于给自己送了一份价值不菲的礼物。

生活里多一点宽容，生命就会多一份空间和爱心，生活也就会多一份温暖和阳光。

老门锁着的情怀

●华 静

在陕西延川的乾坤湾，我更新了自己对生命的认识。

原来以为活着的精彩就是站在那里，有人为你喝彩甚至有浓浓的热闹气氛相伴，而当在夕阳西下时坐在乾坤湾的崖头上，看苍茫大地与天一线的景观，立时被点拨了一般地清醒了：胸怀之大，是静静地没有波澜。生命之美，是远远地凝视苍穹而神态不变。

宁静，是乾坤湾的性格。

这里，有被舍弃了的老窑洞。每孔窑洞都挂着一把锁。

窑前长满了过膝的茅草，经历过烟熏火燎沧桑的门窗在今天竟然成了旅游者们认同的一种情调——陕西特色的情韵。那锁是现代的，普通的，而那门板的纹理却诉说着年轮变化的故事。我也以为这里是一种景观，站在门前照相留念。头上正是悬着那把锁。

那锁锁住了什么？只是象征性地锁着，其实窑里什么都没有了。锁着，就是一个家。锁住了家的温暖和过去的情怀。

在我眼里，留个影景色就过去了，而在画家们的眼里，摄影家们的眼里，这锁就是美的所在。不可思议的美。无以言表的美。凄苦冷清的美。岁月流逝的美。

一孔窑洞慢慢地退休了。人们却怀念那窑洞年轻时的模样。羡慕住在窑洞里的人的生活，而当住上一两日后，就会感慨这窑洞怎么能祖辈相袭到现在。窑洞不会说话，它用存在证明着它的美。

如果没有这破旧的、上了锁的窑洞，乾坤湾会怎样呢?

锁，锁住的只是窑洞的门，而没有锁住住过窑洞的人的心。

这里的人走了出去，带回了不安宁的新的东西。然而，乾坤湾的性格依然宁静默默地接受着变化。

听说有好多外国人也慕名来到这里，并且现在仍然有外国人长期住在这里。我就问，他们能习惯? 当地的人说，“那是习惯，不然怎么一住就是半年，成天开心地跑来跑去。还找我们学习剪纸，他们在这里画了那么多画，照了那么多相片，还录相，说要拍成电影。”

“那电影里有你吗?”我问那个门牙已掉了两颗的中年红脸大嫂。她害羞地说，“有我多难看。”我们开心地聊着。但能感觉到她们的思想很开放，坦诚的语言也很有时代色彩，她们的表达好像已经融入到宁静之外的新天地中去了。

就这种情怀，是锁锁不住的。

灵魂之美

● 茹喜斌

灵魂之美就像天际那一朵飞翔的彩云，总有着空灵灿烂的风姿；就像石缝中伸出的嫩芽，总有着浪漫向上的清丽；就像高山流泉的歌唱，总有着声情并茂的韵律；就像仁慈宽厚的大地，总有着万紫千红的花朵；就像峭拔巍峨的巨峰，总有着擎起春夏秋冬的力量；就像清莹丰沛的雨露，总有着葱茏万木的赤诚；就像亘古常新的阳光，总有着繁衍生命的激情和畅想，总有着旺盛天地的气势和力量……

美的灵魂，是人生顶天立地的精气神，是人生最为本质真实的生命；是人生的情思、操守和品质的凝聚，是人生的知识、修养和志向的结晶，是生命的猎猎高扬的旗帜，是一个人能否走进美好家园的通行证。

梁实秋说："你走时，我不送你；你来时，我不去接你。无论是风，无论是雨。"那是自由超脱的灵魂。徐志摩说："轻轻地，我走了，不带走一片云彩。"那是自然潇洒的灵魂。李商隐说："心有灵犀一点通"，那是默契相融的灵魂。灵魂展示着人生的态度、志趣、信仰和追求。范仲淹说："先天下之忧而忧，后天下之乐而乐。"这是灵魂的高峰。

古今中外的智者之所以倡导修身养性，就是要锤炼人生的灵魂。李白说："安能摧眉折腰事权贵，使我不得开心颜。"是灵魂对人生取向的修正。杜甫说："朱门酒肉臭，路有冻死骨。"是灵魂对现实的控诉。郑板桥说："千磨万击还坚劲，任尔东南西北风。"是灵魂对人格的宣示。文天祥说："人生自古谁无死，留取丹心照汗青。"是灵魂对生命走向的选择。方志敏以《可爱的中国》壮抒一腔爱国的热血，是灵魂对生命的升华；张志新宁死不屈，则是灵魂对正义的誓死捍卫和生命的张扬……

灵魂之美，在于敢不敢拒绝流俗，拒绝盲从，拒绝权势，拒绝诱惑，拒绝功名，拒绝利禄；敢不敢舍生取义，敢不敢走一条无人走过的小路，哪怕这小路上荆棘丛生，面临深谷悬崖……在这条路上，总会有特立独行的思考，总会有刻骨铭心的体验，总会发现前所未有的景象，总会有升华人生的机缘，使生命获得惊世骇俗的巨变，出现凤凰涅一样的新生。哪怕是你背负着破旧的行囊，哪怕是你穿着破烂的衣衫，哪怕是你正经历着仕途的失意……李贺说：“衣如飞鹑马如狗，临歧击剑生铜吼。”王之涣说：“欲穷千里目，更上一层楼。”李白说：“长风破浪会有时，直挂云帆济沧海。”不就是美的灵魂的写照吗？在灵魂的旅途中，那是一种彻底的沉静、坚实的信念、真正的无畏和无惧。

有些人总是找不到回家的路，总是在世俗中叽叽喳喳，总是在物欲中争名夺利，总是在倾轧中翻手云雨，总是在嘴上抹蜜脚下使绊，总是在当面送花背后捅刀。

灵魂之美，靠自身的修炼。那是生命的自由和解放，是生命的返璞归真，更是人生的光芒、人性的闪电，能使人在风雨中看到彩虹，在深谷中看到平原，在严寒中看到春光。美的灵魂，只要在生命之旅中与一棵小草相遇，就会有感激之情溢满心间，只要送人一束玫瑰，就会在生命中留有余香。

有的人活着，但他却死了，是因为他的灵魂死了；有的人死了，但他还活着，是因为他的灵魂活着。生与死，是永远不会消失的话题，但真正震撼世人的却是不灭的灵魂，永生的灵魂！

别让灵魂飘在虚无中，别让灵魂堕进泥污中，别让灵魂注入阴险奸诈，别让灵魂浸染轻浮浅薄。人生的行程很短，但灵魂的路途很长，无论生前还是身后，你的灵魂都在经受着日月天地的审视，芸芸众生的评判。曹植言：“天称其高者，以无不覆；地称其广者，以无不照；江海称其大者，以无不容。”

灵魂之美就是生命的天地和江海，就是生命的飞腾与升华，就是生命的宇宙和永恒。

流动的风景

● 朱文杰

偶然翻书，读到有这样一群艺术家，他们从一个国家的南部起步，一边旅行一边卖艺，靠卖艺得来的钱支付他们的各项费用，一路游走下去。一个国家又一个国家，年复一年，他们的一生几乎就是这样度过的。

有人会说他们热爱艺术，行走是为了让艺术发扬光大，但我想，他们更多的是为了追逐自由的生活。

前几天的周末，在街头看到这样的情景，街旁草坪前有一位老艺术家，他胡须长长的，衣衫整洁，身后放着旅行箱，身边的盒子里有行人抛下的几枚硬币。只见这位艺术家正出神入化地描绘，色彩是多么鲜艳——可是不巧，刚画了一半天空就滴起雨来，一滴，两滴，许多雨点落在他的作品上。我为他惋惜。可是这个流浪的艺术家头也不抬，而是以最快的速度在继续他的创作。雨点比刚才更加密集了，他画得也更快，简直飞速地、倾尽全力地画着他的作品。他跪在那里，用身躯遮住了他的作品，雨点落在他的背上。雨渐渐下得更大了，一些围观的人都呼叫着撑开雨伞，没带雨具的就四散逃开了。

我一直望着这位艺术家。看着他的衣服被淋湿，看着地上的作品被雨水冲洗得面目全非。老人家看我没走，告诉我，说他已经走了二十多个省份了，他要用画笔记录每个地方的风景，流动的风景。雨水从他的头发上流下，流过他的脸颊，大滴大滴地垂落。这里面会有眼泪吗？

后来我想，他不会流泪。因为他经历这种场合一定太多了，他已习惯把自己的艺术交给瞬息万变的自然，可以让水冲走，让风吹走，他所获得的，是最真实的风景，最真实的印记。

生活是一道亮丽的风景，它是流动的。

有那么一天，当我们翻开橱柜角落里的那些陈旧破损的、各种各样的乐器和画笔，或者满是灰尘的陈旧纸卷、密密麻麻的歪扭字迹，抑或是那些泛黄的、记录年轻时某次旅行的老照片，必会发出心底的感叹：当年，我们就试图用这些行走中的道具，去记录那些流动的风景，去描绘生活的色彩与生命的斑斓。

一个热爱生活的人，他一定不愿在某处固定自己的生活起居，过着乏味平淡的日子。他会用脚步，用精神的触角，游历每一个富有意义的角落。世界之大，没有一个角落可以束缚他放逐的思维、耿直的秉性，他所拥有的，是那种绝不甘于平庸的力量。

流浪于文字间

●田　茹

不久前，参与了一本刊物的编写工作。其间不仅要编辑稿件，而且还须在有限的时间里撰写稿件，工作量委实不小，以至于每日的睡眠时间常常不足三四小时，抑或通宵达旦。但这些辛苦都挡不住我从文字中收获的快乐，那是旅者在经历千难万险之后，终于到达目的地的喜悦。

旅者以行走的方式，亲历远近各异的风景。其间，或疾步快走，走马观花；或闲庭信步，驻足细品，将美景尽收眼底，保存于镜头之中。长期与文字相伴，渐渐觉得自己如同一个文字旅者，思想、情感、心灵不时地与文字的峰峦谷壑重叠；与文字的江河山川汇合。感觉文字是有体温的，它执着地忠诚于我的感受，使我能清晰地触摸到心律的搏动；感觉文字是有颜色的，它让我时常能仰望湛蓝的天空，置身于一望无垠的大草原，看到绚烂的生命特征，在邂逅这些文字中激起生活的渴望，欣慰地感觉到生活中的许多乐趣并非都带着某种明确的目的；文字是有味道的，读这种文字越久，那种熟悉的味道就越亲切。一直喜欢北岛貌似冷酷严峻实则柔情婉转的文字，字里行间透着对生活的诚意、平实、寂寥和苦涩。“我是人/我需要爱/我渴望在情人的眼睛里/度过每一个宁静的黄昏/在摇篮的晃动中/等待着儿子的第一声呼唤/在草地和落叶上/在每一道真挚的目光上/我写下生活的诗”。也曾对徐志摩那充满感情、五彩斑斓、富有情调的诗句着迷，对朱自清笔下的梅雨潭和《荷塘月色》的田田荷叶浮想联翩。人到中年，不仅少见浮着薄薄青雾的荷塘月色，而且发现世界上如徐志摩般对爱情痴狂的人也严重稀缺。尽管如此，依然喜欢写一些让自己感动的文字，喜欢读一些让自己感动的文字。伴随着电脑键盘上敲打文字的声音，让情绪得到短暂地释放。

“我终年是在拼命地写，发表也好，不发表也好，我要天天摸一摸笔。”很是敬佩在文化战线默默奉献的“劳动模范”老舍先生。并学着他的样子，跌跌撞撞地游历于文字的缝隙间，其间有许多不舍、遗憾，有时甚至碰得头破血流，但还是义无反顾地一路前行，我认定自己是一个可以在文字间流浪的人。在孤独的旅途中，会不自觉地回头张望。回望中夹杂着酸楚和迷茫，但一定不是失望。我虽没有能力带动周边的人同行，但应该有权利追赶前面的人。我相信通过指端的敲击一样能看见小溪的清浅如练和大海的雄浑壮阔，一样能听见江南小调的旖旎轻柔和信天游的粗犷豪放。

看似在文字间流浪，实际上是在走进心灵的深处。喜欢文字那种直抵心底的感觉，在偶尔触痛的同时，细细体味属于自己的悲欢。还有那些关于友情，关于爱情，关于亲情，关于沉淀于心底的种种记忆。在所经历的事情渐渐远去、淡忘时，这些文字会始终忠实而温暖地陪伴我守候我，不离不弃。由此，便会在别人品茗休闲之时，伏案将一个个方块字垒砌成一篇篇充满理性的文稿，让痛并快乐的快感溢满心房；抑或也会选择一个被前人重复过无数遍的爱情主题，借着柔和的灯光，在一个不起眼的角落，心无旁骛地开始一段虚构的情感旅程——将“闲敲棋子落灯花”的感伤，置于小桥流水的江南水乡；将荒凉而落寞的北方故事，融入大雪纷飞的冬夜；任老橡树上的黄丝带在纷繁的思绪中飞扬，然后一遍遍地抚摸那些深情的方块字……

虽然我知道文字的行走，始终代替不了真实的脚步，但文字就像一种病毒，在我毫无防备的情况下，早已侵入我的肌体，使我欲罢不能。长期在文字间流浪的女人犹如一件有着精致滚边、淡雅装饰的阴丹士林旗袍，有着其他质地的旗袍所不具备的书卷气，让人在绵绵不断的想象中变得纯净、美丽和精致；长期在文字间流浪的女人犹如一幅从容恬淡的写意山水极品画，总在深深浅浅不经意的泼墨间，流淌出高山流水的优雅韵致；长期在文字间流浪的女人一定拥有一份心灵的机缘和对生命的感动，举手投足一定透着多情、浪漫、率真、聪慧、善良和优雅；长期在文字间流浪的女人从不希冀生活的完美，但一定会不断地追求完美，给文字以生命，给生命以文字。

每朵花都有春天

●刘 希

多年前，我在一家残疾儿童实验小学任代课老师，刚刚失恋的心，枯燥无味的工作，再加上一群身体缺陷、还喜欢捉弄人的残疾孩子，我的世界里，除了悲哀，更多的是对未来的绝望与无助。

这群残疾儿童接受能力很差，学习很不好。也许是他们破罐子破摔，上课时，不是讲小话就是东张西望，有些男生还特爱捣乱，喜欢将蚯蚓，毛毛虫，放进女生抽屉里，课堂上时不时传来尖叫和哭喊，无关的同学却没心没肺地幸灾乐祸。

我很头疼，三年级新学期，该学作文，我教了整整一个月，也没有一篇能让我满意的，更要命的是，每次我回老家和同学聚会，都不敢将我的真实处境告诉他们。我不敢说，我一直引以为傲的职业，周围围着的，却是一群要么残疾、要么智障的孩子。我只能隐忍地对自己说：快点熬过这两年吧，合同期到了，就赶快远离这里。

春天到了，外面一片生机盎然，是郊游的大好时光。校长给我下了命令，带孩子出去走一走，让他们亲近大自然，对他们是一种身心的陶冶。这群孩子，还能陶冶？我不敢奢望，但校长的话不得不听，万般无奈之下我只好点头答应。

想来想去，决定去看海。这群孩子，都在海边长大，对海，有一种与生俱来的喜爱。听我说去看海，同学们一个个兴高采烈。行走不便的同学，我说这次就算了，不用去，有同学自告奋勇，说能背他，一堆人也跟着保证，会搀扶，会背他。就这样，我们班的孩子一个不剩地到了海边。

海，真美！望着阳光照射下轻轻晃动的海水，我对同学们说：“这就是微波荡漾。”停了一会，一个小男孩，大声地回应我：“老师，你错了，这不是微波荡漾，是风抚摸了水。”一时间，我呆住了，激动得无法言语，眼睛有些潮湿。我反复回味那句话，是风抚摸了水，风，轻轻地，对着水抚摸，温柔而且爱怜。再没有什么，比这更加贴切、更加完美的修饰了。我望望这个有眼疾，马上就要手术，期待我答复的小男孩，我转身对他，同时也对大家肯定地说：“不错，是风抚摸了水。”

是风抚摸了水，一个有眼疾的孩子，尚且都能体会爱的感觉，看什么都美，我们这些健全的身体，怎不可以让爱充盈心间呢？从那以后，我认真是对待每一个孩子，常常微笑于心。

我发现，残疾儿童更懂得感恩。当我心情不好，默默地板着脸，一声不吭时，喧哗的教室，顿时安静下来。有学生领头给我唱歌，“两只老虎，两只老虎，跑得快”，再阴霾的心情也会一扫而空。一天，我收到一个小儿麻痹症同学的一幅画，她在画上画了很多花，菊花，君子兰，海棠，桃花……上面写着：“每朵花都有春天。”

说得真好，每朵花都有春天，每朵花都在开放，只要努力地开，总会听到花开的声音。

磨难是人生的必修课

●钟 芳

记得作家林清玄写过这样一个故事：上帝看到麦子果实累累，非常开心。一位农夫看到上帝说："仁慈的上帝！您可不可以允诺我的请求，只要一年的时间，不要有大风雨、烈日干旱和虫害？"上帝说："好吧，明年不管别人如何，一定如你所愿。"第二年，这位农夫的田地果然结出许多的麦穗，因为没有任何狂风暴雨，烈日与虫害，麦穗比平常还多了一倍，农夫兴奋不已。

可等到收获的时候，奇怪的事情发生了。农夫的麦穗里竟是瘪瘪的，没有什么籽粒。农夫含着眼泪跪下来向上帝问道："这是怎么一回事，您是不是搞错了什么?"上帝说："我没有搞错，因为你的麦子避开了所有的磨砺，麦子变得十分无能。对于一粒麦子来说，努力奋斗是不可避免的。一些风雨是必要的（风能传播花粉使小麦受精结果，雨能滋润营养它）；烈日更是必要的（小麦要经阳光的光合作用才能长大，通过烈日的暴晒才能耐严寒）；甚至蝗虫也是必要的（小麦经过与蝗虫的搏斗才能增强抗病害能力），这所有的一切，能让小麦汲取生长成熟不可缺少的因子，唤醒麦子内在的灵魂。"

其实，人的灵魂又何尝不是这样呢？人如果这辈子没经受过必要的挫折和磨难，没经历过任何的考验，只会是一个没有思想的空壳而已。一位哲人说得好："空白的人生，总是缺少磨砺。"真正的人生离不开磨难！一个人征服的磨难越多，其生命的分量就越重。

在人生的道路上，谁都免不了碰上这样那样的磨难。每一个人，从出生特别是少年以后，就开始面对各种磨难，只是每人应付的方法不同，所得的结果也不同而已。磨难，对于天才是一块垫脚石，对于能干的人是一笔财富，对于弱者则是一个万丈深渊。意志坚定的人，能够紧紧地扼住命运的喉咙，从磨难中汲取成长的智慧；胆怯懦弱的人，常常被磨难所吓倒，不肯接受现实的不足，那么他就像不经风雨，不历酷热的麦子，就像不耐冬寒，不受冰雪的草木……试想，一个总是逃避磨难的人，常常错过了锤炼自己的机会，他怎能构筑人生的丰碑呢？

苦难显才华，好运隐天资。换一个角度看，磨难其实是一种激励，更是一种机遇。如果希望自己的人生是一首欢快舒畅的乐曲，就应该去珍惜人生道路上的种种磨难，充分利用磨难锤炼自己的身心，把磨难当作人生成功的必修课，通过这些课程的考验，也就铸造了生命的奇迹。

母　　爱

●周铁钧

林林总总的生物群体中，母爱是最为尽善尽美的了，但母爱的善美却往往伴随着动情的悲壮，凄艳的结局，也正是这完美中的不完美，才向世界昭示出爱的伟大和永恒。

非洲草原燃起一场无法扑灭的大火，直到把可燃的植物全部烧光。后来，当地政府请来法国土壤学专家克曼·希卡尔，勘察草原上需不需要飞播。在一堆灰烬旁，克曼·希卡尔惊奇地发现，有一只鸟儿紧伏在地面，虽已被烧焦，双翅仍呈展开的姿势。鸟儿原本可以振翅高飞，远逃火场，它为什么……

接下来的情景让他更为惊奇：轻轻拨动鸟儿，从它身下竟伸出三个毛绒绒的小脑袋，瞪着幼稚的眼睛，有的还张开黄黄的小嘴索要食物。克曼·希卡尔的眼睛湿润了，原来这只鸟儿为了保护孩子，宁可被烧焦也没有独自逃命。他将三只雏鸟揣在怀里，带回驻地精心饲养，到它们“长大成鸟”，才放归蓝天。

回国后，克曼·希卡尔写了一篇题为“母爱无羽也腾天”的文章发表在《法兰西日报》上，立即引起强烈反响，世界各大报刊纷纷转载，掀起了一场全球性“回报母亲”的爱心行动。

当然，我们可以将动物的母爱理解为本能，细菌病毒，鲸鱼大象，草木苔藓，保存自身，延续后代，无不受本能的驱动。但与其他动物不同的是人类的爱包容着情感，而母爱则是世界上最纯洁、最无私的：越南战争中，一群平民在枪林弹雨中狂奔逃命。一颗子弹射中了年轻的母亲，她却没有像其他人一样扑倒在地，而是慢慢蹲下去结束了生命，她是怕压着抱着的孩子……

一艘挪威船只在太平洋触礁开始沉没，船长发出求救信号的同时下令放下救生艇，把妇孺老弱送到礁石上。风浪中，仅有20几个人登上礁石，上面却没有水和食物……直到第九天，救援的船只来了，礁石上除了20几具尸体外，只有一个六、七个月大的孩子还奇迹般地活着。救生员仔细察看，见一个死去的少妇胸口有伤口在流血，孩子是吸吮妈妈血液存活下来的，而少妇手中仍紧握着一块染血的尖利石头……

壮烈的母爱是人类情感的奇迹，是永恒的美神。正因为有了母爱，才有了世界的永恒！

那些牵动心灵的声音

● 佟晨绪

生命的姿态千变万化，让人难以捉摸。然而，就在这或卑微渺小或高贵强大的众生百态中，总会释放出一些余音缭绕在我们的心灵深处，让我们对生命肃然起敬，让我们参透生活的真谛，那是牵动心灵的天籁。

无论是“清泉石上流”抑或是“鸡鸣桑树巅”，无论是“穿林打叶”声亦或是“惊涛拍岸”声，它们都或多或少地折射出人生与自然的亲密关系。这些宁静恬淡或激昂的声音给人们注入新的生活的激情与动力。

叶子落地的声音让我们懂得了生命重在奉献。

当叶子扑向大地怀抱的那一刻，我想它肯定是满含微笑的，要不然那声音怎么会那么轻呢？它仿佛在告诉我们：奉献是生命的本性，是不需要言语的。于是，轻轻的落叶声显得异常厚重，在我们静谧的心灵里回荡，让我们时刻牢记生命奉献的本性。

竹子拔节的声音让我们明白了生命要坚持不懈，要积蓄能量，在适当的时机突飞猛进。

竹子在最初的5年里，生长比较缓慢，然而5年过后，它就像被施了魔法一般以每天2英尺的速度急剧增长6个星期就能够长到90英尺。它用最初的5年的默默无闻的积蓄与坚持换得5年后让人骄傲的生长声音。那声音诠释了它的努力，那是十分动听的天籁。它牵动了我们的心灵，给我们以坚持厚积的动力。

胡杨树倒下的声音，让我们知道了生命要有宁折不弯的精神与气概。

活着不死一千年，死了不倒一千年，倒了不烂一千年。它那不畏严寒酷暑，不怕风沙干旱的三千年顽强的生命力，向我们展示了生命的雄壮，那倒地的声音震撼着我们的心灵，让我们学会了执着。国学大师季羡林曾说过："无论是森林之中的参天之木还是荒漠之中柔弱的小草，只要它的存在对别人生活的环境是有益的，那么它的生命就是美丽的。"我想，自然界里万千生命发出的灵魂之声无时无刻不在启迪和净化着我们的心灵，展示着生命的美丽。

生命中，那牵动心灵的声音，让我们永远铭记。有了它们，我们将不再迷失生命的方向。

你可以不做一棵树

●薛俊美

胡锦涛总书记在《全国优秀教师座谈会上的讲话》中指出：要关爱每一名学生，关心每一名学生的成长进步，以真情、真心、真诚教育和影响学生，努力成为学生的良师益友。

如今，我参加教育工作已经十七年了。在这十七年的每一天里，我始终都在贯彻着这一方针，把满腔的爱送给每一名学生，让每个学生的心田都洒满阳光，开遍鲜花！

有这样三个孩子：第一个孩子四岁才会说话，七岁才会写字；第二个孩子小时候曾被父亲抱怨是白痴；第三个孩子整天只知道去野外捉蝴蝶、蹲在院子里看蚂蚁上树。

大家会认为这三个孩子有出息吗？可是你们知道吗？这三个孩子分别是爱因斯坦、罗丹和达尔文！

十个手指头都不会一般齐，何况我们的学生呢?！我一直都认为，对学生来说，成长远比分数重要得多！

有个学生觉得自己最大的缺点是胆小，听到他结结巴巴地诉说，看到他躲躲闪闪的目光，我微笑着真诚地说："这怎么是缺点呢？这分明是优点嘛！"他愣了一下，疑惑地看我一下，又垂下头。我微笑着说："请看着我的眼睛，亲爱的同学！"他又愣了一下，半抬着头看我。我继续笑着说："胆小我们可以不做战士，我们将来做一名司机怎么样?"他咧嘴一笑，又垂下头。我坚定地说："请看着我的眼睛，未来的司机同志！"他扑哧一声笑了，开始抬头看着我，眼神有些羞涩。我拉过他的手，注视着他的眼睛，微笑着点点头。他的目光有些躲闪，但比刚才明亮了许多。

我又严厉地说："请看着我的眼睛，男子汉！"他浑身一震，挺起胸膛，缓缓地抬头看着我，眼睛睁得很大。我用力地拍着他的肩膀，大声说："是的，男子汉！"他的眼睛里慢慢蓄满了泪水。

后来，他对我说："老师，他们都喊我胆小鬼，从来没有人喊我男子汉。以后，我知道自己该怎么做了。"

我笑了，因为我知道，从此这个学生不再是低头弯腰，而是挺胸抬头了。因为他的心中驻进了暖阳，开满了一簇又一簇的鲜花。

我从不期望我的学生都能成为国家栋梁，我只希望用满腔的爱看着他们快乐地成长，是青草的，长成青草"春风又绿江南岸"；是玫瑰的，长成"羞答答的玫瑰静悄悄地开"；是白杨的，就长成参天大树"在哨所旁守边防"……

是的，每一个学生都不一样，你可以做一支缠枝莲，或者清晨荷叶上的一滴露珠，也可以做塞外的一粒金沙……

没错，只要走好你的路，你可以不做一棵树。

你为什么留下来

●郭　龙

你为什么留在这座城市？这是最近新浪微博上发起的一个活动，微博上选取了十个省份的城市来分别让网友说出留下来的理由。而微博给出的备选理由则有自己爱的人，为了工作的发展，要照顾家人，当地土著等理由。

新浪微博的这个活动很快就得到了网友们的回应，在四处漂泊已经稳定下来或者还在为是否离开这座城市犹豫的网友们纷纷给出了自己的答案。

在西安的网友们则列出了留在西安的原因，在西安有兵马俑、华清池、大小雁塔、登钟鼓楼、参观博物馆、游森林公园等风景名胜，有的网友说道因为在西安有自己爱的人，也有的网友说道，因为西安是自己第一份工作所在，因此自然就留下来了。

而另一位网友在西安留下来的理由则得到了大家的一致认可，他说道：什么都不用多说，这里没有沿海城市的繁华，也没有西北城市的辽阔，既不出众也不单一，但是就是喜欢这里。因为这里很随和，在这里你时常能感受到这个城市的底蕴，散发了古朝的气息，以及时尚的文明，总是让人容易爱上这里。喜欢这里，多少个人和我一样的情怀而愿意留在这里。

而选择留在北京的网友的理由则同样有很多，有的网友说因为这里是祖国的首都，虽然也是“首堵”，而还有的网友则说道因为自己的工作所以才选择北漂，自己对这一份工作包含着太深的希望，因此才选择留下来为梦想努力。而有的网友则说道因为北京的饮食小吃所以留下，还有因为老公在这里，所以这是自己留下来的全部理由……

而留在深圳的原因，一位网友的微博则得到了大家一致认可：深圳气候四季宜人，食在深圳更不用说了。能够安居乐业，心态平和，意识现代，兼容并纳，除了深圳，中国还有哪个地方可以做的如此完美？深圳人的工作态度和观念都远远走在前面。白话、潮州话、客家话，话话动人。城市个个亮丽时尚，走遍大江南北，几乎都说深圳好。

其实留在深圳的原因，最多被人们提及还因为深圳是一个造梦的城市，很多的年轻人因为梦想而来到了深圳，而更因为梦想留在了深圳。

而留在南京的理由中，一条旅游方面的微博引起了大家的关注：南京住在夫子庙的7天。出门就是秦淮河，每次过桥都能看见画舫来来回回，晚上河水里还倒影着灯火和月光。无意中去了趟瞻园，蹭听了半天的讲解，第一次体会了南京的秀。在公路两旁是高大的梧桐和松树，最令人吃惊的是留在花圃中的落叶。偶见了雄伟的城门和城墙，体会了南京的朴和古……

舍不得北京的百转肥肠炸酱面，舍不得上海高楼林立的现代感，舍不得南京阴凉葱郁的梧桐树，舍不得杭州水波潋滟的西湖水，舍不得成都悠哉闲适的生活感，舍不得武汉回味过瘾的辣鸭脖……其实对于我们留下来的城市，我们都有一种属于自己的理由。

对于选择留下来的这座城市，也许你刚刚到来，也许你未曾离开，也许你毕业留下，也许你执着为爱。最青春的日子是随她一路走过，虽然也会有讨厌她的地方，但就算偶然谈起离开，便抑不住心头一酸，原来对于这座城市我们竟是这般不舍。

每一座留下来的城市，也许我们是过客，也许我们是游子，可是我们终究会成为这座城市的主人。

栖息在一种意境里

●丹　琨

那个声音，那段缥缈的音乐，至今在记忆里徘徊。

我小时候住的家离医院很近。每天傍晚，那家医院都要播放乐曲，传到我们家里的时候，就有些疲劳感，已经不很清楚了，但能听见，软软的，轻轻的，飘飘的……

起初并不在意，只是在听说了谁谁离开了人世的时候，我才对这音乐有了恐惧。那时候，我家人住院治疗，我跟小姨去送饭，回来时从太平间门口过，立时浑身起了一层鸡皮疙瘩。也就从那时起，我在夜幕里不敢独自出门了，满脑子全是那飘飘的音乐。而实际上，那音乐每天依旧在放。

我之所以说到这件事情，是因为一段记忆让我在今天回味出了许多原本不曾感悟的东西。以往的紧张是真切的，以前的恐惧来自那音乐也是真切的。

直到有一天，我彻底地从这音乐意境中脱离既而沉浸在另一种音乐中。

背景都是丧事，但感觉竟截然不同。

那是2000年6月的一天，正当我为副刊组织的《党旗下的人生》栏目准备采访王立方老人时，却得知老人去世的消息。我差一天没有和老人见上最后一面。这位身经百战的老红军战士为革命事业奋斗了近七十个春秋，他值得我们送他老人家最后一程。于是，我怀着一种对革命前辈的敬仰之情，赶到北京医院参加了国家质检总局老干部局为他召开的送别会。

不叫追悼会，而叫送别会，形式简单新颖，没有哀乐，没有悲哀，随着《一路平安》的乐曲，老人安详地躺在鲜花丛中。所有的家人都那么平静、微笑着料理他的后事，如同他明天就要去外地出差一样。特别是他的老伴和女儿现场吟诗赋文、满怀深情地表达出了对亲人的思念：“我们知道，你不爱听见我们的哭声，那我们就用你喜欢的微笑来为你送行……”这种一改常规、别具一格的追悼会形式，让在场的每一个人深受感动，与此同时，都为老人质朴的家风以及他襟怀坦白、光明磊落的高尚情操所感动。自此，我也摆脱了一种潜意识中对死亡的恐惧。

原来，送别也可以是这个方式。我很乐意接受这样的方式，并从中感悟到许多，心里隐约有种舒畅的欢快。

有时候，一种特定的意境会让我们只围绕一个问题给出答案，但在我们看到了问题的另一面时，这种意境就能绽放出芬芳。

有人说，几岁的孩子能用“沧桑”这个词吗？他能有几许沧桑？

我说。有。真有。一个人孤单的心灵就暗藏着一个个秘密，和童年叠加在一起，在亲人的眼皮底下走过每一步。我们的亲人再爱我们，或许也会忽视我们成长中不断变化的思想。世界之于我们不仅仅只有美好的梦，还有恐惧和无助，更有我们成长中的惆怅和失落。

但是，这是我们成长中绕不过去的。

等到我们成人后的某一天，把这一切笑谈给别人时，才会走向人生的另一种意境。满纸风趣的哲理，其实就在渲染那些我们曾在角落里咀嚼过的情绪。

我的目光一直以来关注着身边的发展脚步，同时也在不断将我们生活的品质与这发展进行比照。比来比去，我惊异于自己内心的表情已蜕变得越来越犀利、苛刻。

人生的经历因人而异，但都会做的是第一次全新的尝试。关注个体，发现生命，这仅仅是一个写作的开始。在当下时代，沟通早已不是问题，但就是没有人愿意探究主体脉络的话题。我们向往的有秩序的进步，不知道何时来到？是否能照向我们？为了这一天，我们还要努力多久？

这是一份不能宣读的态度，也是充满魔术魅力的选题。我有时也认定是一种可为可不为的游戏。

有时候，我渴望被一股优雅的气氛笼罩着，我得承认，我是一个乐观的理想主义者，我喜欢在我的作品中反映我的梦想和追求，却极少有灰色情绪。孩童时代的渴望成就了今天的情怀——纵有再贫穷再富贵的生活，我都能从中找到属于自己的快乐。

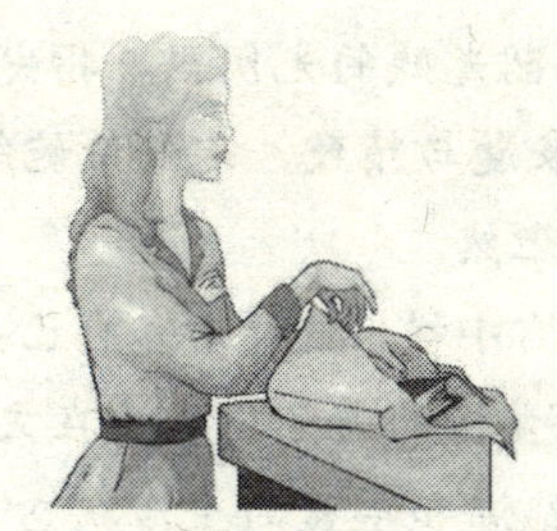

让时间在文字间游走

● 孟祥海

“用文字腌制时间”，是当代著名作家，青春文学当红领军人物雪小禅博客公告中的话，精致隽永。“用文字打败时间”是当代小说家、管理顾问冯唐的博客名，铿锵有力。一个是“腌制时间”，一个是“打败时间”，而所用的手段都是“文字”，如同一根枝条上绽放的两朵花，异样的芳香，异样的美丽。

感谢两位作家，写出如此朴素富有哲理，而又让人如此难忘的话。

“用文字腌制时间，煮字疗饥，过鲜衣怒马生活，享受银碗里盛雪闲情，在三生韶光贱的光阴里，指尖上捻花，孜孜以求，散发微芒。”是一份浪漫与精致，是一份婉约和忧伤，又是一份无拘无束的对生命的坦然。

自称小众作家的雪小禅，这样形容自己：“自然的、野生的、寂寞的我，一个热爱爱情的女子，喜欢在文字间游走。”多么洒脱奔放！“这种内心饱满和丰盈的生活状态，是用光阴浸淫出来的，不是用金钱和物质堆砌出来的。”是啊，不是精心用文字腌制时间的人，内心怎能如此饱满和丰盈?

于千万年之中，时间的无涯的荒野里，留一颗清心于天地之间；让时间游走在了自己的文字之间。而那文字带给我们的不只是情感的享受，更让我们感受到文字那种不可磨灭的力量，真诚而且永恒……

“如果所有时间是一大锅浓汤，我的生命就是一只苍蝇。我要怀着对未知的敬畏和期待，飞进那锅浓汤，试着坏了它。”冯唐如是说。

是啊，仔细想来，时间本没有高低贵贱之分，只要把日子细细过，每段时光都是值得珍惜的最好的时光。虽然时光的脚步永不停止，而对我们而言，关键的是你曾经为之付出过，奋斗过，也就无悔于时间的无涯了。

“你要是一个读书人你就读书，要写东西你就多写，……我觉得人还是要作为的，你不能就整天耗着，这状态我不喜欢。”朴素实在，道出一个道理：只有实干，才能打破时间的永恒；用心丈量脚下的路，生命就会焕发出绚丽的色彩。而更重要的是文字不老，你只有靠自己的文字才能打败时间。因为时间可以流逝，生命可以结束，但文字却能永存，正如千百年来历朝历代的先哲留下的不朽著作。

不管是雪小禅的“用文字腌制时间”，还是冯唐的“用文字打败时间”，都为我们演绎了一场“让时间在文字间游走”的经典之作。“天地玄黄，宇宙洪荒。”让时间游走在文字中间，你的人生从此将会与众不同，即使你不能彪炳史册，但却同样无愧于天地之间。

让我们拿起手中的笔，敲开宇宙隧道那无涯的黑暗的缝隙，一缕温暖的阳光就会洒满你脚下的路。

让时间在文字间游走吧，生活从此便会更加精彩。

让我们的心花万紫千红

● 闵凡利

每个人都有一种想象活在心中。这想象如同三月的春花一样漫山遍野，灿烂于我们内心的沟沟坎坎。花是那样的清香，那样的艳丽。蛊惑着我们寻找的目光，导领着我们行进的步伐。使我们一生都在为她辛苦，为她欢乐，为她歌唱。

作为一个写作人，这种想象的结果是我一个个的作品，过去的、现在的或者以后的。每一篇作品的受孕或诞生，就像心中花儿的孕蕾与绽放。每一滴心血的浇灌，每一次深情的关注，每一回笔墨的抚摩，都将使心花的颜色更加鲜艳，更加缤纷，更加姹紫嫣红。

我出生于上个世纪七十年代初，那是一个政治氛围火辣和热烈的年代。我的童年在经历了一幕幕闹剧和无奈后变得善感而脆弱。我的神经变得异常的敏锐。那个时候，我极力地想走出我的闵楼这个褴褛似的村庄。在朗朗烈日下收割麦子，那辛苦中拼命劳作的场面让我一次次的心疼。那种被汗水淹没、被炎热包围的感受像子弹一样击中了我成长的要害，击中了我要扎根农村在广阔天地大有作为的幻想。我知道，要想实现那些目标，那得需要胆量和勇气。我却像叛徒一样没有了骨气。怎样走出农村怎样把自己过得出人头地像阴魂一样缠绕着我。于是，拿起笔成了救我的一根稻草，在茫茫漫漫中创造出了我生活的希望。我的希望是那样的暗淡，是那样的辛酸。在这个时候，我的笔就把我内心的矛盾、挣扎、碰撞、欢乐一一展示了出来。就像三月田野里一朵一朵绚丽的花儿，那么微不足道而又富于个性。一朵朵花儿的绽放让我感到自己的心田的荒芜和寂寞、自己的浮躁和任性，面对我的田园，我明白，我已远离了我的乡村，可我却必须在乡村生活，这是我的无奈，也是我的痛与忧。

于是，我就试着用笔来耕种我心中的这块无垠而丰腴的庄稼，好让自己吃饱，好让自己走出农村，好让自己活得与众不同金光灿烂。我发现，我的农人们全用一种不解的眼光看着我，眼光很陌生，鞭子一样抽打着我脆弱的刚强。那个时候，我才发觉，我外表的成熟是那样的不堪一击，在那些人的眼光里，我变得体无完肤一无所有，我深深地低下了头，因为我已背叛了我的庄稼我的田野，我是父母的逆子，我是乡村的叛逆。

那时我发现我所有想象中的花儿在瞬间都枯萎了，欲放的苞蕾低下了自己美丽的头颅。这个时候，我明白了自己的残酷和迷失，我所追求的另一种活法竟是那么地不合时宜，我知道自己真是混蛋透顶。于是在2002年的春天，我毅然从城市回到了乡村。躺到乡村的怀抱里，我发觉我心中的花朵正在孕蕾，正在含苞，正在茁壮而旺盛地开放。

这是我的幸福。是我猛然醒悟后的涅槃和欢乐。

我又一次植根于我的田野。把目光瞄准了我那亲爱的庄稼和那些我错失的人们，在那个时候，我发现他们的真诚和善良，淳朴和信任。那个时候，我才发现他们就是我苦苦寻找的宗教，他们是我的主，是我的神，是我的佛，爱他们的日子里，我吉祥啊！

于是我发现我的心田广阔起来，土地肥沃起来，我的灵感也一个一个的葱郁生动起来，我的笔儿灵动而欢乐，心花一朵一朵地充满了生机，就像三月田野里那万紫千红的花儿，缤纷而绚丽。

善良让给予更自然

●上善若水

2007年8月10日，央视著名主持人崔永元随中国青少年发展基金会来到宁夏永宁县望远镇政权村，主持“共享一份爱，同圆一个梦”大型公益活动，来自宁夏的35名贫困大学生是《圆梦行动》节目的特别嘉宾。崔永元18年前去过宁夏，对今天的宁夏已经很陌生了，这次有机会去那里，他想都没想就答应了。离开北京时，他想不能空着手去，所以随身带上了1万元爱心款。

在主持节目中，崔永元和每一位一上台讲话的贫困学子拥抱。第一家企业捐款后，崔永元拿出一个信封，“这是我背着爱人攒的1万元钱，我也要捐给青基会，圆贫困大学生的梦。”他转过身以其惯有的幽默方式说道：“你们可别告诉我爱人啊。”他的话逗乐了全场的人。

虽然是一句幽默的调侃，但恰恰反映了崔永元低调而不愿张扬的处世态度。据敬一丹等主持人透露，这些年来，崔永元给慈善机构捐过不少钱，还先后资助了20多名学生，而在2007年年初结束的大型电视活动《我的长征》中，也是一路行走，一路行善。有这样一串数字：一路上节目组筹集慈善捐款1500万元，帮助了230所学校，新建了20所小学，慰问了360多位老红军，修复了多个无名烈士墓。每次捐款，崔永元都只有一个要求，就是不要宣传。在面对记者的探询时，他也总是说：“我很少做善事的，非常少。”崔永元这样理解慈善的意义：做慈善是帮助别人，也是拯救自己。在他看来，对做慈善的人，不要一个劲儿地夸他们，相信他们也从中得到了很多，比如乐观的心态、宽容的心境、不屈的意志，这些都是帮助别人时所收获的珍贵礼物。正是抱着这种真诚而平和的心态，在捐款资助贫困学生时，崔永元总是极力维护对方的自尊心，减轻对方的心理负担。

1988 年的一天，当时还在中央人民广播电台《午间半小时》工作的崔永元正在拆看群众来信，一封信里隽永的字体吸引了他。那是一封高中学生的来信，信中说他马上要参加高考了，但是家里很穷，即使考上大学，也没钱读。他写信来，就是想在回乡前和他所喜欢的电台节目告个别。

看了这封信，崔永元想，这孩子的字写得这么好，学习成绩也应该很好吧，如果就因为缺钱上不了大学，太可惜了。他马上拿起电话按学生所留的地址和学校联系，核实情况后，崔水元决定资助这个学生。后来那位学生考上了黑龙江大学，崔永元先后资助他学费生活费共 3000 多元，直到他大学毕业。

转眼，10 年过去了，崔永元从幕后走到了台前，成了人们喜爱的主持人，而他也把做过的这件好事忘得差不多了。1998 年，当他到黑龙江为自己的新书《不过如此》作签售时，一位老人突然跪在他面前，接着便哭了起来。后来才知道，这位老人正是他资助的那位学生的父亲。他特意赶过来，就是要当面感谢这个改变他儿子命运的人。

后来，崔永元每次到黑龙江，那位受过他资助的年轻人都会买贵重的礼物去看他。崔永元看出来了，年轻人这样做是在不断地还债，他总觉得自己欠崔永元的，一直背负着感恩与还债的双重心理负担。

崔永元说："挣钱了吗？挣钱了就把钱还我吧。"年轻人立即从兜里掏出了 3000 元，交给崔永元。"两清了，你不再欠我什么，以后我们都放下包袱，各自过好自己的生活。"说完这些话，崔永元没再与他联系过。

上善若水

● 包秀兰

站在湖边，望着碧波荡漾、微微涟漪的湖水，联想到浩浩荡荡、漫无际涯的大海，联想到滚滚东逝、浊浪滔滔的江河，联想到静静蜿蜒、汩汩流淌的小溪。我想起了《道德经》里的四个字：上善若水。

水是博大精深的。“滴水穿石”，启迪我们对事业追求要锲而不舍；“海纳百川，有容乃大”，启迪我们要有恢宏的气度，博大的胸怀；“早知潮有信，嫁与弄潮儿”、“相恨不如潮有信”，启迪我们要重诺守信，如同潮汐一样，起落守时；“抽刀断水水更流”，启迪我们遇到困难，要有不退反进的信心和勇气。水有这么多美好品质，难怪历代文人骚客不遗笔墨地去尽情地描绘它、称赞它。

水往低处流。体现了水的一种居下的品质，启迪我们怎样做人。眼光不应太高，心态要放平稳，从基层做起，脚踏实地，掌握专业技能；而领导在高瞻远瞩的同时，也应眼睛向下看看，时时关注和体谅最基层员工的疾与苦。

水利万物容万物而不争。水滋润着万物，却不从万物那里争取任何利于自己的东西，没有任何私利可言，且水与千千万万种物质融为一体，构成人们生活中不可或缺的物质。水的这种不争之德，启迪我们不要去争名、去争利、去争功，一点摩擦、一点小事应该主动去赔礼道歉，化干戈为玉帛，而不要去争得面红耳赤，斗得两败俱伤。

水能忍让且融通，知迂回。水无论流向哪里，遇到阻力则自行谦让，正面流不过去，就朝边上流，最终它总能顺利到达终点，汇入江湖。这启迪我们做人也要懂得变通，懂得迂回，不要用独断强硬的手段去处理事情或对待人，这样可能会适得其反，于人于事不利，相反因为忍让、通融、迂回带来的恰恰可能是无阻无碍。

水善于变通，有灵活性。它遇寒凝结成冰，遇热则变成气体，它的三态：固态、液态、气态可以在不同环境下相互转换。尤其是水遇寒而结为冰，更是启迪我们越是困难的时候，越是要增强凝聚力、向心力，万众一心，精诚团结，只有这样，才能克服困难，攻克难关。

水质透明，清澈见底。水的这种鲜明特征，启迪我们做人要光明磊落，襟怀坦荡。“君子坦荡荡”，不应该去做那些勾心斗角偷鸡摸狗暗地伤人的事，时刻要对得起天地良心。

流水不腐。不流动的池塘水洼如没有新鲜活水的注入终究是要腐臭的。这启迪我们要趁着年轻不断地学习，为自己注入新鲜的活力，不断地寻找新的立足点，否则迟早都会被这个社会淘汰。

世上有很多人，他们秉承了水的坚韧和灵性，在尘世中静守一份自己的净土，他们谦逊诚和，无所畏惧。

生命的暗示

●矫友田

那一段时间，因为母亲病情的加重，再加上一些杂事缠身，我的心情消沉到了极点。或许是为了给内心寻找一丝短暂的休憩，我在忙碌之余，时常抽身独自到偏僻的野外散步。

虽然已是初春，但野外的草木仍未发芽。远远看去，仍是一片枯黄的景象。那些被野火蔓延过的地方，就像一块块刺眼的黑斑，敷在地皮之上。

有一次，我从一片水塘边经过，忽然想起了孩提时抛石片打水漂的游戏。于是，我俯身从脚底下胡乱地捡起一块石头，使劲地朝水塘里抛去。我希望能够借此，将内心压抑已久的愁闷抛掉一些。

石块落水之后，激起一个大大的涟漪。我默默地注视着它一点点地朝外扩散，最终在我的视线里消失。当我俯身准备捡另一块石头的时候，忽然发现在先前那块石头的下面，冒出一簇嫩黄的小草。

那些小草的根部都是坚挺着的，但是因为受到上面石头的挤压，它们的茎叶都弯曲地生长开来。我翻开旁边另一块更大的石头，下面露出一副完全相同的情景。

顿时，我被那些倔强的小草给感动了。相比于小草的分量，那些压在它们身上的石块，不亚于一座座巨峰。然而在沉重的压力之下，那些小草并没有放弃生长的念头，而是在努力地忍耐着、挣扎着。

此时，我仿佛看到了在草木葳蕤的季节里，那些小草也会从容不迫地从石块下面的缝隙里探出身来，甚至最终将挤压在它们身体上的“大山”彻底掀翻。

细细想来，我们有时候的处境，不就像那些被挤压在石块底下的小草吗？因此，我们都应该相信，那些重荷只不过是上苍对我们意志进行的一次考验。只要我们不放弃信念，就会像那些顽强的小草一样，摆脱掉厄运与痛苦的纠缠。

那些倔强的小草，会使我想起几年前一位佛学长者说过的一句话：“生命的暗示，无处不在。”

记得当时，有一位朋友与那位长者探讨起人生意义这个话题。那位长者指着果盘里的一只苹果，微笑着说：“那只苹果不正在给我们一个暗示吗？一个人能够像它一样经历过，人生也就是有意义的了。”

是啊，世界上没有两只完全相同的苹果，它们都经历过一段春华秋实的生命历程。而其间，它们要经受无数的风吹、雨淋、日晒和虫噬，最终才将甘甜的生命奉献给人们。因此，它们的生命也变得有意义起来，尽管平凡得有些微不足道。

而我们的生活，不就是由一个个平凡的日子贯穿起来的吗？辉煌，则是从那些平凡日子里提炼出来的金子。

当我们像那些倔强的小草或一只苹果那样，去坦然地经历人生的风雨，并懂得对别人奉献上一抹心灵甘甜的时候，我们的人生也就变得有意义起来。

生命的暗示，真的无处不在。

生命的温度

●姚　璟

雨一直在下，闪电划破了静谧沉闷的夜。除了雨声再没有任何声响……

毫无睡意的大脑里盘旋着《爱的代价》这首歌。喜欢这首歌，也喜欢张艾嘉，一个出得厅堂入得厨房的美丽女人。喜欢她总是真诚平和的话语和永远智慧的眼神，记得她曾经说："我是一个敢在伤口上撒盐的人，很喜欢逆境。现在回过头去看，我过了一个很精彩的人生，该有的冲动，犯过的错都享受过了。"可以看到，一直身处娱乐圈的她是真实的一点不做作，尽管她的才华是引人瞩目的尽管她取得了很多耀眼的成就，但是在她眼里，能够和家人过平淡的日子，和先生一起带着孩子还有狗，在很好的天气里出去散步，就是幸福。

这正是我所欣赏的一种人生态度。

有时候会想，怎样的一生才是踏实有味道的，等到很老很老的时候可以微笑着回首，有值得骄傲和自豪的经历也有淡淡的忧伤和遗憾，即使不够完美但心里是满足的，因为这一生认真地生活过。突然又想起前几天朋友跟我说过的几句话：人来到这个世界是寻找幸福的，幸福的人就是成功的，而不是成功的人才是幸福的。事业要为了家庭为了朋友为了社会才有意义，成功是要自己快乐，也要让别人快乐。应该有个美好的心灵，才能成功，才能幸福，否则只能算是功利成功人生失败。我很支持他的这些观点，也欣赏他作为一个有进取心有责任心的男人的人生态度。

每一个生命都是一朵花，只要生命不停止，花儿不凋零，就没有停止绽放的理由。生命中有很多有意义的事情，绽放不应只是为了自己。无论是顺风而行，还是逆风飞扬，无论是风催花蕾，还是雨打芭蕉，都要平静而坚定地走过，接受现实，然后改变现实。每一朵花都有属于自己的芬芳和美丽。已然知道不可能成为牡丹或者馨兰，但哪怕只是山间不知名的野花儿，也没有理由放弃盛开的努力。只要花儿还在那里，就要努力地一点点地绽放，直至怒放……

任何一个生命都是有温度的，也都会发出自己的光亮，哭过，笑过，爱过，恨过，努力过，挣扎过，成功过，失败过……

就是精彩的。

谁曾在此居住过

●丹 琨

我们总会在一个陌生的地方驻足，然后不断地产生问题：谁曾在此居住过?

我去美国走了一趟，知道了美国；去了韩国，知道了韩国；去了欧洲几个国家，知道了法国、比利时、荷兰、德国、摩纳哥……去了香港，知道了香港。“知道”，仅界定了我在这些地方走过，与一种从书本中获取的感知不一样。

走过，希望掀开“走过”的地方那一层一层的面纱。

对于我们来说，一个很陌生的环境仿佛都藏着许多最温情的回忆。那回忆充满诱惑，总在不经意间袭上心头。我们去到的地方毕竟有限，但心中的渴望无限蔓延。所以，虽然我们之前没有来过此地，我们走进去的同时，最坚定的依靠就是找寻和自己相关的印记。

我一直坚信，所有我们能落足的地方都和我们前世有缘。

易卜生有过这样的诗句：或许那里冬尽春来/又一个夏季/光阴又一载/我只坚信终有一天你会归来/守着我的许诺将你等待。

读来温暖，一番真情实意。我感受到了。

我甚至觉得这也是对我的一种等待。

遥远再遥远的国家和地区很多，多到今生我们不可能全部都走过。但这些地方一直在那里，总会在某一天忽然传给我们信息，通知我们去其中的某一处相逢的日期。所以，我很尊重时间，很珍惜时间。

潜在而深刻的意识里，我们总有一种说不出来的紧张与焦灼。是寻找，还是对照，说不清楚。但能有这样的情绪本身就是在积蓄一种内力。无论你居住在何地，如果心里没有些许这样的沧桑，就无法对着斜阳欣赏自己思想的珍珠。住的地方再好，也不懂的惜福，不懂得享受。

曾经的居住和现在的居住没有可比性。但居住过的概念里却有着同一彻骨的甜蜜回忆。我们曾经的孤独，曾经的跋涉，让我们自己都崇敬不已。多一份经历，多一个故事的伏笔。当任何一个人用华美的文字叙述值得他们关切的问题时，总要找到一个有深度的主题，把自己的感受和当时的风云变化联系在一起，在这个故事中展现性格魅力，然后，把琐碎的情节贯穿在一条线上，为历史提供启示的同时，也开拓真实背景的一个侧面。

谁曾在此居住过？这并不重要。重要的是我们怎么去看待历史纠结中这些人物的追求。形形色色的人物本身包含着强烈的戏剧感，那精彩暗合了世俗的角色，表现出来的情绪超常人，也打动人。

路过历史。我们在人生的某一处等着你……那是我们熟悉而又陌生的一站地。

他的心里只有春天

●马朝兰

1951年，他和老伴从陕西的大山里流浪到兴平市流顺村，在一面破旧的土墙旁用秸秆搭起了一个简陋的家，从此，以拾荒为生。

1974年农历正月二十九，他和老伴外出赶集，在一群围观的人潮中，他忽然瞥见了一名被遗弃街头的女婴。当时孩子哭得撕心裂肺，脐带上还残留着母亲的鲜血，以此可见，她是个可怜的孩子，刚出生就被母亲丢下了。

围观的人越来越多，却没有一人肯上前把婴孩抱走。他和老伴实在心疼孩子，想要把她抱走，但又不愿让如此可怜的孩子跟着他们吃穷受苦。于是，他和老伴便一直站在原地苦苦等待，希望能有一户条件稍好的人家把孩子抱走。

天色沉沉暗去，集市上的人潮渐渐退得一干二净。他和老伴不得不将孩子抱回家中悉心照料。为了纪念这次偶然的相会，他给孩子取名"会英"。

会英渐渐长大，可奇怪的是，她经常弄不清简单的算式，说话也有些含糊。后来，他终于明白，会英有着轻微的智障。老伴知道了这一事实后，公然表态，无论如何，也要把会英养大成人，不管怎样，她都是一条命啊！

为了更好地抚养孩子，他和老伴起早贪黑，长年奔波在各个乡村的垃圾站里。可生活并没有因此好转。因为，在这艰苦的旅途中，他们又先后遇见了不同遭遇的弃婴。她们有的残疾，有的智障，有的正常。

他俩于心不忍，总是无法在观望后冷漠离去。这些可怜的弃婴，一个个都无可避免地与他俩相遇，并走进那个破落的家庭。

周围的邻居非常不解，在旁人看来，这对年过六旬的老人本就已经过得水深火热，为何还要一次次捡来生活的包袱？他们虽然知道这是善行，但仍旧不可理解。他们甚至断定，这些孩子在长大且清楚自己身世之后，一定会远走他方，不再理会这两位拾荒的老人。

孩子越来越多，所需的饭量也就越来越大。但他俩觉得，孩子们正是长身体的时候，不能光吃素菜和米饭。

就在生活担子越来越重，经济愈加窘迫的情况下，老伴忽然撒手人寰，离他而去。他悲伤得不能自已，但他心里清楚，他不能沉沦下去，因为除了已经长大成人的会英之外，还有 9 个孩子的生命在他手里。

他细细盘算过，正常情况下，自己劳苦一天能赚到 15 元人民币。而每天要买 5 块钱的馍（20 个），3 块钱的挂面（1.5 斤），如果还有额外开销，偶尔生病买药的话，那所剩的钱就寥寥无几。

但这整整 36 年间，他就是用这样的省吃俭用的方式，为孩子们奢侈地买下了 5937 袋奶粉。当我随记者找到他时，他正狼狈地拉着一辆木架车。身形消瘦，皮肤黝黑，白发苍苍，浑身裹满了汗水与灰尘。

如果不是他的三女儿丰英说那是她爸的话，我坚决不会相信，面前的他，就是在 36 年间寒暑不歇，以拾荒的方式陆续抚养了 10 名弃婴的赵景华。

冷漠的邻居们早已被他深深打动。所有人都知道，在这么一个贫寒的村子里，有一个年过八旬的老人，用自己的皴裂的双手抚养了 10 名弃婴。

虽然老大会英已经嫁到邻村，成为人母，但仍旧有 5 名婴孩尚未成年。年过八旬的他，仍要起早贪黑，仍要拾捡破烂，仍要当爹当妈，为孩子的生存操心。

当他微笑着架起木车，踉跄着又要外出时，我心里忽然下起了滂沱大雨。人世间，是否已经没有一种苦难能让他的善良止步？造物主，是否已经拔除了寒暑冷秋和严冬，只在他的心里留下一片生机盎然的春天？

天海寄情

●王德祥

天，象征高远。它能带给人以志向，它能坚定人之信念。它能激励我们策马扬鞭。

举目远眺，不只可以看到陨石坠落，还可以目击彩虹飘散，更可以拼读组成“一”字形和“人”字形的大雁。

望天，人们会意识到人生之短暂。问天，人们可以弄懂，贵重的未必是金钱。

平和的心态，引领我们跨越障碍的门槛。理智的憧憬，结晶成我们献给时代的礼赞。

丢掉一切感伤和慨叹，让我们追随雄鹰的翅膀，去窥探云层之外的那一番浪漫。

海，是胸怀的写照。走近它，便溶入了万顷碧涛。不仅可以聆听绵延千里的波吼浪啸，还可以造访层峦叠嶂的孤岛暗礁。

如果你想与长鲸巨鲨对话，或者想跟鱼虾蚌蟹侃调，那就请来吧，请投身大海的怀抱。

有了烦心事，就邀几只无忧无虑的海鸟，与它们叙叙聊聊。海鸟会发出一声声清脆的鸣叫，你的烦心事也会云散雾消，因为海鸟最能医治人间的烦恼。

如果闲暇了下来，请不要心焦。携同伙伴，或者挽手情侣，脱掉鞋子打赤脚，沿着松软的沙滩捡拾五颜六色的贝壳。届时，那些跑得无影无踪的童年的乐趣，都会主动找上门来向你报到。

如果你的水性好，还可以潜入海底，去把藏在“龙宫”里的故事打捞。或者，去把那些颐养了千年的珍珠寻找。

海，会给每一位痴情者礼貌的接待和真诚的回报。

天与海，是陆路之外的通道。是通道，就应当筑起坚实的门。

因为，它关乎国家领土的安全，它关乎人民生活的安稳。

天与海，就像共和国的五星红旗，集国威和民族尊严于一身。它连接着十三亿中华儿女的心。

我们要像保护眼珠一样，保护好华夏的天，保护好华夏的海，保护好共和国的每一扇门。

把我们的决心遣入浪花，把我们的誓言刻进白云。把我们的梦，托付给每一个夜晚和每一个清晨……

微笑是最好的礼物

● 刘珊珊

每当有人向我露出灿烂的微笑时，我就会非常快乐，我相信他也是快乐的。因为我明白，这微笑是发自内心的，他送给我的微笑正是他自己内心快乐的体现。

把微笑送给别人，快乐会翻倍，收获成倍的快乐，那微笑也双倍的送给了自己。

在生活中，难免会遇到很多事情，有些甚至让我们伤痛，因此，我们要学会过滤自己的心境，善于给自己的心情放个假。生活的压力，脚步的奔波，让我们的内心有几份苦涩。因此要经常打扫心灵的库房，将过往的烦恼清扫出去，腾出心灵的空间来存放更多今天的快乐。巨石无法压跨的身躯，有时会被叹息拧弯。人生有时候就是活一种心情，心情质量也是生命的质量。所以要把微笑送给自己，把微笑送给自己就不会有太多的心情透支。

一个人没有一份好心情，物质上再富有也是一种“外强中干”。把微笑送给自己，就会给自己一份从容。面对争奇斗艳的鲜花，我们欣赏但不陶醉，面对袭来的风雨，我们应对但不会逃避。虽然我们不能停下奔波的脚步，但我们会掌握脚步的节奏。无论是困难还是成功。有了困难，给自己一个微笑，我们不气馁，努力寻求解决方案，这是一种美丽；有了成功，给自己一个微笑，我们不骄傲，在成功的喜悦里坦然前行，让生命的脚步多几份稳健，这同样是一种美丽。

大风可以吹落碎石，却永远吹不倒大山。要让我们的心沉静下来，心静了，就可以更深刻的感悟生命，你就会领悟：痛苦一次，对快乐的理解就会更具体一次；失败一次，对成功的认识就会更深刻一次；受挫一次，对顺利的感觉就更清楚一次；失误一次，对认真的意义就会更明白一次。

在生命之旅中我们必须有这样一种风度，失败与挫折，不过只是一个记忆，只是一个名词而已，不增加生命的负重，只会使我们更加成熟。把微笑送给自己，就会为自己擦洗伤痛。带着伤痕给自己一点微笑，才是人生的又一份精彩。

在现实忙碌的生活中我们何不留出一点微笑送给自己呢？给自己一个微笑，让心情变得舒畅；给自己一个微笑，让心胸变得开阔；给自己一个微笑，让生活变得更加美好。

常常展露微笑吧，这微笑送给别人也送给自己，让别人也让自己时时快乐，你的人生一定是美丽快乐的人生。

为歌者喝彩

●田　茹

晚上9点多，快到居住的小区时，我忽然被一阵浑厚激昂的歌声所吸引。

寻着歌声走去，只见在不远处的一片空地上，有两位衣着普通但十分干净的年轻歌手正在卖力地演唱。这两个操着类似四川口音的外地大男孩熟练地弹着吉他，一首接着一首地唱着，十分投入。听不清歌词，但是我能感觉到他们内心充满着希望。他们自称为了共同的音乐爱好、为了当一名歌手的理想，到处流浪卖唱，希望通过自己的劳动自食其力，也希望能得到大家的认可和鼓励。围观听歌的人越来越多，但鼓掌者、投币者寥寥无几。听众中不乏驻足半小时以上者（足见歌者的演唱水平不一般），但他们似乎极吝惜手中的掌声、吝啬口袋里的钱。我被歌者的歌声吸引，更被歌者的精神、勇气所感动。我从钱包里抽出20元人民币，轻轻放进歌者面前的琴盒里，虽然钱不多，但我却清晰地听见随歌声飘过来的“谢谢”。

体育比赛中，我们常常看到激情澎湃的观众将热烈的欢呼和掌声送给冠、亚军，无意中冷落和淡忘了失败者。诚然，竞技场上是残酷的，比赛不仅比实力、比水平，还要比临场发挥和精神风貌，我们既然参与了，就要保持良好的心态。尤其是当没人为你加油时，一定要学会为自己加油。

“当别人取得成绩或有一点点进步时，请不要吝啬你赞美的语言。因为在赞美他人的同时，你也会从中获取力量。”一直铭记一位导师的殷切教诲，也为自己能够帮助他人而自豪，为自己能够赞美他人而欣慰。今晚我真心为歌者喝彩，也在为自己加油！我相信眼前这两位歌者，不仅仅是为赚取一点维持生计的钱，他们是在为找寻自信而歌，是为音乐梦想而歌，他们一定能在听者的掌声中获得成就感。

西班牙学者巴尔塔沙·葛拉西安在《智慧书》中曾写道："一个人总能在某一处胜过别人，而在这一处上又总会有更强的人胜过他。学会欣赏每个人，就会让你受益无穷。智者尊重每个人，因为他知道人各有其长，也明白成事不易。"在人与人的交往过程中，物质层面的赠予固然需要，但适时的喝彩与掌声更是不可或缺，因为它赠予的是力量、支持、信任和热情，它是每个人内心深处都渴求的精神需求。我们每个人在前行的路上，不可避免地会遇到挫折和困难，这时假如有人能及时地给予鼓励的掌声，哪怕只是一个人的掌声，无疑会让他铭记在心，心存感激。曾经听过这样一个故事：一个人去某公司应聘，最后成功了。原因很简单，就是在另一个应聘者讲到精彩之处时，他情不自禁地为这个人鼓掌、喝彩。公司负责人说："他可以承认、学习和欣赏别人，富有强烈的团队精神，是一个很有潜力的人才。"是的，为别人喝彩，体现的是喝彩者宽容、友善、大气的胸襟和宁静、高远、向上的心态，更是一种境界、修养和智慧的体现。懂得为别人喝彩的人，他的心灵一定是能敞开胸襟接纳他人，包容生活的。也恰恰因为他懂得为别人喝彩，所以别人也会以更热烈的掌声、更亲切的笑脸回报他。2001年8月22日在北京举行的"大运会"开幕式上，当法国体育代表团走到主席台前时，人们意外地发现，法国运动员高高举起了一条横幅，上面用中文写着"法国代表团祝贺北京2008年奥运会申办成功。"巴黎申办奥运会败给北京，但法国人仍能大度地为竞争对手喝彩，他们赢得了全场观众最热烈的掌声。

上世纪八、九十年代的校园民谣早已零散于岁月的风中，但老狼那沙哑而又真诚的《同桌的你》依然珍藏在我的心底。我精心触摸青春，深度解读青春，然而青春依然如雪小禅感慨的那样："青春，没有来得及厌倦，一下子，刷，过去了。"谁都曾有过花一样的年纪，有过花一样的纯洁和美丽，有过花一样的梦想与爱恋，但我们是否都有为青春喝彩的时候？

眼前充满朝气的年轻歌者，给了我缅怀青春的美丽借口，也给了我为歌者喝彩为自己加油的充足理由……

为了信仰而守候

●李　桐

四年一度，1400多天的等待，今夜22点，2010年世界杯终于将揭开它神秘的面纱。南非，美丽的象牙海岸将迎来关于足球的朝圣，接下来的30多天里，32支球队将为了捧起大力神杯吹响最高亢的号角。仔细想来，体育界不少盛会的间隔都是四年，奥运会的四年叫做“奥林匹亚特”，而世界杯的四年叫做“守候”，今天，当世界杯又一次融入到空气、血液中时，我们会有这样的感觉：思念就是为足球这种信仰而守候的。

世界杯，是一个舞台。记忆中，这是我的第五届世界杯，每当世界杯大戏隆重上演、每当看到一张张青春的脸庞出现在世界杯赛场上时，我总会想起那些曾经的英雄，回忆那些已经飘渺的风流：1994年巴乔和罗马里奥的绝代“双骄”、1998年“追风少年”欧文刺透阿根廷防线时的风驰电掣、2002年巴蒂的“男人泪”、2006年意大利“伟大的左后卫”……不可否认，本届世界杯是我认为最“草根”的一届世界杯，当拿到32支参赛队的大名单时，我发现736人中并没有一个像罗纳尔多、小贝、齐达内、巴乔那样集万千宠爱于一身的球星，至于C罗和梅西，他们还从未在世界杯殿堂中证明过自己。可以说，这届世界杯是给“草根”球星的一个舞台，或许，也是一个制造新球王的舞台。

世界杯，是一种性格。我从来都认为，一支球队是有性格的，而这和一个国家的民族性格是有密切关系的：巴西队“桑巴”足球的随性和飘逸；从德国足球看日耳曼民族的坚韧和严谨；意大利式足球的保守和实用……就连被人诟病的国足也曾在米卢“快乐足球”的感染下到世界杯赛场上走了一遭。可见，世界杯带给我们的不仅是球赛本身，它还让我们真正了解了不同国度人民的情感和面貌。

世界杯，是一种寄托。我清楚地记得：2006 年黄健翔高喊出“伟大的左后卫”时的惊人一吼；在酒吧看球时，我也曾为失望的阿根廷球迷抹去心痛的泪水。也许，当我们处在人生低谷的时候，会期待世界杯上出现黑马；也许，当我们被世俗和功利所压抑的时候，会渴望惊天逆转后的振臂一呼；也许，当我们拥有坚定目标的时候，会祈祷心中的那支球队能梦想成真……世界杯上，我们也能看到自己的影子。是的，我们需要这样的简单去洗涤灵魂，我们需要这样的等待去放飞梦想，我们更需要这样的激情去制造欢乐。

世界杯，更是一种理解。还记得，在 2006 年夺冠的意大利队里，让我感动的不是布冯、格罗索、卡纳瓦罗，而是老将因扎吉，那一年他已 33 岁，为了这一座奖杯，他已经拼杀了 8 年，从年少轻狂到低迷彷徨，33 岁的他，此时已不在乎在国家队是主力还是替补，也已经学会更从容地面对失败和荣誉，他用一份坚持和勇气捍卫了大力神杯的成色——我想，这种坚持也是世界杯带给生命的意义。

曾经的世界杯，一场场看过来，自己也在成长。很多的记忆已经模糊，只有 4 年前、8 年前、12 年前、16 年前：18 英寸的彩电里，宋世雄高呼：“进了，贝贝托!”大学食堂回荡着“大嘴”韩乔生的声音：“守门员将球回传给门将”；沈冰瞪着大眼睛问：“齐达内的脑门为啥秃”……每隔四年，往事都会抖落一身尘土，注释着我们的成长；当年阻止我们看球的父母，如今已是白发苍苍；当年一起看球的人，如今已是各奔东西，只有世界杯的六月，记忆总是那么温暖，和世界杯的感情，总是那么纯粹，常常让我百感交集。

让回忆慢慢沉淀吧，从今天起，我们一起眺望南非，为了四年的等待，为了信仰的守候。

希望无处不在

● 王江鹏

不是每次山重水复之后都能迎来柳暗花明，不是每次疾风骤雨之后都能得见彩虹悬空，不是每次历尽艰险之后都可以与希望和成功相拥。

面对人生不可避免的苦境绝界时，你是徘徊复彷徨，还是忧郁且踟蹰，或是自怨自艾，慨叹人世坎坷，命运多舛呢？不，这些都不应是你的所为与所择。既然现实已是无法改变，那我们更应痛定思痛，检讨过往。以十二分以往的气力去努力。于绝望之中寻找希望，人生必将辉煌。因为，从来都是理想输给了奋斗。

西哲叔本华曾如是说道，上帝在为你关上一扇门的同时，必然会为你打开另一扇窗。很多时候，绝望之中往往孕育着希望，从来都不是没有希望，只是我们放弃了寻求，放弃了奋斗，因而也就放弃了梦想与希望。

永远记住马云曾说的话，今天很残酷，明天很残酷，后天很美好，但大多数人死在了明天晚上。只要孜孜不弃，坚持了下去，我们一定能够寻到绝望的另一个出口，抵达光明。

他曾经在演讲中说到，每个人的一生中都该有这样一段回忆，一段只要你一想起就泪流满面的记忆。这样，你的人生才叫真正的历经过。而他自己的人生行藏，其实就是这段话的践行。高考，落榜，落榜，高考，在反反复复历经了三次高考之后，才进入了心目中的象牙塔。那段记忆让他整个人生都无法忘却，一个人反反复复地为了理想去孤独的奋斗与努力，却迎来了一番又一番失败的打击。理想很丰满，但现实却是那般骨感。然而他没有选择放弃，他坚信“于绝望之中寻找希望，人生必将辉煌”，他于是又拾起了地上的断剑，扛起倒下了的残旗。像塞万提斯笔下孤独的骑士堂吉诃德，骑着步履摇晃的一匹驽马，举着一支锈了的长矛，去做想象中的锄奸扶弱一般。想着理想又一次冲锋。一遍一遍重复着单调而无趣的复习，背诵着枯燥的“经典英文句型”。就这样，在一番泅渡之后，他终于寻到了希望的入口。由一个曾经三次落榜的少年步入了燕园外语系。后来他回忆起这段时光，云淡风轻地几个词便叙尽了。“高考就像盖房子，需要许多砖头，第一年我没考上，说明我砖头没捡够，第二年还没考上，说明我还没有捡够，第三年考上了，于是我的房子也盖好了。”当年也就是这段话，成了自己当时选择复读的唯一理由，义无反顾。温习了整整一个春秋。

如果仅仅是这些经历，那么他也不可能成为今天的自己。入北大后的他，视野狭窄，相貌普通，读的外文系，却连英文都讲不好。于是，在心理极端自闭的五年之中，读完了大学时光。再后来留校，勤勤恳恳地授业解惑，仅仅是因为北大将他那十平方米的地下室换了上面的一间宿舍。他便感激涕零，准备将美好的人生献身于教育事业。由于生活的捉襟见肘，他在校外兼课，被学校知道后，全校批评。再后来，他选择了辞职，办英文培训学校。经营着一家开在违章建筑里的“夫妻店”。冒着京城严冬的风雪，一个电线杆一个电线杆的刷学校的宣传单。再后来，他刷出了国内顶尖教育集团——新东方。再后来，公司上市华尔街。他就是俞敏洪，那个曾经羞涩自闭的大男生。

后来他的这段经历一遍一遍地感动着他的学员，也感动着成千上万为理想选择了奋斗的人们，教会了他们于绝望之中寻找希望，人生终将辉煌。”

其实希望无处不在，只要我们坚持下去。因为任何一件看起来毫无希望的事，只要有一个勇敢者坚持了下去，必将能够成功，就像长江黄河，流域河道不同，但千难万险，淌过去了，便能奔流入海。

心田的守望者

● 崔鹤同

1993 年 1 月的一天早晨，一位老师在路上扶起一位驮着鱼缸摔倒的小贩。到校时，比他们班“早 10 分钟到校”的约定晚了 5 分钟。

对此，那位老师原可以说明原因，但他没这样做。

我们很多人做错了事总要找个借口加以开脱，这很容易引起别人的反感。作为为人师表的教师，那位老师觉得他不能给孩子们留下这样的印象。

于是，他在黑板上写下：“今天我迟到了，对不起大家”。然后走出门外，在凛冽的寒风中站了一个小时。

这事对学生们影响很大。后来，有的同学在作文中写道：孙老师有病，工作又那么繁忙，这我们都清楚。有一天早晨，老师迟到了，他自惭自责，竟然在教室门口罚站。那一天风很大，望着门外的老师，我们心里说不清楚是感动是难过。孙老师就是这样，要求同学们做到的，自己绝对以身垂范。

那位老师是“十佳职业道德标兵”、“全国劳动模范”、北京市第二十二中学的孙维刚老师。

三年级有 4 个女同学课上从不发言，课下也不和其他同学交往。老师发现她们手很巧，喜欢劳动，让她们帮着想办法，修好教室后面墙上一排已经断的断、脱落的脱落的挂钩。后来，老师让学生们看教室后面的变化，学生们看到衣服又整整齐齐地挂在挂钩上，赞不绝口。老师马上表扬了那几个女同学，学生们情不自禁地鼓掌。后来她们渐渐拉近了和同学们的距离，主动参加班级活动，学习积极性也提高了。

有一个女孩子就怕写作文。老师讲评作文的时候，她听都不愿意听，竟然用手捂着耳朵。连着几次作文，老师看了不禁皱起了眉头，文章确实写得很不好。有一次，批改作文的时候，老师发现女孩子作文中有几句比平常写得有进步，马上在她作文本上把这几句勾出来，批上："这几句非常好，表达了当时的想法。"第二天上课的时候，她特地拿出那个女孩子的作文，用饱含深情的声调朗读了那几句话，并向全班同学进行讲解。渐渐地，这个女孩子的作文写得越来越好，老师推荐这个女孩子当了《作文园地》的编委。后来，这个女孩子成为一家出版社的编辑。

那位老师就是霍懋征老师。

2003 年，在为 84 岁的霍懋征专门举行的从教 60 周年庆典上，学生们热烈欢迎她再讲几句。当时霍老师精神抖擞，腰板挺得直直的，站在讲台上，冲着那群白发苍苍的老人说："孩子们！"全场都笑了。她说："不管你们今天是什么样子，在我眼里，依然是当年你们入学时的情景，你们在我眼里，永远是可爱的孩子。那么今天我要问问你们，在座的做过共和国将军的，请起立。"哗的一声，起来一批人啊。全场响起热烈的掌声。她指着其中的某某，"你曾经是调皮捣蛋全校有名的，但你后来做了共和国将军，老师祝贺你们，为共和国立下了赫赫战功。你们坐下。在座的做过部长的请起立。"哗，又站起来一批。全场又响起热烈的掌声。霍懋征又表扬他们，坐下。然后她说："在座的孩子们，你们都是普通的工作人员，但是做过劳动模范的请起立。"哗，全站起来了。当时全场很多人都留下了激动的泪水。

这就是霍懋征，周恩来总理评价她是中国的"国宝"。温家宝总理在 2004 年教师节亲自拜访她，称她为"中国小学语文界的泰斗"，并亲笔手书"把爱献给教育的人"。

"每个孩子都有上进心，都愿意学好。因此，关键在老师如何引导。千万不要觉得哪个孩子笨，这是功到自然成的事情。即使100遍还不会，不是还有101遍吗?”在霍懋征60多年的教学过程中，她从来没丢下过任何一个学生。

教书育人，重点在育。一个教育者，应该是心田的守望者。诚如此，才能守住自己的一亩三分田，也才能守住每个孩子欢乐而圣洁的心田。

欣赏别人就是欣赏自己

● 郭志安

人人都渴望别人欣赏自己，要别人欣赏自己，你首先得学会欣赏别人，欣赏别人就是欣赏自己。欣赏别人，是理解，是沟通，是信任，是肯定，是激励，是鼓舞！欣赏别人，可以使人扬长避短，健康成长，同时也使别人欣赏自己。

台湾有个叫林清玄的学生，读高二时被记了两次大过，两次小过，留校察看。他的学业和操行都是劣等，多数老师对他很失望，但他的国文老师王雨苍却常常把他带到家里吃饭，有事请假时，还让林清玄给同学们上国文课。王老师对他说："我教了50年书，一眼就看出你是个能成大器的学生。"这句欣赏的话让林清玄感动和震撼，他发奋努力，决心不负老师的厚望。后来，林清玄成了台湾、乃至世界著名的文学家。

一天，林清玄路过一家羊肉馆，一个陌生的中年人跑过来热情地跟他打招呼，说起20年前他们会面的情景。当时林清玄在一家报馆做记者写社会新闻，有一天，警察抓到一个小偷，林清玄前去采访。警察介绍，这个小偷犯案千件却是首次被捉，一些被偷的人家，几星期后才发现失窃。小偷长相斯文、目光锐利，他拍着胸脯对警察说："大丈夫敢作敢当，凡是我做的我都承认。"警方拿出一叠失窃案的照片让他指认，他一看屋子被翻得凌乱的照片，说："这不是我做的，我的手法没有这么粗。"林清玄心生敬意，写了一篇特稿，欣赏地感慨："像心思如此细密、手法这么灵巧高明、风格这样突出的小偷，如此专业，斯文又有气魄，真是罕见。如果不做小偷，做任何一行都会有成就吧！"

站在林清玄面前的羊肉馆老板，正是那个小偷。老板诚挚地说："林先生写的那篇特稿，打破了我生活的盲点，使我做起正当事。"林清玄很是感动，没想到当年几句欣赏小偷的话，竟影响了一个青年的一生，使一个坠落的青年走向光明。

林清玄的经历告诉我们：一句温暖的话可以成为一个人一生的阳光，也可以成为一辈子的黑暗。特别是穷途末路时关怀、呵护和鼓励，有时一句话就是一团燃烧的烈火，能给人温暖，点燃自信，燃亮自尊，能让人在黑暗中看到前路的光明，从而使人奋发，积极向上，冲破阴霾，走出困境。

新年是一首歌

● 熊益军

岁月如歌。

新年，是一首撩人情思、拨人心弦的歌。它意境隽永绵长，韵律浑厚悠远，回旋在纷纷扬扬的雪花中，萦绕于晶莹剔透的冰凌间，流转于冷香袭人的梅枝上，令人陶醉，引人遐想，启人心智，促人奋发……让人生发无限感慨。

聆听这首歌，我们心中充满了怀旧和惜别之情。面对2011年台历的最后一页，我内心怎么也无法平静，不忍悄然将其翻过。365个日日夜夜是如此刻骨铭心，点点滴滴历历在目，挥之不去。回首这一年来的历程，与绝大多数普通百姓一样，我的生活可谓波澜不惊，甚至有些单调和枯燥，日子就像从打印机里拉出来的一样，每天都重复着同样的故事。

新年是一首感恩之歌。辞旧迎新之际，我感恩之情特别浓烈，感激之心尤为真切。一年来，母亲时刻牵挂着我，爱人时刻将我的冷暖放在心里，好友常常惦念着我，工作上碰到困难，正直善良的同仁给了我许多无私的帮助，邻里们亲如一家，互帮互助，关爱有加……想到这些，一张张或慈爱或和蔼的笑脸又一一浮现在眼前，不禁怦然心动，在寒夜里感到特别温暖。赠人玫瑰，手留余香，好人必有好福，好人一生平安！常怀感恩之心，满带感激之情，使我时时感受到人间的美好，更加热爱生活，更加珍爱人生。

新年是一首祝福之歌。跨进新年的门槛，每个人都希望百花齐放春满园，大家都满怀着新的理想，有着更高更新的追求。衷心祝愿亲朋好友们在新的一年里生活美满幸福，事业顺畅有成，事事顺心如意；衷心祝愿农民朋友们在新的一年里再夺高产，喜获新丰收；衷心祝愿工人大哥在新的一年里，科技创新取得新成效，制造出更多质优价廉的新产品，在变中国制造为中国创造的征程上迈开新步伐，取得新突破；衷心祝愿农民工兄弟在异地他乡居有定所，病有所医，学有所教，老有所养，生活有保障，收入稳提高，特别是不要再有讨薪无门，伤心落泪，让人揪心的事情发生；衷心祝愿我们的祖国在新的一年里风调雨顺，国泰民安，取得新成就，再上新台阶，再铸新辉煌……

新年是一首充满希望的歌。一元复始，万象更新，更多的机遇有待我们去把握，更多的挑战期待我们去迎接，更大的目标期待我们去实现，更美好的前程期待我们去开创，更宏伟的蓝图有待我们去描绘……我们面前的道路更宽广，我们的天空更高远，我们的前景更诱人！立足当下，展望未来，我们豪情满怀，相信，明天必将更加美好！

新年的钟声促人前行，催人奋进。走进新年的晨曦里，让我们撷取第一缕霞光，点燃青春之火，放飞希望与梦想，携手共赴锦绣前程，共谱人生辉煌乐章。

信念是一座灯塔

●佟晨绪

那天翻看杂志，看到这么一个故事：在一个孤零零的岛上，有一座被海带与潮湿的海苔覆盖的茅草屋，里面住着一位老妈妈，她先后失去了两个丈夫，四个儿子，他们曾经都是弄潮高手，不幸的是，他们都先后葬身于海底。老妈妈日夜期待着家人的归航，她把希望寄托于这片无尽的大海。每当夜晚来临的时候，她就点一盏灯挂在小屋前的柱子上，正是这盏灯，给了她生活下去的勇气与希望。一转眼，过去了很多年，这位老妈妈始终没有等来自己的丈夫和儿子，而她自己却化为了一座灯塔。从此，在这个孤岛之上，永远闪着一盏“希望之灯”。

每次想起这个故事，我心中总会泛起层层感动的涟漪，我总能感受到一种无形的力量，在时刻推动着自己，这，其实就是信念的使然。

人活着，是不能没有希望的，每个人的心中都应该有一个支撑自己继续下去的信念，都应该有一盏点亮自己的希望之灯，即使遇到再多坎坷荆棘，只要心中的那盏灯不灭，希望便永不会破灭。

曾经有一段时间，我被生活中的迷茫层层包围，找不到方向也丢失了自我，像一挂摆钟来回摆动，毫无意义。当无数个今天悄然溜走于指尖之后，我发现自己仍然站在原地，周而复始地重复着昨天相同的轨迹。直到有一天，我看到了感人的一幕，它洞开了我颓废低迷的心扉。

那是在某天回家的路上，我忽然听到身后传来稚嫩而清脆的声音：“妈妈，彩虹是什么颜色的呀？是不是像天上的太阳一样美丽呢?”“彩虹啊，它有很多种颜色，等有一天宝宝的眼睛能看见了，就会看到世界上最美丽的彩虹了!”听到这简单的对话，我好奇地转过头，身后，一位母亲牵着一个六七岁的小女孩，小女孩的脸如初露的花朵，清新而美丽，但从她呆滞的目光中不难看出，她是个失明的孩子。

我的心微微一颤，我被眼前这坚强而乐观的母女深深打动了。也许，这对母女在常人的眼里是不幸的，但她们却没有被不幸所击倒，没有悲观失望，更没有自暴自弃。相反，面对这残酷的现实，她们满怀着希望，她们在内心点燃了一盏灯。

就在那一瞬间，我沉闷了许久的心豁然明朗起来，我突然明白了一个道理：其实我们生活的乐趣并不在于最终能否达到预期所希望的目标，而在于我们不断努力追逐希望的过程之中，在追求的过程中，我们会路过很多风景，会经历不同的事，会感受不同的心情，自然也就能感悟出生活的不同滋味。最终实现目标固然可喜，但是，心存希望不断去追求、去拼搏、去坚持的过程，更是可贵的财富。

在生活中，我们也应该始终怀有美好的希望，要知道，那不远处的希望其实是自己不断前行的动力，这是一种自我督促的信念，就像深夜中指引人们前进的灯塔，在前进的过程中，灯塔的亮光会给我们前行的方向、给我们勇往直前的力量、给我们不断坚持下去的勇气。

这，就是信念的力量。

雁北飞

●王军红

“万里人南去，三春雁北飞”。

是南国温暖的风追赶着大雁而来，还是壮观而美丽的雁阵带来了南国温暖的风，春来了，雁来了。

南去的雁阵，在蓝天白云下的壮观美丽仍顿驻在心头，北去的雁阵总是在月明星稀的夜晚留下模糊的靓影，是思乡心切吗，要这般日夜兼程。

当雁阵鸣叫着飞过天空，多少喜爱仰慕的目光投向它们，那神奇的一字型或人字型雁阵是和谐友爱的象征，是齐心协力、共同奋进的展示。

领头雁是那样激情而豪迈，它一会儿搏击长风，一会儿舞动气流，一会儿发出激越的号角，一会儿指挥调整变换着队形。天空是它辽阔的舞台，队友是它友好的舞伴，它怀着强烈的责任感，坚定地带着队伍前行。

所有的雁为着同一个目标各自努力着，年轻力壮的紧随头雁冲在前头，年老体弱的把搏击长空的智慧传授，飞累了的到避风湾歇一歇，精力充沛的到风口担负起前进的重任，一个为了共同的目标全力以赴的雁阵，用行动诠释出生动的团队精神。

雁年年南来北往，从古至今不改变方向，不改变目的，就像生生不息的人类一直在努力，一直在前进。古往今来，雁一直是人类信任的朋友，“鸿雁传书”，寄寓了人类多少美好的期望与向往。《苏武牧羊》的故事有雁的影子，《王宝钏血书诉衷情》离不开雁的倾情相助，有多少文人写过有关雁的歌与诗，又有多少人把灵动展翅的雁留在了心底，人们爱雁，爱的是它们的美，它们的善，它们的和谐与奋勇向前。

眺望雁的南飞，仿佛自己也在放飞心情，放飞理想。回眸雁的北归，心也追随到了它们的故乡西伯利亚——那空旷的沼泽、澄清的湖泊、美丽的江河好像也是我栖息的地方。

我与雁同在，近距离地欣赏雁的美丽和它们的故事。月明风清，贝加尔湖畔，成双成对的雁在甜蜜恋爱；朝霞日出中，它们的小宝宝就在鄂毕河、叶尼塞河旁幸福降生；空荡的沼泽地上，雁妈妈幸福地指导着小雁儿练习飞翔；水美草肥的圣地，成群的雁儿尽情地翱翔；故乡，是让雁多么忘情的地方。

秋风乍起，远行的召唤随风传遍。小雁子们兴奋极了，前方会是什么样子呢？雁妈妈语重心长：启程，不仅仅是寻找温暖的地域，更是为了丰富自己的阅历，练硬自己的翅膀，不出家门，能知道世界是这样丰富多彩，天空是这样辽阔无边吗。

啊，幸福的大雁，让人羡慕的集体。如果能够，我愿意变成一只飞雁，南来北往，把世间的美景尽收眼底；我要飞翔，飞翔，拥抱云朵，采一缕红霞披在身上。当然，我要首先在艰难险阻中练硬翅膀，为了团队的目标贡献力量，当领头雁一声召唤，责无旁贷，搏动美丽的羽翼，与团队共同飞向一个新世界。

阳光记得花儿的芬芳

● 邓博文

美国著名慈善家，英特尔公司创始人戈登·穆尔小时候家境并不好，为了给自己赚取学费，穆尔兼职了几份差事，其中一份工作是到一个贫民社区扫地。为了能在五点前赶到社区，他必须每天凌晨四点就起床，带着母亲做的面包，匆匆出发。因为经常遭受嘲笑，穆尔小小的心里充满了对世人的鄙夷和不屑。

一个下雨的凌晨，穆尔披着雨衣正在打扫，一个中年人忽然快步走过来，一把踩住他的扫把，大笑起来。穆尔彬彬有礼地说："先生，您踩住我的扫把了。"中年人说："要我松开也可以，你得把你身上的钱全给我，因为我几天都没吃早餐了。"穆尔哪经历过这等场面，被吓坏了，双手不自禁地去摸自己的口袋。中年人更得意了，他冲上去，抢走了穆尔身上所有的钱，然后扬长而去。

好半晌，穆尔才从惊恐中回过神来，一摸，仅有的五美元已经不知去向，那可是他一周的生活费啊，穆尔连忙去追，但中年人已消失在茫茫雨夜中。

穆尔不知所措地坐在地上。这时，一个老年人走了过来，扶起他，问清了事情原委，老年人恨恨地说："一定是该死的托尼干的，这小子，游手好闲，不务正业。你等着，我去帮你要回来。"老年人带着穆尔来到一个餐厅，让他稍微等一等，然后快步走了。

过了一会，老年人气喘呼呼地走回来说："孩子，我替你好好地教训了他，他表示再也不做坏事了，这下你可以放心了。"

看着孩子仍然怨气满面，老年人便把他带到了一个花地里，然后语重心长地说："孩子，你看这些花丛里，虽然有些花有毒，但大部分都是好花，你看，阳光并没有舍去它们，它依然无私地照耀着每一朵鲜花，孩子，你明白我说的意思吗?"穆尔重重地点了点头。

多年以后，穆尔拥有了千万财富，但是他一直都忘记不了那个曾经帮助过他的老年人，他一直试图寻找，在整整三个年头后，他终于找到了当年的那位老人家。

从老人的嘴里，他才知道，老人其实并不认识抢他钱的人，他只是想用自己温暖的双手，安抚一颗受了伤、充满怨恨的心。

此后，穆尔每出席一次慈善活动，都会在他的演讲里提及当年往事，他总是说："那些年，我一直对世人充满了恨和鄙夷，是老人家，让我彻底放下仇恨，心中只有爱，也让我明白，不管是什么花，只要阳光不舍去，自己不舍去，终究有一天，都能绽放出最美的自己。"

遥远而神秘的塞外

●丹 琨

塞外，在幼时的我看来异常的远。

大漠，孤烟，雁鸣，构成塞外最初的影像。

当我成年后，先后赴新疆赴云南赴广西甚至赴海南游历、采访，才逐渐从深深的印象中把一个绵延广阔的“塞外”概念抛开去。特别是当我踏到塞外土地上的那一刻起，我从心里对自己大声地说：我来了，这天高地远的地方我也来了。

伴随着对世界的进一步认知，我一字一句认真地阅读生活这本书。所有的矜持眼神都充满了压力，我不知道自己能不能成为最优秀的女士，但我非常自信天苍苍野茫茫之下的“我”具有威风凛凛的气度。我不刻意展示自己，但我大胆地抒发自己的心语。我绝不会让自己的灵感埋没在每一顿饭里，在我的案头，永远是一堆纸，吸引着我表达自己。

塞外的每季都有一个主题。我在新疆看到了夏季，在云南看到了冬季，在广西看到了秋季，当我羽绒服裹身随机降落在海南美兰机场上时，27℃的温度让我感觉到羽绒服从未有过的分量。我从不同角度阐述塞外，但是一直只有一个声音在呼唤：塞外，你来到了塞外。

极力地，我想从时尚流风正浓的当地街面上忘记身在何处，但很难做到。昔日的塞外全都具备了都市前卫的时尚和优雅。古代的塞外已经成为了一个故事，现代的塞外有了新的品牌。广博的塞外虽已缺少了纯粹的塞外气势，但通达了轻松的意境。许多人不只为寻觅而寻觅到塞外的每一个角落，挖掘一种美丽而迷幻的画面，就只是为了“要看一看”，不惜高昂的时间，逮着空儿就抵达了心中的彼岸——塞外。

曾在一次法国大使馆举办的酒会上，我结识过一位法国女官员。她说她最想去的地方是中国的海南，因为那里是宋美龄的故乡。她敬重宋美龄的美丽和才华。

我告诉她，冬季去海南最好。她为此策划出了出行的路线和具体行程安排，内容丰富，值得我为她的投入撰文纪念。之后，她真去了海南，半月有余回京给我打电话，让我去她的寓所欣赏她拍的照片。我在一个傍晚时分敲开了她的家门。

那几千张照片堆在沙发里，我仰慕她对海南风光保持的无尽新鲜感，也为她对宋美龄的膜拜让我对她另眼相看。她的影集里，塞外海南几乎都是精品版面。她用她的观察扩展了海南的一山一水一草一木。奇怪的是，所有的最美的景色中没有她自己。

想必，她已被海南风光深深吸引，以致忽略了自己。

塞外，从此不再是一个诡异而荒凉的世界，当我们走近它，接触它，深入它的腹地时，就缩短了我们与它的距离，满足了浅显的想象——那些裙裾飘飘的古代秀女们怎样走在国画里，在大漠深处吟诵元曲，书卷气息穿越千年抛给我们一个记忆碎片。

塞外没有围墙，张狂得没了边儿。

我傲慢地端详着记忆库中的塞外，却一时间无所适从。因为我视线里储存的塞外还是太单一了，有待我去慢慢丰富。

塞外的今天虽然仍有想象中的痕迹，但拨开记忆纠缠的思绪，我们仍然能从一抹色彩中荡起烂漫自由的游牧民族风情。

塞外有了新的模样。众多塞外江南的崛起就是塞外人自己的创意。

塞外原来只是一个词汇，是一种比童话还要纯净的凄美。而今，塞外则是清晨与黑夜边界上传来的温暖。

超越现实存在，我依旧喜欢从心里与塞外牵连……

一百米之外的世界

● 一路开花

一百米之外，有一只扑扇着翅膀的青鸟在细弱的枝头上跳跃。阳光如流水一般透过细密的叶脉，倾泻到无数耀着金辉的羽毛上。它安静地立在枝头，像是在焦急地等待。我知道，这一个清晨，有一丝愉悦的欢鸣将属于我。我要加快步伐，进入那个悠长的小巷，再转过那个弯儿，去看看，一百米之外的世界。

一百米之外，有一条澄明的溪流在葱茏的树群中汩汩流动。清风携卷着暖意从暗处缓缓涌来，那一股奇异的力量将要使松林发出阵阵涛声。它们还未到达，仍有一段似长非长的距离。我知道，这一个绿树成荫的季节，有一些生命的话语将属于我。我要加快步伐，进入那片桃花林，再转过那个弯儿，去看看一百米之外的世界。

一百米之外，有一只无名的昆虫被挡在了柔软黏稠的蛛网之间。细雨虽如青丝却斩不断困心的巨网，在莽莽的层峦叠嶂之中。它安静地匍匐在那儿，前所未有地淡定。我知道，这一个千钧一发的时刻，有一项重大的使命将属于我。我要加快步伐，进入那块荒芜的丛林，再转过那个弯儿，去看看一百米之外的世界。

一百米之外，有一些被成长逐一忽略的童话世界正在被一群孩子重建。笑语成阳光，欢声化雨露，在不被人发现的角落里暗自破土疯长。墙外已经长满了糖果树，还有一枚嫩绿的苹果。我知道，这一个久违的时光里，有一间铺满阳光的屋子将属于我。我要加快步伐，进入那条用金子筑成的马路，再转过那个弯儿，去看看一百米之外的世界。

一百米之外，有一棵忘记了开花的树在夏夜的繁星中忧伤。月光如利剑一般刺破沉重的黑幕，锤洗着粗壮树干上的娇艳蓓蕾。它们无法打开深情的眼睛张望，轻轻地啜泣。我知道，这一个诗意的夜晚，有一种难以言明的情愫将属于我。我要加快步伐，进入那条坎坷的青石小路，再转过那个弯儿，去看看一百米之外的世界。

一百米之外，有一种未知的喜悦在空气中幽静地弥散开来。四季的轮转像一支不可停歇的画笔，描摹并镂空它的内里。它像一只初入世事的棕熊，慵懒地躺在岁月的刀笔中。我知道，在这个未知的谜底里，有一种不可更改的结局将属于我。我要加快步伐，进入那个名叫人生的荷塘，再转过那个弯儿，去看看一百米之外的世界。

一百米之外，有一个温暖的亮着橘色幽光的小屋在城市中沉默。几个与我熟悉至极的人在屋内，等待我的脚步叩响他们的耳朵。它在万千的高楼大厦中伫立，挡着寒冬的风和深秋的雨。我知道，在这一个叫做家的港湾里，有一种深藏心底的感动将属于我。我要加快步伐，进入那串绵长的思念，再转过那个弯儿，去看看一百米之外的世界。

永远在路上

●龙玉纯

记得那是一个还不识愁滋味的年龄，17 岁的我单纯得像大山深处一股洁净的清风，蹦蹦跳跳地告别湘西小山村的父老乡亲，走进了改革开放的前沿城市广州，从此渐渐体会到了什么是大都市与山村的距离。后又去了海滨经济特区城市汕头，后又到中原城市郑州和六朝古都南京学习深造，毕业后又走进了原始气息与现代文明并存的鄂西北，直到今天在 B 城工作。不知不觉间离乡又有十余个年头了，一路前行一路歌，追求的脚步始终未曾暂停歇息。

故乡那山清水秀天蓝蓝的日子没想到在今天看来是一种奢侈，异乡 B 城总是灰茫茫的脸孔让我压抑。我这只成长在湘西花红草绿青山碧水间自由迎风吟唱的鸟儿，今天走在钢筋与水泥浇铸的森林中似乎无所适从心火旺盛而沙哑了嗓子。我那曾经像山溪一样绵绵不断欢快流畅的笔头，不知为什么也变得干涩。平凡的工作平淡的生活就像玻璃茶杯中的白开水。我睁大眼睛遥望天际渴望飞来一朵能洒下甘露与灵感的雨云，耐心地等待春天的再次君临。

正像盛夏骄阳如火热浪灼人般的感觉，浮躁是一种束人翅膀掠人青春让人忙忙碌碌但无所作为的病。这是一种金融危机时期最容易流行的病，也是信息时代崇拜知识经济的数字青年们总是无法免疫的病。我一边与它天天玩着太极推手勉强打足精神疲于应付，一边还低着头以思想者的姿态看着凹凸不平的路面谨慎前行。

这是一种很累的走法，这是一种事倍功半的走法，这也是一种无可奈何的走法。好在我身边那朵名叫爱情的花儿和那朵名叫友情的花儿现在同时绽放得分外鲜艳，它们就像两台不知疲倦的发动机两个永恒的动力源，不时给我那有些沉重的双脚注入源源不断的活力，使我泰然自若地成功迈过了一个个沟沟坎坎。

回过头来看看那一行行坚实清晰始终向前的脚印，一种轻松而又惬意的感觉顿时就像一棵挺拔的杨树耸立在我眼前。世上没有绝对的坦途，走过风雨走过泥泞走过坎坷爬过高山走过一马平川的人生才是真正完整的人生。当然现在我还不到停下脚步来回首欣赏往事的时候，那是步入人生的黄昏、事业有成的长者们的专利，我作为一位在他们看来还是百分之百毛头小伙的青年现在只有资格埋头赶路。前面的路还有那么的远，像一串串长长的诱惑一片片瑰丽无比的风景在等待着我的心我的脚去尽情丈量。

面对朝阳，沙哑的嗓子唱出的歌儿另有一番韵味儿。作为赶路人，我醉心于在大步向前的同时倾听砸地有音的脚步声，那是大地母亲发自内心的鼓掌。赶路人往往又与寂寞同行，寂寞是汗水里的咸味，寂寞是背囊里的物品。赶路人往往与通俗的名利无缘，那些媚世的东西总是被他视为无关痛痒的身外之物可有可无。我不想花时间与精力去经营它们，我宁愿把辛勤的汗水默默无闻地洒在路上，心无旁骛无怨无悔地把理想与目标作为至高无上的利益与勋章。

新的一轮太阳已经升起在地平线上，还是继续赶路吧，无限风光就在我们正前方。

用心量世事

●查一路

我的脑海中，常有一个老头的影子，站在寒风中，犹如苍劲的枯竹。凉意中，守住心中的“节”。

清朝哲学家王夫之，晚年讲求“溯源心性”，“我心送你三十里”便是佐证。一日送别友人，王夫之老迈无力，仍是一程又一程。遥看长亭古道，落日欲坠，他郑重地告诉朋友：“君自保重，我心送你三十里。”

十五里外，友人想起落在王家的雨伞，遂从原路折回。见老人立于道旁，寒风中，白发摇曳，身体纹丝不动，老先生在“心送”。如果有舞台，有观众，谁都愿意做这样的“秀”。可当时只有天与地，只有寒风，只有枯草，和那位本来应该一去不复返的友人。

用心计算着时间，用心计算着路程，用心计算着友人的行速，一切都被心运筹和掌握，包括眷恋不舍的友情。他是用心在称量一切。

模仿这位老人，我们不妨用心来称量世事。学会“前半夜想想自己，后半夜想想别人。”

白天，冠冕堂皇的借口，在夜晚，在独对内心时，竟然显得似是而非，自欺欺人。用心去称量，微末中亦有乾坤。比如，我常常看到有些人，因为吝啬一枚硬币，对匍匐在路边的乞丐视而不见，编造种种理由，慰藉羞惭的良知。振振有词地说，哦，他是装的，或许他用讨得的钱在老家盖了一栋楼，许多报纸上都这样说的。

静静地用心去体味，才能听见寒风中的呼号，才能看见跪烂的双膝，难道这些会比办公室里的空调暖气和热茶更温暖惬意？那些为自己开脱的话，还是别说了吧。

对困厄视而不见，与乞求擦肩而过，遇麻烦退避三舍，见利益而舍大义，岂非不懂君子大道，而是内心的自私被充分激活，“自我”像一条游走在阴暗中冰冷的蛇。有时，我是悲哀的，冷漠，让我们内心的善还剩多少？善良，会不会像挂在墙上的日历，一日撕去一页，一日一日地撕下去……

惨死的“小悦悦”遇难时，道旁有无数路人经过。这些人都“没看见”。我相信，他们是用嘴在说话，不是用心在说话。那些恰巧经过，而“没看见”的人，独自用心去称量，暗夜里，你怎不羞惭得不热泪长流。

时常有某种道理黄钟大吕四海皆准，某种说法言之凿凿掷地有声——用心一称量，都不是真的。

于己不利的环境，心中有大悲悯的人，才会坚持用心说话。反过来说，只有用心说话，渐渐地，心中才生大悲悯。

由此，我理解了托尔斯泰。到了晚年，他的心中常怀内疚。因此素食，戒酒，放弃作品全部版权。厌恶人情世故和亲友间的应酬，也拒绝出席贵族的宴会。沧桑一生，他似乎明白了合乎常情常理的事物中，包含了多少虚伪。戴着草帽，穿上旧衣服，脚踏树皮鞋，在农田里干活。把全部的田地分给农民。为完成内心的皈依和忏悔，甚至不惜与妻子闹翻，离家出走……他在用心称量自己和世事，称量世间的苦难。

用心去称量，而非寻找利己的借口。人性的光芒，瞬间将整个世界照亮。

由新年音乐会想到的……

●艾 英

每天在虚幻矫情、直白浅陋的流行歌曲的轰炸中，我像大多数人一样，已经麻木，失去了感动，而当绚丽多彩的音乐响起的时候，我沉醉在欢乐与悲壮、飘逸与沉郁、绮丽与朴实、冷峻与热情的音乐声中，感受光华、色彩和韵律，感触丰富、密集和强烈……

在新年的三天时间里，我聆听了两场音乐会——1 月 1 日晚比利时皇家西西利亚管乐团演奏的新年音乐会和 1 月 3 日晚上海爱乐乐团演奏的新年音乐会。两场音乐会各具特色：前者以大气磅礴的吹奏乐器和打击乐器见长，后者以清扬灵动的弦乐为主，大提琴为主调；前者以国外著名音乐家的进行曲为主，穿插中国民歌，后者外国和中国名曲各占一半；前者热烈奔放，后者细腻委婉；前者风格优雅，后者风格内敛；比利时皇家西西利亚管乐团指挥威尔·弗里特用幽默风趣，激情四溢，注重和听众的互动，场内笑声不断，消解了凝重的气氛，上海爱乐乐团王永吉严谨稳重，指挥语言简洁有力。嘶鸣的铜管，咆哮的木管，自由跳动的鼓声，桀骜不驯的打击乐交相应和，当一首首或沉实透彻，或雍容坚韧，或苍重伟茂的乐曲响起的时候，观众沸腾了……2009 年新年伊始，大气度、大场面所汇集而成的听觉和视觉冲击力，感染着在场的人。

四五个小时专心致志、全情投入地聆听，陶醉于这最有气势、最动人心弦的音乐作品中。音乐的魅力所在，就是能让每个人可以用自己的心情去理解音乐，想象音乐，发挥音乐。

音乐如光。经典音乐之所以成为经典，是因为它恒久而静穆，内敛而从容，触动了人们的回忆；它蕴藏着一种雄伟挺拔、坚实沉厚的力量，唤回人们内心的感动。在这个无数音乐作品昙花一现的时代里，施特劳斯的《蓝色多瑙河》、马古纳的《西班牙舞曲》、柴柯夫斯基的《天鹅湖》、肯尼金的《回家》和中国名曲《梁祝》、中国民歌《回娘家》、《茉莉花》等作品永远为人欣赏，其光芒把心点亮。

音乐似电。透过厚重的岁月，那么多耳熟能详的乐曲此起彼落，惊世乱耳。生与死，爱与忧，力与美，大与小，其中蕴含的真挚情愫更具民族性和世界性，不同的音乐元素与不同的音乐形式相互融合，传统与时尚的统一，纵横跌宕。绚丽和华美的色彩，犹如划破夜空的道道闪电，化成穿越任何界限的生命力量，让人一次又一次震撼。

音乐如风。那些深沉的情愫与悠长的节奏，像一股股清新的风穿越时光隧道、千重关山，悠悠吹来，抒情时温润柔和，激越处磅礴大气，回旋变化的无穷魅力，是感情的倾诉，更是生命力的迸发。《梁祝》那深沉而委婉、热烈而浪漫的心灵独白，《蓝色多瑙河》那悠扬空灵的音符变幻出的波光闪闪，《维也纳森林圆舞曲》那张弛有度，自然流畅的温暖声音，令人血液沸腾，遐想无边，时而激动万分，时而平静安宁。

音乐似梦。在喧嚣拥挤的车流人海中忙碌奔波，在钢筋水泥筑成的空间里茫然四顾，听到曲曲朦胧而神奇，和谐而静谧天籁，自由跳动的鼓声，桀骜不驯的打击乐，忧郁缠绵的萨克斯管，华丽明亮的长笛，欢快透明的短笛，悠扬优雅的大提琴和舒缓沉郁的小提琴交替，演绎一个含情脉脉的乐句，如此深邃，又如此简单，带着吉祥和祝福的音符，从天堂回到人间，又从现实生成梦境，让人只想在乐与诗之间沉溺，飘向虚无和遥远，宁静与安宁……

音乐是国际的语言，音乐是仙界的语言，音乐是心灵深处的语言。中外音乐家们把艺术中最灿烂、最富活力的内核，用美妙灵动的音符，凝固在最灿烂的2009年的新年。静静地听完一首首乐曲，一场场音乐会，我从美丽的梦中醒来，聆听大地的律动，在人生中下游再次出发……

友情如茶一叶牵

● 李小雪

喜欢茶，没有来由的喜欢。就像一片雪遇见了一朵梅，自然而然地跟着染上了梅的清香。看茶叶入杯遇水后重生的姿势，释放出如初的鲜香，仿佛沉睡多时的女子被初春的鸟鸣唤醒，轻启双眸，忆起那夜的月光。

茶与人也是有缘千里一叶牵。谁能知道自己杯中的一片茶叶来自哪一棵树？是谁的兰指轻拢采下它青绿的叶片？又经了谁的手烘焙揉捻成了面前的一小撮？遇见了就是茶与人的缘分。正如人与人，本来天南地北各不相干，却在某日相遇了，进而一见如故。缘分在冥冥之中散发着无限神力，轻轻地把你带到我的面前，而你不期然地又把一盒香草兰带到了我的面前。

“这是海南的特色茶，送给你。”你微笑着把一个碧绿的茶盒放在我面前，我感到了无限的温暖。尽管是冬天，窗外的寒冷似乎亦与我无关了。“香草兰！”仅是这茶的名字就已让我喜爱不已了，我仿佛闻见了兰香。茶的本质当然是优美的，令我没有想到的是你竟有如此的雅趣。在这个喧闹的都市结识你是缘分，虽然平日里彼此都忙忙碌碌，并没有多少时间在一起谈天说地，可无论何时见面，都是如故的亲和。古人说“君子之交淡如水”，我想我们亦是如此。水至清至纯，味虽淡，却谁都需要它；友谊至善至美，交虽浅，却锦绣了平凡的岁月。

办公室在九楼，朝东。进门时，我看见清晨的阳光已透过窗户洒落了大半个桌面。三张桌子拼在一起，中间放置着一盆文竹。此时的文竹，一半在阳光里一半在阴影里，那叶便有了两种绿色，一种明亮而清新，一种幽暗而苍郁。以前从没有注意到文竹还有这么个美法。原来只要用心，处处皆有美好。

杯子是双层的保温杯，有机玻璃的。早到的同事已把水烧开，我启开茶叶盒，打开内包装的纸袋，倒出少许茶叶托在手心。它们色泽绿润，颗粒紧结。闻之，香气清高如兰，心里滋生出一种欲尝之而后快的热望。茶叶放入冲上开水，隔着杯子看茶叶在水中急转起伏，团团漫旋，点点舒展，那情形使人想起《青衣》中扮演嫦娥的痴心女子，她眼波流转，情意绵绵，在漫天雪花里轻舞飞扬，广袖舒卷……几分钟后，水色变得黄绿，茶香随着袅袅的轻雾渐渐四溢开来。凑近杯口，浓郁的香气恰似幽兰，又如丹桂。浅浅地啜上一口，清香留于唇齿之间，感觉的确比别的茶要香浓几分。这是怎样的一种茶，以前怎么没有听说过呀？“香草兰——”我默念着，重又拿过茶叶盒看上面的介绍。也只是简单的介绍而已，遂点开网页进入海南，得知香草兰茶是由一种叫香荚兰的天然香料与红茶或绿茶一起经过特殊的吸附工序做成的茶叶，有香兰红茶和香兰绿茶两类，是海南岛独具特色的天然添香茶。香兰红茶香气清甜纯正，滋味浓强爽口，汤色红艳明亮；香兰绿茶则香气鲜纯隽永，汤色黄绿明亮，滋味醇厚回甘。我的杯中是香兰绿茶无疑了。

饮至第三杯，渐入佳境，香浓如桂，滋味淡甜，顿时如置身于茶林之间，一种心旷神怡的感觉充溢肺腑，不由得想起台湾女作家三毛所说：“人生如茶，第一道苦若生命，第二道甜似爱情，第三道淡如微风。”我想这香草兰茶应该是美如兰花的，它带着友人春天般的关爱，承载着海岛清纯的风情，给我凭添了几分清爽和愉悦。

平时尽管很喜欢茶，可忙碌的生活让我常常很难找到那种喝茶的心境。自从有了香草兰后，我每日总不会忘记先冲上一杯放在手边，一边运指如飞，一边看茶水在杯中慢慢地、慢慢地变酽……窗外的冬寒亦被氤氲的茶雾一点点冲淡。

我想，喝茶有时候喝的是一种心情，并不在乎茶的香甜或清苦，更不在于茶的名贵与平凡。就像交友，有的人即使八面玲珑，你仍会与之相对无言；可有的人即便淡若春风，却足以温暖你的整个冬天。

有一种雅量叫容人

● 陈洪娟

容人是一种美德，是一种思想修养，也是一种优良的生命质地，它喜与宽厚结伴，乐与谦和为伍。

容人要有用人之长的慧眼。人才是第一资源，只有网罗人才，吸引人才，用好人才，才能推动事业发展。刘邦出身低微，文才武略平平，却能一统天下，原因何在？刘邦在总结自己成功经验时讲过一段发人深省的话：“夫运筹策帏帐之中，决胜于千里之外，吾不如子房。镇国家，抚百姓，给馈饷，不绝粮道，吾不如萧何。连百万之军，战必胜，攻必取，吾不如韩信。此三者，皆人杰也，吾能用之，此吾所以取天下也。”用人之才是一种胸怀，一种智慧、一种境界，古今中外还有许多容人之长的典范：徐庶推荐诸葛亮，而诸葛亮推荐庞统；徐特立将教育部长之职让给瞿秋白，自己甘当他的手下；钢琴演奏家李斯特则推荐当时并不出名的肖邦。

容人要有谅人之短的胆识。金无足赤，人无完人。美国南北战争时，林肯总统任命嗜酒贪杯的格兰特将军为总司令。当时有人告诫他，此人嗜酒贪杯，恐难担大任。林肯却不以为然。他何尝不知道酗酒可能误事，但他更清楚在诸将领中，唯格兰特是决胜千里的帅才。后来事实证明格兰特的受命正是南北战争的转折点。林肯在用人时能够扬人之长、谅人之短，颇受后人称颂。当然，谅人之短并不是无原则的，所谓能容忍的“短”，必须是小节，是不影响大局的。如果是涉及根本原则、妨碍大局的短处，就不能谅解了。

容人要有忘人之过的气度。“人非圣贤，孰能无过”。只要能宽容有过错的人，激励他改过自新，他就会迸发出无限的创造力，一心一意作贡献。在这一点上，毛泽东善待徐向前就是一个成功的范例，1937 年，党内一致声讨惨败而归的西路军总指挥徐向前，惟毛泽东对其大加抚慰，并力排众议予以重用。最终在 1948 年，徐向前率领一支由地方武装改编而成的不足六万人的队伍，一个月内歼敌 10 万余人，解放县城 14 座，创造了军事史上的一个奇迹。人的一生难免会犯错，对待他人所犯的错误我们要公正看待，不以偏盖全，不苛责求全，而应宽其过、恕其失、抚其痛、安其心，让那些有发展潜质的人才不至于被一个缺点影响、被一个错误困住、被一个污点束缚。

容人要有释人之怨的胸襟。不计前嫌，化敌为友，这是容人的极致。官渡之战前，陈琳为袁绍写讨伐曹操的檄文。在檄文中，曹操的祖宗三代都被骂得狗血喷头。曹操看了檄文之后竟连声称赞道：“陈琳的文章写得真不赖，骂得痛快。”官渡之战后，陈琳落入曹操之手。陈琳心想：当初我把曹操的祖宗都骂了，这下子非死不可了。然而，曹操不仅没有杀陈琳，还委任他做了自己的文书。陈琳深为曹操的宽宏大量所感动，竭尽全力辅佐曹操，使曹操颇为受益。

“良匠无弃木，明主无弃士”。天空包容每一片云彩，不论其美丑，故天空广阔无比；高山包容每一块岩石，不论其大小，故高山雄伟壮观；大海包容每一朵浪花，不论其清浊，故大海浩瀚无涯。如果我们每一个人都有容人的雅量，谦虚待人、谦和处事、谦恭自居，何愁人与人之间不能理解，何愁世界不变得更加美好?

右手放在左心房

● 王艳坤

孩提时，伙伴给的破变形金刚，少年时，朋友给撑的半把雨伞都可以让我们的心温暖很久。不知是岁月的磨砺还是真诚的欠奉，我们的心慢慢坚硬起来，我们的眼干枯起来，有人抱怨这世上让人感动的事情太少，也有人说是时代给每个人的心披上外衣。其实不然，我们眼到之处如果心也跟上去，那便是另一番天地了。

当疫病四起时，我们叹息着不幸染病的人，默默关注着为疾病奔波的人，触摸自己健康的身体时，我们的心会涌出一种别样的情愫……

当你身处危难之中而孤立无援甚至绝望，这时有一双手轻轻地拉了你一把，然后悄无声息地离开时，我们的心会涌出一种难以言说的感动……

当我们亲眼目睹或从媒介得知有一个人或一群人遭遇不幸或死里逃生时，我们的心会涌出一种感情。这种因为痛或感动产生的感念，我们叫它感恩。

是不是可以将感恩不仅仅理解为感激别人的恩情，知恩图报。很多时候，在我们没有接受任何人的援助时心里也会生出一些让鼻子发酸的情愫，它牵动着我们的心，让我们心甘情愿地承认自己的渺小和无力，让我们珍爱生命和身边的人。

还是从那个古老的寓言故事开始吧，乌鸦反哺。这种鸟类的本能被人类不停地称颂，教育了一代又一代人。它似乎一直提醒着人们勿忘养育之恩，也提醒着几千年来我们一直默默恪守的伦理。

如果我们只是为了报恩而报恩的话，那么这世界还有什么能让人永久的感动呢？是的，我们感激那些救人于危难的英雄们，我们感激在我们身边默默让这个世界感动的平凡的人们。失而复得的手机，跌倒时的一双手，紧张时一个微笑的点头都让我们感激。我们感激命运，让我们远离危难或逃离危险，在目睹别人的不幸时，对生命产生敬畏，悲悯自己，感谢他人，感谢生活。

命运像一只筐，我把对自己的姑息、原谅以及所有的延宕都一并投进去，然后蒙一块宿命的轻纱，我背着它向前走，心里有一份心安理得的坦然。就像森林消防员扑向火海，就像救护人员攀登危楼，就像跳入冰水中拯救遇溺者……无论是职业人员还是见义勇为的普通公民，我相信在那一瞬，都有生命本能的召唤和人生价值实现碰撞的火焰。

所以感恩。感恩不仅仅是形式上物质上的回报，感恩就是把你感动的事情告诉他们，就是像你要感激的那个人那样做，将失物归还，救人于危难……如果说这些我们都没有机会，那么就在每天清晨醒来的时候，看着自然馈赠给我们的第一缕阳光，右手放在左心房，微笑着在心里对生活说感谢，感谢我们安康地活着；对命运说感谢，感谢恩赐，感谢苦难。

栽种心灵的庄稼

●庄文勤

小时候，老师带我们郊游，他问："用什么办法能把荒地上的杂草除掉?"我们七嘴八舌地说："用铲子铲"，"放火烧"……

老师说，用铲子铲过又会长出新绿，用火烧掉的地方经风一吹又会发芽，而你们看，生长着庄稼的田野是不会长杂草的，要想除掉杂草，最好的办法就是在这里种上庄稼。

是的，人生也是如此，在心灵这块绿洲上，有的人种上最美好的庄稼，心胸豁达、襟怀坦荡、刚直不阿、坦坦荡荡，一生充满着阳光，收获了金色的生活；也有的人心灵绿洲长满了"杂草"，沉迷于金钱、权力、美色、"酒红灯绿"之中，心中总埋着"恐慌和担忧"，充当"消防队"、"马后炮"、"事后诸葛亮"，疲于应付；靠封、靠堵，靠披着羊皮招摇撞骗；用"杀草剂"、"高压电"一劳永逸，却只能留下一片思想的荒漠。在心灵的土壤上，正确的思想、高尚的东西不去占领，错误的、消极的、颓废的东西就会乘虚而入。要想让心灵不受纷扰，最好的办法，就是用美德去占据它。筑起了心灵的"防火墙"，才能应付各种病毒的感染。

古人云：无欲则刚。心有长城，能挡狂澜万丈。人生为船，心则为舵；舵正则行起直，舵斜则偏其航；心思进取，则百折不挠；心存杂念，则私欲膨胀；栽种心灵的庄稼就是要修好为人之德，因为这世界的五彩缤纷、五光十色、五花八门，我们的心就生出了数不清的欲望。

有些欲望是"杂草"。它们来自于原始的生物本能，不用

"浇水施肥"也会疯长，稍不留心就会荒芜我们心灵的田野。如果我们只是一门心思除它，常常事倍而功半。这些"杂草"的名字统称叫邪恶。

有些欲望是"庄稼"。它们需要栽种，需要精心呵护。"庄稼"越多，"杂草"的生存空间就越小；"庄稼"越茁壮，"杂草"就越孱弱，同时我们再清除"杂草"，田野就干净得不能再干净，有价值得令我们自己都不敢相信。这些"庄稼"的名字统称叫美德。

有时候我们的心灵被浸染上了各种欲望的五颜六色，心灵的田野被各种疯长的野草充斥着，失去了孩提时代的童真、童趣；我们习惯于用各种并不可靠的是非标准去看待周围的一切，为了所谓的成功和那些生不带来死不带去的财富，天天勾心斗角、尔虞我诈、明争暗斗。仔细想一想，扪心自问，这样生活累不累？

外面的世界很精彩，外面的世界也很无奈。心灵的杂草，是凝结在心底的痛。摒弃它，才能给心灵一方洁净的空间。

在心灵播种美德吧，美德可以开出善的花，结出美的果，可以让恶习的杂草彻彻底底地失去生存的空间。放下失败后的悲观沉沦，放下嫉妒，放下骄傲，放下虚荣，放下懒惰，我们的心灵将会结出硕大的果，心中的庄稼将会使杂草知难而退，我们的心胸将变得宽广。如果你待任何人都是真诚的，那么善的种子将会落在你的心中，结出硕大的果实，使你的心灵明净，如果你待任何事都是平等的，那么美的种子将会扎根在你心里，开出最美的花，使你的心灵芬芳，如果你对世间万物都是友好的，那么真的花朵会跟随着你，永远都是那么美丽，你会觉得生活是如此的美好，人们是如此的可爱，世上的万物都是美丽的。从此你心灵中的杂草不再跟随着你，同时，你心中的庄稼会越长越好……用真诚去做肥料，用纯真去当作阳光，用善良去充当新鲜空气，你会得到一个心灵中的美丽芳香的大花园。

在心里植一棵树

●李　远

一个春暖花开阳光明媚的日子，我在自家院子里，种下一棵幼小的桂花树。于是，被冬天严寒洗礼过的院落，顿时有了点点绿色，也有了丝丝生机。

我很喜欢这棵桂花树。隔三岔五，总要给它松松土、浇浇水。也总是忍不住，像个孩子一样，凑到它凌乱的枝叶上，渴望能够闻到它的花香。后来，我又哑然失笑，任何事情都需要一个过程，八月桂花香，香飘万里的季节，也许是在今年秋天，也许是在明年以后。

坐在我的书房里，通过窗户，正好可以看到那棵桂花树。在我累了倦了的时候，在我文思干涸的时候，揉揉眼睛，抬眼便去望望它。走出房门，干脆站在它的面前，默默地对视着它，或者闭上眼睛，去倾听它的呼吸和心跳。不经意间，我的心中，有了舒畅，我的思绪中，也有了涌动。

这颗弱不禁风的桂花树，经历了风和日丽的普照，经历了细雨绵绵的滋润，已经肆无忌惮地伸着懒腰，悄悄地舒展着身子，在慢慢地长大。在它的上面，广袤无际的天空，给了它成长的无限空间。我希望，有一天，它能够枝繁叶茂、绿树成荫，把生活尽情点缀，让小院花香满庭。

很早以前，我就想在心里也植一棵树，但愿也是一棵桂花树。希望生命中有希冀，也有期待，然而，这么多年，当世间繁华如过眼云烟，当命运多坎似牵绊枷锁，我的心中始终是一片荒寂。每当夜深人静的时候，我感到有些孤独和无助。春天是一个播种的季节，心中久违的这棵树，就在今年春天种植吧。

心里的这棵树，我愿用梦想做土壤，用心灵去灌溉，我希望它能够经受住酷寒，忍得住盛夏，也耐得住寂寞，经得住失意。历经风雨，傲然屹立，遭遇霜雪，花香依然，无论是春意盎然的愉悦，还是落叶飘零的孤独，我愿意陪在它的左右。

每天，当我站在院内桂花树下，仰望它渐渐丰韵挺拔的身躯时，我就会想起心里的那棵树。若干年以后，心里的这棵树，也许高耸入云，花朵簇拥，也许土壤贫瘠，过早夭折。我想：有梦，希望就在，只要自己细心呵护，精心照料，是会有结果的，是会芳香四溢，沁人心脾的。

岁月轻轻走过，日子慢慢流逝，心里的这棵树，已经开始扎根沃土，已经永属我心。一阵阵微风吹过，似有暗香盈动，枝叶轻歌曼舞，我知道，那是自己最钟爱的味道，那是自己最喜欢的乐章。

在心里植一棵树，生活就在前方布满了五彩缤纷。

站在时光的中央

●梧　桐

昨晚，夜已经很深了。而我却睡不着，思绪一直飘浮在空中。窗外，是深夜十二点半的夜幕。我的眼睛在沉睡，而我的灵魂却如莲花般自在绽放。

我像一个溺水的孩子，安静地将自己交给了时光。此刻，四季的光阴，无论繁华还是落寞，皆与我无关。我站在时光的河堤上眼睁睁地看着时光之河渐渐将我吞没。在我即将被吞没的瞬间，我看到一道光芒，隐约而强烈，透过迷雾，刺穿黑夜，将我黑色的眼眸灼伤。

世界的光亮，在这片水面摇晃。每一颗水珠已绽放，在生命最美的地方。平静的湖泊，夜的云朵，远去的我。岁月的浮尘里，回忆渐行渐远。我，还是原来的我么。而你，还是原来的你么。

每一朵鲜花都应为自己的果实自动凋零。每一段感情亦将为承担一份责任而盛开或调零。花虽凋零，但有鲜美的果实证明其存在的价值。而一段感情的结束，留在彼此心中的将是一段或浓或淡的伤疤。爱如花开，只是绽放的果实不见得鲜美，也许沉淀的是一份苦涩。于是，我们开始低吟浅唱没有什么会永垂不朽。或许，永垂不朽的只有变幻的时光。

我站在时光之河的中央，抬头眺望远方。远方，是桃花灿烂的三月，是霞光满天的黎明，是夜莺歌唱的婉转，是雄鹰掠过的剪影，是我们无悔的青春与荣耀……我们怀揣着一颗勇敢的心上路。那时的我们除了青春，一无所有。而青春是如此短暂。

我站在时光之河的中央，眺望远方。眼前，是一片冰凉的纯真。汩汩流淌的光阴，诉说着一个又一个或古老或年轻的传说。其实，我们每个人的指尖都有一道光，这道光，与月亮同辉，与太阳同暖。透过你晶莹的泪珠，我看到了单纯的美好。我不忍擦去你眼角的泪水，因为，我的内心也在陪你哭泣。我们都是彼此匆匆的过客。在这样一个春光明媚的江南雨巷里，如果擦肩而过是一个错误。

当我们不再青春，当梦想不再飞翔，我们是否还有勇气微笑，是否依然怀揣着一颗勇敢坚毅之心漫步所剩无几的那段光阴。当所有的喧嚣都已经远离，当繁华剥落寂寥爬满额头，你是否还会陪在我身边，与我一起看细水长流，云卷云舒。

那翩翩飞过的鸿雁，请为我衔一朵思念送到你寂寞的梦中吧。请记得，无论时光如何荏苒，总会有一个梦，一份美好，一份纯真，在这里为你守候，为你停留。

因为懂得，所以慈悲。因为遇见，所以感恩。而我，只愿站在时光的河中央，向着远方，眺望。

终结也是开始

● 佟晨绪

许多人都喜欢赞美金色的秋天，因为它是收获的季节。然而令这种赞美显得苍白的是，秋天悄悄向人们展示了另一种不代表丰收的存在——满地落叶。

果实对于花蕾来说诚然是一种圆满，而落叶对芬芳来说却是一种终结，它让人感到生命的璀璨与枯萎竟然戏剧般的连在一起：几乎就在同一瞬间，繁华可能会消散，甚至就在同一个风景里，这边是热闹，那边却落寞一片。

每一片叶子，都会在秋天里飘然落下，回归大地。这是自然规律。也许当你看到曾傲然于枝头、享受阳光、承受风雨的树叶飘然落下时，会有些伤感与失落。然而，也就是在那片叶子落下之后来年春天会有一片新的叶子发芽。要知道在每一片叶子陨落之后它的灵魂并没有消散，而是获得了重生。

所以，叶子由翠绿变成枯黄也是一种生命的轮回。秋天的落叶是准备去迎接冬的严寒、春的芬芳、夏的绚丽，所以落叶不是终结，而是新的开始。旧叶落下，新芽就会萌动，一年又一年，周而复始。

为什么我们只为叶子的飘落唱挽歌，却听不到为它的新生而奏鸣呢？其实正是看落叶人的心境所致。

我们应从一种新的角度来看待落叶，把它看作孕育新生命的开始，只有这样，我们才能坦然面对四季的更替，才能在来年迎接苍郁翠绿的春天。

所以，无须为落叶而伤感，因为对它而言，终结意味着开始，并且是充满希望的开始。

种植快乐

●朱应召

一个偶然的机会，我采访到了一位著名的心理学家，他告诉我："人的心灵是一片土地，在这片土地上播种什么，就会收获什么！所以，聪明的家长，应该学会在孩子的心灵里播种积极、健康、乐观、向上的种子！"

同时接受采访的还有著名的口吃矫正专家裘君茂先生，他从事口吃研究和矫治工作已经20余年，创办的"浙江天台速效口吃矫正班"创造了仅用五天时间就让口吃患者"旧貌换新颜"的奇迹，为全国众多的口吃患者解除了难言之隐。

裘君茂先生告诉笔者这样一个故事——

小时候，裘君茂的父亲在要他下田干活前，会先问他："君茂啊，你想不想吃白面馒头?""想!"裘君茂响亮地回答——他的童年，正是大米白面相当紧缺的年代，能吃上香喷喷的白面馒头，几乎是当时所有人的梦想。

"那好，跟我一起去种麦子吧，麦子长熟了，磨成面，就能吃上香喷喷的白面馒头了!"父亲说完，就带着农具，往田里走去。年幼的裘君茂就蹦蹦跳跳地跟在父亲身后，去地里干活：犁地、耙地、播种……每一道工序都干得兴致盎然、津津有味。

麦苗拱出土地后，看着绿油油的麦苗一天天长大，他的眼前似乎浮现出了刚出笼的热乎乎、香喷喷的馒头，因此，施肥、除草、收割时，不仅不觉得苦和累，还反而心里充满了不久就可以吃到白面馒头的快乐。

由于父亲在他的心田种下了"吃馒头"的向往和快乐，所以，在别的孩子觉得苦不堪言的农活面前，裘君茂不仅从来没有觉得苦过累过，还反而因为高高兴兴地去做、做得更好而受到众多大人的夸奖，从而，奠定了他乐观、开朗的心境——虽然因为模仿他人患上了口吃，但是长大后，他却发明了口吃矫正器，创办了速效口吃矫正班，成了一个著名的口吃矫正专家。

诚如那位心理学家所言："人的心灵是一片土地，在这片土地上播种什么，就会收获什么！"然而，在我们的现实生活中，却有许多父母意识不到这一点，从而有意无意地在孩子心中播下了负面、消极、悲观等不健康的种子，直接间接地影响了孩子的一生。

不少口吃患者都是因为小时候，因为模仿或者偶然发生了口吃，父母声色俱厉，要求其不准口吃，并告诉孩子口吃不改正，以后会娶不到老婆、找不到工作……从而进一步加重了其对口吃的心理印象，因此变成口吃患者的。

事实上，父母的这种要求就是一颗不良的种子，它不停地提醒孩子是有口吃的，当孩子接受了这颗种子，开始为了不口吃而努力的时候，这颗种子就在孩子的心灵土地里生根发芽了，孩子越重视它，它就生长得越快、越茂盛，时间长了，就成为了口吃患者。

因此，为人父母者应该注意：孩子的心灵是片土地，在上面播种了什么样的种子，它就会生出什么样的芽，开出什么样的花，结出什么样的果——堵不如疏，无论是学习、做家务，还是生活中的其他方面，强逼孩子，不如引导孩子，在很多时候，一个馒头的作用，会胜过一顿拳脚、一根棍棒的管教——让孩子在馒头的香味中，以快乐的心境自然而然地接受家长的引导，是孩子最欢迎的方法，也是家长的明智之举！

做一棵成长的苹果树

● 卞文志

人的一生，其实就是一个不断成长的过程，在奋斗的时候，你瞄准了一个会让自己成功的希望；在耕耘的时候，你在土壤里埋下一粒粒成长的种子；在旅行的时候，你收获了一片风景也给自己增添了成长的经历；在微笑的时候，你释放出一份快乐也得到一份信任或助你成长的信心。

成长是一个人一步步走出来的过程，它并非是一朝一夕的成就，而是经历漫长的时光之后，你才能一点一滴地收获。它不可能会在一夜之间由一棵树苗长成大树，但它会在成长的过程中由少到多结出一枚枚果实；它可能不会像太阳那样耀眼，但它散发出的是真正属于你的如星星般的光芒，这光芒虽然微小，却在一天天地变得更亮。

在央视2009年春晚亮出绝活后，台湾魔术师刘谦一时风光无限，身价暴涨。不少人开始追捧这个眼睛亮亮、嘴角常挂几丝坏笑的年轻人，并对他的一切充满好奇。让人意想不到的是，这位魔术界的佼佼者基本靠自学成才，他的成长过程就像一棵苹果树，从幼苗长成大树后，最先只能结出少许的果子，后来越结越多，渐渐走出人生之路的辉煌。在一家省级电视台的娱乐节目中，刘谦面对主持人的提问，他曾这样回答说，我是一棵永远都在成长的苹果树。从前我读过一本叫作《七个心理寓言》的书，里面写着：一棵苹果树终于结果了，第一年它结了10个苹果，9个被拿走，自己仅得到1个。对此，苹果树愤愤不平，于是自断经脉，拒绝成长。第二年，它结了5个苹果，4个被拿走，自己仍得到一个，它觉得很高兴，认为结得多与结得少，自己同样会得到1个，何必继续成长多结果子呢！其实苹果树的想法错了，它如果继续成长，第三年结100个果子，被人摘走90个，自己就会得到10个。下一年如果结出1000个果子，自己得到的虽然不多，但送给人们的会更多。其实，得到多少果子不是最重要的。最重要的是，苹果树在成长！刘谦说，这则寓言对自己的影响很大，它激励自己在自学的路上坚定地走了下去。真的，做人与做事不要太在乎果子，成长才是最重要的。

刘谦出生于台湾的高雄市，是家中的独子。童年的时候，他常常幻想自己能够像电影里的超人一样，拥有不可思议的超常能力，或者像机器猫也行，能掏出许许多多神奇的玩具。7岁那年，刘谦在一家百货公司的魔术道具柜台前停下了脚步，店员的一个硬币小魔术把他迷住了。此后，他一放学就往那里跑，店员都被他缠得烦了，忍不住向他发火道："你到底要干啥呀?"他说我想学魔术。店员提醒他，学魔术并非一日之功，需要脚踏实地一步步的学。刘谦执着地说，我要一年年地学下去，让它与我一起成长，直至成功。店员见刘谦真的迷上了魔术，于是便开始教他一些小魔术，没过多久，店员见他对魔术如此痴情，干脆把他拉到柜台里做起活广告，当时的刘谦，还没认识到魔术正在一点点改变着他的人生轨迹。

刘谦一心迷上魔术后，许多人一定认为，如此喜爱魔术的刘谦，成为职业魔术师是理所当然的事，但刘谦说这并不是一件容易的事，既要自己的持之以恒，还要得到父母的支持和别人的理解。因为在老一辈的观念里，玩魔术是旁门左道，不是一个正当的职业。让刘谦庆幸的是，他的父母不知是望子成龙的思想并不那么严重，还是他们对孩子的爱好有着特别的宽容之心，他们竟然同意让他在这条"旁门左道"上一直往前走，而且鼓励他要干就干出成绩来。刘谦在读初中时，对《七个心理寓言》这本书读得很透，书中那篇《做一棵永远成长的苹果树》的文章，对他影响很深，并且给了他学下去的信心和力量。

人作为一种生物，像一切生物一样，具有成长的力量。就像一粒种子，体积虽小，但在它诞生之初，就已经蕴涵着成长为一棵浓郁匝地的大树或结出鲜艳美丽花朵的生命力。这种生命力不但表现在人的生理成长上，更重要的是也表现在人的个性和心理成长上。刘谦小的时候很自卑，是同学眼里的怪人，而且平时笨得连拿筷子都不会。他说如果自己找不到奋斗的方向，心里没有立志从事魔术行当这种让自己成长的力量，也许自己会一直自卑下去。最终，自己真的成功了，他的成功，靠的是信息的支撑，是对魔术师的概念、创意、表现的方式以及注意力的引导、气氛的营造。他介绍说，有很多魔术师的手都很笨，自己的手就笨到现在都不会拿筷子。但这并不代表做什么都笨，只要让真实的自我成长起来，一切困难，都会迎刃而解。

刘谦的成功，证实了霍奈尔的观点："人的真实自我会坚定不移地朝着实现自我的方向成长，寻求与个人特质相一致的、自由而健康的发展。对人性的这种信心是心理治疗的基础——借助真实自我的力量，人可以改变自己的命运，尽管这种变化并不容易。"是的，正如一粒种子需要适当的条件才能发芽，人也需要来自内心的力量让自己成长，一个人的命运，在整个的成长过程中，都掌握在自己手里。

爱的诠释

●韩卫国

爱情是一种语言，是世上最瑰丽的语言，是极昂贵的奢侈品。纯真的爱情是濯月的溪水，是山的永恒；是蝶恋花时的笑靥，是冰雪的晶莹。爱在亢奋时，是蓬勃而发的火山，喷发时的激情，平静后的绚烂。

爱情中，男人是炽热的骄阳，孕育着无限生机，生命的昂扬；女人是温柔的月亮，宁静在繁星的身旁，轻抚着云的翅膀。

春的三月，沐浴着和风细雨，爱的身影被拂得多姿俏丽，三月的节拍敲击出爱的侬语，绿柳般的腰肢荡漾着爱的粗犷。那棵等待的小草，在约会的老地方，正唱着“春之歌”轻轻地晃动，俏皮、慌张；

夏的骄阳，无须多说，那是爱的炽烈，不再是三月的慌张。听取蝉鸣，你会惊喜，连蝉都因爱而歌唱；

深秋的黎明，哪怕是浓浓的晨露打湿彼此的衣裳，爱情也不会随着树叶儿发黄，却会更加的晶莹、透亮；

秋去冬来时，我们用梧桐锁幕，留住寒夜以前的温暖；用玫瑰花瓣铺满世上的寂路，让世界没有徜徉。

相约一杯清茶，馥郁的芬芳引领我去找那一方梦里水乡。

看啊，满世界已经被我们勾勒出一幅画，你是染料，我是笔，一起绘着爱的诗情画意。欣喜着爱的杰作，我们击酒当歌，恋曲轻弹。我摘来仙草惹浮萍，你身披霓霞舞彩虹；花儿、伊人，相伴碧水连，相携解笑梦，长醉彩云间。

听啊，那每个音符都是爱的记忆，每个音节都是爱的絮语。

人的生命是那么的短暂，只有三天，昨天、今天和明天。但爱却是一首写不完的情诗：接受你一个吻，倾听我爱的叮咛，接受你的柔情，我们一生同行；在你的梨涡浅笑里哈一口热气，温暖整个秋的早晨，捻起你肩头的一根秀发，含在嘴里，细品爱之味……

虽说爱在四季，但爱在春天更绚丽，爱是温柔一刀，割断尘世的烦恼，割断孤寂的缥缈。心与心撞击出的火化，刻下爱的年轮，每一次甜蜜的吻，都会在心上留下一圈涟漪般的温馨。

有人问我，爱情是什么？回答说，爱情是同经的风雨，守望的祝福，娴雅的心情，热恋中的性爱；烈日的遮阳伞，寒冬时的一句良言，秋月的美丽，春花的郁香；会意的眼神，温馨的牵手，餐桌上的唠叨，风中相思的一封信，晨曦的跑道……

爱情究竟是什么，也许我们一生都难以诠释的清楚。还是泰戈尔说得好，“眼睛为她下着雨，心却为她打着伞”。

白纸的高度

● 茹喜斌

我喜欢白纸。因为每当我面对白纸时，总是充满着倾吐的欲望，充满着写作的冲动和激情。那一张张白纸上好像蕴藏着我用之不竭的情思和灵感，生长着我采撷不尽的奇花和异卉……总让我双目放光亦痴而醉之。

白纸还是我难以割舍的挚友，因为它给了我难以忘怀的恩情。

我小时候家贫，经常买不起作业本。所以，我从小学三年级开始就用白纸订的作业本了，无论是语文、数学，还是小楷、图画。那时一张大白纸 3 分钱，买来裁成 32 张小纸，用针线一缝就是作业本了。白纸本一直伴我读完了小学、初中和高中，以及后来深造的日子。一张张白纸铺就了我成长的道路，也给了我战胜困难的勇气和节俭的习惯。

长期使用白纸的后果是不喜欢格子纸，尤其是创作的时候，无论红格子还是蓝格子，都会让我束手束脚魂不守舍。我感到那横格如同"藩篱"，那方格如同"牢狱"，会窒息我的灵感和激情，会捆绑我渴望飞翔的心灵。所以，倘若那时没有白纸，我定会把格子纸翻过来，以抵抗格子们对我的压抑和禁锢，而尽情地扇动情感的翅膀，亦俯瞰苍茫的大地。

白纸给了我一种思想的高度、灵魂的高度、生命的高度。

白纸写作，能让我从容自如，并且充满着一种"轻舟已过万重山"的轻盈和潇洒，也有着"将船买酒白云边"的大气与豪迈，更有着青山郭外的美感、绿湾垂钓的悠然……这不仅是心力神力的融合，更是审美情趣的体现。我一直以为能在这般的审美中展示品性与自由，当是真我的人生。格子纸则不然，你会发现如今有些稿纸的横格也好方格也罢，不是歪就是斜，可谓经纬不清，纲目错位，天地失衡。囿于这般的歪斜别扭之中，心情岂能愉悦，书写岂能精当，行文岂能美观，长而久之恐怕是要头歪眼斜了。

当然，我给朋友师长写信时要用格子纸，但定要选上好的稿纸，甚至亲手制作，定要经直纬平疏密适度观之舒畅方可，此番作为，以视尊重。除此之外，我不用格子纸。如果说这是一种习惯，倒不如说是我的观念和向往，蕴涵着我经历的印痕和感悟，以及对自然的痴迷和爱恋。因而，喜欢白纸不仅是我心灵的袒露，更是我个性的张扬。

那一张张白纸，在我意识的深层无疑是广阔的原野。我可以在信马由缰地奔跑中，去追风赶月驰骋千里；我可以在驻足凝神中小憩，去观赏天地万物的风采思索脚下道路；我可以撒几粒思想的种子，去培育姹紫嫣红的诗行；我可以植一片幻想的苗圃，去采集感悟的花朵；我可以种几垅意象的稼禾，去收获金色的秋实；我可以抒写这耕耘播种的艰辛和欣慰，也可以壮写这情思向远的豪放和无羁……那是对灵魂的提升、品德的修炼。

白纸上没有“藩篱”、“牢狱”，有的是纯洁宽容的情怀，有的是明亮鲜嫩的阳光，有的是晶莹皎洁的月色。我在白纸上潇洒地畅游，我的目光和思维，我的喜怒和哀乐，我的幽思和遥望，我的眼泪，我的笑声……可以粗犷，可以委婉，可以舞之蹈之，而不必去顾及是否越位是否出格，从而使灵魂飞翔在浪漫如虹的境界，也奔向丰富深厚的广远。

一张白纸，驮载着我纯洁的大爱。一张白纸，铭记着我灵魂的回声。一张白纸，是我人生中丰富的拥有，是我渴望身心解放的象征，书写着洁白的人生，追求高度的人生。

杯中的芭蕾

●徐学平

有闲的日子里，我最爱在阳光明媚的午后为自己泡上一杯绿茶。难得浮生半日闲，至于尘世的纷嚣尽可暂抛脑后，只管去享受那份难得的闲情：于静心处听一曲怀旧的老歌，在悠然中看一幕杯中的芭蕾。

在剔透的玻璃杯中放入少许茶叶，以热水初贯之，尖尖细细的茶叶上下翻腾，一如芭蕾舞演员在旋转飞舞中高高踮起的足尖。音乐悠扬，茶香弥漫，袅袅的水气渺如轻烟。茶之舞，先是热烈而奔放的，卷曲的叶子打着转儿，随水漂浮，晃如月，游若鱼，幻似影。慢慢地，芽叶渐次舒展开来了，天女散花般挥舞着长袖，孔雀开屏样扇动着羽翼……乐声渐止，茶叶浮沉逐渐轻缓了，闲行若定，宛若天上云卷云舒，又似庭前花开花落。

闻着淡淡的茶香，欣赏着茶的舞姿，我早已陶醉于这杯中的芭蕾，任思绪慢慢飘散开来。吸天地之灵气，采日月之精华的茶，在生命最为灿烂的时候，离开了生命之树。经历了诸多磨难之后，茶叶始终蜷缩的身体宛如正在紧抓着昔日的光阴，而这一切只为能够留住自身的芳香。直到某日与一杯沸水邂逅，经过一番凤凰涅槃般的洗礼，它才得以再次散发出淡雅的气息，用力一吐最后的芬芳。

用自己一生的等待企盼着灵魂瞬间的蜕变，那是一种梦想与现实完美结合的境地。茶经历了春夏秋冬，吸吮了天地精华，也许为的就是这一瞬间的美。那是怎样的一种美？那是一种为了瞬间的精彩而释放全部生命的悲壮之美，那是为了瞬间的与水自由舞蹈而生发的相知之美，那是为了将一生凝聚的精华尽情展露的大气之美……

茶，几经冲沏，浮浮沉沉，才释放出了她春雨的清幽、夏阳的浓烈、秋霜的冷肃、冬雪的冰洁。这不由得又让我觉得茶不仅仅是一种饮品，它更似草木当中的一个人，平凡地生活在天地间，历经风雨，历尽沧桑。人生如茶，人亦如茶。茶只有经历过沸水的考验才能散发出最美的芬芳，同样，只有那些饱经风霜、历尽磨难的人，一如被沏了一次又一次的酽茶，才能溢出生命和智慧的清香。

看着一个个小精灵在水中舞蹈，幻化着山水的宁静和淡泊，诉说着生命的沉重和轻盈。当一切都已成为记忆，无论曾经是欢喜是愤怒还是悲伤，回想起来，那些用真心真情走过的岁月都是嘴角淡淡的微笑、眼中幸福的光芒。其实，只要你细细品味、用心欣赏，杯中的芭蕾何尝不是生命之芭蕾，寂寞而坚强。

北京欢迎你

● 胡明相

走在北京的古老街巷，我再次聆听着林夕作词、小柯作曲、群星演唱的《北京欢迎你》。

这条古老街巷，我走了很多年。现在，和平鸽从奥运的鸟巢飞到这条古老街巷，它清脆的鸟鸣，叫响了六点的中央人民广播，吊起了老汉唱京剧的嗓门。世界各地的体育健儿，纷纷从北京奥运会会徽上跑了下来，从古老街巷的这头跑到那头，去追逐着挂满一颗颗奥运会金牌的清晨。这是全新的清晨，是属于北京第29届奥运会的清晨，是属于争夺奥运会金牌的清晨。

古老街巷的那头，就是现代化的高楼，和奥运会的鸟巢。北京很古老，也充满现代化气息。奥运会在北京留下了第29个脚印，选择了在北京举办，地点的变换，没有改变奥运会的宗旨，还继承和发扬了奥运精神。一如这条古老街巷，不管沧桑如何改变，唯一不变的，是华夏五千年。

这个清晨的一声琵琶，扣开了古老街巷的大门。这是改革开放30年的大门，是容纳体育健儿，容纳欢声笑语，容纳纯洁友谊的大门。与这条古老街巷拥抱，与好客的中国人拥抱，你会爱上这里的古老文明，爱上这里的灿烂今天，爱上这里的炎黄子孙，爱上这里每一寸和谐的土地。

我时刻都在庭前后院，种满了万年青，它时刻开放着我们之间的友谊。这里是我的家，也是你的家，请种上属于我们的万年青吧，让我们的友谊扎根温暖的泥土，生生不息，万古长青。不管是五大洲，还是四大洋，还是东方明珠香港、世界赌城澳门、祖国宝岛台湾，都不用拘泥，因为这里熊熊燃烧着第29届奥运会的圣火，因为这里正在举办全世界人民的体育盛会。

加油吧！体育健儿们，有梦想就了不起，有勇气就会有奇迹！北京是你成就梦想的天地，是你创造明天的净土，是你刷新成绩的梦幻之颠，北京会为你的人生开天辟地。

而这个古老街巷，这个古老街巷的清晨，会让你从希腊跑到北京的努力化为沉甸甸的奥运会金牌。那一颗颗奥运会的金牌哟，是你追逐到北京的动力，是你追逐这个古老街巷的清晨的动力。朋友，请你停下来喝一碗清清的茶吧，这个清晨，那些奥运会金牌总有一些属于你，属于你伟大的祖国，属于你伟大的人民；也总有一些属于我，属于我伟大的祖国，属于我伟大的人民。

当你再次听到《北京欢迎你》的时候，请记得我一样欢迎你多拿金牌呀！就算你没有获得足够多的奥运会金牌，一样会受到我们比山还高比海还深的尊敬，比大地还宽比蓝天还广的欢迎！

无论世界如何改变，朋友，请记得，北京欢迎你的心始终不变！我们的友谊始终如万里长城，巍然耸立，旷古留名！

草原马头琴

●张春波

十月，我来到寒意渐浓的呼伦贝尔。呼伦贝尔草原蒸腾的绿意和蜿蜒闪亮的河水一起氤氲着云脚低垂的天空，洁白的蒙古包星星点点，远处的牛儿羊儿悠闲地吃着草……那不可触摸的美在心头荡漾，我的眼、我的心蛰伏在它温柔的唇下，陶醉于它的轻吻。

深秋的草原是平静的。但蒙古族牧民的内心却有什么在抑制不住地流淌。这使他们迫切希望将内在的激情表达出来，于是，一种受着压抑的激情爆发出来，这种音乐是嘶哑、苍凉的。仓促得不及防备，我就这样和马头琴相遇。

马头琴是一种像二胡的乐器，是蒙古族的代表性乐器，具有悠久的历史。据记载，马可·波罗在访问中国后，返回时带回一把马头琴，三百年后，欧洲方才诞生了小提琴。马头琴的音色跟提琴接近，有“细腻如小提琴，醇厚如中提琴，深情如大提琴”之说。当悠扬动听的马头琴声响起时，仿佛在为我们讲述一个个优美动人的草原传说，其中竟含着不尽的缠绵和惆怅，像奔驰在草原上骏马的呼吸，像一个生命急切地奔赴另一个生命的美丽邀约。牧民在帐篷外面拉起马头琴的时候，有一种感觉，全都是孤独。所以你有理由相信，草原上的人们为什么既会对一个陌生人显得那么木讷，也会对一个外来的客人表现一种火热的情感。甚至，他们有时不惜在辽阔的草原上奔波大半天，就为了跟一个朋友说一句话，就为了那种相逢的喜悦。

一个心灵，面对那么大的草原，怎么能不感到孤独？马头琴响起的时候，草原人也是在享受着孤独。谁没有领受过孤独的滋味，谁就不曾真正地生活过。蒙古族人用史诗和马头琴说话，这是天性，也是草原精神之根。

草原人喜爱骏马，他们的乐器中都有马的形象，他们的音乐里少不了马蹄声、马铃声，他们的长调民歌中最多的是对骏马的咏唱。如果说骏马是草原的浪花，那么，马头琴声就是牧人心灵的回响。在那些惆怅无比、百转千回的旋律中，骏马精疲力尽，骑手的壮志在心灵的跌宕中起伏，这一切均耗尽于岁月的长河，只有无边的草原能够容纳。在略暗的音色中，仿佛可以看到风吹草低，听见骏马嘶鸣，走近蒙古人旷达却又隐含着淡淡忧伤的精神家园。

牧民们常演奏的曲子是《嘎达梅林》。嘎达梅林是蒙古人的民族英雄，也是保护大自然的英雄。我在马头琴音乐中听到了草原人的叹息。那是怎样一种怀念的音乐，犹如草原上的风儿吹过。琴声随风而逝，而听的人依稀记起当年草原上丰沛的雨水，草越绿，雨水也越充足；雨水越足，草原也越发美丽。

草原日出

● 张庆和

内蒙古大草原上的这一圈兜的，那可真叫够趣儿够味儿够劲儿。然而，最够份儿的，能够深深地刺痛我视网膜的，当属草原日出那一幕了。

——题记

1

晶莹的黎明，宛若等待分娩的产妇，躺卧在墨绿色的产床上。

日出是一种诞生。人们静静地恭候着，期待着。

一片浓云飘来，恰如一件紫色衿被，轻轻覆盖上生动的躯体。

覆盖制造神秘。越是覆盖，人们越是聚精会神，那目光一刻也不肯离开殷切的等待：先是暗红，继而鲜红——

那是生命走出之门吗！它流血了，鲜红的血洇透了衿被。

诞生就是新生，是一种不可逆转的走向；诞生就是创造，是创造一切的始元。所以，诞生是美丽的，是生动的。但分娩的过程却是痛苦的。

由此，我想到了前途，想到了人类共同求索的前途；我想到了事业，想到了千千万万人所从事的伟大事业；我想到了母亲，想到了千千万万母亲的痛苦和辛劳。

2

草原的太阳从刚刚诞生那一刻起，它便热烈地燃烧起来。

那紫色的衿被被点燃了，火焰升腾，浓烟障蔽。整个草原的大东方，仿佛被投进了一座熔炉冶炼。

草原上勤劳着的是牧民，草原上欢乐着的是牧民。

他们的情思被这熔炉的炽热温暖了，他们的炊烟被这熔炉的火焰点燃了，他们的歌声被这熔炉的光芒照亮了，甚至，连马头琴的悠扬里都熔进了这炉火的质料……

于是，牧民的梦呓便随着炉火的喷薄而生动——

枣红马在碧绿的草原上奔驰，洁白的羊群在碧蓝的天空下游动，鲜艳的草原花乐滋滋地芬芳。牧鞭声脆，脚步匆匆。一切景物都和着草原日出的节拍而律动，随着草原日出的进程而次第展开。

太阳每天都是新的。从大草原升起的太阳也不例外。这是一个充满激情、充满能量和充满自信的生命体啊！

渐渐，草原朝日旋成了一张精美的唱盘，翱翔的鹰仿若那枚划响韵律的唱针。

草原的清晨，荡漾起动人的牧歌。

3

太阳踏上了云层的顶端，把瀑布般的光芒倾尽泻下。大草原被这光芒彻底涤亮了，人们的情致被这湿漉漉的瀑水完全滋润了。情不自禁，我的整个身心也融入了这草原的清晨。

太阳继续上升，像一个悬浮的红气球。它扯着道道五彩霞云，宛如一条条迎宾的彩带，于半空挥舞；刹那间又突掷草原，瞬而绽放成一个个婀娜的舞姿。

就这样，太阳以其不可否定的权威性，驱逐了草原上所有角落里的黑暗。

从草原升起的太阳可是那个亘古走来的大英雄吗！是谁，为什么要把它熔铸成金质的勋章，如此煊赫地别在蓝天的胸脯上呢！

春天种下一棵树

●苗祖荣

记得一个网友写过一句话："一个人一生应种一棵树。"在乡下，家里生了小孩，特别是男孩，长辈们就开始替他种树，树长得好，孩子也就长得好，树长大了，孩子也成人了。

那年回到家乡，通向家乡的马路两边的白桦树和白杨树高大而又挺拔，很多都是当年我们种下的。家乡也由原来的光秃贫瘠的黄土坡，变成绿树成荫的乡镇了。看到当年自己亲手种下的树，如今已经长大成材，抱抱这些树，躺在绿叶成荫的树下，嗅着树下小草野花和泥土的芬芳，内心有几许的激动。

印度加尔各答农业大学德斯教授曾对一棵树的生态价值进行了计算：一棵 50 年树龄的树，累计计算，产生氧气的价值约 31200 美元；吸收有毒气体、防止大气污染价值约 62500 美元；增加土壤肥力价值约 31200 美元；涵养水源价值 37500 美元；为鸟类及其他动物提供繁衍场所价值 31250 美元；产生蛋白质价值 2500 美元。除去花、果实和木材价值，总计创值约 196000 美元。由此可见，种植一棵树，就等于是种下了一座金山，而且是一座能够产生经济效益的金山。难怪有人以荒山为家，赔上自己的退休金，年年植树不要一分钱的报酬，几年下来，植树几万株，使荒山变绿林。我想，那满眼的绿林就是回馈给植树人最好的报酬：人在树在；人愈衰老，树愈茂盛；人不在了，那一丛绿色仍在继续……

春天，以绿化的名义，以环保的名义，或者以爱的名义，亲手种一棵树。它可以是一棵能在春天灿烂地开花，在秋天深情地结实的果树，也可以是一棵夏天枝叶婆娑、秋天绚丽多姿的枫树，可以是一棵四季常青即使在寒冷的冬天也能给你希望的松树，也可以是一棵垂下万条丝绦烟雨朦胧中总能让你觅到几许诗意的柳树。

春天，种一棵树，神圣的时刻在春光里定格，美丽的梦想悄然萌芽。给春天添一丝新绿，给大地送去新的生命，给生命一个新的希望。种一棵“希望之树”，让希望与树儿同根生，阡陌的心田里，有一株希望的幼芽在孕育中萌芽。种一棵“理想之树”，让理想的幼芽在阳光的照耀下，在雨露的滋润下，茁壮成长，长成枝繁叶茂的参天大树。种一棵“爱情之树”，让根系在爱的土壤里环绕缠绵，让枝叶在爱的天空下摇曳生姿。种一棵“友情之树”，将美好的记忆深埋在心底，在阳光下绽放灿烂的笑脸。种一棵“生命之树”，让生命的种子在母亲的怀抱里繁衍成长，让成长的枝叶在阳光和雨露里舒展扩张。

冬天里的春天

●胡 弦

春天的出现，总是在不经意间。寒冬腊月的时候，看着崭新的日历，知道春天就藏在里面，翻动日历，翻到立春、春分等节气，随着手指的捻动，想象中的春天在纸页里缓缓行进，一连串的幻象也在心中涌现：流水、花香、歌谣、翠绿的杨柳、快乐的单衫少年……但人人心里都明白，现实中的春天与纸上的春天，毕竟是不同步的，甚至可以说毫不相干。

春天，也许只属于敏感的眼睛、耳朵、皮肤，或者，只属于那些被春天造就的最早觉醒的心灵。

比如，对于我来说，今年的春天，也许与一个小姑娘有关。大地冰封，过节的鞭炮还只是零星地燃放，那天下午，我到一个朋友家去玩，他女儿在院子里玩跳跳鼠。那是用弹簧、钢管和铁片组合而成的玩具，那女孩儿站在上面跳来跳去。那个沉重的玩具，此刻竟显得很轻巧，富于灵性，弹簧的弹力，使她的跳跃看上去无比轻捷，富于节奏感，她嘴里数着：1、2、3、4……羊角辫也轻飘地颤动，我忽然觉得，那不仅是一个女孩儿在跳，也是沉重的钢和铁在学习跳跃，并且快乐。在钢铁快乐的跳跃中，我身躯里积压的恍如冬天般的笨重感倏然消失，春天的节奏一下子就和上了我的心跳。

孩子是不太注意春天的，但每一个快乐的孩子都是春天的天使。哦，他们不知道自己的这个身份，他们只是快乐。

比如我又想，今年的春天，也许与一场雪有关。那天早晨打开窗户，蓦然满世界的银白扑入眼帘，原来，夜里不知不觉已下了很厚的雪。由于落雪，空气清新得要命，雪还在下，雪片特别大，接在手里，晶莹剔透，精美的图案非常清晰，那种清凉的气息仿佛一下子就涤除了我杂乱的心绪，而它瞬间消融带来的晶莹水滴和一点点细微的凉意，又仿佛许多温暖如春天的往事涌上心头，让人心中宁静，却又仿佛起了轻轻的颤栗。也许这就是春天，由寒冷事物包含的一缕暖暖情意，从雪的缓缓飘落中，从一片银白包裹中，破茧而出。

我居室的墙壁上还有一块布艺挂件。那是一块蜡染的蓝印花布，其中的图案，由少女、瓮、桃花组成。蓝幽幽的花布平时并不起眼，却偏在这时与我的心灵产生了感应。画面中，那只鼓腹的瓮，好像变成了沉默的好弟兄，瓮边的少女只露出少半边脸，也就是说，她只展示了自己的小部分美丽，但已够我心动，而她那柔软生动的腰肢，如此婀娜，更像是收尽了春天柳条的秘密。瓮，古老的器具，虽然看不见它的内部，但在我的感觉中，那里面盛满了清水，清波在其中荡漾着，一如碧波粼粼的质地。多久了？——五千年，还是一万年？这古老而细致的春色，被一片清新的蓝布托出。物换星移，桃花和流水，这美丽的一切，被一阵什么样的风吹到了我的面前？

原来，春天就是这样一个永恒的季节，它从没有远离，它总是在我们需要的时候，不期而然地出现。

翻过前面那座山

● 张金刚

山沟里就是山多，曲曲折折、连绵不绝，将一个个小山村包围成孤立的城堡。虽有时鸡犬相闻，可就是互不通达。儿时坐在山下，仰望头顶的蓝天，看形云过往，也便成了最大的乐趣。那时根本不懂什么天文知识，每天就只是呆呆地望着，幻想天的尽头就在山顶处，触手可及。那天与山相交的弧线就应该是天边了吧，那一座座高山、一株株树木定是天空的支柱，撑着这巨大的天不至塌下来。只要用手拽住天的边沿或者一朵云彩，就可以翻身上天，梦中的神奇便可成为现实。

然而，就在突发奇想，伐木取道，攀援而上，辛苦登至山顶，举手触摸蓝天时，突然发现天边又神奇地移至远方的另一座山顶。无尽的好奇心引领着探寻的路程。登临数个山头，精疲力竭，可始终撵不上天边延伸的脚步，像是开玩笑、“逗我玩”似的，永远不能亲手触摸天空那撩人的“蓝”。

过后，登临山顶的乐趣自然逐渐沉淀成了美好的回忆。“追天”没有成功，但从不同方向登山所经历的见闻也便成了简单的阅历。什么时候花开，什么时候结果，什么时候收获，什么时候封冻；各种花草的特性，各种登山的技巧……都在心中留下了无法磨灭的烙印，无数关于山村的记忆，也就是起始于那时。

其实，终极的人生目标就像是那可望不可及的天边。驻足梦想的起点遥望，总会充满幻想与期冀，且精心设计了各种完满的结局。可翻越阻断坦途的座座山峰，却发现事实与预想得相去甚远，梦想的灵光永远在触手可及的天边闪现，同时也引领着自己不懈地去探索那不知的未来。

圆梦的路途总是充满坎坷。有时这种辛苦的追随最终成了徒劳，不管自己如何努力地攀登，心中的期望总会一如这遥远的天边永不可及。但不要灰心丧气，毕竟追梦不比“追天”，梦想极有可能通过努力实现，但天边是无论如何追不上的，要坚信“翻过前面那座山，就到天边”，永不要放弃追随的努力。即使这可能仅是一种童话般的自我安慰，但翻过一座山就离梦想近了一步，并且这一步的收获却是“寻找天边”的意外所得。驻足当下，回望曾经的过往，一定会为自己的壮举所感叹，梦想的牵引力是如此巨大，艰难的步伐征服了座座高山，丰富的经历完美了短暂人生。这时就如追天一样，虽最终未能实现梦想，可不懈追随中的所得所获同样珍贵，同样值得骄傲。

生活总会将一座座大山横在面前，等待着充满理想的人去征服。只要心中有梦就不要怕路途遥远，不要怕荆棘丛生，纵然是奋斗已久而终无收获，也要充分享受这征服的乐趣。其实这种充满艰辛的征服过程才是追随梦想的最大收获，各种新奇的意外有时比预想的结果更有价值，将种种意外珍藏起来，积蓄成前进的动力，定能驱动驶向终极的梦想快车。

儿时追逐天边，人生追逐梦想，这种追逐是磨砺，是积淀，是收获，是永远都充满惊喜的享受。

感谢是生活的一缕阳光

●赵亚兴

爱因斯坦，是上个世纪最伟大的科学家，似乎无人可以超越他对科学的贡献。但是，他在《我所看见的世界》一书里，总不忘感谢其他科学家。在数学大师劳伦兹的纪念会上，他甚至这样说："如果没有劳伦兹，就不能出《相对论》。"他感谢劳伦兹，他谦卑的致词，让与会的许多科学家为之感动。

对关心自己的人，对帮助自己的人，乃至在知识上给予自己营养的古人今人，发自内心的感激，这既是做人的品德，大概也是一个人事业有成的关键因素之一。央视经济频道著名主持人马斌的《马斌读报》，是我每天必看的节目。近日，从一家杂志上看到，马斌有个好习惯，也是不忘感谢他人。每次播完节目，他一定将目光转向直播间里正在忙碌的其他人，并诚恳地说："谢谢灯光，谢谢导播，谢谢大编，谢谢摄像。"

对他人表示感谢，不仅关乎事业，关乎品德，同时还是维系社会和谐与美好的一缕不可或缺的阳光。人，是社会性的动物，用带点哲学味的话说，人的本质就是一切社会关系的总和，生命是相互依存的。不管是谁，哪怕是那曾漂流到孤岛的鲁宾逊，也避免不了和他人发生这样那样的联系。有首小诗，就这样说：不管是过客还是知己/陪你走过短暂人生路的朋友/都是你美丽人生中/不可或缺的音符/因为有了他们，她们/你的人生才能五音齐全/演奏出动听音乐。要让自己的人生演奏出美丽动听的音乐，就离不开学会说声谢谢。

这还因为，一个有道德、重情操的人，他在人与人相互依存的关系中，总是首先想到他人对自己的帮助。爱因斯坦就曾这样说：“我的精神生活和物质生活，都依靠着别人（包括活着的人和已死去了的人）的劳动，我必须尽力以同样的分量来报偿我所领受了的和至今还在领受着的东西。我强烈地向往着俭朴的生活，并且时常为发觉自己占有了同胞的过多的劳动而难以忍受。”

感谢，是对他人行为的认可、尊重与赞赏，自然会拉近彼此间距离，以至亲近起来。自己帮助了别人，听到一声“谢谢”，心里会感到温暖与满足，也会增添自己继续遇事帮助别人的动力。有的地方，人与人之间之所以让人感到冷漠，感到怨怼，感到隔膜，其中一个原因，大概也是与一些人对别人的帮助，对社会恩情，竟然麻木不仁、熟视无睹、浑然不知，有一点关系吧？

有个故事，两个人同时去见上帝，上帝先给每人一份食物。一人连声说“谢谢，谢谢！”另一人接过食物，只顾享用。之后，上帝让那个说谢谢的人上了天堂，另一个则被拒之门外。那人不服：“我不就是忘了说声谢谢吗？”上帝说：“不是忘了。没有感恩的心，就说不出谢谢的话；不知感恩的人，就不知爱别人，也得不到别人的爱。”

一声谢谢，是感恩之心的真诚表现，是尊重别人的真情流露，也是与人为善的真挚表达，如果我们都能像爱因斯坦那样，养成这样的习惯，学会说声谢谢，我们的生活一定会洒满阳光。

的确，感谢是生活中不可或缺的一缕阳光。

和谐是一种境界

●徐学平

明月秋风，桃红柳绿，这是自然的和谐；琴瑟交鸣，黄钟大吕，这是艺术的和谐；和而不同，求同存异，这是人文的和谐。和谐总是令人神往的，因为它包含了人类生活中许多美好的情愫。

宽容是一种和谐。蔺相如用他博大的胸怀宽恕了廉颇的傲慢无礼，为了赵国，他收起了完璧归赵时的怒发冲冠，敛起了渑池赴宴时的不为瓦全。老将廉颇最终被蔺相如的大度所折服，当他负荆请罪、屈膝一跪之时，金山倒、玉柱折，百炼钢化作绕指柔。“将相和”，让强秦不敢小觑，让赵国立身中原，也成就了一段千古美谈。

知遇是一种和谐。管仲贪财利，鲍叔牙并不认为他贪婪而是因为贫困；管仲当官几次被赶走，鲍叔牙并不认为他能力不够而是未逢其主；管仲打仗败阵逃跑，鲍叔牙并不认为他怯懦而是惦念家中老母；管仲辅佐公子纠失败后被囚禁遭侮辱，鲍叔牙并不认为他贪生怕死而是忍辱负重。鲍叔牙对管仲的知遇和推崇，最终让“管鲍之交”成为代代流传的佳话。

无私是一种和谐。晋平公就南阳县令的人选问题征求祁黄羊的意见，祁黄羊毫不犹豫地推荐了解狐。晋平公感到很奇怪：“解狐不是你的仇人吗，你为什么还要推荐他做官？”祁黄羊答道：“您只问我谁适合当县令，并没有问我的仇人是谁，在这方面他的确很优秀。”于是，解狐便做了南阳的县令。君子之心如此坦荡，举贤荐能，得到了世人的广泛称颂。

子曰“君子和而不同。”意思是说一个人要善于与别人和谐相处，要善于调和矛盾冲突，追求内在的和谐统一，而不是表象上的一致。因此，和谐不仅是一种处世哲学，更是一种至高至纯的人生境界。

和谐是一种境界。一个心胸狭窄的人无法达到心灵的和谐，因为他不能宽以待人，不能保持一颗平常心去正确对待成败得失，胜利面前不骄傲、失败挫折不屈服；凡事斤斤计较的人也无法达到心灵的和谐，因为他不能对名利、地位、待遇之类处之泰然，不能正确对待和处理各种矛盾，顺其自然，拿得起、放得下。要实现心灵的和谐，就要用宽容取代狭隘，就一定要有淡泊名利的精神，看轻身外之物，安置好我们的灵魂，在心理和谐的基础上坦然面对人生。

“人不是因为美丽才可爱，而是因为可爱才美丽。”一个心灵和谐的人，才能认知健全，品质完善，知荣明辱，才能用宽容取代狭隘，有求同存异的大度雅量，有克己为人的奉献胸怀。但是，单一不是和谐。一个社会，只有心灵和谐的人多了，才能呈现正义之风，和谐之气，我们的生活一定也会因此而变得更加美好。

渴望面对面的谈话

● 陈大超

我总是渴望着能和我好好谈一谈话的人来。

谈什么都能曲径通幽，都能峰回路转，都能柳暗花明。一有这样的人来我就放松了，每个细胞都开始做深呼吸，每个毛孔都打开了透气的采光的小窗子。

跟这种人谈话你感觉不到时间的存在。不，跟这种人谈话时，时间变成了无声飘过的白云，变成了淙淙流淌的泉水，变成了树林子里悄悄长大的小蘑菇——时间变得更美妙，更有诗意。在我的感觉里，这样的谈话也会变成一片可人的庄稼。庄稼是可以拔节的、打苞的、吐穗的，自然也是可以养人的。

美好的谈话就像庄稼一样能活人，能养人。真的，跟内心世界丰富且情投意合的人谈话，我时常就有一种既是在种庄稼又是在收获庄稼的感觉。又种又收，不亦乐乎。这可不是种瓜得瓜，种豆得豆。在这样的谈话里，有时你种下一缕思绪就能收获一个灵感，有时你种下一个眼神就能收获一串笑声，有时你种下一个疑问就能收获一句至理名言。而对方也不会空手而归。

真正美好的谈话是呼风唤雨，更是风调雨顺；是皆大欢喜，更是彼此大丰收。这样的谈话之后，彼此都会心满意足，倍感滋润。有一个能如此谈话的人在身边，或者能经常聚一聚，那可是一种幸运、一种福气。真正美好的谈话是寻求沟通寻求理解，是在情和爱的交流中寻求温暖，是在真和善的交流中寻求思想；而语言，即是通向彼此心灵的桥梁，是互相照亮更是互相发现的一束束火把。谈话养人，是养人的气韵、养人的信念，也是养人的心智、养人的境界。

这样说似乎有点儿“理想化”。应该说就是跟亲朋好友左邻右舍同事熟人看似很随意很随便的谈话，也是很养人的，也是一个人活得有滋有味的一个必不可少的条件。人，没有谈话养着那是很难活好的，人缺少了足够量的谈话心灵就会扭曲性格，就会变异。我们关心人爱护人，就应该想到人活着就像不能缺少食物、水分、空气和阳光一样不能缺少谈话。想一想，为什么那么多的人爱上网？因为网上有聊天屋啊，在网上更容易找到跟自己谈得来的人——在网上寻找知音的范围太大了。

但我始终认为，面对面的谈话才是更养人的。我的一个出了国的朋友也说：“谈话还是要脸对脸眼对眼，不能让机器隔在中间。人与人之间老是隔着机器，这个世界就会让人觉得很冷漠。”面对面地谈话，是一种更真实的交流、更全面的了解、更彻底的享受、更贴心的滋润。

老字号

●李 晓

深入这个灯红酒绿的城市丛林，大红灯笼一样高高挂起的老字号呵，在明晃晃的太阳底下，已冰棍一样渐渐融化。喧嚣的市声，水一样流进雕梁画栋的老字号，让它不得不脱下华贵的披风拉开世俗的帷幕。

城市里的老字号，让我们怀念从前那些宁静简朴，天蓝风轻的岁月。那时候，老字号是城里人和乡下人的黄葛树，那是他们心上歇息的一片阴凉。那时候，市声没有今天这么喧嚣，风尘也没有今天这么大，灯火也没有这么炫目。老字号，像一位慈祥的长者，拈着胡须笑意盈盈地敞开怀抱迎接源源而来的四方八客，整个城市，因为拥有老字号而呈现出一派祥和清明。

我故乡小城的老字号，随意而又简朴，却不失大家气度。店铺里老先生们清脆悦耳的算盘声，伙计们笑嘻嘻的神态，让老字号焕发出慈爱柔和的光辉。那些年代，老字号雍容富态，笑迎天下客。老字号的旗幡，猎猎飘扬，那风也是醉人的。我们粗茶淡饭，却不能没有老字号，老字号是安抚我们内心的一处怡园。"张三豆庄"、"李四茶楼"、"王五布坊"，这些老字号的名字，激起我们多少温馨的涟漪呀！多年以后，我们甚至还能清清楚楚记起那些伙计们的音容笑貌来。白云千载空悠悠，晴川历历汉阳树，老字号楼上的白鸽呵，而今已悄无声息地飞走了。

今天，我们轻迈步履，仿佛去寻访当年的那些老字号，不绝于耳的是老字号"放血大甩卖"的叫卖声。走到老字号的门口，那高大的门楼，精巧的流金溢彩的装饰，依然可以浮现出当年的辉煌。即使与今天一些现代化商场的豪华装饰相比，依然显得古色古香，毫不逊色。但进门之后，昔日的光彩早已黯淡，爬上黑漆漆的阁楼，用手一摸扶栏，竟是一把铜锈。门市街的老字号，早已“枝残叶败，威风不再”了，不少残破的红砖碧瓦，仍依稀可见其华贵风度的老楼老店，早已改换门庭，旧日的“金字招牌”不在了，换上了“×××休闲茶楼”“××宾馆”的门牌。

走进老字号的深深庭院，便会牵起雾一般的惆怅。踏着一条青石板的小巷，想去一家老字号楼里买一双千层底布鞋，不料而今已装修成了娱乐场大商场，或者早已经灰飞烟灭，那个地方灯光闪烁迷离，音乐缠绵煽情，化妆品的气味让人眩晕。古风古月的老字号呵，早已结满了欲望的果实，树却不再是那棵树。老字号的旧貌遗风，早已无踪无影。

然而，在这个城市里，我们还会怀念老字号，想去茶馆里泡一杯茶浮起对往事的漫忆，浮起对老字号的亲切与温暖。我们怀念老字号，就像怀念我们这个城市当初的拓荒者，怀念过去那个年代纯朴祥和的气息。我们没法把那些经典的老字号从记忆里推倒，它早已在我们的心里触满长长的根须。我们怀念老字号，它不会让我们像今天上街提心吊胆买到假货一样诚惶诚恐。有老字号，我们心里踏实多了。在竞争日益强烈的今天，我们渴望重新矗立几家“老字号”，在历史的风中，它的旗帜轻轻飘动，牵引着我们的视线。重拯老字号，让它东山再起，抖擞精神，以一种百折不挠的精神，让它古老的文明，优秀的传统，代代相传于历史的史册。

老字号，你袅袅的香气，让我在都市里醉卧不醒。

骆驼草寄情

●宋伯航

在西北苍凉的大漠上，我们经常看到一种不起眼的草，它叫骆驼草，人们还称为“不死草”。

骆驼草生长在戈壁中、悬崖边、沙漠里、石缝间，一株株、一簇簇地繁衍着。一年四季，任狂风卷起千丈沙砾，任暴雨怒倾激洪峰壑，任积雪残压地轴四野，任寒霜冰袭万里山河，而骆驼草以极顽强的生命力默默地承载着世间的一切。

狂风吹不倒，沙砾埋不掉，酷暑袭不蔫，严寒冻不死，暴雨冲不垮，干涸旱不枯，“野火烧不尽，春风吹又生”。这就是你——骆驼草。以一种不息、不死、不灭的精神，向人们诠释着生命中蕴涵的一芳青春、一种苍凉、一番壮烈、一份坚韧、一腔豪迈……

西风狂沙，吞噬了绿洲；干枯草原，暗淡了辉煌；苍茫雪域，埋葬了尘埃；大漠千古的蒙昧与文明，斑驳了岁月往事的云烟；西部万年的沧桑与轮回，淡尽了人间的缥缈；只有骆驼草不死的根，仍深深地扎在这坚实的沙土中，并坚强地活下来，长成了绝地年轮的风景，并努力茁壮着茂盛着。

日月沧桑，雕刻出生命的颜色；时光飞逝，诠释出生灵的恩泽；而骆驼草在天地间，默然地生存着。淡泊宁静，也淡泊寂寞，义无反顾的痴情，经历过千古蛮荒，侵蚀过边月寒色，聆听过塞风萧瑟，接纳过烽火尘烟，却依然守着一往情深的孤寂，传送着千古的绝唱。

大漠无情，吞噬了绿意。只有骆驼草用弱小的生命，染亮了连绵起伏的沙丘；也只有骆驼草，以一抹新绿切入大漠无疆的腹地。粗犷、倔犟、顽强的个性，坚毅地狂书着生命的序言。生生不息，铮铮铁骨，任漠风撕扯，任沙砾敲打，仍独立苍茫，傲视鸦飞鹰翔。此时，我彻底地感觉到了骆驼草火辣辣的心跳。大漠上的骆驼草，正是民族脊梁的化身，不屈中蕴涵着坚强，平凡中孕育出伟大，俨然一部生命哲学的厚重力作。

然而，卑微的骆驼草啊，边塞寂寞的天使，虽同属荒漠植物，却没有沙棘蓬蓬勃勃的繁茂，也没有胡杨优美婀娜的身姿，更没有松柏高大舒展的枝叶，来显示摇曳伟岸的风采，只有孤寂地把生命之绿蕴藏在坚硬的沙砾中，只有把无边无际的喧嚣埋在温暖的地下，也只有把物欲横流的尘浮飘在万里长空。骆驼草的一生，只能与茫茫旷野永恒相伴，与落日流霞永恒相随；与漫漫风雪永恒相依，与雀鸦鹰隼永恒相偎；与星辰露宿永恒相伍，与尘世生命永恒相守。

骆驼草是不屈的，在狂暴的风沙中，斗志昂扬！

骆驼草是激情的，在广袤的大地上，覆盖荒凉！

骆驼草是顽强的，在贫瘠的干涸里，坚韧向上！

对生活世界无所挑剔，又能包容一切，这是骆驼草生命的真实写照。一生只是为了恪守青春，在平平淡淡中把绿色营造。一颗火热的心既平凡又伟大，任岁月斑驳仍能顽强挺拔。高贵而平和，豁达而坚毅，冷寂而执着……这便是骆驼草心灵驻扎的生命的希望。

哦，远方开始出现的那片崭新的绿色，正揭示着世界上骆驼草永恒的存在！

门的联想

● 孙友田

在我收藏的雨花石中，有一块图形像“门”的美石。每逢把它放进盛满清水的白瓷碗里，就引发许多关于门的联想。

国有国门，城有城门，家有家门。

国门与江河有缘，江河的浪花簇拥着它。国门与高山有缘，高山的峭壁陪伴着它。国门与大海有缘，大海的波涛吟唱着它。国门与长空有缘，长空的彩云装点着它。

国门是那块神圣的界碑，国门是那个庄严的哨卡，国门是那座古老的石桥……

海外赤子怀着浓郁的乡情扑进国门，朋友带着真诚的祝福走进国门，蜜蜂携着免检的花粉飞进国门……

我曾去新疆伊犁霍城出差，在霍尔果斯口岸第一次看到国门，好奇地登上60米高的瞭望塔，在望远镜里看到界河、大桥、前苏联的哨兵和果河两岸盛开的向日葵、油菜花。一群群西部边境线上的蜜蜂，在两岸又甜又香的花丛中奔忙。几年后在内蒙古满洲里又看到另一处国门，对面还是前苏联。这一处国门是1988年6月兴建的。高12.8米，下通火车，上书“中华人民共和国”7个红色大字。登上国门，眼底是一望无际的大草原，经常越境的是一群群草原上不知名的鸟儿，它们在庄严的国门之间飞来飞去。连接国门的是在草原上拉起的铁丝网，像篱笆一样标志着国界。许多鲜艳的花儿在篱笆两边开放。有的在这边生根发芽，伸到那边开花，它们用绿叶握手，用根梢对话。

城门是战争的骄子，它在动荡的历史中应运而生。

街亭失守后，孔明退往西城搬运粮草，他身边无大将，只有几名文官。此时，司马懿领兵15万杀来，孔明大开城门，并在城楼上焚香操琴。多疑的司马懿见此情景对他的部下说：“亮平生谨慎，不曾弄险，今大开城门，必有埋伏。我兵若进，中其计也。汝辈岂知？宜速退。”足智多谋的诸葛亮，演绎了家喻户晓的“空城计”。

张飞占据古城后，关公与甘、糜二夫人来会。张飞疑关公降曹，不开城门迎接。此时曹营蔡阳赶来，张飞对关公说：“你果有真心，我这里三通鼓罢，便要你斩来将！”关公应诺。只见一通鼓未尽，蔡阳头已落地。张飞这才打开城门迎接兄长和嫂嫂。粗中有细的莽张飞，演绎了流传至今的“古城会”。

一部《三国演义》，讲述了多少城门的故事。

明太祖朱元璋在南京建立大明王朝后，为防御外来侵略，便开始修筑城墙。先筑内城，把六朝和南唐的都城都包括在内，修筑好的内城周长33．6公里。建城门13座，如正阳门、通济门等。后筑外城。修筑好的外城长60公里，建城门18座，如沧波门、麒麟门等。他死后不久，其苦心营造的城门即被他儿子燕王朱棣攻破。朱棣从北京打到南京，夺取了帝位。

一部明史刚刚翻开，30多座城门就闻到了内讧的血腥味。

一个朝代和另一个朝代的交接，往往在城门上进行。城门失守，国破家亡。五代十国时期后蜀皇帝孟昶极为奢侈，荒淫无道。宋军压境时他一筹莫展，14万军队不战而降，打开城门迎敌。他的贵妇花蕊夫人徐氏曾为此写过一首《述国亡诗》：“君王城上竖降旗，妾在深宫那得知？十四万人齐解甲，更无一个是男儿。”此诗激情奔放，表现出亡国的沉痛和对误国者的痛恨，受到宋太祖赵匡胤的赏识和后代诗评家的称赞。

唐朝开创之时，发生了一起与门有关的事变，更改了皇位的继承，改变了大唐的轨迹。那就是“玄武门之变”。李建成是唐高祖李渊的长子，李渊即位后被立为皇太子。因其弟李世民威信卓著，颇感不安，遂图谋除之。公元626年，不愿坐以待毙的李世民发动“玄武门之变”，杀死太子李建成和齐王元吉并迫使李渊传让皇位。

如今，过去的城门大多湮灭，尚存的大多已成为古迹和装饰，失去护卫城市的功能。历史收藏了它，像收藏一副将军的头盔。有些城门只留下一个漂亮的名字，如南京的仙鹤门。有些城门已成为一种象征，如北京的天安门。天安门让世界注目，为中华儿女所向往。《天安门诗抄》歌颂的是人民不可战胜的力量。“我爱北京天安门，天安门上太阳升”已不仅仅是儿童歌曲。

“鸟宿池边树，僧敲月下门。”这是历代传诵的唐诗名句。我们好像听到了老僧敲门的声音。这是诗人贾岛在敲友人李凝的家门，诗的题目就叫《题李凝幽居》。其中关于“推敲”的故事已成诗坛佳话。

“花径不曾缘客扫，蓬门今始为君开。”这是诗人杜甫开门迎客的佳句。

家家户户的门都在时刻盼望和期待着亲人。

走进家门，像船儿进了宁静的港湾，像鸟儿进了温馨的巢。

母亲健在的时候，我每次回乡探亲，只要推开那扇老门，喊一声“娘!”就算到家了。一路奔波的劳累都被进门那一声融化了。每逢过年，家里再穷也要把老门打扮一番，给它贴上花花绿绿的门神和大红的春联。在贴门神的时候，母亲总是轻轻地交代它：“守住福，保住财，一家老小免祸灾。”那甜甜的话语像歌声，至今仍在耳边萦绕。

国门、城门、家门，都在我心中敞开着。

皮纸箱里的流光

● 李阳波

无意间在老家发现了一只牛皮纸箱，它被束于储藏柜的至高处，一旁的阴暗墙面不仅暴出触目惊心的水泥砖块而且爬满了斑驳印记，那呈放射状的裂痕更是无限延伸向它处。

细看纸箱上犹裹着令人喷嚏的厚实灰尘及潮湿的霉味……刹那间，一股怀旧之情如潮水般涌入满怀，原来里头蕴藏着世间万金也买不回的珍宝，惊叹之余，翻起那黑花花的人生剪影，人生数十年来生活中的点点滴滴尽收录于方寸之黑白相片中。它仿佛轻易揉捏于股掌间，稍有不慎即断肠它处，然却背负着“传承”的重责大任，其年代跃向另一个年代，无限延伸至近代甚至可以跨越世纪，岂能令人等闲视之呢？那恣意飞扬的流金岁月划过年龄的分界点，令人白了发稍，也增长了智慧，其价值更是连城。

遥想当年那二十年华的大哥，不顾双亲反对，刚从部队退伍后即巨资购得进口日本相机，展开其捕捉亲情间举手投足的一颦笑、一泪眼，只为将刹那化作永恒，不让人生徒留遗憾，同时也守护着家的欢愉。如今怀想，其用心可谓功不可没……

细细数来，这纸箱里头充满花样年代同时也发生了多重往事。

翻开相本，当年那二十出头，跨坐于嘉陵摩托车上头，满面春风的花样少年，曾几何时已是两鬓斑白，迈入五十有六的跨国企业家的大哥呢？

而那穿着裙尾绵延数尺的白色婚纱，手捧着绒质花束于胸前，娇羞可人中又难掩少女般心喜的新嫁娘，如今却转眼已然是满头银发走过人生八十年头的老母亲了！岁月在其面庞刻印出沉稳的年纹，并将曾经的黑发染亮雪白的光辉，那昔日纯情少女的骄傲虽已荡然无存，然何其有幸，一张泛黄的黑白照足以追回此生无法弥补的惆怅……

于是我又见到那绿林间、杨柳树下，有母亲身着旗袍微笑端坐的倩影。那书画室里，有父亲大笔挥毫画马的雄伟英姿。除夕夜全家围炉吃团圆饭，当鞭炮声响起，大哥当即按下快门，只见大人们举杯祝贺的笑容，同时孩子们也捂起耳朵满怀憧憬一心期待新年的面庞……

细看这张张珍贵的人生剪影，时光好似又回到当时的纯真年代，我仿佛能嗅得那儿的鸟语花香，听到风声、虫鸣，及已离世多年之父亲那口地道的大陆乡音，更能感受那股夜不闭户，邻人们彼此嘘寒问暖的光景。

一个晴空暖溢的艳阳天，我捧着这箱相片悉数撒落在水泥地上，除了让它透透气外，也盼能保留住原味，让人生永不留白……

情系哈达

● 张格娟

初听韩红的《天路》，只是被它高亢悠扬的旋律所震撼，内心深处对西藏却有着一种敬畏和向往。

这次有幸去兰州学习，去了一趟纳摩寺，我的内心却再也无法平静。再次打开MP3，让那首“清晨，我站在青青的牧场，看到神鹰披着那霞光，像一片祥云飞过蓝天，为藏家儿女带来吉祥……”在我耳边一遍又一遍回响。

望着青山碧草，我的心也仿佛和大自然融为一体豁然开朗了，人在天地间这样渺小，生活中的磕绊瞬息间化为乌有。

带着虔诚的心走进了纳摩寺，热情好客的藏族兄弟们，献上了他们最尊贵的礼物——哈达。第一次接到这种礼物，心中涌动起一种神圣。献哈达是向对方表达自己的纯洁、诚心、忠诚和尊敬。

据说，藏民进了寺庙大门，先献一条哈达，然后参拜佛像，到各殿参观，随坐，到离别时，还在自己坐过的座位后边放一条哈达，表示人虽离去，但我的心还留在这里。

藏民兄弟双手捧哈达，高举与肩平，然后再平伸向前，弯腰献给对方，这时，哈达正与头顶平，这表示对对方的尊敬和最大的祝福——吉祥如意。对方以恭敬的姿态用双手平接。对尊者、长辈献哈达时要双手举过头，身体略向前倾，将哈达捧到座前或足下；对平辈或下属，则可以系在他们的颈上。献哈达在西藏十分普遍，甚至人们互相通信时，也在信封内附上一条小哈达，以示祝福和问候。特别有趣的是，藏民出门时也随身带上几条哈达，以备在途中遇到久别的亲戚、朋友时使用。哈达在不同情况下代表着不同的意义。佳节之日，人们互献哈达，表示祝贺节日愉快，生活幸福；婚礼上献上哈达，意味着祝愿新婚夫妇恩爱如山、白头偕老；迎宾时奉献哈达，表示一片虔诚、祈祷菩萨保佑；葬礼上献哈达，是表示对死者哀悼和对死者家属的安慰。

关于哈达的由来有多种说法。其中有一种说法，说是汉朝张骞出使两域路过藏区，向当地的部落首领献帛，古代汉族以帛为贽，象征纯洁无瑕的友谊。这样一来，藏族部落就以为这是一种表示友好、祝福的礼节，而且是从中原兴盛大邦传来的大礼节，所以就一直沿用至今。还有—种说法，说是古代西藏法王八思巴会见元世祖忽必烈后带回西藏的，当时帛上有万里长城图案和“吉祥如意”字样。后来人们又对哈达的由来作了一些宗教方面的解释，说它是仙女身上的飘带，并以它的洁白象征圣洁和至高无上。

带着哈达，仿佛带上了幸福，我将哈达紧紧地系在自己的脖子上，好像系上了自己的幸福一样珍重。

洁白的哈达，将我心洗净，我带着它在草原上放歌，在文成公主的雕像下拍照。同学们打趣道，文成公主当年从长安嫁过来，一路迤逦西行，将汉藏文化流传久远。你这个陕西妹子是不是也想留下来。我笑，如果不是家中还有一个痴情的男子在等待，我还真有这个打算。引来一阵哗笑。

爱上了哈达，带上哈达回家，用藏民的礼节将哈达献给最爱的人，急切地将关于哈达的传说讲给老公，他一脸神往。

每当看电视，我首选西藏台，望着老公一脸茫然的表情，我知道，我将自己的心系在草原上了。

闲暇时，系上洁白的哈达，将心在草原上放飞，将梦想也放飞。

人生的姿态

● 张庆华

人生有很多姿态。比如洋洋得意，颐指气使；比如暴戾恣睢，愁眉苦脸；比如骄狂，比如平庸；比如唯唯诺诺、亦步亦趋，一副奴才相；比如落落大方、器宇轩昂，充满正义感；比如安然恬静，怡然自得；比如喜欢热闹，爱出风头……语言再丰富，也不可能穷尽人生的千姿百态。

生活是滚动的，在浩瀚的海洋里，每一朵浪花绝不可能相同。每一种姿态的存在，总有其存在的理由。人生不是单原色，不是简单的非此即彼。

过去有一句话，叫“性格决定命运”。现在又有人把这话倒过来，叫做“命运决定性格”，也有道理。不管怎么说，正着说或者倒着说，其实都一样，只不过角度不同罢了。

混沌初开，懵懂间，耳濡目染，每个人就渐渐有了各不相同的喜好、追求。某文化单位一极爱出风头的女领导，终日在场面上厮混。其公子在热闹场合长大，言谈举止也学得小大人一样，上小学说话的腔调就带着官腔。稍大，更不可收拾，整个一个小官僚做派，人见人烦。我是看那公子长大的，他最初的一点点孩童似的清纯，在不经意间模仿中，官场中的习气越来越重地依附在他的身上和灵魂深处。可以预想，他今后的命运，一定和官场的沉浮连在一起。

我有一位当老师的朋友，假日，风尘仆仆从北京骑车至河北易县清西陵。回来后，他对我说：“我骑车绕到雍正墓地的后面，果然和刚进陵墓前脸的辉煌门面不一样。后面显得荒凉、空旷。

当时夕阳西下，田野空无一人，我心里不免感慨万千。一般旅游的人是不轻易到陵墓后面张望的。因为陵墓大，走不过来。一代帝王，生前至尊至圣，风光无限，但死后，也不过荒冢一堆草没了。”我听后，感慨良多。“天高地迥，觉宇宙之无穷，兴尽悲来，识盈缩之有数”，王勃千古名篇《滕王阁序》中的名句，也可以拿来为我的感慨做注解吧。

上下楼，常看见一位六七十岁样子有点凶的妇女。那妇女看人的时候，瞪得大大的眼睛，没有一点柔和劲，再加上脸上的皱纹，散布着很硬的气息。看见她，总有一种害怕的感觉。

我没有和她接触过，也许，那老人也未必真的凶，但样子有点怕人。长相是天生的，不可改变，但一个人的气质是可以改变的。其实，只要心里常有一些高兴、明朗的东西，脸上就会自然带出来。另外，见了人多一些笑容，多一些暖意，即使是饱经风霜的老人，脸上的褶皱也会舒展开，眼睛也会有柔和的光泽闪烁。只要一个人心胸开阔，善良、温和宽容，不管他的文化程度高低，岁数大小，长相如何，见了人，他的表情就有善意流出，给人以亲和力和愉悦感。

人心是块田

●徐学平

“人心是块田，种什么，长什么。”这是母亲时常挂在嘴边的一句话。识字不多的母亲是个地地道道的农民，说实在的，在田间劳作了大半辈子的她打骨子里是讲不出什么大道理的。然而，就是这句天底下最朴实的话语却足以让儿女终身受用。

那年，我大学毕业后被分配到一家国有流通企业。初涉社会，对未来充满憧憬的我感觉一切都是那么美好，于是，我善待着身边的每一个人，脏活累活抢着干。但好景不长，也许是新人的缘故吧，我发觉自己竟成了大伙排挤的对象。那次，我是怀着茫然若失的心情回到乡下的。“人心是块田，种什么，长什么。”母亲正在自留地里不紧不慢地施着肥，讲这句话时她仿佛看穿了我的心事似的。增加心田的养分吧：多想想别人对你的点滴相助，多想想别人给你的每一张笑脸……心田需要这些养分的滋润。四月的田野中散发出麦苗的清香，微风如温暖的手轻轻地拨开了我心头的阴霾。

此后，我一如既往地工作着，用一颗平和的心面对着周围发生的一切。渐渐地，大家都因为我的宽容而很快接纳了我。同时，我也因出色的工作得到了企业领导的赏识并被提拔为一个部门的经理。

在那个“回扣”风气日盛的年月里，作为部门经理的我自然也无法摆脱。有一天，我以相对较低的价格卖出了一批钢材，当客户拿到开好的调拨单后便悄悄地塞给了我一个大“信封”。我美滋滋地回到了老家，还特地为父母亲捎回了营养品。母亲知道这一切的时候，她什么也没说，只是叫我陪她一起下地去锄草。烈日下的母亲挥汗如雨，她告诉我人心是块田，种什么，长什么，沃土里既能长出庄稼也会长出杂草。欲望的种子往往在不经意间随风飘落，一旦扎根于你的心田，它将会长出浮躁的叶，开出虚荣的花，结出贪婪的果。那一刻，我深深体会到了母亲的良苦用心。回城后我连忙退还了我的不法收入，也正因为如此我才在以后的查处中幸免于难，说来还真的要感激我的母亲了。

人心是块田，种什么，长什么。在今天这个喧哗扰攘的世界中，你可能无力扭转世风，但你必须精心呵护心中那块绿地，少一点冷漠，少一点欲望，心田的土地应该是松软的、潮湿的……

西行三章

●钱碧云

黄河之滨

在西部，我走近黄河。在西部，我走进一条大川的处女境界。那静静流动的河水，恰似一位纯情少女的心思，简单而干净。

未曾被污染以及未曾被岁月所侵蚀的感觉，清澈透明，年轻的力量轻轻地推动着古来的水车。一百年，一千年，一万年。此时此刻，我们可以随心所欲地畅想着十万个春秋之后的情景。那种纤尘不染的风姿，仪态万方，好一派西部风情！

在西部，我走近黄河，也走进生命的原生态。在那里放歌，在那儿呼喊，雄伟的河谷两岸便传来大山宽厚的回应。在那儿，时间老人似乎已经安歇，诗人的心情也归于平静。

黄河，西部的黄河，清清爽爽的黄河。轻盈得像一尾鳞光闪闪的鱼儿，随波逐流。鱼在水中，人在岸上，稚气未脱的歌谣却占据了高高的天空。

在黄河之滨，我看见了一位母亲，怀中紧拥着自己的儿子，纯净的目光直指水流的方向。不远处便是一名乡间小孩，孩子的胯下是一头负重的老牛。清清楚楚地，我听到了鞭子夸张的声响。像是一种暗示，又像是一种无解的人生宿命。在诗人的心里，竟然找不到一个踏实的句子让我停泊。

嘉峪关

初春的嘉峪关被冷冷的阳光照耀着。祁连山上的雪还在坚守着生命的原始状态——一种夺目的白，铺天盖地，恰似一群顽强的将士，据守着自己的那片土地。隐隐地，我听到了金戈铁马的厮杀声。

料峭的轻风里，我要穿过嘉峪关。我知道，我必须经过那里才能真正进入河西走廊。只有通过那处让人窒息的峡谷，才能继续我的丝绸之路。

我的身上没有刀，没有枪，也没有倚马可待的文思。我的手中只有一枝越磨越秃的笔。我知道，通过那处关隘之后，我将进入莽莽戈壁。从此以后，只有孤独与我相伴。

经过嘉峪关，我嗅到了血雨腥风的味道；经过嘉峪关，我体会到了历史的无情与沉重。

长城像一道无形的绳索，紧紧地套牢了无数英雄好汉的梦想。有人为它流泪，有人为它牺牲，而嘉峪关就是一个难以解开的死结。高高的长城矗立在塞外，也矗立在每一位过客的心中。

也许我们可以轻松地通过嘉峪关，越过长城。但是，我们心中砌起的那道长城却难以通过。

回首打量来路，我们的选择同样血泪斑斑。

鸣沙山

那是一个夜色没有消尽的早晨，天上月牙牙，地上月牙泉。

鸣沙山，用无言的行动诉说，诉说，再诉说。即便一颗细沙，运动中也能发出声响；纵然一粒灰尘，飞舞起来也会形成力量。

走进去，我们必须怀着虔诚的心态，面对着每一粒沙尘，每一滴水；走进去，我们需要收敛起傲慢的表情，匍匐着爬行。我们可以背对苍天，但一定要面向沙山。我们可以轻松地在阳光里漫步，但不能随意地践踏泉水。

山，千千万万微不足道的沙粒紧紧地相拥在一起。团结让小小的沙粒站出了自己的高度，也站出了让人仰视的力量；泉，千千万万不堪一击的水珠汇集在一起，和谐相融，让弱弱的水滴变得深不可测。

山高泉深，高深莫测。作为旅者，我们只能测一测自己的反思程度。

幸福没有榜样

●赵亚兴

有时，我们总是感到自己的生活不够幸福，不如人家的日子过得那样滋润甜美，还常常拿别人家的幸福作榜样，去寻找自己的幸福。“榜样的力量是无穷的”，可是，到头来，我们会发现，唯独这人追人寻、人见人爱的幸福，没有榜样，常常是求而不得，甚至徒生烦恼。

幸福是什么？《现代汉语词典》给出的答案是“使人心情舒畅的境遇和生活”。但是，同样的“境遇和生活”，不同人却有不同的感觉。乞丐得到一顿饱饭，心情会很舒畅，感到幸福的降临。但且不说一顿饱饭，就是一桌山珍海味，在大款大腕那里，大概也激不起一点快乐的心情吧？作家史铁生的境遇，很让我们同情，他不幸患有尿毒症，但他说：“生病的价值经验是在于让人一步步懂得满足。发烧了，才知道不发烧的日子多么清爽。”并说：“终于醒悟，其实每时每刻我们都是幸运的。”我们身体还算健康的人，能体验到不发烧也是一种幸福吗？我们会把幸福的底线放得这样低吗？

其实，词典给出的幸福答案是不大准确的。即使同一境遇，人们对幸福的理解也是千差万别的。生活在大体相似的环境里，一百个人眼中的幸福观，或许不止一百，有时同一个人，不同的时期就有不同的幸福观。幸福观的模糊，对幸福理解的个性化，这大概也告诉我们：幸福，没有模式；幸福，没有榜样。

幸福，没有榜样。梁实秋也这样说过：“幸福与快乐，是在心里，不假外求。求即往往不得”。我的一个远房侄女，日子本来过得很快活。一次同学聚会，看一个当处长的同学，居有豪宅，出有宝马，很是美慕人家的幸福生活，抱怨自己的男人只会教书，不会赚钱。原有的快乐也因寻找幸福的榜样，而逃之夭夭。

还有，我们眼中的别人的幸福，有时并不是如我们所想象的那么一回事。我们常常喜欢用世俗的眼光看别人的幸福，常常认为有权势，有财富，有显赫的名声，有骄人的业绩，就会有幸福，有舒心的日子。其实，幸福有时恰恰与权势、与财富离得很远，与名声与业绩也并不怎么亲近。我侄女那个同学，近日，婚外恋闹得沸沸扬扬，幸福显然并不在他家。孟德斯鸠好像说过这样一句话：如果你仅仅希冀幸福，这不难做到；但期望像别人那样幸福，这总是难于做到，因为我们认为别人会比实际更幸福。

“幸福的家庭都是一样的”，然而，每个人对幸福的感悟又各有各的不同。这大概与人们的不同追求有关。勇敢的人，追求刺激，冒着生命危险或是攀登高山，或是漂游湍流，感到是种幸福；沉静的人，喜欢安闲，甘愿生活寂寞，或是一部《庄子》，或是一首古曲，也会心中溢满快乐。伟大的哲学家康德，把人生的追求归结为：“我是谁？我要干什么？我能干什么？我如何去干？”幸福大概就是对这些问题的回答。能行风行风，能行雨行雨；能运筹帷幄，可当经理；有一身力气，登起三轮车也有歌声相伴。幸福，其实只是一种感觉，自己做了自己能做的事，感到活着是多么有意思，人生是多么美好。你感觉到了，你便拥有幸福，这和他人的评论毫不相干。

幸福，完全在于自己。自己有个真实的人生，对自己的人生尽力了，负责了，对得起社会，对得起父母与妻子儿女，就是充实的人生、快乐的人生。心存快乐，就是幸福。

幸福，在自己的心中；幸福，没有榜样，也无须榜样。

一颗包容的心

●方益松

儿时，常和小伙伴们玩锤子、剪刀、布的游戏。游戏规则是，锤子胜剪刀，剪刀胜布，布胜锤。

很多时候，我总是觉得前两条规则尚可理解，但对于布可胜锤总是感到不可思议。一直在猜想，柔似羽、薄似纸的布如何能胜过坚硬的锤子。

许多年以后，饱尝了生活的艰辛也终于慢慢明白：布为什么胜锤？是因为锤代表执着，布代表放得开，所以布胜锤。那么，布碰到剪刀不是输了吗？对，只要放得开，输赢又有什么关系？

人生需要执着，像锤子一样，拿得起，放得下，不畏坚韧，不畏强硬，在生活中勇往直前。

人生需要有剪刀般的果敢，快刀斩乱麻。不拖泥带水，不颓靡于困境，在每一个紧要的关口都能果断做出抉择。

人生更应该像布一样的放开与包容，不计得失。

荀子曾经说过："君子贤而能容罢，智而能容愚，博而能容浅，粹而能容杂。"人生也同样如此。

人生需要包容，但这包容不是忍让，更不是纵容。所谓包容即是用一颗宽容豁达的心，包容他人的缺点与错误，包容他人的指责与误解，包容他人的侵犯与攻击。包容不是看破红尘，在包容里也没有逃避与逃离，包容是时时面对，包容是不弃不离。包容可以化敌为友，包容可以化干戈为玉帛。大海之所以能浩瀚并且博容江河，因为大海选择了滔滔坚忍。人也必须有一颗包容的心，宽广的胸怀，这样才能容纳百川。

人生需要包容，这包容不是退让与忍耐。对现实的包容并不意味着满足，对困境的包容并不代表停滞不前。人生总是在不断地进取。很多时候，包容与宽容同义，用一颗宽容的心，换一个崭新的视角去看待这个世界，你会有许多惊奇的发现。

但有一种情况决不能包容，那就是面对邪恶绝不能选择退缩，在黑暗中我们必须要看到光明，对于在沙漠中行路的人，可怕的不是满眼净是荒凉，而是心目中没有绿洲。

人生就像布剪锤，从某种意义来说，有得必有失。人生就是在这不断的得失与包容进取中不断地成熟与完善，并且日臻向上。

在温暖的《我和你》里相遇

●黄茨娅

2008年北京奥运会开幕式气势恢宏，中国画隽永清丽。穿透那个绚丽多姿的夜空，一支很优美、很祥和、很舒缓、很温暖的歌曲徐徐飘来，它，来自缓缓升起的地球之巅，它的声音，来自于中国着名歌手刘欢和英国歌手莎拉·布莱曼。我带着一种幸福的心情聆听，顿时被那和美的曲调，和谐的意境迷住了，只感觉天人合一，空气凝固，天河流动，如此悠扬而又深沉的旋律，如此平和而又轻盈的表达，让我切身地感受到，友谊是人类最最难忘的情愫，它没有国界之分，也没有种族之分，为了和平，为了奥运，“我和你，心连心，永远一家人。”

感激奥运，虽说是一些体育场上的竞争，却激发出了人们热爱和平的美好愿望。从来就没有想到，一首奥运的主题歌《我和你》，宛如一挂流动的瀑布，直挂到我们每一个人的心里。我以为，歌手不是在唱，而是在用最平和的话语，向全世界倾诉衷肠。“为梦想，千里行，相会在北京。”

听说，这首优秀的奥运主题歌，是多位导演用心品出来的。他们面对诸多的优秀奥运歌曲，难以取舍，于是，隐去作词作曲者的名字，反复聆听，反复琢磨，才有了今天这首浓缩的奥运精华。爱好音乐的人们，一定还记得那首苏格兰民歌《友谊地久天长》吧，每次在卡拉OK歌厅里唱这首歌的时候，总有一种想要流泪的感觉，因为这首歌把友谊的情感唱得细致透彻。不曾料到，中国音乐也可以做得这样优雅而具冲击力，两个讴歌奥运的人，站在地球的高度，用心咏唱，唱得如此忘我、感人泪下，我们不得不仰望他们，原来，舒缓、柔和的曲调也可以成为音乐的大气。一首好歌只要能引起人们的共鸣，只要能震撼每一个人的心灵，它就应该是我们心中最最优秀的歌曲。

《我和你》决然不是流行音乐中那种浮光掠影的元素，它由浅入深，由远至近，简短的几个音节里，蕴藏着博大和宽广，它的空灵，它的优美，它所表现的丰富人文主义情怀，不仅闪烁着东方音乐的奇光异彩，还折射出北京奥运新时代的光辉。

在温暖的《我和你》里相遇，感觉真好！

装作不感动

● 钱国宏

一位素昧平生的外地文友从一篇拙作中得知我有品茶的习惯后，便迫不及待地将新采下来的龙井茶叶寄了来。品着幽幽的茶香，眼前仿佛晃动着朋友那清晰、阳光的面容，那抹微笑一直让我心海波浪起伏，暖意融融。

每逢工作调动、生日等一些具有纪念意义的日子，我总能收到方方面面朋友馈赠的礼物和祝福。有的礼物是一本绝版的连环画，有的礼物是一沓退出历史舞台的粮票，有的祝福甚至是一条手机短信……这些对于我来说都称得上是无价之宝，有着多年收藏爱好的我，真的无法估量出它们的确切价值！因为每一件礼物、每一条祝福的背后，都牵系着一颗诚挚而滚烫的心！鲜活的心会有价吗？当然是无价的，而且随着时光的流逝，心的价值会一路飙升，甚至富而敌国！

饥饿时，一块玉米饼是无法估价的；干渴时，一碗白开水是无法估价的；寂寞时，一个电话是无法估价的；失落时，一声问候是无法估价的……

但，面对着生活中的种种“无法估价”，我却时常显出少有的平静——装作不感动。

因为年龄、场合、氛围、身份等等说不清道不明诸多因素的影响，我们常常在某一件事临头时习惯性地伪装起自己的情感，关闭内心深处感情的闸门。但这并不是无动于衷，不是置若罔闻，不是心如止水，更不是冷漠无情！因为，那份感动已深深地藏在了心海、印在了心间、渗进了骨髓、流入了血脉！寂寞无人的时候，安静无哗的角落，拿出那一桩桩、一件件，总是心潮如海，泪流满面！皆因为：厚谊不谢，大爱无声！

“为什么我眼中常含着泪水，因为我对这土地爱得深沉！”当我们心存感动的时候，不必苛求于一瞬的心潮澎湃和一时的涕泪横流，而要像山间涧溪，汩汩潺湲，四季如一，把那份爱和感激化作心底的阳光，永久地在心里，照亮自己，温暖人生！因为那脱口而出的“谢谢”两字，有时竟会使心中厚重的感激轻轻地贱卖了，甚至使对方予赠的情谊流于浅薄平淡而无端地染上市侩的颜色——这，绝对有悖于我们彼此的初衷！

一时的痛苦往往形诸于眼泪，一瞬的感动往往形诸于激情；而永久的感动才像华盖擎天的苍松，虽无声无息，但傲然地耸立在蓝天之下、旷野之巅！——壮志不与年俱老，刺破青天锷未残！

子夜时分，当年迈的母亲端着一盏油灯为你轻轻掖好被角时，装作不感动，但你眼角分明有不争气的泪滴流出。

山间小憩，当身边的游客递过一瓶矿泉水时，装作不感动，但你目光里分明写满了真诚的谢意。

病榻之上，当手机的屏幕上出现一行祝福的话语时，装作不感动，但你明显感到胸襟开阔，清风怡荡。

……

真水无香，真正的感动是那一缕缕煦暖的春风，虽无斑斓色彩，但却催开了花红柳绿、万紫千红。

大爱无声，真正的感动是那一片片平凡的小草，虽无魁伟英姿，但却书写了融融春意、盎然生机！

装作不感动，其实正是因为感动。

装作不感动，其实正是为了感动永久！

口岸的雪

●刘　群

口岸的雪很白，像扒皮的葱，像脱壳的棉，像打落的梨花，像玉兰的芽。

口岸的雪很美，是霓裳的舞，是丽人的影，是蝶在飞，是浪在涌，关不住，拦不下，飘逸、闲适、从容。

口岸的雪很迷人，童话的世界，往事的云烟，青春的孟浪，亲亲的渴念。那份清凛沁心，那份明艳刺眼，叫人驻足、凝望、流连。

口岸的冬天不能没有雪，无雪的冬天耐不住苍凉与风干。黑水白山，国境边关，银装素裹处处，才是口岸应有的冬天。

口岸的雪，款款地，书写一路妖娆，铺展遍地绚丽；口岸的雪，朦胧着淡雅凄迷；口岸的雪，静静地，述说厚重，表白纯洁，还有绵延不绝如梦如歌，诗情画意！

感受主场

● 姜文辉

主场是什么？

主场是主场球迷的天堂，是球迷宣泄狂热的伊甸园；谁都不愿使其成为地狱，因为那样展示的将是主场球迷大难临头的迷惘。

主场是让球迷着迷的战场，当拿到球票，当主队的球星进场，当比赛开始，主场顷刻便会成为球迷疯狂的海洋。

主场是炎热的赤道，当主队比分领先的关头……主场是寒冷的极地，当主队比分落后的那一瞬间……

主场是旗最红，号最多，鼓最响。主场是人声鼎沸，排山倒海，整齐又有力量。

主场是主队的家，是主队的靠山，是主队充分展示好身手的战场；主队在场上比赛的不仅只有五个队员，更有成千上万的球迷在鼓劲呐喊，推波逐浪……

主场绝对不是温文尔雅文质彬彬“温、良、恭、谦”的场所。除了震耳欲聋无休无止的喊叫，在场上主队球迷就像吃了爆竹，时不时要对客队队员和裁判发一下威。一个不满意，就有可能哪个愣小子冷不丁向球场砸下一瓶矿泉水，或者一只橘子，尽管这要扣主队的技术分，只能是胡打胡闹帮倒忙。

如果你极有“涵养”，我劝你不要去球场。当然，如果你是球迷，你就不可不去球赛的主动。不然的话，主场的球票为何不好买，赛场外票贩子手里的票，打着滚地往上涨呢。

静听天籁

● 贾玉奎

童稚的声音，那是人世间最清纯、最美丽、最质朴的声音。童年的欢歌，童年的笑语，难道不比春莺展喉、布谷长唱、百灵啁啾更悦耳、更令人舒心吗？

与不幸的厄运顽强抗争，所发出的低沉的呐喊，难道不比雷鸣风吼、山呼海啸更具震撼人心的力量吗？

在这个艳阳高照的夏日的过午，把我在景色如画、风声如歌的青岛海滨，一处小学校园里悠扬的歌声、热烈的掌声和清泉般的欢笑声，从办公室里吸引出来。立于楼前，驻足观望，小学校内正进行着一场演出。没有舞台，场景简陋，但我敢说，这是最精美绝伦的一场演出，也是最感人肺腑的一场演出——

因为，表演者，是历经磨难却依然热爱着生命、对生活一往情深的一群残疾人，一个特殊群体。

因为，观赏者，是清晨的露珠一样纯洁明净的孩子！

主持节目的，是一位坐在轮椅上的年轻姑娘，她笑容灿烂，吐字如珠，演唱者是残疾人，伴舞者也是残疾人——扣着音乐的节拍翩翩起舞的，是六名一袭黄衣的聋哑姑娘。

三所小学的孩子们集中到这里，做残疾叔叔阿姨的忠实观众。原本小鸟一般蹦蹦跳跳、叽叽喳喳的小学生，这当儿按队形整齐地排列着，鸦雀无声。他们黑亮的眼珠炯炯有神。可爱的孩子，善良的孩子，他们可能也意识到：对于这些残疾叔叔阿姨用生命的激情制作的节目，如果不倾注所有的热心，那是多么自私的一种冷漠！

但，沉静只是暂时的，是穿插在节目之间的片断。因为叔叔阿姨表演的一个个精彩节目，有足够的魅力让小家伙们手舞足蹈，欢呼雀跃。

那位自小就患小儿麻痹症的叔叔表演的口技，让同学们心驰神往。小鸟的婉转清叫，火车的舒缓轰鸣，公鸡的报晓，母鸡的“报功”，是如此的惟妙惟肖，在孩子们中间激起一片欢呼声。

那位吉林大学毕业的残疾人叔叔更幽默，他唱歌之前先“煽情”，鼓动同学们随着他的歌唱而拍手、拍脸、伴唱，这样，“幸福就会降临到他的身上”，他强调两点：一是只拍自己的脸而不能拍别人的脸，否则能引起战争；二是只能轻拍不得重拍，否则脸蛋要胖起来。好家伙，孩子们鼓掌、拍手、欢唱，憨态可掬，眉飞色舞，校园里一下子成了欢乐的海洋。

还有哪个群体比孩子更纯真、更可爱！听他们回答“好不好”、“像不像”、“对不对”这些问题时，清清的嗓音拉出长长的齐刷刷的“好——”、“像——”、“对——”，一种叫做感动的东西会潮水般地涌上你的心头。孩子们一点儿都不吝啬自己的感情，也不会矫揉造作，他们的掌声，像急雨闹春，漫成一片；他们高高举起的手臂，像一丛丛茁壮成长的小树林。

孩子们的感激和奖赏，用了他们自己最为珍贵的形式：为每一位残疾人戴上一条鲜艳的红领巾。

我在想，是谁策划了如此珠联璧合的演出？残疾人燃烧生命所绽放的艺术之花，那是人世间最绚烂也最质朴的奇葩；而坐在这里为之鼓掌、为之欢呼、为了陶醉的观众，又是人世间最为可爱的孩子、花朵一样的孩子。在这样的活动中，孩子们所欣赏到的不仅是艺术，更有残疾人搏击苦难、自强不息的人格力量！

所以，当失去双手的那位残疾青年，用脚艰难地写下“爱心无涯”四个大字时，我虽然隔得远，但还是看清了诸多孩子眼窝里涌出的泪水。这善良的眼泪是金子一般珍贵的心灵生产出来的。

歌声唱在我耳畔，掌声响在我心中……

看着我们身边的孩子在一天天蹿高，你能聆听到嫩芽破土、庄稼拔节的美妙的声音。你会情不自禁地祝福：愿每一个孩子都有一个美好的明天……

看到残疾人擦干眼里的泪痕，揩净身上摔伤的血迹，一声长啸，踽踽前行，你能聆听到海洋日夜不息的潮声起伏。你会在心里说：愿他们脚下的路平坦些，再平坦些……

怀念北方的树

● 丰溪生

身在南方，却常常怀念着北方。

南方是小桥流水的地方，有亭台楼榭，有碧水莲池，有秀丽的山、精巧的园，有笛的清音、箫的幽怨、画眉的百啭柔媚。

北方是大漠长河的所在，有高原莽塞，有壮阔的月出日落，有苍茫的山地、浩浩万里的长风，有锣的高亢、鼓的雷震、骏马的嘶鸣。

南方是我生于斯长于斯的故乡，可是我却常常怀念着北方。

看惯南方的树，一颗心却常常想念着北方的树。

南方的树丰润秀美，它们或垂丝纱幔，或疏斜多姿，或繁花似锦，或碧色可餐。在南方丰沛的雨水和服厚的土地上，南方的树恰似生活富裕的雍容贵妇和婀娜少女。

北方的树苍劲雄健，它们或枝叶紧聚、或冲天耸立、或傲岸可敌。在北方干旱的土地和粗砺的风沙中，北方的树一律质朴劲健，恰如与艰辛奋战的雄迈壮士和英雄少年。

我常常怀念着北方，是因为我常常怀念着北方的树。

我怀念的是怎样的一种树呢：在大西北积雪初融的高原上，远远地有一排，或者三五株、一两株的树，哨兵似的傲然耸立在北方的风雪中！“那是力争上游的一种树”。“是虽在北方风雪的压迫下却保持着倔强挺立的一种树”！是“西北极普通的一种树”。

那白杨树！——是茅盾先生笔下的树，是被他高声赞美过的树。茅盾先生是1941年初春写下这种树的，那是一个中华民族灾难深重的年代。茅盾先生写下了这种树，其实是书写一种质朴、坚强、力求上进的民族精神，是礼赞那种参天耸立、不折不挠的民族品格。

可是今天有的人不再怀想这种树了。他们似乎更喜欢南方的树，其心态似乎日趋小巧玲珑，那种强悍刚健的气质在这样的欣赏口味里日渐消磨。而在南方轻歌曼舞的绿杨阴里，在南方温情款款的花木丛中，在南方横笛轻吹的亭台水榭间，我在一日深似一日地怀想起这样的树、这样的精神气质，怀想起九曲黄河的上游，怀想起我们民族曾有过的、大西北的日照红旗马鸣西风。因为这是一个民族立于不败之地的传统！

因为我们今天依然面临着民族强盛的时代要求！

在这个时候，我又看到了这种树，是从周涛的散文中看。周涛是一位长期生活在大西北、属于大西北的歌手，他在《蠕动的屋脊》中写了白杨树。那是在巍巍昆仑山的深处，当他看到高、挺拔的一排白杨树时，“产生出激动”之情，也联想到茅盾先生礼赞过的这种树。他的另一篇散文《伊犁秋天的札记》中所描述的在辉煌的秋的仪式中，像黄金树一般端庄肃立，姿势高雅优美，令人惊羡的高贵站姿的树，我想，其中也有白杨树。

周涛的白杨树，距离茅盾先生的白杨树已四五十年，而离开周涛写作这篇散文又十年后的今天，大西北又传来了阵阵开发的热浪，我们的民族又在那里开始了新的奋斗。怀想着那片土地，怀想着那一种白杨树的精神，我想请更多的朋友去看望这种树，写出今天的《白杨礼赞》来。

把绿地铺得远些　再远些

● 华静　中国国门时报周刊部主任

《绿地》作品集的清样放在我的案头，我望着这厚厚一摞纸，心情久久不能平静。因为收录在这本书里的每一篇作品，凝聚了我们许多美好的回忆。

十七年耕读情悠悠。我与《绿地》副刊结缘属职业使然。

细想，中国国门时报创刊之初，就开办了副刊。后来又创办了周末版，《绿地》依然保留其间，其内容设计不改初衷。在这块园地上，一路走来，我们默默耕耘，倾注着激情和心血，从哲思小语、美文天地、随手拈来到麦子店随笔、亮马河夜话、咀嚼岁月、细说心语、艺苑撷英……所有的栏目都在传递一种动人心脾的情愫、催人进取的力量、令人回味的思考。

搁笔念想，落笔成梦。我和我的同事们在策划上加强对版面的理解。约稿、采访，写稿、选稿、改稿、设计版面、排版，出大样，然后修改、完善。第二天早早到报社，等待见报纸最新的一面，那种兴奋和成就感让我们难忘。这个时候，我们毫无保留地把自己的智慧点点滴滴融进稿件和版面中。我们擎着“为他人做嫁衣”的无名旗帜，满怀热情而又胸有成竹地在文章见报前有所作为。我们清楚地认识到，一个人的价值大小不在于名字见报次数的多少，而在于自己对所负责版面工作实际贡献的大小。《绿地》是沟通报纸与社会的桥梁和纽带。我们要做的就是向广大读者提供健康有益、丰富多彩的精神食粮。《绿地》副刊的作用是多方面的，既有宣传功能，也有学习知识、陶冶情操的功能。功能越多，拥有的读者就越多。我对此感慨：办报需要事业心，需要忘我投入，更需要激情和热爱。

“只要我们能梦想的，我们就能实现。”这是镌刻在美国肯尼迪宇航中心大门上的人类誓言，我们行走在路上的时候，也常常擎着真善美的灯盏；在五光十色的生活长廊中奋力向前的时候，我们因为拥有一片纯净的绿地而显得神圣庄严。

《绿地》从诞生到韶华时节的每一个阶段，在报刊社几届领导的支持下，坚守到今天已经有十七年了。正因为社领导们历来重视文化副刊的编辑工作，这才让《绿地》至今活跃在读者的视野中。《绿地》是我们的依恋和牵挂。那些真诚的表达，淳朴的情怀，温暖的文字，曾经那样富有魅力地拨动过我的心弦。所以，在整理作品集的时候，感到非同一般地亲切、兴奋、轻松和愉快。

许多作者、读者来信说：“绿地给予我一个和社会交流的机会和愉快的氛围，让我不再每天重复过着日子，不再平庸地思考了。”

“生活中，不仅需要知识，还需要有那么一点精神的支柱。绿地的内容武装了我，我用这些哲思小语来升华自我。”

“文字承载着智慧，思想使人类尊贵。而心灵让人类伟大。人类的精神天空，一代代人熠熠生辉。这就是《绿地》副刊作品带给我的启示。”

2002年1月28日，芜湖有线电视台的记者刘巍来信说：“我一直有幸阅读《绿地》副刊，觉得有品位，好看。在全国同类版面中当属一流，并有自己的特色。所以，千里之外也来凑个热闹，今寄拙文一篇，敬请笑纳指教。”

2004年3月10日，南通市委研究室的黄鹤群同志来信说：“订阅了《中国国门时报》，几乎每期必看。特别是周末版及《绿地》副刊，因其可读性、知识性都比较强，很耐看，很喜欢看。”

2005年11月12日，外交部老干部笔会的张兵会长来信说：“读贵报，受益匪浅。我尤喜周末版。这是一份品位很高的副刊。

多数周末版被我保留或剪报留存。《绿地》上的文章都是经典美文。”

……

更多的读者称：每当周五《国门副刊》到来，我们争相传阅，爱不释手。《绿地》版面格调高雅，文笔清新，内容独到，富有知识性、可读性、趣味性皆备的新颖气息。品读一篇篇美文，如同畅饮甘露，胜过享用美味的生日蛋糕。读《绿地》副刊作品，我们天天过生日。

把心门打开。最多的梦想，最纯的情感，最强的求知欲，最真的人生态度……我们一边打造《绿地》产品，一边为更多人的希望播种。我们为引导读者“如何诗意地栖息在大地上”而不断更新观念。

副刊刊登的文学作品需要跳出共性，追寻生命个体的光辉。

《绿地》副刊作品集的出版，也是检阅我们副刊作者队伍的笔耕成绩。为回报广大读者，我和我的同事们不惜花费大量精力，从近 2000 多篇已刊登稿件中撷取《绿地》副刊历年来具有代表性的近 600 篇优秀作品收入《绿地》作品集里，这也是散发着芬芳的用心之作。这些充满着真挚情感的文章，充溢着思想之美，文学之美与语言之美，相信读者会喜欢它，亲近它。

虽然也不否认有的作品水平参差不齐，但其间的真性情，依然值得充分肯定。我们更加看重的是，除了电子信箱里的诸多来稿，还有那些用各种笔体写成的、饱含着各界读者情感的信件，这都是足以使温暖、信任、赞许繁衍，使感动升值的信件。因为里面蕴藏着广大读者对我们中国国门时报的关注、关怀和祝福。

我抄录一段读者来信作为本文的结尾：我喜欢《绿地》副刊的作品。在这片土地上，随手可看到以情动人、以理悟人、以文悦人的作品。我们希望这片绿地越铺越远，让更多的人欣赏到它独特的风景……

我们将以本书的结集出版为新的起点，重新出发。